SEEKUNSTMORD

Julian Biberger, Jahrgang 1989, lebt in Meckenbeuren am Bodensee, schrieb als freier Journalist in den Bereichen Sport und Kultur und begleitete den Rapper Kay One in der PR-Beratung. In seiner Freizeit ist er als passionierter Läufer auf den bodenseenahen Strecken, als enthusiastischer Eisbader auch in der kältesten Jahreszeit im See und als begeisterter Wildlife-Fotograf in der Natur anzutreffen.

Die Protagonisten und die Handlung dieses Kriminalromans sind frei erfunden. Ähnlichkeiten mit lebenden oder toten Personen sind rein zufällig. Mit Inhabern öffentlicher und geistlicher Ämter sind zu keiner Zeit reale Personen gemeint. Einige Ereignisse sind an historische Begebenheiten sowie an reale Geschehnisse angelehnt. Mancherlei Örtlichkeit ist des atmosphärischen Lokalkolorits wegen adaptiert. Dieses Buch hat keinerlei Anspruch auf einen Tatsachenbericht. Die Ortskundigen mögen dem Autor daher einige Freiheiten in den beschriebenen Örtlichkeiten nachsehen.

JULIAN BIBERGER

SEEKUNSTMORD

Bodensee Krimi

emons:

Bibliografische Information der Deutschen Nationalbibliothek
Die Deutsche Nationalbibliothek verzeichnet diese Publikation in der Deutschen Nationalbibliografie; detaillierte bibliografische Daten sind im Internet über http://dnb.d-nb.de abrufbar.

MIX
Papier | Fördert gute Waldnutzung
FSC® C083411

Umschlagmotiv: mauritius images/Westend61/Markus Keller
Umschlaggestaltung: Nina Schäfer
Gestaltung Innenteil: DÜDE Satz und Grafik, Odenthal
Lektorat: Hilla Czinczoll
Druck und Bindung: CPI – Clausen & Bosse, Leck
Printed in Germany 2024
ISBN 978-3-7408-1716-9
Bodensee Krimi
Originalausgabe

Für Mama und Papa,
Schwester und Schwager,
Oma und Opa,
Sandra.
In tiefer Liebe und Dankbarkeit.

Und ich dacht': es kann der Knabe
mit der schönen, lichten Gabe
wahrlich nicht der Böse sein.

Johann Wolfgang von Goethe,
»Der Schatzgräber«

Ein Kunstwerk ist ein Traum von Mord,
der durch eine Tat verwirklicht wird.

Jean-Paul Sartre,
»Saint Genet – Comédien et martyr«

Das Verbrechen wird verherrlicht,
weil es eine der schönen Künste ist,
weil es nur das Werk von Ausnahmenaturen sein kann,
weil es die Monstrosität der Starken und Mächtigen enthüllt,
weil auch noch die Ruchlosigkeit ein Privileg ist.

Michel Foucault

10. August 1862

Lieber Freund und Bruder Amandus Wendelin zu Mehrerau!

Wozu treibt sie die Herzen der Sterblichen denn nicht, Gier nach Gold, die Fluchwürdige! Lehrte uns nicht dereinst der Herr Jesus Christus, unsere Schätze nicht auf Erden zu horten? Wo Motten, Rost und der Zahn der Zeit an ihnen nagen? Lehrte er uns nicht, vielmehr guten Herzens nach Höherem zu streben und uns Schätze im Himmel anzuhäufen? Das Göttliche offenbart sich nicht im Materiellen.

Die Kunst sei davon unberührt. Einzig sie vermag es, im Bilde die Frömmigkeit naturgemäß zu verewigen. Das, mein treuwürdiger Bruder Amandus Wendelin, hat uns das Konzil von Nicaea anno 787 gelehrt. Die Gier dagegen ist unstillbar. Und sie ist die Wurzel alles Bösen.

Im Antlitz des Augustvollmondes, mein geliebter Bruder Amandus Wendelin, hat heute Nacht auf dem Pferdekopf in der Triskele, an der der Boden liegt, die Kunst Wurzeln über die Goldsucht geschlagen. Der Eberling hatte mich gestern bestellt. Zu Ehren des Wiegenfestes sollte ich tief im Pferdeschlund eine Heimat pflanzen. Dort, wo der Rosskopf einen prächtigen Ausblick über den schimmernden Wasserteppich gewährt. Da bin ich beim Graben auf ein Ding gestoßen. Ein unheilvoller Schatz. Gold. Der Midas-Fluch tief in die Erde geflüstert. *Le roi a tête de cheval.*

Ach, mein lieber Bruder Amandus Wendelin. Die Kegel, derer neun, aus lauter lötigem Gold und die Kugel von getriebenem Silber, die Wrangel einstmals dem Biggl von Lochau für den Verrat versprochen hatte – ein Hochverrat an den Kunstschätzen in der Klausenschanze zu Bregenz zugunsten der Schweden. Die uneinnehmbare Stadt mausekahl geplündert.

Nicht weniger als vier Millionen Gulden im Werte. Die beste Habe und die Kostbarkeiten des Adels und der reichen Abteien Oberschwabens. Selbst das meisterhafte Mobiliar der werten Grafen von Hohenembs, Waldburg-Zeil und Königseck. Verschleppt mit dem übrigen kunstedlen Beutegut auf mehreren hundert Wagen. Und kurz darauf war auch Euer ehrwürdiges Kloster von den Schweden restlos marodiert.

Der Judasschatz, der dem Biggl von Lochau gottlob nie vergönnt sein mochte, schlummert nun unter den Wurzeln der Kunst. Dort, wo flüssiges Gold auf das eingeschnitzte Fundament tropft und die geformte Frau den Weg weist. Wo der Wuchs schon bald Ding halten soll über den frevelhaften Kunstverrat. Wo die beweglichen Stecknadeln in der wichtigen Stunde die offensichtliche Stelle kundtun. Möge der Kunstverräter ewig als Klushund sein Dasein fristen. Ihm haust die Rotglut in den tellergroßen Augen. Und er ist des Todes, mein geschätzter Bruder Amandus Wendelin. Die Überlegenheit der Kunst kommt einem gefräßigen Wolf mit Fangzähnen gleich. Kunst über Gold. Möge der unheilvolle Schatz dort ewig im Verborgenen ruhen, auf dass er nie und nimmer Zwietracht säe. Dieses güldene Verlangen speit Gift und Galle. Der Tod kommt zu denen, die sich selbst weibisch belügen. Das, mein werter Bruder Amandus Wendelin, ist der wahre Fluch der unstillbaren Gier.

Seit nunmehr fünfzehn Jahren schenkst Du meinen in Schrift gehüllten Sorgen hinter dem Gemäuer zu Mehrerau Dein wachsames Gehör, mein teurer Freund. Dieser Brief wird aber niemals die Feste des Pferdekopfs verlassen.

Ich wünsche, dass es Dir immer wohlergehe im Herrn.

Xantl Moosbrugger

Betreff: Treffen in der Bussardhütte in Kreuzlingen
Von: hanjo@kunstatelier-hanjobalt.de
Datum: 16.07.2016, 19:33
An: balthasar@kunstatelier-hanjobalt.de; claudius.bouffier@mailplatoon.de

Ahoi Balthasar, ahoi Claudius,

wisst ihr noch, wie die Verwandten und Bekannten uns nur müde belächelt haben, als wir unseren Jahresurlaub auf den Seychellen verbracht und zuletzt Mahé mit unseren Metalldetektoren akribisch durchkämmt haben? Ostern für Ostern. Pfingsten für Pfingsten. Sommer für Sommer. Herbst für Herbst. Winter für Winter. Für Narren haben sie uns gehalten! Und Narren, *mis amigos*, waren wir fürwahr! Völlig wirr gepolt. So falsch gewickelt, dass wir uns auf der fieberhaften Suche nach dem goldenen Kreuz von Goa so über alle Maßen zerstritten haben. Wie die hinterletzten Kesselflicker waren wir drauf und dran, uns gegenseitig die Köpfe einzuschlagen. Es hat dazu nicht viel gefehlt! Wie Goethe wohl gesprochen hat: »Nach Golde drängt, am Golde hängt doch alles!« Der Fluch des Goldes ist der Wolfsfraß.

Es ist an der Zeit, dass wir uns wieder die Hände reichen und uns versöhnen. Wir sind geborene Schatzjäger. Und genau so einer ruft uns. Der große Schatz aus dem Sumpf hinter dem Felsen am Bregenzer Schlossberg!

Aber der Reihe nach. Vor zwei Wochen durchforsteten Rosalinde und ich bei unserem gemeinsamen Sonntagsbrunch auf der Mainau den Katalog für die diesjährige Kunstversteigerung auf der Insel. Ach, *mes amis*, in heller Aufregung habe ich meinen Teller voll Bündnerfleisch und Rindercarpaccio zu Boden gestoßen! Aber ihr, meine Freunde der Kunst, seht mir diesen unschicklichen Fauxpas nach. Schließlich entdeckt man nicht alle Tage das letzte Schaffenswerk des großen Xantl Moosbrugger so schnöde zwischen die belanglosen Pappdeckel eines Auktionskatalogs gedruckt. Ein Kunstwerk von solch verführerischer Anmut.

Xantl Moosbrugger! Ein ganz großer Maître unserer Bildhauerkunst. Einst dem Hofgärtner Eberling nach der Fertigstellung des Rosengartens abtrünnig geworden, kehrte er nach eherner Verschollenheit für seinen Lebensabend auf die Insel Mainau zurück. Einzig um diese eine letzte Skulptur in formvollendeter Anmut aus dem schwarzen Alabaster zu gebären, ja förmlich aus seiner Kunstader herauszubluten: einen stolzen Bussard auf einem weißen Marmorsockel. Von unverschämt seltener Schönheit. Noch vor den ersten Scharmützeln des Zweiten Weltkriegs war die Skulptur übergangsweise in das schwedische Königshaus überführt worden.

Heute also sind wir in den frühen Morgenstunden zur Insel Mainau aufgebrochen. Wie bei jeder Kunstauktion nach guter Künstler Sitte – ein Ausritt in meinem metallisch hellblauen Rolls-Royce Silver Wraith Cabriolet. Ein echter 1948er. Mein Glücksbringer. Und wie Rosalinde mit ihrem im Fahrtwind flatternden Sonnenhut und ihrer Cat-Eye-Sonnenbrille so neben mir auf dem Beifahrersitz saß, wusste ich: Das wird unser Tag!

Frohen Mutes haben wir uns im Schloss Mainau im Weißen Saal eingefunden. So einige historische Kunstwerke und Möbel aus den Speichern des ehemaligen Deutschordenschlosses sind heute über den Auktionstisch gegangen. Darunter auch das Aktionsstück mit der Katalognummer 43. Hier kam meine Prima Diva ins Spiel. Sie hat das Argusauge für den wahren Wert eines Kunstobjektes, auch wenn Odins Schöpfung, die Kunst, durch kein Geld der Welt aufzuwiegen ist. Sie hat also unser Auktionsschild ohne viel Federlesen in die Höhe emporschnellen und die fünfzig Riesen mit einem Paukenschlag in den Saal marschieren lassen. Eine unbestechlich schallende Zahl. Anschließend hat der Auktionshammer dreimal klopfend seinen Dienst vollrichtet.

Eigentlich ein Tag für Könige und Damen. Nach einem solch genialen Schachzug. Aber ihr hört es bereits heraus: Man soll den Tag nicht vor dem Abend loben. *Grand malheur!* Nicht die Dame ist gefallen. Sondern der Bussard aus ihren damischen Händen! Rosalinde war beim Heraushieven der Alabasterskulptur aus dem Kofferraum dermaßen ungeschickt, dass die Schwingen des Bussards doch glatt ihren täppischen Fingern entglitten sind! Polternd und scheppernd ist die in ihrer Einmaligkeit erstrahlende Skulptur auf den Asphalt gekracht. Der Bussard ist natürlich unverzüglich vom Sockel heruntergebrochen. Sein rechter Flügel wurde auch in Mitleidenschaft gezogen. Ihr wisst genauso gut wie ich, dass ein solcher Grad der Beschädigung für ein Kunstwerk das ultimative Desaster ist.

Doch unser apokalyptischer Schaden sollte es nicht sein! Heureka! Rosalindes Missgeschick hat unter den Fängen einen schmalen Spalt im Sockel der Skulptur freigelegt. In der Aushöhlung habe ich ein vergilbtes Briefdokument entdeckt. Aus der Feder keines Geringeren als Xantl Moosbrugger selbst! Euch ist doch sicherlich die Klushund-Saga geläufig. Neun Kegel aus lauter lötigem Gold. Obendrein eine Spielkugel, nicht minder unschätzbar in ihrem Wert, aus getriebenem Silber. Vielleicht kommen wir nun ja doch noch zu unserem heiß ersehnten Schatz.

Aber alles zu seiner Zeit. Findet euch bitte heute in zwei Wochen um zwanzig Uhr in der Bussardhütte in Kreuzlingen ein! Wo lassen sich vortrefflicher die Köpfe zusammenstecken als in einem solch namensträchtigen Häuschen? *Nomen est omen!* Wir wandeln auf des Bussards Spuren. Ich habe sie angemietet. Und ja, ich habe der Raffke eingetrichtert, die Bassenhütte endlich ganz in unserem Sinne umzutaufen. Sogar neue Visitenkarten hat unsere Vermieterin zwecks der Umbenennung drucken lassen!

Wir drei sind auf den Seychellen an unserer eigenen Zerstrittenheit zerschellt. Aber das goldene Kegelspiel aus der Bregenzer Klause krallen wir uns. Davon mehr vor Ort. Erzählt keinem Uneingeweihten auch nur ein Sterbenswörtchen! Und erwähnt Rosalinde gegenüber bloß nicht ihr Künstlerpech. Ihr wisst ja, wie divenhaft sie sein kann.

Näheres dann in zwei Wochen! Bitte seid pünktlich, meine Herren! Großes wartet auf uns! Der gute Sir Francis Drake war weise. Jedes große Unterfangen hat einen Anfang, doch wahrer Ruhm gebührt jenen, die den Mut haben, eine Sache gänzlich zu Ende zu führen. »Der Russe« und ich informieren den Bregenzer Kunstkurator. Gebt ihr bitte der Straßenstreunerin und der Raffke Bescheid.

Gemeißelte Grüße
Hanjo von Dargatz-Gierer

Bildhauer aus Liebe zur Kunst.
Eine Leidenschaft, die Leiden schafft.

1

Mittwoch, 20. Juli 2016, Salem, gegen 20:30 Uhr

»Rudi. ›Das Geheimnis der Kunst liegt darin, dass man nicht sucht, sondern findet.‹ Picasso.« »Der Russe« nagte einen Wolfsbissen von seiner krossen Pizza Tartufata aux Escargots. Mit dem Königshappen einer unter einem gehobelten Trüffel und geschmolzenen Käsefäden ruhenden gehäuteten Weinbergschnecke. Dermaßen gierschlundig, dass ihm der Büffelmozzarella mitsamt der Crème fraîche und dem Schneckenschwanz aus den Mundwinkeln quoll.

Der Russe erhob sein Glas mit dem goldgelben Inhalt. »*Sa sdorówje*, mein Jophiel. Mein Erzengel der Kunst. Auf deine Gesundheit.« Er spülte den Bissen mit dem sizilianischen Zitronenwein nach. Anschließend prostete er dem Kunstkurator zu.

»Rudi, ich muss dich am Sonntag in der Bussardhütte in Kreuzlingen an meiner Seite wissen. Du musst die Echtheit der Dokumente mit deinem gewichtigen Wort verbriefen. Wir sind die Abkömmlinge Midas'. Kinder des Golds. Die anderen, die sind *hunds*gewöhnlich. Du warst damals bloß fehlgeleitet.«

Der Russe wusste, dass das nicht stimmte. Rudi Duttke hatte den Hochverrat damals sogar angezettelt. Er war der Oberklushund. Allerdings brauchte er ihn noch.

»Aber Hanjo, du und ich … Wir drei sind mehr als das. Die Seychellen haben uns zusammengeschweißt. Die Watschen und Schellen, die uns der Verrat der treulosen Hundebande eingebrockt hat. Er hat uns zu drei reißenden Wölfen gemacht. Uns lechzt es. Aber nicht nach dem rollenden Rubel. Sondern nach der Allmacht der alltagstauglichen *Art Sacré*. Kann ich auf dich zählen? Dieses Mal?«

Rudi Duttke, der Kunstkurator, rührte mit dem goldenen Dessertlöffel gedankenverloren in der Zitronenmousse. Er war bereits beim Nachtisch angekommen, wohingegen der Russe noch an seiner Pizza kaute. Das war kein gutes Zeichen. Dissonanz schwang unter der schiffsförmigen Pendelleuchte, die den Mahagonitisch beleuchtete. Dem Duttke hatte bereits die Steinpilzbruschetta beim gemeinsamen Frühstück am Morgen nicht so recht gemundet. Skeptisch knabberte er an seinem Löffelbiskuit.

Durch das leuchtende Gelb seines erhobenen halb vollen Glases hindurch sah der Russe, wie Rudi Duttke seine Stirn in Runzeln des Zweifels legte. Dabei sah er dem begnadeten wie geadelten Schauspieler Ben Kingsley bis zum äußersten Verblüffen ähnlich, und mit seiner Bowlingkugelglatze, dem getrimmten Kinnbart und den mit Lidstrich pharaonisch umrandeten Augen konnte er doch glatt Imhoteps Double sein.

Ein unterkühlt lang gezogenes »Naaahhhh!« suchte sich zwischen der Biskuitbröselwolke in dessen Mund seinen eisigen Weg heraus und geradewegs vorbei am Weinglas. »Nah! Uf gärkoa Fall! Oms Verrecka nid! Dei Bsuch war an Schniedargang. Ganz umasuscht. Du bisch an ghöriga Lump, bisch du! Scho all gsin! So an Scheißdreäck, d' Leut z' bschießa! So a Schmua! Eura dreckiga Schuah zieh i mir nemma a!«

Diese Worte hallten dem Russen wider wie die Glocken von Sankt Petersburg. Gegen Duttke hatte er allemal noch ein Ass im Ärmel. Oder besser gesagt in der Truhe gegenüber der Heimsauna in seinem Loft in Meersburg. Meistens. Heute hatte er das Ass im Kofferraum dabei. Er wusste, wie eifrig diesem mürrischen Sturbock das Faschingsherz in der närrischen Brust schlug.

»Rudi, verbrief uns unser Kegelspiel aus Gold und Silber für mein außergewöhnliches Kunstprojekt als antik und echt, und du erhältst das eurige zurück. Ehrenwort! Die Spieluhr ist zwar nur aus Kirschholz, und die kleinen Kegelchen sind lackvergoldet, aber ich weiß doch, wie sehr du dir die Insignien eurer Stadtsaga auf euren Zunftwagen zurücksehnst. Damit du wieder das Vorarlberger Volkslied ›Rita, rita Rössle‹ erklingen hörst. Das vermisst du doch sehnlichst, oder?«

»Du hosch des!«, entfuhr es Duttke ungläubig.

Der Russe hatte den Steinmetz Balthasar das teuerste Hab und Gut der »Bregenzer Klushunde« beim großen Narrentreff in Lindau aus deren Truhensänfte entwenden lassen. Und er hatte nicht wie eigentlich nach alter Väter Sitte üblich die Möglichkeit eines Gegenklaus eingeräumt, obwohl die Allensbacher am gumpigen Donnerstag statutengemäß von den Bregenzern einen zünftigen Braten geliefert bekommen hatten. Dem Russen war das als Außenstehendem herzlich einerlei, um nicht zu sagen schnurzpiepegal, gewesen.

»Und deine Abtrünnigkeit damals ... Schwamm drüber! Ich bin nicht nachtragend«, schob der Russe mit größtmöglicher Versöhnlichkeit hinterher.

»Muoss denn ersch noma äppar schterba? Domols wär's fascht passiert! Es isch doch wirkle woar, od'r! Russ', du bisch an Lugipatsch! Du lugebeutliger Süoßlarschnitz! Mogla isch fürs Karma schleacht. Ureacht fiondt do Kneacht! Dia Kunscht muss an saubra Huud bhalta. Weil: ›Dia Kunscht isch unantaschtbar, dia Kunscht isch heilig.‹ Döblin. Wenn's mei Bürgschaft wändsch, muoscht bleächa! An goldner Kegl muoss scho rübrwachsa. Besser zwoa.«

Da wurde doch der Hund in der Pfanne verrückt! Der Russe fiel vom Glauben ab. Diesem verlogenen Sauhund war gar nicht an der Unantastbarkeit der Kunst gelegen. Wie damals auch schon nicht. Er wollte nur einen unverschämten Beutehappen für den geforderten Bürgschaftsdienst. Duttke hatte schon immer seine ganze Freizeit, von den Suchaktionen auf den Seychellen abgesehen, der Jagd nach dem goldenen Kegelspiel von Bregenz gewidmet. So wie der Bildhauer Hanjo und der Russe die ihrige der Suche nach dem goldenen Kreuz von Goa. Und Duttke fiel ihm zum zweiten Mal in den Rücken. Das erste Mal war unverzeihlich. Das zweite todeswürdig.

Der Russe war ein Oligarchensohn. In seiner Jungspundzeit hatte er als KGB-Agent in Dresden nach dem Mauerfall die letzten Atemzüge des Sowjetgeheimdiensts am eigenen Leib miterlebt. Sein umtriebiger Spürsinn war ihm nach dem Zerfall der UdSSR geblieben. Er hatte eines Abends im »Grünen Gewölbe« gestanden, und da war es um ihn geschehen gewesen. Die unbändige Leidenschaft für die großen Kunstschätze dieser Welt, die schon immer in seinen Gliedern gelauert hatte, war wiederbeseelt worden. Stärker als je zuvor. Ihrer habhaft zu werden – am liebsten hätte er damals in Dresden die Kunst aus den Fesseln der Gewölbemauern gesprengt. Eines Tages, hatte er damals bei sich gedacht, eines Tages würden die hübschen Klunker in seinem Wohnzimmer funkeln.

Seit dem Tod seiner Eltern hatte er auf dem beträchtlichen Vermögen aus einem üppigen Ölvorkommen gehockt. Doch aus Reichtum an Blüten und Talern hatte er sich noch nie etwas gemacht. Das war mehr Schein als Sein. Deshalb hatte er den Riesenbrocken von Goldmünze aus dem Berliner Bode-Museum ja auch für sein mörderisches Kunstprojekt, die Versinnbildlichung der unstillbaren Gier, eingeschmolzen. Und für die Expeditionen auf die Seychellen hatte er damals nahezu seine gesamte finanzielle Schlagkraft von seinen Bankkonten abgeschmolzen.

Bei ihrem letzten, als Tauchausflug getarnten Trip auf die Seychellen zur Bucht von Beau Vallon an der Nordwestküste der Insel Mahé vor etwas mehr als dreieinhalb Monaten hatten sich der Bildhauer und der Russe von dem undankbaren Schatzsuchertrupp aber wahrhaftig Schellen eingefangen. Ein besonders gehässiges Ei hatten sie ihnen da zu Ostern ins Nest gelegt. Die geldgeilen Hyänen hatten sich im Streit verloren und die Suche um den größten Weltenschatz aller Zeiten.einfach verraten.

Schwupps, war die große Seifenblase zerplatzt. Ausgeträumt. Dabei hatte sich der Russe dem goldenen Kreuz von Goa so nahe gefühlt.

Er hatte im Nationalarchiv in Saint Denis bei Paris über Jahre hinweg immer wieder historische Dokumente gesichtet und bücherweise jahrhundertealte Schriftzeugnisse gewälzt. Sie waren in der Bucht von Beau Vallon auf der richtigen Spur gewesen. Das wusste er. Aber die Hundebande hatte mit dem Verrat an der Kunst seinen Lebenstraum erlöschen lassen. Und gleichzeitig einen neuen Traum in ihm geschürt. Den nach einem eigens von ihm geschaffenen Kunstwerk. Einem tödlichen. Kunst war eine Lüge, um die Wirklichkeit zu entlarven. Ein Traum von Mord, der durch die Tat in die Wirklichkeit entführt wurde. Sagte Sartre.

Duttke spielte nicht mit. Jetzt hatte auch er vollends sein wahres Gesicht gezeigt. Er war ein Hund im Wolfspelz. Wie die anderen Verräter. Ihn würde er als Erstes in die Pfanne hauen. Damit wäre der Russe mit dem Bildhauer allein in der sumpfigen Wolfssteppe. Der Heißhungrige und der Gefräßige. Hungrig nach den Kostbarkeiten der Kunst. Gefräßig nach den Schätzen der Schaffenskraft, nicht nach Zaster. Auf dass sich einer von beiden aus den sumpfigen Untiefen erheben würde. Fenris entfesseln. Duttke hatte recht gehabt. Es musste jemand sterben. Hier. Heute. Jetzt.

»*Etot volk sdelan iz farfora.* Du, Duttke, bist ein Wolf aus Porzellan. Ein hundsmiserabler Wolf. Dann ist es besiegelt. Wenn die Kugel rollt und die Kegel fallen, dann zieht Donner auf.« Die flache Linke des Russen schnellte so vehement auf den Mahagonitisch, dass der Stein im Siegelring an seinem Daumen splitterte.

Er funkelte den wie ein geschlagener Köter zusammengezuckten Kunstkurator ohne das leiseste Wimpernzucken an. Ohne auch nur die kleinste Miene zu verziehen. »Ich dagegen … ich bin ein hungriger Wolf.« Er schob sich selbst einen großen Happen Schneckenpizza in den Mund und dem Kunstkurator den Mimosa-Cocktail zu, nachdem der ihm nun so unschmackhaft reinen Wein eingeschenkt hatte.

Rudi Duttke nippte mit fatalem Leichtsinn an seinem Cocktail aus Champagner, Melisse, Orangennektar und einem Schuss gekühltem Zitronensaft. Die Sepsis der Skepsis überkam ihn dabei nicht. Argwohn brütete zu langsam in ihm. Argwohn darüber, weshalb der Russe ihnen jetzt schon den Mimosa im Sektglas kredenzte, obwohl beide noch halb volle Weingläser vor sich stehen hatten. Etwas an den ästhetisch den Glasrand schmückenden Minzblättern verlieh dem Drink einen widerlich bitteren Beigeschmack. Und die braunen Pulverkrümel auf den krausen Blättern hatte er im ersten Augenblick noch leichtsinnig als würzigen Zimt abgetan.

Eine Dreiviertelstunde war vergangen, seit Rudi Duttke sich das gallige Gesöff ohne Sinn und Verstand hinter die Binde gekippt hatte. Dem Russen war nicht zu trauen. Er war seit jeher ein Schlitzohr, das vergeblich seinesgleichen suchte.

Eine gefühlte Ewigkeit hatte sich der Bregenzer Kunstkurator mit ihm ein hitziges Wortgefecht darüber geliefert, dass der Russe in ihm eben nicht jenes ebenbürtige Schlitzohr fand. Das Ende des missgestimmten Liedes war gewesen, dass der Russe beleidigt den Esstisch verlassen hatte. Rudi Duttkes Wahrnehmungsvermögen wurde urplötzlich zu einem umrauchten Sud. Seine Realität verschwamm auf einen Schlag zu einem verzerrten Flackersog.

Der Russe kehrte in das Esszimmer zurück. Der Lichtschein der Pendelleuchte warf seinen Schatten und den des Kunstkurators auf den papierbespannten Raumteiler vor dem Esstisch. Der war mit Limonen verziert. Rudi Duttke hatte ihn vom Russen geschenkt bekommen. Das war nach der Farce auf den Seychellen schon die reinste Bestechung gewesen, denn er hatte ihm und dem Bildhauer dafür im Gegenzug Rede und Antwort zum goldenen Kegelspiel von Bregenz gestanden.

Wie in einem schaurigen Schattentheater machte der verdächtig spitzohrige Umriss des Russen auf dem ausgeleuchteten Raumteiler mit dem teuflisch-dämonisch gehörnten Wolfskopf böse Miene zum nicht minder bitterbösen Spiel. Rudi Duttke war speiübel, ihm knisterten gehörig die durchrauschten Sinne. Er blickte auf. Ihm gegenüber saß nicht der Russe. Da saß ein furchteinflößendes Raubtier. Die verkniffenen Augen glühten zitrusgelb. Der infernale Fellkopf schwarz wie das Nichts. Rauchschwaden umhüllten ihn, so als sei er geradewegs der Hölle entstiegen. Die Langschnauze schreckenerregend. Der Fenriswolf. Ihm rasselten die Ketten, aus denen er sich herausgesprengt hatte.

Mechanisch klimpernd ertönte die Melodie von »Hoppe, hoppe, Reiter«. Die Spieluhr. Der Russe musste sie von irgendwo hergeholt und auf den Tisch gestellt haben. Duttke schwirrten die Sinne. Er sah in seinem Wahn den abscheulichen Fenris vor sich. Die Wolfsfratze verzerrt, als flimmere sie gerade in einem Kasperletheater über einen hundsalten Röhrenfernseher. Die Schweißperlen kletterten wie aufgescheuchte Maulwürfe aus den Löchern von Duttkes Nasenporen, ehe sie auf die Zitronenmousse tropften. Er schwitzte, als säße er wie so oft zuvor mit dem Russen in der Seesauna der Therme Meersburg. Bei einem zischenden Limetten-Minze-»Aufgüss«, den der kleine Franzose immer so wohltuend mit den Mentholkristallen aufbereitete. Er klammerte sich krampfhaft am Tischrand fest. Die Stimme des Russen knackste ihm metallisch durchs Gehör.

»Ein hungriger Wolf muss einen harten Kampf führen. Und den Wolf aus Porzellan ...« Der Russe ergriff das bis dato noch unangetastet vor ihm verweilende Sektglas und ließ es in seiner großen linken Pranke zerbersten. Klirrend bröckelten die Scherben des zersprungenen Kelchs in seine Schale mit der Zitronenmousse. Der abgebrochene Glasstiel gleich hinterher. Und das limonengelbe Halbvoll durchmengte sich mit dem Blut, das aus seinen Fingern quoll, ehe es ihm vom Daumen über den goldfarbenen Siegelring und von dort am Handgelenk den Arm hinabfloss. »... werde ich brechen.«

Seine Pranken packten den Duttke an der Gurgel. Zogen ihn über den Tisch zu ihm her. Die Finger des Russen drückten zu. Sie pressten unerbittlich wie eine Schraubzwinge.

Duttkes Pupillen traten aus dem Augenweiß hervor. Wurden immer größer. Wie zwei Puckscheiben, die einem beim Warmschießen der Spieler auf der vereisten Eishockeyfläche schon einmal entgegengeflogen kommen. Als quetsche er einem Antistress-Spielzeugtier die Glupscher heraus.

Der Russe knetete Duttkes Kehlkopf zwischen den klobigen Boxerfingern seiner Linken. Sie pressten ihm die Luft aus der Gurgel wie Zahnpastareste aus der Tube. Nun flogen die beiden übergroßen Puckscheiben nicht mehr über das Weiß der Eishockeyfläche. Sie schwammen im blutroten Gespinst geplatzter Äderchen. Der an der Schnauze demolierte lapislazulisteinerne Fenriswolf aus dem Siegelring des Russen küsste ihn seitlich links am Kehlkopf.

Die Hände des Kunstkurators mühten sich im Übereifer der Panik vergebens ab, die Gabel auf der Mahagonitischplatte zu greifen zu bekommen. Ein in seiner Gänze mehr als sinnbefreites Unterfangen. Die Rechte des Russen griff nach der extrascharf geschliffenen Pizza-Axt auf dem Steinofen neben dem Esstisch. Die, die er Rudi Duttke heute eigentlich als Bestechungspräsent mitgebracht hatte. Jetzt hatte sie Plan B zu erfüllen. Mit seiner starken Linken zog er den sturen Kunstkurator so schroff an der Kehle über den Tisch, dass dessen Kahlkopf mit dem Gesicht voraus in der Zitronenmousse des Russen landete.

»Arrrghhh!« Gejapst drang der Schmerzensschrei aus der schaumigen Creme. Erdrutschartig zog die Klaue des Russen den Duttke jetzt wieder aus der fruchtigen Dessertmasse.

Nun flog ihm aus Duttkes linkem Auge nicht mehr bloß eine die bernsteinfarbene Iris wie bei einer Sonnenfinsternis völlig vereinnahmende Puckscheibe entgegen. Nein. Stattdessen steckte nun auch der abgebrochene Stiel des Sektglases inmitten der geweiteten linken Pupille. Wie der Pfeil nach einem Königsschuss im Schwarzen der Zielscheibe.

Die Kunst war der provokante Stachel im Fleische der Gesellschaft. Und Kunst lag ja bekanntlich im Auge des Betrachters. Der gläserne Stachel in Duttkes Augenfleisch war deren hell kreischender Ausdruck.

Die Blutschliere aus dem so lädierten Glupscher schlängelte sich eng wie bei einem Bachata-Tanz um den gesplitterten Sektglasstiel. Weitere Splitter hatten sich in Stirn, Wangen und Kinn verbissen. Der Biss in eine Zitrone schien wie der Sprung in kaltes Wasser. In diesem Fall war das kühle Nass ein Scherbenmeer.

Der Russe begutachtete mit infamem Blick den wolfskopfförmigen Bluterguss unter Duttkes linkem Wangenknochen. Dem Abdruck fehlte die Schnauze. Ein Wolf ohne Schnauze, das war ein Hund mit eingezogenem Schwanz. »Ein Hund, der mit den Wölfen geht, wird erschlagen!«

»Do stigt mir an biettrböuos Köter uuf. D'r Klushond schreckli wie a Kalb grouoß. Bigott, d' Gier triibt zetr mordio zum Fluoch. D' Kunscht sompfi tüüf z' Grab glupft. Schwarza Zottel söndwüoscht vrrupft. Frööſsi Ougo wie füürrouot Tällar druuf«, presste Duttke völlig wirr sein Sprüchlein über den bitterbösen Klushund mit dem hässlich zerpflückten Schwarzfell und den feuerroten tellergroßen Augen aus seiner gewürgten Kehle hervor. An der klebte das Blut aus den Fingern des Russen. So als habe sich der Fenris in seiner Gurgel verbissen.

Der Kunstkurator begutachtete seine zittrigen Unterarme. Die waren mit einem Mal mit streifenförmigen, peitschenhiebähnlichen Rötungen überzogen. Als habe man ihm die gegeißelt. Was sollte bloß dieser faule Zauber? Die Spieluhr klimperte währenddessen noch immer die Kinderliedmelodie vor sich hin.

»Rita, rita Rössle. Z' Breaganz stoht a Schlössle. Wenn das Hackebeil fällt, zieht's auf dem Schädel ein Gässle«, murmelte der Russe vor sich hin. Nun schwang dessen Rechte durch. Mit ihr der eigentümliche Pizzaschneider mit seinem bumerangförmigen Griff aus seicht gebranntem Eschenholz. Der Axtarm gab auf dem Shojipapier des Raumteilers den in die Bresche springenden Schattenkrieger ab, als er bedrohlich nach vorn gesunken kam.

Sie schlug ein. Die halbkreisförmige Klinge mit den altnordischen Runen auf der Edelstahlschneide. Mit voller Wucht wurde das Hackebeil dem Duttke oberhalb der linken Augenbraue auf die Stirn geschmettert, und es spaltete ihm den Schädel.

Verblüffend, diese Ähnlichkeit. Selbst die furchentiefen Stirnfalten waren dem Duttke wie dem großartigen Ben Kingsley eingemeißelt. Jetzt sprudelte aus dem Spalt in Haut, Gewebe und Stirnlappen fröhlich eine Blutfontäne wie aus einem Lavabrunnen hervor und färbte die Stirnriefen rötlich ein. Der Russe ließ den Axtgriff los und den mausetoten Duttke zurück in seinen Stuhl sacken. Das Blut strömte ihm aus dem Schädel und ergoss sich wie eine Beerensoße über die beinahe noch unangerührte Zitronenmousse des Kunstkurators.

Der Russe griff nach seinem angenagten Pizzastück und kratzte mit den Zähnen noch eine gehäutete Weinbergschnecke vom Belag. Er bestaunte den leblosen Sack einer verräterischen menschlichen Hülle ihm gegenüber am Mahagonitisch. *Das* war sie. Die Kunst. Seine hungrigen Augen fixierten die Axt in Duttkes Stirn. Er würde den Wolf aus Porzellan ganz brechen.

Dann ergriff seine Rechte wieder den Pizzazerteiler und wuchtete ihn aus Duttkes gespaltener Stirn, wobei ein satter Blutschwall gegen das Bespannpapier des Raumteilers befördert wurde. Wie die Farbschlenker, die der Pinsel bei der Spritzkunst auf die Leinwände schleuderte. Einzelne rote Sprenkler tanzten aus der Reihe und bogen in Richtung der Spieluhr ab, wo sie auf den gold lackierten Holzkegelchen und der Glasmurmel, die die Kegelkugel darstellte, kleben blieben.

***

Sonntag, 24. Juli 2016, Radolfzell, gegen 21 Uhr

Der Bodensee wirkte aus luftiger Höhe betrachtet so mystisch, als habe der Herrgott ihn eines Silvesterabends versehentlich mit Blei hingegossen. So sagte man. Wild und verwegen.

Der Russe liebte es abgöttisch, die blaue Stunde mit seinem anhänglichen wie schmiegsamen Papillon-Hund Wassili auf einer der Bänke zwischen den mächtigen camouflagefarbenen Stämmen der Platanenallee auf der Hafenmole in Radolfzell zu verbringen. Vierzig Minuten der Glückseligkeit. Vierzig Minuten, in denen Tag und Nacht aufeinandertrafen und im Schmelztiegel über der Aachmündung in der nordwestlichen Bucht des Zeller Sees eine orangewarme Naht zwischen die kühle Bläue von Himmel und See zogen. Als habe eine Nadel hinter den Hügeln lückenlos ihre feurigen Stiche gesetzt.

Die Magie der blauen Stunde. Der letzte Sonnenhauch lag über der Halbinsel Höri am Horizont hinter dem Galgenberg bei Bohlingen mit seiner blattförmigen Aussichtsplattform und den Höhenzügen der Hegauberge. Sie hatten die letzten Sonnenstrahlen des Glühballs nahezu vervespert. Davor taten sich die schwarzen Umrisse der Pappelallee entlang der Autostraße durch das Radolfzeller Aachried auf. Wie die spitzen aneinandergereihten Zacken in einem Wolfsgebiss sahen sie aus. Weiter westlich war der Sonne die Puste ausgegangen. Dort, wo sich die Vulkankegel vom Hohentwiel und vom Hohenstoffel auftaten, war sie schon nahezu ganz versunken.

Vom Firmament senkte sich noch scheu die Nachtschwärze herab. Eine tiefe Mystik wohnte der blauen Stunde inne. Wie gemächlich im Wind wehende Seidentücher prangten die Wolkenformationen auf dem sandgelben Streifen am Horizont. Eine von ihnen wirkte wie ein geschwungenes, dann aber jäh im Himmelszement erstarrtes Lasso. Im Untersee spiegelte sich unterhalb der schwarzen Hügelsilhouette die Melange aus warmen Orangetönen und geheimniskaltem Azur wider. Ein Sandwichschmelz aus aprikosenfarbener Sandwärme eingebettet in tiefblau eingefärbte Nachtnuancen.

Entlang der Seepromenade vollführten die Laternen im nachtumwanderten Wasser des Bodensees wie golden schimmernde Mikadostäbchen derweil ihr ganz eigenes Lichterspiel. Dazu gesellten sich am Yachthafen der grüne und der rote Glitterpfad der beiden Molenfeuer.

War einem dann noch das Glück zugeneigt, wie heute, konnte man die vorzügliche Kunst in Form von artistisch aufgestapelten Steintürmchen von Sepp Bögle an der Mole bestaunen. Sie war dem Russen heilig wie jede Form der Kunst. Solange sie bloß nicht »El Niño« verdeckte. Was sie beinahe tat, wenn dieser denn auch nur im Ansatz aus dem Wasser hervorlugen würde. Das tat er erfreulicherweise nicht. Denn heute sollte vor Radolfzell noch ein ganz anderes Spektakel über die Wasserbühne des Zeller Sees gehen und bei den Strandflaneuren und Promenadenbummlern einen gottsallmächtigen Schauder provozieren. Besonders der gläserne Stachel im Auge des Verrats. Herausstechende Werke provozierten eben gern.

So auch der bronzene Jungmann, der in Kauerstellung im Bodensee ausharrte und jedweder Laune der Natur tapfer trotzte. »El Niño« polarisierte, wie es nur die allerprächtigsten Kunstwerke zu tun pflegten. Die fabelhafte Skulptur war aufgrund ihrer Hockstellung auf so mancher Schmähzunge als die »kackende Statue vom Bodensee« und als »Seescheißer« verspottet worden. Der eine oder andere Kritiker mochte deren einzige und wahre Kunst darin sehen, als ein solches Gebilde für den Urheber ein üppiges Salär eingefahren zu haben. Wieder andere monierten den Vogeldreck auf der Bronzeskulptur. Und einige ärgerten sich über das außergewöhnliche Kunstwerk sogar grün und blau wie das Bodenseewasser. So sehr, dass sie die vermeintliche Unkunst am liebsten aus dem Wasserbett, bestehend aus einer Betongussplatte und einem darauf aufzementierten Sockel, reißen wollten.

Doch der Bildhauer Ubbo Enninga genoss den allerhöchsten Respekt des Russen. Kunst über Geld. Der Werktitel »El Niño« versprühte geradewegs grenzenlose Schlichtheit. Die nackte Authentizität in bronzener Person. So lebensecht, dass schon mehrfach die Polizei von Radolfzell hatte ausrücken müssen. Denn der Bronzebursche trat so täuschend echt aus der Wasseroberfläche, dass Uferschwärmer die Kindsstatue gelegentlich für einen lebensmüden Nackedei hielten. Ein Kunstwerk sollte ein zur Tat verwirklichter Traum eines Mordes sein. Und eine Bronzeskulptur, die den Strandgängern den Tagtraum eines selbstmordgefährdeten Seegängers vorzugaukeln vermochte, war unbestritten die Speerspitze der allerhöchsten Kunst.

»El Niño« war so herrlich alltagstauglich. So ordinär originär. Die Kalk- und Sandablagerungen auf seiner Bronzehaut ließen ihn aus der Ferne regelrecht mit den Ufersteinen verschmelzen. An seinen muskulösen Oberarmen zeigten sich die Zeichen der Zeit. Dunkelbraun angewitterte Bänderungen an den Schweißnähten, an denen die separat gegossenen Arme angefügt worden sein mochten. Wie die Maori-Tätowierungen eines Ureinwohners Neuseelands. Die passten ja ganz vortrefflich zu Duttkes auftätowierten Tribal-Armbändern auf dessen Oberarmen.

Die kahlköpfige Bronzeskulptur diente den Radolfzellern als inoffizieller Wasserstandszeiger. Gelebte und erlebte Kunst. In alltäglicher Anwendung. Nutzbringend und sinnstiftend. Stand »El Niño« auf dem Land, dann hieß das Niedrigwasserstand. So pflegte man zu sagen. Führte der Bodensee in den Wintermonaten oder in Dürreperioden einen tiefen Pegel, saß der Ärmste mit seinem bronzenen Allerwertesten im wahrsten Sinne des Wortes auf dem Trockenen. Mit steigendem Wasserpegel schwebte die kindsköpfige Statue dann im Frühjahr zunächst mit ihren Fußsohlen geradezu über der Wasseroberfläche. Als würde der splitternackt Hockende mit den ausgestreckten Handflächen im Stile eines leibhaftigen Magiers bereits sehnsüchtig den Geist des Sommers aus dem Untersee heraufbeschwören. Der unbekleidete Knabe stellte sich mit Leib und Seele den unberechenbaren Launen der Natur. Und war ihnen ganzjährig ausgesetzt. Schneedecke in strengen Wintern, Brustklatscher bei starkem Wellengang, nagender Zahn der Zeit. Und von oben, da regnete es Möwendreck.

Als stehende Welle hatte der Künstler die Skulptur erdacht. Das pazifische Wetterphänomen ungewöhnlicher Meeresströmungen war hier namensgebend gewesen. »El Niño«. Das Kind. *Enfant terrible.* Das schrecklich böse Kind. Zumindest wurde das Wetterphänomen »El Niño« gelegentlich als das »böse Kind« verschrien.

Das gleichnamige Kunstwerk hier am Radolfzeller Mole-Ufer sollte kosmische Energie bündeln, das Bewusstsein für das Mächtespiel von Sonne und Mond schärfen und deren Wechselwirkungen mit der Erde als Spielball in Einklang bringen. Es war ein absoluter Blickfang. An kalten Wintertagen hatte man schon so manches Mal einen gehäkelten Eierwärmer an der Bronzestatue oder aber eine Badekappe auf dem Kahlkopf bestaunen können.

Der Kindskopf von »El Niño« lugte in seiner nachtschwarzen Silhouette noch nicht wieder aus dem Wasser hervor. An seiner statt trieb immer noch der wasserballgroße orangene Ballon auf der Wasseroberfläche. Im Sommer wurde die Hockestatue mehr und mehr vom Bodensee verspeist. Der Bodenseewolf verschlang das Kunstwerk. Im Moment hatte er es ganz verschluckt. Der Pegelstand lag weiterhin knapp über vier Meter. Erst unterhalb dieser magischen Marke würde die Bronzeglatze überhaupt wieder die Chance haben, wie eine kleine Insel aus dem Bodensee herauslinsen zu können. In ein paar wenigen Tagen würde sich die Blässhuhnmama wieder auf die Schulter der Statue stellen und auf ihren Kopf einpicken können. Aus Argwohn darüber, dass das Hochwasser das mit dem Gatten auf den Handrücken der Skulptur mühevoll aus braunen Algenfäden geformte Nest so jäh hinfortgespült hatte.

Das Wasser schwappte schon in leichten Wogen Richtung Ufer. Die herannahenden Sturmwehen bauschten den Bodensee auf. Gleich würde er auftauchen, der andere Kahlkopf. Direkt neben der ballonförmigen Markierungsboje. Neben ihr. Nicht unter ihr. Und noch mal deutlich naturgetreuer als der gute »El Niño«. Lebensecht. Todecht.

Rudi Duttke. Salemer Urgestein und Kurator am Kunsthaus Bregenz. Obendrein passionierter Hobbyhistoriker, der im Vorarlberger Landesarchiv durch seine ehrenamtliche Tätigkeit wahre Wohltaten vollbracht hatte. Er hatte seit ewig und drei Jahren einmal jährlich die »Salemer Schlossseekunst« als Gala im Naturerlebnispark ausgerichtet. Ein Saubeutel vor dem Kunstherrn.

Er war ein störrischer Kunstjudas gewesen. Etliche Male hatte er in ihrer Einzigartigkeit formidable Skulpturen aus dem Hause »HanjoBalt« an der Burgruine Schopflen an die Antiquitätenmafia anstatt an ehrhafte Leute verschachert. Dadurch hatte er die Frömmigkeit der mit Geld nicht aufwiegbaren Werke beschissen und seine Taschen mit Silberlingen gefüllt. Verrat an der Kunst. Sein Rückgrat ihrem altruistischen Antlitz gegenüber war fragil wie Porzellan gewesen. Der Russe hatte es wie ein Glaskinn zerschmettert. Seine Wolfskralle hatte dem Kunstkurator den Blutadler auf den Rücken geritzt. Genauer gesagt war es erst der Glockendegen aus dem tiefen Dschungel Ecuadors, dann die Pizza-Axt gewesen. Jetzt hockte Rudi

Duttke in der gleichen Hockstellung wie »El Niño« im Bodensee. Dem ebenso raffgierigen Phantasiewesen Gollum aus »Der Herr der Ringe« nicht unähnlich. Im Gegensatz zu diesem zierte keine knubbelig exponierte Wirbelsäule den gebeugten Rücken des toten Kunstkurators, sondern ein klaffender Riss, aus dem die Rippenbogen wie Flügel abstanden. Lebendig oder tot – davonfliegen konnte dieser judasgleiche Jophiel, dieser gefallene Erzengel der Kunst, so oder so nicht mehr. Dafür sorgte die Last des Verrats an seinen Füßen und Händen. In Form von Beton. Froschhocke im Adamskostüm. Das Kinn auf einem aus dem Betongrab herausragenden Stecken abgestützt.

Überhaupt hatte die ausgebröckelte Zerklüftung auf dem bronzenen Rücken von »El Niño«, die wohl künstlerisch die Wirbelsäule andeuten sollte, ihn erst auf die Idee mit dem »Blutadler« gebracht. Er hatte den einbetonierten Kunstverräter einige Zentimeter höher positioniert als die unschuldig kindliche Statue. Und direkt vor ihm ein leuchtstarkes Tauchlicht. Der Bildhauer war ihm dabei zur Hand gegangen. Sie hatten den Einbetonierten an der vorgesehenen Stelle über Bord des supertragfähigen Schlauchboots gehen lassen und beim Absinken richtig in Position gebracht. Ein abenteuerliches Unterfangen in Tauchermontur. Gleich würde die Show beginnen. Die Hand des Russen wanderte zur Fernbedienung in seiner Hosentasche.

Heute herrschte ein böiger Südwestwind in der Radolfzeller Bucht. Der bauschte die Wellen zur Mole hin mächtig auf. Der nächste Schwapp war schon im Anmarsch. Der Bodenseewolf, er regte sich. Ein besonders eifriger Wellenkamm scherte über die beiden noch unter der Wasseroberfläche verborgenen Kahlköpfe und ließ den orangenen Bojenball über »El Niño« ordentlich kippeln. Und dann folgte das Wellental. Es verschlang für einen kurzen Augenblick gefräßig das Wasser über dem betonfüßigen Kunstkurator.

Spotlight on. Der Russe drückte in seiner Hosentasche den Knopf. Ein greller Lichtkegel endete in einem kreisrunden Leuchtfleck auf die Wasseroberfläche, als läge dort die Sonne höchstpersönlich vor der Hafenmole im Bodensee. Ein Strahl schoss aus dem rundlichen Lichtgrell in die Höhe der sich wie in blauem Gold schlierig kräuselnden Tinte der herabsinkenden Nachtschwärze.

Sein Kläffer Wassili jaulte wehmütig auf. Er konnte es wohl nicht verputzen, dass sein Herrchen eine Maske der Allensbacher Schlösslespudel am Fuße von Duttkes Leiche im Bodensee versenkt hatte. Sozusagen als Grabbeigabe. Sie dem Duttke über das Gesicht zu stülpen, dafür hatte er den toten Kunstkurator doch viel zu kunstvoll zugerichtet. Trotz der Wasserliebe war es dem Vierbeiner wohl ein Graus gewesen, einen anderen Pudel so hilflos baden gehen zu sehen. Auch wenn es sich bei dem Artgenossen um eine Holzschnitzerei handelte.

Der Russe hatte sich einmal nach einem Narrensprung in Konstanz durch diesen Pete-Doherty-Verschnitt Rufus Vetten einen Schwung Pudelmasken aus dem Allensbacher Zunftheim stibitzen lassen. Die schauerliche handgeschnitzte Maske mit den feuerroten Augen und dem wuchtigen Fell erinnerte vollkommen an den Klushund.

Für die Dauer eines Flügelschlags legte das Wellental Rudi Duttkes Kopf bis fast zur Nasenspitze frei. Die aus dem Wasser hervorstechende obere Gesichtshälfte wurde direkt vom Unterwasserstrahler angeleuchtet. Die zorroartige schwarze Augenmaske hing ihm triefend nass über dem Riechkolben. Durch die Augenschlitze starrten aufgequollene, blutunterlaufene Augen hervor. Umrandet von blauen Blutergüssen zur blauen Stunde. Und in dem linken Glupscher steckte noch immer der abgebrochene Sektglasstiel. Ein schrecklicher Anblick. Wassili bellte angriffslustig. Gut so. Er erkannte den Sauhund wohl wieder. Er war im Auto dabei gewesen, als der Russe ihn in der Nacht im See versenkt und präpariert hatte. Ganz offensichtlich konnte Wassili Kunstverräter auch nicht sonderlich gut riechen.

Der abgemurkste Duttke gab herinnen im Bodensee schon ganz prima den »El Niño«. Die Bronzestatue hatte im kindlichen Oberstübchen einen rissigen Spalt am Haaransatz. Nämlichen wollte der Künstler dadurch wohl akzentuieren. Dort gab es eine tiefere Macke oberhalb des linken Auges am Scheitelansatz. Auf Duttkes Stirn klaffte an exakt derselben Stelle ebenfalls ein Riss. Dort war der untere Zacken der Pizza-Axt durch Haut und Schädeldecke hindurchgedrungen. Er hatte den Hieb mit seinem schwächeren Arm leicht verzogen, aber die Stelle passte.

Dabei war es nicht geblieben. Das Tumi, das rituelle Zeremonialmesser, hatte das Leck in Duttkes Trotzkopf weiter geöffnet. Mit der Pfeilspitze aus Obsidianstein hatte er den Sturschädel dann auch weiter hinten durchbohrt und gelöchert wie einen Schweizer Käse. Jetzt hatte der Duttke wahrhaftig Gold im Kopf. Und hätte der Bodensee das Gesicht des Kunstjudas nicht reingewaschen, so würden auch das seinige Schlieren zieren. Nicht die weißen, die bisweilen der Vogelkot bei »El Niño« hinterließ. Nein, rote. Besser das Haupt von Blut überzogen als die Goldgier an den Fersen. Seekunstmord. Immerhin hatte das Seewasser auch sein eigenes Fingerblut von Duttkes Kehle gespült und so die Spuren verwischt.

Selbst die Rillen und Riefen in der bronzenen Haut der Statue, die durch die Bearbeitung des Gipsmodells mit einer Raspel entstanden sein mussten, hatte der Russe nachempfunden. Er hatte dem Duttke dafür extra schon beim gemeinsamen Frühstück, im Falle, dass Plan B zum Einsatz kommen müsste, Shiitake-Pilze auf die Bruschetta gemogelt. Wohl wissend, dass sie bei dem Bregenzer Kunstkurator diese äußerst seltene, streifenförmige Dermatitis mit den peitschenhiebartigen Rötungen hervorrufen würden. Eine Leichtigkeit, denn den Koch in Duttkes hypermodernen Nobelküche, in der Komfort, Technologie und Schick rivalisierten, hatte *er* abgegeben.

Wie eine verunstaltete Unke, die blöderweise einem fiesen Tierquäler-Bully in die Hände gefallen war, linste der mausetote Kunstkurator mit seinem von Glassplittern gespickten Gesicht bis etwa zur Hälfte aus dem Wasserdunkel heraus. Nicht länger als einen kurzen Moment. Der im linken Auge steckende gläserne Stiel fing das zitrusgrelle Gelb und das feurige Orange der allerletzten versiegenden Sonnenstrahlen in der blauen Stunde ein. Durch ihn schimmerte die kaltwarme Mystik der orangeblauen Schmelznaht des Horizonts hindurch.

Gerade trat ein ummantelnder Wasservorhang am Stachel in Duttkes Auge seine Rückreise in den Bodensee an. Dieses Schauspiel erinnerte den Russen an das handgefertigte Unikat der Glasskulptur, die in seinem Wohnzimmer in Meersburg sein Plätzchen gefunden hatte. Ein orange-blau verschmolzener, gläserner Zapfen, der in einen Glaskringel eingeschlossen war. Entlang des Glasstachels schlängelten sich nun die Nachboten des Wasserschwapps. An der Spitze stauchte sich das Wasser zu wässrigen Klickerkugeln, die im Lichtspiel der blauen Stunde ein feurig-arktisches Farbspektakel in sich trugen und taub in den Bodensee rieselten. Wie die Königsmurmel mit ihrem geschwungenen Farbeinschluss im Kegelspiel auf der Spieluhr.

Im hellen Schein des LED-Strahlers wand sich das Rinnsal aus Wasser und Resten angetrockneten Blutes den abgebrochenen Glasstachel entlang. Der Todessaft kleckerte Tropfen für Tropfen eigenbrötlerisch wie ein Schakal im purpurroten Mantel in den wolfhaften Dunkelsee. Durch den gläsernen Kragen hindurch wurde Duttkes todwundes, blutunterlaufenes Auge um ein Vielfaches vergrößert. Das ließ den Zerschundenen wie den Klushund mit seinen tellerbreiten Glutaugen erscheinen.

Schon schnappte die nächste Welle zu und begrub den ramponierten Toten wieder unter sich. Ein Schrei konnte nicht mehr allzu lange auf sich warten lassen. Da war er schon. Vollhalsig und kehlig. Von der besseren Hälfte des Pärchens hinter ihm. Das sich so ausgelassen über die geniale Geschmacksexplosion der drei Bollen in ihren Eistüten aus dem Eiscafé »Lazzara« unterhalten hatte. Zitronen-Basilikum-Sorbet, Meerrettich mit Kirschsoße und Lakritz mit Zitronensoße. Ganz exquisite italienische Schaffenskunst. Die Zitrus-Entzückung konnte der Russe ja gut nachvollziehen. Aber die beiden Abendschwärmer waren aus der Schwelgerei gar nicht mehr herausgekommen.

Der markige Schrei der Dame, die mit außerordentlichem Bohei ihre Eistüte auf den schniekfeinen Lederschuh ihres Lackaffen von Partner hatte plumpsen lassen, war ein Zeichen höchster Anerkennung. Nicht der Rubel war die einzig wahre Währung der Kunst. Der Schreckensjubel, der Sturm der Empörung hob die mörderische Kunst des Russen im Bodensee in himmlische Sphären. Er war im Stakkato der nackten Panik aus der Gurgel der Dame geklettert und steckte nun wie ein Lauffeuer die entrüsteten Kehlen der Molenflanierer und Strandmüßiggänger in Brand. Wie die Samen von sturmgebeutelten Springkrautstauden poppten die entsetzten Japser entlang des Ufers aus ihnen hervor.

Vermutlich würde die Kripo schon recht bald das gute Meißner aufspüren. Er hatte vor, die beiden Porzellanwölfe vor dem Treffen in der Waldhütte an den Füßen der Skulptur der golden glänzenden »Ready Maid« vor dem Bregenzer Festspielhaus, unweit von Duttkes Homebase, abzustellen. Das bronzene Baumstammwesen stand dort in einer Wasserlache. Genährt vom Niederschlag. Verdunstetes Bodenseewasser. Ein waschechtes Seekunstwerk.

Michelangelo hatte seinen David aus dem Vollen gemeißelt. Aus gesundem Carrara-Stein. Ein Marmor-Virtuose vor dem Herrn. Nicht ein einzelner Riss hatte sein Schaffen stören dürfen. Auch *er* durfte sich keinen Fehltritt leisten. Nichts durfte dem Seekunstmord einen Abbruch tun.

»Tra cane e lupo«, pflegte man in Italien zur blauen Stunde zu sagen. Die Stunde zwischen Hund und Wolf. In ihrer Poesie lagen beide begraben. Zwischen Tag und Nacht. Zwischen Licht und Dunkelheit. Vergehen und Neubeginn. Verrat und Bewahren. Auch die Kunst lag dazwischen. Spielball zwischen Klushund, ihrem Verräter, und Fenriswolf, ihrem Behüter.

2

Samstag, 30. Juli 2016, Kreuzlingen, gegen 20 Uhr

Kreuzlinger Nächte waren laut. Besonders bunt sollte es heute Nacht oberhalb der Stadt hergehen. Die kleine Holzblockhütte war fernab des urbanen Treibens abgelegen in den Kreuzlinger Wald eingespickt. Hinter der Schweizer Grenze stieg aus dem Stadtkern bald die Alpstraße hinauf. Bergauf vorbei am Zentralfriedhof. Es grüßten die letzten Häuser am äußeren Stadtrand. Über die Bahngleise ging es dann aus dem urbanen Flair hinaus in eine andere Welt. Eine grüne, unberührte Wildnis jenseits des künstlichen Stadtdschungels. Entlang der Ackerfelder und vorbei am Schützenhaus »Fohrenhözli« führte die Straße immer tiefer in die Einsamkeit der Natur. Hinter den Feldern lud linker Hand eine Landwirtschaftsstraße zu einem Abstecher ein in das von Bachschluchten, Feuchtwiesen und Flachmooren durchzogene Waldreservat der drei wie an einer Perlenkette aufgereihten Lengwiler Weiher. Die Einöde lockte aber nach rechts. Auf die Bodanstraße, bloß kurz nach rechts und dann gleich hinter dem Reifenhändler wieder nach links auf einen Landwirtschaftsweg. Die Bunkerstraße. Diese leitete die Getreidefelder entlang schnurstracks zu der Bussardhütte am Waldrand.

Hier draußen konnte der Mensch noch Mensch sein. Ganz im Einklang mit der einsamen Natur. Vor allem aber war man auf dieser kiesgeschotterten abgeschotteten Lichtung im Schutze des umringenden Waldes vollkommen ungestört. Die Bunkerstraße machte ihrem Namen alle Ehre. Das war für Hanjo von Dargatz-Gierer und seine Gattin Rosalinde in dieser Nacht von allerhöchster Bedeutung. In der Einsamkeit wurden Ideen geboren. So einen zündenden Geistesfunken brauchten sie heute, um ihre Fackeln der Erleuchtung zu entflammen.

Der Bildhauer und seine Holde hatten sich als Erste in

der Blockhütte eingefunden. Das Rolls-Royce Silver Wraith Cabriolet hatten sie dieses Mal in der Garage gelassen. Stattdessen waren sie in Hanjos 916er Porsche von ihrem Kunstatelier in Salem aus hergeritten. Hanjo hatte sich von Rosalinde dafür bereits gehörige Schelte eingefangen. Der Oldtimer war ihrem Plan, möglichst unauffällig zu bleiben, nicht gerade förderlich. Immerhin war er auf der Straße so selten gesehen wie unter Briefmarkensammlern die Blaue Mauritius. Gerade einmal elf Prototypen waren seinerzeit vom 916er gebaut worden. Und dennoch war er purer Ausdruck seiner Gemütslage. Das helle Himmelblau vermittelte Hanjos Sehnsucht. Wie die Natur, die seit dem Frühling gegen die triste Blässe des Winterweißes rebelliert hatte und nun in sattesten Grüntönen frische Energie ausstrahlte. Aufbruch. Wie die Bussardskulptur. Mit ihren stolzen weit ausgebreiteten Flügeln. Bereit, sich hoch in die Lüfte zu erheben. Mit der gebrochenen Schwinge war sie allerhöchstens ein wenig angekratzt.

Das waren sie alle. Rosalinde und Hanjo. Balthasar und Claudius. Der Russe. Und auch die Vermieterin und die Straßenstreunerin. Die Schlappen ihrer ertraglosen Expeditionen auf die Seychellen hatten sie über die Jahre ein Stück weit gezeichnet. Der Lack des vormals ungebrochenen Pioniergeistes war abgeblättert. Durchzogen von der trügerischen Sepsis der Selbstzweifel. Heute war die Stunde der Wahrheit. Es galt, das Feuer der Leidenschaft unter den Schatzjägern wieder zu entfachen.

Um kurz vor sieben war Balthasar Kincsvadászat mit seiner roten Ape vor die Blockhütte getuckert. Es war jedoch nicht allein dieses Gefährt, das bei Hanjo und Rosalinde den Eindruck erweckte, ein leibhaftiger Pizzabäcker betrete die Bussardhütte. Die radikale Kahlschlagfrisur. Die zaghaften Kinnstoppeln, die nahtlos in einen Oberlippenbart und an den Wangen in einen Drei-Tage-Wuchs übergingen. Das Doppelkinn, das den Hals nur im Ansatz erahnen ließ. Das weiße Bäckershirt. Der kesselförmige Vorbau, den man gemeinhin Plauze schimpfte. Sie ragte aus Balthasars kastanienbrauner Cordhose hervor.

Dieses Masterbrain hatte vor wenigen Monaten, Anfang März, schon einmal einen goldenen Hundert-Kilo-Brummer aus gut bewachten Palisaden entschwinden lassen. Und er büßte dafür. Das Veilchen an seinem rechten Auge sprach Bände. Die Schläger hatten ihn scheints schon wieder in die Mangel genommen. Der Mittvierziger war knappe zehn Jahre jünger als Hanjo und Rosalinde mit ihren fünfundfünfzig und dreiundfünfzig Lenzen. Und dennoch wirkte der Steinmetz in Anbetracht derer erhabener Antlitze mit seinem Pizzabäcker-Look geradezu schäbig und heruntergekommen.

Hanjo hatte eine pompöse Haarpracht. Sie reichte ihm bis weit über die Schultern und war nach hinten tief zu einem Pferdeschwanz gebunden. Die Seitenpartien waren zu Korkenzieherlocken geformt und an den Ohren zu makellosen Koteletten gestutzt. Entlang der Wangenknochen gingen diese in einen akkurat zurechtgepflegten Backenbart über. Die Mundpartie zierte ein edelmütiger wachsgezwirbelter Schnauzer in nahtlosem Einklang mit einem adretten Ziegenbart. Hanjo von Dargatz-Gierer war von edlem Gemüt. Doch nicht nur das. Auch von blauem Blut. Seinen erlesenen Adel verkörperte er mit inbrünstigem Stolz. Nach innen vornehmlich durch seine snobistische Denke. So trug er seine stattliche, höckerförmige Adlernase gewiss ein paar Takte zu hoch. Nach außen stellte er seinen aristokratischen Quell, neben dem cremefarbenen Dandy-Look, seinem weißen Panamahut und dem Flanierstock aus Ebenholz mit marmoriertem Panthergriff, vor allem an seinen Fingern zur Schau. Gleich drei seiner linken Hand waren mit goldenen Siegelringen der Adelslinie der von Dargatz geziert. Die münzgroßen, rundlichen Gläser seiner Brille auf den fein ziselierten Wangen rundeten seine Erscheinung nahtlos ab. Adel ohne Fehl und Tadel.

Seine Gattin Rosalinde stand ihm da in nichts nach. Sie war jedoch von niederem Stand. Das kaschierte die toughe Businessfrau durch ihr Styling. Was ihr an Blau nicht durch die Adern floss, trug sie in Form von Eyeshadow auf ihren Augenlidern und als Strähnen in ihren Haaren. Die hatte sie heute aufwendig zu einer perfekt sitzenden Hochsteckfrisur à la Audrey Hepburn drapiert. Ihr waren die angeheiratete Noblesse wie auch die Denkwürdigkeit dieses Abends auf den Leib geschneidert. In Form eines äußerst körperbetonten dunkelgrünen Paillettenkleides.

Zwischenzeitlich war auch Trahira eingetroffen. Mit ihr Gudrun Raffke. Die dreiundfünfzigjährige Hüttenvermieterin hatte die Straßenstreunerin, die in Friedrichshafen den Zug genommen hatte, mit ihrem rostigen Opel Corsa mit einem kleinen Umweg in Konstanz aufgelesen.

Als Nächster im Bunde schneite Claudius Bouffier herein. Um Punkt acht schlitterte er das Kiesbett vor der Hütte auf seinem sündhaft teuren Feuerstuhl entlang. Genau vor dem Stubenfenster legte er eine waghalsige Kehrtwende hin. So war er. Immer wirbelte er Staub auf. Er liebte die Geschwindigkeit und war auf seinem heißen Ofen ganz in seinem Element.

»Ein Zauberer kommt nie zu spät. Ebenso wenig zu früh. Er trifft genau dann ein, wenn er es für richtig hält!«, ließ Claudius, seines Zeichens Springreiter, verlauten, als er mit großem Brimborium die Blockhütte betrat. In seiner pechrabenschwarzen Lederkombi und unter dem gleichsam nachtfarbenen Motorradhelm hatte der draufgängerische Dreiundvierziger jedoch wenig von der Aufmachung eines strahlenden Zauberers.

Dann schon eher Hanjo in seinem cremefarbenen Dandy-Anzug. Ihm war allerdings vielmehr daran gelegen, Goethe zu zitieren, als den Zauberstab zu schwingen. »Wohlan, meine Freunde! ›Denn wer den Schatz, das Schöne, heben will, bedarf der höchsten Kunst: Magie der Weisen.‹«

Auf den Russen konnten sie nicht warten.

Noch war die Kreuzlinger Nacht in der Bussardhütte an diesem lauen Samstagabend gar nicht laut. Allenfalls lang. Stramme vier Stunden waren seit der konspirativen Zusammenkunft ins Land gegangen. Und der Russe war noch immer nicht aufgekreuzt.

Die späte Stunde strapazierte bereits die Nerven von Balthasar und legte einen bleiernen Mantel um seine Augenlider. Es war nach Mitternacht. Längst hatte Rosalinde eine Petroleumlampe auf dem Tisch aufgestellt. Die kanadisch eingerichtete Holzhütte war stilecht, das musste man ihr lassen. Die überall auf der großen Platte des Eichenholztisches verstreuten Auszüge aus Historienschinken, gespickt mit regionaler Stadtgeschichte, und die große Bodenseekarte bildeten eine mannigfaltig gefächerte Laubdecke. In der Mitte der einfolierte historische Brief aus längst vergangenen Jahrhunderten. Die Dokumente waren im Verlauf des Abends mehr als ein Dutzend Mal reihum gegangen. Während des einen oder anderen Gläschens Cognac war debattiert, recherchiert, spekuliert und letztlich auch phantasiert worden. Und gezankt. Nach Herzenslust gezankt.

Dabei hatte sich die eingeschworene Truppe so voller Tatendrang an die Herkulesaufgabe begeben. Der gute Xantl Moosbrugger hatte ihnen mit seiner nie versandten Brieftirade an den Mönchsbruder Amandus Wendelin über die unstillbare Goldgier einen Bärendienst erwiesen. Das Basislager war damit zwar errichtet. Es war nun aber an ihnen gelegen, die felsigen Klippen bis hoch zur Gipfelspitze zu erklimmen und der Sache um diesen möglichen Goldschatz auf den Grund zu gehen. Nach dem Fiasko auf den Seychellen wäre dieser Goldsegen exakt der Regen, der den verdorrten Boden der Freundschaft aufspülen und ein unverhofftes Begraben des Kriegsbeils ermöglichen würde. Der Knackpunkt war, dem rätselhaften Wirrwarr eine sinnstiftende Bedeutung abzuringen.

Rosalinde griff nach einem Bleistift und setzte die frisch gespitzte Mine auf dem Blatt Papier vor sich an. »Alsdann, lasst uns den Gipfel besteigen!«

***

Eine gute Stunde später, die Uhr hatte bereits eins geschlagen, hatte die Gruppe mit vereinten Kräften einige halbwegs plausible Ansätze zu Papier gebracht. Rosalinde besserte nach einer mit Claudius ausgefochtenen, hitzigen Debatte noch eine Kleinigkeit aus, ehe sie den Bleistift beiseitelegte. Sie ließ ihren Blick über das Niedergeschriebene schweifen. Den ersten Aufstieg hatten sie gemeistert.

»›Der Pferdekopf in der Triskele. Ein Symbol? Ein Amulett?‹«, las Rosalinde die ersten, aus den Gedanken auf das Papier geschwitzten Überlegungen laut vor. Sie nickte Claudius beipflichtend zu. »›Zu Ehren des Wiegenfestes tief im Pferdeschlund eine Heimat pflanzen‹ ... Deine ewige Besserwisserei zahlt sich wohl aus. Mit dem ›Pferdekopf‹ ist vermutlich wirklich ein Ort gemeint.«

Claudius bereiste für seine Springreitturniere die Welt. Insbesondere die Normandie hatte es ihm angetan. Es gab dort bei den französischen Nachbarn, übertrieben gesprochen, kaum ein größeres Dorf, das nicht mit einer Pferderennbahn aufwarten konnte. Zudem war im Westen Frankreichs in Saumur mit dem »Cadre Noir«, der »Schwarzen Garde«, eine der bekanntesten Reitschulen der Welt beheimatet. Und er selbst war Südfranzose. Halber. Die Eitelkeit hatte ihm also bereits in der Wiege gelegen, und ganz besonders die Diskussionsfreude hatte er im Blut.

»Aber was hat dieses *›Le roi a tête de cheval‹* für eine Bewandtnis?«, sann Rosalinde nach.

Wieder war Claudius nicht darum verlegen, Licht ins Dunkel zu bringen. »Der König hat einen Pferdekopf. Damit kann ja wohl nur der Midaskopf mit seinen Eselsohren gemeint sein. Die hat ihm Apollon, der Gott der Künste, der Sonne und des Lichts, verpasst. In mancher Darstellung hat der Midaskopf auch Pferdeohren. Das muss ein verstecktes Zeichen sein! Abkömmlinge Midas'. Leute, wir sind auf dem goldenen Weg! Ihr wisst, was das bedeutet ... Gold im Kopf. Wie wir alle!«

»Ein Hoch auf die Baguetterupfer«, frotzelte Hanjo. »Auch wenn ich drei Kreuze mache, dass deine Eltern dich nicht Claude getauft haben!«

Das war doch schon mal etwas. Ein Ansatz. Sie hingen in

der Steilwand und hatten nach einem vielversprechenden Felsvorsprung gegriffen. Nun galt es, mit der Picke nachzusetzen.

»›Die Triskele, an der der Boden liegt‹«, las Rosalinde den nächsten Satz vor. So kurz dieser war, so lang waren die vier ratlosen Gesichter der am Tisch Sitzenden und die der beiden auf der Couch Verweilenden. »Irgendwelche Ideen, was das wohl bedeuten mag?«

Hanjo trillerte mit Daumen und Zeigefinger an seinem gewachsten Bartzwirbel. Das tat er immer, wenn er überlegte.

Balthasar durchbrach das ratlose Schweigen. »Eine der bedeutendsten Darstellungen der keltischen Mythologie und Kultur. Sie ist ein Symbol in Form von drei radialsymmetrisch angeordneten, offenen Spiralen, die sich im Zentrum eines gedachten gleichschenkligen Dreiecks treffen.«

Hanjo warf seinem Steinmetz einen anerkennenden Blick zu. »Sag mal … Dafür, dass du immer wie so ein Pizzabäckerverschnitt daherschlappst, backst du wissenstechnisch keine kleinen Brötchen!«

Balthasar schob sein Sweatshirt ein wenig hoch und legte seinen linken Unterarm frei. Auf ihm waren die Worte *»Blood«* und *»Honour«* eintätowiert. Dazwischen ein dreihakiges Symbol. »Blut und Ehre. Ein Überbleibsel meiner ungarischen Heißblutzeiten. Die Triskele auf meinem Arm ist hakig. Nicht so schön geschnörkelt wie die keltische. Aber meine rechtsextreme Vergangenheit war eben auch schnörkellos …«

»Unter uns chillt ein verschissener Neonazi, den die Reue packt, und dann hat der Rätselsprachen-Heini auch noch ein Faible für keltischen Runen-Krimskrams. *Wallah!* Wie bitte bringt uns das weiter?«, stänkerte Trahira von der Couch herüber. Die zwanzigjährige Rüpeline pflegte einen unflätigen Sprachgebrauch.

Schon war das Gezanke wieder vom Zaun gebrochen. Dieses Mal zwischen der Halbstarken und Balthasar. Und Claudius lag sich mit Rosalinde darüber in den Haaren, ob die Triskele ihren Namensursprung wohl aus dem Griechischen oder dem Lateinischen hatte.

»Spiralen … Wirbel … Wellen … Wasser … Dreieck …«, stammelte Gudrun Raffke nachdenklich auf dem Sofa vor sich hin.

Lediglich Hanjo schenkte der Vermieterin Gehör. »Aber natürlich!«, verkündete er euphorisch. »Das ist es!« Er blickte Rosalinde tiefgründig in die Augen. »Die Triskele. Wellen. Wasser. Das Dreieck!«

Rosalinde und die Raffke strahlten ihn an. Sie verstanden. Von ihnen abgesehen blickte Hanjo allerdings in drei beträufelte Mienen.

»Mensch, Claudius, Balthasar! Erinnert ihr euch noch an unseren Tauchurlaub auf Sizilien? Wie wurde die Insel ursprünglich genannt?«

Claudius legte sein Siegerlächeln auf. »Ha! *›Trinacria‹!* Aus dem Griechischen!«

Sein Grinsen triefte nur so vor Arroganz. Insgeheim hatte Rosalinde auf den selbstgefälligen Rittmeister ein lüsternes Auge geworfen. Vielleicht auch zwei.

Hanjo applaudierte ihm. »Ganz recht, mein Freund. Ganz recht! *›Trinacria‹*.«

Trahira zählte mit ihrer jugendhaften Straßengaunerattitüde nicht gerade zum geduldigsten Schlag von Zeitgenossinnen. Sie sprang so angriffslustig von der durchgesessenen Couch auf, dass ihr die Kapuze ihres roten Hoodies in den Nacken flatterte. »*Moruk!* Trinak- … So ’n Kack! Was für ’ne Schnick-Schnack-Sülze verzapft der alte Zausel da eigentlich, hä?«

»*Ty s uma soshla?* Bist du bescheuert? Die dreibeinige Medusa auf der sizilianischen Flagge. Das Drei-Kap. Drei Länderspitzen. Drei Länder*ecken*. Das versucht der Gentleman euch zu ›verzapfen‹. Du Kretin!«

Alle drehten sie sich um. Der Russe war eingetroffen. Niemand hatte dessen Lamborghini Aventador die kiesige Auffahrt vor der Waldhütte hinaufbrettern gehört. So sehr waren sie in die Entschlüsselung des streckenweise kryptisch gefassten Briefdokuments vertieft gewesen.

Der Russe hatte einen großen Abstecher von Radolfzell über

Bregenz gemacht und in dieser Nacht nahezu den ganzen Bodensee umfahren. Es hatte ihn zurück nach Radolfzell gezogen. Duttkes Leichnam war längst geborgen, und das böse Kind streckte wieder seinen Kopf aus dem Zeller See. Anschließend hatte er an der »Ready Maid« in Bregenz die Porzellanwölfe platziert.

Hanjo bedachte Claudius mit einem anschuldigenden Blick. Der war immerhin als Letzter in der Blockhütte aufgeschlagen, und er musste es versäumt haben, die Eingangstür richtig ins Schloss zu legen. Wie unachtsam. Bei ihrem Vorhaben. Auch wenn es nur der Russe war, der hinzustieß.

»Wo hast du den Duttke gelassen?«, erkundigte sich Claudius nach dem Kunstkurator.

Der Russe blickte vielsagend zu Hanjo. Das war ja unglaublich. Diese Hundeviecher waren seit dem Seychellen-Desaster so mit sich selbst beschäftigt, dass sie angeblich noch nicht einmal von Duttkes grausiger Hinrichtung Wind bekommen hatten. Kein Sterbenswörtchen war darüber gefallen. Dabei hatte dieser Wind in den vergangenen Tagen ja nun wirklich durch alle Tageblätter und Radiosender geblasen. Aber es ließ diese gefühlskalten Kameradenhunde einfach unberührt. Fein, dieses falschlistige Spiel beherrschte er! »Der Duttke ist nicht länger einer von uns. Aber keine Sorge, wir werden nicht zu den glorreichen Sieben. Wir sind weiterhin die acht Abkömmlinge Midas'!«, antwortete er trocken.

Niemand getraute sich auch nur im Leisesten, das Fortbleiben des Kunstkurators tiefer gehend in Frage zu stellen. Geschweige denn, wer denn nun bitte schön der Achte im Bunde sein sollte. Oder aber: Niemand wollte darüber ein Wort verlieren.

»*Udacha blagopriyatstvuyet khrabrym*, meine Gefährten. Will heißen: Das Glück ist mit den Tüchtigen. Auch wir haben ein Dreiländereck. Und es beherbergt den Flecken unseres Begehrs. Dort, wo der Boden liegt. Bodman. ›*Bodamo*‹. Der Boden … Der See, an dem Bodman liegt. Wo also der Boden liegt …«

Allesamt sprangen sie nun von ihren Sitzen auf und fielen sich in die Arme. »Das Dreiländereck am Bodensee!«, tönte es aus all ihren Kehlen zugleich. Diese Erkenntnis beflügelte die neu eingeschworene Bande.

Claudius durchforstete den Papierstapel auf dem Tisch und kramte eine Kartierung des Bodensees hervor. Alle Augen starrten auf die Karte. Und alle wurden sie größer und größer. Der Reihe nach lösten sich die Augenpaare allmählich von der Karte, um einen zaghaft erkundenden Blick in die Runde zu wagen. Auf der Suche nach dem einen Zeichen, das bedeutete, dass die anderen das Gleiche dachten. Und das taten sie.

Hanjo war der Erste, der diesen Gedanken laut aussprach. »Der Pferdekopf in der Triskele. Das ist kein Symbol. Kein Kettenanhänger. Kein Wappen.« Sein Blick wanderte zurück auf die Kartierung des Bodensees und verharrte an einer ganz bestimmten Stelle mitten im Schwäbischen Meer. »Ungefähr siebenundvierzig Komma sieben Grad nördliche Breite und neun Komma zwei Grad östliche Länge – mit dem bloßen Auge abgelesen. Der Pferdekopf.« Dreimal tippte sein Zeigefinger an ebenjener Stelle wuchtig auf die Landkarte. »Das ist er! Das ist er! Das ist er!«

Es war dieser eine Moment. Ein magischer Moment in dieser lauwarmen Julinacht in dem abgelegenen Blockhaus unweit der Lengwiler Weiher in Kreuzlingen. Der Knackpunkt. Die Felswand war überwunden. Der Gipfel bezwungen.

»Liebling, sei doch so gut und hol mit Claudius und Balthasar den Armand de Brignac aus der Kühltruhe. Darauf muss angestoßen werden! Die ganz edle Cuvée aus den erlesenen Trauben der Weinberge der Champagne. Den Brut Gold. Und zwar die Midas-Flasche!« Hanjo war bewusst, dass mit der feinen Komposition aus Pinot Noir, Pinot Meunier und Chardonnay einige Riesen prickelnd ihre heiser gejubelten Kehlen hinunterperlen würden. Doch das war auch mehr als angemessen.

Claudius und Balthasar hatten gemeinsam mit Rosalinde im Handumdrehen die Riesenflasche in die Stube gehievt. Nun war Claudius drauf und dran, den Champagner routiniert zu entkorken. Durch seine unzähligen obersten Treppchenplätze bei seinen Turniersiegen im Springreiten war er im Korkenknallen-Lassen überaus geübt.

»*Stoi!* Halt inne!«, gebot der Russe den Fingern von Claudius Einhalt. Er stand auf einmal mit dem Langschwert aus der Glasvitrine in der Hand da. Einem Glockendegen aus waschechtem Toledostahl. Der hatte nun lange genug sein Dasein in der Vitrine gefristet, auch wenn er ihn erst in der Vorwoche daraus entführt hatte. Er hatte ihn im östlichen Dschungel Ecuadors von einem indigenen Stammeshäuptling als Schenkung bekommen. In einem der entlegensten Winkel des ungezähmten Regenwaldes, der nur mit einem Sportflugzeug erreichbar gewesen war. »In einer so denkwürdigen Nacht muss der Champagner sabriert werden!«

Claudius streckte ihm nur widerwillig die auf dem Tisch abgestützte Flasche mit ihren stolzen dreißig Litern entgegen. »Muss das denn sein? Mit der rostigen Muffklinge? Das ist sehr unappetitlich! Pfui!«

Wenn der Reitersmann bloß wüsste. Der Rost war noch das Unschuldigste, was an der Klinge hing. Der Russe hatte dem Duttke am Donnerstag der vorigen Woche im Gipsraum des Salemer Ateliers damit über das Rückgrat geschnitzt und geschlitzt.

»Der Toledostahl, mein Abkömmling Midas', ist eine Ode an die allerhöchste Schmiedekunst. Und Kunst …« In einer schnittig fließenden Bewegung schwang der Russe die Schneide von unten gegen den Flaschenwulst. Samt Korken schnellte dieser quer durch den Raum und landete direkt vor Balthasar auf dem Tisch. »… wird vergoldet, indem man ihr im Alltag die allerhöchste Bewunderung zukommen lässt. Und sie selbst Tag für Tag den größtmöglichen Nutzen stiftet. Heute öffnet die Kunst uns eben ein edles Tröpfchen.«

Jetzt richtete er den Degen auf Balthasar. »Beschrifte den Korken mit dem heutigen Datum und bewahre ihn gut auf. So wie du die Schlägertrupps anziehst, kannst du einen Glücksbringer gut gebrauchen«, höhnte er dem Steinmetz zu.

Schon floss das Goldgelb mit einer herrlich feinen Perlage in die Sektgläser.

»Hoch die Kelche!«, posaunte Hanjo in die Runde. Klirrend fanden die Champagnergläser aneinander. »Auf uns! Auf die Reunion der glorreich verschworenen Sieben!«

»Bald wieder die ruchlosen Acht, mein Lieber. Bald wieder die Acht … Und ein jeder soll seinen goldenen Kegel erhalten, sobald wir uns den Vorarlberger Schatz gekrallt haben!«, servierte der Russe dem Bildhauer mit einem weiteren vielsagenden Blick seine Antwort. Er wusste, dass Letzteres faustdick gelogen war. Niemand aus der nach dem schnöden Mammon frönenden Bagage würde auch nur einen einzigen Kegel in die raffgierigen Griffel bekommen. Im Gegenteil. Die goldenen Pinnen sollten ihr ganz eigenes Mordkomplott spinnen.

Trahira stieß die ganze Sache noch sauer auf. »*Ey lan*, wer garantiert uns eigentlich, dass diese beiden sogenannten Leitwölfe uns mit dem ganzen Gesülze nicht einfach eine Räuberpistole auftischen, hä?« Feurig stachelten ihre tiefbraunen Augen hinüber zu Hanjo und dem Russen.

Hanjo wusste es. Der Russe würde gleich seinen Einsatz haben. Sie beide waren anders. Sie waren Odins Wölfe. Gierig nach Schätzen, nicht nach Schotter, Kies und Asche.

»*Mon Dieu!* Du Tochter einer Kojotin!« Der Russe drapierte seine mitgebrachte Dokumentenmappe aus Rindsleder auf dem Tisch inmitten des Papierwusts und öffnete die Schnalle. Zum Vorschein kam eine Schriftrolle.

»Dieses Schriftstück ist der Grund meines späten Erscheinens. Ich habe mich in den vergangenen Tagen und Wochen am Umschlagplatz in der Burgruine Schopflen unter die Antiquitätenmafia gemischt und den Schwarzmarkt für historische Dokumente abgegrast. Heute bin ich dieses guten Stücks habhaft geworden. Das Briefdokument des schwedischen Feldmarschalls Carl Gustav Wrangel sei euch Beweis genug. Es handelt sich um eine Depesche an den General Johan Wittenberg von Deber. *Dawai!* Lest und staunt!« Er wedelte mit der ledernen Dokumentenmappe und streckte sie Rosalinde hin.

»›Es ist dem Bauern aus Lochau höchlich zu danken, weilen der Biggl uns in die Clause gelotst‹«, las Rosalinde für alle laut vor. »›Wie wir den Feindt klug und schnell geschlagen, waren wir der Clause und der Stadt Meister worden. Weilen aber der Biggl Verrath am Bregentzer getan, steht ihm das goldene Kegelspiel nicht zu. Daß der Klushund meine schlymmsten Seuchen hat entfachet. Leid und Plag mit sich gebracht. Habsucht und Beutegier. Wie giftge Schlangen in meinem Leib. In der Clause und den anderen Schantzen seind uns die unvorstellbarsten Reichtümer und dergleichen etzliche schöne Stück zum Theile worden. Der Wittenberg verscharre das Kegelspiel der Grafen von Bregentz aus den Nebeln der Kriege von Appentzell alsbald in des Pferdes Schlund. Signatum Bregenz, den 05. Januar anno 1647. General und Feldmarschall C. G. Wrangell.‹«

»Zwei Niederschriften, welche die edle Kunst als höchsten Schatz auf Erden verbriefen. Zweimal der Pferdekopf! Diese Dokumente sind das Unterpfand, dass unser Wagnis goldrichtig ist!« Der Russe ärgerte sich tierisch, dass *er* die Echtheit der Dokumente mit Brief und Siegel bekunden musste. Der mausetote Duttke war dazu ja nicht mehr imstande.

»Achtet auch auf den Siegelabdruck. Der Herzschild. Die Greife. Die Helme. Das ist Wrangels Grafenwappen!« Die Depesche in der Dokumentenmappe pfefferte der Russe der illustren Runde nun auf den Tisch, wie Koteletts unter die ausgemergelten Hyänen. Und sie stürzten sich darauf. Das lockte selbst die Hüttenvermieterin und die Straßenstreunerin vom Sofa.

Nun war sie laut, diese Kreuzlinger Julinacht unter sternenklarem Himmel. Wolfsgeheul mischte sich unter den frenetischen Jubel hinter den Blockhauswänden. Seit Kurzem trieb sich ein junger Wolfshund aus dem Calanda-Rudel herum. Unter der biederen wissenschaftlichen Kennung »K01« flößte er den Kreuzlinger Landwirten bereits seit seiner ersten Sichtung in der Gemeinde Wäldi am Napoleonturm zu Hohenrain gehörig Angst ein. Für sie und deren Nutzvieh war der Wolfshund der nackte Alptraum.

Hanjo und der Russe hatten sich nicht lumpen lassen. Sie hatten für sich befunden, ein solch kunstreiches wie edelmütiges Geschöpf brauche einen gebührenden Namen. »Fenry the Eighth«. Immerhin sollte sich einer von beiden, wenn die Zeit reif war, auch unter den acht Abkömmlingen Midas' zum Fenriswolf erheben. Der Wolfshund war vor einiger Zeit von einem Vorarlberger Jäger im Klauser Wald bei Götzis entdeckt worden und musste sich von dort auf den Weg in den Kreuzlinger Wald aufgemacht haben. Der ausgebüxte Nachwuchs war eine nicht lupenreine Promenadenmischung, der Einzige aus dem achten Wurf der Leitwölfin am Calandamassiv, bevor das Rudel sich aufgelöst hatte. Sie hatte ihn nämlich mit einem in den Wäldereien des Umlandes herumstreunenden pechrabenschwarzen Schäferhund gezeugt. Einen nachtfarbenen Wolfshybrid mit weißem Brustfleck. Dieser Exot war rasch aus dem Wolfsrudel verstoßen worden.

Der Wolfshund war ein Streuner. Aus Graubünden sollte er sich mit Zwischenhalt im Klauser Wald bis in den Kreuzlinger Wald durchgeschlagen haben. Besser als durch einen Wolfshund konnte man den Kampf zwischen Wolf und Hund doch gar nicht zum Ausdruck bringen. Blutrote Augen sollte der Wolfshund des Nachts haben. Bestimmt handelte es sich bloß um eine hartnäckige Entzündung. Der Russe kannte so etwas von seinem Papillon-Hund Wassili. Der hatte mal einen Nickhautdrüsenvorfall gehabt. Die entzündeten Drüsen hatten wie rote Kirschen ausgesehen. Schnell aber war der Wolfshund von den Kreuzlingern als wiederkehrender Klushund, der dem Klauser Wald entsprungen sei, verschrien gewesen.

Nicht für sie. Für den Russen und den Bildhauer war er nicht der Hund, sondern der Wolf. Schließlich schlug der ja ebenso in dem tierischen Herz. Bald schon würde »Fenry the Eighth« zum Abschuss freigegeben werden. Aber nicht sie selbst, die Hungrigen und Gefräßigen. Gierig. Nicht des lastervollen Zasters, sondern der reinen Kunst wegen. Die beiden waren unaufhaltsam. Seite an Seite. Bis einer sich endgültig zum Fenris aufschwingen würde. Um sich die fromme, überaus fragile

Kunst einzuverleiben, deren Rückgrat zerbrechlich war wie das von ruchlosen Verrätern. Schließlich konnte die Kunst von genau solchen Sauhalunken kinderleicht verraten werden. Die Seychellen waren dafür Beweis genug.

Im Russen brodelte unbändige Wut, die sich unbedingt Raum verschaffen musste. Er war ein hungriger Wolf. Und ein hungriger Wolf musste einen harten Kampf führen. Für die Bewahrung der Kunst.

3

Etwas mehr als dreieinhalb Jahre später

Schwarzer Wolfskopf. Verkehrt herum. Mondgelbe Augen. Vollmond. Regentropfen träufelten aus den frostverklebten Fellzotteln, umgeben von einem Nebelmeer. Verkehrt herum. Kletterten nach oben. Scheidende Geister. Verlorene Seelen. Wolfstränen, vergossen. Er schrumpfte, verschmolz zu einem dieser Regentropfen. Die kletterten und kletterten. Er mit ihnen. Dann erstarrte er. Für einen Bruchteil eines Augenblicks. Er fiel. Fiel rasend schnell von der Brücke. Er raste mit einer Mordsgeschwindigkeit hinunter. Den lilaglutigen Augen in den Flussverwirbelungen entgegen. Sie fraßen ihn auf. Verschluckten ihn mit Haut und Haar.

Wieder zum Tropfen geworden, rauschte er einen Wasserfall hinab. Unsanft landete er mit seinen vier Buchstaben auf einem Steinplateau. Es plitscherte und plätscherte um ihn herum. Blinzelnd schaute er sich um. Ihm zog nach diesem harschen Aufprall der Schmerz in die Hüfte. Hinter ihm ergossen sich seidenfadendünne Wasserstrahlen über die Klippe.

Vor ihm stand Clara Meißner. Ihre Hände umklammerten ein langes Katana. Von diesem tropfte das Blut der Opfer. Das Licht des Vollmondes fiel durch die Wasserfäden hindurch in den Felsunterstand und brach sich an der Klinge des Katanas. Marc musste seine Augen fest zusammenkneifen.

Clara hielt ihren linken Arm angewinkelt nach oben. Ein Bussard glitt mit ausgebreiteten Schwingen durch die dünnen Wasserfäden hindurch über Marcs Kopf hinweg und landete zielgenau auf ihrem hochgestreckten Unterarm. Er rüttelte sein Gefieder von den Wasserperlen frei.

Marc versuchte, sich zu erheben. Vergebens. Er probierte, auf seinen schmerzenden Knien zur Seite zu robben. Vergebens. Seine Beine und das Felsplateau waren verwachsen. Clara machte drei Schritte auf ihn zu. Sie erhob die bluttriefende Klinge und richtete sie auf seine linke Brust.

Marc spürte ein ängstliches Keuchen in seinem Nacken. Kaum hörbar. Das panische Röcheln eines alten Mannes. Professor Shusaki. Der Philosophieprofessor musste direkt hinter ihm knien. Mit der tödlichen Präzision eines abgebrühten Assassinen nahm Clara Maß und zog ihren rechten Arm nach hinten. So, als spanne dieser die Sehne eines Bogens mit einem unumstößlich letalen Pfeil.

Marc versuchte mit aller Macht, seine Kniescheiben vom Felsplateau zu lösen. Doch seine Haut schien in dem Gestein fest verwuchert zu sein.

Inbrünstiges vollmondanbetendes Wolfsgeheul erklang von oberhalb des rauschenden Wasserfalls. Pfeilschnell zuckte das Katana nach vorn. »Neeein! Clara ... nicht!« Die tiefbraunen Augen des Bussards durchdrangen Marc stechend. Nicht nur die. Auch die Spitze des Katanas, als es erst das seinige und dann das Herz von Professor Shusaki in einem Stoß durchbohrte.

Die Erde erbebte. Unter einem ohrenbetäubenden Grummeln brach das Steinplateau auseinander, und eine riesige Kluft tat sich auf. Aus dieser kletterte ein monströs gewachsener pechrabenschwarzer Höllenwolf mit feurig zitrusgelb lodernden Augen und schweren Eisenketten um den Hals empor. Er sprang mit einem einzigen Teufelssatz auf ihn zu und verschlang ihn in seinem weit aufgesperrten Maul mit einem Happen. In seinem Schlund schwappte ein Sumpf. Marc war der felsenfesten Überzeugung, jeden Moment von den vampirähnlichen Fangzähnen durchbohrt und anschließend zwischen den Reißzähnen dieses Wolfmonsters in Fetzen gerissen zu werden. Doch ehe dies geschehen konnte, zerbröckelten die himmelschreienden Zacken zu Treibsand. Der riss Marc mit und begrub ihn, bis letztendlich nur noch fünf Finger ihre Verzweiflung aus der alles verschlingenden Masse streckten.

»Neeein! Clara ... nicht!« Verkrampft krümmte Marc sich in seinem Bett zusammen, nachdem ein jenseitsmäßiges Rütteln seinen Körper durchfahren hatte. Ganz so wie bei diesem vermaledeiten Alptraum vom Fallen. An dessen Ende man ebenfalls zusammenschreckte, anstatt auf dem Boden aufzuschlagen. Marc strampelte wie ein Verrückter mit den Beinen und riss dabei die Steppdecke mit sich. Sein rechtes Handgelenk war im Satinbezug verwurstelt. Das war also der Treibsand gewesen.

Er wollte sich trotzdem erst davon überzeugen, dass er tatsächlich noch unter den Lebenden weilte. Vorsichtig tastete er seinen linken Brustbereich ab. Seine Hand erfühlte einen warmen Sud. Aber keinen Schwall Blut. Marc schnaufte durch. Er trug zwar nur Boxershorts und ein T-Shirt, doch er war schweißgebadet. Das Bettlaken unangenehm warmgeschlafen. Klebrig hing ihm die königsblaue Satinbettwäsche zwischen den Schenkeln. Seit Wochen derselbe Graus. Nacht für Nacht. Ein Alptraum, der zum Mäusemelken war. Täglich grüßte dieses schauderhafte Murmeltier. Und neuerdings auch noch dieses Vogeltier. Der Bussard. Weshalb? Und der Wolf. Was hatte der Isegrim bloß zu bedeuten?

Heute Nacht hatte Marc in seiner feucht geschwitzten Steppdecke seinen ganz eigenen Steppenwolf ausgebadet. Beim freien Fall war die Sturzhöhe bis zum Aufwachen wenigstens meist recht überschaubar. Der Wolfsrachen glich mehr einem Marianengraben. Bei solch kluftigen Aussichten wünschte er sich sogar seinen so verhassten Traum jüngerer Tage, sich noch einmal durch das Abitur durchfuchsen zu müssen, zurück. Es waren seine eigenen Geister, die Marc nachts heimsuchten und plagten. Auch die Geister von Claras Opfern. Sie alle waren verlorene Seelen. Opfer der Irisblütenmorde. Sie alle hatte er nicht retten können.

Aus seiner Herzgegend ergoss sich nach dem Aufwachen nie ein warmer Blutschwall. Aber der Herzschmerz war real. Clara hatte ihn hintergangen. Seine eigene Ermittlungspartnerin. Schlimmer noch: Hatte sie Marc zum *Mittäter* werden lassen? Sie war das lila glühende Auge des Sturms gewesen. Keine Frage. Aber *er* hatte sie diesen sehenden Auges säen lassen. Zumindest hatte er sie nicht rechtzeitig durchschaut. Ihr durchtriebenes Spiel. Er war zu spät gekommen.

Die Kluft in seinem Alptraum war ein endlos breiter Riss im fragilen Lebensgeflecht. Sie bedeutete keinen bloßen Fall ins Bodenlose. Sie war keine Suggestion seines Unterbewusstseins, die ihm bedeutete, die Kontrolle einmal abzugeben. Sie war eine klaffende Wunde. Ein nicht zu kittender Riss in seiner Seele. Canyongroß. Sein Sturz bedeutete eine nie endende Irrfahrt ins trübnasse Nirwana. Eine Wunde, die ihm Clara, die »Bestie vom Bodensee«, rücksichtslos in seine Seele gerissen hatte. Eine Wunde, die sich nicht ohne Weiteres flickschustern ließ. Daran änderten weder seine vorübergehende Beurlaubung noch die Sitzungen beim Seelendoktor auch nur das Geringste. Auch nicht das verflixte Psychopharmakon gegen Angststörungen. Diese gigantische Schlucht reinen Schmerzes mit ihrer ewig tiefen Klamm und zerklüfteten Felsvorsprüngen ließ sich nicht durch stumpfsinniges Pillenfressen veröden.

War es das? Waren Claras Verbrechen die Wolfskralle? Deshalb der Wolf? Den hatte er sich ja schon damals bei seinem Tagtraum vor dem Altersstift in Langenargen eingebildet. Der Sturzbach, der in Sekundenschnelle zu einem reißenden Gewässer in Form eines Wolfskopfes geworden war. Jagte ihn der Nachtfraul in seinem Alptraum? Der hatte doch aber lila verglühte Augen. Keine stechend gelben.

Tock! Tock! Tock! Tock! Tock! Tock! Das penetrante Scheibengepicke lenkte Marcs unruhige Gedanken auf die Verglasung, die dem am Wohnzimmer angrenzenden Balkon den Charme einer Loggia verlieh. Ließ etwa schon wieder eine dieser mistigen Tauben ihren Schnabel gegen die Fensterscheibe picken? Die lästigen Flugratten würden nicht zum ersten Mal Marcs Geduld und Nerven strapazieren. Auf diesem Weg erhofften sich die gefräßigen Stadtplagen wohl eine Handvoll Sonnenblumenkörner.

Marc robbte, geplättet, wie er war, von seiner nachtschweißernen Matratze. Nach seiner neuerlichen Alptraumodyssee hätte er ohnehin kein Auge mehr zubekommen. Er schlüpfte halb wach in seine Filzpantoffeln und schleppte sich wie gebeutelt ins Wohnzimmer.

Der beurlaubte Ermittler traute seinen Augen nicht. Die waren noch ganz sandig, obwohl er statt in der verschluckenden Masse mal wieder in seiner Satinbettwäsche aufgewacht war. Eine gehörige Portion Verstörtheit durchfuhr seine Glieder. Er litt nun wirklich nicht an Ornithophobie. Wohl aber hätte er einen oder mehrere dieser grau-grün gefiederten Gurrer auf dem Blumenkasten des loggia-artigen Balkons erwartet. Streng genommen fand er just in jener Sekunde auch einen vor. Aber das, was da so zerrupft und zerpflückt lag, mutete so gar nicht mehr fidel an. Hätte Marc es nicht besser gewusst, wäre er doch glatt davon ausgegangen, nachts im Wahn schlafwandelnd über dem Blumenkasten ein Kissen zerrissen zu haben. Das silbergraue Federwirrwarr dort draußen zwischen den beiden Solarstecklichtern ließ diese Vermutung jedenfalls nicht so ganz aus der Luft gegriffen erscheinen.

Marc besaß noch immer keinen grünen Daumen. Den Balkonkasten hatte er lediglich karg mit Kokoserde gefüllt und anschließend mit den beiden Nachtflackerlichtern bestückt. Jetzt machte das blutgefärbte Federbeet ihn bunter.

Das Mistvieh war nicht einfach nur gegen die Scheibe getitscht. Dafür war der Taubenkörper zu rötlich und zu gulaschartig zerfleddert. Diesem Gurrer war ganz eindeutig der Garaus gemacht worden war. Und der Übeltäter war auch nicht schwer auszumachen. Er hatte seine Krallen tief in sein wenig beneidenswertes Opfer gegraben. Mit Marcs Vogelkenntnissen war es nicht weit her. Dennoch war er sich ziemlich sicher, dass dort vor seinem Balkonfenster ein Wespenbussard auf seiner erlegten Beute hockte.

Von der Anwesenheit des Kriminalhauptkommissars zeigte sich der Greifvogel wenig imponiert. Von dessen entgleistem Gesichtsausdruck gleich obendrein nicht. Er präsentierte Marc sein braun-weißes Federkleid mit den dunklen Flügelspitzen und dem gebänderten Stoß. Ein ganz stattliches Exemplar. Er musste sich bereits an seinem wenig beneidenswerten Fang gelabt haben. Das verriet sein rot gefärbter Schnabel, der bei jedem Picker an der Fensterscheibe nadelförmige Sprenkel hinterließ.

Der ungebetene Zaungast starrte Marc ganz unverwandt an. Geradezu vorwurfsvoll. Diese gelben Augen. Gelb. Marc kam nicht umhin, an den Bussard aus seinem nächtlichen Schreckenstraum zu denken. Dann an das übergroße Wolfsscheusal. Und an die gelbe Iris vom Hungerberg. Jene Irisblüte, die der getöteten Sekretärin der Eriskircher Bürgermeisterin gegolten hatte. Gelb. Die Farbe der Erkenntnis. Sollten die senffarbenen Kullern Marc etwa die Augen öffnen? Wollte dieses Drecksvieh die Unverschämtheit besitzen, ihm den Spiegel vorzuhalten? Oder wollten sie ihn doch an die mondgelben Wolfsaugen aus seinem Alptraum erinnern?

Marc preschte um den Wohnzimmertisch herum und ließ seine flache Hand gegen die Fensterscheibe krachen. »Hau ab! Mach bloß, dass du wegkommst! Du unglückseliges Mistvieh!«

Diese Sprache verstand der Bussard. Er ließ von den zerzausten Überresten der erlegten Taube ab und suchte das Weite. Marc zitterte. Seine Knie waren wachsweich. Erst dieser Nachtschaden. Er hatte gleich gewusst, dass in seinem Angsttraum seit ein paar Nächten etwas anders gewesen war. Dieser riesenhafte Wolf. Und der Bussard! Und nun hatte er auch noch einen solchen in natura gesehen. Mitten in der Innenstadt von Friedrichshafen. Oder halluzinierte er? Bei dem widerlichen Anblick des zerfledderten Taubenkadavers mit dem geöffneten Brustraum und den daraus hervorlugenden Kutteln wünschte sich Marc das jedenfalls.

Er trottete in die Küche und wühlte im Apothekerschrank nach dem Blister mit den furchtlösenden Kapseln. Gegen die pulsierenden Angststörungen hatte ihm das Antidepressivum bislang herzlich wenig geholfen. Dennoch spürte er im Moment das akute Verlangen, seinen Kummer mit einem Glas Wasser hinunterschlucken zu können. Marc drückte zwei der Kapseln mit den blau-weißen Kappen aus dem Blister, ließ sich in der

Spüle ein Glas Wasser ein und begab sich damit zurück an das Balkonfenster.

Von dieser Nervenflatter-Sache mit dem fiktiven Wolfsungetüm und der umso realeren Scheibenbegegnung mit dem unliebsamen Greifvogel durfte sein Seelenklempner auf keinen Fall Wind bekommen. Der würde gleich den ganz großen Klempnerschlüssel zücken und an den Schrauben in Marcs Oberstübchen herumfuhrwerken. Er würde aus einer Mücke einen Elefanten machen und in diese skurrilen Geschehnisse wer weiß was hineininterpretieren. Unheimliches Unbehagen wuchs in Marc.

Seine Drei-Zimmer-Wohnung oberhalb des Drogeriemarktes war ihm in den letzten Wochen und Monaten zu einem lieb gewonnenen Refugium geworden. Sosehr sein komplettes Leben auch aus den Fugen geraten sein mochte, seine vier Wände waren ihm ein fester Damm in einer reißenden Strömung aus Mitleid, Ablehnung und Feindseligkeiten. Aus Neugierde, Unverständnis und Sensationslust. Seit seiner Suspendierung vor Weihnachten hatte Marc seine Bleibe im Dachgeschoss freiwillig kaum mehr verlassen. Nur das notwendige Übel. Die Einkaufsgänge. Und natürlich das eine Mal, als er erneut das Kloster Sanct Emerita in Tübach in der Schweiz aufgesucht hatte.

Herbert Köstinger hatte besonderen Wert darauf gelegt, das Reizwort zu umschiffen. Offiziell hatte ihn der Leiter der Friedrichshafener Mordkommission beurlaubt. Zwangsbeurlaubt. Auf unbestimmte Zeit. Für Marc kam das einer Suspendierung gleich. »Schau, dass du deinen Kopf frei und deinen Kram auf die Reihe kriegst! Lass den ganzen Mist hinter dir.«

Köstingers insistierende Worte hallten Marc noch immer durch den Kopf. Vier Monate lagen sie nun zurück. Sein Vorgesetzter hatte ganz lehrbuchmäßig gehandelt. Er hatte das seelenzerrüttete Nervenbündel kurzerhand von der intakten Gruppe separiert. Wie einen verabscheuungswürdigen Fremdkörper.

Seine Zwangsbeurlaubung diente wohl eher dem Wohl der Kollegen auf dem Kommissariat. Für sie war Marc mit seiner gereizten Grundstimmung und den sich häufenden Wutausbrüchen zu einer echten Zerreißprobe für ihren eigenen Seelenhaushalt geworden. Marc hatte den ganzen Bockmist nicht einfach über Bord werfen können. Nicht einmal eine ganze Flasche Absinth hatte den Ballast aus seiner Rübe geputzt.

Vorsichtig öffnete er das Balkonfenster. Ein Unwetter hatte sich angekündigt, und es blies schon ein recht ordentlicher Wind durch die Fußgängerzone. Er wollte schließlich nicht, dass ein unvorhergesehener Luftstoß die zerrupfte Taube mit Schmackes in die Einkaufspassage hinunterschubsen würde. Damit hätte er dann vollends den Vogel abgeschossen und sich sicherlich etliche zusätzliche Couchsessions bei seinem Seelenklempner eingebrockt. Tiefenpsychologisches Tontaubenschießen auf den Piepmatz in seiner Birne.

Frischluft. Die konnten sowohl sein Kopf als auch die Wohnung gut vertragen. Ein warmes Bad, dann raus aus der Bude. Die Hemmschwelle war hoch. Immerhin hatte die Klatschpresse ihn in einem nicht abebben wollenden Shitstorm auf dem Kieker. Über die »Bestie vom Bodensee« selbst hatte man sich satt berichtet, und die Medien hatten kein Blatt vor den Mund genommen. Nicht selten war Marc auf dem Bildmaterial der Kolumnen und Reportagen neben der »blutrünstigen Mörder-Kommissarin Clara Meißner« als ihr »treuseliger Ermittlungspartner« abgelichtet gewesen. Ganz unverblümt ohne Zensurbalken. Bilder nach der ersten Tatortbegehung, als Marc Clara im Spießrutenlauf durch die Journalistengasse hindurch zum Wagen gelotst hatte. Seine Hand im Großformat, wie sie schützend vor der Kameralinse das Blitzlichtgewitter abzuwehren versuchte. Daraus hatte man ihm natürlich fein sauber einen Fallstrick gedreht. »Die rechte Hand des Teufels«. Ein gefundenes Fressen für Schandmäuler. Gute fünf Monate waren verstrichen, seit die Irisblütenmorde ihr blutiges Ende gefunden hatten. Die Klatschpresse hatte seitdem kein gutes Haar an ihm gelassen.

Doch die Verlockung rauszugehen war riesig und das Wagnis wert. Marc brauchte eine kräftig schaumige und hausgemachte heiße Schokolade und ein Tellerchen mit den köstlichen Zeppelin-Pralinen. Und eine Portion Sahne on top.

Unten in der Einkaufspassage lenkte nun eine lautstarke Diskussion seine Aufmerksamkeit auf sich. Behutsam öffnete er das Fenster noch einen Spalt weiter, um hinabblicken zu können. Dabei schickte er einige der ausgerupften Taubenfedern auf ihre sanft tänzelnde Reise. Unter ihm flogen ganz andere Fetzen. Das Gezeter von Frau Maier, Marcs Nachbarin und pensionierte Lehrerin, drang aus der geöffneten Seitenscheibe ihres gelben Ford Fiestas heraus. Sie schimpfte wie ein Rohrspatz vor sich hin. Offensichtlich hatte sie mit dem stadtbekannten Obdachlosen ein Hühnchen zu rupfen. Der hatte sich nämlich wieder einmal in der Wilhelmstraße rastend vor der Tiefgarage einquartiert und blockierte nun das Einfahrtstor.

Der hagere Wohnsitzlose in der hautengen Bikerjacke mit der schütteren ergrauten Filzhaarmatte traf bei Marc einen rührseligen Nerv. Bei dem langen Schnauzbart musste er unwillkürlich immer an Asterix den Gallier denken. Unterschwellig erinnerte er ihn wohl an den Landstreicher Finky. Immerhin war er mindestens so umtriebig und legte tagsüber etliche Kilometer über Stock und Stein zurück. Auch wenn er nicht so verratzt wie Finky in Erscheinung trat.

Und schon wieder schwappte alles hoch. Das Strandbad in Langenargen. Finky mit schwersten Verbrennungen auf der Gartenbank gefesselt. Und er selbst, wie er den Badesteg entlanggesprintet war und Clara nach einem beherzten Sprung in den Bodensee das Leben gerettet hatte. Hatte er das? Ihr das Leben gerettet? Oder damit seines ruiniert? War es nicht ein Sprung in sein eigenes Verderben gewesen?

Marc betrachtete die beiden blau-weißen Kapseln zwischen seinen Fingern. Sie sahen mit dem hampelmannartigen Männchen darauf aus wie tätowierte Schlümpfe. Er schob sich die beiden Muntermacher in die Backentaschen und spülte mit dem Glas Wasser nach.

Marc schloss das Fenster. Die zerfledderte Taube musste warten. Er brauchte trotz angekündigten Miesepeterwetters jetzt dringend seinen Kakao.

4

Die Insel Mainau bekam heute ihr Fett weg. »Kanalreinigung Vetten GmbH – Fettweg fix und fertig«. Dafür bürgte Karl Vetten mit seinem Namen. Und im Firmenlogo die übergroße, eifrig Gewichte stemmende Fritte mit Schweißband um den Quadratschädel auf dem blau lackierten Truck, in dem der Reinigungsunternehmer mit seinem Stammhalter Rufus gerade zur Verbindungsstraße vom Festland zur Blumeninsel auf Achse war.

Die amüsante Karikatur als Firmenlogo zu verwenden, das war die kecke Idee seines Sprösslings gewesen. Der hatte in Konstanz Literatur, Kunst und Medien studiert. Nach vier Semestern nebulösen Stocherns sowie unmotivierten Herumeierns und einem Pete-Doherty-Dasein zwischen Joints, Jack Daniels und der Administrierung des Antiabtreibungsblogs YesLife hatte er dann allerdings hingeschmissen. Nun hatte er sich vom Asphalt gekratzt und einigermaßen die Kurve gekriegt. Auch die Demo-Eskapaden mit dieser YesLife-Göre hatte er nach den Irisblütenmorden hinter sich gelassen. Er konzentrierte sich jetzt voll und ganz darauf, in den Kleinbetrieb seines Vaters einzusteigen und diesen irgendwann einmal zu übernehmen. Allerdings steigerte er sich zunehmend in die Irisblütenmorde hinein, sammelte jegliche Zeitungsberichte darüber und verlor sich in den grausigen Details der Taten dieser mörderischen Kommissarin. Das machte dem Vater sehr zu schaffen.

Karl Vetten rangierte den Dreiachser die dreikuppelige, mit Glasfasergewebe gedeckte Seilnetz-Konstruktion auf der Festlandseite entlang. Vor der Zugangsschranke stoppte er und händigte dem Pförtner die Papiere aus. Dann schmiss er den Diesel wieder an, und der Kanalreinigungswagen setzte seine Fahrt über den Mainausteg in Richtung Insel fort. An dessen Ende bog Karl Vetten zweimal rechts ab und parkte schließlich in der Kurve vor dem Lauenhaus. Hier an der erlebnispädagogischen

Grünen Schule stand er goldrichtig. Der Fettabscheider des am Ufer liegenden Seeterrassen-Biergartens war gerade einmal zwanzig Meter entfernt. Dessen Kanaldeckel war am langen Ende des Blumenbeetes am hochgewachsenen Inselmaskottchen Blumi in den Pflastersteinboden eingelassen. Die Blüte der Blumenfigur war noch ratzekahl, lediglich der Blumenstängelsockel war mit Efeu bewachsen. Im Blütenkopf klafften tennisballgroße Löcher für die Setzlinge, die im Frühling in voller Pracht erblühen sollten. Auch die Magnolienbäume bei der erlebnispädagogischen Schule leuchteten noch nicht in ihren tiefen Magentatönen.

Sohn Rufus hätte für die Schönheit der frischen Blumenpracht ohnehin kein aufmerksames Auge gehabt. Im Moment hatte er unweigerlich nur einen geschärften, angespannten Sinn. Seinen Geruch. Anfänglich hatte er noch gedacht, sein Riechkolben würde sich an den bestialischen Gestank gewöhnen. Der Mensch war ja bekanntlich ein Gewohnheitstier. Pustekuchen. Abends, Stunden später, lag ihm der Geruch noch in der Nase, wenn er bei seiner Tanja im Bett lag. Er klebte ihm auf der Zunge. Er schmeckte ihn förmlich. »Bitte, bitte! Mach, dass es heute bloß nicht allzu gottserbärmlich stinkt!« Rufus schickte sein Stoßgebet flüsternd gen Himmel, während er den Schlauch abrollte. Er wollte vor seinem alten Herrn schließlich nicht als Weichei dastehen. Sein Himmelsgeflüster war unerhört geblieben. Unerhört übel war nämlich auch der Geruchsschwall, der ihm so unvermittelt entgegenströmte, als er den Kanaldeckel in einem schweißtreibenden Kraftakt entfernte. Vorsichtig bugsierte er den Saugrüssel durch den geöffneten Kanalschacht hindurch in die muffelige Grube hinein.

Endlich hatte er das Saugrohr in Stellung gebracht. Was für eine Plackerei. Das war aber auch jedes Mal ein Mordsgalama. Er wich einige Schritte zurück, atmete mehrere Male tief durch und kramte dann sein Funkgerät aus der Jackentasche. »Rufus an Kalle! Startklar! Schmeiß die Pumpe an!«

Ein kurzes, knackendes Rauschen. »Alles paletti. Ich starte jetzt das Absaugen.«

Rufus vernahm das vertraute röhrende Brummen. Damit waren er und sein Riecher aber noch lange nicht aus dem Schneider. Die Plörre wurde abgesaugt. Jetzt stand noch die Generalinspektion aus, bevor es wieder »Frischwasser marsch!« heißen konnte. Es war an ihm, sich in die Niederungen des abartigen Miefs hinabzubegeben. Wie gern hätte er den Abstieg in den Behälter seinem alten Herrn zugemünzt. Doch der war mit seinen paarundsechzig Jahren nicht mehr ganz so gut zu Fuß. Vor allem nicht nach der Hüft-OP im vergangenen Jahr. Also blieb die Drecksarbeit an ihm hängen.

Er stieg die Leiter hinunter, und unkontrollierte Würger krochen dabei seine Speiseröhre hinauf. Rufus wunderte sich doch stark. Normalerweise verzog sich mit dem Abpumpen der Stinkebrühe auch ein Großteil des stechenden Muffgeruchs aus dem Fettabscheider. Heute nicht. Verwesung. Er hatte noch keine verfaulte Leiche gerochen. Genauso schlimm stellte er sich den Gestank aber vor. Das war nichts für weichgesottene Geruchsnerven. Mit jeder Leitersprosse, die Rufus tiefer stieg, kroch ihm der ekelige Muff tiefer in die Nase. Ein unheimlich fieser Gestank, zum Erbrechen. Wie nach verdorbenen Kotelettresten, die in der Bruthitze des Sommers im Biomüll vor sich hin siechten.

Rufus war die Leiter mit so wenigen Atemzügen wie nötig hinuntergestiegen. Mit Ach und Krach hatte er seinen Würgereiz in Zaum halten können. Seine Nase konnte er allerdings nicht abschalten. Zum Glück hatte er für solche Fälle immer eine Nasenklammer dabei, die eigentlich fürs Windelwechseln gedacht war.

»Verdammich!« Kaum aus dem Hosensack, war die Nasenzwecke auch schon in die siffige Sülze unter seinen Schuhen geplumpst. Rufus bückte sich, doch der Ekel vor der Brühe hielt seine Hand zurück. Die Quelle des üblen Gestanks musste sich hinter ihm befinden.

Vorsichtig drehte er sich in dem wenig geräumigen Behälter um. Dann drehte es ihm den Magen um. Seine Augen machten die Quelle ausfindig. Sahen ihn, aufgequollen wie ein Hefeteig. Unförmig zerdellt und verbeult. Wie eine sumoringerartige Gummipuppe. Die Haut vom Fleisch gelöst wie ein schrumpeliger Schlabberballon. Das war ein zerdetschter Menschenkörper.

»Heilige Scheiße!« Schockschwerenot. Rufus' Gesichtszüge entgleisten. Seine Augen öffneten sich weit. Er riss sie regelrecht auf. Dann seinen Mund. Der längst überfällige Kotzeschwall blieb ihm im Hals stecken. Stattdessen entwich seiner Gurgel ein lang gezogener inbrünstiger Schrei. Ihm wurde heiß und kalt zugleich. Krampfhaft krallte er seine Finger an den Leitersprossen fest.

»Rufus, was ist da unten bei dir los?«, hallte die besorgnisgetränkte Stimme seines Vaters durch den Tank zu ihm hinunter.

Er war nicht imstande, das Gesehene in Worte zu verpacken. Er hatte die Irisblütenmorde noch nicht einmal verdaut, da holte ihn schon wieder ein grausiges wie ekelerregendes Mordgeschehen ein. Im vergangenen Jahr hatte er in seinem Revoluzzer-Leichtsinn noch gegen die Bullerei rebelliert. Jetzt ging das wohl kaum mehr. »Das ist schlimm! Richtig übel! Ruf die Polizei! Sofort!«

5

Draußen pfiff ein jenseitsmäßiger Sturm durch die Friedrichshafener Innenstadt. Er peitschte und preschte den Starkregen buchstäblich durch die Gassen und verwandelte die Wilhelmstraße in einen großen Windkanal. Hätte Marc sich der Wetterfroscherei verschrieben, hätte er das Unheilkind beim Namen genannt und das so plötzlich hereingebrochene Sturmtief »Clara« getauft.

Durch die großen Glasscheiben des Konditoreicafés »Weber & Weiss« bot sich ihm ein fulminanter Blick auf das lautstarke Brausen und Toben dort draußen. Er war heilfroh, das Spektakel im Trockenen und Warmen bestaunen zu können. Wären die Stühle im Außenbereich des Cafés nicht angekettet, hätten die einem Jetstream gleichkommenden Windböen sie wohl längst Gott weiß wohin getragen. Um die zerfledderte Taube auf seinem Fenstersims musste er sich nun jedenfalls keine Gedanken mehr machen. Und seine Nachbarin Frau Maier keine mehr um den Wegelagerer vor der Tiefgarage. Der musste längst das Weite gesucht haben. Der sich ergießende Regen spülte einen wahren Strom in die Ritzen des Kopfsteinpflasters. Ein solch berstendes Unwetter hatte doch auch etwas Reinigendes an sich.

»Le sacre du printemps«. Zu der Aufführung im Graf-Zeppelin-Haus beim Bodenseefestival in Friedrichshafen hatte ihn seine Ex Andrea in ihrer Anfangszeit geschleift. Was man für die Liebe nicht alles tat. Händchenhaltend hatte er tänzelnde Männer in Strumpfhosen begaffen dürfen. Nicht gerade nach seinem Gusto. Doch das epochale Klangmanifest dieses Ballettstückes schoss Marc gerade in den Sinn. Die anfänglich eigentümliche Melodie des in äußerst hoher Tonlage aufspielenden, keifenden Fagotts. Das chaotische wie undurchsichtige Einstimmen schnatternder Klarinetten und Oboen. Und dann dieses tumultartige Stampfgezeter der Balletttänzer. Das Erwachen

der Natur mit wild wuchernder und zügellos aufbäumender Kraft. Die Frühlingsweihe. Diese heidnische Feier, bei der die weisen Eminenzen im Kreis saßen und dem jungen Mädchen bei ihrem Todesreigen beiwohnten. Das Sturmtief da draußen kündigte nach ausgedehnter Winterstille auch das herannahende Aufbäumen der Natur an.

War Clara das Frühlingsopfer? Ihr stand in wenigen Tagen der Prozessauftakt bevor. Dann würden ihr gegenüber auch die altehrwürdigen Eminenzen Platz nehmen. Drei Berufsrichter und zwei Schöffen an der Zahl. Die große Strafkammer. Dazu die ganzen Pressefuzzis, die ihr die Objektive hemmungslos vor das Gesicht halten würden. In einem nie enden wollenden blauen Blitzhagel. Dieser Prozess, davon war Marc felsenfest überzeugt, konnte einem Todestanz gleichkommen. Einer, bei dem er wider Willen des Teufels Tanzkumpan abgeben würde, wie ohnehin schon von den Zeitungen herbeigeschrieben. Er war als Zeuge im Mordprozess um Clara Meißner geladen. Das gelbe Kuvert des Landgerichts Ravensburg hatte gestern in seinem Briefkasten gesteckt. »Förmliche Zustellung« prangte in dicken schwarzen Lettern auf dem Umschlag.

Marc ließ die letzte Praline auf seinen Mund zufliegen. Der Zeppelin hatte köstliche, mit jamaikanischem Rum verfeinerte Trüffelcreme geladen. Gedankenversunken schob er sich das fein-herbe Pralinee in den Mund. Zurück blieben nur kleine Krümelchen. Wie Sandkörner. Sand. Sein ganzes Hier und Jetzt war daraus geformt. Ein Schloss aus Sand. Und Claras manipulative Aura war von Anfang an die giftige Gischt einer zutiefst zerstörerischen Brandung gewesen. Eine bildgewaltige Woge des Verbrechens, die gleich einer Tsunamiwelle über seine Sandburg hereingebrochen war. Übrig geblieben war lediglich ein undefinierter Klumpen. Sie hatte ihn zerstört. Hatte sich zerstört. Wie ein Himmelfahrtskommando.

Marc nuckelte an der üppigen Sahnehaube seiner heißen Schokolade. Was empfand er da eigentlich gerade? Mitleid? Mitleid für sich? Mitleid für eine Kollegin? Ex-Kollegin. Drauf gepfiffen! Clara war die »Bestie vom Bodensee«. Auch wenn die Sensationspresse sich nur allzu gern aus der dramaturgischen Trickkiste bediente, im Kern traf es die gallige Wahrheit. Trotzdem verabscheute Marc insgeheim das Herbeireden eines Monsters. Das nahm einem Mörder sein wahres Gesicht.

Und doch war Clara eine blutrünstige, gefühlskalte Serienmörderin, daran gab es nichts zu rütteln. War womöglich er das Frühlingsopfer? Hatte Clara mit ihm einen perfiden Todestanz hingelegt, an dessen Ende fünf Leichen das Parkett gepflastert hatten?

»Mumpitz!« Die brühwarmen Kakaospritzer auf seinem Daumen ließen Marc realisieren, dass er gerade brüllend seine geballte Faust auf den Tisch geschmettert hatte. Die restlichen Krümel der Zeppelin-Pralinen waren dabei vom Teller gewirbelt. Die teils irritierten, teils brüskierten Blicke der anderen Gäste waren ihm in diesem Moment schnurzpiepegal. So wie ihm alles egal geworden war.

Er sog einen kräftigen Schluck aus seiner Tasse. Er fühlte sich einfach abgewrackt. Ausgelutscht. Wie ein letscherter Cola-Drops, auf dem zu lange herumgenuckelt worden war. Das ganze Aroma ausgewaschen. Fad und geschmacklos. Wer wusste mit so einem weich gespülten Bonbon noch etwas anzufangen? Niemand. Clara war ihm zur Abrissbirne geworden.

Dazu noch dieses beknackte Coronavirus. Sein sonst so gepflegter Bartwuchs war zu einem haarigen Krausebeet ausgewuchert. Und sein sonst so sorgfältig gestyltes Haupthaar kräuselte sich bereits im Nacken. Wäre er noch im Dienst, hätte Horst Haberle, sein Kommissarkollege aus besseren Zeiten, ihn unter diesen Umständen wohl mit einem Spitznamen, der sicherlich zum Junge-Hunde-Kriegen war, aufgezogen. »Marcus Schmalzlockus« oder so etwas in der Art. In den vergangenen Wochen hatte ihn niemand auch nur mit irgendeinem Spitznamen aufgezogen. Wie auch? Er war gemieden worden wie die Pest.

Das hatte er bereits zu spüren bekommen, als er in Köstingers Büro Dienstmarke, Dienstausweis und Dienstwaffe aushändigen musste. Eines aber wollte er seinem Chef zugutehalten. Köstinger hatte sich schützend vor ihn gestellt, als sich die Presse nach Claras Verhaftung wie ein Rudel wissenshungriger Wölfe auf ihr näheres Umfeld gestürzt hatte. Besonders, weil die »Bestie vom Bodensee« in der Justizvollzugsanstalt in Schwäbisch Gmünd komplett abgeschottet wurde. Sie war in einem gesonderten Trakt in einer Schlichtzelle in Einzelhaft und unter ständiger Videoüberwachung untergebracht. Die Anklage erhebende Staatsanwaltschaft befürchtete wohl, dass ein von einem besonders gewieften Journalisten auf durchtriebenen Abwegen in die Haftanstalt gelangendes Bündel Scheine eine der Insassinnen zum Mäuschen werden lassen könnte.

Marc nippte ein weiteres Mal an seiner heißen Schokolade. Er als ihr Ermittlungspartner war relativ schnell in das Kreuzfeuer der Medien geraten. Wohl auch, weil das Kloster Sanct Emerita am Schweizer Seeufer seine sonst so einladenden Pforten für die aufgescheuchten Presseschakale vehement geschlossen hatte. Schwester Hildegard, die Klostervorsteherin, war mit ihrer Weitsicht zwar nicht auf den Mund gefallen. Sie vertrat aber resolut die Ansicht, dass das Leben innerhalb der Klostermauern hinter nämlichen zu verbleiben habe. Das schloss nun mal auch das düstere Kapitel um seine ehemalige Ermittlungspartnerin Clara mit ein.

Clara. Der eiskalte, rachedurstige Teufel in Person. Hatte Marc im Spätsommer des Vorjahrs echt geglaubt, er könne dem allen entfliehen, wenn er sich nur im österreichischen Lingenau von der Brücke stürzen würde? War er tatsächlich so vermessen gewesen zu hoffen, ein Bungeesprung würde all das vergessen machen?

Welche Rolle haben Sie gespielt? Was haben Sie von alldem gewusst? Was geahnt? Wie stehen Sie zu Clara Meißner? Die unverfrorenen Pressefuzzifragen trudelten karussellartig durch seine Gedanken. Die unzähligen hartnäckigen TV-Reporter, die ihm tagelang, ja Wochen mit ihren bedrohlich langen Mikrofonen vor dem Hauseingang aufgelauert hatten. Er war nach seinem Bungeesprung allenfalls ein gefallener Engel. Ein Spielball des Teufels sei er gewesen, auch das hatte ein Käseblatt auflagewirksam getitelt. Da hatte sich ein ganz besonders toller

Hecht von Journalist einen Namen machen wollen. Aber hatte dieser Schmierfink denn unrecht?

Marc schwenkte den Kakaosatz in der Tasse umher. Er war Claras Teufelswerkzeug gewesen. Von ihr hatte er sich wie ein mit Scheuklappen blind gehaltener Ochse vor den Karren spannen lassen. Waren die Zeichen nicht da gewesen? Hätte er nicht ...? Er spülte diese Überlegung mit den flockigen Resten der lauwarmen Schokolade hinunter. Doch seine üblen Gedankenpfeile waren listig und trickreich. Hätte er nicht das eine oder andere Leben retten können? Ein weiterer schmerzhafter Gewissenspiks plagte ihn wie ein fauliger Zahn den Mundraum. Marc fürchtete sich davor, diesen Zahn zu ziehen. War er ...? Er gab sich einen Ruck. War er wirklich Claras *Mittäter* gewesen?

Surr, surr, surr, surr. Sein surrendes Handy schleuderte ihn aus seiner Melancholie. »Thomas Fischer« leuchtete auf dem Display auf. Der nerdige Telefonkoordinator. Marc zuckte unwillkürlich zusammen. Ihm war, als betrete jemand sein viel zu enges Schneckenhaus. Und er selbst fernes Fremdland. Mit seinen Kollegen hatte er seit seiner Zwangsbeurlaubung nicht mehr gesprochen. Seine Familie und sein Psychodoc waren ihm die einzigen Gesprächspartner gewesen.

Er dachte nach. Das stimmte so nicht ganz. Da war ja noch Alicia. Die kecke Altenpflegerin, die er kennengelernt hatte. Er hatte sie gedatet und war mit ihr an einem lauen Septemberabend in der mondänen Weinbar in Wasserburg gewesen. Sie hatten auf der Freiterrasse mit herrlichem Blick zur Bregenzer Bucht und den sich dahinter auftürmenden Alpengipfeln einen im Barriquefass gereiften Spätburgunder genossen und sich die große Käseplatte geteilt. In Alicias Nähe hatte er sich so frei gefühlt. So ungezwungen und quicklebendig. Keine Vorwürfe. Kein Mitleid. Keine morastige Stocherei im düsteren Trübsalsumpf.

Allerdings hatte das Date in dem schnieken Holzstadel in den Weinbergen oberhalb des Bodensees auch vor seinem völligen Versacken in einem Fass voller Weltenschmerz stattgefunden. Aber sie hatte ihn nach ihrem ersten Date viele Male regelrecht aus seiner Wohnung gezerrt. Ohne sie wäre er in ein noch viel tieferes Loch gefallen. Dass sie seine Jammerlitanei und seine Sperenzchen ertrug und noch nicht längst Reißaus genommen hatte, das rechnete er ihr hoch an.

Oh, ja richtig. Er hatte sogar mit noch jemandem gesprochen. Mit Andrea. Mittlerweile ganz offiziell seine Ex-Frau. Sie hatten die Scheidung endlich über die Bühne gebracht und einen sauberen Schlussstrich gezogen. Sie hatte einige Vorbehalte hinsichtlich des gemeinsamen Sorgerechts vorgetragen. Aufgrund, wie sie es nannte, seiner »mentalen Floßfahrt«. Letzten Endes, das musste er ihr sehr zugutehalten, hatte sie sich gegenüber ihrer Scheidungsanwältin aber für ihn starkgemacht. Zwei Wochenenden im Monat verbrachte sein Sohn Paul nun bei ihm. Darauf hatten sie sich fürs Erste geeinigt. Eine Bewährungsprobe für ihn.

Vielleicht war es für den Anfang besser so. Da er sich in der eigenen Bleibe verkroch, hatte er Paul nicht mehr als seinen Flimmerkasten zu bieten. Und dabei hatte er noch nicht einmal Videospiele, geschweige denn eine Konsole.

Surr, surr, surr, surr. Marcs Handy summte weiter vor sich hin. »Ach, Mensch!« Da kam er nicht mehr raus. Nicht aus dieser Nummer, die sich hinter dem Namen auf dem Display verbarg. Das sagte ihm seine Menschenkenntnis. Und sein überdehntes Pflichtbewusstsein. So wenig er das auch wollte, er musste rangehen.

»Ja?« Nicht mehr als ein Knurren. Frustration und Pampigkeit, das war ihm bewusst. Säße seine ehemalige Ermittlungspartnerin nicht im Knast, hätte ihre Marotte zwanghafter Vergleiche mit Promis ihn vermutlich in die Griesgramschublade dieses cholerischen Dortmunder »Tatort«-Kommissars Faber gesteckt.

»Wir haben eine Lei–«

»Thomas … ich bin bis auf Weiteres beurlaubt. B-E-U-R-L-A-U-B-T. Schon vergessen?«

Ein kurzer Moment der Stille am anderen Ende der Leitung. »…che! Wir haben eine Leiche. Marc, eine *Leiche*! Du sollst sofort zur Insel Mainau kommen!« Die Stimme des Telefonkoordinators vom Mordkommissariat klang durch die Leitung fahrig und hektisch.

Marc hatte ihm doch gerade erläutert, was Phase war. Sprach er etwa Chinesisch? »*No way.* Ich bin vorläufig außer Die–«

»Mensch, Steingruber! Hören Sie endlich mit dieser Selbstkasteiung auf und schwingen Sie gefälligst Ihren Arsch auf die Mainau! Oder ich ballere Ihnen meinen Schuh so wuchtig in Ihren lethargischen Steiß, dass Sie in hohem Bogen dort hinfliegen!« Es war sein Vorgesetzter, der im Hintergrund so lautstark und mit unflätiger Wortwahl in das Telefon brüllte.

Marc musste sich eingestehen, dass dieses Donnergepolter ihm gehörig den Kopf wusch. Wann war denn bloß sein Tatendrang flöten gegangen? Er war in seiner Ermittlungsabstinenz doch tatsächlich zu einem Kakao schlürfenden Waschlappen dahinvegetiert. »Warum übernehmen die Konstanzer Kollegen nicht die Mordermittlung?«

»Die sind auch schon längst am Tatort. Näheres dann vor Ort. Hopp, hopp!« Jetzt war es wieder Thomas Fischer, der ihm antwortete.

Freizeichen. Hatte der Telefonkoordinator doch einfach aufgelegt. Und im Abgang hatte dieser Wunderfitz mit der aufdringlich rechteckigen Brille, die den Nerd in ihm regelrecht in die Welt hinausschrie, ihm auch noch plumpdreist den Marsch geblasen. Es hatte sich wohl einiges verändert in letzter Zeit.

Marc schob sein Smartphone in die Manteltasche und bedeutete dem Kellner seine Bereitschaft zu zahlen. Etwas regte sich in ihm und seiner schockschweren Lähmung. Kein Hoffnungsschimmer. Bei Weitem nicht. Es war vielmehr der Anflug zutiefst gemischter Gefühle. Im Moment war Marc jede nur erdenkliche Gefühlsregung recht. Er war emotional abgestumpft. Stumpfe Äxte fällten nicht gut. Er musste sich schärfen. Seine Sinne schärfen. Er war wieder im Dienst. Wieder mitten im Dickicht der Ermittlungen. Und es mussten einige Bäume gefällt werden. Alte Krücken und offensichtlich auch mordgetriebene.

6

»Lärmschutz ... Erholungsort ...«, goschte Marc mürrisch vor sich hin. Sein rechter Fuß tätschelte ungeduldig das Gaspedal, während sein mattschwarzer Audi A6 durch die Dreißigerzone wie ein Panther im Schleichgang dem Ortsausgang von Hagnau entgegengurkte. Gleich durfte er ihn wieder auf Touren bringen. Gott, wie hatte er den hengstigen Duft seines Wagens vermisst. Der Geruch seiner cappuccinobraunen Ledersitze. Italienisches Lammnappa. Selbst das Lenkrad hatte er damit beziehen lassen. Es lag so wunderbar weich und schmiegsam in der Hand, wenn er es liebkoste. Jede Berührung war Sex pur. Das war schon ganz schön spleenig.

Lange noch hatte der Ruch nach Claras aufdringlichem Parfum wie eine unheilvolle Dunstwolke im Wagen nachgehangen. Ein Gemisch aus einer bitter-balsamischen Note grüner Kastanie und einer holzig-harzigen Brise rauchiger Zigarre. Ein Hauch von Erde, Moos, Wald, Zedernholz, Gewürzen und Kakao mit einer subtilen ledrigen Nuance. So eigentümliche Wogen das Duftwasser auch verbreitet hatte, es passte irgendwie zu Clara. Unnahbar und stachelig, wie eine unreife grün umkapselte Kastanie. Und ebenso feurig und finessenreich wie eine auf dem Oberschenkel einer frivolen kubanischen Torcedora gerollte Cohiba. Marc ertappte sich. Vermisste er etwa die »Bestie vom Bodensee«? Nein. Nein, sie war keine Bestie.

Immerhin war das Sturmungetüm abgeflaut, der Regen hatte sich verdünnisiert. Er drehte das Radio auf. Gerade liefen die Nachrichten vom Bodensee. Die hatte er lange nicht mehr gehört. Nur gelesen. Solange er sich in den vergangenen Monaten in seiner Wohnung verbarrikadiert hatte, hatte er sich mit dem morgendlichen Gang zur Haustür und dem Lesen der Tageszeitung begnügt. Das Radio hatte er wie den Fernseher gemieden. Zu groß war die Angst gewesen, aus den Boxen etwas über die

Irisblütenmorde auf die Ohren zu bekommen. In der Zeitung konnte er diese Berichterstattung getrost überblättern.

»... Der Wolfshund, der vor dreieinhalb Jahren über Nacht mehr als sechzig Kilometer vom Klauser Wald zu den Lengwiler Weihern zurückgelegt haben muss, wurde gestern nach Monaten der Verschollenheit erneut im Kreuzlinger Wald im Kanton Thurgau am Napoleonturm gesichtet. Augenzeugen berichten, dass –«

Auch wenn die Nachrichtensprecherin einen ganz milden und beruhigenden Ton anschlug, schaltete Marc schnell auf den nächsten Sender. Dem Wolf war er in Übergröße in seinem Alptraum begegnet. Und der Bussard war ihm heute Morgen auch schon über die Leber gelaufen. Das waren genug Wildtiere für einen Tag.

»*Well I never pray, but tonight I'm on my knees, yeah. I need to hear some sounds that recognize the pain in me, yeah. I let the melody shine, let it cleanse my mind, I feel free now. But the airwaves are clean and there's nobody singing to me now.*« Die »Bittersweet Symphony« ertönte nun. Nicht der neumodische Remix-Krimskrams, sondern das Original von The Verve.

Es war sein Leben, das da gerade aus den Lautsprecherboxen zu ihm herausdröhnte. Sein Leben. Eine bittersüße Sinfonie. Auch er pflegte nicht zu beten, fand sich zurzeit des Nachts oder ewig früh am Morgen aber häufig auf seinen Knien wieder. Vornehmlich keuchend und schwitzend, nachdem er aus seinem immer wiederkehrenden Alptraum erwacht war. Und in sich verspürte er das ungestüme Gefühl, dass die Liedfetzen seinen Schmerz erkannten. Auch er würde seinen Geist reinigen müssen, um endlich wieder frei zu sein. Aber so weit war er mental noch lange nicht.

Er war ein »Bodenseeianer«. Normalerweise heilte zu jeder Jahreszeit ein belebendes Bad im Bodensee seinen Alltagskummer. Die Rettungsaktion, als er Clara im vergangenen September aus dem See gefischt hatte, spuckte ihm aber in die schwäbische Meersuppe und hatte ihm das Seebad gehörig verdorben.

Marc war so sehr in sein Gedankengulasch eingetaucht, er

nahm die Weinberge zwischen Meersburg und Hagnau nur halb wahr. Fast hätte er *ihn* gar nicht gesehen. Nur ganz peripher aus dem Augenwinkel. Erhobenen Hauptes hockte der schwarzbraune Stolze mit geschwellter Brust auf dem Pfahl auf hoher Warte. Seine Augen scannten die Reblandschaft nach dem Nahrungsangebot. Feldmaus à la carte.

»Das ist doch zum Mäusemelken!« Auch wenn sich Marc bei dem gefiederten Kerl nicht unbeliebt machen wollte. Denn gemelkte Mäuse waren wohl wenig magenfüllend. Im Moment hatte er aber andere Sorgen. Ängste. Ihm stockte der Atem. Krampfhaft umkrallten seine Finger das Lenkrad. Der Schweißfilm an seinen Fingerkuppen ging mit dem Lederkranz eine feuchtwarme Symbiose ein.

Schon wieder ein Bussard! Das konnte kein Zufall mehr sein. Litt er unter manischem Verfolgungswahn? Wenn er dem Gutachtenpamphlet seines Seelenklempners Glauben schenkte, dann schon. Tat er aber nicht. Ebenso wenig wie der Flickschusterei an der Psyche. Der Riss in seiner Seele war nicht zu kitten.

Marc beugte sich zu seinem Handschuhfach hinüber und kramte mit der rechten Hand halbherzig seine Angstlöser hervor. Umständlich presste er zwei der Schlümpfe aus ihren Kunststoffnoppen, legte sie auf seine Zunge und vermengte die Kapseln mit seinem Speichel. Aus dem geöffneten Handschuhfach lächelte ihn ein Schraubfläschchen mit karminroten Filmtabletten an. Bislang hatte er der Versuchung widerstanden. Nun aber griff er zu. In Schlenkerfahrt fischte er zwei Tabletten aus dem Fläschchen und schmiss sich die *Happy Pills* mit dem Ginkgopräparat ein. Noch während er sie mit den Schlumpfkapseln hinuntergluckste, klangen ihm die Worte seines Psychodocs auf den Ohren. »Ein trizyklisches Antidepressivum sollte keinesfalls beim Autofahren eingenommen werden. Unter keinen Umständen sollte es mit der Einnahme von Ginkgoextrakt kombiniert werden.« Bullshit. Aber als Pillenlieferant war der Seelenonkel ja gut. Zumindest als Rezepteschreiber.

Vor Marc ragte der Glockenturm der Stadtpfarrkirche Mariä

Heimsuchung in die Höhe, als ihn auch schon der erste Anflug der benebelnden Wirkung heimsuchte. Blau-weiß-rotes Pillenintermezzo. Die trikolore Dröhnung. Er nahm seine Umgebung plötzlich um Welten entschleunigter wahr. Hundertfach befahren, doch auf einmal wirkte die Serpentinenstraße unterhalb der Burg hinunter zu der Autofähre auf ihn wie ein mindestens ebenso lebensbedrohliches Unterfangen wie der *»Camino de la Muerte«*. Die »Straße des Todes« in Bolivien.

Wie eine Todesschwadron stampfte der Wahn in ihm hoch. Die Berg-Ahorne entlang der Serpentine ratterten wie von einer alten Filmrolle abgespult an ihm vorbei. Die camouflierenden Stammgehölze schienen mit ihren teilweise von Efeu überwucherten Laubkronen nach ihm zu fassen. Sie nahmen es ihm wohl krumm, dass er vorhatte, im Dickicht der bevorstehenden Mordermittlungen, wenngleich auch nur metaphorisch, einige Bäume zu fällen.

Eingeschüchtert fädelte Marc sich nach einer halsbrecherischen Schlitterpartie auf abwegigen Halluzerpfaden auf dem Fähranleger in die Spur ein und fuhr auf die Autofähre. Er drückte am Radio den Aus-Knopf, stellte den Motor ab und kaufte zittrig wie ein altes Klappergestell sein Ticket. So ein Tablettenmix war nun mal kein Vitaminmüsli. Eher das grausige Grauen in bunter Verpackung. Sein Kopf fühlte sich an wie in Unterwasserbenommenheit, wenn er beim Kraulen zu lange unten blieb. In seinem Gehörgang klonkte im Moment dasselbe unangenehme Geräusch. Als schlüge das Seil der gehissten Flagge bei starkem Wind gegen den Metallmast.

Er schloss die Augen und legte seinen Kopf in den Nacken. Er war wie diese drei Affen von Nikkō. Auch er wollte nichts sehen, nichts hören, nichts sagen. Auf den Bodensee hatte sich ohnehin solch ein dichter Nebelvorhang geschoben, man sah kaum die eigene Hand vor Augen.

Gute fünfzehn Minuten später tauchten die aneinandergereihten, aus dem Bodensee herausragenden Anlegedalben wie Stecklinge im Hafenbecken von Konstanz-Staad vor der Autofähre auf. Marc schüttelte die drei Affen ab. Die sedierende Wirkung der Antidepressivum-Kapseln hielt an. Sie stillte seine Angst und ließ die Fahrt von der Fähre hinauf zur Mainaustraße wie eine gefühlte Ewigkeit erscheinen. Er hatte sich am großen Campusareal der Universität vorbeigeschlängelt und war auf den Parkplatz vor der Blumeninsel aufgefahren. Dort wimmelte es bereits von Einsatzfahrzeugen. Zwischen dem Kassenhäuschen und dem holzverkleideten WC-Container war Absperrband angebracht. Ein hochgewachsener, kahlköpfiger Polizeibeamter hielt davor Wache. Na bravo. Der Tatort war also schon präpariert für die eingeflogene Kriminalpolizei.

Der Ginkgoextrakt hatte Marcs Gedankengänge durchgeputzt. Erst jetzt realisierte er, dass er sich ja überhaupt nicht auszuweisen vermochte. Sein Kartenmäppchen mit Personalausweis und Führerschein lag in der Wohnung in der Schlüsselschale, die das geschnitzte Äffchen so brav hielt. Und seine Dienstmarke und auch den Dienstausweis hatte er Köstinger ausgehändigt. Ihrer sollte er erst jenseits des Absperrbands wieder habhaft werden.

Aber Marc hatte sich zu früh die noch immer wie ein Dampfkessel pfeifende Rübe zermalmt. Der wacheschiebende Hüne nickte ihm bereits aus einiger Entfernung zu. Ihm war die Herkunft südlich des Weißwurstäquators geradezu ins Gesicht gepinselt, sein Quadratschädel ein nahezu ideal bayerischer Körperteil. Da gab es das Doppelkinn. Die zünftigen, wuscheligen Koteletten. Den Schnauzbart, der wie ein eherner Balken die Oberlippe zierte. Wäre Clara nicht inhaftiert, sondern mit ihm hier vor Ort, hätte bestimmt längst ihre Marotte angeschlagen. Als zu gut gewässerten und in die Höhe geschossenen Meister Eder hätte sie den Kollegen umschrieben. So etwas in der Art. Trauerte er ihr etwa nach?

Die harsch geraspelten Worte des Polizisten holten ihn auf den Boden der Tatsachen. »Ah geh! Du bist doch dieser Haumdaucha! Dieser Kommissar, der wo so damisch mit der ›Bestie vom Bodensee‹ gepackelt hod!« Der Schnauzbärtige musste dem Ärmelabzeichen nach der Landespolizei Baden-Württemberg angehören. Alles andere hätte Marc auch stark gewundert. Ein »Neigschmeckter« also.

Dass Marcs sonst so hartgesottene Elefantenhaut derzeit dünn wie Seidenpapier war, das konnte der ihm unsympathische Geselle ja beim besten Willen nicht wissen. Dennoch hätte er dem patzigen Saubayer sein dämliches Grinsen nur zu gern aus dem Gesicht gefegt. Wäre der bloß nicht so hochgezüchtet gewesen. Mal ganz abgesehen von der kleinen, aber feinen Tatsache, dass er sich unter den Kollegen durch derlei Austicker übler Tuscheleien hinter vorgehaltener Hand sicher sein konnte.

Oh Gott! Marc konnte diesem TV-Kommissar Faber in seinem Lack-ab-Look nicht nur optisch das Wasser reichen. Er war eine unberechenbar tickende Zeitbombe. Die überwältigende Wucht dieser Einsicht traf ihn wie ein Faustschlag schnurstracks in sein unrasiertes, übermüdetes Gesicht. Beschämt wendete er seinen Blick von dem Polizisten ab. Ihn ließ dieser höhnische Bazi eher an Alois, den »Münchner im Himmel«, denken. Auch wenn ihn keineswegs der Himmel geschickt hatte.

Immerhin ließ ihn das Schandmaul nun ohne weiteres Federlesen unter dem Absperrband hindurch. Marc bewegte sich auf den Mainausteg zu. Die vielen verschiedenen Laubbäume und Sträucher, die den Weg vom Parkplatz bis dorthin schmückten, trugen noch die schale Kahlheit des Winters zur Schau. Ihr Laubkleid hatten sie noch nicht wiedererlangt. Das alte lag mit braunwelken Blättern abgeschüttelt auf dem Boden.

Sehr zu seinem Leidwesen begrüßte Marc auf dem Mainausteg gleich zu seiner Rechten das »Schwedenkreuz«. Ein bronzenes Kruzifix mit dem gekreuzigten Jesus und zwei weitere Kreuze mit den beiden Schächern. Das sagenumwobene Ding, in dem angeblich der Teufel stecken sollte. Jene Kreuzigungsgruppe, die die schwedische Besatzung während des Dreißigjährigen Krieges bei ihrem Abzug nicht einmal mit einem Dutzend Rösser abzutransportieren vermocht hatte. Sage hin, Sage her. Marc betrachtete die Sache ganz nüchtern. Für ihn steckte tatsächlich der Teufel in diesem Kreuz. In so ziemlich jedem

Kreuz. Seit dem vergangenen Sommer. Sie erinnerten Marc an den grausamen Mord an der Malerecke in Langenargen.

Die Mainau spottete ihm also auch. Oder steckte jetzt etwa *er* den Teufel in jedes noch so kleine Detail? Marc fühlte sich alles andere als nüchtern. Ihm war ganz schwummrig vor Augen. Instinktiv klammerte er sich am Geländer fest, bevor ihm die schwammig gewordenen Beine wegsackten.

Hiäääh! Hiäääh! Bussardschrei von irgendwoher. Kräuseliges Flackerbild vor Augen. Der Bussard nirgendwo. Psychische Verzerrung seiner Wahrnehmung. Marc rüttelte an dem Geländer. Er war nicht dieser Quotenausflipper Faber zur besten Sonntagabend-Sendezeit. Er war der Steingruber. Eine eigene psychotische Institution. Das mussten die Schlumpfkapseln sein. Sie packten einen gewaltigen Gemütshammer aus und schürten zusammen mit den Ginkgotabletten gehörig seine Paranoia.

Unweit des Mainaustegs stimmte entlang des Schilfröhrichtufers eine Heerschar von Kolbenenten mit ihren fuchsroten Köpfen und den tiefrot gefärbten Schnäbeln in ein Konzert knarrender Laute ein. Das mussten locker mehr als hundert sein. Die Erpel frönten nach aller Herzenslust dem Umwerben der Weibchen und tröteten lauthals ihre Balzrufe heraus. Bäht! Bäht! Bäht! Eine Kakofonie voll triefendem Hohn.

Marc war es, als schmähten ihn diese vermaledeiten Viecher. Ein dreifaches »Bäh«. Nur eben wie das ekelbekundende »Igitt« mit einem harten »t« ausgespuckt. Oder aber die dickköpfigen Watschelfüßler urteilten ihn als *very bad* ab. So oder so. Aus ihren Langhälsen schlug ihm Verachtung entgegen. Die Mainau öffnete ihm ihre Pforte tatsächlich mit ganz und gar unblumiger Häme. Es hämmerte in seinem Schädel. Er hatte keinen Honig im Kopf, sondern klumpig angerührten Beton.

Er schickte sich an, den Steg nun in Windeseile zu überqueren und die erpelhaften Spottdrosseln hinter sich zu lassen. Vor allem aber das Kruzifixkunstwerk, das die ach so frischen Narben auf seiner Seele in einem so schmerzhaften Erinnerungsschwall erglühen ließ.

Kurze Zeit später stellte sich ihm das Inselmaskottchen Blumi in all seiner ungenierten Nacktheit entgegen. Es zeigte sich ebenfalls im Wintergewand unverblümter Kahlheit. Wie auch das ihm zu Füßen liegende Blumenbeet. Darin knieten zwei Weißkittel der Spurensicherung. Sie waren keineswegs an den im Erdreich schlummernden Zwiebeln der Tulpen und Narzissen, die im Frühling in gelber, weißer, orangener und pinker Farbenpracht sprießen würden, interessiert. Vielmehr waren sie gerade dabei, zwei Abdrücke in der Erde von Störpartikeln freizupinseln und mit Gips auszugießen.

Marc erspähte auf dem Vorplatz des Lauenhauses der Grünen Schule den dunkelblauen VW-Transporter von Jürgen Dettmeier und dessen Spusi-Mitarbeitern direkt neben dem hellblauen Kanalreinigungsgefährt. Dahinter den knallroten Gerätewagen der Feuerwehr. Seine Augen verfolgten den Schlauch des Kanalreinigungsfahrzeugs die gut zwanzig Meter hinüber bis zum Kanalschacht. Der Schlauchrüssel war aus dem Schacht gezogen und abgelegt worden. Fettiger Schmodder triefte aus ihm auf den gepflasterten Boden. Der Kanalschacht war großräumig mit Polizeiabsperrband umzäunt worden. Innerhalb dieser künstlich geschaffenen Sperrzone knieten weitere Spurensicherer. Marc machte zwischen den weißen Overalls einen länglichen schwarzen Zipfel aus. Er wusste, dass der zu einem Leichensack gehörte.

»Schwäbische Borstenschwinger waren doch eher Schmutzfinken, die sich im Tuschedreck gesuhlt haben. Ocker-Impressionismus. Wer legt denn hier bitte so einen Penibelkeitsfimmel an den Tag?«, monierte er lautstark. Vermutlich, weil er noch an die beiden Spusi-Mitarbeiter mit ihren Pinseln im Blumenbeet dachte.

Augenblicklich stieg in ihm eine kochende Wut auf. Er hasste es, an einem Tatort in vollendete Tatsachen hineinzustolpern. Übers Knie gebrochene schwäbische Gründlichkeit konnte er überhaupt nicht verputzen. An einem Tatort musste Chaos herrschen. Nur so ergab sich schließlich für die Ermittler überhaupt die Gelegenheit, sich in den Täter hineinzufühlen. Eins zu werden mit dessen Wahnsinn. Im gemachten Nest war das ein Ding der Unmöglichkeit. War ein noch unberührter Tatort stets ein waschechter Rembrandt, so waren Tatortaufnahmen bestenfalls ein Billigabklatsch. Wie toll hatten sich denn bitte schön die Kunstliebhaber in der Staatlichen Kunstakademie in Düsseldorf in Beuys' Fettecke einfühlen können, nachdem diese vom Hausmeister weggewienert worden war? Als Kriminalhauptkommissar musste er sich sein eigenes Bild machen. Dieser Tatort war Marcs Fettecke.

Ein wenig abseits des emsig über dem Leichnam zu Werke gehenden Spusi-Grüppchens stand ein kerniger, drahtiger Mann. Er war ebenfalls in einen weißen Overall gepackt, hatte aber bereits die Überziehhaube heruntergezogen. Seine zum Pferdeschwanz gebundene blonde Mähne hing ihm über die Schultern. Jürgen Dettmeier. Der Chef der Forensik und Leiter der Spurensicherung. Sein sonst so tiefenentspannter Blick auf dem sonnengegerbten Gesicht kam fiebrig gereizt daher. Marc hatte seine Gedankensulze über die schwäbischen Maler gegen Ende des 19. Jahrhunderts, die er erst am Wochenende im Feuilleton aufgeschnappt hatte, also wirklich eben lauthals unters Volk gebracht. Nicht nur so vor sich hin gedacht.

Streng genommen war er in diesem Augenblick noch immer außer Dienst. Und die Durststrecke während der Ermittlungsabstinenz hatte ihm zugesetzt. Immerhin wühlte er sich seit seiner Beurlaubung ausgiebigst durch den Gähnteil der Zeitung. Und das sogar mit regem Interesse. Besser, er hielt seine Zunge im Zaum. Bloß nicht wie ein streitsuchender Psychokampfhahn aus der Reihe tanzen. Klappe halten und bloß kein geschwellter Kamm.

Neben dem Forensikleiter standen zwei Feuerwehrmänner mit einer Bahre. Sie blickten ein wenig bedröppelt drein und rümpften ihre Nasen. Unterdes schimpfte Dettmeier wild gestikulierend wie ein Rohrspatz. Es waren die Ärmel seines Overalls, die die akuten Nasenverstimmungen heraufzubeschwören schienen. Marc brauchte gar nicht erst großartig zu kombinieren. Der Leiter der Spurensicherung war nicht wegen des schnippischen Kommentars so fieberhaft verstimmt. Es war der Leichenfund. Der musste Dettmeiers mantrahaften Gleichmut in Dissonanz versetzt haben. Der oder die Tote war hundertpro aus dem Schachtkanal des Fettabscheiders vor dem Seeterrassen-Biergarten geborgen worden. Wow, dieser Tatort auf der Mainau war tatsächlich Marcs Fettecke!

Man hatte die Leiche von wo auch immer bereits aus ihrer ursprünglichen Auffindeposition geborgen. Und Dettmeier hatte den Leichnam schon begutachtet. Die Wut pfiff dem Kriminalhauptkommissar aus der Nase, und er pfiff auf die Spielregeln. Er stieg kurzerhand über das Absperrband rund um den Kanalschacht und lief schnurstracks auf Dettmeier zu. Die brüskierten Blicke der noch immer über den Leichensack gebeugten Forensiker gaben ihm zu verstehen, dass er gerade im Begriff war, gegen jedes Protokoll der Spurensicherung zu verstoßen. Immerhin trug er keine Schutzkleidung. Wie in Alarmbereitschaft geratene Erdmännchen streckten sie ihre Köpfe in die Höhe und machten ihre Hälse nach dem unbeherrschten Eindringling lang. Obendrein war Marc vorübergehend aus dem Dienst radiert worden. Er war ein Fremdkörper an diesem Tatort. Ihr hungriger Fressfeind.

Einer rief jetzt sogar nach ihrem Chef, als Marc sein zweites Bein über das Absperrband und damit über höchste Gepflogenheiten hinwegsetzte.

Dettmeier drehte sich nach ihm um. Sein Blick schmerzte Marc zutiefst. Damals auf dem Badesteg im Strandbad in Langenargen: haargenau derselbe Gesichtsausdruck. Dettmeier war es gewesen, der ihm anschließend aufmunternd auf die Schulter geklopft hatte. Erst jetzt realisierte Marc, dass er den Forensikleiter seitdem gar nicht mehr gesehen hatte. Es kam alles wieder hoch. Das Mitleid wehte ihm aus Dettmeiers nun wieder von milder Güte erweichten Gesichtszügen entgegen. Mitfühlendes Verständnisgesäusel hatte auf Marcs Hassliste ebenfalls einen Logenplatz. Das war aber nicht das Einzige, was ihn an den Gegebenheiten am Tatort massiv störte.

Hinter Dettmeier waren noch zwei andere Personen zum

Vorschein gekommen. War er der Fremdkörper am Tatort, dann waren *die* für ihn Außerirdische. Die gehörten nicht hierher. Nicht in sein Ermittlungsdickicht. Ein korpulenter Stoppelkopf in Cordjacke mit einem Schnauzer, der in seiner getrimmten Akkuratesse einem englischen Rasen glich. Marc tippte auf einen Endvierziger. Was hätte Claras Marotte dazu gesagt? Eine aufgequollene Kurzhaarversion von Brad Pitt mit Pornobalken und lila getönter Brille. Im rechten Ohrläppchen ein goldfarbener Ohrring mit Kreuzanhänger. Elton John ließ grüßen.

»Oder ein Überlebenskünstler, der sich nicht zwischen Fastfood-Tester, Motorradcop und Streetworker entscheiden kann.« War das Marc jetzt etwa auch laut über die Lippen gerutscht? Dem grimmigen Blick des stoppeligen Moppelkopfs nach zu urteilen, schon. So viel zu Klappehalten und Nicht-am-Tatort-Auffallen.

Neben dem stoppelhaarigen Brecher stand eine junge Frau. Sie wurde von Dettmeier noch zur Hälfte verdeckt. Feuerrotes Haar. Südländischer Teint. Die Augen untermalt mit in den Augenwinkeln spitz auslaufendem schwarzen Lidstrich.

Diese beiden Pflaumenauguste versalzten Marc seinen Erstaufschlag an diesem Tatort komplett. Nach seiner Zwangspause war sein Comeback als Kriminalhauptkommissar auch so schon aufreibend genug.

Dettmeier hatte nicht den Hauch einer Chance, zu Wort zu kommen, da löcherte Marc ihn bereits. »Was sind das denn bitte für Comicfiguren? Scully und Mulder? Die unheimlichen Fälle der Provinzpolypen?«

Dettmeiers Blick wechselte von bedauernd zu beschwichtigend.

Der Stoppelkopf kam ihm mit einer Antwort zuvor. »Kripo Konschtanz. Uffbasse, du ladschiger Dummbabbler. Alles isch guet. Der Tote isch scho inschpiziert. Mach die Biege, Mugg! Des isch unser Revier.« Sein spitzer Lackschuh zog demonstrativ eine Linie über den Boden. Dazu noch ein zum Erbrechen despektierliches Handwedeln.

Wollte der Fremdling jetzt etwa einen Hahnenkampf am Tatort provozieren? Drauf geschissen. Dieser freche Fritze stand überheblich in der Ringecke. Und er, Marc, in der Loserecke. Und dann auch noch dieser Badenser Dialekt. Noch so eine Spitzenposition auf Marcs Hassliste. »Nichts ist gut, du Heckenbrunzer. Ihr habt meine Fettecke ruiniert!«

»Fettecke? Was babbelt der Faber für Arme do? Mir hent den Job scho g'macht. Der *örli börd* fängt den Wurm, gell?«

Ein neunmalkluger Gelbfüßler mit einem plumpen Faber-Spruch. Das hatte Marc gerade noch gefehlt. »Blödes Babbelmaul!«

»Schwobeseggel!«

»*Rocket Man* auf *Wai-Em-Si-Ey*-Trip!«

»Psychotischer Eierkopf! In der Junkieszene kenn i mi aus wie in meinem Hosensack. Du bisch gwiss ein Pillenschlucker mit einem Augenzucker!«

Das ging gigantisch unter die Gürtellinie. Der Stoppelmoppel hatte schlichtweg hinter seine brüchige Fassade geblickt und seine Pillenfresserei doch glatt durchschaut. Sein Augenzucken hatte ihn verraten.

Wusa, Marc! Nun war sein Kamm geschwollen wie ein übertrieben aufgeblasener Handschuh. Diesen dicken Badenser musste er definitiv fällen. Er war kurz davor, dem Großmaul seine Rechte in die Bierwampe zu laden.

Dettmeier hatte sich, bereits das Schlimmste befürchtend, zwischen die beiden Streithähne gestellt. Das brachte nun ihm Marcs zornigen Feuerball ein. »Wozu braucht ihr mich eigentlich? Ihr arbeitet ja prima mit den Konstanzer Besserwissern zusammen! Und wer ist eigentlich die schräge Gestalt neben Häuptling Arschbackengesicht?«

»Das … nun sie ist … deine neue Kollegin. Vorübergehend … Sie arbeitet neuerdings bei der Mordkommission in Konstanz. Köstinger hat sich mit dem Konstanzer Polizeipräsidenten und dem unsrigen kurzgeschlossen. Du sollst ihr unterstützend zur Seite stehen. Er meint, das könnte deiner Rehabilitierung zum Wohle gereichen.«

Neue Kollegin. Alles Weitere hatte Marc schon gar nicht mehr gehört. Die Worte waren nur noch verzerrt und gedämpft zu ihm gedrungen. *Wusa*, Marc, *wuuusahhh*! Ihm war ganz bauschig um seine Ohren. Sein Gehörgang pfiff. Es handelte sich wohl hoffentlich um einen schlechten Scherz. Man hatte ihm in seiner Abwesenheit doch nicht einfach so mir nichts, dir nichts eine neue Partnerin aufs Auge gedrückt? Noch dazu so ein junges, unerfahrenes Früchtchen? Clara ohne großes Federlesen ersetzt? Störte ihn das? Offenbar.

Dettmeier machte einen Schritt zur Seite und gab das ganze Gesicht der ominösen Frau preis. Bislang hatte die drahtige Schulter des Forensikchefs ihre rechte Gesichtshälfte verborgen. Jetzt bemerkte Marc, dass der südländische Teint bei Weitem nicht das Auffälligste an ihr war. Die junge Dame, er tippte auf eine Türkin, hatte ein keckes ringförmiges Piercing im linken Flügel ihrer schmalen Stupsnase. Doch selbst eine völlig zugepflasterte Blechwarzenvisage wäre bei ihrer sonstigen Erscheinung völlig untergegangen. Sie hatte ihr schulterlanges pechschwarzes Haar links halbseitig feuerrot gefärbt. Rechts zum Undercut raspelkurz geschnitten. Marc vermutete dort sogar einen einrasierten Streifen. Auch das war noch nicht das Flippigste an ihr. Ihre gesamte rechte Gesichtshälfte war es. Dort prangten schwere Vernarbungen. Von der Schläfe über die Wange und den Mundwinkel bis hinunter an den Hals. Wie das verlassene Schlachtfeld eines schweren Aknefeldzugs. Doch die Vernarbungen sahen anders aus.

Marc wusste nicht, wie ihm geschah. Vielleicht war es ihre paradiesvogelartige Erscheinung. Dazu saßen ihm noch gehörig die Wut im Bauch und die Scham im Nacken. Er wurde mit diesem Neue-Kollegin-Firlefanz wie von einem Bulldozer überrollt. Und er fühlte in peinliche Berührung getauchte Panik darüber, dass er offenbar tatsächlich die Ermittlungszeit mit Clara ein wenig vermisste. Ein völlig absurder Gedanke.

Jedenfalls hörte er sich den flapsigen Spruch schneller aussprechen, als er diesen wieder einfangen konnte. »Hallo, du Pumuckl-Bretzel. Bist du etwa im Solarium eingeschlafen?

Oder bist du der weibliche Two-Face, frisch aus dem Cruella-de-Vil-Friseursalon?«

Dettmeiers Mund stand offen wie ein Scheunentor. Marc hatte gedanklich noch Hals über Kopf im hitzigen Wortgefecht mit dem Stoppelkopf gesteckt. Er hatte sein Klappe-halten-Mantra endgültig über Bord geworfen. Im Krieg war alles erlaubt. Dieses Wortgeschoss war aber doch eine Schippe zu viel gewesen. Marc wusste selbst nicht, wo diese Explosion tiefgefrusteter Gehässigkeit so urplötzlich hergekommen war. Womöglich aus seiner allgemein sehr beschissenen Gemütslage. Die ganze Hundsmisere zermürbte ihn.

Sein spitzer Kommentar hatte die Körpersprache der überkandidelten Lady völlig umgekrempelt. Auf links gedreht. Der wandelnde Meter sechzig war bislang wie ein Mauerblümchen dagestanden. Nun sprang sie förmlich aus ihrer Starre hervor und kam wie eine Furie auf ihn zugestiefelt. Eine schallende Ohrfeige, damit hatte Marc eigentlich fest gerechnet. Doch nichts dergleichen passierte. Das Rumpelstilzchen drückte ihm lediglich seine Dienstwaffe und seine Dienstmarke samt Dienstausweis auf die Brust. Ein nigelnagelneues Lederetui mit der Erkennungsmarke der Kripo Baden-Württemberg. Darin befindlich das Ausweiskärtchen.

Auch wenn Marc im Moment getrost darauf verzichten konnte, sich als Kommissar zu erkennen zu geben. Als *der Kommissar*, der neben der Serienmörderin Clara Meißner ermittelt hatte. In den Augen der Öffentlichkeit war er der Sidekick der »Bestie vom Bodensee«. Und hier benahm er sich gerade wie ein unausstehlicher Wüstling.

»Willkommen zurück im Dienst. Schöne Grüße von Köstinger. Arschloch!« Nichts weiter als das huschte über die gepressten Lippen der Zielscheibe seiner Wutattacke. Dann stapfte der paradiesvogelgleiche Giftzwerg von dannen. Da hatte sich der Moppelkopf ja ungleich mehr brüskiert als der übertrieben extravagante Jungspund in Kurzformat.

Jetzt, da er seinem tiefen Frust ein Ventil verschafft hatte, fühlte Marc sich noch schlechter. Immerhin war sein Gesicht mit dem ins Auge stechenden Muttermal ja auch keine Hommage an George Clooney und von makellos meilenweit entfernt. Auch wenn man ihm die kernige Sexyness eines Til Schweiger nachsagte. Ihm klebte eine Kidneybohne über seiner rechten Braue. Das war aber nur die Spacekapsel, die sich da auf seiner Stirn eingenistet hatte. Das Mutterschiff prangte auf seiner linken Beckenhälfte. Kongenitaler melanozytärer Nävus. Ein elefantenohrgroßes Muttermal. Ganz ekelhafte Sache. Von seinem derzeitig ungepflegten Auftreten mal ganz zu schweigen. Er war kein Möbelstück, bei dem der Shabby-Look vielleicht noch Seltenheitswert haben könnte. Strubbelhaare. Drei-Tage-Bart. Seine zweite Haut, die Parka-Feldjacke, war der Inbegriff von Speckhaftigkeit und in dieser Hinsicht nicht gerade von Vorteil.

»Marc, das –« Dettmeier wollte gerade zu einem ausgedehnten Tadel ansetzen.

Interessant. Erst der Mitleidsblick, dann die Standpauke. Auf beides konnte Marc getrost pfeifen. »Zeig mir doch lieber mal die Leiche und den Fundort. Den Tatort scheint ihr ja schon bestens ohne mich abgegrast zu haben! Du, Moppelkopf und der junge Spinat.«

Dettmeier führte Marc zum Leichensack hinüber. Das stoppelhaarige Dickerchen, das sich als Ermittlungspartner Harry Pleschke der illustren Schnepfe entpuppt hatte, folgte ihnen auf Schritt und Tritt. »Also, der Tote –« Doch Dettmeier kam wieder nicht zum Zug.

»Dem sei Molli isch futsch! Also der Kopf«, fuhr ihm das badische Plappermaul über den Mund.

Marc starrte Dettmeier entgeistert an. »Hat man Mister Quasselstrippe als Kind immer den Lolli geklaut, oder warum ist der so geltungsbedürftig? Und sag mal, wurde unsere Leiche geköpft?«

Und schon wieder waren Pleschkes haspelige Lippen schneller geöffnet als Dettmeiers. »Aber nai! Dem sei Grind isch hii! Zerdetscht wie ein matschiges Zwibble oder eine faule Tomate.«

Diese Schose war wie Kratzete mit blanchiertem Spinat und badischem Spargel. Zumindest kriegte Marc echt die Krätze.

Diesen lästigen Moppelkopf würde er nur zu gern wie einen Pfannkuchen in mundgerechte Stücke reißen. Die schnepfige Giftnudel, die seine »neue Kollegin« sein sollte, war der pubertierende Spinat. Und der Spargel? Zumindest fühlte Marc sich in seiner Verfassung wie ein lommeliger Spargeltarzan. Dabei vergötterte sein Gaumen den Spargel eigentlich. Gerade den badischen.

Er hatte die Nase gestrichen voll. Erst der wacheschiebende Saubayer, jetzt dieser unausstehliche Badenser-Kotzbrocken. Entschlossen schnellte er auf das Sitzgrüppchen der Spurensicherer zu. Die Kriminaltechniker in ihren weißen Overalls zogen sich wie ein Haufen aufgescheuchter Hühner zurück.

Er warf einen Blick in den noch geöffneten Leichensack. Dort lag ein weißer, korpulenter Mann mittleren Alters. Besser gesagt das, was von ihm übrig war. Er erweckte den Anschein eines obszönen Kunstwerks. Eines, bei dem man partout nicht wusste, ob man wegschauen oder hinstarren sollte. Der Tote wirkte wie eine aus einer übergroßen Fettecke herausgeformte männliche Nana-Figur, die ein Kunstvandale erst beherzt mit einem Vorschlaghammer eingedetscht und dann mit einem roten Farbbeutel beschmissen hatte. Eine völlig entartete Picasso-Fratze.

»Grundgütiger! Der ist ja völlig ramponiert!« Dabei war Marc nach Claras mörderischem Feldzug scheußliche Anblicke eigentlich gewohnt. Aber der Tote aus dem Fettabscheider, das war nichts für schwache Nerven. Der klobige Kahlkopf des Toten war halbseitig eingefallen und ganz zertrümmert. Etwas mächtig Schweres musste ihm wie eine Trümmerbirne durch das Oberstübchen gerasselt sein.

Und Marc durchfuhr noch eine tiefer gehende Schockerkenntnis. Der übel Zugerichtete in dem Leichensack erinnerte ihn entfernt an einen anderen Fall. Rudi Duttke. Der letzte große Mordfall, den er gemeinsam mit Horst Haberle vor dessen Pensionierung beackert hatte. Nie gelöst. Gott, diesen erkalteten Fall hatte er tunlichst verdrängt. Damals, vor Jahren, hatten sie den Bregenzer Kunstkurator am Radolfzeller Ufer ebenfalls als bizarr entstelltes Kunstwerk vorgefunden. In der Froschhocke, die Rippenbögen schwingenartig vom Körper abstehend.

»Sag i doch! Dem sei Dääz isch hii! Wie wenn der Himmel auf seinen Riebel g'falle wär. Beim Teutates!«

Marc ignorierte den nervigen Badenser geflissentlich. Er wollte sich das zertrümmerte Gesicht des Toten genauer anschauen. Als er in die Hocke gegangen war, bereute er sein Vorhaben aber schnell. Er hatte einfach nicht die abgestumpfte Nase eines hartgesottenen Leichendoktors. Ein Geruchsgemenge von abgestandenem, ranzigem Fett, fauligen Eiern und zurückhaltender Verwesung stach ihm in die Nase. Die linke Gesichtspartie, die von der Zertrümmerung verschont geblieben war, wirkte aufgedunsen.

»Lag wohl eine ganze Weile dort unten im Wasser-Fett-Gemisch herum. Grob gesagt zwei Monate.«

Marc folgte Dettmeiers Stimme zum Kanalschacht. »Wer hat ihn gefunden?«

»Die Kanalreiniger. Generalinspektion.«

Das irritierte Marc. »Aber solche Behälter müssen doch monatlich gereinigt werden. Weshalb ist die Leiche nicht schon früher entdeckt worden? Und woher wissen wir die Liegezeit schon so genau?« Er zählte innerlich bis drei.

Pleschke war auch dieses Mal um Worte nicht verlegen. Bei zwei preschte es aus ihm heraus wie aus einer Schnellfeuerpistole. »Der Kragen von dem Fettabscheider isch scho recht eng. Die Wasserleich war do unten in der Ecke im bauchigen Stübli verschteckt im Verborgenen g'hocket. Eure fleißigen Schpusi-Bienen waren schneller als unsere. Die haben nach unserer Pfeife getanzt und saubere Arbeit geleischtet.« Pleschkes Flosse pratzte anerkennend auf Dettmeiers Schulter. Ein satter Klopfer. Marc spürte schon wieder die Wut in sich aufkeimen.

»Die Liegezeit isch vermutlich, wie seller Schpusi-Mann g'sagt het, grob zwei Monate. Das wissen wir, weil die Verriegelung von dem Kanaldeckel am zwanzigschten Dezember futsch g'wese isch. Schpuren von einer gewaltsamen Öffnung sind domols nit g'funde wore.«

Der Tatort war längst großflächig abgegrast. Und Dettmeier schien sich mit seinem Team den Konstanzer Schnöseln zu allem Überfluss auch noch wie ein Laufbursche angebiedert zu haben. Marc musste den Leiter der Spurensicherung unter vier Augen nach den harten Fakten fragen. Kurzerhand packte er ihn am Ärmel und entriss ihn der wulstigen Pranke des unter beständiger Besserwisseritis leidenden Badensers.

»Wer genau hat die Leiche entdeckt?«, schoss Marc mit seiner Frage frisch drauflos.

»Rufus Vetten, der Sohn vom Reinigungsunternehmer, der im Fettabscheider eigentlich klar Schiff machen wollte. Du kennst ihn … Also den Junior. Vom –«

»YesLife-Blog. Das zum Pete-Doherty-Abklatsch verkommene Lateinerbübchen mit den roten Ron-Weasley-Haaren.« Marc hatte den Admin des Antiabtreibungs-Forums nur zu gut in Erinnerung behalten. Er war seit den Irisblütenmorden ein unverrückbares Puzzleteilchen in Marcs Dämonen-Gespinst. Und den Anblick schrecklich entstellter Leichen hatten sie seit heute auch gemein.

»Genau der. Der soll ganz mitgenommen gewesen sein. Er hat laut Aussage des Vaters die Leiche mit einer Sumoringer-Gummipuppe verglichen. Ganz treffend eigentlich, oder?«, stellte Dettmeier fest.

»Laut Aussage des Vaters?« Marc kam nicht ganz mit. »Wo ist dieser Rufus? Ich möchte ihn persönlich zum Leichenfund befragen.«

»Leider nicht auffindbar. Nach der Entdeckung des Toten im Fettabscheiderschacht muss er wie ein Besessener nach oben geklettert und getürmt sein. Sagt sein Vater. Laut ihm hat er nach den Irisblütenmorden auch einen ungesund fanatischen Hang zu selbigen entwickelt. Zu deiner Frage von vorhin: Bei der Monatsreinigung findet keine Begehung des Fettabscheiders statt. Deshalb wurde der Leichnam jetzt erst entdeckt.«

Dettmeiers Schilderungen gefielen Marc gar nicht. Er musterte das in Mitleidenschaft gezogene Gesicht des Toten. Die

Lider der geschlossenen Augen zierten dunkelviolettschattige Verfärbungen.

Dettmeiers Erstdiagnose ließ nicht lange auf sich warten. »Vermutlich prämortale Hämatome.«

»Woher wissen wir denn überhaupt, dass es Mord war? Vielleicht ist der gute Mann dort hinuntergestürzt?« Marcs Fragen waren mehr Trotzreaktion als ernst gemeint. Er glaubte seinen Ausführungen ja selbst kaum.

Und er bekam von Dettmeier postwendend die Quittung. »Hinuntergestürzt? Marc, ich bitte dich … In einen verschlossenen Schacht? Selbst wenn dieser nicht abgesperrt war.«

»Mitrem Gullideckel drauf! Und ausgerechnet auf die Glotzböppele g'falle … Und eine Fasnetsmaske isch au nit grad dafür g'macht, um einen Schacht 'nabzusteigen. Kein ideales Ausgeh-Häs«, tönte es herüber.

Wusa, Marc, *wuuusahhh*!

Dettmeier überspielte Pleschkes großspurigen Seitenhieb mit gekonnter Fachsimpelei. »Marc, ich war selbst dort unten, um die schweren Kopfverletzungen vor der Leichenbergung anständig zu dokumentieren. Dort gab es auch keinerlei Kampfspuren. So lädiert wie der Kerl ist, muss massive Gewalteinwirkung gegen seinen Kopf stattgefunden haben. Mit einer wuchtigen Tatwaffe. So eine stumpfe Gewalteinwirkung wäre auch an dem engen Fettabscheidertank nicht spurlos vorbeigegangen. Gestorben ist er definitiv woanders.«

»Was meint dieser Plagegeist Pleschke überhaupt mit der Faschingsmaske?«, drängte sich bei Marc die ungestillte Wissbegierde auf.

»Dem Toten war dort unten eine Hundemaske von den Allensbacher Schlösslespudeln verkehrt herum auf den Kopf gesetzt. Wie –«

»Wie vor dreieinhalb Jahren bei Rudi Duttke, dem Bregenzer Kunstkurator …« Dettmeier hatte gar nicht weitersprechen müssen. Beim Gedanken an einen möglichen Serienmörder wurde Marc ganz flau im Magen. Nach den Irisblütenmorden wäre eine weitere Mordserie der Super-GAU. Er zwang sich, diesen unangenehmen Gedanken erst einmal wieder eilends beiseitezuschieben. Seine herbeigewünschte Unfalltheorie war in Anbetracht dessen jedenfalls jäh verpufft.

»Ob verkehrt herum oder nicht. Die Faschingsmaske wird sich der Tote zumindest nicht mehr eigenständig übergezogen haben, nachdem was auch immer auf seinen Schädel eingeschlagen war«, raubte Dettmeier ihm die letzten Reste dieser Illusion.

»Na toll! Ich hätte mir auch gern ein eigenes Bild von der ursprünglichen Auffindesituation im Fettabscheider gemacht!«, stänkerte Marc.

»Glaub mir, bei dem Geruch da unten hättest du das nicht gewollt. Außerdem maile ich dir die Fotodokumentation zu, sobald ich am Rechner bin. Keine Angst, Marc.« Dettmeier winkte eine Spusi-Mitarbeiterin herbei und ließ sich die Faschingsmaske in der großen Asservatentüte reichen.

Marc betrachtete die eingetütelte Holzmaske mit der schwarzen Pudelvisage, den grimmig nach oben gezogenen, glühend rot und tellerrund umrahmten Augenschlitzen, den gefletschten Fangzähnen und der seitlich heraushängenden Zunge. Ihr waren lange Pudelohrenstreifen mit borstigem Schwarzfell angeheftet. Genau so hatte auch jene ausgesehen, die sie damals neben Duttke im Bodensee gefunden hatten.

Marc brauchte etwas Handfestes, das ihm absolute Klarheit darüber verschaffte, ob sie es mit Serienmord zu tun hatten. »Haben wir sonst noch eine Spur?«

»Zwei Fußabrücke im Blumenbeet beim Inselmaskottchen Blumi im Erdreich. Relativ große. Und auffällige. An beiden Abdrücken zeichnen sich nur drei Zehen deutlich ab. Beim rechten Abdruck der große, der Ringzeh und der kleine. Beim linken Fuß ebenfalls der große und der kleine sowie der Zeigezeh. Die anderen eigentlich gar nicht.«

»Eigenartig. Wenn die Fußabdrücke unserem Täter gehören, dann dürften seine Quadratlatschen auffallen. Eventuell ein Gletscher-Klettermax, dem Zehen amputiert werden mussten? Und wer ist denn im Winter barfuß unterwegs? Außerdem werden die Fußabdrücke wohl kaum drei Monate im Erdreich überdauert haben. Ob der Täter zum Tatort zurückgekehrt ist? Oder die Täter?«, dachte Marc laut nach.

Eine Rückkehr zum Tatort konnte wirklich für einen Serientäter sprechen. Hatten sie es mit einem Täter oder mehreren zu tun? »Haben wir eine Tatwaffe?«

»Nein, bloß das hier. Schau es dir mal an.« Dettmeier ließ sich von der Spusi-Mitarbeiterin eine weitere Asservatentüte reichen. Diese gab er an Marc weiter.

Darin befand sich ein abgebrochenes Holzbrettchen, vom Rand nach innen war darin eine sauber gefräste, schlüssellochförmige Aussparung eingelassen. Um sie herum waren drei Symbole als Brandgravur in die Holzoberfläche eingebracht. Eine Traubenrebe, der Bodensee und ein Symbol, das nicht nur dem Holz, sondern auch Marcs Gedanken schwarz eingebrannt war. Die Schwertlilie. Das Teufelsmal der Irisblütenmorde.

»Mir hent keine Ahnung, was des Holzstückle sein soll. Vielleicht ein weiterer Irisblüetenmord. Das Lateinerbüebli aus Konschtanz, von dem du verzählet hosch. Vielleicht isches dem bluetigen Pfad von der ›Beschtie vom Boddesee‹ g'folget. Immerhin hot's die Leiche g'funde und isch gleich darauf verduftet. Wer weiß? Wosches du, Schteingruber? Wosses i?«

Was von Pleschke da so badenserisch herüberblubberte, malte den Teufel förmlich an die Wand. Rufus, der rothaarige Pete-Doherty-Verschnitt, der Marc im vergangenen Jahr gemeinsam mit der stachelbeerigen Jenny und ihrem YesLife-Blog zur Antiabtreibungsbewegung das Ermittlerleben zusätzlich erschwert hatte, war nach den Irisblütenmorden ja wohl tatsächlich einem ungesunden Fanatismus gegenüber Claras Schreckenstaten verfallen.

Was blieb, war Marcs zaghafte Hoffnung auf eine bloße Nachahmungstat nach dem Muster des Mordes an dem Bregenzer Kunstkurator Rudi Duttke. Weder einen weiteren Irisblütenmord noch eine neue Mordserie wollte sich der Kriminalhauptkommissar überhaupt nur vorstellen.

Was er sich allerdings gut vorstellen konnte, war, um was

für einen Gegenstand es sich bei dem ominösen Holzbrettchen handelte, dessen Bruchstück man im Fettabscheider gefunden hatte. Er wusste es sogar. »Ein Weintragerl. Dieses Holzstück stammt von einem Weinträger«, platzte es aus ihm heraus.

Jetzt waren Dettmeier und Pleschke aber sichtlich von den Socken. Letzterer fand als Erster wieder die Worte. »Dunderschieß! Schteini, hesch du eine Hellseherin vernaschet oder einen Profiler verschlucket?«

Mit versierten Profilerfähigkeiten oder der Kristallkugel unter dem Kopfkissen hatte diese plötzliche Erkenntnis eigentlich gar nichts zu tun. Eher mit Schmetterlingen im Bauch. »Ich war vergangenes Jahr im Spätsommer in diesem Holzstadel in den Weinbergen von Wasserburg. Da hat ein älteres Pärchen einige Flaschen Bodenseewein gekauft und in so einem Weinträger verladen. Die Brettchen mit den schlüssellochförmigen Aussparungen sind die Glashalter.«

»Ah, das Schmuuserli bei deinem Techtelmechtel in den Weinbergen. Trotz zuckerlrosa Brille und der weiblichen Scheeheit hesch einen Kommissarblick g'wahret. Eine Kombiniergabe wie Sherlock Holmes.«

Eigentlich hatte Marc an dem Abend in der Weinbar überhaupt keinen kommissarischen Spürsinn gehabt. Er hatte dem Weinliebhaberpärchen lediglich gelauscht und vernommen, dass sie an der Malerecke in Langenargen den Blick auf das Schloss Montfort und die dahinter untergehende Abendsonne bei einem romantischen Picknick genießen wollten. Ausgerechnet dort, wo der Abtreibungspapst damals Wochen zuvor hingerichtet worden war. Na bravo, sein Date mit Alicia war weshalb auch immer schon über den Bodensee hinweg bei der Kripo in Konstanz zum Gesprächsstoff geworden.

»Pinot Noir oder Spätburgunder isch des auf dem Hölzli fei nit.«

Marc verdrehte die Augen. Man musste weder ein Pleschke noch ein Sherlock Holmes sein, um zu erkennen, dass auf dem Holzbruchstück kein angetrockneter Wein haftete. »Das ist –«

»Des isch flüssiges Gewääb trocknet, also Bluet.«

Allmählich hatte Marc die Faxen, vor allem aber diesen Fatzke dicke. »Haben wir Anhaltspunkte, um wen es sich bei dem Toten handelt?« Genervt sah er in Richtung Dettmeier.

Da war sie wieder. Diese alles versöhnende Güte in Dettmeiers Blick. »Nun, dazu, mein Lieber, solltest du deine neue Kollegin zurate ziehen. Sie kennt den Toten.«

»*Sie* kennt den Toten? Wie heißt sie überhaupt?«

»Aaliyah.«

»Eine blutjunge Anfängerin, nehme ich an?«

Dettmeier neigte den Kopf zur Seite. »Nun, wie man's nimmt. Kriminalkommissarin auf Probe. Studium beim BKA. Mit Bravour und Bestnote. Danach hat sie eine Räuberbande, die im Berliner Bode-Museum ein ganz krummes Ding gedreht hat, quasi im Alleingang hochgehen lassen. Kometenhafter Einstand. Die Kleine hat Biss. Gerade einmal fünfundzwanzig Jahre alt.«

Marc spürte sein gekränktes Ich anklopfen. Er, der Tablettenschluffi, und diese bissfeste Raver-Barbie. Es kratzte und nagte an seinem Ehrgefühl. So hatte Köstinger sich das also gedacht! Vom Teufelshelferlein einer Mörderbraut zum Adjutanten eines Greenhorns. Noch dazu einer Kriminalkommissarin auf Probe. So langsam brachte ihn das Ganze echt auf die Palme, doch er bemühte sich, nicht sonderlich beeindruckt zu wirken. »Und was verschlägt einen so steilen Zahn von der Big City in die Provinz an den Bodensee?«

»Das fragst du sie auch lieber mal selbst. Bestimmt kühlt sie jetzt hier auf der Insel im ›Vergissmeinnicht‹ bei einem kalten Holundersirup ihr aufgekratztes Gemüt ab.« Dettmeier, der Menschenkenner. »Und noch etwas … Vergiss *du* vor allem nicht, dich bei ihr zu entschuldigen. Mensch, Marc, komm endlich aus dem Quark! Entsorg den arschigen Steingruber doch direkt hier im Fettabscheider.«

Nie war Dettmeier um einen Ratschlag verlegen. Pleschke offenbar um eine Moralpredigt auch nicht. »Lumpenseggel, pass auf! Die Aaliyah isch ein anschtändiger Mensch. Wenn du dem ›schteilen Zahn‹ aufs Zahnfleisch fühlscht, rasiersch dir besser zunächschst die Hoor von deinen Beißerle. Vor allem, wenn die Aaliyah die Hebamm für dei Seelebalsam sei soll! Sonscht kriegsch von mir persönlich de Ranze voll!«

Abermals verdrehte Marc die Augen. Hinter Pleschkes spleeniger Elton-John-Fassade steckte wohl ein Beschützer-Gen. »Jawohl, Captain Fantastic. War's das mit der Ansprache?« Marc salutierte gespielt.

»Nit ganz. Hent ihr vor den Irisblüetenmorden nit einen ähnlichen Fall g'het? Der El Ninjo 2.0 in Radolfzell. Isch der Tote domols nit ähnlich verhunzt g'wese? Offener Rücken. Und der Boddesee hot keine Piranhas! Der letzschte große Fall von dem Haberle. Den ihr fei nie g'löst hent, Schteini! Die Häfler hent das Ermittle verlernet, so wie die Hofinger und die Buchhorner domols ihr Seealemannisch! Zu em chalte Chääs hent ihr den Fall worre lasse.«

Wenn Marc etwas abgrundtief hasste, dann waren es verunglimpfende Spitznamen wie »Steinbeißer« oder eben »Steini«. Die hatte er schon zur Schulzeit mit durchschlagenden Argumenten im Keim erstickt.

»Sag emol, isch domols nit sogar au eine Mäschgerlemask von den Allensbacher Schlösslespudel im Boddesee bei der Leiche g'funde worre? Des riecht doch nach einem Serienkiller, wie es fischelet im Boddesee!«

Marc war bereits in Richtung des Inselcafés losgelaufen. Von einer sich anbahnenden Mordserie wollte er partout nichts hören. Die Irisblütenmorde waren genug Serienmord für ein Kommissarsleben am Bodensee. Hier konnte er ohnehin erst einmal nichts mehr ausrichten. Er überhörte die Litanei willentlich, obgleich er genau wusste, dass er hier gerade vor der Wahrheit davonlief. Dennoch zeigte er Pleschke im Abgang die kalte Schulter. Ohne sich noch einmal umzudrehen, erhob er die Faust und kurbelte ganz gemächlich seinen Mittelfinger in die Höhe.

***

Marc schlenderte die Metasequoia-Allee mit ihren gigantisch hohen Mammutbäumen entlang. Zweiundfünfzig mächtige Oschis mit einem Stammumfang von bis zu sechs Metern. Nicht dass Marc ein Zwangsneurotiker war. Oder er gar daran glaubte, das Umarmen eines solchen Giganten könnte den Seelenteufel an den Hörnern packen und aus ihm herausbefördern. Aber neuerdings kalkulierte er die Unbekannten. Das war ihm ein konstanter Halt in einem reißend schnellen Fluss und gab ihm zumindest den trügerischen Schein von Sicherheit. Diese Urweltriesen wollte er ganz sicher nicht fällen.

Am Ende der Baumallee tat sich vor ihm das Inselcafé »Vergissmeinnicht« auf. Trotz der frischen Temperatur, die gerade einmal an der Zehn-Grad-Marke kratzte, hatte sich Aaliyah in ihrer schwarzledernen Bikerjacke an einem der Tresentische auf der Terrasse platziert. Verachtung streifte ihn, als sie ihn von Weitem erblickte. Sehr dünnes Eis. Jetzt war Fingerspitzengefühl geboten, sonst würde ewige Eiszeit herrschen.

»Darf ich mich dazugesellen? Ich hole mir nur schnell auch so ein … Sirupdingens.«

»Holundersirup«, raunzte Aaliyah. Sie reagierte zwar unterkühlt kratzbürstig, im Gemischtwarenladen ihrer Befindlichkeiten hatte sie ihm aber, so wie es aussah, noch kein Hausverbot erteilt.

Marc begab sich in den Innenraum, um seine Bestellung aufzugeben. Als er mit dem für diese kalte Jahreszeit viel zu kühlen Getränk und einem weiteren als Wiedergutmachung wieder auf die Terrasse trat, beschloss er, sich zunächst über den Fall anzunähern. Eine Entschuldigung konnte nach seiner harschen Verbalattacke noch ein Minenfeld sein. »Du kennst den Toten?«

Aaliyah rollte verächtlich mit den Augen. »Wow, wir sind also schon beim Du. Unverfrorenheit verbindet? Balthasar Kincsvadászat, fünfundvierzig Jahre alt.«

»Angenehm. Marc Steingruber, fünfunddreißig.« Bingo. Dieser Kalauer zauberte ihr zumindest ein müdes Lächeln auf die Lippen.

Bei dem Namen hatte es bei Marc geklingelt. Er legte seine

Stirn in Falten. »Der Steinmetz. Das ist doch die rechte Hand von diesem exzentrischen Bildhauer aus Salem. Hanjo von Dargatz-Gierer. Das Star-Duo am Steineklopfer-Himmel. Ganz großes Kino. Batman und Robin der Skulpturistik.«

»Gutes Stichwort. Angenehm. Aaliyah Battmann, fünfundzwanzig.«

»Na, haha ... Witz komm raus, du bist umzingelt. Der war ja noch viel flacher als meiner! Darauf stoßen wir an.« Marc schob der aufgetauten Kurzen das frische Getränk rüber.

Doch Aaliyah zog ihre Augenbraue in die Höhe. »*So* heiße ich. ›Baaatt-mann‹ ausgesprochen. Und nicht ›Bät-män‹!«

Jetzt hatte sich Marc mit dem Namensgeplänkel aber ordentlich in die Nesseln gesetzt. Schnell zurück zum Fall. Der Steinmetz hatte in Friedrichshafen gewohnt. Jetzt dämmerte ihm auch, weshalb er seinen Allerwertesten in badisches Gefilde hatte bemühen müssen.

Aaliyah weihte ihn ein. »Nun ja, zuweilen war Balthasar Kincsvadászat auch die langfingrige rechte Hand von ›Ivan dem Knochenbrecher‹.«

Das warf bei Marc einige Fragezeichen auf. Irgendetwas dämmerte ihm dunkel. Er zog einen kräftigen Schluck vom Holundersirup. Gefrierbrand. Der warf seine Stirn nur noch mehr in Falten.

Aaliyah berichtete ihm von dem angsteinflößenden russischen Haudrauf-Kriminellen aus Meersburg. »In der Szene des organisierten Verbrechens ein echter Name. Er ist in den Spätachtzigern im Auftrag des sowjetischen Geheimdienstes und unter dem Decknamen ›Moshenik‹ nach Berlin übergesiedelt. Anfang der Neunziger hat er dem allmächtigen KGB den Rücken gekehrt und sich in der Folge als Baukranführer verdingt. Später dann als Gießermeister. Zur Jahrtausendwende hin hat er sich immer weiter Richtung Süden verlagert. Und seinen Broterwerb mehr und mehr hin zum schmutzigen Straßengeschäft.«

Aaliyahs Beschreibung nach glich dieser »Knochenbrecher« einem Berggorilla. Ihr Toter aus dem Fettabscheider war wohl einst bei einer Kunstausstellung mehr zufällig an den mafiösen

Ganoven geraten. »Und der residiert in einem ›Attika-Löftli‹ in Meersburg inmitten der Rebenberge des Staatsweingutes.«

Jetzt ratterte es doch vehementer in Marcs Oberstübchen. Er hatte von den smart steuerbaren Techbauwerken der Penthäuser zwischen den Meersburger Rebengängen gehört. Mit einer Sicht über den Bodensee bis zum Horizont und noch viel weiter. Die Namen der Loftbauten wurden wohl eigens für die potenziellen Schweizer Käufer notorisch verniedlicht. Die Kaufpreise waren eher astronomisch. In Sachen Zahlungskraft stand der »Knochenbrecher« mit seinen schmutzigen Moneten den Eidgenossen aber in nichts nach. So viel stand fest.

»Ivan ... Ivan ... Ivan ...« Marcs Hirn lief auf Hochtouren, während er an seinem Holundersirup nippte. »Aber natürlich! Auch bekannt als ›Ivan der Schreckliche‹! Dieser Halunke hat viele Spitznamen. Ivan Markov Kanyuk! Er gehörte damals zum eingeschränkten Kreis der Verdächtigen. Also bei Horst Haberle, meinem Ex-Ex-Ermittlungspartner, und mir. Es gab da einen aufsehenerregenden Mord bei Radolfzell. Also Jahre vor den Irisblütenmorden.«

Marc wurmte es immer noch, dass sie den Fall zum Cold Case hatten werden lassen. »Kalter Käse«, wie der nervige Pleschke es so bescheuert ausgedrückt hatte. Horst Haberle und er hatten ihn jedenfalls nicht knacken können. Marc hatte den Fall und mit ihm den Namen des Gangsterbosses in das tiefste Gewölbe seines Hinterkopfes verbannt.Köstinger, sein allzeit cholerischer Vorgesetzter, duldete in seinem Kommissariat keine Langzeitermittlungen zu Verbrechen, die sich zu Rohrkrepierern für seine Erfolgsquote zu mausern drohten. Und er akzeptierte in seinem Büro nichts anderes als einen blütenweißen Schreibtisch. Die schmutzigen Akten eines ungelösten Mordfalls hatten dort nichts zu suchen.

»Ich weiß. Ich habe mich nach meinem Wechsel zur Kripo Konstanz gleich über Weihnachten mit den großen Kriminalfällen der jüngeren Vergangenheit am Bodensee vertraut gemacht. Die Fallakten der Irisblütenmorde sind ja noch unter Verschluss. Da habe ich mich an die Cold Cases rangemacht.

Und eben auch an das Tötungsdelikt am Bregenzer Kunstkurator. Er soll für Kanyuk ja nicht selten Diebeskunst aus dem Osten über Österreich nach Deutschland geschleust haben.«

Der Grünschnabel war bei Weitem nicht so grün, wie Marc angenommen hatte. Aaliyah war wohl so ein ehrgeiziges Junggemüse, das wie die magische Bohnenranke ins Unermessliche schießen wollte. Grün hinter den Ohren, aber voller Tatendrang und Strebsamkeit. Und er selbst ein wenig grün vor Neid. Sie wusste über den Fall Duttke jedenfalls bestens Bescheid.

»Dann bist du sicherlich auch schon über unsere damaligen Ermittlungen im Faschingsmilieu ins Bild gesetzt. Stimmt, das hatte ich fast vergessen … Kanyuk ist ja der Zunftmeister der Allensbacher Schlösslespudel. Provinzintegration für Gangster. Duttke war der Vorstand der Bregenzer Klushunde. Die beiden Fasnachtsvereine hatten es sich zur Aufgabe gemacht, sich gegenseitig immer wieder eine Spieluhr mit einem Kegelspiel, das beiden Zünften hoch und heilig ist, vor der Nase wegzuklauen. Frag mich nicht … Das hat mit den lokalen Sagen zu tun. Sowohl in Allensbach als auch in Bregenz soll der Legende nach ein goldenes Kegelspiel vergraben sein«, rekapitulierte Marc die damaligen Ermittlungen.

»In Bregenz soll ein schwarzer Hund mit glühend roten Augen Nacht für Nacht nach diesem Schatz auf dem Schlossberg suchen. In Allensbach gibt es wohl der Sage nach auch einen Hund, einen Pudel mit schwarzem Fell und glühenden Augen, der am Schlössleturm einen Schatz hütet. Das goldene Kegelspiel ist nach der Allensbacher Sagenwelt aber woanders vergraben. So ganz kriege ich das nicht mehr zusammen«, gab er zu, bevor er fortfuhr.

»Nach diesen Stehlaktionen gab's meistens ordentlich Zunder. Der Kanyuk soll in der Woche vor Duttkes Tod dessen Mazda in die Luft gejagt haben. Wir haben gemutmaßt, ob Duttkes Tod eine aus dem Ruder gelaufene Racheaktion war. 2016, im Mordjahr, hatten zwar die Allensbacher den Bregenzern die Spieluhr gestohlen. Aber der Duttke soll daraufhin gegen die ungeschriebenen Regeln verstoßen und eine ganze Reihe an

Faschingsmasken der Allensbacher Schlösslespudel entwendet haben. Immerhin haben die Allensbacher die Spieluhr, ebenso regelwidrig, nicht wieder herausgerückt. Kanyuk kann mit Diebstählen genau wie mit Regelverstößen nur dann umgehen, wenn sie von ihm begangen werden. Wenn er der Gelackmeierte ist, dann bekommt ihm das nicht. Die Ermittlungen haben sich aber äußerst schwierig gestaltet. Bis heute ist nicht klar, ob er den Sprengsatz selbst an Duttkes Cabrio angebracht hat.«

Aaliyah nickte. »Ja, das war mir schon geläufig. Und ich kann mir gut vorstellen, wie schleppend die Ermittlungen waren. Wo der Kanyuk auch ist, umgibt ihn ein alles erdrückender Mantel des Schweigens. Auf der Straße herrscht die Omerta. Das Schweigegelübde in mafiösen Strukturen.«

Marc blieb nichts anderes übrig, als sich nun von Aaliyah schlaumachen zu lassen. »Und wie genau war der ›Knochenbrecher‹ mit unserem toten Steinmetz verbandelt?«

»Kanyuk ist trotz seiner ruppigen Rambo-Mentalität ein Kunstliebhaber. Eine zentnerschwere Sondermünze aus purem Gold hatte es ihm angetan. Balthasar Kincsvadászat sollte sie unseren Erkenntnissen zufolge für ihn aus dem Münzkabinett im Berliner Bode-Museum entwenden. Und der Steinmetz war einfältig und naiv genug, darauf einzugehen.«

Aaliyah schilderte Marc haargenau, wie ihr Toter vor rund dreieinhalb Jahren vermutlich drei junge Gelegenheitsdiebe angeheuert hatte. »Dieses Gauner-Trio besaß die Kaltschnäuzigkeit, die Riesenmünze nachts auf einem Skateboard aus dem Museum zu rollen. Zwei der Schlitzohren konnten wir dingfest machen. Mitglieder eines arabischen Clans. Kleinkriminelle mit einem Vorstrafenregister, so lang wie eine Kassenrolle. Von dem dritten fehlt jede Spur. Vermutlich nicht in Berlin wohnhaft.«

»Und unser toter Steinmetz wurde für den Diebstahl nicht belangt?«, wollte Marc wissen.

Aaliyah winkte ab. »Ebenso wenig wie Kanyuk selbst. Balthasar Kincsvadászat konnte keine einwandfreie Tatbeteiligung nachgewiesen werden. Du weißt ja, wie das läuft: im Zweifel für den Angeklagten. Die beiden Helfer haben natürlich geschwiegen wie die Lämmer im Walde. Kleine Fische blubbern nicht über Hechte. Schon gar nicht über Haie wie den Kanyuk.«

Marc schwante bereits das Ende vom Lied. »Ich vermute, die Goldmünze ward nie mehr gesehen?«

Aaliyah nickte. »Und genau da ist auch der Haken. Also, für unseren Toten, meine ich. Sein Henkershaken. Mit Ivan Markov Kanyuk geht man nicht mal eben im Haifischbecken planschen, wenn man ihn so kaltschnäuzig übers Ohr gehauen hat. Da kennt der ›Knochenbrecher‹ kein Pardon. Von Berlin bis an den Bodensee hat er dem Steinmetz wegen der fehlenden Goldmünze immer wieder Schlägertrupps auf den Hals gehetzt.« Aaliyah seufzte.

»Unser russischer Genosse war wie besessen davon, Balthasar Kincsvadászat das Leben zur Hölle zu machen. Das ging sogar so weit, dass er sich schon kurz nach dem Münzraub in Meersburg dieses schnieke Penthaus gekauft hatte, um seine Kommandozentrale von Konstanz auf die andere Seeseite zu verlegen! Zuletzt hatten Kanyuks Männer fürs Grobe unserem Toten vor dem Jahreswechsel das Jochbein gebrochen. Das hat sich zu einer unbändigen Gewaltspirale hochgeschaukelt. Ein kleiner Denkzettel zwei Wochen vor Heiligabend. Was für eine nette Bescherung! Kanyuk hatte wohl ein goldiges Schwergewicht in Münzenform unter dem Christbaum erwartet. Natürlich konnten die Handlanger sich nach ihrer Verhaftung an keinen Auftrag erinnern.«

Marc dachte nach. Aaliyahs Schilderungen machten den skrupellosen Gauner natürlich zu ihrem Topverdächtigen. »Dann müssen wir dem werten Herrn Kanyuk einen Besuch abstatten.«

»Am Wochenende ist der ›Knochenbrecher‹ zu dieser Jahreszeit oft beim Stöckebrechen«, verkündete Aaliyah.

Marc blickte sie fragend an.

»Beim Langlaufen in Balderschwang. Ist aber nicht der wendigste Geselle. Sagt man. Mit seiner bulligen Statur und seinem halsbrecherischen Fahrstil verschleißt er wohl die Stöcke wie andere Zahnstocher.«

»Wenn wir ihn befragen wollen, sollten wir uns am Wochenende also in die Loipe begeben?«

»Sollten wir.« Aaliyah grinste.

»Die Masken der Allensbacher Schlösslespudel an den beiden Tatorten … Glaubst du an einen Serientäter?«, wollte Marc wissen.

Aaliyah dachte nach. »Vielleicht, vielleicht auch nicht. Es könnte eine Nachahmungstat sein. Wenn die Tage um den zwanzigsten Dezember für den Todeszeitpunkt des Steinmetzen stimmen, liegen immerhin beinahe dreieinhalb Jahre zwischen den Taten. Eins ist aber klar: Als Zunftmeister der Allensbacher ist Kanyuk natürlich hochgradig verdächtig. Auch wenn ihr ihm damals beim Mord an Duttke nichts nachweisen konntet.«

Marcs Blick blieb zum wiederholten Mal auf dem wulstigen Narbengewebe auf Aaliyahs rechter Gesichtshälfte kleben. Sie musste es trotz ihrer Nachdenklichkeit längst bemerkt haben, denn sie blickte tief in ihr Glas und betrachtete dabei im Holundersirup ihr Spiegelbild. Er musste es endlich ansprechen. »Dein Gesicht, also …«, stocherte er unbeholfen herum.

»Mein Gesicht rechtfertigt noch lange keine dummdreiste Beleidigung!«

Wumm! Das hatte gesessen. Und zwar das, was sie nicht gesagt hatte. Sie hatte nicht ein einziges Wort über seine makelhafte Kidneybohne verloren. Clara hätte längst zynisch einen spitzzüngigen Spruch vom Stapel gelassen. Sehnte er sich da etwa eine niederträchtige Bemerkung herbei? Mit den Sirupresten in seinem Glas spülte Marc diese gedankliche Abstrusität hinunter.

Sein nun wieder scharfkralliges Gegenüber mit dem halbseitig feuerrot gefärbten Haar beugte sich über den Tresentisch zu ihm und schaute ihn durchdringend an. »Nun, dein Gesicht spricht Bände. Eine gesplitterte Trauerweide. Ein gestrandetes Wrack vor einer seelenlosen Geisterinsel.«

Das junge Ding hatte ihn astrein durchschaut. Sie starrte ihn weiterhin an, ohne auch nur mit der Wimper zu zucken. »Sag an! Wovon spricht denn mein Gesicht?«, forderte sie ihn scharf heraus.

Marc blieb die Spucke weg. Sie hatte ihn gelesen. Seine Seele aufgeblättert und darin herumgestöbert. Ihm fehlten die Worte für eine schlagfertige Antwort. Stattdessen brachte er nur Belangloses über seine trockenen Lippen. »Dein Kollege, dieser Harry Pleschke, ist –«

»Schwul. Na und? Ist in deiner homogenen Hetenwelt ein Warmer genauso ein Freak aus Absurdistan wie eine Gesichtsentstellte?«

Bevor Marc auch nur den Hauch einer Chance hatte, sich zu erklären, platschte bereits der letzte Schwall eiskalter Holundersirup aus Aaliyahs Glas in sein Gesicht. Sie stapfte schon wieder von dannen und ließ ihn sitzen wie einen begossenen Pudel. Verflixt! »… redselig bis zum Nerventango!«, hatte er sagen wollen.

7

Marcs Allerwertester schmerzte tierisch. Steiß auf Eis. Das hatte er in den vergangenen drei Stunden gleich ein Dutzend Mal zu spüren bekommen. Erst waren sie auf der kleinen Dorfloipe durch den Rundkurs gekurvt. Dann hatte Aaliyah ihn schnurstracks auf der Grenzland-Loipe in Richtung Hittisau gelotst. Dabei hatte Marc sich auf diesen länglichen, dünnen Brettern von Anfang an absurd wackelig und staksig gefühlt. Ein ums andere Mal hatte es ihn gewickelt und geschmissen. Aaliyah gar nicht. Sie glitt und kurvte ganz grazil und anmutig auf den Langlaufskiern dahin.

Auf Höhe der Löchle-Alpe, gut vier Kilometer vor Hittisau, hatten sie kehrtmachen müssen. Es war nicht mehr klassisch gespurt gewesen, stellenweise hatten große Grasflecken aus der Schneedecke herausgelugt. Retour hatten sie die zuvor hinuntergesausten und teils kernigen Abfahrten wieder hinaufkraxeln dürfen. Er hatte sich dabei angestellt wie ein Storch im Salat.

Kanyuk war ihnen nicht über den Weg geschlittert. Daher hatten sie beschlossen, sich in Balderschwang in entgegengesetzte Richtung zum Riedbergpass auf die Langlaufpiste zu begeben. Dieses Unterfangen hatte dann aber ebenfalls schneller als gedacht sein jähes Ende gefunden. Sie waren gerade aus der Dorfrunde heraus in die Wäldle-Loipe eingestiegen, da hatten Marc auch schon seine mangelnden Bremsfähigkeiten eingeholt. Die steile, ungespurte Abfahrt hinunter zum Kiosk hatte ihn in regelrechte Panik versetzt. Vor allem das, was sich dort vor seinen Augen angebahnt hatte. Kreuzender Skiverkehr zwischen Kiosk und Verbindungslift. Während Aaliyah den Hang im Pflug hinuntergeschlittert war und vor der gefährlichen Kreuzung gekonnt im Stoppschwung den pulvrigen Schnee mit den Kanten ihrer Skier aufgewirbelt hatte, hatte es ihn bei seiner unkontrollierten Schussfahrt von den schmalstegigen Brettern gelupft und unsanft langgelegt.

Marc rappelte gerade seine gebeutelten Glieder wieder auf und wischte sich hinter der Sonnenbrille die Schneebrocken von den Wangen. Er linste durch die körnigen Flocken in seinen Wimpern hindurch zu Aaliyah hinüber. Wie sie dort oben auf dem Hang galant auf ihre Stöcke gestützt dastand. In ihren zebragemusterten Leggings und dem Hoodie im Leoparden-Look. Was für eine Angeberin. Wie eine Schickimicki-Mieze auf dem pulverweißen Catwalk. Er selbst hatte sein Läuferdress für den Winter an und fühlte sich mehr wie Schmidts Katze. Zumindest war er wie die mit voller Lutzi in das Fangnetz gedonnert. Dabei hatte es ihn mit der rechten Hüfte in einen seiner Laufstöcke gewickelt. Der war nun um neunzig Grad gebogen und unbrauchbar.

Marc kam aus dem Staunen gar nicht mehr heraus. Weshalb eigentlich? Weil eine türkischstämmige Deutschkurdin beim Wintersport keinen Hidschab trug? Oder weil sich Aaliyah mit ihrem Gesichtselfer um jeden Preis so auffallend gekleidet unter Menschen wagen musste?

Wow ... Er ertappte sich selbst. Er hatte sich gleich mehrfach aus der Rappelkiste der Engstirnigkeit und Intoleranz bedient. Ihm schoss das bedrückende Gespräch mit Aaliyah auf der Herfahrt nach Balderschwang durch die Gedanken. Sie hatte ihm schonungslos geschildert, wovon ihr Gesicht sprach. Und ihr Gesichtselfer, so viel wusste er nun, sprach ganze Bände über ein ganz und gar dunkles Kapitel ihres Lebens. Sie hätte eine bloße Nummer sein sollen. Nummer neun. Oder Nummer zehn. Oder tatsächlich der Elfer. Einer der gut ein Dutzend Morde, die Jahr für Jahr in Deutschland unter dem grotesken Deckmantel der Ehre verübt wurden.

Aaliyah hatte in Brühl bei Köln gerade ihr duales Studium zur Kriminalkommissarin begonnen. Und sich damit endgültig von ihrer zwischen extrem strenggläubig und obsessiv-fanatisch pendelnden Familie aus Köln-Kalk abgewandt. Ihr eigener Bruder, Umut, ein damals fünfzehnjähriger Lümmel, hatte an einer Bushaltestelle unweit vom Phantasialand eine schwarze Desert Eagle Kaliber vierundvierzig gezückt, auf ihren Kopf gezielt und kaltblütig abgedrückt. An ihrem zwanzigsten Geburtstag. Daher stammte der Strich in Aaliyahs Undercut. Das Überbleibsel eines vernarbten Kopfschusses, beinahe nur ein Streifschuss, aber am Ende war das Projektil doch in die Kopfhaut eingedrungen und dort hinter dem Ohr stecken geblieben.

Der Hass des halbstarken Bruders hatte ein noch haarsträubenderes Ausmaß angenommen. Die verästelten Hautvernarbungen in Aaliyahs rechter Gesichtshälfte waren keine Aknenarben. Sie waren Brandmarkungen eines heimtückischen Säureangriffs. Mit einem Fläschchen Schwefelsäure hatte er dem eigenen Fleisch und Blut den westlichen Lebensstil endgültig austreiben wollen.

Marc spürte einen matschigen Klumpen kalten Schnee auf der Zunge zergehen. Er hatte auf der Mainau diesen platten Spruch von wegen Two-Face aus der Hüfte geschossen. Weil Aaliyahs rechter Mundwinkel tatsächlich ein wenig gefletscht und entstellt wie bei dem Batman-Schurken aussah. Und dann hieß sie mit Nachnamen auch noch Battmann. Wenngleich anders ausgesprochen als der Superheld im Fledermauskostüm. Und ja auch nicht wirklich. Eigentlich hieß sie Cenga Güllece. Ihr eigenartiger neuer Name ging auf die Kappe des Zeugenschutzprogramms.

Marc hatte Aaliyah angeranzt, und trotzdem hatte sie ihm einen solchen Vertrauensvorschuss gewährt. Sich ihm so zu öffnen, das brachte sie in allerhöchste Gefahr. Nur weil sie den Fangarmen ihrer Familie zunächst nach Berlin und dann an den Bodensee hatte entfliehen können, war sie noch lange nicht aus dem Schneider.

»Ich schlage vor, wir hängen die Bretter für heute an den Nagel und tanken dort hinten im Schwabenhof ein wenig Kraft«, zeigte sich Aaliyah unverhohlen belustigt, als Marc nach seinem unfreiwilligen Zwischenstopp den Anstieg mühselig hinaufgekraxelt war. »Kanyuk ist hier ohnehin öfter in der Beiz als in der Loipe anzutreffen.«

Der sturzgebeutelte Kriminalhauptkommissar traute seinen

Ohren kaum. Er pfiff aus allen Löchern. »Und warum um alles in der Welt haben *wir* uns dann auf den Langlaufbrettern abgerackert?«

Aaliyah, die bereits ihre Skier geschultert hatte, drehte sich grinsend nach ihm um. »Na, was wäre ein Besuch im Langlauf-Eldorado ohne eine wilde Sause durchs Weiß?«

Marcs Reuegefühle ihr gegenüber waren schneller verflogen, als man diesen halsbrecherischen Abhang hinunterbrausen konnte. Zu arg schmerzte und pochte ihm sein Steiß. Dort würde er am Abend ebenso wie an der rechten Hüfte vermutlich einen tellergroßen blauen Fleck im Spiegel begutachten können. Wie nett. Das war also Aaliyahs Stil. Die Rache eiskalt servieren. Das übrige Wegstück zum Schwabenhof grummelte er zur Belustigung der schadenfrohen Pute wie eine beleidigte Leberwurst vor sich hin. Er war heute der Stöckebrecher, nicht dieser Kanyuk. Viel hatte nicht gefehlt.

Tatsächlich fanden Marc und Aaliyah in dem Alpengasthof Ivan Markov Kanyuk, bewacht von zwei in dunkle Anzüge gehüllten Hinterhof-Bodyguards, in einem hölzernen Erker gegenüber dem Kamin vor. Kanyuk erweckte nicht den Eindruck, als habe er heute auf der Piste die Hüfte geschwungen. Dafür saß der feine Zwirn in makelloser Wiesngaudi-Karierung mit rotem Einstecktuch zu knitterfrei. Und wer trug in dieser Winterlandschaft denn bitte schön eine Kracherne? Claras Marotte drängte sich Marc geradewegs auf. Kanyuk war ein piekfein aufgepumpter Rocky Balboa, der dem Alpen-Elvis Andreas Gabalier die Backstage-Garderobe geplündert haben musste. Er kaute gerade an einer riesenhaften Leberkäse-Scheibe. Wie ein Löwe an einem Antilopensteak.

Seine beiden finster dreinblickenden Kumpane versperrten den Ermittlern den Weg. Aaliyah ächzte verächtlich. »Ist das so eine jämmerliche Du-kommst-hier-net-rein-Darbietung?«

Als Kanyuk die beiden Kommissare entdeckte, schnipste er mit den Fingern. *»Otvali!«* Augenblicklich räumten die beiden Gorillas das Feld. Offensichtlich hatte er ihnen befohlen, sich zu verdünnisieren. An Marc und Aaliyah gewandt knurrte er mit einer einladenden Geste: »*Dawai, dawai!* Setzt euch!«

Marc und Aaliyah tauschten irritierte Blicke, leisteten der Aufforderung aber Folge. Aaliyah war bereits im Begriff, den ihr übergangsweise zur Seite gestellten Kollegen und sich selbst vorzustellen: »Gestatten? Kriminal–«

Kanyuk würgte sie wenig *gentlemanlike* ab. »Dass ihr Bullen seid, riecht man doch zehn Meilen gegen den schroffsten Wind auf der Wolga! Ein Typ, so verratzt wie Rasputin, der Dämonisierte, oder ein sibirischer Strafgefangener. 'ne Puppe mit Gruselface. Ausgespuckt und ausgelutscht. Entweder seid ihr Junkies oder Grufties oder eben Bullen. Da Ersteres und Zweiteres im urigen Balderschwang abwegig erscheint, tippe ich auf Letzteres.«

Dieser Kerl machte Marcs Spürsinn glatt Konkurrenz. Kanyuk griff mit den bloßen Händen nach seiner Leberkäse-Scheibe und biss davon einen großen Happen ab. Dann reckte er seinen fettigen Zeigefinger Marcs Stirn entgegen. »Und noch etwas: Wenn ein Bulle das Teufelsmal über der Stirn trägt, dann ist er doch bestimmt dieser Laufbursche der ›Bestie vom Bodensee‹. Du kommst mir so vertraut vor. Egal, kommen wir zur Sache! Die Polente beim Schmaus bedeutet Ärger im Haus! Und die Polypen an der Backe heißt: Es dampft bereits die Kacke. Womit kann ich dienen?«

Dieser Knallkopf wusste verdammt gut Bescheid. »Balderschwang ist auch nicht für Muckibudenschränke in Hofbräuhausmontur bekannt. Da fehlt nur noch das Charivari mit den Fuchszähnen. Den Boxerzinken immer schön in fremden Angelegenheiten, was?«, konterte Aaliyah.

»Asphaltgorillas haben ihre Ohren immer auf der Straße. Und was die Charivari-Kette angeht … Die Beißerchen meiner *Problemkinder* trage ich immer bei mir. Ich bin die Zahnfee.« Kanyuk zückte aus seiner Sakkotasche eine makabre Feingliedkette mit augenscheinlich ausgeschlagenen Zähnen seiner unglückseligen Opfer. In seinem kürbisförmigen Gesicht mit den kantigen Zügen setzte er ein breites Grinsen auf und bleckte seine eigenen diversen Goldzacken. Glänzende Kerben in der Kauleiste, die wohl Zeugnis von seiner Bereitschaft zu Handgemengen und Straßenraufereien ablieferten. Genau wie die Messernarbe, die sich von seinem Kinn über den rechten Wangenknochen erstreckte.

»Sie kennen einen Balthasar Kincsvadászat?«, preschte Aaliyah vor. Marc war hier wirklich der Adjutant.

Der russische Mafioso war mindestens so baff wie er selbst. In der patriarchisch gestrickten Gangsterwelt gab es wohl keinen Platz für Frauen, die ihre Stimme so keck erhoben. »So sagt man? Nun, schon möglich, dass dieser Name meinen feinen Gehörgang schon einmal durchwandert hat. Wie Rasputin einst Russland. Aber ihr wisst ja, wie das mit Durchreisenden so ist. Im einen Ohr rein …«

Aaliyah schnaufte. »Nun, man sagt eher, dass Sie besagten Balthasar Kincsvadászat mit einem dreisten Kunstraub-Coup beauftragt haben! Zumindest hatten das einige Kleinganoven aus dem kriminellen Milieu zu Protokoll gegeben, bevor sie durch Ihre Gossen-Apostel massiv eingeschüchtert wurden und ihre Aussagen allesamt revidiert haben! Komisch, nicht? Aber das dürfte Ihnen ja geläufig sein. Auch wenn Ihre versierten Anwälte damals etwaige Befragungen von Ihnen ferngehalten haben.«

»Komisch. Wie das Leben manchmal so spielt. Die Straße ist gefährlich. Und sie vergisst nie!« Herausfordernd funkelte Kanyuk die beiden Kommissare an.

»Für Herrn Kincsvadászat war die Straße jedenfalls brandgefährlich! Und Sie scheinen ihn in der Tat nicht vergessen zu haben. Hat die russische Zahnfee auch bei ihm unter dem Kopfkissen nachgesehen?«, versuchte Aaliyah, Kanyuk aus der Reserve zu locken.

»*Chort voz'mi!* Verdammt! Was zur Hölle wollt ihr damit andeuten, hä?«

Marc riss der Geduldsfaden. Er wollte sich endlich in das Gespräch einklinken. »Was meine …«, seine Augen streiften Aaliyahs erwartungsvollen Blick, »… was die Frau Probekriminalkommissarin von der Mordkommission Konstanz damit sagen möchte: Balthasar Kincsvadászat ist tot. Mausetot. Wir haben ihn auf der Mainau aus einem Fettabscheider gefischt.«

Sofort heimste sich Marc Aaliyahs strafenden Blick ein. So sauertöpfisch wie kalte Hühnerbrühe. »Probekriminalkommissarin« war die nüchternste Umschreibung, um die Ermittlungspartnerschaft bequem umschiffen zu können. Noch dazu war es ein bewusst provokantes Unwort. Diese unleidig lange Begrifflichkeit konnte aber beim Galgenmännchen gut und gerne der »Donaudampfschifffahrtsgesellschaft« die Hand reichen. Erschwerend kam hinzu, dass Marc soeben in seiner Rage Täterwissen preisgegeben hatte. Und das nicht zu knapp.

Kanyuks kantige Gesichtszüge versteinerten sich geradewegs. Auch sein selbstgefälliges Grinsen. Die Überrumpelung stand ihm ins Boxerface gekleistert. In Marcs Gedanken ratterte es. War dieser Ganove über die Todesmeldung erstaunt? Oder darüber, dass die Leiche entdeckt worden war?

Nach einem Augenblick der fassungslosen Stille hatte sich Kanyuk wieder gefangen. »Oh … wie überaus … bedauerlich!«

Eine gehörige Portion unterschwellige Wut begleitete jedes seiner Worte. Das roch doch nach einer faulen Sache. Und zwar nicht, weil es sich in ihrem Mordfall um eine ranzige Wasserleiche handelte.

»Es heißt, Sie seien bei dem Kunstraub-Coup damals leer ausgegangen. Es gibt Gerüchte, Balthasar Kincsvadászat habe Sie … na ja, sagen wir mal … gewaltig an der Nase herumgeführt.« Aaliyah musterte Kanyuks Fingerknöchel und Daumenbeugen. »Kyrillische Schriftzeichen?«

»Wory w sakone.«

»Will heißen?«

»Diebe im Gesetz.«

Aaliyah bedachte Marc mit einem vielsagenden Blick. »Diebe im Gesetz. Die Härtesten der Harten in der Russenmafia. Diese Knaben haben uns in Berlin auf Trab gehalten. Die ›Worys‹ sind Berufsverbrecher. Sie verbreiten auf den Straßen Angst und Schrecken und unterwandern unsere Gesellschaft mit ihrer parasitären Subkultur wie ein riesiges Pilzgeflecht.«

Kanyuk hob theatralisch seine noch immer fettigen Finger. »Nur eine Tätowierung … Nur eine Tätowierung. Ich wasche meine Hände in Leberkäsfett und Unschuld!«

»Natürlich«, spottete Aaliyah. »Und Einhörner gibt es wirklich. Sagen Sie, Herr Kanyuk … Im Mafia-Syndikat bedeuten die familiären Bande doch alles und ein Verrat den Tod. Und wenn man einen Gangsterboss aufs Glatteis führt, riecht das doch förmlich nach Verrat, oder? Besonders, wenn unter dem Glatteis nicht die protzige Goldmünze schlummert.« Aaliyahs letzte Bemerkung nahm beinahe schon verschwörerische Töne an.

In aller Seelenruhe holte Kanyuk ein silbernes Döschen mit Kautabak aus der Brusttasche seines Jacketts und schob sich eine wohlportionierte Ladung Priem in den Mund. Kauend und schmatzend betrachtete er die die Kommissare. »Mhhh … zunächst einmal … mhhh … ›Geschäftsmann‹, bitte. ›Gangsterboss‹ … mhhh … klingt so abwertend.« Er spuckte den Kautabak in seine leere Espressotasse und griff nach der auf einem kleinen Tellerchen bereitliegenden halben Zitrone.

»Und jetzt schaut her, ihr Genies. Mir stumpfsinnigen Mord und schnöden Totschlag zu unterstellen. Das grenzt an Majestätsbeleidigung. Ich hasse diebische Elstern. Aber tote Vögel zwitschern nicht. Und zahnlose Makaken plaudern nicht so leicht über ihre Diebesbeute. Wenn sich jemand meinem Willen zu entwinden versucht, dann lege ich die Daumenschrauben an. Das ist ein filigranes Unterfangen. Wenn der Makake nicht singt und der goldene Mordsrubel nicht zu mir springt, quetsche ich …«, dabei fing er an, die Zitronenhälfte gespielt langsam zu pressen, »… und quetsche und quetsche. Ein schmaler Grat zwischen Quetschen und …« Er drückte die halbe Zitrone in seiner riesenhaften Pranke so fest zusammen, dass ihr Saft sich in alle Richtungen auf dem Tisch verteilte. »… und Brechen.«

Marc pulte sich Saftspritzer aus dem Augenlid und einen

Zitronenkern aus seinem Schlauchschal. Er rief sich den Anblick des zertrümmerten Schädels des ermordeten Steinmetzen ins Gedächtnis. »Nun, Herr Ivan Markov Kanyuk. Man nennt Sie ja nicht umsonst den ›Knochenbrecher‹.« Marc sprach ihn ganz bewusst unter gähnend langer Betonung mit seinem vollen Namen an. Das konnte dem Mafioso nicht schmecken.

Schon wieder kam Aaliyah ihm zuvor. »Vielleicht haben Sie den guten Balthasar ja ein wenig zu dolle, wie nannten Sie das doch gleich, *gequetscht*? Jedenfalls ist sein Schädel gebrochen. Kein schöner Anblick, die teigig-breiige Gesichtsmasse.« Sie starrte bei ihren Worten absichtlich auf die in Eigelb und Schinkenreste getunkte Kartoffelsalatmansche, die sich neben der angenagten Leberkäse-Scheibe auf dem Teller befand.

Kanyuk schob den Teller angewidert beiseite. Na super, jetzt hatte Aaliyah aber auch gewaltig aus dem Tatort-Nähkästchen geplaudert und dem Großmaul seine Mahlzeit gehörig verdorben. Diesen Moment der Schwäche musste Marc nutzen. »Der Steinmetz ist nicht der erste Tote aus dem Kunstmetier, der mit Ihnen in Machenschaften verwickelt zu sein scheint. Rudi Duttke, Bregenzer Kunstkurator, 2016 im Hochwassersommer in Radolfzell vom Bodensee ausgespuckt. Nahezu bis zur Unkenntlichkeit entstellt. Vor allem aber ebenfalls tot aufgefunden. Der Duttke soll Ihnen ja Kunstraubstücke über Österreich nach Deutschland geschleust haben.«

»Ha! Ich wusste es. Ich kenne dich nicht nur aus der Zeitung. Die Bohne über deinem Auge vergisst man nicht mehr. Der ›El Niño‹-Mordfall. Du hattest mich damals schon im Visier. Und befragt. Mit dem Haberle. Das war mal ein gestandener Bulle. Ein ganz feiner Kerl.«

»Ja, und? Finden Sie es nicht auch merkwürdig, dass Ihre Handlanger Ihre schmutzigen Geschäfte nicht überleben?«, setzte Aaliyah nach.

»Püppchen, die ›Bohne‹ kennt mein Alibi von damals und hat es mit dem Haberle auch akribisch überprüft. Zweieinhalb Wochen mit der Harley und den Jungs auf der Route 66. Wir haben die Mutter aller Straßen ordentlich gefegt und durchgebürstet, haha. Ich bin ganz fein aus dem Schneider. Und dein unfähiger Kollege und der Haberle hatten mehr als sechsundsechzig Fragezeichen. Ein Armutszeugnis, den Fall nie gelöst zu haben, nicht wahr?«

»Nun ja, Duttke und Sie haben beide an der fünften Jahreszeit einen Narren gefressen«, entgegnete Aaliyah. »Und Sie sollen es nicht nur auf den Umzügen bunt getrieben haben. Haben Sie dem Duttke nicht nach einer dieser gegenseitigen Langfingeraktionen um die heiß begehrte Spieluhr mit dem Kegelspiel das Cabrio in die Luft gejagt?«

»Lausbubenstreiche! Der Duttke hat ein dickes Fell. Hatte … Und er war selbst auch mit allen Wassern gewaschen. Bregenzer, aber hat steirisches Blut in sich. Hatte … Steirisches Blut ist kein Himbeersaft!«

Aaliyah nahm diesen Ball auf. »Das glauben wir Ihnen aufs Wort. Den Akten ist zu entnehmen, dass dem Bregenzer Kunstkurator alles andere als Himbeersaft aus dem gespaltenen Schädel geträufelt ist, als sein lebloser Körper aus dem Bodensee auftauchte. Ebenso ist dort vermerkt, dass neben seinen eingegipsten Händen und Füßen die Faschingsmaske der Allensbacher Schlösslespudel im Bodensee gelegen hat.«

»Sie litten in unseren damaligen Ermittlungen unter akutem Gedächtnisschwund, ich weiß. Vielleicht ist Ihr Erinnerungsvermögen ja zurück«, klinkte Marc sich ein. »Hat Duttke Ihnen auch die Schlösslespudel-Masken gestohlen? Sie hassen es doch abgöttisch, beklaut zu werden. Da müssen Sie Ihre Fiffis von der Leine gelassen haben, um den Übeltäter für Sie aufzuspüren.«

»Meine Bluthunde haben den Halunkenköter tatsächlich ausgewittert. Balthasar, wenn ich ihrem Spürsinn traue. Und das tue ich. Er hat uns bestimmt die Masken gestohlen. Ihm traue ich alles zu. Wer eine Riesengoldmünze dummdreist nicht herausrückt … Er soll auch den Allensbachern 2016 die Spieluhr abgeluchst haben. Was *ich* übrigens nicht in Auftrag gegeben habe! Für den dreisten Beerenklau hat sich der Strauchdieb jedenfalls die eine oder andere Blessur eingefangen. Er ist aber auch so ein Tollpatsch. War … Er ist so oft hingefallen. Und nun ist die diebische Elster zu tief gefallen. Mucksmäuschentot. Ich bin die Sonne, wissen Sie. Kommt man mir zu nahe, verbrennt man sich die Flügel. Ikarus-Effekt. Als ich ihn das letzte Mal gesehen habe, war er ganz verdellt. Wie so eine warzige Beulenunke.«

Aaliyah setzte nach. »Ein komischer Zufall. Den Akten ist ebenso zu entnehmen, dass Rudi Duttke auch wie ein gebeutelter Quälfrosch aussah, als er vor Radolfzell mit den Füßen und Händen im Sockel einbetoniert dagehockt sein soll. Wie ein Frosch mit ausgeklappten Flügeln! Ob er sich die an Ihnen verbrannt hat?«

»*Ostorozhno!* Aufgepasst! Spitzt mal die Lauscher. Diese Quaketiere sind faszinierend. Als kleiner Bengel habe ich am Baikalsee immer Moorfrösche mit Strohhalmen aufgeblasen. Heute halte ich Pfeilgiftfrösche im Terrarium. Wisst ihr, wenn so ein Viech Flügel hätte, müsste es nicht hüpfen. Das ist Kunst. Und frisst der Frosch die Kröten, muss man ihn töten. Diese Kröte müsst ihr nun schlucken, Bullen.«

»Apropos. Haben Sie Duttkes laubfroschgrünem Mazda Cabriolet mit Ihrer Sprengaktion nicht *genau eine Woche* vor dem Mord Flügel verliehen?« Aaliyah konnte es auf den Tod nicht ausstehen, wenn grüne Autos ramponiert wurden.

»Besser dem Cabriot als dem Fahrer, nicht? Ich habe den Duttke danach nicht mehr gesehen, Ehrenwort. Und beim Big Bang an seiner Karre war ich auf der Route 66 zugange. Dass Duttkes Wagen in die Luft geht, das habe ich natürlich nicht beauftragt. Ihm wie auch dem Balthasar wollte ich eher auf die Sprünge helfen, indem ich die Flügel stutze … stutzen lasse. Aber ihnen ganz bestimmt keine wachsen lasse. Die beiden Saubären waren auch so abgehoben genug.«

»Wahrheit oder Lüge?«, packte Marc Kanyuk bei der Ehre.

»Kunst ist ein zum Leben erweckter Traum von Mord. Sartre. Sie ist vor allem eine große Lüge, die uns die Wahrheit beschert. Picasso«, knurrte Kanyuk.

»Und wann haben Sie Balthasar das letzte Mal gesehen? Lebend?«, fragte Marc.

»Das war im vergangenen Jahr, einundzwanzigster Januar. Frühmorgens zur besten Bäckerszeit. Ich habe ihm nochmals von Geschäftsmann zu Geschäftsmann nahegelegt, künftig kleinere Brötchen zu backen«, erinnerte sich Ivan Markov Kanyuk ungeniert. »Ich habe ihm auch meinen Wunschzettel für Heiligabend gesteckt. Eine Münze, die mir schwer am Sammlerherzen liegt. Ich sage übrigens nicht, dass es sich um die gestohlene Riesenmünze aus dem Bode-Museum handelt.«

»Und wir gehen trotzdem davon aus, dass sie die aus dem Museum haben entführen lassen.« Aaliyah versuchte, auf ein mögliches Tatmotiv abzuheben. »Da hatte Sie der gerissene Balthasar damals schon fast zwei Jahre an der Nase herumgeführt und die Riesengoldscheibe nicht herausgerückt. So etwas wurmt eine Straßengröße wie Sie doch sicher gigantisch.«

»Nun, ich habe Balthasar an jenem frühen Morgen vor Augen geführt, dass der Superblutmond über uns in diesem Jahr nicht der einzige Bluter bleiben würde, sollte der olle Santa Claus mein Geschenk wieder vergessen.« Kanyuk mimte mit seinen Händen einen eindrücklichen Würgegriff. »Aber keine Angst. Trotz Vollmond war nicht wie bei euren Irisblütenmorden der Nachtfraul in mich gefahren.«

»Wo waren Sie denn vergangenes Jahr am und um den zwanzigsten Dezember? Haben Sie Santa Haudrauf gespielt? Santa Würger? Oder Santa klau's? Ho, ho, ho, hol die Münze zurück. Ich nehme an, Ihr Gedächtnis ist ebenso brillant wie die Fingerfertigkeit Ihrer Quetscherchen«, versuchte Aaliyah, ihn endlich aus der Reserve zu locken, bevor Marc auf die Barrikaden gehen konnte.

Nun leckte sich Kanyuk über seine wulstigen Lippen und wienerte geruhsam den goldenen Siegelring mit dem blauen Stein an seinem rechten Daumen mit einem Taschentuch. Dann starrte er Aaliyah herausfordernd an. »Oh, das weiß ich sehr genau. Ich war im Club ›Paradise Consilia‹ in Konstanz. Rund um die Uhr. Auch die meiste Zeit davor und an den Folgetagen. Wir überwintern im Club. Bis Neujahr. Der Silvesterabend ist das absolute Highlight. Nach den Böllern und Raketen lässt man es dort mit den guten Vorsätzen fürs neue Jahr so richtig krachen. Samenkoller nonstop.«

Das Bordell war Marc ein Begriff. Berühmt-berüchtigt. Die anrüchige Vergangenheit der Stadt als verruchte Spielwiese der tausend Kurtisanen rund um das Konstanzer Konzil verlieh dem Freudenhaus seinen Namen. Die üppig bestückte Hafenstatue »Imperia«, das hatte Marcs Sohn Paul erst neulich von der Schule heimgetragen, war das Sinnbild einer Edelhure jener Zeit.

Der Club war lange der kolossale Gemütserhitzer in Konstanz gewesen. Und war es immer noch. Kanyuk musste es irgendwie durch seine schleierhaften Machenschaften geschafft haben, eine Baugenehmigung genau dort zu bekommen, wo zuvor der Döbele-Parkplatz am Grenzbach gewesen war. Das Laster in vier Wänden. Ausgerechnet im Konstanzer Stadtteil Paradies. Ein Schandfleck.

Der fünfgeschössige Bau war im Dreieck angelegt. Ein Schandeck eben. Die Fassade in Weiß gehalten. Einzig auf der seezugewandten Seite bot die oberste Etage des Etablissements einen konstrastreichen Anstrich in Blutrot. Und die Balkonbrüstungen der dritten Etage sowie die mittig darüber- und darunterliegenden waren auf dieser Seite anthrazitfarben gehalten. So gab die Fassade zum Bodensee hin haargenau das Konstanzer Stadtwappen mit dem schwarzen Kreuz und dem roten Balken als Zeichen der gewährten Blutgerichtsbarkeit her. Das ärgerte die Konstanzer natürlich unermesslich, ihr Stadtwappen vom Hafen aus auf einem solchen Sündentempel verunglimpft zu sehen.

Marc war noch immer angefressen, nachdem er von Kanyuk wegen des ungelösten »El Niño«-Mordfalls so auf den Arm genommen worden war. Etwas ungläubig fragte er: »Sie waren zwei Wochen lang *toujours* im Bordell?«

Kanyuk lachte lauthals. »*Bozhe!* Meine Güte! Auch wenn der Taurus mein Tierkreiszeichen ist und ich den Stier gerne selbst bei den Hörnern packe … Mir gehört der Schuppen seit zwei Jahren!«

Aaliyah ließ sich damit nicht abspeisen. »Dann gibt es in

Ihrem Puff ja sicherlich zahlreiche Zeugen, die das Alibi bestätigen können.«

»Oh, Kleines. Misty kann das sehr gut bezeugen. Stoß um Stoß, haha! Sie war Santas kleiner Helfer. Und ich war eher ihr Santa-Blow-Job. Sie hat mir die Zuckerstange unter dem Mistelzweig gelutscht.« Kanyuk verfiel mit seinem schwerfälligen Becken auf der Sitzbank in rhythmische Stoßbewegungen. »Sie ist auch so ein rassiger Rotschopf wie du. Und ihre Lippen sind damals kaum von mir gewichen …«

Lüstern grinsend lenkte er seinen Blick vielsagend auf seinen Schritt. »Mit deiner spitzen Zunge könntest du sofort bei mir anfangen, *Chick*. Natürlich in einer Blowjob-Kabine. Sonst verschreckst du mir mit deinem Two-Face noch meine Kunden. Wir sind ja kein Freak-Kabinett.« Whiskyheiseres Lachen.

Blitzschnell führte Aaliyahs rechter Fuß unter dem Tisch eine solch fulminante Bewegung aus, dass es rumste.

»Umpfhhh!« Das alkoholgeschwemmte Lachen war jäh verstummt. Stattdessen verbiss der uncharmante Bolzen nun seine goldzahnbestückte Kauleiste in seine Unterlippe.

Aaliyah schürzte die ihrigen. »Alles fit im Schritt? Ein kleiner Vorgeschmack auf *unsere* Quetschmethoden. Sollte sich Ihr Bordell-Alibi in Schall und Rauch auflösen, laden wir Sie aufs Revier vor. Und dann legen wir Ihnen mal die Daumenschrauben an!«

»*Yebat'!* Zur Hölle, wer ist diese verrückte Gesichtspizza?«

Aaliyah verlieh ihrem Fuß Nachdruck. »Two-Face war gar nicht so schlecht.« Dabei schielte sie zu einem peinlich berührten Marc Steingruber. Schließlich hatte er sie ebenfalls so betitelt. Sie knetete ihre Kehle und holte aus dieser eine schauerlich tiefe Stimme hervor. »Ich bin Batman. Aaliyah Battmann.« Dann ließ sie von Kanyuk ab. »Komm, Marc, wir gehen. Mit dem Abschaum sind wir erst einmal fertig!«

Der wusste gar nicht, wie ihm gerade geschah. Hatte Aaliyah »Ivan dem Knochenbrecher«, dem gefürchteten Gangsterboss, mit ihrem Skischuh den Schritt gequetscht? Und hatte sie Marc gerade wie ein Hündchen zum Aufbruch herbeigepfiffen?

Kanyuks Halsschlagader schwoll auf die Größe einer fetten Raupe an. Er schmetterte seine tätowierten Boxerfäuste auf den Tisch, dass die Gläser nur so klirrten und die Gäste im Raum sich teils neugierig, teils erschrocken zum Erker umdrehten. »*Chort voz'mi!* Verdammter Kuhmist! *Cyka blyat!* Du Hündin! Treibt lieber das Gold auf, ihr Stümper! Mein Gold! Findet es, wenn euch euer Leben lieb ist!«

Marc schritt ein. Stirn an Stirn mit dem aufgebrachten Wutstier. »Herr Kanyuk, das ist Beamtenbeleidigung und noch dazu eine strafbare Drohung! Strafgesetzbuch, Paragraf zweihunderteinundvierzig.«

Die beiden stiernackigen Berggorillas des Gangsterbosses waren jetzt drauf und dran, sich herzubewegen. Doch Kanyuk gebot ihnen mit einer beschwichtigenden Geste Einhalt. Er setzte ein Lächeln auf. »Nun ja, ich kenne Leute ... Das ist alles, was ich sage. Auch solche, die dem Steinmetz vor Weihnachten vielleicht, vielleicht aber auch nicht, faustdick die Augen geöffnet haben. Balthasar und ich, wir waren wie zwei rohe Eier beim Tanz im brodelnden Kochtopf. Ein Anecken oder Titschen ist da unvermeidbar.« Kanyuk grinste süffisant.

»Apropos Leute ... Bevor ihr das nächste Mal einen tüchtigen Geschäftsmann bei seinem wohlverdienten Schmaus stört, infiltriert doch lieber mal diesen Bildhauer und seine kunstliebende Entourage. Dieser spinnerte Schatzsuchertrupp ist dem Balthasar nämlich wesentlich näher auf die Pelle gerückt als meine Wenigkeit. Sie entschuldigen mich ... Der Leberkäse will in den Stollen geschickt werden.«

Marc klopfte zum Abschied auf den Tisch. »Danke für den Rat und für die tiefgründige Expedition in Ihre Magen-Darm-Flora.« Und das war ernst gemeint. Zumindest der erste Teil. Diesen Bildhauer sollten sie wirklich unter die Lupe nehmen.

Er folgte Aaliyah zum Ausgang des Schwabenhofes. Beide drückten sie sich zwischen den knurrenden Bodyguards hindurch. Aaliyahs Skischuhe hielten sie auf Distanz.

»Was das Alibi für den Mord an Duttke anbelangt, sagt Kanyuk die Wahrheit«, offenbarte Marc ihr. »Er war wirklich mit dem Motorrad auf der Mutter aller Straßen unterwegs. Wir haben das damals eingehend geprüft. Allenfalls kann er diesen Mord beauftragt haben.«

»Ich weiß … Ich habe doch die Akten gewälzt. Was bitte schön aber war das denn gerade für ein Gollum-Gehabe – von wegen ›Mein Schatzzz‹!« Aaliyah verdrehte die Augen und verkrampfte dabei ihre Finger. »Wir müssen dem Bildhauer auf den Busch klopfen. Ganz koscher ist der Russe aber nicht. Darauf verwette ich meine giftgrüne Mamba!«

»Deine giftgrüne Mamba? Bist du etwa nicht der einzige Exot in deinen vier Wänden?«

Marcs nicht sonderlich ernst gemeinte Frage blieb unbeantwortet. Stattdessen surrte sein Handy. Eine Textnachricht von Thomas Fischer, dem nervraubenden Telefonkoordinator der Kriminalpolizei Friedrichshafen und quasi Marcs inoffiziellem Sekretär. Er las die Nachricht und ließ sein Smartphone prompt in den Schnee fallen.

Aaliyah schaute irritiert drein. »Stress mit der Ex?«

»Nein. M… M… Meißner.« Er brauchte tatsächlich drei satte Anläufe, um es über seine Lippen zu spucken. Gott, wie Marc dieses Wort verabscheute.

»Ach so. Also doch Stress mit der Ex. Ex-Ermittlungspartnerin.«

Das war aber nicht der Grund, der einen Schock durch seine Glieder hatte fahren lassen. »Nein. Meißner Porzellan. Zwei Party-People waren gestern nach der Disco-Dance-Night in Langenargen doch glatt so verrückt, im Bodensee noch ein nächtliches Kältebad zu nehmen. Danach haben sie an der Seepromenade zwei Porzellanwölfe entdeckt. Beim ›Foucault‹ am Uhlandplatz, du weißt schon, dieses Kunstwerk mit dem gerippten Segel. Dessen Pendel bei dem leisesten Windzug seicht vor sich hin schwingt. Wenn man vom Langenargener Maibaum beim Springbrunnen an der Uferanlage zum See läuft. Da, wo man die schöne Bergsicht hat. Die Wölfe standen direkt hinter dem Pendel auf der Schrägfläche des Sockels, der wie so ein Anker aussieht.«

»Und das wirft dich so aus der Bahn? Porzellanwölfe?«

»Das sind nicht die ersten. Drei Cellisten hatten 2016 am letzten Julitag frühmorgens auf dem Weg zur Probe für die ›Turandot‹-Aufführung vor dem Bregenzer Festspielhaus ebenfalls einen schwarzen und einen weißen Wolf aus Porzellan gefunden. An der ›Ready Maid‹. Dieses Kunstwerk, das wie eine goldene Stimmgabel oder eine laufende Steinschleuder ausschaut. Hast du das nicht in den Fallakten zur Ermordung an Rudi Duttke gelesen? Aaliyah, wir haben es tatsächlich mit Serienmord zu tun …«

Marc erinnerte sich nur zu gut, wie er damals mit Horst Haberle im Morgengrauen nach Bregenz gedüst war. Die Porzellanwölfe hatten an den beiden Füßen der Skulptur gestanden, die Marc in ihrer baumstammartigen Erscheinung immer an das ebenso hölzerne und nur einen Satz beherrschende Science-Fiction-Wesen »Groot« erinnerte. In der Morgenröte hatte sich der rostgolden funkelnde Torso der Kunstfigur in der Lache des Niederschlagswassers der Kunstinstallation gespiegelt. Die morgendlichen Sonnenrotfransen hatten zwischen den beiden Porzellanwölfen wie seicht tanzende Flammen gewirkt.

»Dann lass uns keine Zeit verlieren!« Aaliyah hatte sich schon wieder die schmalen Bretter untergeschnallt und brauste wie der Wind in Richtung Loipe davon.

Die hatte vielleicht Nerven. Wie sollte Marc ihr denn mit seinem völlig verbogenen Skistock hinterherkommen? Und überhaupt verspürte er nach seinem Sturz keinerlei Bedürfnis, noch einmal auf diese Teufelsbretter zu steigen. Da waren seine Läuferbeine doch deutlich zuverlässiger.

8

Wow, das war rasch gegangen. Tags zuvor hatte er Aaliyah noch in seinem mattschwarzen Audi A6 nach Balderschwang chauffiert. Und nun hatte Marc den giftgrünen Salat und lernte schwuppdiwupp Aaliyahs Mamba kennen. Zischend und schnittig schlängelte die sich durch die Kurven.

In ihrem hochmotorisierten Mercedes AMG GT R war Aaliyah mit ihren nietenbesetzten schwarzen Boots ganz in ihrem Element. Immer hart am Gas. Immer hart am Limit. Das Biest im Biest. Sie fegte über die kurvige Landstraße hinweg, als gäbe es kein Morgen. Vorbei an der kleinen Ortschaft Raderach und vor Markdorf hindurch zwischen den waldreichen Gebieten des Hepbacher-Leimbacher Rieds und des Raderacher Weihers. Nach dem Leichenfund musste er den heutigen Tag Gott sei Dank nicht bei Köstinger, seinem cholerischen Vorgesetzten, im Kommissariat fristen. Dann doch lieber die waghalsige Kurvenfahrt.

Marc hatte sich während einer Fahrt noch nie so oft des Haltegriffs an der Beifahrertür bedienen müssen. Einen Angstgriff im Dachhimmel hatte er vergebens gesucht. Der gehörte mitnichten zur Standardausstattung des Flitzers.

Aaliyah linste ab und an zu ihm herüber. Sie sorgte sich also um ihren Beifahrer. Oder, und das war bei Weitem wahrscheinlicher, um die Unbeflecktheit ihrer auf Hochglanz gebohnerten cayennepfefferroten Ledersitze. Das gesamte Interieur eine maskuline Melange aus Leder, Chrom und Carbon. Das Exterieur angriffslustig bis dahinaus.

Traute er das einer Frau etwa nicht zu? Chauvi-Alarm! Noch dazu einer türkischstämmigen Kommissaranwärterin? Und ausgerechnet ein Mercedes. Ging es noch klischeehafter? Wie konnte sie sich solch einen Oberklasseschlitten überhaupt leisten? An Papis Spendierhosen konnte es nicht liegen, so viel stand fest. Der versuchte Ehrenmord machte einen zu locker sitzenden Geldbeutel bei ihm so unwahrscheinlich wie eine einfühlsame Bremsbetätigung durch Aaliyahs Gasfuß. Oder hatte sie damals …?

Aaliyah schien seine Gedanken wieder einmal lesen zu können. Verschmitzt schaute sie zu ihm herüber. Ihre Narben auf der rechten Gesichtshälfte schüchterten ihn noch immer ein. »Du fragst dich sicherlich, wie so eine Frischlingskommissarin in spe sich das hier leisten kann.« Sie nahm ihre rechte Hand vom Steuer und machte eine ausschweifende Geste durch den Innenraum. »Nun, meine Höllenbrut von Sippe musste mir nach dem missglückten …« Sendepause.

Marc versuchte ihr auf die Sprünge zu helfen. »Ehrenmo…?«

Aus dem Nichts heraus tappte Aaliyah in die Eisen. Ein Wunder, dass sie dieses Pedal überhaupt kannte. Marc blinzelte. Sie standen mitten auf der Landstraße kurz hinter Markdorf. Er hatte seine Augen vor lauter Bammel geschlossen gehabt. Erschrocken war seine Hand an den Haltegriff geschnellt. Zum siebten Mal auf dieser Fahrt. »Heideblitz! Aaliyah! Was stimmt nicht mit dir?«

Hinter ihnen standen bereits vier Autos. Und schon ging das Hupkonzert los.

Aaliyah schielte schnaubend zu ihm rüber. Sie rümpfte die Nase dermaßen, dass sich ihr Piercingring nach oben schob. Mit diesem Zorn auf dem Gesicht ließ ihr halbseitig rotes Haar sie noch teuflischer wirken. »Nimm – nie – wieder – dieses – Wort – in – den – Mund! Verstanden?«

»Was war das nun bitte? Irgend so eine Der-dessen-Namen-nicht-genannt-werden-darf-Nummer à la Voldemort? Ich verstehe, dass das für dich ein Reizwort sein mag. Aber –«

»Kein Aber! Lass es!« Mürrisch gab Aaliyah der giftgrünen Mamba wieder die Sporen. »Was bitte schön soll daran ehrenhaft sein, die eigene Tochter oder Schwester zur Schlachtbank zu führen? Das ist nicht *ehrenhaft*. Das ist Wahnsinn!« Zornestränen standen ihr in den Augenwinkeln. Auf dem Gaspedal entlud sich ihre Wut mit voller Breitseite. Marc wurde regelrecht in seinen Sitz gedrückt.

»Jedenfalls musste das hasserfüllte Pack nach dieser feigen

Attacke einen ordentlichen Schadensersatz hinblechen. Blutgeld.« Wieder linste sie zu Marc herüber und funkelte ihn wutentbrannt an. »Und eines sage ich dir. Ich hoffe, dieser westlich dekadente Schlitten ist ein Pflock ins Herz dieser Bagage!«

Wroaaaaam! Und sie tat es wirklich. Sie nahm das Gaspedal noch einen Tacken impulsiver an die Kandare. Erst auf halber Strecke zwischen Markdorf und Salem, die Tachonadel war schon lange zu einem wahren Höhenflug getriezt, hatte Aaliyah ihren Anflug von Jähzorn herausgefahren. Sie pustete sich eine feuerrote Haarsträhne von der Stirn und gönnte dem Pedal unter ihrem resoluten Bleifuß eine lockernde Streicheleinheit.

Das wiederum lockerte auch Marcs Zunge allmählich wieder, und er kam auf die bisherigen Erkenntnisse in ihrem Fall zu sprechen. »Porzellanwölfe an dem Segelgerippe in Langenargen also.« Ihm kam die riesengroße Schluchtenbestie aus seinem Alptraum in den Sinn. Gleich darauf der Nachtfraul. Nachtfarbener Wolfskopf. Dann der Wolfshund aus dem Radio. Es schüttelte ihn. Seine unheimlichen Gedanken sprach er aber nicht aus.

»Die Wölfe haben es dir angetan, was?« Aaliyah schubste ihn aus seinen abstrusen Gedanken.

»Hm? Jedenfalls haben wir es jetzt mit einem Serienmörder zu tun. Einer, der seine Visitenkarte in Form von gutem … Meißner … an öffentlichen Kunstwerken hinterlässt.« Marc tat sich noch immer schwer, das M-Wort über die Lippen zu bringen. Der Nachname seiner Ex-Ermittlungspartnerin Clara würde sich nie mehr reinwaschen lassen.

»Zwei Tote. Zwei mal zwei Porzellanwölfe. Ich habe bei uns im Friedrichshafener Kommissariat die Kollegen Stallinger und Hauk angespitzt, in Erfahrung zu bringen, ob an anderen Kunstwerken ebenfalls solche Porzellanfiguren vorgefunden wurden. Erst einmal an Seekunstwerken. Vielleicht ist das ja ein Muster. Und die Kollegin Sonja Versen recherchiert die Herkunft dieser Figürchen.«

Aaliyah nickte. »Pleschke wird sich nochmals im Konstanzer Fasnachtsmilieu umhören. Wer weiß, womöglich findet er Näheres dazu heraus, welche Rolle die Masken der Allensbacher Schlösslespudel in unseren Mordfällen spielen.«

»Da steckt definitiv mehr dahinter«, war sich Marc sicher. »Beim Duttke war es damals relativ klar. Die Frosch-Hocke, der Glasstachel im Auge und der zu Flügeln aufgespannte Rücken. Beim toten Steinmetz lässt die verkehrt herum aufgesetzte Hundemaske ihn zusammen mit dem aufgedunsenen Wachskörper und dem zerdetschten Kopf auch wie ein entartetes Kunstwerk wirken.«

»Ah, man hat mir schon gesagt, dass ganz der Profiler in dir steckt. Aber die Tötungsweisen legen keinen allzu ähnlichen Modus Operandi nahe. In beiden Fällen Gewalt gegen den Kopf, ja. Dem Duttke war durch scharfe Gewalt der Schädel gespalten worden. Laut Autopsiebericht mit einem axtähnlichen Gegenstand. Zudem die Löcher im Schädel, vermutlich von einem Zerimonialmesser stammend. Wie ein Schweizer Käse. Und dann das implantierte Gold in den beiden Kopflöchern. Das riecht doch nach einem Ritualmord. Bei Balthasar Kincsvadászat war es dem ersten Anschein nach jedoch eher plumpe, stumpfe Gewalt gegen den Kopf.«

»Eine otobasale Fraktur. Schädelbasisbruch also. Mit multiplen Gesichtsfrakturen«, ging Marc darauf ein. Diesen Befund hatte ihnen die Pathologin Christina Ferber nach der Obduktion der Leiche in der Rechtsmedizin Ulm mitgeteilt. »Der Moppelkopf eines Steinmetzen ist also auch nicht aus Granit. Wie war das doch gleich mit dem Retro-noch-was?«

»Retroaurikuläre Unterblutung«, griff Aaliyah ihm unter die Arme. »Oder wie Frau Ferber sich so laienfreundlich ausgedrückt hat: ein Satz blutunterlaufener Ohren. Spannend fand ich vor allem den Befund der Augen. Blutergüsse rundherum, bedingt durch die Schädelfraktur. Stauungspapillen aufgrund des erhöhten Drucks im Gehirn. Rote Lederhäute durch geplatzte Äderchen. Das alles müssen Folgen der stumpfen Gewalteinwirkung auf den Schädel sein. Bei den dunkelvioletten Verfärbungen soll es sich aber laut der Ferber um prämortale Hämatome handeln.«

Etwas musste mit brachialer Gewalt durch die Schädeldecke und dann durch die rechte Gesichtspartie des Steinmetzen hindurchgeschmettert sein. Wuchtig und erbarmungslos. Wie durch das Gemäuer einer bruchfälligen Bude. »Denkst du, Kanyuk hat hier tatsächlich seine Durchschlagskraft bewiesen?«, dachte Marc laut nach.

Aaliyah tippelte mit ihren schwarz lackierten Fingernägeln auf dem Lenkrad herum. »Hm. Die Kollegen haben dieser Misty im ›Paradise Consilia‹ auf den Zahn gefühlt. Sie beteuert, dass sie am zwanzigsten Dezember letztes Jahr, und auch die Tage zuvor und bis Neujahr, tatsächlich nahezu nonstop an Kanyuk geklebt sei. Vorzugsweise mit den Lippen ein Stockwerk tiefer, wenn du verstehst, was ich meine.« Sie schloss die Augen, verzog mit herausgestreckter Zunge das Gesicht und schüttelte sich vor Ekel.

Vorsorglich griff Marc korrigierend ans Lenkrad.

»Pfoten weg! Kanyuk soll sie dafür sogar eigens als seine Privatkonkubine abgestellt haben. Er soll ein richtiger Bunga-Bunga-Liebhaber sein. Aber Typen wie er … die machen sich doch ohnehin nicht selbst die Hände schmutzig. Wenn er bei unserem toten Steinmetz tatsächlich die Daumenschrauben angelegt haben sollte, zugedreht hat ganz gewiss jemand anders.«

Marc konnte Aaliyah nur beipflichten. »Stimmt. Was das anbelangt: Kanyuk hat uns ja ohne Not mehr oder weniger unverblümt gestanden, im Zweifel Leute zu kennen, die unserem toten Steinmetz vor Weihnachten faustdick die Augen geöffnet haben könnten. Das spräche für die prämortalen Lidhämatome.«

»Ich sag es doch. Ganz koscher ist der Russe ganz gewiss nicht.«

»Koscher? Müsste das für dich nicht *halal* heißen?«, stichelte Marc.

»Korinthenkacker. Nicht witzig!« Aaliyah machte absichtlich einen groben Schlenker, und Marc rumste gegen die Beifahrertür. Dafür heimste er sich sogar noch einen Anschiss ein. Sauerei, die gute cayennepfefferrote Türverkleidung einfach mit seiner Schulter zu küssen. Sein Wohlbefinden war ihr schnurzegal. Das konnten ja heitere Ermittlungen werden. Sie ritten einfach nicht dieselbe Welle. Aaliyah zeigte ihm noch immer die kalte Schulter. Seine schmerzte.

»Der Kunstkurator und der Steinmetz. Die beiden Morde weisen bei der Leichenablage keine klaren Parallelen auf.« Die bisher kargen Ermittlungserkenntnisse schmeckten Marc überhaupt nicht. »Duttke wurde damals ja mitsamt einer Unterwasser-Lichtinstallation vor Radolfzell schauerlich in Szene gesetzt. Aufwendiger geht es kaum. Von den Irisblütenmorden einmal abgesehen. Balthasar Kincsvadászat hingegen wurde lieblos wie Abfall in dem Fettabscheider auf der Mainau entsorgt. Unser Forensikleiter Dettmeier hat mir die Aufnahmen aus dem Fettabscheider zugemailt.«

»Wobei … Wie so ein Ölgötze unbekleidet im hintersten Winkel sitzend. Das wirkte in der Fettecke ebenso gekünstelt wie damals der entblößte Duttke im Bodensee«, wendete Aaliyah ein.

»Hm, stimmt wohl. Also, dieser Hanjo von Dargatz-Gierer … Das ist dieser exzentrische Bildhauer, der mit unserem toten Steinmetz die Kunstbühnen und Galen hier am Bodensee rauf und runter gerockt hat«, rief Marc sich ins Gedächtnis.

Aaliyah lenkte ihren Flitzer gerade in den Kreisverkehr vor dem Salemer Fruchtgroßmarkt und bog rechts ab. »Genau der und kein anderer«, erwiderte sie noch immer angesäuert.

Marc überging ihren schnippischen Tonfall. »Der Skulpturen-Flüsterer, der mit Händen, Hammer und Meißel übernatürliche Formen schafft. Ist dem nicht letztens die Frau davongelaufen?«, versuchte er sich dunkel an den Klatsch und Tratsch aus der Region zu erinnern. Den hatte er sich in letzter Zeit gleich nach dem Gähnteil der Zeitung zu Gemüte geführt.

»Ja, richtig. Bei dem schrägen Lebensstil wundert mich das aber ehrlich gesagt null Komma null. Hanjo von Dargatz-Gierer soll ein ziemlich skurriler Eigenbrötler sein.«

Aaliyahs grüne Mamba jagte nun an den Getreidefeldern und Äckern, dann am Salemer Campinghof mit seiner Wohnmobil-Kleinstadt vorbei. Als sie ihre Feuerkugel schließlich am Bed-and-Breakfast-Fischerhaus auf den Forstweg lenkte, erschloss sich Marc sofort, was genau sie damit meinte.

Dort zwischen den Äckern und Wiesen hob sich am Waldrand ein schmaler, lang gestreckter Bau wie eine eherne Stahlskulptur empor. Ein kantiges Bollwerk. Symmetrisch aus rostbraunen Metallkacheln gezimmert. Dahinter lag beinahe nahtlos angrenzend ein skurriles Steinhäuschen auf der sonst so gediegenen Flur. In das bruchsteinerne Mauerwerk waren dunkelblaue und weinrote Glasscherben eingearbeitet. Die Bizarrerie stieg dem Gebilde aber sprichwörtlich aufs Dach, nämlich in Form einer skelettierten hölzernen Bootskarkasse, die sich durch das rote Ziegelwerk des Giebels bohrte und aus selbigem emporstieg. Ein sagenhaft grotesker Anblick.

Aaliyah trat neben Marc aus dem Wagen. »Der Schandfleck von Salem.«

Marc blieb glatt die Spucke weg. »Aber was bitte sehr ist das da drüben denn? Das würde ja selbst den ollen Gatsby vor Neid erblassen lassen!«

Hinter dem wüst anzublickenden Schuppen reckte sich ein villenartiges Gebäude in die Höhe. Mit einem geschniegelten Rasen. Die darauf befindlichen Buchsfiguren allesamt piekfein gestutzt. Der Bildhauer lebte sich allem Anschein nach sogar im Garten aus. Tierisch, wenn Marcs Augen ihn nicht ganz täuschten. Auf dem Grün lag ein ansehnlicher Teich, umringt von Marmorskulpturen.

Die dreistöckige Villa mit bodentiefen Fenstern wartete zu ihren Füßen mit einer geräumigen Wasserlandschaft auf. Zwei geschwungene Marmortreppen führten hinauf zum Eingang, der von sechs monumentalen Säulen umgeben war. Die Marmorbüsten mit den Köpfen der großen deutschen Dichter, Komponisten und Denker säumten die Treppenbrüstungen. Ein Palmengarten vor der Veranda komplettierte das Flair einer Südstaatenvilla aus der glorreichen Zeit. Neben ihr türmte sich eine große gläserne Garage auf. Marc bot sich eine Flotte nobler Luxuskarossen dar.

Er schüttelte ungläubig den Kopf. Bunker, Bruchbude, Prunk

und Protz. Typisch Künstler. Immer im Sog der Extreme. Einfach nur absonderlich.

Als sie sich dem rostbraunen, ausladenden Atelierklotz näherten, vernahmen sie ein lautes, dumpfes Poltern. Dort im Gestrüpp vor dem Atelier stand eine burschenhafte Teenagerin und schmiss emsig Steine gegen die Metallkacheln. Eingehüllt in eine dunkelblaue Baseballjacke, locker zwei Nummern zu groß, und eine an Schlabbrigkeit kaum zu übertreffende Baggy-Jeans. Das schwarze Rastahaar entlang der Kopfhaut streng zu Cornrows zurückgeflochten. Ihren dünnen Nacken zierten diverse Goldketten.

»*Wallah*, rück endlich meinen Teil der Knete raus, du *Ibn El-Kalb*!« Schon bretterte der nächste Stein gegen den Rostverschlag.

Aaliyah rannte schreiend und fuchtelnd auf die Steineschmeißerin zu. »Ey, du da! Mach dich vom Acker! *Yallah yallah!*«

Die Halbstarke drehte sich nach ihr um. Einen weiteren faustgroßen Stein in der Hand. Sie hob ihn wurfbereit an. Marc sah, wie Aaliyahs rechte Hand zittrig nach hinten an den Griff ihrer Dienstwaffe wanderte.

Die junge Krawallbürste hatte einen Teint, der sich nicht zwischen Haselnussbraun und Karamellkrokant entscheiden wollte. Zudem leicht schräg gestellte Mandelaugen, um die sie jede Frau beneiden würde. Nicht aber um die platt gedrückte Nase. Sie spuckte verächtlich fauchend auf den Boden. Direkt vor Aaliyahs nietenbesetzte Boots. »Du ehrenlose *Kahba* läufst rum wie so 'ne westliche Schlampe! Dreckige *Sharmuta*!«

Die Aufmüpfige hatte vielleicht Nerven. Das einzig muslimisch Sittliche an ihrem Daherkommen war der kettenhafte Kopfschmuck, der ihr unterhalb ihres Bandanas auf der Stirn hing.

Ein angedeuteter Steinwurf. Aaliyah stolperte. Dann nahm die kerlhafte Teenagerin Reißaus und türmte in den Wald.

Marc eilte zu Aaliyah. »Was war das denn jetzt? Wollte der Backfisch sich bei dir Kaba leihen? So auf Du-und-Du zwischen

Nachbarn? Aber du weißt ja. Hier ist Dorf. Und Dorf ist, wenn du zum Nachbarn gehst, um Milch zu leihen, und sternhagelvoll zurückkommst.«

Aaliyah rappelte sich auf und seufzte. »Weil wir Muslima ja auch so fürs Bechern bekannt sind …«

»So enthaltsam hätte ich dich von deiner Erscheinung her jetzt nicht eingeschätzt. Wollte die Zankbürste mit dir vielleicht nach Mekka pilgern? Zu diesem schwarzen Klotz? Heißt der nicht auch wie das Kakaogetränk?«

»Dir gefällt die Arschloch-Rassisten-Rolle, was? Ist dir wie auf den Leib geschneidert! Maßanfertigung.« Aaliyah fasste sich an den vernarbten Kopfschuss hinter ihrer rechten Schläfe. »Diese Krawallnudel hat mich mit ihren aggressionsgeladenen Drohgebärden an meinen tötungsbereiten Bruder erinnert. Déjà-vu. Aber ist okay … Mach dich ruhig lustig über mich!«

Marc sah ein, dass er einen Gang zurückschalten musste. »Alles in Ordnung bei dir? ›Kaba‹ und ›Kalb‹ war alles, was ich gerade verstanden habe. Hat der Hitzkopf den Kunstfritzen gerade tatsächlich als Kalb beschimpft?«

Aaliyah verdrehte die Augen. »Schön wär's. Der Bildhauer ist ein Hundesohn, ich bin eine schmutzige Schickse, und die Steinschleuder, wie es scheint, ist wohl nicht die Hellste … Die Ateliertür ist nämlich unverschlossen.« Sie schob die Schiebetür zur Seite und bedeutete Marc, ihr zu folgen.

Aus dem Inneren ertönte laute Musik. Piano im Geleit von Geigen, dazu Gesang: »Sie ahnte nicht, dass ich verloren bin. Ich glaubte ja noch selbst daran, dass ich gewinn. Doch an diesem Tag geschah's zum ersten Mal. Sie starb in meinem Arm.«

Marc und Aaliyah schauten einander in ihre ratlosen Gesichter. Sie nahmen die Atelierhalle in Augenschein, und der Anblick erwischte sie kalt. Etwas Sakrales lag in der Luft. Wie in einer Kathedrale. Sie fühlten sich, als hätten sie durch die Schiebetür eine andere Welt betreten. Der längliche Innenraum bestand bis unter das Dach aus einem aus Sandstein erbauten Gewölbegang. In diesen waren zur Rechten und zur Linken jeweils sechs runde Torbögen eingelassen. Das sah man diesem rostigen Metallklotz von außen gar nicht an. Das spärliche Licht, das gedämpft durch die Glasluken im Dach ins Innere fiel, vermochte den Raum nicht auszuleuchten. Deshalb wohl stand in der Mitte eines jeden Torbogens ein dreizackförmiger Ständer mit großen weißen Kerzen.

Die offenkundig einem Musical entsprungene Musik hallte weiter munter durch die Halle. »Ich will ein Engel oder ein Teufel sein. Und bin doch nichts als eine Kreatur. Die immer das will, was sie nicht kriegt. Gäb's nur einen Augenblick des Glücks für mich, nähm ich ewiges Leid in Kauf. Doch alle Hoffnung ist vergebens, denn der Hunger hört nie auf.«

Vor den oktaedrisch geformten Säulen der Torbögen standen aus Gips geformte Skulpturen, die vom Kerzenschein angeflackert wurden. Zwölf an der Zahl. Marc schaute durch die Skulpturreihen. Abwechselnd von links nach rechts. Da ein Mann mit Spitzhacke im Schweiße seines Angesichts. Dort ein Müßiggänger mit ins Gesicht gezogenem Hut. Da eine applaudierende Dame. Dort eine Krattlerin mit dem schielenden Blick der Missgunst. Da ein Mönch in Askese. Dort ein Lebemann mit dem offenen Weinfass am Mund.

»Ich will ein Heiliger oder ein Verbrecher sein. Und bin doch nichts als eine Kreatur, die will, was sie nicht kriegt. Die zerreißen muss, was immer sie liebt. Jeder glaubt, dass alles einmal besser wird. Drum nimmt er das Leid in Kauf.«

Da eine Frau im meditativen Schneidersitz. Dort eine Furie mit drohender Faust. Da eine junge Frau, keusch in einen Hermelinmantel gehüllt. Dort eine üppige Schönheit mit anzüglicher Zeigefreude.

Marcs Augen wanderten zu den letzten beiden Skulpturreihen. Da ein alter Mann, der sein letztes Hemd gab. Ihm gegenüber fehlte die Skulptur. Der vorgesehene Platz vor der hintersten Säule auf der rechten Seite war ausgespart. In der hintersten Reihe glänzte die Skulptur links ebenfalls durch Abwesenheit. Dort war ein Platz frei. Rechts ein Abbild des Ikarus. Zwischen dieser Skulptur und der Fehlstelle bewegte sich ein Schatten im Kerzenschein.

Marc und Aaliyah schritten über den schwarzen Carrara-Marmor der Bodenfliesen hinweg dem tänzelnden Rumpelstilzchen im hinteren Bereich der Halle entgegen. Dort standen teilweise behauene Blöcke, die mal mehr, mal weniger erahnen ließen, was aus ihnen so herausgeformt werden sollte. Auf der langen Holzwerkbank lagen die Gerätschaften des Bildhauers, der im Takt der Musik eifrig zu werkeln schien. Ein hölzerner Rundhammer, eine lederne Rolltasche mit Beiteln unterschiedlicher Klingenform, Meißel und Modellierwerkzeug. Auch ein länglicher Stichel mit Holzknauf. Marc meinte, an dessen spitzem Stachel im Schein des Kerzenlichtes rötliche Ankrustungen zu erkennen.

»Ich will endlich einmal satt sein, doch der Hunger hört nie auhuhuuuf!«

Aaliyah und Marc durchfuhr ein Schreck. Diese schräg geträllerten Zeilen des Musicalstücks tönten ja gar nicht aus dem antik verzierten Horn des altmodischen Grammofons in der Ecke. Es war die alles andere als tenorige Stimme des Bildhauers. Der hatte sich aus heiterem Himmel nach den Kommissaren umgedreht.

»Manche glauben an die Menschheit und manche an Geld und Ruhm. Andere glauben an Kunst und Wissenschaft, an Liebe und an Heldentum. Viele glauben an Götter verschiedenster Art. An Wunder und Zeichen, an Himmel und Hölle. An Sünde und Tugend und an Bibel und Brevier.«

Der eigenbrötlerische Bildhauer war ein Dandy vor dem Herrn. Er trug, während er so eifrig an dieser Skulptur schusterte, doch tatsächlich einen weißen Anzug. Lediglich das Jackett hatte er abgelegt und die Hemdsärmel hochgekrempelt. So stand er da. Mit cremeweißem Panamahut. Unter diesem sprang seine ergraute Korkenziehermähne hervor.

Er musterte Aaliyah und Marc ganz unverwandt durch seine münzgroßen Brillengläser. Wie von der Tarantel gestochen stürzte er zu seiner Werkbank, ergriff den wuchtigen Holzschlegel und hob ihn drohend in die Höhe.

Bei Marc drängte sich wieder einmal die Marotte seiner abtrünnigen Ex-Kollegin Clara ins Gedächtnis. Rainer Langhans.

Jede Wette. Sie hätte diesen durchgeknallten, exzentrischen Bildhauer mit dem Ex-Hippie und Sexguru verglichen. Mit einem ungesunden Hang zu fatalem Wahnsinn.

Gedanklich ging Marc rasch seine Optionen durch. Sollte er sich dem tollwütigen Zottel mit seiner Schulter entgegenstemmen und versuchen, ihn so schachmatt zu setzen? Oder sollte er seine Dienstwaffe zücken? Ein Schuss in den Oberschenkel war zumindest eine mögliche Alternative.

Aber der Skulpturist stürzte sich gar nicht auf sie. Stattdessen tänzelte er in ballettartigen Sprungschritten auf etwas zu, das wie ein übergroßer Gong aussah.

»Doch die wahre Macht, die uns regiert, ist die …« *Gong!* »… schändliche …« Schwungvoll hämmerte er den Holzschlegel erneut gegen die Metallplatte. *Gong!* »… unendliche …« *Gong!* »… verzehrende …« *Gong!* »… zerstörende …« *Gong!* »… und ewig unstillbare …« *Gong!* »Giiiiiiiiier!« *Gong!*

Er legte den Schlegel just in jenem Moment beiseite, in dem die Nadel des Grammofons innehielt und der Tonarm sich zurückzog. Es ging doch nichts über Timing. Er verbeugte sich und nahm theatralisch seinen Hut von seiner Korkenziehermähne herunter. »Gestatten, Hanjo von Dargatz-Gierer. Mein bescheidenes Refugium der Künste. Und mit wem habe ich die Ehre?«

Marc und Aaliyah wussten beide nicht, wie ihnen da gerade eben geschehen war. Und auch wenn ihnen die Ohren nicht zu knapp sausten und sie aus dem Staunen bald gar nicht mehr herauskamen, war Marc es, der seine Sprache wiederfand. Er holte seinen Dienstausweis aus dem am Gürtel angebrachten Lederetui mit der Erkennungsmarke der Kriminalpolizei und hielt ihn dem Bildhauer unter die Nase. »Kriminalhauptkommissar Marc Steingruber von der Kripo Friedrichshafen.« Er neigte seinen Kopf in Richtung Aaliyah. »Und das da ist Aaliyah Battmann, Kriminalkommissarin auf Probe, von der Kripo Konstanz.«

Aaliyah war vor den Kopf gestoßen. *Not amused.* Interessant. Sie war für diesen aufgeblähten Windbeutel also ein »Das da«. Der unbeholfene Cousin dritten Grades von Dingsda. Keine Ermittlungspartnerin. Das schluckte sie ja noch. Aber nicht einmal eine Kollegin. Und dann ritt Marc auch noch absichtlich immerzu auf ihrer Probezeit herum … Marc war wirklich ein Ass, wenn es darum ging, die Arschlochkarte Zug um Zug weiter auszuspielen. Auf Türkisch war dieser Problemschlumpf das, was man einen *Öküz* schimpfte. Ein ausgewachsener Hornochse.

Der Bildhauer war von der Vorstellungsrunde eindeutig begeisterter. »Bravo, bravo. Chapeau! Die Polizei diesseits und jenseits des Bodensees vereint! Welch überaus große Ehre! Was führt Sie denn zu mir? Bekundet einer Ihrer werten Herren Polizeipräsidenten etwa ehrliches Interesse am Skulpturellen? Oder gar beide?«

Marc und Aaliyah beguckten die mehr als nur halb obszöne Gipsfigur, an der der Bildhauer aktuell seinen Schaffensdrang auslebte. Eine weibliche Skulptur mit Hochsteckfrisur im hüftlangen Kleid. In einer auffälligen Hockeposition wie dieses goldgierige Kriechwesen Gollum aus »Der Herr der Ringe«. Die rechte Hängebrust war ungeniert entblößt. Die linke Hand nach innen gedreht. Darauf liegend die rechte Handfläche. Die Finger weit gespreizt. Und sie starrte mit weit aufgerissenen Augen und Mund auf ihre Handfläche. Oder besser gesagt deren Inhalt. Als läge darin dieser eine schicksalshafte Ring, nach dem auch das hinterlistige Filmwesen trachtete. Stattdessen waren es aber eine Vielzahl von langen, sich um die Finger schlängelnden Perlenketten.

Marcs Augen störten sich an der Hand der Skulptur. Der verkrampfte Griff passte nicht zu den leichtgewichtigen Perlenketten. Aber wollte er wirklich das Werk eines so verschrobenen und durchgeknallten Künstlers kritisieren? Wollte er nicht. Er war alles andere als vom Fach. Dennoch wirkte diese Statue im Gegensatz zu den übrigen im Atelier auch nicht wie aus einem gegossenen Block herausgeschnitzt. Und auch die linke, untere Hand wirkte auf Marc sonderbar. In ihr war zwischen den Fingern der rechten Hand ein Löchlein zu sehen, durch das eine sehr dünne Perlenkette hing. Als sei die der Gipshand ins Fleisch übergegangen.

»Aus einem großen Drahtgeflecht vorgeformt, armiert,

Gipsbinden aufgetragen und dann den Gipsputz hauchdünn aufgespachelt. Das wahre Genie eines Bildhauers besteht darin, einem charakterlosen Klumpen Materie eine Seele einzuverleiben. Eine gipserne Vermenschlichung, nicht? Das ist es, was den Skulpteur vom stupiden Steineklopfer unterscheiden mag. Dafür bürgt unsere GmbH. HanjoBalt. Wir formen Lebenskunst. Aus Holz, Gips, Marmor und Basalt!«

Die Worte des Bildhauers trieften nur so vor Selbstgefälligkeit. Die Statue wirkte aber auch verdammt lebensecht, das konnte man ihr beileibe nicht absprechen. Ihre Konturen wirkten so detailgetreu, dass Marc beinahe fürchtete, sie könne jeden Augenblick mit ihren Lidern blinzeln. Jetzt erschloss sich ihm auch, wie Hanjo von Dargatz-Gierer in der Kunstszene eine solche Popularität erlangt hatte.

Marc zupfte an einer der um die ausgestreckte Gierhand der Skulptur hängenden Perlenketten herum.

»He da! Gestaunt wird mit den Glupschern, nicht mit den Grapschern!«, bekam der Bildhauer die ganz große Krätze.

»Diese Skulptur. Wird sie einen der noch freien Plätze dort hinten einnehmen?«, wollte Marc nun wissen.

Hanjo wischte sich mit dem Rücken seiner gipsverschmierten Hand den Schweiß von der Stirn. »Das wird sie. Heureka! Das wird sie!«

»Dann stellen diese Gipskerlchen«, Marc deutete mit dem Daumen über seine Schulter, »wohl die sieben Tugenden und die sieben Todsünden dar? Wobei jeweils eine Skulptur fehlt.«

Die Augen des Bildhauers unter buschig eulenartigen Augenbrauen erhellten sich hinter den kleinen Brillengläsern. »*Très bien! Très bien!* Sehr richtig. Erkennen Sie denn diese Skulptur hier?«

Marc ging sie in Gedanken alle durch. Fleiß, Wohlwollen, Mäßigung, Geduld, Keuschheit, Mildtätigkeit und Demut. Auf der Seite der Tugenden suchte man sie vergebens, die Figur der Demut. Gefehlt hatte außerdem eine der Todsünden. Welche noch gleich? Faulheit, Neid, Völlerei, Zorn, Wollust. Sie alle waren dagestanden. Dann die Lücke. Und zu guter Letzt der

Hochmut. Marc musterte noch einmal die vor ihm aufragende Skulptur. Diese weit aufgerissenen Augen, die den Schmuck anstarrten. Alles andere als demütig. Es fiel ihm wie Schuppen von den Augen. »Die Habgier!«

»Schon wieder richtig! Die Skulptur der Demut habe ich noch gar nicht begonnen. Und das Werk hier ist noch nicht fertig. Aber ich nenne das Arrangement der vierzehn Skulpturen jetzt schon ›Die unstillbare Gier‹!«

Jetzt erklärte sich den beiden Ermittlern auch, weshalb vorhin die Melodie des gleichnamigen Stückes aus »Tanz der Vampire« aus dem Plattenspieler ertönt war.

»Nun denn, keiner unserer Polizeipräsidenten hat eine Skulptur bei Ihnen in Auftrag gegeben. So viel steht schon einmal fest. Ihnen sind aber zwei Wegbegleiter abhandengekommen. Nicht wahr? Ihre rechte Hand und Ihr Rückgrat.« Wie bereits bei Kanyuk war es Aaliyah, die das Gespräch ermittlungstaktisch in die richtige Bahn lenkte.

Der Bildhauer verzog das Gesicht. »Verstehe. Das verschafft mir also die Ehre. Balthasar und meine Rosalinde. Vor Ihnen steht ein Beuys-Schüler, Gott habe den großen Meister selig, in seinem Einsiedlerdasein. Verlassen von Gott und der Welt. Was ihm bleibt, sind seine Freunde, geschaffen durch die Muse seiner eigenen zehn Helferlein.« Er ergoss sich nur so in Dramatik und wackelte dabei mit seinen in die Höhe gestreckten zehn Fingern.

Aaliyah drückte auf die Tube. »Na ja, nichts für ungut. Aber geht ein Mann ohne rechte Hand und Rückgrat nicht geknickt wie ein Krüppel durchs Leben? Sinnbildlich gesprochen. Sie dagegen wirken … unerschüttert … wie ein Fels in der Brandung. Und tänzeln hier leichtfüßig durch das Atelier.«

»Mein Steinmetz hat vor zwei Monaten und ein paar Zerquetschten das Weite gesucht. Und meine liebe Frau Göttergattin hat sich vor einigen Wochen vom Acker gemacht. Kurz nach Neujahr.«

»Die Werke Ihres geschäftstüchtigen Duos sollen ordentlich Zaster in die Kasse gespült haben. Mit dem Verschwinden Ihres

Steinmetzen ist die HanjoBalt GmbH sprichwörtlich zerschlagen.«

Der Bildhauer blickte Aaliyah schulterzuckend an. »Sie sagen es! Ach herrje! Mir fehlt mein ›Balt‹, sozusagen mein Salz in der Suppe. Und eine fade Suppe auszulöffeln, das schlägt auf das Gemüt.«

»Aha. Und was hat Ihre Frau in die Flucht geschlagen?«

»Nun ... ohne mein ›Balt‹ werde ich auf Dauer unleidig. Und dann und wann auch mal verdrießlich. Da ist die Zartbesaitete mir stiften gegangen. Womöglich in die fürsorglichen Hände eines Nebenbuhlers?« Er rückte sich seinen Panamahut zurecht und zupfte nachdenklich an der Krempe. »Rosalinde und ich hatten Balthasar doch damals bei der Polizei vermisst gemeldet. Was also führt Sie in meinen bescheidenen Hort des Schaffens?«

Aaliyah wollte bereits wieder ansetzen, da funkte ihr Marc dazwischen. Er wollte sich nicht schon wieder die Butter vom Brot nehmen lassen. »Herr von Dargatz-Gierer, mit dem Salz in der Suppe ist das so eine Sache. Das wird schnell mal zum Haar in der Suppe. Deshalb sind wir hier.«

Der Bildhauer legte seine Stirn in Falten.

Marc legte nach. »Balthasar Kincsvadászat. Wir haben ihn gefunden. Mausetot. Erschlagen in der abgestandenen Brühe eines Fettabscheiders auf der Insel Mainau. Jetzt stellen wir uns natürlich Fragen. Hat das Verschwinden Ihres Steinmetzen Ihnen aufs Gemüt geschlagen? Oder Sie ihm zuvor auf den Kopf?«

Den quirligen Bildhauer mit der lockigen Haarpracht nahm diese Neuigkeit sichtlich mit. Wie ein Tiefschlag in die Magengrube. Ganz wässrig traten seine Kulleraugen nun hinter den kleinen Brillengläsern hervor. Er schwankte halb benommen zur Werkbank, stützte seine Hände ab und ließ den Kopf sinken. Nichts war mehr von dem Augenblicke zuvor noch raumfüllenden Schaffensdrang des Bildhauers zu spüren.

Aaliyah zerrte Marc an seinem Jackenärmel zur Seite. »Sag mal, spinnst du jetzt völlig? Du gibst hier gerade schon wieder munter Täterwissen preis! Und schleuderst freudig mit haltlosen Unterstellungen um dich!«

Das war ihm gar nicht so bewusst. Er war viel zu sehr darauf bedacht gewesen, Aaliyah zuvorzukommen und die Zügel wieder in die Hand zu bekommen. Sein Antidepressivum und die Glückspillen mit Ginkgoextrakt verrauchten ihm wohl das Hirn.

Aaliyah schüttelte entnervt den Kopf. »Dilettant!«, presste sie hervor.

Und das musste er sich von so einer blutjungen Kriminalkommissarin in ihrer Probezeit sagen lassen. Sie hatte noch nicht einmal die Dreißiger-Latte übersprungen und spuckte solch große Töne. Unerhört. Außerdem hatte sie Kanyuk gegenüber auch frisch von der Leber weg aus den Fallakten zum Mord an Duttke geplaudert und sogar die taufrischen Ermittlungserkenntnisse zu Balthasars massiven Kopfverletzungen preisgegeben. Das wollte er hier aber nicht mit ihr ausdiskutieren.

»Ich fasse es nicht ... Balthasar.« Hanjo von Dargatz-Gierer reckte die Fäuste nach oben, so als wollte er all seinen Zorn in den Himmel schleudern. »Warum? Warum er? Warum?« Jetzt packten seine fahrigen Hände Marc am Kragen seines Parkas.

Das erregte Aaliyahs Aufmerksamkeit nur kurzzeitig. Jedenfalls eilte sie Marc nicht zu Hilfe, sondern machte sich im hinteren Bereich des Ateliers in einem der Torbögen auf der rechten Seite an etwas zu schaffen.

Der Bildhauer ließ von Marc ab. »Schön, nicht?«

Marc richtete seinen Parka. Er brauchte einen Augenblick, bis er schnallte, dass nicht der Tod des Steinmetzen, sondern die Skulptur gemeint war.

»Schauen Sie sich diese Augenweide an. Das Werk ist noch nicht vollendet. Im Sommer werde ich es im Rahmen der großen Skulpturenschau auf der Insel Mainau vorstellen. Ich meine das alles hier. Die Todsünden wie die Tugenden. Als Skulpturenkabinett.«

»Und weshalb tanzt diese gierige Dame hier aus der Reihe? Warum aufgespachtelter Gips und nicht aus dem Block geformt? Die anderen Skulpturen sind doch aus Vollgips, oder?«

»Und schon wieder hat der Kandidat hundert Punkte! Aber

einen solchen Alabasterkörper muss man doch in Gipsmumienwickeln für die Ewigkeit erhalten.«

»Dieser Musicalsong vorhin ... ›Ich will ein Heiliger oder ein Verbrecher sein‹«, zitierte Marc aus seinem Gedächtnis. »Wo finden Sie sich denn wieder? Bei den Heiligen?« Er deutete auf die tugendhaften Skulpturen hinter sich. »Oder bei den Verbrechern?« Sein Zeigefinger wanderte hinüber zu den Statuen, die die Todsünden versinnbildlichten.

Hanjo von Dargatz-Gierer schmunzelte. »*Comme ci, comme ça.* Kein Yin ohne das Yang. In der Kunst verhält sich das wie in der Philosophie. Schauen Sie sich doch einmal die habgierige Dame an. Die Kunst offenbart die Wahrheit in all ihren Facetten. Schonungslos? Sicherlich. Aber in ihrer reinsten Form. Das Schöne, das Wahre, ja auch das Entsetzliche. Die Kunst verleiht alldem sinnstiftend Ausdruck. Ist das nicht tugendhaft?«

Marc dachte nach. Er musste dem Bildhauer im Grunde zustimmen.

»Aber aus einem kahlen Block Marmor oder Gips das Wahrhaftige herauszuklopfen, das schreit auch nach roher Gewalt. Insofern bin ich dann wohl ein heiliger Verbrecher. Schuldig im Sinne der Kunst.« Der Bildhauer streckte ihm die Handgelenke entgegen, als würden jeden Moment die Handschellen klicken.

»Weil Sie für das plötzliche Verschwinden Ihrer Gattin verantwortlich zeichnen?«

»Nein.«

»Offenbart die Kunst hier nun schonungslos eine Wahrheit oder eine Lüge?«, bohrte Marc nach.

»›Die Kunst‹, Herr Kriminalhauptkommissar, ›ist eine Lüge, die uns die Wahrheit erkennen lässt.‹ Picasso. Bald schon.«

Dieses Geschwurbel hatte Marc schon einmal gehört. Sartre und Picasso. Kanyuk hatte ihnen auch von der Kunst als Wahrheit offenbarende Lüge und darüber hinaus als realitätsschaffende Erweckerin von Mordsträumen vorgeschwärmt.

Marc wollte weiter nachbohren, doch die Hand von Hanjo von Dargatz-Gierer gebot ihm Einhalt. »Na, na, na. Ich weiß natürlich sehr wohl, worauf Ihre Frage eigentlich abzielt. An meinem Sermon sind Sie wohl kaum interessiert. Sagen Sie mir, wann, und ich sage Ihnen, wo ich war.«

»Kurz vor dem Jahreswechsel. Letztes Jahr. Am und um den zwanzigsten Dezember.«

Der Bildhauer verzog seine Lippen zu einer Knobelschnute. Dabei offenbarte sein buckeliges Riechorgan die petersilienartig in ihm wuchernden Nasenhaare. Im fahlen Schein des Kerzenlichtes fielen Marc an Hanjo von Dargatz-Gierer jetzt so richtig die hochadeligen Gesichtszüge auf. Der hervorstehende, prononcierte Unterkiefer. Die herabzeigende Hakennase. Die wulstige Unterlippe. Der gewachste Victor-Emanuel-Bart. Die tadellos gestutzten Koteletten.

»Nun, wenn ich mich recht erinnere, dann frönte ich unserer alljährlichen vorweihnachtlichen Tradition. *Same procedure as every year.* Ich habe mich mit meiner Angebeteten hier im Atelier in Klausur begeben. Wir sind eine ganze Woche lang über die Komposition unseres diesjährigen Kunstkataloges für das Frühjahr gegangen. So eine Programmsichtung ist ein Mordsgefrickel, das kann ich Ihnen sagen. Der Teufel steckt im Detail!«

»Gibt es dafür Zeugen?«

»Nun ... freilich. Meine bessere Hälfte. Aber die ist ja aktuell unauffindbar, wie Sie wissen.«

Aaliyah streckte ihren Kopf aus einem der hinteren Torbögen des rechten Seitenflügels hervor. »Ich habe hier in einer Truhe zufällig so eine Bussardfigur mit gebrochenem Flügel entdeckt. Sagen Sie, Herr von Dargatz-Gierer, wie ist diese massive Alabasterskulptur denn zu Bruch gegangen?«

Marc wurde ganz anders zumute. Kalt und heiß zugleich. Flatternerven. Ehe er sich's versah, hörte er sich ungläubig fragen: »Eine Bussardfigur?« Ließ dieses vermaledeite Federvieh denn gar nicht mehr von ihm ab? Erst der Traum. Die unliebsame Begegnung an seinem Balkon. Dann der Bussard auf dem Weinberg vor Meersburg. Und jetzt auch noch eine Skulptur?

Ein wenig irritiert rief Aaliyah zu ihm hinüber: »Ähm ... ja. Und vor allem eine *zerbrochene* Bussardfigur.« Sie tauschte mit ihrem Kollegen einen vielsagenden Blick aus.

Dieser war offenbar auch dem Bildhauer nicht entgangen. Sogleich begegnete er Aaliyahs Frage gereizt und mit einer gehörigen Portion überbetonter Schärfe. »Diese Bussardskulptur, die Sie dort hinten fernab des ausgeleuchteten Atelierbereichs unter einem Tuch verborgen und verschlossen in einer Truhe … *entdeckt* … haben, ist – *believe it or not* – den ungeschickten Fingern meiner Gattin entglitten.«

Aaliyah reagierte ebenso erbittert. »Haben Sie etwas dagegen, wenn wir dieses zerbrochene Skulpturen-Dingsda mitnehmen? Wir haben unglaubliche Kunstliebhaber unter unseren Kriminaltechnikern …«

Jetzt wurde aus dem gereizten Tonfall des Bildhauers ein forscher. »Was im Atelier ist … oder war … bleibt im Atelier. Solange Sie keinen Durchsuchungsbeschluss vorzuweisen haben, ziehe ich es vor, meine Kunstwerke hier in meinem Refugium zu wissen. Und nicht in den Griffeln irgendwelcher Stümper. Hier erfahren sie ausreichende künstlerische Wertschätzung. Ihre Herren Polizeipräsidenten haben ja auch kein gesondertes Interesse daran. Außerdem muss ich der beschädigten Skulptur ein wenig unter die Flügel greifen und sie wieder auf ihrem Sockel anbringen.«

Aaliyah zurrte ihre lederne Bikerjacke zu und trat hinter dem Torbogen hervor zurück ins Licht. »Na, wenn das so ist, sind wir an dieser Stelle wohl erst einmal fertig. Dann möchten wir Sie auch nicht länger beim Steinekloppen stören.«

»Aber i wo! Sie stören doch nicht. Und gerade Sie nicht. Sie dürften liebend gerne einmal Modell stehen. Bei Ihrem *interessanten* Gesicht. So viel Leid zwischen zwei Rehaugen. Das würde ich zu gerne in Stein verewigen! Batman. Das Leiden der Fledermaus, die aus dem Schatten trat.«

Aaliyahs Augen strahlten eine impulsive Angriffslust aus. Noch so einen Fehltritt wie in Balderschwang durfte sie sich nicht leisten. Ein weiterer unbedachter Kick in die Kronjuwelen, und sie hätte die Dienstaufsichtsbehörde am Hals. Marc musste handeln.

»Alles klar! Dann wollen wir uns mal für heute verabschieden!« Er hielt Aaliyah, die schon wutschnaubend die Hufe wetzte, entschieden seinen rechten Ellenbogen entgegen. Aber sie schien mit dem Bildhauer noch nicht fertig zu sein.

»Dieser Perlenschmuck in der Hand Ihrer habgierigen Skulptur … Ist es, was ich denke? Ist das etwa der Schmuck Ihrer Gattin?«

Hanjo von Dargatz-Gierer schmunzelte verlegen. »Nun ja, genau genommen der Hochzeitsschmuck. Das ist das Los, mit einem Vollblutkünstler verheiratet zu sein. Betrachten Sie es als Beitrag meiner Gemahlin zu meinem Werk.«

Aaliyah schaute den Bildhauer schief an. Was für ein Spinner. Kein Wunder, dass seine Gattin das Weite gesucht hatte. »Ihre Ehefrau hat ihren Hochzeitsschmuck also kampflos dieser steinernen Lady überlassen?«

»Sie hatte sich diesem Schätzchen hier mit Haut und Haaren verschrieben. Ich meine, bevor die Elster aus dem heimischen Nest entflogen ist. Nun, ich denke, sie ist dieser besonderen Skulptur noch immer mit Leib und Seele verbunden, wissen Sie?«

»Wo führt eigentlich die Tür dort hinter der Truhe mit der Bussardstatue hin?« Aaliyah trieb die Neugier.

»Nur hinüber in den Steinbau mit seinem Gipsraum, nichts Besonderes.« Auf einen Schlag hatte es auch der Bildhauer eilig. Er erinnerte Marc an eine der Pistenraupen, die er beim Langlauf in Balderschwang gesehen hatte. Genauso walzenartig eskortierte er jedenfalls die Besucher nun in Richtung Ausgang.

Auf der Türschwelle drehte sich Marc nochmals herum. »Ach ja, seien Sie auf der Hut. Vorhin hatte es so eine steineschmeißende Strolchine auf Ihre Rostbüchse abgesehen.«

Hanjo von Dargatz-Gierer schnalzte mit der Zunge. »Trahira. Das Gör vom Altalab-Azizi-Clan. Ihre Großcousins verdingen sich als Straßenschläger. Die ist mir schon länger ein Dorn im Auge.«

»So? Was will sie denn von Ihnen?«

»Das, mein teurer Freund und Helfer, fragen Sie mal besser diesen russischen Haudrauf, der sich ›Knochenbrecher‹ schimpft. Seit Balthasar verschwunden ist, hat dieser Blutsauger uns seine Handlanger und Laufburschen auf den Hals gehetzt. Aber seien Sie unbesorgt …«

Er bedeutete den Ermittlern, rasch ins Freie zu treten, und tat es ihnen gleich. Er zückte eine Fernbedienung und betätigte den großen roten Knopf. Der Boden begann zu rumoren. Unter lautem Knarzen und Scharren erhoben sich rings um die Außenfassade des Ateliers vier imposante Gitterwände aus massiven Stahlpfosten.

»Auf Knopfdruck wird unsere Rostbüchse, wie Sie so charmant sagen, zu einer schwer einnehmbaren Festung.«

Kanyuk und der Bildhauer schoben sich die Schwarze-Peter-Karte also hin und her. Als Marc seine Fassung wiedergefunden hatte, hakte er erneut ein. »Und mit ›uns‹ meinen Sie sich und Ihre Gattin oder sich und Ihre spinnerte Schatzsuchertruppe?«

Die Wut stand dem Bildhauer nun endgültig ins Gesicht geschrieben. Er ließ die Frage unbeantwortet und blies stattdessen abermals zum Aufbruch. »Gehen Sie jetzt! Runter von meinem Grundstück, aber ganz plötzlich!«

Ein weiterer Knopfdruck, und die mannshohen Gitter versenkten sich unter tosendem Gepolter wieder im Erdboden.

Marc tippte sich mit zwei Fingern gegen die Schläfe und richtete diese zur Verabschiedung auf den Bildhauer. *»So long, Ranger!«*

Doch der hörte das schon gar nicht mehr. Er entschwand in sein skurriles Ateliergewölbe und ließ die Schiebetür scheppernd ins Schloss rauschen.

Aaliyah war bereits wieder auf dem Weg zu ihrem am Rand des Feldweges abgestellten Wagen. Doch Marc stach auf dem geschniegelten Rasen zwischen dem abrisswürdigen Bruchgemäuer mit dem Schiffsgerippe im Dach und der Prunkvilla etwas ins Auge. Eine Buchsbaumfigur in Tiergestalt. Wie von Sinnen wankte er über den Rasen. Diese Form. Sie zog ihn in ihren Bann.

Er stand so nah vor der kunstvoll geformten Buchsbaumfigur, dass seine Nasenflügel unwillkürlich den grässlichen Geruch nach Friedhof und Katzenpusche einsogen. Das durfte doch alles nicht wahr sein. Diese Form! Ein übergroßer Buchsbaum-

Bussard. Marc fühlte den Schweiß aus allen Poren ausbrechen. Eiskalt lief es ihm den Rücken herunter. War der Bussard sein Totem? Ein flinker Jäger. Er der Gejagte? Sein Seelenquäler für Claras Verfehlungen? Für *seine* Verfehlungen?

Tatsächlich hatte Clara ihm einmal vom Bussard als Krafttier der indigenen Völker erzählt. Demjenigen, dem der Bussard als Krafttier galt, bedeutete er, die Unterstützung seiner Umgebung anzunehmen. Aaliyah! Als ob er auf die Unterstützung dieser blutigen Anfängerin angewiesen wäre! War der Bussard nicht auch der Jäger der Lüfte, der alle Eindringlinge aus seinem Feld verjagte? Diese Deutung gefiel Marc bedeutsam besser.

Ein Knistern. Das Geräusch riss ihn aus seinem Gedankenstrudel. Er vernahm noch das Sausen, das scharf durch die Luft schnitt. Sekundenbruchteile später schlug die Hand des Bildhauers haarscharf an seinem rechten Ohrläppchen vorbei in die Buchsbaumfigur ein. Erschrocken sprang Marc zur Seite und landete dabei unsanft auf dem Rasen. Nachdem er sich halbwegs wieder aufgerappelt und die Erdkrümelchen von seiner Feldjacke abgeklopft hatte, sah er den Bildhauer, seinen Arm und mit ihm den Stichel aus seinem Atelier aus dem Buchsbaum herausziehen. Auf dessen spitzer Nadel war eine fette grüne Raupe aufgespießt. Leblos baumelte der lange, kiwiartig gemusterte Körper der Raupe mit ihren schwarzen Glupschaugen an dem Spieß.

Wie eine Trophäe drehte der Bildhauer seinen Stichel und begutachtete zufrieden die aufgespießte Beute. An Marc gewandt verkündete er triumphierend: »Der hundsgemeine Buchsbaumzünsler. Ein ungebetener Gast. Ein Parasit. Wie Sie!« Vorwurfsvoll klang nun sein Tonfall. »Ihnen ist doch klar, dass ich das Ihrem Vorgesetzten melden muss. Da, wo ich herkomme, nennt man das Umherstreunen auf fremder Leute Rasen sauberen Hausfriedensbruch. Und Sie sind doch dieser zwielichtige Kommissar, der jüngst erst durch die Presse gewandert ist. Das Helferlein der ›Bestie vom Bodensee‹, stimmt's? Na, sag einer an! Sie ziehen den Ärger an wie die Leichen die Schmeißfliegen!«

»Die Leichen ziehe ich auch an«, entgegnete Marc. »So wie den übel zugerichteten Duttke. Horst Haberle, mein Ermittlungspartner aus alten Tagen, hatte Sie, glaube ich, damals auch befragt.«

»Hat er. Und meine Antwort bleibt unverändert. Ich kannte Rudi Duttke nur flüchtig. Er hat ja in Stefansfeld bei Salem gewohnt und auch jährlich die ›Salemer Schlossseekunst‹ ausgerichtet. Da waren die Skulpturen aus dem Hause HanjoBalt natürlich immer gern gesehen.«

»Mehr war da nicht zwischen Ihnen?«

»Mehr war da nicht. Der Duttke hat die Kunst bis in den Tod getragen. Der Bodensee ist ja schon an sich ein Kunstwerk, wie man es sich nur erträumen kann. Ein Mord am See hebelt die Kunst durch seine Umsetzung in die Tat aus der Traumsenke in die Realität. Sartre. Genial. Seekunstmord.«

Da war er also auch aus dem Mund des Bildhauers, der Sartre. »Ist das ein Geständnis?«, vergewisserte sich Marc.

»Mitnichten.«

So gehässig die Ansprache vorgetragen worden war, so unberechenbar freundschaftlich bot der Bildhauer dem noch immer auf dem Rasen kauernden Marc jetzt seine Hand an. »Der Kerl hier hat es Ihnen wohl angetan, was? Wussten Sie, dass es in Kalifornien einst einen Indianerstamm gab, der den Bussard mit solcher Hingabe verehrte, dass er jedes Jahr einen vom Himmel holte, das Fleisch verzehrte und die Haut mit dem Federkleid aufbewahrte?«

Marc nahm widerwillig den Arm des Bildhauers und richtete sich auf.

Der Bildhauer zog ihn so dicht heran, dass Marc seinen Atem in der Ohrmuschel spüren konnte. »Stellen Sie sich vor, man würde das Fleisch dieser Biester hier verzehren.« Mit der Raupe auf dem Stichel fuchtelte der Bildhauer wie wild vor Marcs Gesicht herum. »Zu einem grünen Smoothie gepresst. Ein Shake, angereichert mit giftigem Buxin in hehren Mengen. Was das wohl mit einem Menschen anstellt? Ob die Lähmungserscheinungen einen zu Boden strecken?«

Nackter Ekel überkam Marc allein bei dem bloßen Gedanken an einen so kotzigen Trunk.

»Junger Mann, fressen oder gefressen werden. Und glauben Sie mir, die Welt kotzt Sie aus. Egal, wie sehr Sie sich auch bemühen unterzutauchen. In der Versenkung zu verschwinden. Sie kotzt Sie einfach wieder aus!« Ein Schulterklopfer. Dann kehrte ihm der Bildhauer den Rücken. »Nun denn, Sportsfreund. Runter von meinem Rasen. *Arrivederci, Gringo!*«

Was für eine Schmach. Wie ein geprügelter Hund trottete Marc zurück zum Auto.

Aaliyah empfing ihn mit verschränkten Armen und einem missbilligenden Blick. Dann klatschte sie unmotivierten Beifall. »Na bravo, Herr Leitwolf! In Friedrichshafen pflegen die Kommissare wohl die Wildwest-Manier.«

Marc wollte von Bussarden und Wölfen nichts mehr hören. Wortlos bestieg er den Wagen. Aaliyah ebenso.

Marcs zittrige Finger fischten eine der schlumpfblauen Kapseln aus dem Blister hervor. Dazu eine karminrote Tablette aus dem Schraubfläschchen. Beide spülte er mit seiner noch halb vollen Wasserflasche aus dem Seitenfach hinunter. Vom Fahrersitz aus musterten ihn jetzt zwei zusammengekniffene Augen.

»Was? Schau mich nicht so vorwurfsvoll an. So ein brobdingnagisches Bussard-Ungetüm ist nun mal angsteinflößend! Und entschuldige mal, aber ich habe beinahe dieses Pikswerkzeug ins Gesicht gerammt bekommen!«

»Du schmeißt ein trizyklisches Antidepressivum zusammen mit Ginkgo ein?« Aaliyah musste einen Blick auf die Etiketten erhascht haben. »Ginkgo? Bist du komplett bescheuert? Hat deine Furcht vor Schlappschwanzigkeit die Angst vor gefährlichen Nebenwirkungen in den Wind geschossen? Ginkgopräparate können mit Psychopharmaka tödliche Wechselwirkungen heraufbeschwören!«

Aaliyah knallte ihre Faust auf das Lenkrad und löste einen Huper aus. »Hör mal, du brauchst mich nicht zu vergackeiern! Diese Sache mit deiner Ex-Kollegin … Das ist dein Bier. Aber glaube mir, deine Selbstzweifel kannst du nicht mit deinen Tabletten ersticken!« Ihr Kopf sank auf den Handrücken auf dem Lenkradkranz. »Ich fasse es nicht! Die haben mir einen

Tablettenfresser vor die Nase gesetzt. Ich bin doch keine Streetworkerin!«

Marc hatte die eigene Nase gestrichen voll. Das brauchte er sich von so einem unreifen Früchtchen nicht um die Ohren hauen zu lassen. Jetzt platzte ihm auch der Kragen. »In Balderschwang hast du vor Kanyuk fröhlich aus den Fallakten zum Mord an Duttke und auch über Balthasars Kopfverletzungen geplaudert, Frau Scheinheilig! Wein trinken und Wasser predigen! Und wärst du jetzt hier im Atelier nicht so neugierig herumstolziert, wären wir auch nicht so hochkant vor die Tür gesetzt worden! Und hättest du nicht so amateurhaft an der zerbrochenen Statue herumgeschnüffelt, hätten wir sie vielleicht unauffällig näher begutachten können!«

Aaliyahs Kopf schnellte in die Höhe, sie pustete sich eine rot gefärbte Haarsträhne von der Stirn und blinzelte ihn wutentbrannt an.

»Ich bin noch nicht fertig!«, platzte es aus Marc heraus. »Es kann gut sein, dass unser Mordopfer mit dieser Bussardstatue erschlagen wurde. Was, glaubst du, wird der Bildhauer jetzt tun, hm? Und falls es dir bei deinem Spaziergang durch das Atelier entgangen sein sollte, dieses Pikswerkzeug hatte Blutanhaftungen an der Spitze! Mordermittlungen sind kein Ponyhof!«

Aaliyah schnaubte verächtlich. Sie griff in die Innentasche ihrer Bikerjacke und zog ein Tütchen hervor. Darin steckte ein zusammengefalteter Papierbogen mit einem deutlich sichtbaren Siegelabdruck. Dem Vergilbungsgrad nach zu urteilen, zweifelsohne jahrhundertealt. Sie warf Marc das Tütchen auf den Schoß. »Hier, Sherlock Holmes! Während du den Bildhauer ja ach so erfolgreich in die Mangel genommen hast, habe ich der zerbrochenen Vogelstatue das hier entlockt. So viel zum Thema Ponyhof. Zieh du dir doch schon mal die Reitstiefel an! Wenigstens dröhne ich mich bei den Ermittlungsarbeiten nicht wie ein Junkie mit Antidepressiva voll!«

Das ging entschieden zu weit. Marc legte nach. »Oh ja, Frau Kommissarin Makellos! Wenn man *das hier* einmal weglässt!« Marcs Zeigefinger umkreiste sein Gesicht. »Aber ich habe einmal unsere Dienstdatenbank bemüht. Die digitale Welt vergisst nicht. Dich hat es nicht aus freien Stücken aus Berlin an den Bodensee verschlagen. Disziplinarische Strafversetzung! Weil du nach eurem Familiendrama-Pipapo wie John Wayne durch die Hauptstadt gezogen bist und auf Selbstjustiz programmiert warst. Unkonventionelle Brechstangenmanier! So viel also zu Wildwest-Ermittlungen. Weil ja geklaute Beweismittel wie hier vor Gericht auch so tollen Bestand haben! Und ich vergaß: nicht Kommissarin, sondern Kommissarin *auf Probe*!«

»Blätter du lieber erst einmal im Kommissarsknigge. Vielleicht steht da ja geschrieben, dass man seine Ermittlungspartnerin nicht als *Das-da* vorstellt! Oder sind plötzlich alle Frauen genau *das da* für dich? Das Böse in Person. Siehst du in allen Frauen jetzt die ›Bestie vom Bodensee‹?«

»Clara ist keine Bestie!«, entfuhr es Marc. Dafür hätte er sich postwendend ohrfeigen können.

»Du sympathisierst mit einer fünffachen Mörderin? Ist das dein Ernst? Mensch, lass die Tabletten weg. Die setzen dir Murmeln in den Kopf! Und komm von deinem selbstbemitleidenden Egotrip runter! Du wurdest von einer eiskalten Killerin nach Strich und Faden verarscht. Akzeptiere es!«

Marc ertappte sich dabei, wie er seine ausflippende Zwangskollegin gedanklich korrigierte. Eine vierfache Mörderin. Die eine Sache war eine Anstiftung zum Suizid gewesen. Er ritt auf diesen Zahlen herum wie ein erbsenzählender Strafverteidiger. Einer, der versuchte, den Dampfer noch auf Backbord zu lenken, obwohl der Eisberg bereits mit Karacho in den Bug preschte. Aber warum? Diese Büchse der Pandora wollte er nicht öffnen. Denn die Antwort konnte ihm nicht gefallen. Stattdessen verspürte er viel mehr Lust, Aaliyah eine weitere Gehässigkeit in ihr jähzorniges Gesichtswirrwarr zu schleudern.

»Im Sympathisieren ist deinesgleichen ja nun wirklich Weltmeister. Heute noch entsetztes Gebaren über den Ehrenmord. Und morgen wieder der verschworene Pakt der Integrationsverweigerer! Pack schlägt sich, Pack verträgt sich!«

Das Reizwort. Aaliyah schäumte vor Wut. Es ließ bei ihr alle

Sicherungen durchbrennen. Sie startete den Motor. »Ich hatte dich gewarnt. Spuck nie wieder …«, sie drückte das Gaspedal, als müsse es durch den Asphalt hindurch in das Erdinnere befördert werden, »… dieses schändliche Unwort über deine Lippen!«

Wrrroamm! Dieses Mal zischte ihre grüne Mamba nicht. Der Motor knurrte wie ein ausgehungerter Grizzlybär. Der pure Klang der Wut. Eine Mords-Staubwolke wirbelte in luftige Höhe auf, die Räder drehten auf dem kiesigen Schotter durch. Weshalb hatten die Obrigkeiten der Polizeipräsidien Konstanz und Ravensburg auch bloß ein solches Kommissaren-Patchwork ausbaldowern müssen? Die Gesichtsentstellte und das seelisch vernarbte Wrack. In eine Schüssel geworfen und kräftig umgerührt. Jetzt hatten sie den Schlamassel. Eine Fahne von verbranntem Autoreifen. Das roch auch nach brennender Wut. Dann preschte die grüne Mamba zu einer Teufelsfahrt los. Aaliyah hing am Gas, als könne der Gummi auf dem Asphalt das ihr so verhasste Unwort aus Marcs Wortschatz herausradieren.

Funkstille. Nach einer gefühlten Ewigkeit klingelte Marcs Diensthandy. Rolf Stallinger rief an.

»Ja, Rolf?« Die Wut im Bauch machte Marc wortkarg.

»Ein Fund weiterer Porzellanwölfe ist bei der Polizei bislang nicht eingegangen. Hauk und ich sind mit dem Auto um den See herum unterwegs. Wir klappern wie gewünscht den Bodenseekunstweg nach deinen Porzellanwölfen ab und sind gerade in Radolfzell. Und wie soll ich sagen, wir sind da auf etwas gestoßen.«

Marcs Angefressenheit war wie verpufft. Er wurde hellhörig. Stallinger hatte jetzt seine ganze Aufmerksamkeit. »Echt, wo? Bei ›El Niño‹?«

»Ja. Es war auch schon jede Menge Konstanzer Streifenpolizei am Seeufer, als wir eingetroffen sind. Das ganze Brimborium.«

Nun war Marc bis auf das Äußerste angespannt. »Stallinger. Was habt ihr da gefunden? Eine Leiche? Porzellanwölfe?«

»Weder noch. Zwei Qigongler haben die Polizei alarmiert. Wir haben natürlich gleich gedacht, da hat mal wieder jemand die Statue für einen verrückten Regungslosen gehalten, dem die frostige Seetemperatur zu schaffen machen. Aber denkste.«

Marcs Hellhörigkeit wich großer Ernüchterung. »Mensch, Stallinger! Das hat doch nichts mit unserem Fall zu tun!«

»Abwarten. Die beiden Qigongler haben ja eben nicht einen lebensmüden Schwimmnarr vorgefunden. Hör dir mal das an: Die zwei haben gestern hier in Radolfzell unter dem Konzertsegel ihrem Schwert-Taiji und einer Vollmond-Meditation gefrönt. Sie beschwören unabhängig voneinander, dass sie gegen Mitternacht einen Wolfskopf aus dem Bodensee steigen sehen haben. Keinen aus Porzellan. Einen quicklebendigen. Wer wagt sich bloß bei so einem Unwetter ins Wasser? Der Bodensee war ja durch den Starkwind letzte Nacht wie ein unberechenbarer Berserker. Wenn Clara nicht hinter schwedischen Gardinen säße ... Man könnte ja meinen, der Nachtfraul gehe wieder um. Ist das nicht unheimlich?«

Das war es, und Marc blieb glatt die Spucke weg. Dass wieder eine Schreckensgestalt mordend durch die Bodenseeregion wütete oder sogar der Nachtfraul selbst. Kaum auszumalen.

»Kann man sich das ausmalen, Marc? Als kühnster Horrorproduzent doch nicht! Die Gestalt soll zunächst mucksmäuschenstill und regungslos hinter dem ›El Niño‹ im Wasser gehockt haben. Haargenau von ihm verdeckt. Bis auf die Wolfsohren und die Schnauze. Und angeblich so gebogene Hörner. Stell dir mal vor, du siehst in vollkommener Dunkelheit schemenhaft die Silhouette von dieser Hockestatue im Wasser. Und dann hebt sich da ein nachtschwarzer gehörnter Wolfskopf aus der Versenkung ... Wie dämonisch. Seit den Irisblütenmorden ist die Region in Sachen wolfsähnliche Dämonen besonders hellhörig. Deshalb wohl auch gleich das große Polizeiaufgebot.«

Als von Marc weiterhin jegliche Erwiderung ausblieb, sprach Stallinger einfach weiter in den Hörer. »Hauk und ich werden versuchen, vor Ort herauszufinden, was hier genau vor sich gegangen ist. Womöglich können wir weitere Zeugen ausfindig machen und etwas mehr Licht ins Dunkle dieser Wolfsgestalt bringen. Eigentlich wollten wir gleich weiter nach Überlingen zum Martin-Walser-Brunnen und nach Bodman-Ludwigshafen zur dicken Dame. Vielleicht gibt es ja am ›Bodenseereiter‹ oder an der ›Yolanda‹ Porzellanwölfe aufzuspüren.«

Gerade war Marc drauf und dran, Stallinger für die Vor-Ort-Untersuchungen aufs Genaueste zu instruieren, da surrte sein Handy. Eine WhatsApp-Nachricht kam hereingeschwirrt. Von Alicia. »Hey, Süßer, war heute am Sipplinger Berg spazieren und beim Dirndl-Shoppen in BoLu«, las Marc. Alicia nannte ihn »Süßer«, die Vorstufe zu »Schatz«. Das zauberte ihm ein Grinsen aufs Gesicht. Dort blieb es aber nicht lange.

»Ihr sucht doch diese Wolfsfiguren aus Porzellan. Schau mal hier!«, las er weiter vom Display ab. Dann scrollte er herunter zum beigefügten Bild. Ein obszön entblößter Rubenshintern. Auf den opulenten wachsbleichen Pobacken ruhten in Schräglage zwei Porzellanfiguren, die im Schein des offensichtlich benutzten Handyblitzes glänzten. Ein liegender weißer Wolf auf der linken Gesäßhälfte. Der blickte unterlegen zu dem anderen Figürchen auf der rechten Pobacke auf. Ein stolz dasitzender schwarzer Wolf, der im Begriff war, sich zu erheben.

Marc wägte ab. »Fuhrwerkt Pleschke auch schon in Radolfzell herum?«, wollte er von Stallinger schließlich wissen.

Der bejahte.

»Überlasst den Konstanzern in Radolfzell das Feld, Pleschke soll dort übernehmen. Fahrt ihr gleich nach Bodman-Ludwigshafen zur ›Yolanda‹-Skulptur«, wies Marc einen einigermaßen verblüfften Stallinger an. »Und ruft Dettmeier und das Spusi-Team hinzu.« Dann legte er auf.

Er wandte sich an Aaliyah: »In Radolfzell kam wohl gestern Nacht hinter der ›El Niño‹-Statue ein Wolfskopf mit gebogenen Hörnern aus dem Bodensee gestiefelt. Und wir haben zwei weitere Porzellanwölfe. Dieses Mal auf den hinteren Rubensbacken der ›Yolanda‹-Figur in Bodman-Ludwigshafen. Wenn die, also die Porzellanwölfe, wirklich etwas mit den Morden zu tun haben, dann suchen wir nun wohl eine weitere Leiche. Ich tippe mal auf die Gattin des Bildhauers.«

9

Ein paar Wochen später

Ein gewaltiger Wolkenbruch prasselte auf das Kopfsteinpflaster am Marienplatz nieder. Er kündigte bereits das launische Wesen des Aprilwetters an. Das Regenwasser plätscherte über die Pflastersteine und sickerte durch die Ritzen die Gasse hinunter. Spülte den Dreck von der Straße. Das Schmuddelwetter passte irgendwie ins Bild.

Ihre Ermittlungen dagegen rieselten so vor sich hin. Das fing schon einmal damit an, dass es nicht *ihre* Ermittlungen waren. Aaliyah und er, sie waren kein Team. Und Pleschke, die Pestbeule, mehr ein Dorn in der Ferse als alles andere. Sie hatten zwei kunstvoll ermorderte Leichen. Hundemasken. Einen so absolut verdächtigen Russen, dass es bis über den Himmel hinaus zum Mond und zurück stank. Einen zwiespältigen wie abgedrehten Bildhauer. Auch aufdringlich suspekt. Aber keinen Täter.

Porzellanfiguren. Das hatten sie. Im Überfluss. »Meißner« war zu Marcs absolutem Schreckenswort aufgeblüht. Noch drastischer als sein ungeliebter Spitzname »Steini«. Das zu schaffen, war eine Kunst für sich. Wie diese Wolffigürchen aus Porzellan. Das Unwort war Marc eben nicht nur wegen seiner mordshungrigen Ex-Ermittlungspartnerin ein Graus. In Sachen Wohlfühlfaktor war die aufmüpfige Kriminalkommissarin auf Probe da nur bedingt besser.

Die Porzellanwölfe stammten aus einem Auktionshaus in Lindau. Sie gehörten zu einem Sammlerstück aus sechzehn Figürchen. Diese Figurengruppe war ein Unikat und stammte wohl aus der Privatsammlung eines betuchten Konstanzers. Acht liegende weiße Wolfsfigürchen, acht sitzende schwarze. Sie waren allesamt am 19. März 2016 aus dem Auktionshaus gestohlen worden. Das hatte Sonja Versen bei ihren Recherchen in Erfahrung gebracht.

Marc hatte noch einmal Christina Ferber in der Ulmer Gerichtsmedizin aufgesucht. Auf eigene Faust, ohne Aaliyah. Schließlich hatte man ihm die Konstanzerin ungefragt aufs Auge gedrückt.

Die Gerichtsmedizinerin in ihrer eulenartigen Erscheinung hatte ihn in das Aktenlager geführt. Gemeinsam waren sie den Befund zur Leichenschau am ermordeten Kunstkurator Rudi Duttke durchgegangen. Der Mord lag zwar erst etwa dreieinhalb Jahre zurück, alle Details waren Marc aber nicht mehr präsent gewesen.

Man hatte dem Bregenzer Kunstkurator damals mit einem axtartigen Gegenstand den Schädel gespalten. Der Täter war vermutlich ein Linkshänder. Die scharfkantige Hiebwaffe war nämlich mit rechts geschwungen worden. Sie hatte Duttkes Stirn aber nicht sauber von oben getroffen. Mangelnde Koordination im schwächeren Arm. Den Hieb musste der Mörder im Schwung ein wenig verzogen haben. Und eine Ecke oder ein Zacken der Hiebwaffe war zuerst in Duttkes Stirn eingeschlagen, nicht wie bei einem präzisen Hieb die Schneide.

Weiterhin waren zwei Löcher in den Schädel eingebracht worden. Post mortem und vermutlich mit einer Art Zeremonialmesser eingepickt. Eines davon ausgehend von dem Spalt in der Stirn. Diese beiden Löcher in der Schädeldecke waren mit echtem Gold ausgegossen und gestopft gewesen. Das Gesicht des Toten war mit Glassplittern übersät gewesen. Und seine Haut am ganzen Körper mit peitschenhiebförmigen Rötungen. Laut Autopsiebericht hatten die Untersuchung des Mageninhalts und eine konfokale Lichtmikroskopie an Hautproben ergeben, dass eine allergische Hautreaktion durch Verzehr von Shiitake-Pilzen kurz vor der Ermordung diese eigenartigen Rötungen hervorgerufen hatte. Die Pilze mussten gemäß ihres Verdauungszustands etwa zwölf Stunden vor Duttkes Tod in dessen Magen gelangt sein. Sein Hausarzt hatte später zu Protokoll gegeben, dass Duttke tatsächlich unter einer drastischen Form der Shiitake-Dermatitis gelitten und der Verzehr dieser Pilze bei ihm die geröteten Streifen hervorgerufen hatte.

Und dann war da noch dieses feuerrote Hämatom links am Kehlkopf gewesen. Marc hatte die Forensikaufnahmen des Leichnams genauestens beäugt. Er hatte es nicht laut ausgesprochen, aber die Form der gekräuselten blutunterlaufenen Hautverfärbung hatte bei ihm den Eindruck eines Wolfkopfes erweckt. Mit viel Phantasie. Die Schnauze hatte nämlich gefehlt. Maik Stork, der promovierte Chemiker, hatte damals am Hämatom geringste Rückstände von Lasurit-Schwefel festgestellt. Ein Reaktionsprodukt von Lapislazuli. Zum Beispiel in Kontakt mit Hautschweiß. Und es hatte sogar ein winzig kleiner Lapislazulisplitter in dem Hämatom gesteckt.

Nun noch diese porzellanenen Wölfe. Mittlerweile derer sechs. Und sie hatten dank Aaliyahs Langfinger die Briefdepesche aus der Bussardskulptur im Kunstatelier von Hanjo von Dargatz-Gierer. Sie wirkte alt. Sicherlich. Hundsalt. Aber aus ihr war ermittlungstechnisch nur nasstrübes Geplänkel herauszulesen. Verfasst von einem Feldmarschall Wrangel. Goldenes Kegelspiel. Klushund. Pferdeschlund. Für Marc bloß sinnentfremdeter Vorarlberger Sagenschmäh. Davon hatte er seit dem Nachtfraul die Nase gestrichen voll. Wobei ihn dieses ominöse Kegelspiel schon stutzig werden ließ. Das war ihnen bei den Ermittlungen in den Fasnachtsvereinen zum Mordfall Duttke ja auch schon begegnet.

Der Schlaufenknoten an der Hundemaske, die man auf Balthasars zertrümmertem Kopf gefunden hatte, stützte die These von einem Linkshänder als Täter. Die erste Schlaufe war nämlich laut Befund der Forensiker links anstatt wie üblich rechts geformt worden.

Warum konnte das Nass des Himmels nicht einfach auch den Dreck aus seinem Leben spülen? Weit gefehlt. Der Schmutz aus seinem Seelenfundus sollte heute ans Tageslicht befördert werden. Und das war leider kein Aprilscherz. In den hintersten Ecken würde man kehren.

Marc saß in einem Streifenwagen. Nicht zum ersten Mal. Aber zum allerersten Mal in seiner Laufbahn auf der Rückbank. Die Höllenfahrt mit Aaliyah in ihrem Luxusflitzer steckte ihm noch immer in den Knochen. Verglichen damit kam ihm die Eskorte im Polizeifahrzeug wie eine quälend lange Kaffeefahrt vor. Er musste heute den gefürchteten Gang in die Hallen der Verdammnis antreten. Als Opferlamm zur Schlachtbank.

Der Fahrer des Streifenwagens drehte seinen schweißüberzogenen, klobigen Kahlkopf zu Marc. »Also, Herr Schdoigruber, mir kenned Sie hier ned nauslassa. Da werred Se ja glatt no gschlachded und vermeddzgad von der Presse und von de Leit. Des däd a scheenr Schbießruadalauf worre.«

Sein schlankerer, uniformierter Lulatschkollege pflichtete ihm eifrig nickend bei.

Marc linste hinter dem Leitzordner hervor. Sofort schossen ihm die bläulich grellen Blitze der Fotografen entgegen. *Flatsch!* Gleich darauf zerschellte direkt vor seinen Augen ein rohes Ei an der Scheibe des Streifenwagens. *Flatsch!* Dann ein zweites. *Flatsch!* Und ein drittes. Ein beachtlicher Mob stampfte sich dort vor den Türen des Gerichtsgebäudes in Rage.

»Die Polizei, dein Feind und Henker! Der Killercop steckt doch mit der ›Bestie vom Bodensee‹ unter einer Decke. Ein einziges Mordkomplott!« Die adrenalingeladene Barfußdemonstrantin mit den vogelwild gefärbten Dreadlocks und dem dornigen Halsband ließ ihrer Wutparole zwei weitere Eier folgen. *Flatsch! Flatsch!* Deren Sülze verteilte sich auf der Windschutzscheibe.

Entschieden wendete der dickliche, schwitzende Polizist den Streifenwagen und bog gleich hinter der evangelischen Stadtkirche nach rechts in die Kohlstraße ein. Wieder scharf rechts auf den Parkplatz.

Der plauzige Fahrer drehte sich abermals zu Marc herum. Schweißschlieren zierten seine Wangen und sein Doppelkinn trotz des lausig kalten Aprilwetters. »Do wärad mir also. Die Lieferung sicher und unbschaded ans Ziel brochd. Und mir fahrad jeddz erschd amol durch d'Waschschdroß. Hals- und Fuaßbruch! Gloddzbebbele zua und duure!«

Unmotiviert manövrierte sich Marc von der Rückbank aus dem Fahrzeug hinaus. Schweren Schrittes betrat er durch die Gittertür den Innenhof des Landgerichts und steuerte den kleinen gepflasterten Anstieg zwischen Gebäudewand und begrüntem

Parkstreifen hinauf auf den Seiteneingang des Nordflügels zu. Nicht zum ersten Mal trat er als Ermittler den Gang zum Landgericht Ravensburg an. Eigentlich Routine. An einem normalen Tag. Unter anderen Umständen. Er fühlte sich unwohl.

Unbehagen stieg in Marc auf. Es war ein anderer Ort. Eine andere Atmosphäre. Seit den Geschehnissen im vergangenen Jahr. Seitdem war nichts mehr, wie es einmal gewesen war. Marcs Sandburg. Kein Körnchen war auf dem anderen geblieben. Einst waren hier der Kreuzgang und der Klostergarten des ehemaligen Karmeliterklosters gelegen gewesen. Diese Atmosphäre, das asketische Pathos, merkte man dem sanierten Gemäuer noch immer an. Und genau diese Atmosphäre war es, die unendlich düstere Erinnerungen aus dem tiefen See der Taubheit an die Oberfläche holte.

Marc taumelte. Der Innenhof drehte sich. Oder drehte er selbst sich? Er kniff die Augen zusammen und vergrub seine Stirn in den Handflächen. Sein Schädel hämmerte, und seine Ohren pfiffen wie ein Schnellkochtopf. Er öffnete die Augen wieder und blinzelte verstohlen. Er sah sich an Ort und Stelle stehen. Nur dass sich der kopfsteingepflasterte Innenhof des Landgerichts mit den Rosen und Hortensien in den Blumenrabatten in den Kreuzgang des Gevierts am Kloster Sanct Emerita in Tübach verwandelt hatte. Eingetaucht in die Sonnenstrahlen dieses Sommertages damals im August, bevor sich das Gewitter am vormals wolkenlosen Himmel zusammengebraut hatte. Mit dem akkurat gestutzten Rasen und den Lorbeersträuchern. Einer in jeder Ecke. Mit den kreuzförmig aufeinander zulaufenden Kiespfaden und den kreisförmig angeordneten Beeten. Und im Zentrum des Blumenkreises aus roten Edelnelken in der Mitte der Brunnen mit der Marmorstatue der heiligen Anna und ihrer Tochter, der Jungfrau Maria, an ihrer Hand. Marc sah sich dort in seinem königsblauen Poloshirt und der Jeanshose auf dem Beckenrand des Brunnens sitzen. Gebrochen. Verletzlich. Er hatte geahnt, dass Clara die »Bestie vom Bodensee« sein musste. Wie lange hatte er es geahnt? Es in sich getragen? Dem sollte heute schmerzlich auf den Grund gegangen werden. Schwäbische Kehrwoche …

Marc blinzelte erneut. Die Szenerie vor seinen Augen begann zu bröckeln. Wie ein Kartenhaus fiel sie im Brausen des Windes in sich zusammen und verschmolz mit den Regenkugeln, die munter auf den Kiel seines Schirms prasselten. *What a pretty shitty day.*

Er atmete tief durch. Er hatte seinen Bart zurechtgestutzt, seine schmalzlockige Haarpracht im Friseursalon seines Vertrauens auf Vorfrühling trimmen lassen und seinen feinsten Zwirn aus der Garderobe entführt. Augen zu und durch. Dort herinnen war schon so mancher Verbrecher hinter Schloss und Gitter gebracht worden. Mörder, Erpresser, Vergewaltiger, gemeingefährliche Rocker. Und nicht zu vergessen die denkwürdige Wortklauberei um das »bekömmliche Bier«. Auch sie war dort drinnen ausgefochten worden. Peanuts gegen das, was ihn erwartete. Was ihm hinter dieser Tür bevorstand, war alles andere als bekömmlich. Er betrat das Justizgebäude.

Marc klebte förmlich auf dem Stuhl. Sein Anzug fühlte sich klitschnass an. Das bordeauxrote Wollfresko von Sakko und Hose war ebenso wie sein Hemd schweißgetränkt. Sein Höllenstuhl stand hinter dem kleinen weißen Tischchen des Zeugenstandes. Ihm gegenüber saßen gestrengen Blickes die drei grauen Eminenzen der Strafkammer in ihren schwarzen Roben und die beiden Schöffen in Zivil, ein rüstiger Hosenträger-Er und eine Kaffeefahrten-Tante, am in Filz gehüllten Richtertisch. Die vier kunstvoll verzierten Gusseisensäulen mit weißem Anstrich in der Mitte des Schwursaals, die raumhohen cremefarbenen Vorhänge und der eierschalenfarbene Wandanstrich hatten längst aufgegeben gegen die düstere Atmosphäre, die in diesem Raum wie eine alles erdrückende Dunstglocke Einzug gehalten hatte.

Die vergangenen vier Stunden hatte er sich von Staatsanwalt Holger Carsten zu den grausigen Taten von Clara Meißner durch die knirschende Fragemühle drehen lassen müssen. All die verabscheuungswürdigen Taten seiner Ex-Kollegin waren auf den Tisch gekommen. Tausende von Seiten Prozessakte in zehn roten Schnellheftern. Zu den Tatortbegehungen und den Leichenfunden hatte er sich geäußert. Und er hatte kein auch noch so schreckliches Detail ausgelassen. Mechanisch und unerbittlich hatte er über die Mordserie gesprochen, die sich so vehement in seine Seele eingebrannt hatte. Sich in seinem Gedächtnis eingenistet hatte wie ein hartnäckiger Tumor.

Marc hatte gerade das gefühlt zehnte Glas Wasser seine Kehle hinuntergespült. Er fühlte sich wie eine ausgepresste Zitrone. Die unangenehm stochernden Fragen hatten ihn gewaltig durchgewalkt. Jetzt konnte er es kaum erwarten, vom Vorsitzenden Richter vom heißen Stuhl entlassen zu werden. Dem Staatsanwalt hatte er doch nun wirklich über Gebühr Rede und Antwort gestanden. Er musste raus aus dieser Dunstglocke. Durch diesen Gerichtssaal kroch der Fluss des Schmerzes. Das Schluchzen von Angehörigen der Opfer. Marc war es nicht entgangen. Wie es unter seinen Schilderungen angeschwollen war. Immer lauter, immer schriller. Ehe es versickerte. Er konnte sich das aufgeschwemmte, tränenverschlissene Gesicht einer Witwe nur allzu gut vorstellen. Dann das schwächlich schlurfende Geräusch ihrer Absatzschuhe, als man sie aus dem Saal hatte führen müssen.

Marc musste raus an die Frischluft. Aber er konnte hier vor Gericht doch nicht einfach den Trapattoni geben. Ein saloppes »Ich habe fertig!« würde man ihm nicht durchgehen lassen. Sosehr er sich das auch wünschte.

Es war die bis ins Unermessliche getriebene, unerträgliche Stille rechts neben ihm, die Marc den Schweiß aus jeder Pore wrang. Clara hatte die ganze Zeit über ungerührt wie ein zugefrorener Teich auf der Anklagebank verweilt. Geduckt hinter einem zum Schutzwall aufgerichteten Aktenordner. Das hatte er aus dem Augenwinkel erhascht. Wie feige. Aber was hatte er denn erwartet? Dass sie ihm übers Maul fährt? Ihm Paroli bietet und ihm lautstark widerspricht? Dass alles nur ein schrecklicher Alptraum war? Sich alles in Wohlgefallen auflösen würde? Dass sie wie von Sinnen gehandelt und der Teufel höchstpersönlich ihre Hand fehlgeleitet hatte? Zumindest gehofft hatte er es. Inbrünstig. War das hier wirklich ein Frühlingsopfer, so hatte Clara das Tanzbein ganz und gar aus freien Stücken geschwungen. Und auch für ihn sollte diese Farce hier kein zweiter Frühling werden – wobei der erste bei diesem anhaltenden Regenguss noch gar nicht begonnen hatte.

Der Hanswurst von Strafverteidiger, der bislang dem Schlaf der Gerechten gefrönt hatte, räusperte sich urplötzlich. »Hrrrhmmm. Herr Steingruber, warum haben Sie all das eigentlich zugelassen? Hätten Sie nicht etwas bemerken müssen? Hätten Sie all das nicht verhindern können?«

Ja war denn dieser Kerl von allen guten Geistern verlassen? Hatte diese Flitzpiepe gerade allen Ernstes das Warum-Geschütz aus der Versenkung gehoben und auf ihn abgefeuert?

Marc sprang wie von der Tarantel gestochen von seinem Stuhl auf. So schnell konnten die Justizvollzugsbeamten im Saal die Situation gar nicht überblicken. Schon hing er halb über der Anklagebank und packte diesen Quacksalber am Kragen. Ehe er sich wieder im Zaum hatte, hörte er sich auch schon brüllen. »Warum! Warum! Warum ist die Banane krumm und deine Frage dumm?« Er schüttelte den schmächtigen Anwalt einmal durch. »Wenn du so ein neunmalkluger Tausendsassa bist, wieso hast dann nicht *du* das Herummorden verhindert, du Sesselfurzer!«

Marc ließ von dem Hansel mit der geschniegelten Ministrantenfrisur ab und wandte sich um. Er hatte noch nicht fertig. Ihm schwoll nun so richtig der Kamm. Sein bebender Zeigefinger schwenkte hinüber auf den Gerichtsfotografen mit seinem riesenhaften Teleobjektiv. »Das macht dir Spaß, oder? Du hältst gerne das Leid anderer hochaufgelöst in Farbe fest, was? Immer schön medienwirksam Elend und Jämmerlichkeit in Szene setzen! Wo wart ihr Pressefuzzis eigentlich, als dieser meuchelnde Sturm durch die Region gefegt ist? Euch Schmeißfliegen hat man immer erst in der Schneise der Zerstörung zu Gesicht bekommen! Wie die Geier, die sich erst dann in die Lüfte erheben, wenn das Aas bereits vor sich hin siecht! Was habt ihr denn bitte schön zur Aufklärung der Mordserie beigetragen?«

Jetzt brachte ihn nichts mehr in den Zeugenstand zurück. Bislang hatte er dort den Blick nach rechts tunlichst vermieden. Aber Claras unerträgliches Schweigen hinterm Vorhang machte ihn ganz kirre. Er stolperte wieder auf die Anklagebank zu. »Und du, mach endlich deinen verdammten Mund auf!« Es reichte ihm endgültig. Clara hatte gefälligst endlich reinen Wein einzuschenken.

Er riss ihr den Aktenordner aus den Händen und pfefferte ihn einmal quer durch den Schwurgerichtssaal. »Du, duuuh, oh, du …« Ach du heiliges Kanonenrohr. Marc blieben die Worte im Rachen stecken. Wie sah *die* denn aus? Keine Teufelsfratze. Kein Todesblick. Von alldem war nichts zu sehen. Nur ein blaufleckiges Potpourri an Blessuren. Verbeulte Wangen. Aufgeplatzte Lippe. Nicht die Bestie im Käfig, die Marc erwartet hatte. Vielmehr das Gemälde einer saftigen Knastprügelei. Mit schmerzhafter Handschrift. Einer, der ein so grausamer Todespfad nachhing, versagten die Knastschwestern offensichtlich das Band verschworenen Zusammenhalts. Und eine der Mitinsassinnen hatte wohl die Gunst der Stunde genutzt, als man Clara für den Prozess aus ihrer Isolationszelle herausgeholt hatte.

Für einen weiteren Moment ließ der Kriminalhauptkommissar seinen Blick auf Clara ruhen. Da bedachte sie ihn mit einem Lächeln. Kein argwöhnisches. Befangen, gequält und von den aufgeplatzten Lippen abgerungen. Und triefend vor Mitleid. Nein, nein, nein! Das durfte nicht sein!

Marc rauchte die Rübe. Alles drehte sich. Das gleißende Licht an der Decke. Die weißen Säulen in der Raummitte. Die Vorhänge. Die Menschen im Saal. Alles verschwamm zu einem einzigen schwirrenden Schweif. Marc taumelte durch diesen Einheitsbrei. Direkt vor das Teleobjektiv. Seine Nase titschte gegen die Frontlinse. Der Pressegeier. Geier. Greifvogel. Bussard. Er watete durch eine Bouillabaisse fiebrigen Wahns.

Ein Bussard. Marcs Blick schnellte hinüber zum Vorsitzenden Richter, »Doktor Z«. Claras Marotte, Menschen mit Leuten aus dem öffentlichen Leben zu vergleichen, war Marc echt in Fleisch und Blut übergegangen. Der Richter hatte mit seiner runden Brille und dem grauen Walrossbart tatsächlich verblüffende Ähnlichkeit mit dem Automobiltycoon außer Dienst aus dem Spätzleland des aufgehenden Sterns. Dort über ihm – hockte da oberhalb seiner kahlen Platte nicht ein Bussard auf dem mittleren Zacken des Landeswappens? Marc riss die Augen weit auf. Schreckhaft deutete er auf das gusseiserne Schild mit den drei Löwen an der Wand.

Der Greif erhob sich von seinem Ansitz und schwang sich im Sturzflug durch den Gerichtssaal. Mit seinem gebogenen Schnabel voraus rauschte er pfeilgerade auf Marc zu. Hiäääh, hiäääh, hiäääh! Laut kreischend kündigte sich der Bussard an.

Marc schlug die Hände über dem Kopf zusammen und duckte sich weg unter den Zeugentisch. Ein bestürztes Raunen ging durch die Zuschauerreihen. Er sah von unter dem Tisch den brüskierten Gesichtsausdruck von Richter Hofmeyer. Der fuhr sich mit der Hand durch seinen Schnauzer und musterte Marc eindringlich. Offensichtlich wurde er aus ihm nicht schlau. Hatte er sich diesen vermaledeiten Flattermann etwa nur eingebildet?

»Herr Steingruber! Mäßigen Sie Ihren Ton und kommen Sie zur Vernunft!«, drang die beschwichtigende Stimme des Richters gedämpft hallend zu ihm unter den Tisch hinab.

Eins zu null für das Plädoyer zur Meschugge-Theorie. Bei ihm brannten wohl allmählich die Sicherungen durch. Aber das musste ja so kommen. Es war das erste Mal, dass er Clara seit ihrer Festnahme wiedersah. Er zwängte sich wieder unter dem Zeugentischchen hervor.

Sein Blick verharrte auf ihr. Länger als nötig. Seine Augen waren an die ihrigen geheftet. Schwarze Stoffhose. Schwarzer Blazer. Sie war ganz in Finsternis gehüllt. So wie es die Öffentlichkeit von ihr verlangte. Ihr rotes Haarband mit weißen Punkten und die goldenen Kreolen waren die einzigen kärglichen Farbtupfer im Dunkelland ihrer Aura. Stumme Schreie der Menschlichkeit. Ihre gefühlskalte Miene. Leer. Sie war ein Eisbrocken. Keinen Funken Reue. Clara trug nicht einen Deut Schuldbewusstsein in sich. Und das trieb in Marc die Galle hoch.

Er kratzte sich selbst vom Boden des Gerichtssaals auf. Tränenerstickt schrie sich seine Wut ihren Weg nach außen. »Die ›Bestie vom Bodensee‹! Dass ich nicht lache! Kann nur eine Bestie zu so üblen Grausamkeiten in der Lage sein? Wie grotesk! Wie billig! Clara ist keine Bestie! Sie ist ein Mensch! Mit all ihren Grausamkeiten. Aber sie ist ein Mensch wie wir!«

Entsetzte Münder. Eine Welle der Empörung schwappte durch den Raum und ließ den Fluss des Schmerzes zu einem reißenden Strom anschwellen.

»Sie ist ein Mensch! Ein Mensch! Ein Mensch! Ein Mensch! Sie ist eine M…« Weiter kam Marc nicht. Das Finale seines feurigen Plädoyers blieb unvollendet. Schlaff klappte er zusammen. Dornröschenschlaf.

***

Marc fand sich auf einer Polstersitzbank im Eingangsbereich des Landgerichts wieder. Kaltnasse Wasserperlen stachen auf seinen Schläfen. Einer der Justizvollzugsbeamten musste ihn hierherverfrachtet und ihm ein feuchtes Tuch auf die Stirn gelegt haben.

Schallendes Klatschen tönte durch die Vorhalle und meißelte sich wie ein feuriger Trommelwirbel in seinen Brummschädel ein. »Ein Mörderpuppensympathisant! *Prekrasno! Ja pasdrawláju!* Bravo, Bulle! Ich gratuliere!«

Dumpfe Schritte hallten wie Paukenschläge über den steingefliesten Boden. Sie ließen Marcs schmerzendes Haupt zerbersten. Es flimmerte ihm vor den Augen. Schemenhaft nahm er eine breit gebaute Statur vor sich wahr. Kahl geschorener Kürbiskopf mit kantigen Gesichtszügen. Boxerzinken und Stiernacken. Vor ihm machte sich Kanyuk lang.

Ein gepfefferter Schulterklopfer. »*Oy blin*, Bulle! Verdammt, ich habe gar nicht gewusst, dass so ein Teufelskerl in dir steckt!«

Kanyuk hier im Landgericht? Hatte er etwa der Gerichtsverhandlung beigewohnt? Das Verfahren war nur bestimmten Interessenkreisen zugänglich. Kanyuk traute er aber zu, sich den Zugang ergaunert zu haben. Gesehen hatte er ihn in den Zuschauerreihen jedenfalls nicht. Allmählich zweifelte er tatsächlich an seinem Verstand. Der Klopfer mit Wumms hatte sich allerdings ganz real angefühlt. Sein rechtes Schulterblatt pulsierte noch immer.

Und auch der Spuckeklumpen in seinem rechten Auge fühlte sich echt an. Verdächtig glitschig. Ein weiterer Schemen hatte sich ihm ziemlich energisch genähert. Frau Hübner, die Witwe des Abtreibungspapstes. Und sie hatte ihn doch glatt angespuckt. Wer konnte es ihr verübeln? Marc jedenfalls nicht. Und er konnte auch Kanyuk nicht widersprechen. Er hatte sich gerade im Gerichtssaal wie ein gottverfluchter Mörderpuppensympathisant aufgeführt.

»*O bóže*, Bulle! *Slovo serebro. Molchaniye zoloto.*«

Marc blinzelte Kanyuk zu. Mit seinem dunkelblau melierten Nadelstreifenanzug und den gebohnerten, adretten Oxford-Schuhen ließ der den Geschäftsmann raushängen.

»Oje, Bulle. Reden ist Silber. Schweigen ist Gold!« Hämisch grinsend präsentierte Kanyuk dem Ermittler die goldenen Beißerchen in seinen sonst weißen Kauleisten. Ehe er das Weite suchte, wandte er sich ihm noch einmal zu. »Apropos goldenes Schweigen. Weshalb ist der feine Herr Bildhauerpinkel eigentlich noch auf freiem Fuß? Vielleicht nimmt er sein Handwerk zu wörtlich? Sie wissen schon … hauen … mit dem Holzschlegel. Wie die Fischer mit ihrem Fischtöter.« Wieder dieses selbstgefällige Grinsen aus seiner Visage. »Oder der Springreiter. Vielleicht hat ihn die Mordlust geritten. *Darwai, darwai*, Bulle! Haha! Mach dich nützlich und lass die Handschellen klicken!«

»Welcher Springreiter?«

»Das Herumschnüffeln musst du schon selbst übernehmen, Bulle!« Kanyuk tippte sich mit dem rechten Daumen gegen die Stirn. »Oder hast du dafür schon zu viel Matsch in der Birne?«

Marc erhaschte einen Blick auf den Siegelring, der auf dem wurstigen Würgefinger steckte. Auf der eingefassten Goldplatine prangte ein extravagantes blaues Figürchen. Doch ihm war immer noch ganz schwummrig vor Augen. Er erkannte die Kontur des Steins nicht richtig, aber mit Sicherheit war das ein Wolfskopf. Ob im Traum, aus dem Radio heraus, als Meißner Porzellan oder eben in einen Ring eingefasst. Der Wolf klebte Marc ebenso an den Fersen wie der Bussard.

Gerade war aber eher Marc der Flattermann. Er sprang von

seinem Stuhl auf und packte Kanyuk am Kragen. Darin hatte er heute ja schon Übung. »Du hast ihn auch gesehen? Sag es! Dort drinnen! Den Bussard! Sag es!« Beherzt schüttelte er den steroidelastigen Fleischberg durch.

Die selbstgefällig dreinblickende Visage des Haudegens fror zu einer missgestimmten Grimasse. »*Yebat' tebya!* Fahr zur Hölle, verrückter Bulle!« Die pfundige Kopfnuss traf Marc perfekt. Dann schlenderte Kanyuk munter pfeifend mit den Händen in den Hosentaschen an ihm vorbei zum Ausgang.

Straßengangster von diesem Kaliber waren alle vom selben Schlag. Klotzen statt kleckern. Und Marc kleckerte aus der Nase. Rostrote Tropfen kullerten heraus. Sie perlten auf seinen Anzug und verloren sich auf dem bordeauxroten Revers wie die Regentropfen aus den tauverhangenen Fellzotteln des Wolfs aus seinem Traum in den Weiten eines Nebelmeeres.

Der »Wanderer über dem Nebelmeer«. Das berühmte Gemälde von Caspar David Friedrich war es gewesen, das damals aus der Hamburger Kunsthalle nach Japan geschmuggelt worden war. Und damit Clara Meißner auf den Plan gerufen hatte. Marc hatte selbst in den von milchigem Dunst durchzogenen zerklüfteten Abgrund geblickt. Zu lange. Jetzt blickte der Abgrund in ihn hinein.

»Hier, bitte! Das stoppt die Blutung!«

Marc griff nach dem Papiertaschentuch, das ihm gereicht wurde. Er rupfte es mehrfach entzwei und stopfte sich die zusammengedrückten Stückchen in seine blutende Nase. Dann lenkte er seinen Blick in Richtung der Stimme. Hanjo von Dargatz-Gierer. Marc hatte seine Anwesenheit bislang gar nicht bemerkt.

In einer senffarbenen Weste, die Ärmel seines weißen Flanellhemdes hochgekrempelt, inspizierte der Bildhauer gerade eine in die Jahre gekommene hölzerne Statue. Ein barockes Ebenbild des Christus als Weltenretter. Das Gewand rissig. Die linke Nasenhälfte war abhandengekommen. Ebenso die segnende Hand und die beiden Füße. Im Vergleich dazu ging es Marcs blutender Nase ja noch richtig gut.

»Der Salvator Mundi. Ich soll dem guten Knaben zu altem

Glanz verhelfen. Die Kittstellen im Holz und die Risse im Gewand ausbügeln.« Der Bildhauer ließ seinen fachkundigen Blick über die Holzfigur schweifen. »Neue Fußpatscher kriegt er. Freilich auch eine neue Nase. Und die segenspendende Flosse nicht zu vergessen. Ansonsten hängt im Landgericht am Ende noch der Haussegen schief. Aber nach Ihrem Auftritt gerade eben … Bei einer solchen Schieflage kann wohl auch der ehrenwerte Heiland nicht mehr viel geraderücken. Wissen Sie, ich restauriere gerne mit Eichenholz. Eine deutsche Eiche haut so schnell nichts um. Ganz im Gegensatz zu Ihnen.«

Er stand vor der Holzstatue und hielt seinen weißen Panamahut andächtig in den Händen. »Der gepinselte Salvator Mundi. Sie wissen schon, der da Vinci. Das teuerste Gemälde der Welt. Ging bei Sotheby's für stolze vierhundertfünfzig Millionen Dollar über den Auktionstisch. Jetzt ist es verschollen.« Ein verschmitztes Grinsen machte sich auf seinen Lippen breit. »Ein Mastermind, wer diesen Coup geplant hat. Meinen Sie nicht, Herr Kommissar?«

Marc war zwar noch immer mit seiner in Mitleidenschaft gezogenen Nase beschäftigt, dennoch traute er seinen Ohren kaum. »Sie schildern hier Kunstverbrechen in hochkarätigem Stil!«

Ein abfälliger Seufzer. »Ein Bündel Geldscheine ist wie ein Nervenbündel. Labil und instabil. Es unterliegt Stimmungsschwankungen. Gerade *Sie* müssten das doch bestens verstehen. Inflation verbrennt Moneten zu Asche. Frieden den Wert von Öl. Und neuerdings diese Kryptocoins. Wenn der Visionär einmal niest, der Kurs durch die Decke schießt. Wenn dann aber ein twitternder Start-up-Prolet dreimal bellt und der Kurs drastisch in den Keller fällt … Mit Geld kann man eine schicke Uhr kaufen, aber nicht die Zeit. Es gibt nur zwei Dinge, die seit jeher in allen Winkeln der Erde als beständig wertvoll gelten. Gold und Kunst. Sie haben all die Jahrhunderte überdauert. Beide haben ihre Liebhaber. Beide haben ihre Jäger. Beide haben ihre Räuber!« Der Bildhauer schenkte Marc ein Augenzwinkern.

»Ist das so? Geld regiert doch die Welt.«

»Und Kunst regiert das Geld. Die Kunst herrscht überall.

Sehen Sie, Herr Kommissar, deshalb meine Skulpturen. ›Die unstillbare Gier‹. Geld lässt die sieben Todsünden prächtig gedeihen. Aber die sieben Tugenden verhungern dabei am kurzen Arm. Die Kunst, mein Lieber, vermag die unstillbare Gier zu stillen. Die der Tugendhaftigkeit. Der Mammon ist für den Mist. Kunst ist für die Ewigkeit.«

»Kunst also, hm? Die van Goghs, da Vincis und Rembrandts haben sich ja auch zum Exportschlager in die Unterwelt gemausert. Und, nun ja, goldgierige Gangster und Ganoven gab es schon zur Zeit Gonzalo Guerreros.«

»Die spanischen Konquistadoren und ihr Goldfieber. Werter Herr Kommissar, so viel Gewogenheit für die Historie hätte ich Ihnen gar nicht zugetraut. Die einen verfügen über das edle Gemüt eines Gonzalo Guerrero. Die anderen folgen dem Ruf des Goldes. Wie einst Hernán Cortés.«

Marc rang noch immer mit dem Schädel- und Nasenweh. »Sie griffen nach dem Gold wie Affen. Gierig wie ausgehungerte Schweine. So ist es doch von den Azteken überliefert, nicht wahr?«

»Da hat jemand während seiner Suspendierung wohl den Dokukanal für sich entdeckt«, konterte der Bildhauer.

Fast. Marc hatte es vor zwei Tagen im Gähnteil der Tageszeitung aufgeschnappt.

»Sosehr ich dieses Wortgefecht auch schätze. Jetzt ist die Geschichtsstunde vorbei«, gab sich Hanjo von Dargatz-Gierer eingeschnappt. »Wenn Sie so fernsehaffin sind, habe ich für Sie ein echtes Filmschmankerl. ›Im Auftrag des Teufels‹. So wie Sie heute den Advocatus Diaboli für Ihre Mörderpuppe gemimt haben, werden Sie den Streifen lieben!«

Marcs Puls schnellte in die Höhe. »Ich habe nicht … Sie ist nicht …« Er brachte es nicht fertig. Er mühte sich zum Ausgang. Er musste weg von diesem Ort.

Welcher Teufel hatte ihn da geritten? Im Eifer des Gefechtes mit dem seltsamen Kauz von Bildhauer hatte Marc doch glatt den medialen Ansturm vor dem Landgericht vergessen. Er war so schnell von den beängstigend monströsen Kameralinsen und puscheligen Mikrofonköpfen umzingelt, so schnell hatte er sich gar nicht zurück in das Innere des Landgerichts verkriechen können.

Schon prasselten die tief stochernden Fragen auf ihn ein. Wieso, weshalb und sowieso. Mitgefühl hatte der wütende Mob, der sich hinter den wissbegierigen Berichterstattern aufgebaut hatte, für ihn gewiss nicht übrig. Dafür aber schon wieder Eier. Die flogen dem gebeutelten Ermittler jetzt um die Ohren. Er musste sich wegducken. Trotzdem titschte eines der weißen Dinger auf seiner Brust auf und verteilte seinen glibberigen Inhalt auf seinem bordeauxroten Sakko.

Marc ortete die Quelle des Wurfgeschosses. Ein Maskenträger. Nachtfarbener Wolfskopf. Ihm waren Ketten um den Unterkiefer gewickelt und in die spitzen Dreiecksohren und die Dämonenhörner eingehakt. Aus den schwarzen Fellzotteln um die Maske herum dampfte so etwas wie von Räucherstäbchen heraus. Marc bildete sich ein, die Ketten sogar aus der wütenden Menge heraus rasseln hören zu können.

»Mörderkomparse! Mörderkomparse! Mörderkomparse!« Der Mob hatte sich bedrohlich zusammengerottet und schrie sich nun im Sprechchor in Rage. Ein aufdringliches, angsteinflößendes Brüllen legte sich darüber. Nicht menschengemacht. Kernig. Betörend blechern. Motorgrollen. Die Rettung! Der Kampfschrei eines bärenstarken Achtzylinders unter der Haube von Aaliyahs grüner Mamba. Die kam genau im richtigen Moment.

Nach einem spektakulären Turn brachte Aaliyah ihren Flitzer hinter dem Mob zum Stehen. Die meisten der Tobsüchtigen waren von dem giftigen Motorkrachen eingeschüchtert. Die Gelegenheit für Marc, zu türmen. Da musste er nicht zweimal überlegen. Er nahm seine Beine in die Hand und hastete dem rettenden Ufer entgegen. Behände hechtete er ins Wageninnere und legte die Beifahrertür ins Schloss. »Schnell, fahr los! Aaliyah, du kannst dir nicht vorstellen, wie viele tausend Tode ich in diesem Gerichtssaal gestorben bin!«

»Echt jetzt? Wie wäre es mit einem Dankeschön? Oh, Aaliyah, danke, dass du mir trotz meines Charmes einer Dackelkrawatte den Hintern gerettet hast. Wenn diese Eiersülze auch nur ansatzweise auf das Sitzleder gelangt, kratze ich dir die Augen persönlich aus! Damit das klar ist, du Jammerlappen!«

Klatsch! Klatsch! Zwei Einschläge. Das Geräusch zerschellender Eierschalen auf dem Lack.

Aaliyah belegte Marc mit dem martialischen Blick einer angriffslustigen Tigerdame. »Und noch etwas: Hat Mama dir nicht gesagt, dass die heile Welt nur im Märchen existiert?«

Marc lag ein messerscharfer Spruch zu Aaliyahs eigener orientalischer Herkunft auf der Zunge. Von wegen weichgespülte Sagen aus Tausendundeiner Nacht. Morgenlandverklärtheit. Er ließ den Rüffel aber stillschweigend über sich ergehen. Insgeheim sehnte er sich sogar nach verklärten Träumen. Stattdessen hatte er gefühlt schon tausendundeine Nacht wegen seines wiederkehrenden Alptraums sein Laken vollgeschwitzt. Neuerdings mit dem kolossal monströsen Wolf und dem Bussardvieh. Marcs Welt war nicht romantisch. Seit er Clara kannte, war sie grausam wie so manches Grimm'sche Märchen.

»Sag mal … du solltest doch heute bloß gegen die Killertrulla aussagen. Und jetzt bist du Staatsfeind Nummer eins? Wie konntest du das so grandios vergeigen?« Aaliyah beäugte die Taschentuchfitzel in seinen Nasenlöchern. »Hast du dir bei der ›Bestie vom Bodensee‹ eine blutige Nase zugezogen?«

»Sie ist keine –«

»Aaalles klar! Du hast sie also verteidigt. Kluges Kerlchen … Damit hast du sicher die Kuh vom Eis geholt, Mister Sympathie.« In Sachen Ironie drückte Aaliyah ebenso auf die Tube wie bei ihrem Gaspedal.

Marcs schwitzige Hand fuhr in die Innentasche seines Sakkos. Dort hatte er eine Notration seines Antidepressivums verstaut. Ein beherzter Schlenker. Der Blister entglitt Marcs zittrigen Fingern und purzelte in seinen Schoß.

»Sachte, Brauner, ganz sachte! So vollgedröhnt bist du nur ein Klotz am Bein. Wir haben einen Fall zu lösen! Ich war heute nochmals in der Ulmer Rechtsmedizin. Der Befund zur Liegezeit war fertig.«

Marc war zu schlapp, um aus der Haut zu fahren. Dabei war er stinksauer.

»Die Erkenntnisse werden uns jedenfalls nicht so einfach in den Schoß plumpsen. Der Steinmetz wird uns nicht mehr verraten, weshalb er ausgerechnet dort unten im Fettabscheider sein Fett weggekriegt hat. Der Gute wurde eiskalt eingeseift. Verseiftes Körperfett. Die Lipidbildung lässt tatsächlich Rückschlüsse auf den Todeszeitpunkt zu. Die Untersuchung war wohl gar nicht so trivial. Schließlich landen nicht allzu oft Leichen in einem Fettabscheider. Da ist es schon wahrscheinlicher, dass ein verirrtes Wildschwein in einem Klärbecken verendet.« Aaliyah fuhr sich mit der Hand durch ihre linke, nicht kurz geschorene Haarhälfte.

»Frau Ferber konnte aber den Zustand unseres Toten mit den Werten einiger anderer Leichen aus Abwasserbecken vergleichen. Dieser aufwendige Abgleich hat nun einige Zeit in Anspruch genommen. Ihr Befund stützt sich auf die Umwandlung des Körperfetts in Palmitin- und Sterinsäuren sowie in deren Kalzium- und Magnesiumsalze. Sie meint, dass unter der Berücksichtigung der Wassertemperatur im Fettabscheider und nach dem Grad der Fettwachsbildung auf eine Liegezeit von etwa sechs bis zehn Wochen geschlossen werden kann. Das deckt sich mit unserer Vermutung, dass der tote Steinmetz tatsächlich um den zwanzigsten Dezember herum durch den offenen Kanalschacht in den Fettabscheider auf der Mainau gelangt sein muss.«

Diese Klugscheißerin. Aus Aaliyah sprach eindeutig Christina Ferber. Die Forensikerin musste sie ja wirklich bestens über die Wachsleiche aufgeklärt haben.

»Frau Ferber lässt dich übrigens herzlich grüßen. Sie wünscht dir gerade jetzt viel Kraft.«

Gefühlsduseleien wollte Marc im Moment nicht hören. Fakten. Die mussten auf den Tisch. »Was wissen wir zur Todesursache? Was ist mit der Bussardstatue von diesem Bildhauer? Kann er damit seinen Steinmetz zu abstrakter Kunst geklopft haben?«

Über diesen trockenen Berufssarkasmus konnte Aaliyah nur den Kopf schütteln. »Nein. Laut Frau Ferber wurde der Schädelbruch nicht durch spitze Schlageinwirkung herbeigeführt. Die Bussardskulptur hat überall Ecken und Kanten. Unserem Toten aus dem Schacht muss eher ein flächiger Gegenstand, etwas richtig Großes und Sackschweres, auf die Murmel gekracht sein. Moment …«

Jetzt fummelte Aaliyah doch tatsächlich während der Fahrt an ihrem Handy in der Ablage herum. Marc war schon wieder versucht, ihr korrigierend ins Lenkrad zu greifen.

Aaliyah startete eine Audioaufnahme aus einem WhatsApp-Chat. Christina Ferbers Stimme war unverkennbar. Belesen wie die weiseste Eule aus Athen. »Hallöchen, Frau Battmann. Die Christina Ferber noch einmal. Also, zur genauen Erläuterung. Ihr Mordopfer hat keine Impressionsfraktur am Schädeldach erlitten. Das spräche für eine spitze Tatwaffe. Der Computertomograf hat aber ans Licht gebracht, dass eine otobasale Fraktur am Schädelboden vorliegt. Das Felsenbein ist zertrümmert. Die ganze rechte Gesichtshälfte. Bis in die Nähe der Wirbelsäule. Aber das hatte ich Herrn Steingruber und Ihnen ja schon gleich nach der Obduktion bei mir in der Rechtsmedizin gesagt. Sie müssen besser zuhören. Kleines Späßchen am Rande … Liebes Grüßchen, Frau Ferber.«

»Mit anderen Worten: Wir können uns noch nicht einmal sicher sein, dass ein Gewaltverbrechen auf der Insel Mainau stattgefunden hat«, schmiss Marc seinen Einwand in die Waagschale. »Genauso gut könnte es also ein Unfall gewesen sein. Was, wenn der Steinmetz im Atelier von einem Marmorblock erschlagen wurde und unseren ausgeflippten Bildhauer nur die Panik gepackt hat? Eine Vertuschungstat.« Marc war sich natürlich absolut bewusst, dass seine Unfalltheorie, die er sich selbstverständlich selbst von Anfang an nie geglaubt hatte, längst vom Tisch war. Der Tadel von Frau Ferber, obgleich wohl auch spaßig gemeint, nervte ihn tierisch.

»Marc, du hast wohl zu viele Asterix-Comics gelesen. Die Marmorblöcke fliegen nicht wie die Hinkelsteine durch den Raum. Und wer schleppt bitte einen Toten für eine Vertuschungstat von Salem auf die Mainau? Wer setzt ein Unfallopfer wie so ein bizarres Kunstwerk nackt in Szene und garniert es noch dazu mit einer Hundemaske?«

»Musst du eigentlich immer das letzte Wort haben, Misses Gscheitle?« Marc war gefrustet. Ihre bisherigen Erkenntnisse waren nicht der große Wurf. Eher ein gewaltiger Griff ins Klo.

»Ich darf doch schwer bitten. Wenn schon, dann Miss Gscheitle.«

»Ohne seinen Ermittlungspartner loszuziehen und dann großspurig fachzusimpeln, das ist ja wohl mehr als fadenscheinig«, überging Marc ihre Bemerkung.

»Ach, jetzt sind wir also auf einmal Ermittlungspartner? Und *dein* Alleingang bei Christina Ferber vergangene Woche? Glaub nicht, dass sie mir eure Aktenwälzerei zum Duttke-Mord nicht gesteckt hat«, murrte Aaliyah. »*Ich* war heute nur bei ihr allein vorstellig, weil Pleschke in Konstanz die Stellung gehalten und unserer Kommissariatsleiterin Bericht erstattet hat und du mit deiner Transusigkeit sowieso nicht für die Ermittlungen zu gebrauchen bist! Egal ob gestern, heute oder morgen!«

Aaliyah tippelte auf dem Touchpad in der Mittelkonsole herum und weckte ihr Radio aus dem Tiefschlaf. Allem Anschein nach war ihr nicht an einem Fortgang ihrer müßigen Konversation gelegen.

Marc sollte es recht sein.

»... gestern Abend erneut der Wolfshund an der Bussardhütte in der Bunkerstraße vor den Toren Kreuzlingens aufgetaucht. Der Kanton Thurgau hat ihn nun zum Abschuss freigegeben.«

Marc tatschte auf dem Tastfeld vor sich hin, um auf den nächsten Sender umzuschalten. Er wollte jetzt nichts von dem umtriebigen Tier hören. Er hatte die Nase von Bussarden und Wölfen gestrichen voll. Von der Begegnung mit dem Maskenträger aus dem wütenden Mob gerade eben ganz zu schweigen. Wollte da etwa jemand den Nachtfraul darstellen? Oder schlimmer. Mimte da etwa jemand Claras grausame Irisblütenmorde? Aber eigentlich war der abgemurkste Duttke doch lange vorher als entartet verunstaltetes Kunstwerk in den Bodensee gepflanzt worden.

Aaliyah konnte er jetzt auf keinen Fall fragen, ob sie den

Wolfskopf mit den Ketten während ihres rasanten Anrauschens auch gesehen hatte. Nach Kanyuks Kopfnuss, die sich Marc durch seine ungestüme Fragerei über sein Hirngespinst mit dem Bussard eingeheimst hatte, konnte das nur in die Hose gehen. Die Wolfsache blieb erst einmal sein Geheimnis.

Genauso wie die Sache um Claras Mutter. Marc hatte nach den Irisblütenmorden nochmals das Kloster bei Tübach in der Schweiz aufgesucht. Er hatte Claras Taten verstehen wollen. Und war da auf etwas gestoßen, das seinen Spürsinn bereits unterschwellig gekitzelt hatte.

Versehentlich stolperte er in seiner Gedankenverlorenheit bei der Suche nach einem anderen Sender in Aaliyahs Playlist: »Noch beisammen wie die Kugel eines Löwenzahns. Bevor die Böe kam und uns in die Höhe nahm.«

Clara hatte *ihn* in die Höhe genommen. Mit einer Mordsböe hatte sie ihn erwischt. Aufgebauscht zu einem Killertornado. Er war aufgeschlagen. Bruchlandung.

Ein gewisser Prinz Pi, wohl Herrscher über den Kreisumfang, spie da seine Reime heraus. Rhythmisch auf dem Beat galoppierend, wummerten sie aus dem Surround-Soundsystem und brachten sein Trommelfell in Wallung. Seitdem Marc seinen Sohn Paul jedes zweite Wochenende bei sich hatte, war er querbeet durch die deutschsprachige Hip-Hopperitis gewandert. Aber vom Allerfeinsten.

Noch immer spuckte das Radio die Reime aus. »Bob Dylan gab mir einst einen Kompass ohne Norden. So treibe ich verloren in ein unbekanntes Morgen.«

Ihm hatte niemand einen Kompass gereicht. Und sein innerer Norden glich einer Ruinenstadt. Er musste seine Reste eigenhändig auflesen und wieder in die Puschen kommen. Ansonsten würde er am Ende wirklich noch zum Faber, dem eigenbrötlerischen »Tatort«-Kommissar, vom Bodensee.

Marc war in der hinterletzten Ritze seines Gedankengeflechts versickert. Es ging völlig an ihm vorüber, wie Aaliyah die Friedrichstraße ansteuerte und zu seiner Wohnung oberhalb des Drogeriemarktes tuckerte. »So, da wären wir. Jetzt nimmst du erst mal ein kräftiges Bad. Dann eine Mütze voll Schlaf. Und morgen sieht die Welt schon ganz anders aus. Ich brauche dich in diesem Fall entweder ganz oder gar nicht!«

»Hm?«

Erst als der Wagen vor dem Buchhornplatz zweimal um die Ecke gebogen und zum Stehen gekommen war, trudelte Marc zurück in die Realität. Seine Augen blieben an einer Gestalt vor der Eingangstür zu seinem Wohngebäude hängen. Ein gestriegelter, geschniegelter junger Herr mit Hornbrille und akkurat gezogenem Seitenscheitel. Der Bursche im Wollsakko legte das breiteste nur erdenkliche Lächeln auf, bis über beide Segelohren, nachdem er Marc hinter der Windschutzscheibe erspäht hatte.

»Ähm …«, machte Aaliyah. »Ist ja zum Dahinschmelzen. Aber auch ein wenig schräg. Sag mal, Marc, erwartest du Besuch?«

»Nicht, dass ich wüsste!«

Beide trieb die Neugierde aus dem Wagen.

»Dragor Schabowski vom Tierwohl e.V., Herr Steingruber, darf ich annehmen?« Dieses grinsende Honigkuchenpferd streckte Marc die Hand entgegen.

»Dürfen Sie nicht«, geizte der Kriminalhauptkommissar mit Worten, ohne seinem Gegenüber die Hand zu schütteln.

»Man hat mich gebeten, Sie aufzusuchen. Im Falle der ermordeten Sekretärin der Eriskircher Bürgermeisterin. Fräulein Feldner. Diese gute Seele hatte nämlich für drei Alpakas in Langenargen eine Patenschaft übernommen.«

»Inwiefern ist das mein Bier?«, gab Marc weiter den Spielverderber.

Der fein herausgeputzte Jungspund schob sich ungelenk die Hornbrille den Nasenhügel hinauf. »Nun, Herr Steingruber, sehen Sie … Es ist so: Fräulein Feldners Patenschaft –«

Marc fiel ihm scharf ins Wort. »… werde ich mit Sicherheit nicht übernehmen!«

Das rief Aaliyah auf den Plan. »Bab, bab, bab. Papperlapapp! Mein Kollege ist gerade etwas schwergängig. Liebend gern übernimmt er die Patenschaft für die drei Alpakas!«

Sie zog Marc am Ärmel beiseite. »Ich habe dir gerade beim

Landgericht die Haut gerettet! Du hast nicht nur einen Durchhänger. Du bist ein Totalabsturz! Du nimmst jetzt gefälligst die Patenschaft für die felligen Seelentröster an. Oder beim Köstinger liegt eine Dienstaufsichtsbeschwerde wegen Starrsinns auf dem Tisch! Deine Wahl.«

Das war glatte Erpressung, was Aaliyah da abzog. Und nach dem Bildhauer war Aaliyah nun schon die Zweite, die ihm mit einer Beschwerde drohte. Griesgrämig drehte Marc sich nach dem Alternativo um.

Der blickte ihn voller Erwartung an. »Ich kam nicht umhin zu vernehmen, dass Sie einer Patenschaft doch nicht abgeneigt wären«, sagte er verschmitzt. »Das Formular habe ich schon dabei. Sie brauchen nur hier zu unterzeichnen. Hier, mein Glückskugelschreiber, bitte sehr!«

Marc ließ die Zähne knirschen. Allmählich trieb dieser Tierwohlfuzzi es zu weit.

»Drei Bündele Heu im Jahr. Dazu zehn Päckle Mineralfutter. Noch mal zehn Päckle Proteinfutter. Die monatliche Pacht. Dann noch das Scheren. Schließlich müssen auch Alpakas zum Friseur, gell? Der Tierarzt. Ach ja, und die Haftpflicht. Summa summarum kostet Sie das unterm Strich weniger als dreitausend Euro im Jahr! Alles Hafer, Herr Steingruber?«

Marc machte alles andere als Freudensprünge. Beinahe ein ganzes Monatssalär für drei Wollknäuel, die den lieben langen Tag nichts anderes im Sinn hatten, als sich die felligen Wänste mit Gras vollzuschlagen.

»Geben Sie den Wisch schon her!« Er griff nach dem Kugelschreiber mit dem Alpakakopf aus Silikon und den Wackelaugen. »Zufrieden?« Er drückte dem Plagegeist den unterzeichneten Wisch vor die Brust. Ohne einen weiteren Mucks verkrümelte er sich in den Wohnkomplex.

Der Tierschutzvertreter rief Marc vergebens nach. »He, mein Glückskuli! Wiedersehen macht Freude!« Seine Hände formten sich zu einem Baseballhandschuh. Doch Fehlanzeige. Der Kuli war mit Marc im Haus verschwunden.

10

Das hatte gerade noch gefehlt. Marc hatte nun *drei* gefräßige Alpakas und deren Wolle an der Backe. Hätte er sich doch lieber so richtig mit Aaliyah in die Wolle gekriegt, als sich so von ihr überrumpeln zu lassen.

Wenn man an den Teufel dachte! Der Name der linken Bazille leuchtete auf seinem Diensthandy auf, während es wild surrend über die Küchenablage kroch. »Ja?«, knurrte er verstimmt wie eh und je.

»Wir haben eine Silberkugel gefunden!«, rief Aaliyah in die Leitung.

»Eine Silberkugel? Sind die nicht für Werwölfe gedacht? Oder möchtest du dich etwa an der Wolfshundjagd beteiligen, jetzt, da er zum Abschuss freigegeben ist? Aaliyah, ein wenig mehr Kontext wäre hilfreich.«

»Schwing dich hinters Steuer und komm zum Salemer Schlosssee. Dann kannst du es dir anschauen!«

Eine halbe Stunde später huckelte Marcs schwarzmatter Audi A6 über den Schotter auf dem Parkplatz in der Schloßseeallee. Der war hoffnungslos zugeparkt. Polizeiwagen en masse. Und der Wagen ihrer Spurensicherung. Marc stellte seine Blechkiste direkt vor der Elektrosäule ab. Auch wenn sein Audi gar kein Stromschlucker war. Und er selbst war ohnehin zur Genüge geladen. Auf den Motorhauben der Streifenwagen prangte nämlich nicht das Ravensburger Kürzel, sondern »KN«. Die Konstanzer Schnösel führten hier also schon wieder Regie. Bei was auch immer. Wieder ein gemachtes Nest. Marc verabscheute das, besonders, wenn stampfende Kurpfuscher wie dieser Pleschke am Werk waren.

Er hasste außerdem das Gefühl, zu spät zu kommen. Er brauste zum Schlosssee hinunter. Schon von Weitem machte er Aaliyah in ihrer Bikerjacke und den stoppelhaarigen Moppelkopf von Pleschke auf dem aus Holzplanken gezimmerten Piratenschiff, das stilecht vor der Robinsoninsel ankerte und badelustigen Kindern im Sommer als Sprungturm diente, ausfindig. Und natürlich stand Dettmeier bei ihnen. Im leicht schwankenden Krähennest des Spielschiffs erspähte Marc in schwindelerregender Höhe einen ihm unbekannten Mann. Womöglich noch so ein aufgeblähter Windbeutel aus den Reihen der Konstanzer Ermittler.

Als er näher kam, sah er den Transporter der Wasserschutzpolizei, der bei dem Zugang zu der kleinen Insel im Schlosssee im Grünen parkte. Es mussten Polizeitaucher im Einsatz sein. Ein Transportwägelchen mit einem Bataillon aufgeschnallter Tauchflaschen stand mitten auf dem Steg zur Robinsoninsel. An ein Vorbeikommen war beim besten Willen nicht zu denken.

»Na toll … Wie soll ich denn jetzt da rüberkommen?«, motzte Marc zu Aaliyah herüber.

»Des kannsch halte wie seller aufm Dach. Du kannsch durch den See duri schwimmen wie ein Egli. Oder du kraxelsch über den Wackelschteg!«

Pleschkes beknackte Ratschläge hatten Marc gerade noch gefehlt. Er entschied sich für den Wackelsteg neben dem eigentlichen Übergang. Das kleinere Übel. Mit dem sechs Grad kalten Wasser des Baggersees so ungeplant auf Tuchfühlung zu gehen, das kam für ihn gar nicht in die Tüte. Obwohl er ein kurzes Winterbaden im Bodensee auch bei stechenden Klirrtemperaturen liebte, war an Marc schließlich kein begnadeter Eisschwimmer verloren gegangen.

Die Hälfte der Wackelpartie hatte er bereits hinter sich gebracht. Gerade war er über das sich zu allem Überfluss um die eigene Achse drehende, wassergetränkte Tau balanciert und gleich darauf beherzt auf die nächste Plattform gehüpft, um den Gang über das schlittrige Taunetz zu umgehen. Blieb noch das ebenfalls um die eigene Achse rotierende Rundholz zu überwinden. Ein halsbrecherisches Unterfangen. Sein Schuhwerk war nicht gerade das beste, um auf einem glitschigen Holz herumzutänzeln. Hätte er das mal vorher gewusst.

»Drück nit so fescht auf des lottrige Hölzle, sonsch machsch einen Tauchgang!«

Pleschke! Dieses Aas. Marc war abgelenkt. Unachtsam. Und schon war es um ihn geschehen. Ein kurzes Straucheltermezzo. Erst ruderte er noch wie wild mit den Händen, dann geriet er vom Becken abwärts in einen unkontrollierten, schlenkernden Hüftschwung. Und schließlich kippte er nach hinten weg in das klirrend kalte Gewässer. Schockschwerenot. Er tauchte ein in die Skrupellosigkeit dieses Eiswassers. Sein noch immer lädierter Steiß küsste dabei den sandigen Untergrund. Sein Herzschlag purzelte in den Keller. Wie Stromschläge durchzuckte die nasse Elendskälte seinen Körper. Seine Atmung stockte. Sein Kopf schnellte prustend aus der frostigen Brühe in die Höhe. Und mit ihm sein Puls.

Vom Piratenschiff drang schiefes Gelächter zu ihm herüber. »Haha. Du bisch ein alter Tapp-ins-Mues, Schteingruber! Machsch mol ein Kurs. Dann isch dein Tauchgang au professionell!«

In lähmenden Kriechzügen schleppte Marc seine steifen Glieder zur Robinsoninsel hinüber. Rettendes sandiges Ufer. Wie ein nasser Schlosshund setzte er seine unterkühlten Füße darauf. Nass klebten ihm seine Parka-Feldjacke und der Kaschmirpullover am Leib.

Er sank auf die Knie. Schmerzlicher Flashback. Es war genau wie im Vorjahr an jenem vermaledeiten Tag im Langenargener Strandbad. Bloß, dass das Nass damals nicht so unterirdisch kalt gewesen war. Sein Verhängnis. Er hatte Clara das Leben gerettet. War mit ihr aufgetaucht. Doch eigentlich war es ihr gemeinsamer Untergang gewesen.

Marc sackte in den Sand der Robinsoninsel mit ihrem reetgedeckten Holzsonnenschirm und dem Kletterstein. Die Beklommenheit war wieder da. Alles war wie damals. Nur trugen die Bäume hier rings um den Salemer Schlosssee kein spätsommerliches Laubkleid. Sie waren entlang ihrer hochragenden Stämme größtenteils kahl. Das karge Nadelholzgeäst begann sich über ihm zu drehen. Astspirale. Immer schneller. Claras

Verrat. Morastkabale. Marcs Nerven fuhren Karussell. Ein Knacken in seinen glühenden Ohren. Dann ein Pfeifen. Dann Schwärze.

Äste im Ringeltanz. Nacktes Gehölz. *Nackt.* Marc schreckte auf. Schlug mit den Armen um sich. Er fand sich auf dem Piratenspielschiff wieder. Dort saß er zusammengekauert in nichts als seinen Boxershorts und eingewickelt in eine Decke der Polizeitaucher.

»Was ziehsch denn du für eine Lätsch no? Du bisch nit näckig, kei Angscht. Die Aaliyah, des Muschter, hot di nur aus deinem triefnassen Häs g'schält!«

Verschmitzt tauchte Aaliyah hinter Pleschke hervor. Und sie wedelte ihm mit einem knallbunten Bündel vor der Nase herum.

»Was soll ich mit diesem Flickenflokati? Ich habe doch schon die Decke.«

»Des kannsch wieder halte wie seller aufm Dach. Bleibsch halb näckig in dem Teppich do. Oder hupfsch in mei Blätzlebue nei.«

Aaliyah beugte sich zu Marc und reichte ihm das Faschingsdress. »Einmal Blätz, bitte schön. Liegt nicht nur in der fünften Jahreszeit in seinem Kofferraum … So etwas wie Pleschkes Batcape als farbenfroher Ritter von Karneval City«, flüsterte sie ihm zu.

»Mensch, Aaliyah, du Schlure. Im Allemannischen heißt mer die Zeit von der Ausglassaheit und Freelichkeit und der überschäumenden Lebensfreud fei Fasnacht, gell!« Pleschke trug seine Luchsohren auch überall umeinander.

Marc beäugte das Narrenkostüm argwöhnisch.

»Jetzt sei kei Bräseler! Einem g'schenkten Gaul schaut mer nit ins Maul. Wenner g'liehe isch, glei zweimol nit! Passen müsst's. Bisch ja nit so ein Bodesurri wie die Aaliyah!«

Mürrisch warf Marc seinen fröstelnden Körper in Schale. Dank Pleschkes wohlgeformter Plauze überhaupt kein Problem, da hätte er auch zweimal reingepasst. Er musste wieder warm werden. Mittlerweile hatte ihn ein ordentlicher Schüttelfrost überkommen. Selbst die Gesichtshaube mit dem langen hochroten Filzkamm und dem roten Nasenblätz zog er sich über. Immer noch besser, als sich eine gesalzene Erkältung einzufangen.

Außerdem übertünchte die Haube seine Schamesröte. In diesem Aufzug sah er wie ein Gockel mit Geschmacksverirrung aus. Einer, der sich bei einem dieser herrlich flippigen Modezaren eingehakt hatte und sich querbeet durch den pompösen Wintersale hatte führen lassen. Anschließend einmal ab durch den Schredder. Marc schaute an sich herunter. Dieses Narrenkostüm eiterte wirklich in den quietschfidelsten Farben. Augen zu und durch.

»Weshalb sind wir hier?«, stach ihn die Neugier.

»Eine absolute Sensation! Halt di fescht, Schteingruber! Ein Silberbollen!«

Das hätte Marc jetzt nicht wirklich von den Socken gehauen. Hätte er denn welche angehabt. Die waren aber wohl im Kostüm nicht inbegriffen. Stattdessen trug er Pleschkes ausgelatschte Schuhe. Schwarze Budapester. Wer trug denn edle Treter zu einem bescheuerten Faschingskostüm? Auch wenn er sich selbst hier zum Narren machte – an Pleschke hatte er echt keinen gefressen. Er war ihm ungefähr so sympathisch wie ein Sack Flöhe. Wie er sich dort gerade schon wieder zum siebengescheiten Rädelsführer aufschwang. Als habe er die Weisheit für sich gepachtet.

Dass er nur zu gern wissen wollte, was es denn nun mit dieser Silberkugel auf sich hatte, ließ Marc sich jedoch nicht anmerken. Keine wilden Gesten. Gar keine Gesten. Er war, so gut es ging, in eine Stocksteife verfallen. Denn jede seiner Bewegungen ließ die unzähligen Schellen am Häs erklingen.

»Die Aaliyah und i waret grad in Konschtanz am Machen und Tuen. Da hent Hobbytaucher hier im Salemer Schlosssee den Silberbollen entdeckt. Die Aaliyah und i waret sofort überm Boddesee und zur Schtelle! Mir hent einen Zammehang mit dem Toten aus unserem Fall vermutet.«

Marc bekam die Krätze. »Euer Fall? Soviel ich weiß, ermittle ich mit Aaliyah in diesem Fall!« Jetzt schellte der Kriminalhauptkommissar im Fasnachtskostüm wie ein Glockenspiel. Sein Körper bebte.

»Vorsicht, Frichtle! Die Aaliyah isch nit dei Gschbusi!«

»Bravo, Pleschke! Würg's mir nur rein! Salem unterliegt der Zuständigkeit der Kriminalpolizei Friedrichshafen. Da brauchen wir keine Konstanzer Könnernichtse! Weshalb ruft ein solcher Fund überhaupt gleich die Mordkommission auf den Plan?«

Dettmeier zwängte sich zwischen Aaliyah und Pleschke durch, reichte Marc eine Transportkiste der Spurensicherung und öffnete den Deckel. »Jetzt beruhigen wir uns erst einmal. Und, Marc, du schaust dir das mal an.«

Marc inspizierte die schwarze Kiste, die in ihrer Größe einer Schatztruhe gleichkam. Ihr Inhalt ließ die Box allerdings eher wie eine übergroße Perlenmuschel erscheinen. Eine Metallkugel, die in ihren Maßen einem Kugelstoßgeschoss nicht unähnlich war, gebettet auf eine Schaumstoffunterlage. Bis auf einen nicht zu übersehenden Gussfehler konnte Marc an der sonst fein gearbeiteten Kugel nichts Auffälliges sehen.

»Haben die Leichtathleten aus dem Umland in ihrem Übereifer am Schlosssee schon einmal für den Salemer Wurftag trainiert? Jetzt mal im Ernst … Das steht doch in keinem Zusammenhang zu unserem Fall.«

Pleschke zog von dannen.

»Oh, habe ich ihn jetzt vergrault?« Marc war sich keiner Schuld bewusst.

»He, runter mit der Narrenkapp vom Grind. Her domit!« Es vergingen keine fünf Minuten ohne Pleschkes nerviges Gegackere. Der Stoppelkopf kam japsend über den Wackelsteg zurückgedackelt. Mit etwas in der Hand, das in Marcs Augen doch glatt eine Lichtschwertattrappe sein konnte. Und er machte trotz seiner Plumpsackstatur eine wesentlich bessere Figur, als Marc sie vorhin abgegeben hatte.

Schon griffen Pleschkes Wurstfinger nach der Narrenkappe

und zogen sie Marc von seinem noch immer unterkühlten Kopf. Er protestierte nicht. Schließlich war er ja nicht auf Almosen von diesem saubärigen King Käs angewiesen.

»Und was soll das sein? Ein Lichtschwert? Spielst du sonntags auf dem Dachboden Colorful Darth Vader im Blätzlebubenkostüm?«

»Ach, Schteingruber, du Grufemichel. Des isch kei Kruscht! Auch ein besondres Gimmick ausm Kofferraum. Ein Lichtschwert Marke Eigenbau ausm Dreidedrucker. Pass emol auf. Dettmeier, dunt Se emol äbizzele Luminol und awengele Wasserschtoffperoxid do auf den Lunker in dem Silberbollen drauf.«

Der Forensikleiter packte das Luminolfläschchen und die verdünnte Wasserstoffperoxidlösung aus dem Einsatzkoffer und tat wie geheißen. Vorsichtig träufelte er erst die gelblich schimmernde Flüssigkeit und anschließend das Bleichmittel auf die Kugel.

»Gugg na und schtaun!« Pleschke hob dem silbernen Gebilde die Narrenkappe über und schob sein albernes Lichtschwert darunter. Selbstgefällig grinsend knipste er es an.

Prompt ging Marc ein Licht auf. In dem gedruckten Kunststoffstab steckte also eine UV-Leuchtstoffröhre. Das machte das Lichtschwert ja fast schon wieder praktisch. Das musste er Pleschke insgeheim lassen.

Marc blinzelte in das violette Licht. Ihm stach der Lunker sofort ins Auge. Bläulich leuchtend lächelte er ihn an. »Blut. Gut, dann hat sich einer der Kugelstoßer beim Stoßwurf eben den Finger an dem Gussfehler aufgerissen? Immer noch nichts Weltbewegendes«, stellte Marc trocken fest.

»Das goldene Zeitalter, in dem Kugelstoßer mit Silber werfen, muss erst noch eingeläutet werden. Achten Sie auf die braundunklen Alterungsflecken. Patina. Das ist altertümliches Silber.«

Diese Belehrung kam zur Abwechslung nicht in Seealemannisch aus Pleschkes Plappermaul. Sie war vom Ausguck des Krähennestes zu Marc herabgeweht. Der Fremdling, Marc stufte ihn als Mittfünfziger ein, auf dem Aussichtsmast des Piratenschiffs.

Claras Marotte hätte bei seinem Anblick Purzelbäume geschlagen. Der Fremde kam nämlich wie dieser gut gebaute Schlachtfeldhüne daher, der in der Fernsehserie »Vikings« den Hauptdarsteller verkörperte. Nur deutlich älter. Das aschfahl ergraute Haupthaar an den Seiten ausrasiert und auf dem Kopf hinten lässig zum Männerzöpfchen gebunden. Ein eindrucksvoll üppiger wie langer Vollbart. Die mit runenartigen Tribal-Tätowierungen zugepflasterten Muckiarme steckten in einem khakifarbenen Jagdhemd. Und die Beine in einer waldgrünen Outdoorhose aus Schurwolle. Einzig die futuristisch anmutende Gletscherbrille mit der Kupfertönung störte das sonst harmonische Bild eines aus der Zeit gefallenen Wikingers. Der Fremde klonkte mit seinem linken Daumen gegen den metallenen Stützmasten des Piratenausgucks. Ein Geräusch wie fallende Münzen. Hatte der etwa Finger aus Kruppstahl?

»Und wer belehrt mich da von oben herab? Die Stubenfliege Puck?«, erkundigte Marc sich nach dem Unbekannten.

»Das ist die Techie-Errungenschaft der Schatzsucher. Kontrasterhöhung. Tiefenschärfe unter der Wasseroberfläche. Polarisierte diamantgehärtete Linsen. Wasserabweisende Beschichtung«, klärte ihn der unbekannte Wikingerverschnitt auf. »Gut Fund. Professor Geri Kaspar.«

»Ach, da schau an. Wie der Schachweltmeister?«

»Nun ja, zwischen Geri und Garri liegen zwar nur zwei Buchstaben und dennoch ganze Welten. Bei den Nachnamen ebenso. Ich liebe Schach. Die Politik aber viel zu wenig, um dafür ins Gefängnis zu gehen.«

Marc deutete nach oben auf das festgeschnallte Kästchen am rechten Knöchel seines normannenbärtigen Gesprächpartners. »Ach ja? Dabei tragen Sie doch eine Fußfessel.«

»Einen hochmodernen Metalldetektor! Und ohne dieses Weltenschätze erschnüffelnde Trüffelschwein wäre die Erde mein Gefängnis. Die schlummern ja häufig tief im Boden. Ohne die Faszination für die ins Überirdische strebenden Kunstreichtümer macht die Gravitation den Globus doch bloß zur größten nur erdenklichen Sträflingskugel.«

Artistisch wie Tarzan schwang sich der langhaarige Hüne über die fünf versetzt angebrachten Tauseilnetze am Aussichtsmast zu Marc herunter. »Kunstreichtümer wie diese Silberkugel hier. Allerfeinste Schmiedekunst. Und von unschätzbarem Wert.«

»Na, Sie haben ja durch Ihre Zauberbrille glasklaren Durchblick … Hat die Ihnen verraten, dass es sich bei der Kugel um Silber handelt?«

»Daran liegt es nur bedingt. Ich bin Psy–«

»Ein Piratologe. Promoviert, ha, freilich. Und der isch ein Doppel-Doktor. Eine Koryphäe. Habilitiert an der Uni Konschtanz über die plündernden Schweden.« Fünf Minuten mussten seit Pleschkes Rückkehr verstrichen sein. Nach dem konnte man echt den Wecker stellen. Er konnte seine Kinnlade einfach nicht stillhalten.

Der Professor umschiffte Pleschkes Geltungsdrang elegant. »Ich bin meines Zeichens Psychopathologe … Oh, Pardon. Klassischer Freud'scher Versprecher. Psycho*pirat*ologe.«

»Und mit was sind Sie in Ihrem doch recht speziellen Aufgabengebiet zugange? Therapieren Sie traumatisierte Piratenpsychopathen?«, griff Marc den Lapsus des Professors auf.

»Mitnichten. Die Psychopiratologie ist eine Grenzwissenschaft. Wir erforschen die Denk- und Handlungsweisen der freibeutenden Seefahrer. Auch ihre tiefsten Sehnsüchte. Selbstredend, dass ich Gold und Silber mit fachkundigem Blick zu erkennen vermag.«

»Sagen Sie, Herr Kaspar, wie kommt es, dass Sie über diese Silberkugel so gut Bescheid wissen?«

»Wie Ihr spitzfindiger Kollege schon richtig festgestellt hat, bin ich ein Doppel-Doktor. Zunächst habe ich an der Universität Hamburg über die Wechselwirkungen und Zusammenhänge des Dreißigjährigen Krieges und der anschließenden ersten Periode der Piraterie promoviert. Dann an der Yale-Universität in der Kryptoanalyse über die Entschlüsselung altertümlicher Geheimschriften. Anschließend habe ich mich in Konstanz auf dem Gebiet der Seekriege habilitiert. Genauer gesagt über den

Freibeutergedanken der Schweden während des Seekriegs auf dem Bodensee. Da ist mir natürlich auch die Sage um das goldene Kegelspiel von Bregenz kein Fremdbegriff.«

»Weshalb ausgerechnet über den Seekrieg am Bodensee? Gibt es nicht naheliegendere Seegefechte, um Piraterie zu analysieren?«

»Wissen Sie, der Bodensee ist mir quasi schon im Mutterleib ans Herz gewachsen. Meine Frau Mama hatte 1963 die Strapazen auf sich genommen, mit mir im Bauch die Eisprozession mit der Büste des heiligen Johannes von Hagnau über den See zur Klosterkirche in Münsterlingen in der Schweiz zu begleiten.«

»Und der Blick in die Psyche der Piratenköpfe ist tagefüllend?«, kam es Marc ungläubig über die Lippen.

»Nun, aus meiner anfänglichen Gastprofessur ist eine Festanstellung am Lehrstuhl für Neuere Geschichte geworden. Piraten waren in aller Regel Mörder und Verbrecher. Wenn Sie so wollen, bin ich ein geschichtlicher Profiler für Freibeuter-Denke. Aber nun zu der Silberkugel. Sehen Sie sich mal die drei Markierungen grob fünf Zentimeter links unterhalb des Lunkers an. Das sind keine Gussfehler.«

Marc nahm nochmals die beschriebene Stelle auf der Silberkugel in Augenschein. »Für mich sehen die wie drei kleine Peperoni aus.«

»Nicht ganz. Drei Hermelinschwänzchen. Die hatten sich die Grafen Montfort für ein frei erdachtes Bregenzer Stadtwappen ersonnen, um auf ihre vornehme Abkunft von den Ulrichen abzuheben«, bemühte sich Professor Geri Kaspar um eine Erklärung. »Der springende Punkt ist: Die drei Hermelinschwänzchen wiesen ab 1529 auf den geballten Stolz der Stadt Bregenz hin. Die Kugel des goldenen Kegelspiels von Bregenz wurde der Überlieferung nach aus Silber angefertigt. Ich gehe also mit sehr starker Zuversicht davon aus, dass wir hier einen Teil des bislang als Hirngespinst abgetanen Schatzes vor uns haben.«

Marc wandte sich an Dettmeier. »Pack die Silberkugel jetzt besser mal wieder ein. Der müsst ihr unbedingt im Labor auf den Pelz rücken. Womöglich ist sie unserem toten Steinmetz auf den Nischel gekracht.«

»Wirklich jammerschade«, schaltete Professor Kaspar sich ein. »Wir haben heute einen sagenhaften Weltenschatz entdeckt. Zumindest einen Teil davon. Das ist für die Bodenseeregion eine mindestens so bedeutsame Sensation wie das Löwenmenschle für den Alb-Donau-Kreis. Und jetzt soll dieses Artefakt in eurem Labor vernudelt werden, nur um anschließend in irgendeinem Museum in einer verstaubten Vitrine zu darben. Das ist ohne Übertreibung so eine Watsche für die Allmacht der Kunst, wie den Gletschermann vom Tiesenjoch in eine Stickstoff-Konservendose zu verbannen.«

»Na, was die Silberkugel anbelangt, so ist deren Exquisität durch das Blut doch eh schon befleckt und durch den Lunker hinfällig«, gab Marc zu bedenken.

Der Piratenforscher schüttelte entschieden den Kopf und mit ihm den Hipster-Langbart und sein gebundenes Männerzöpfchen. »Aber nein. Das macht antike Artefakte doch gerade erst zu einzigartiger Kunst. ›Die Fabel, dass Midas alles, was er berührte, in Gold verwandelte, gilt in schönerem und edlerem Sinne auch vom Künstler. Nur berührt der Künstler nichts, was nicht die Fähigkeit hat, Gold zu werden.‹ August Wilhelm Ambros. Musikhistoriker und Schatzjäger der Tonkunst.«

Noch so ein Kunstfanatiker, der sich auf Midas berief. Wie dieser Bildhauer. Ambros also. Damit konnte Marc so gar nichts anfangen. Und seine Gedanken drifteten gerade ohnehin Richtung Hammer, Amboss und Steigbügel ab. Die Wassertropfen träuftelten ihm noch immer aus dem Haar. Und jetzt, da Pleschke ihm die Narrenkappe vom Kopf gezogen hatte, blies ihm auch der Wind um die Ohren. Nicht, dass er sich noch eine Mittelohrentzündung einfing.

Apropos Steigbügel. Dem Springreiter, den Kanyuk erwähnt hatte, mussten sie beizeiten einen Besuch abstatten. Oder besser ihn erst einmal ausfindig machen. Womöglich konnte er sie in ihrem Fall weiterbringen.

Er kam nicht umhin, sich mit einem Zitat von dem Piratologen zu verabschieden. »›Amboss oder Hammer sein.‹ Das ist von Goethe. ›Hammer zu sein scheint jedem rühmlicher und wünschenswerter als Amboss.‹ Mir ist daran gelegen herauszufinden, wer bei Rudi Duttke und Balthasar Kincsvadászat den Hammer angesetzt hat. Wenn wir nochmals Rückfragen zu dieser Sage um das goldene Kegelspiel haben sollten, dürften wir dann auf Sie zukommen? Und wenn wir Ihnen eine alte Briefdepesche zukommen lassen, könnten Sie das Schriftstück als versierter Entschlüssler von Altertumsschriften mal in Augenschein nehmen?«

»›Kunst ist nicht ein Spiegel, den man der Wirklichkeit vorhält, sondern ein Hammer, mit dem man sie gestaltet.‹ Sagt Marx. Zu Ihrer Frage: *Jaur!*«

»Ähm … darf ich das als ›Ja‹ deuten?«

»Altnordisch. Ich bin einverstanden. Nur her mit Ihren Fragen und dem Briefdokument! Ich kann Ihnen auch anbieten, einen sachkundigen Blick auf diese Silberkugel zu werfen, wenn Sie das wünschen.«

Marc schaute sich nach Aaliyah um. »Ich bräuchte jetzt mal meine Jacke. Holst du sie mir bitte kurz her? Schickst du außerdem bitte unserem Geschichtsprofessor das Schriftstück aus der Bussardskulptur, das du aus dem Atelier hast mitgehen lassen? Also, sobald es kriminaltechnisch untersucht ist. Ich kümmere mich dann um eine Sichtung dieser Silberkugel, wenn sie von der KTU freigegeben ist.«

Aaliyah schlenderte nur widerwillig hinüber zu der Stelle, an der sie Marcs durchnässte Kleidung in einem Plastiksack aufgetürmt hatte. Mit der triefnassen Parka-Feldjacke in der weit von sich gestreckten Hand kam sie zurück. »Bist du so borniert, dass du dir jetzt den ratzefeuchten Fetzen überwerfen willst? Was das Schriftstück anbelangt: Ich bin weder dein Kaffeehalter noch dein Harry-fahr-schon-mal-den-Wagen-vor.«

Den Sekretärinnenstempel aufgepresst zu bekommen, schien Aaliyah gar nicht zu bekommen. Ohne ein Wort der Erwiderung nahm Marc ihr die Jacke ab. Dann stiefelte er in seiner lächerlichen Aufmachung noch einmal zu Dettmeier, der gerade im Begriff war, die Zelte abzubrechen. Er kramte aus der Brusttasche des Parkas ein Asservatentütchen hervor und warf dabei einen verstohlenen Blick über seine Schulter zu Aaliyah. Das Tütchen hatte er im Ermittlungsstress in seiner Feldjacke ja völlig vergessen. Bis jetzt. Gott sei Dank sah sein Parka nur selten die Waschmaschine. Und glücklicherweise war das Tütchen bei der ungewollten Badeaktion vorhin nicht hopsgegangen.

Marc neigte seinen Kopf zu Dettmeier und sagte im Flüsterton: »Hier, nimm das. Das Haar habe ich im Kunstatelier von Hanjo von Dargatz-Gierer von einer Perlenkette seiner verschwundenen Ehefrau abgestaubt. Untersucht die Blutspur an der Silberkugel bitte auch auf diese DNA-Spur. Ist so ein Bauchgefühl. Und wichtig: kein Wort davon zu Aaliyah.«

Er wollte unter keinen Umständen, dass sie das spitzbekam. Nachdem er sie wegen dem aus der Bussardskulptur stibitzten Briefdokument so streng ins Gericht genommen hatte, würde sie es wohl in den völlig falschen Hals kriegen, dass er ebenfalls etwas aus dem Kunstatelier entwendet hatte.

Schnellen Schrittes watschelte Marc im Blätzlebubenkostüm von Bord des hölzernen Piratenschiffs. Ein weiteres Wortgefecht mit Aaliyah wollte er sich nicht leisten. Nicht in diesem lächerlichen Aufzug. Noch ehe Pleschke ihn an die ordnungsgemäße Rückgabe seines so innig geliebten Fasnachtshäs erinnern konnte, kam er ihm zuvor. »Gewaschen, gebügelt und gefaltet.«

Pleschke hatte wieder seine fünf Minuten. Er musste immer das letzte Wort haben. »Jo nit! Bloß nit bügle und fältle! Und pass auf, dass du nit wieder ins Wasser g'heie tuescht, du Trampel! Sag mol, isch des am Ufer nit das Lateinerbüebli aus Konschtanz, des sich die Füaß so nervös verstampfen tuet?«

Marc blickte auf. Tatsächlich stand dort drüben zwischen den Böschungen am Ufer des Naturerlebnisparks der Pete-Doherty-Verschnitt mit den roten Haaren. Rufus Vetten. Er war seit dem Fund des toten Steinmetzen nicht mehr bei seinem Vater in der Reinigungsfirma aufgetaucht.

Jetzt trafen sich Rufus' und Marcs Augen. In denen des ehemaligen YesLife-Blogadmins lagen Verschwiegenheit, Kummer und Schlaflosigkeit. Den aufgeflogenen Zaungast schien die nackte Panik zu packen. Er ergriff die Flucht und rannte entlang des Schlosssees in Richtung Stefansfeld.

Marc keuchte und hechelte, als er den Ausbüxer am Arm zu fassen bekam und ihn zu Boden riss. Er stand nicht mehr voll im Saft, hatte es schleifen lassen, sich zu lange in seiner Wohnung verschanzt und mit Zeppelin-Pralinen getröstet. Sich selbst die Maskerade einer heilen Welt vorgegaukelt. Und jetzt trug er mit dem Blätzlebubendress sogar eine Maskerade. Eine ganz und gar lächerliche.

Er hatte über den Steg die Verfolgung des Flüchtigen aufnehmen können. In dieser vogelbunten Kostümierung gar kein leichtes Unterfangen. Noch dazu barfuß in Pleschkes ausgelatschten Budapestern. Gott sei Dank hatten die Polizeitaucher die Tauchflaschen schon beiseitegeräumt gehabt.

Marc hatte Rufus Vetten beinahe einen Kilometer weit an der Landstraße bis in den Salemer Ortsteil Stefansfeld hinein verfolgt. Auch wenn der Rotschopf ordentlich Fersengeld gegeben hatte – gegen Marcs Entschlossenheit hatte er nicht den Hauch einer Chance gehabt. Nicht mit seiner Raucherlunge. Nicht gegen Marcs beharrliche Leidensfähigkeit trotz schmerzenden Steißes. Der hatte den Ausreißer vor dem Kirchlein der Stefansfeld-Kapelle zunächst am Saum seines Jeanshemds, dann am Schlafittchen seines emoschwarzen Männer-Cardigans zu packen bekommen.

Jetzt saß der Störenfried im Bushäuschen vor der Kapelle. Und Marc hatte sich demonstrativ vor ihm aufgebaut, um jede weitere Fluchtaktion kategorisch zu unterbinden. »Wer flieht, ist schuldig«, stellte er fest, nachdem er wieder bei Atem war.

»So wie Sie? Oder haben Sie sich nach den Irisblütenmorden etwa nicht feige verschanzt? Die Flucht in die eigenen vier Wände lässt die Welt in Schmerz und Leid versinken«, erwiderte Rufus Vetten voller Verachtung.

Das traf Marc mitten ins Gesicht. Er war demaskiert, obwohl

er die Blätzlebubenkappe gar nicht aufhatte. Denn es stimmte. Er war auch geflohen. Und wer floh, der war schuldig.

»Was hattest du denn am Schlosssee zu suchen? Wie man hört, hast du beim YesLife-Blog hingeschmissen. Das hat uns dein werter Herr Papa auf der Mainau gesteckt. Du sollst aber ganz besessen vom Nachtfraul sein, an Claras Unschuld glauben und auf eigene Faust den *wahren* Täter jagen? Du machst die Konstanzer mit deinen Verschwörungstheorien wohl ganz schön schalu.«

Rufus starrte ihn aus seinem teigig-bleichen Gesicht mit unverwandt aufgerissenen Augen an. »Die Silberkugel … Sie muss den Nachtfraul zu Fall bringen. Es ist noch nicht vorbei.«

Marc wurde es allmählich zu bunt. Wenn es in seinem Aufzug überhaupt noch bunter ging. »Noch nicht vorbei? Clara Meißner sitzt hinter Gittern!«

»Ja, verstehst du es nicht? Zu Unrecht. Nicht sie hat den Nachtfraul entfesselt. Ich habe ihm, dem Nachtfraul persönlich, damals die Pudelmasken aus dem Zunftheim gestohlen. Ich war doch noch ein Rebell, leichtsinnig!«

Rufus Vetten sprang mit einem Satz von der Bushäuschenbank auf. Nun war Marc es, der von ihm am Schlafittchen seiner pitschnassen Parka-Feldjacke gepackt wurde. »Das war doch nur ein Streich aus Jux und Tollerei. Krawallbengel machen so etwas. Und jetzt ist der Steinmetz tot. Und der Bregenzer Kunstkurator auch. Der Nachtfraul hat sie gerissen! Dort drüben ist es beim ersten Mal geschehen!«

Rufus zeigte auf das Haus gegenüber der Stefansfeld-Kapelle in zweiter Reihe. Marc folgte seinem Zeigefinger. In dem Penthaus war Rudi Duttke ermordet worden. Der Kriminalhauptkommissar erinnerte sich noch genau an die Begehung. Wie er damals mit Horst Haberle Duttkes Wohnung betreten hatte. Es war sein erster Mordfall gewesen. Wie überambitioniert er jedes noch so kleine Detail in sich aufgesogen hatte. Die Blutspritzer auf dem Bespannpapier des Raumteilers. Wie sie in ihrer Anordnung an der einen Stelle auf ihn wie eine verwischte Wolfskralle gewirkt hatten.

»Ich … ich habe sie ihm ausgehändigt. Die Pudelmasken. Das macht mich wie … Sie!« Rufus' Worte holten Marc aus seinen Gedanken. Der Rotschopf starrte ihn entgeistert an.

»Wie mich? Wie bin ich denn?«

»Des Todes! Ein Gehilfe des Todes! Der Nachtfraul ist zurück! Ich habe ihn gesehen. An dem Tag, an dem Sie Ihrer Mörderbrautkollegin das Leben gerettet haben. Abends bei Radolfzell bei der nackten Hockestatue. Er ist aus dem Bodensee gekommen! Ein nachtschwarzer Wolfskopf! Später dann noch mal beim Konzertsegel.«

Wie die beiden Qigongler hatte Rufus also einen lebendigen Wolfskopf bei Radolfzell aus dem Bodensee steigen sehen. Marc hörte an der Landbäckerei einen Roller in den Kreisverkehr rauschen. Kurz darauf kam er auch schon angeknattert und vor der Kapelle vorgefahren. Die Stachelbeere Jenny Gentner, ihres Zeichens Betreiberin des YesLife-Blogs, saß auf dem Sitz.

Giftig kamen die Reifen vor dem Bushäuschen zum Stehen. Die Krawallbürste rümpfte die Nase und präsentierte Marc feindselig ihren Mittelfinger. »*All cops are bastards!* Rufus, hat der Bulle dir ein Haar jekrümmt? Na los, spring schon auf!«

Das ließ der Rotschopf sich nicht zweimal sagen. Er ließ von Marcs Kragen ab, hastete zu Jenny Gentner und sprang auf deren mintgrüne Vespa auf. Die gab Gummi.

Marc rannte auf die Straße und rief hinterher: »Wem hast du die Pudelmasken gegeben? Wer hat den Nachtfraul entfesselt?«

Rufus, der hinter Jenny Gentner auf dem Roller Platz genommen und sich eisern um ihre Hüfte geklammert hatte, drehte sich nach ihm um. Sein rotes Stirnhaar wehte fransig im Fahrtwind. »Der Russe!«

11

Dienstag, 7. April 2020, Mole Radolfzell, gegen Mitternacht

Der Fenris hockte, vom sieben Grad kalten Bodenseewasser des Zeller Sees unberührt, auf dem Steinbett im Trockenen. Schulter an Schulter mit »El Niño«. An ebenjener Stelle, an der vor mehr als dreieinhalb Jahren der abgenippelte Rudi Duttke so mordskünstlerisch die große Bodenseebühne betreten hatte. Mit offenem und zerschelltem Rücken. Sie beide dagegen machten dort herinnen im Bodensee mit ehernem Rückgrat eine gute Figur. Der Fenris harrte in nahezu perfekter Deckung hinter »El Niño« aus. Er symbiotisierte mit ihm. Lediglich die spitzen Wolfsohren und die gebogenen Ziegenbockhörner guckten im dämmerungsdunklen Nachtschattengewand über den bronzenen Kahlkopf hinweg. Wie kürzlich, als die beiden Schwerttänzer in der Vollmondnacht mit ihren Taiji-Klingen in stoischer Gelassenheit wie kreisende Windmühlen ihre fließenden Bewegungen durch die Luft gezogen hatten. Mit ihrer giftigen Lebensfreude. Beinahe hätte man da noch meinen können, der Bodensee sei menschenfreundlich. Pfui Teufel. Das klang so vertraut walserisch. Trügerisch.

Martin Walser irrte sich. Der Bodensee war alles andere als lebensfreundlich. Er war präzise tödlich. Rund dreizehn Menschen stahl er Jahr für Jahr das Leben. Dreizehn, die Unglückszahl. Die Zahl des Todes. Sei's drum.

Der Fenris war auch im vergangenen September an haargenau dieser Stelle neben »El Niño« im Wasser gehockt. Am Vierzehnten. Da hatte er diesen herumlungernden Rotschopf, der damals die Pudelmasken für ihn geklaut hatte, gesehen. Erst an der Mole, später am Konzertsegel. Ein ganz besonderer Tag. Die Irisblütenmorde hatten damals ihr Ende gefunden. Und dieser Kriminalhauptkommissar aus Friedrichshafen hatte es im großen Showdown zu verhindern gewusst, einen weiteren

Tod am Bodensee geschehen zu lassen. Gleich zwei hatte er sogar vereitelt. Einer davon wäre sogar im Bodensee geschehen, hätte der Ermittler nicht seine Finger im Spiel gehabt und der »Bestie vom Bodensee« das Handwerk gelegt. Aber wenn sich der Steingruber da mal nicht gewaltig irrte.

Das Böse vom Bodensee hatte sich nicht schlafen gelegt. Im Gegenteil. *Sein* Meißner lauerte heißhungrig auf weitere Morde. Seekunstmorde. Das Rückgrat der Kunst war ein Wolf aus Porzellan. Fragil. Wankelmütig. Launisch. Es musste absolut bewahrt werden. Die Kunst musste geschluckt werden. Von ihm, dem Fenris. Er musste die Kunst vereinnahmen. Aus den Augen, aus dem Sinn der Verräter. Und die nicht minder gebrechlichen Rückgrate dieser ruchlos verräterischen Klushunde mussten zerbrochen und gerissen werden.

Annähernd einhundert Tote sollten auf dem Seegrund versunken liegen. Wäre die »Bestie vom Bodensee« damals im Wasser verreckt, dann wäre sie womöglich die hundertunderste Seeleiche geworden.

Doch das spielte keine Rolle. Der Sturm, der mit den Irisblütenmorden aufgezogen war, hatte erst seinen Anfang genommen. Er hatte ihn neu beseelt. Den Fenris. Und er wandelte Clara Meißners blutigen Pfad weiter. Mit seinem eigenen Meißner.

Seekunstmord. Dem Bodensee wohnte eine Seele inne. Er war ein hungrig-graues Wesen. Ein Geschöpf im Wolfssprung. Das »böse Kind« in Radolfzell beschwor es. Dort reckte es auch im Eifer des Sprungs seine struppige, rupfige Rute. Am Rheinzufluss in der Schweiz bei Stein am Rhein streckte es schwungvoll ein ausgefranstes Büschel davon in die Höhe. Bei Bodman und Ludwigshafen setzte das Wesen auf seinen Hinterläufen entschlossen und angriffslustig zum Sprung an. Die Vorderläufe legte es bei Friedrichshafen eng an den Körper. In Rorschach stellte es, wieder in der Schweiz, drohend seinen Buckel auf. Begierig riss es in Lindau sein Maul auf. Zwischen den österreichischen Orten Bregenz und Lochau nahm seine Schnauze die Witterung auf. Und beim Hard und in Fußach, ebenfalls in der rot-weiß-roten Alpenrepublik, spitzte es seine ohnehin gespitzten aufgerichteten Ohren. Der Alpenrhein speiste das Wesen. Bodenseeland war Totenland. Und der See ein Wolf. Ein Behüter und Todbringer zugleich.

Hundert tote Seelen spickten ihn. Wie die Rosinen den Hefezopf. Die heimliche Spezialität des Fenris. Und ja, er entfesselte sie. Die Bestie aus dem Bodensee.

Als der Sturm um die Irisblütenmorde sich im vergangenen Jahr am vierzehnten September vermeintlich gelegt hatte, hatte die Bestie sich gerührt. Meterhohe Wellen waren vor Radolfzell ans Steinufer geprescht. Aufgepeitscht durch die Orkanböen, die unvorhergesehen aus Südwesten hergefegt waren und die Jollen und Segelboote im Hafen zappeln ließen. Eine hatte mit tosender Wucht die Steinpyramide des Steinstapelkünstlers umgeworfen. Die nächste war dem »El Niño« und ihm volle Breitseite an die Brust geklatscht. Der Bodenseewolf hatte sich wieder geregt.

Der Fenris richtete sich auf und trat aus der Deckung von »El Niño«. Die aschbleierne Nachttinktur hatte schon vor Stunden Hoheit über das blau-orangene Schichtbiskuit oberhalb der Hügelzüge drüben bei der Halbinsel Höri gewonnen und den Horizont ganz für sich vereinnahmt.

Grell erstrahlte der Mond hinter dem Münster »Unserer Lieben Frau« am Nachthimmel. Eine Totenstille hing über dem Bodensee. Sie bettete ihn in vollkommene Regungslosigkeit. Neben der Lichtstraße des hell erleuchteten Radolfzeller Münsters hatte sich die goldene Schimmerbahn des Mondrunds, von rötlichem Glimmer durchwandert, in die Wasserglätte des hungergrauen Fintersees hineingewalzt.

In wiederholtem Geläut schlugen die Hausherrenglocke und die Ratoldusglocke in der Turmstube der spätgotischen Pfeilerbasilika. Schlag zwölf. Sonst lag alles in Nachtruhe.

Sein Fels war noch vom Seewasser umspült. Seine Bronzemauken waren es nicht. Er war dem Wasser bereits entwichen. Kauerte dort auf dem Trockenen vor der Mole. Lauerte. Heute war es so weit. Jetzt schlug die große Stunde. Nun würde er dem

Bodensee vollends entsteigen. Den Wolf vollends entfesseln. Der schon gewütet hatte. Geschaffen hatte. Realität geschaffen hatte. Träume von Mord hatte wahr werden lassen. Die Kunst vom Töten. In edlerem Sinne war sie von allen Künsten die weitaus prächtigste. Der Vollmond blutete Gold in den Bodensee hinein. Der See sog es gierig auf. Goldgier. Sie ließ Träume platzen. Unerfüllte Sehnsüchte.

Die Kunst schuf Mord. Und der schuf Kunst. Morde wie die Irisblütenmorde. Und nun auch die Seekunstmorde. Was an Ort und Stelle vor fast vier Jahren noch unausgegoren gewesen war, nahm nun Formen an. Weshalb faszinierte das tödliche Verbrechen denn so? Weil es demaskierte. Es kratzte nicht an der Oberfläche. Es grub tief. So wie auf der Mainau unter der Linde. Es legte Abgründe frei. Und buddelte ebendort die Fratzen der Ungeheuer und Psychopathen aus. Blickte man zu lange in einen Abgrund, dann starrte der auch in einen selbst hinein. Und aus diesen Klüften lugte die Monströsität in herzloser Ruchlosigkeit hervor.

Alles war still. Die Glockenschläge waren verstummt. Nichts regte sich. Außer er. Ihm lag schon die Schlinge um den Kopf. Doch in der Stunde des Zagens behielt die Kunst ihren kühlen Kopf. Er verlachte die beiden Betrüger, Unglück und Triumph, gleichermaßen. Er konnte regungslos dasitzen und zusehen, wie sie das von Kunsthand Geschaffene verpönten. Mit starrer Miene und fest zusammengebissenen Zähnen. Die Nerven eisern angespannt. Der Wille ehern standhaft wie ein Fels in der Brandung.

»El Niño« war herzlos, ja. Aber er bot als Mensch der Natur die Stirn. Gebot mit seinen beschwichtigenden Händen den Naturgewalten, denen er selbst tagtäglich ausgesetzt war, Einhalt. Er kurierte. Er war heilsam. Er brachte Ruhe über den Bodensee.

Bis jetzt. Nun war er der Unruhige im noch stillen Bodensee. Angestachelt von dem galoppierenden Sturm, der aus seinen Nüstern durch die Region pustete. Der Sturm, der mit den Irisblütenmorden im Auge der Lilaglut seinen Auftakt genommen hatte und durch die Seekunstmorde aufgebauscht und neu beflügelt wurde. Heute Nacht hatte er, der Sturm, dem Untersee mit Hagelschauer und kräftig pustenden Böen im Gepäck einen Anstandsbesuch angekündigt. Grob gegen halb eins.

Das böse Kind war erwacht. Es regte sich. Es schüttelte sich. Stieg ein böses Kind aus dem von Finsternis beschmierten See empor, dann kletterte der Schwarzwolf aus der Bodenkluft. Verdorben. Tod an den Hinterläufen. Wie ein von nagendem Gierfraß gefledderter Nachtfalter aus seinem aschgrauen Kokon. Gleich einer mordgeifernden Motte gierig dem Licht entgegen. Im Bodensee, da lag der Wolf begraben. Seeböskind. Die orangefarbenen Blinkkugeln der Sturmwarnleuchten rings um den See leuchteten ihm den Weg.

Die Brandung hatte »El Niño« schon gar nicht mehr umspült. Jetzt setzten sich seine Füße in Bewegung. Er verließ seinen Felsen. Seine zusammengekniffenen Augen patrouillierten über den düster ruhenden Seeteppich, den seine magisch starren Handflächen beschworen. »El Niño« schwang sich auf. Der Bodensee blutete im Goldrotschimmer des Vollmonds, als er sich aus dem Staub machte. Die ersten Wellen bauschten sich jetzt gegen das Steinufer auf. Sie brachten die Blutschneise, die der Mond in den Dunkelsee zog, in Wallungen. »El Niño« hatte ihn beschworen, den Bodenseewolf. Heute Nacht würde es im Sturmtief ein Seebeben geben. Das war Seekunstmord.

12

Sonne satt. Erst der Rundflug von Friedrichshafen über Hagnau, Meersburg, die Insel Mainau und Konstanz. Und jetzt der spontane Trip auf die Blumeninsel. Das war ein Samstag ganz nach Marcs Fasson. Seite an Seite mit seiner quirligen Alicia. Und mit Paul. Er hatte ihn über das Osterwochenende bei sich.

Alicia hatte beim lokalen Bodensee-Radiosender an diesem Gewinnspiel teilgenommen, bei dem einem mit sehr viel Glück das Monatsgehalt mal eben schlapp verdoppelt wurde. Und die kecke Altenpflegerin mit den Korkenzieherlocken war natürlich ein Glückspilz sondergleichen.

Eigentlich hatte Marc mit Paul ja ein Männerwochenende geplant. Wobei »geplant« schon zu viel des Guten war. Große Vorhaben ließen die Ermittlungen gar nicht zu. Aber er hatte mit Paul grillen wollen. Nicht an der Malerecke. Das Idyllfleckchen hatte sich seit dem letzten Fall in sein persönliches Ödland verwandelt. Sondern in Friedrichshafen bei der idyllisch an der Rotach gelegenen Weilermühle mit der großen Streuobstwiese. Da hatte es sogar eine Rutsche.

Das Papaverdienstkreuz in Gold hätte es dafür nicht gegeben, wenn er seinen Paul so betrachtete. Mit dem zitronengelben Lakers-Shirt, den Baggy-Jeans und den Schweißbändern. Und mit seiner weißen New-Era-Cap. Die war für den schmalen Kopf zu groß. Da hatte Torben, der Neue an der Seite seiner Ex Andrea, wohl mal wieder die Spendierhosen angehabt. Marc musste der Realität ins Auge blicken. Aus der Rutsche war sein Paul herausgewachsen. Und er hatte in seiner kommissarischen Arbeitswut die Spielplatzjahre verschwitzt.

Heute Morgen hatte Alicia vor seiner Wohnung gestanden und mit den Zeppelin-Tickets vor seinen Augen herumgewedelt. Die hatte sie von ihrem Gewinn gekauft. Zuerst war Marc angefressen wie ein Stinkekäse gewesen. Alicia hatte ihm damals ihre Nummer gegeben und damit Beziehungsstufe eins eingeläutet. Alicia hatte ihn auch zum ersten Date eingeladen. Beziehungsstufe zwei. Sie hatte ihn mehrfach aus seinem Loch gezogen, als er sich wie ein hasenfüßiger Igel in seiner Wohnung einkugeln wollte. Und jetzt diese schweineteuren Zeppelin-Tickets. Zündstufe drei.

Marc hatte aber nicht lange stinkig sein können. Dafür war allein schon der Zeppelin-Hangar für seinen Sohn ein viel zu großes Erlebnis gewesen. Und dann dieser einmalig atemberaubende Blick aus den großen Panoramafensterscheiben auf den Bodensee und dessen Kulturlandschaft, auf die Alpen und auf eine Cuvée von herrlichen Ausflugszielen rund um den See. Selbst das Weinstadel in Wasserburg, diese mondäne holzverkleidete Bar von ihrem ersten Date, hatten sie von dort oben gesehen. Und dann hatten sie sich in einem Selfie mit der Insel Mainau im Hintergrund verewigt. Alicia, er und Paul, sogar bis über beide Ohren strahlend, in der Mitte. Es war doch tatsächlich so etwas wie Familienstimmung aufgekommen. Da hatte sich Marcs Groll in Schall und Rauch aufgelöst.

Allerspätestens aber auf der Insel Mainau. Alicia hatte nicht ein einziges Mal das Gespräch auf seinen desaströsen Auftritt in Claras Prozess gelenkt. Und er selbst hatte nur mäßig an ihren Fall gedacht, nachdem sie auf der Blumeninsel angekommen waren. Oder an die Porzellanwölfe. Alicia hatte einfach diese großartige Gabe, es ihm so leicht ums Herz werden zu lassen wie Kakao. Selbst wenn darin sein unbekömmlicher ausgelutschter Drops schwamm.

Mit Paul flutschte es noch nicht so. Er trug die neuen schnurlosen Kopfhörer, mit denen sich dieser ach so tolle Hecht Torben ebenfalls seine Gunst erschlichen hatte. Lautes Hip-Hop-Gedudel inklusive. Torben, der Landschaftsgärtner, machte es selbst Pleschke schwer, das Siegertreppchen auf Marcs persönlicher Nervtöterliste zu behaupten.

Ansonsten war der Ausflug auf die Mainau bislang aber allererste Sahne. Erst das überdimensionale »Catan«-Feld bei den saisonalen Gärten mit der typischen Wabenstruktur und den aus dem Spiel bekannten Rohstoffen Holz, Erz, Wolle, Lehm und

Getreide. Auch wenn es erst im Aufbau war, hatte es selbst Paul dazu bewegt, die Stöpsel aus den Ohren zu nehmen. Brettspiele begeisterten Marcs Sohn trotz des vorpubertären Anflugs eben noch immer.

Dann hatten sie im tropisch dampfigen Schmetterlingshaus die Eulenfalter aus nächster Nähe bewundern können. Wie sie mit ihren filigranen Rüsseln an der Futterstelle den süßen Nektar aus den Orangenscheiben und den Bananenhälften saugten. Am kleinen Wasserfall mit Teich hatte sich Mama Schildkröte mit ihrem Nachwuchs gesonnt. Das Blatt auf ihrem Panzer hatte sich schnell als perfekt getarnter indischer Blattfalter entpuppt.

Im Café »Vergissmeinnicht« gönnten sie sich nun frischen Holundersirup, Kirschkäsekuchen und jeder eine Kugel Pistazieneis. Ihr Kuchenstückchen teilte Alicia mit Marc. Beziehungsstufe drei doppelplus. Gerade beförderte eine junge Kellnerin noch drei Gläser selbst gepressten Mainau-Apfelsaft an den Tisch. Marc erkannte die Halbstarke mit den Rastas. Die Steineschmeißerin vor dem Kunstatelier in Salem. Auch wenn sie Baggy-Jeans und Bandana heute gegen eine weiße Bluse und eine schwarze Kellnerschürze eingetauscht hatte. Obwohl Marc sich geschworen hatte, den Fall für den heutigen Tag ruhen zu lassen – mit der Krawalljugendlichen hatte er noch das eine oder andere Hühnchen zu rupfen. Eigentlich eine ganze Hühnerfarm. »Trahira Altalab-Azizi«, las er von ihrem Namensschild ab.

Er sprach sie jetzt geradewegs an. »Vom Steineschmeißen zum Kirschenentsteinen. Hat dir deine Radauaktion also Sozialstunden eingebrockt? Und der Kuchen stammt aus deinem Teigschaber?« Treffer und versenkt. Trahiras angestachelter Blick verriet, dass Marc mit beidem recht hatte.

»Mein Kirschkäsekuchen ist allererste Sahne. Ich kann deiner Schnecke und dir aber auch einen Kirschkebap zaubern. Halal mit Lamm, Pinienkernen und gehackter Petersilie. Döner macht schöner. Bei der Kidneybohne über deinem Auge würde dir das nicht schaden.«

»Wer Kaba sagt, muss wohl auch Kebap sagen, was? Über

die Beamtenbeleidigung an meiner Kollegin unterhalten wir uns noch ausführlicher, Madame. Was hattest du eigentlich am Atelier von Herrn von Dargatz-Gierer zu suchen?«

»Ich möchte mir endlich eine goldene Nase verdienen. *Wallah*, ich bin nicht das Laufmädchen! Mein Anteil steht mir schon lange zu.«

»Anteil? Wie meinst du das?« Marc schaute zu Alicia, die stillschweigend die letzten Schlucke Apfelsaft aus ihrem Glas ausschlürfte. Sie fühlte sich wohl gerade fehl am Platz. Auch wenn aus ihrer Mimik keine Enttäuschung abzulesen war. Die stand eher seinem Sohn Paul ins Gesicht geschrieben.

Marc beschloss, es für heute gut sein zu lassen. Zu tief saß noch der schmerzliche Stachel, dass die Beziehung zu seiner Ex Andrea durch seinen Arbeitsübereifer kläglich gescheitert war. Bei Alicia wollte er nicht den gleichen Fehler begehen. Auch um seines Sohnes willen.

»Wir werden über das Steineschmeißen noch einmal an anderer Stelle eingehender sprechen«, sagte er zu Trahira.

Seite an Seite waren er und Alicia nach der Stärkung im Inselcafé die Promenade der Wildrosen entlanggeschlendert. Paul mit einer Tüte Pommes als Nachtisch der besonderen Art hinterher. Sie hatten dafür extra noch mal zum Biergarten am Inseleingang zurückmarschieren müssen. Dass im dortigen Fettabscheider vor Kurzem ein Ermordeter aufgefunden worden war, hatte Marc seinem Sohn wohlweislich verschwiegen.

Das Farbspektakel auf dem Dahlienhügel war noch nicht zu bestaunen. Dafür aber hatte die italienische Blumenwassertreppe mit ihren säulenförmigen Mittelmeer-Zypressen einen Hauch mediterranes Flair versprüht. Da waren bei Marc zum ersten Mal in diesem Jahr so richtig die Frühlingsknospen aufgekeimt. Mit diesem warmen Gefühl ums Herz war er im Italienischen Rosengarten sogar zur Form eines gestandenen Charmeurs aufgelaufen. In Feld D, Beet vier, hatte er Alicia nicht irgendeine Rose gezeigt, sondern die Kletterrose »Ozeana«, die sich am Pfeiler der alten Pergola entlangrankte. Die zartrosa

Duftblüte trug Alicias Zweitnamen, den sie ihrem aus Calais stammenden Herrn Papa und dessen Vernarrtheit in die Opalküste Frankreichs zu verdanken hatte. Das hatte Marc mehr als einen schmachtenden Blick eingebracht.

Und der Südhang in der Frühlingsallee hatte die noch ausbleibenden Dahlien mehr als wettgemacht – ein floraler Teppich aus mehr als einer Million Tulpen in der Hochblüte.

Nun waren sie in der Brunnenarena angelangt. Das hatte Marc geschickt eingefädelt. Dort machten die beiden in Bronze gehaltenen Schwanenfiguren und deren zum Herz geformten Hälse das Plateau nämlich zum Verweilort der Liebenden. Nur widerwillig ließ sich Paul von Marc dazu animieren, seine schnurlosen Stöpsel aus den Ohren zu nehmen und mit dem Riesenschlappen von Smartphone ein gestochen scharfes Porträt zu knipsen. Marc und Alicia Lippe an Lippe vor dem Brunnenbecken aus Naturstein, umrahmt vom Schwanenherz.

Von seinem Sohn bekam er dafür zwar ein »Bäh! Wie uncool, Paps!« zu hören. Aber das war es maximal wert. Er war ja im Augenblick auch nicht *cool*. Er war dahingeschmolzen. Seine Hände hoben Alicia an ihrer Wespentaille, und er genoss ihren ersten Kuss. Beziehungsstufe drei tripleplus. Und endlich einmal hatte *er* die Initiative ergriffen.

»Komm, wir gehen weiter zur Viktoria-Linde. Heute hat man eine tolle Sicht rüber nach Konstanz«, schlug der sommersprossige Wirbelwind im gekräuselten lachsfarbenen Midirock und Jeansjacke in gefährlich ansteckender Heiterkeit vor.

Darauf war Marc allerdings nicht besonders erpicht. Man sah die Universität, Allmannsdorf und vor allem auch Staad hinter dem Fähranleger. Dort hatte er mit seiner Ex aus Großmutters Erbe ein Haus gebaut. Und er hatte es ihr gelassen. Sein Sohn sollte in vertrauter Umgebung aufwachsen. Jetzt hatte sich Torben, der Laissez-faire-Hipster, unter diesem Dach mit eingenistet.

Man sagte ja, die Zukunft läge immer in Blickrichtung vor einem. Aber Konstanz war nicht mehr Marcs Zukunft. Die lag bei Alicia. Auch was die Ermittlungspartnerschaft mit Aaliyah von der Konstanzer Kripo anbelangte, sah er darin noch nicht die vielversprechende Aussicht auf harmonische Zeiten. Allerdings konnte er Alicia einfach nichts ausschlagen, und schon schlenderten die drei über die Mediterran-Terrasse. Vorbei an der Sonnenuhr. *»Tempus vincit omnia«*, las Alicia die Inschrift vor.

Die Zeit besiegt alles. Auch Marcs Weltenschmerz? Da war er wieder. Mitten im bitteren Aufguss seiner Realität.

»Ach, da schau her! Was für eine ulkige Pflanze wächst denn in dem Kübel dort heran? Die lilanen Fäden sehen ja aus wie Spaghettispraywürmer!« Alicia war an der Sonnenuhr bereits vorbeigewuselt, hinüber zu einer ganz und gar außergewöhnlichen Blütenerscheinung. Die weckte sogar Pauls Interesse.

Neben dem Kübel kniete ein schwarzer Mann in weißem T-Shirt und grüner Latzhose. Der Kopf war unter einem breiten Safarihut verdeckt. Trotzdem fand Marc, dass er gut und gern als junger Mike Tyson durchgehen konnte. Diese vermaledeite Marotte von Clara. Er wurde sie einfach nicht los. »Captain Morgan Otongo«, las er vom Namensschild des Mainaugärtners ab.

»Excuse me, Sir, my …« Ja, was war Alicia eigentlich?

»Girlfriend!«, half sie ihm hinter seiner Schulter aus.

Marc musste unwillkürlich lächeln. Freundin also. Auch wenn sie noch nicht miteinander geschlafen hatten, stand er jetzt vor der Tür von Beziehungsstufe vier. *»… girlfriend wonders what kind of flower this is.«*

Der Gärtner hob seinen Kopf. Grimmiger Tyson-Blick, kurz bevor er Holyfield ins Ohr beißt. Die Miene des Gärtners hellte sich aber flugs auf. Marcs Ohren blieben verschont. »Du musch nichd Englisch schwädsa. I babbel fei Schwäbisch, so wie mir die Gosch gwachsa isch!«

Marc zeigte abwechselnd auf Alicia und den schwarzen Schwaben. »Ich … du … Ich wollte nicht … Ich meine … der Name und …«

»Und d'Farb. I, du, er, sie, es, mir, ihr, sie. Isch scho rechd. I ka sauber dekliniera und mid den Wördern dschongliera. Hier auf der Mainau dschonglier i aber mid den Bloamasamen. I bin der Herr der Blüden. Der Bliamla-Arrangschör.«

»Entschuldigen Sie vielmals! Mein Freund hat es nicht böse gemeint. Ihnen haben wir also dieses famose Farbengedicht der Mainau zu verdanken.« Jetzt entschuldigte sich Alicia auch noch für ihn.

»Noi, noi! Es isch nix bassierd! Nichd mol der Goggl übers Bedd marschierd. Und des do isch fei die blaue Bassionsbloam. Eine exodische Scheeheid. Erinnred an die Bassion Grischdi. Wegen den Griffeln. Weil se wie Nägel daherkommed.«

Jetzt war Marcs Frühlingsgebaren verflogen. Er war wieder das Frühlingsopfer. Das gerade schmerzlichst an Claras schrecklichen Mord am Abtreibungspapst erinnert wurde. An die langen Eisennägel aus der Holzscheune.

»Momend amol. Saged Se amol, Sie send doch dieser Ermiddler.«

»Ja … Der Tölpel, der den Büttel der ›Bestie vom Bodensee‹ gegeben hat. Zufrieden? Möchten Sie ein Autogramm?« Marc war es echt leid. »Oder darf es gleich ein Selfie mit mir sein?«

»Noiii, des moin i doch aber gar nichd! Sie ermiddled doch im Fall von dem hienen Schdoimeds.«

Marc ließ aber auch kein Fettnäpfchen aus. Jetzt stand er vor Alicia und seinem Sohn wie ein überreiztes Sensibelchen da. »Ähm, ja. Warum?«

»Der Kerle hod doch mit dem Kindschlerbärle von Salem zum Due ghabd. Denne ghörd doch ghörig der Dibbl bohrd!«

Marc dachte ja eher, dass Eltern, die ihr Kind nach einem Rum benannt hatten, der Dibbel gebohrt gehörte. »Na ja, Künstler eben. Wobei dieser Bildhauer schon eine ganz besondere Brise Extravaganz an den Tag legt. Frau von Dargatz-Gierer kenne ich noch gar nicht. Sie hat ja angeblich das Weite gesucht.«

»Die send boide ned gands knuschber. Em vorledschda Johr send dia all bodd auf der Insel rommgaischdrad. Do hend se all umenand die Insel mid Honig vollgschmodsd. Do fällsch doch vom Glaube ab!«

»Die haben auf der Insel Honig verteilt?«

»Ha, wenn i es Ihna doch sag! Mehr als oimol. Was für a bleede Kinschdleraktion isch des denn biddschee! Übrall Honig verschmiera und den dann oifach schdragga long. Die Schbinner hend se wie die Fliega azoga. Em ledschda Johr hend dann au besagder Schdoimeds, ein Schbringreiderle, so eine Hüddenvermiederin und eine Stroaßalümmmlin mid meiner Haudfarb die Honigschmodserei agfanga. I hen die gands Baggasch in den Sengel gschdelld. Die Gräfin hod denne seggelbleede Seggel beinah ein Inselverbod verbassd. Aber do dafür isch der Monsiör Kindschdler zu bekannd. Beim diesjährigen Skulbdur-Wettbewerb ischer der Ehrengaschd. Und heute wird doch sei Zebbelinskulbdur in Friedrichshafen eingwieha.«

Puff! Verflogen waren Marcs Schmetterlingsgedanken. Sein Sinn stand wieder ganz nach dem Mordfall.

»Die send ned gands knuschber wie die Einbrecher im Kunschdmuseum in Wien. Hend Se des midkriegd? Die hend die ›Awwaries‹ vor zwoi Dag oifach midganga long. Da isch einer midm Rollbredd durchbreddred. Zisch und Schoibaklirra und weg!«

»Awa-was?«

»Die ›Awwaries‹. In der Sproch der Liebe. Oder die ›A-vuhruhs‹, wie se im Englischen hoißd. Die ›Allegorie des Geizes‹ vom Dürer. Des Gemälde midrer alda Bix mid Hängaduddla und Achselhoar und denne wiaschda Schnoidazähne. Die Alde midem Geldboidl.«

Bei dieser wenig blumigen Schilderung waren Marcs Schmetterlinge endgültig verpufft. Immerhin hatte er verstanden, dass es um Dürers »Avarice« ging.

»Angeblich soll des Gemälde über Nachd von Wien über Innsbruck noach Dornbirn umenand karra worre sei. Dann bei Lindau überd Grends num. Des isch hunderdbro der Russ gwä. Doa drauf gang i jede Wedd ei. Der hodd definidiv au einen Sparren logger. So kunschdbesessen, wie der Haderlomp isch.«

Da war Marc einer Meinung mit dem Mainaugärtner. »*Artnapping*. Raubkunst ist die stabile Währung schlechthin in einer krisengebeutelten Unterwelt. Da gehe ich mit. Schon möglich, dass der Kanyuk hier wieder mal seine Gaunergriffel im Spiel gehabt hat.«

»Ha, des wois i nichd. Aber der Russ isch so ein granadamäßiga Kunschdfanadiger. Der hädd au den eibalsamierda Jesus in seinem Löfdle in Meersburg hänga, wenns den zum Ausbuddla gebba däd.«

Jetzt war Marc verwirrt. Dass Kanyuk ein Kunst-Hardliner sein sollte, das war ihm neu. Bislang hatte er ihn eher als geldverliebt wahrgenommen. »Sagen Sie, war bei Ihnen auf der Insel Mainau im vergangenen Jahr am oder um den zwanzigsten Dezember etwas Besonderes? Oder etwas anders als sonst?«, wollte Marc wissen.

»Ha, wir hend zwoi Dag zuvor eine Kranfällung ghed. Eine Rodbuche hod dran glauben müssen. Ein Brandkruschdenpilz an der Wurzel. Wie die Vikdoria-Linde. Die konnden mer reddenn. Ein Baumchirurg aus Dornbirn hod eine Wurzelbehandlung gmachd ghed. Des war ein Mordszinnober. Für die Besucher war die Insel a paar Dag gsperrd gwä. Zum Glück isch der Chrischdmäs Garden erschd em nächschda Johr.«

Marc entschuldigte sich noch einmal bei dem illuster schwäbelnden Blumenarrangeur für sein anfänglich plumpes Auftreten. Dann trottete er seinem Sohn und Alicia zur Viktoria-Linde hinterher.

Dort hatte bereits etwas anderes als die majestätische Linde selbst Marcs Aufmerksamkeit geweckt. Ein Flyer, den jemand hinter die Infotafel an der Rinde der Viktoria-Linde gesteckt haben musste. Der kündigte die feierliche Einweihung der Hafenstatue heute in Friedrichshafen an. Um siebzehn Uhr.

Das konnte er noch schaffen, wenn er sich beeilte. Er würde den Bildhauer zu der abstrusen Honigaktion befragen können. Und womöglich würde auch der ominöse Springreiter bei diesem Festakt aufkreuzen.

»Alicia, es tut mir sooo leid. Ich muss dringend nach Friedrichshafen. Der Fall ruft. Kannst du auf Paul achtgeben? Ihr könnt ja später die Fähre nach Meersburg und dann dort die nach Friedrichshafen nehmen. Bist du so gut, ja? Hier sind fünfzig Euro und der Wohnungsschlüssel.«

»Aber … du kannst doch jetzt nicht …« Alicia setzte ihren

Schmollmund auf. Der machte sie nur noch süßer. Zum Anbeißen.

Marc konnte nicht … Aber er musste. Die Pflicht rief. Er ließ es sich nicht nehmen, Alicia einen dicken Schmatzer auf die Schmollschnute zu pressen. Dann tätschelte er seinem Sohn über die Baseballkappe mit dem flachen Schirm, die den kindlichen Kopf so lächerlich verschlang. »Benimm dich, mein Großer. Wir sehen uns später.«

Jetzt setzte auch Paul seinen Schmollmund auf. Allerdings einen mürrischen. Er ruckte seine Cap wieder zurecht.

Schon war Marc wieder der Distanz-Papa, der auf dem Sprung war und sich in die Arbeit flüchtete. Er drehte sich herum. Taktvolle Verabschiedungen waren nicht so sein Steckenpferd. Dann eher der gesattelte Gaul, auf dem er als Lonesome Cowboy in die Ermittlungen ritt. Im Gehen tipselte er sich an seinem Smartphone durch das Telefonbuch und wählte Aaliyahs Nummer.

***

Eine Stunde später lief Marc Aaliyah vor dem Zeppelin-Museum entgegen. Sie hatte sich offensichtlich bereits am üppig bestückten Büfett bedient und verschlang gerade eines der Quichehäppchen, die auf der Servierplatte so ansprechend in Zeppelin-Form angerichtet waren.

»Ehrlich jetzt? Du hast deine Flamme und deinen Sohn einfach auf der Mainau stehen lassen? Geht dir so sehr die Muffe, dass die Konstanzer den Fall lösen könnten?«, nuschelte sie zwischen den Krümeln in ihrem Mund hervor. »Und überhaupt. Weshalb braucht ihr Häfler eine Hafenstatue? Da vorne auf dem Pier reitet doch schon eine Bronzefigur den Wellen entgegen.«

»Na ja, ihr Konstanzer habt eure ›Imperia‹. Die Lindauer ihren Löwen. Jetzt ist Friedrichshafen am Zug. Und seien wir mal ehrlich … Ein nackter Wellenreiter repräsentiert ja wohl kaum die Zeppelin-Stadt, also das ›Schwäbische Nizza‹.«

»Stimmt, nackte, unverblümte Tatsachen zu schaffen, ist

nicht die Kernkompetenz der Häfler Kriminalpolizei. Da passt ein fleischloses Zeppelin-Gerippe schon eher zur Faktenlage in eurem Zuständigkeitsbereich«, gab sich die Konstanzer Kriminalkommissarin auf Probe bissig. »›FN‹ steht wohl für Fachnieten. Oder, wenn ich mich so umschaue, für feinpinkelige Nasen. So wie das ›RV‹ für Reservisten, ihr Bankdrücker.«

Aaliyah musste ihm sein »Könnernichtse« noch krummnehmen. Vielleicht war sie aber auch bloß verstimmt, weil Ravensburg den Konstanzern im Zuge der Polizeireform in Sachen Hoheit über die Kriminalpolizeidirektion Friedrichshafen den Rang abgelaufen hatte. Wie das bockige Kind, dem man einen Duplostein stibitzt hat. Ähnlich war es ja vor gut zehn Jahren gewesen, als die Konstanzer den Hafenlöwen, der zuvor durch eine Veräußerung der Deutschen Bahn an die Konstanzer Stadtwerke einige Jahre lang badisch gebrüllt hatte, wieder an die Stadt Lindau zurückverloren hatten.

So ganz unrecht hatte Aaliyah mit ihrem überspitzten Kommentar von wegen etepetete aber nicht. Die städtische Crème de la Crème gab sich hier die Klinke in die Hand. Die Einweihung der Hafenstatue war wohl ein willkommener Anlass, um zu sehen und gesehen zu werden.

Und auch die einzuweihende Skulptur konnte sich sehen lassen. Auf das erste Zeppelin-Luftschiff »LZ 1« war die Wahl gefallen. Es sollte seinen würdigen Platz auf dem Buchhornplatz finden. Vor dem Platanengarten. Auf dem Riesenflugzeug, das auf dem Kopfsteinpflaster aufgemalt war und als Wegweiser zum Zeppelin-Museum diente.

»Dieses Ungetüm wird ja den halben Biergarten verdecken. Also das Zeppelin-Museum wird dann ganz gewiss kein Tourist mehr verfehlen. Und den Friedrichshafener Hafen gleich zweimal nicht«, stellte Aaliyah zynisch fest.

Marc hatte andere Sorgen. »Lass uns jetzt lieber mal nach dem Bildhauer Ausschau halten. Und wer weiß, womöglich stolpert uns ja auch dieser Springreiter über den Weg.«

Vom Buchhornplatz ertönte ein hitziges Stimmengefecht herüber. Das schien sich gerade so richtig aufzubauschen.

Marc und Aaliyah liefen an den aufgebrezelten Gästegrüppchen vorbei. Die meisten waren bei einem Glas Sekt und Häppchentellern in Gespräche vertieft. Dort am Büfett stand ja auch Kanjuk. Er war gerade damit beschäftigt, sich von einem kunstvoll zur Hundefigur geformten Hefezopf ein übergebührlich großes Stückchen dreist mit den Fingern abzurupfen.

Nach dieser Unschicklichkeit wedelte der »Knochenbrecher« den Kommissaren mit dem Zopfbrot in seiner einen Hand entgegen und prostete ihnen mit dem Sektglas in der anderen zu. »Die Kidneybohne und Two-Face. *Tishe yedesh', dal'she budesh'.* Je langsamer man fährt, desto weiter kommt man, was? Sie tingeln auf dieser Einweihungsparty herum, anstatt Ihren Fall zu lösen?«

In seinem glänzenden Armani-Anzug hätte Kanyuk genauso gut ein Vernissage-Organisator oder Kunstsponsor sein können. Sein Boxerzinken, seine Handknöcheltätowierungen und die Goldkettchen verrieten aber den ruchlosen Gossenmief, der an seinem Smoking haftete. Jedenfalls musste Kanyuk warten. Der lautstarke und vermutlich handfeste Zwist, der da gerade vonstattengehen mochte, hatte Vorrang. Später würde Marc den Gangsterfritzen aber unbedingt auf die Sache mit den Pudelmasken, die er von Rufus Vetten gesteckt bekommen hatte, abklopfen. Sollte ihn Kanyuk als Zunftmeister wirklich mit dem Klau der eigenen Fasnachtsmasken beauftragt haben, wäre das ein echtes Ding.

Ein Stückchen den elendslangen Büfetttisch am Museum aufwärts liefen Aaliyah und Marc stracks in Geri Kaspar. Der Geschichtsprofessor von der Universität Konstanz lud gerade einige deftige und mit einem Kresse-Topping dekorierte Blätterteigschnecken auf eine Serviette.

»Na, hier sind aber mal wirklich Gott und die Welt geladen!«, entfuhr es Marc.

Der altertumsbewanderte Professor mit der eigentümlichen Chignon-Frisur drehte sich herum. Nicht nur der Männerdutt, die abrasierten Seiten und der riesige Rauscherundbart ließen ihn wie einen gesottenen Hünen wirken. Auch die schiere

Größe von guten zwei Metern. Eine Nordmanntanne von Mann.

»Ach, die ehrenwerten Kommissare. Übrigens, ich habe tiefer gehende Erkenntnisse zu Ihrem Briefschriftstück und der ominösen Silberkugel.« Kaspar wischte sich mit einer zweiten Serviette ein paar Blätterteigkrümel aus den Mundwinkeln. »Am besten bereden wir das Ganze aber nicht hier in der Öffentlichkeit.«

Er balancierte die verbleibenden Snackschnecken in der Serviette auf der rechten Hand. Mit seiner Linken griff er in die Brusttasche seiner braunen Seidennappa-Lederweste. »Fehlanzeige!« Er erhob seinen Zeigefinger und ließ seine Hand dann in die Seitentasche seiner beigen Trachtenwollhose huschen. »Na, wer sagt's denn. Da haben sie sich versteckt.«

Geri Kaspar zauberte zwei Visitenkarten aus seiner Hosentasche hervor und überreichte sie, den Daumen nun halb in die zweite Serviette gewickelt, Marc und Aaliyah. »Vereinbaren Sie doch einfach einen Termin mit meiner Assistentin. Dann können wir in aller Herzensruhe über die Befunde sprechen.«

Marc und Aaliyah nahmen die Karten an sich und bedankten sich. Deren Rückseite war ebenso goldgebürstet wie die Vorderseiten. Dabei hatten sie doch gerade so blau geschimmert.

»Lassen Sie es sich noch schmecken«, verabschiedete sich Marc. Er und Aaliyah bogen um die Ecke.

»Na, da schau einer an, Marc. Ich glaube, der Herr im weißen Magieraufzug ist zweifelsohne unser Bildhauer. Und der Gentleman, der ihn da gerade am Kragen packt, dürfte unser Springreiter sein. Zumindest stelle ich mir den Reiterkavalier von Klasse und Welt exakt so vor.«

Tatsächlich stand dort Hanjo von Dargatz-Gierer in einem fürchterlichen weißen Pinguinfrack. Mit einem handgeflochtenen Bogart-Hut und einem Ausgehstock mit Panthergriff. Und tatsächlich schüttelte ihn gerade ein schlanker, eloquenter Mann mittleren Alters mit royal gewachstem Silberhaar durch. Er steckte in braunen Herrenslippern, einer engen weißen Echtlederhose und einem roten Poloshirt. Darüber eine dunkle Steppweste. In der Tat, wie man sich einen Vollblutreiter auch jenseits des Pferderückens vorstellte.

Der mutmaßliche Springreiter haute dem Bildhauer den Frack dermaßen voll, dass dem schon der Hut schief saß. Hanjo von Dargatz-Gierer heimste sich noch einen gepfefferten Kinnhaken ein, dann riss er sich hämisch lachend los. Gemächlich rückte er seinen gekrempten Hut zurecht.

»Du hast sie auf dem Gewissen! Hundertpro. Und ich bin auch nicht meschugge. Ich weiß, was meine Augen gesehen haben«, schnauzte der Springreiter ihn an. »Da war ... dieser nachtschwarze Wolfskopf! Der hatte an die Tür geklopft! Der Nachtfraul! Und der ›El Niño‹ hat dort draußen neben der Hütte im Gestrüpp gesessen!« Der wutgeladene Krawallbruder trat den Rückzug an. Er machte nicht den erhabenen Eindruck, vor Kurzem einen Prachthengst zum Turniersieg geritten zu haben. Vielmehr wirkte er selbst wie vom Teufel geritten.

»Eieiei ... Welche Laus ist dem denn über die Leber gelaufen? Unser extravaganter Bildhauer verübt zwar in seinem grauenhaften Aufzug mal wieder ein gewaltiges Modeverbrechen. Aber ein Schreckgespenst ist er nun ja auch wieder nicht«, stellte Aaliyah nachdenklich fest.

Marc konnte ihr nur beipflichten. »Wenn ich das schon höre. Der Nachtfraul und ein Statuenjüngling, der sich für einen absurden Ortswechsel aus der Hocke heraus aus dem Staub gemacht haben soll. Ja sind denn jetzt allmählich alle übergeschnappt? Die Bronzefigur wird vermutlich keine Geldstücke bei sich haben. Weder für ein Ticket für den Seehas-Zug noch für Fersengeld, um auf seinen Metallhacken zu fliehen. Der Bodensee ist doch kein Münzbrunnnen.«

Und ein Bronzeticket zu entwerten, damit täte sich die Knipszange eines Schaffners auch schwer. Einen solchen Humbug konnte Marc schlichtweg nicht im Entferntesten für bare Münze nehmen. »›El Niño‹ ist wohl kaum so ein Steingolem, dem man den Namen des potenziellen Opfers einfach nur auf ein Stückchen Papier gekritzelt in den Mund legen muss.«

Der Springreiter, der gerade noch den Wutzapfen gegeben hatte, stand wirklich neben sich. Mit ausgefahrenen Schultern pflügte der Kerl sich zwischen Marc und Aaliyah hindurch.

Marc bot ihm mit seiner Schulter die Stirn und ließ ihn auflaufen. »Sie sind …?«

»Claudius Bouffier, hier fehl am Platz und stinksauer! Sie entschuldigen mich.«

»Wir sollten uns einmal unterhalten, Herr Bouffier! Kriminalhauptkommissar Marc Steingruber und meine Ermittlungs–«

»Jetzt nicht!« Schon war der Wutentbrannte über den Vorplatz des Hafenbahnhofs in Richtung Romanshorner Platz entschwunden.

Dabei hatte Marc Aaliyah diesmal sogar als seine Ermittlungspartnerin vorstellen wollen. In seiner Tobsucht war der Enteilende beinahe noch in die Höllenmaschine von Motorrad gerannt, die unter dem Bahnsteig am Rand geparkt stand. Das war ein echter Hingucker und hatte in seinem futuristischen Gerippe-Look etwas von einem Uhrwerk.

Aaliyah konnte nur staunen. »Wow, was für ein Klamauk. Die Sache mit der Honigaktion auf der Mainau schmierst du dem Bildhauer besser erst nach der Einweihung der Hafenstatue aufs Brot.«

Marc kramte ein Papiertaschentuch aus der Tasche seiner Parka-Feldjacke hervor. Er reichte es dem ein wenig zerknittert dastehenden Bildhauer. »Dieses Mal darf ich es Ihnen anbieten. Sie haben da ein wenig Blut an der Oberlippe. Ich nehme an, das war …?«

»Der bornierteste und zugleich begnadetste Springreiter aus dem Ländle. Dreimal in Folge südbadischer Meister. Der Höllenhund hat sogar schon einmal in Hamburg beim großen Spring-Derby die Top Dreißig der Weltelite Staub schlucken lassen.« Hanjo von Dargatz-Gierer nahm das Taschentuch, tupfte unter seiner hochgestochen adeligen Höckernase herum und machte keinen großen Hehl aus dem Handgemenge von gerade eben.

Gemeinsam mit dem Bildhauer liefen Marc und Aaliyah zurück auf den Buchhornplatz. Auf halber Höhe zwischen dem Platanen-Biergarten und dem Zeppelin-Museum kamen sie zum Stehen.

»Und wen haben Sie seiner Meinung nach auf dem Gewissen?«, wollte Aaliyah von Hanjo von Dargatz-Gierer wissen.

»Nicht *wen*, sondern *was*. Die Kunst. Der gute Claudius ist völlig aus der Spur, weil mein betonlastiges Zeppelin-Gerippe angeblich das geschichtsträchtige Prestige der Zeppelin-Stadt mit bloßen Füßen trete.«

Aggressives Motorengeknatter ertönte hinter dem Zeppelin-Museum von unterhalb des Bahnsteigs des Hafenbahnhofs. Der Bildhauer verdrehte die Augen. »Und jetzt lässt seine Höllenmaschine die Umwelt Feinstaub fressen. Sein Spartacus-Schrei, um sich von der Wut zu befreien.«

»Erst die steineschmeißende Halbstarke, jetzt der aus der Haut springende Reiter. Sie ziehen den Ärger ja an wie der Pott Honig die Bienen. Apropos Hon–«

Aaliyah zupfte an Marcs Ärmel. Bitterböser Blick. Noch immer knatterte der Zweizylinder des Springreiters. Dazu gesellten sich aus nicht allzu weiter Ferne die piepsenden Geräusche einer Warnsirene. Mit der Geräuschkulisse erwachte der turmhohe gelbe Teleskopkran, der gerade eben noch wie eine regungslose Giraffe seinen Hals neben dem Uhrenturm des Zeppelin-Museums in die Höhe gereckt hatte.

Jetzt schleppten drei behelmte Bauarbeiter, denen man rein muskeltechnisch ansah, dass sie ihren Alltag nicht hinter dem Schreibtisch fristeten, einen schwarzen Betonring an einer Hebeschlinge herbei. Sie kamen um die Ecke gelaufen, aus der das Motorenknattern ertönt war. Einer von ihnen hängte die Hebeschlinge in den heruntergelassenen Kranhaken ein.

»Numero fünf. Aus allerfeinstem Edelbeton. Die Ringe bilden das Herzstück meiner Zeppelin-Skulptur. Das gibt das Gerippe vom ›LZ 1‹ im Maßstab eins zu zehn. Fast dreizehn Meter lang!«, verkündete der Bildhauer stolz und deutete hinüber zu dem wie ein Leichenumriss auf das Kopfsteinpflaster gemalten Flieger. In dessen aufgezeichnetem Rumpf waren mit Abstand bereits vier dieser etwas mehr als halbmannshohen Ringe sowie zwei kleinere Ringe als Luftschiffnasen wie überproportionierte Fahrradreifen in massive ständerförmige Stahlfassungen eingelassen.

»Aber war das Skelett vom ›LZ 1‹ nicht aus Aluminium? Oder irre ich mich da?« Marc wollte nicht den Klugscheißer geben, aber sein Interesse war geweckt.

»Sehr richtig. Aber wie ordinär wäre denn ein Metallgerippe! Die Streben sorgen später für die Zigarrenform des Zeppelins. Die sind aus Aluminium. Eloxiert in Arktikblau. Die Ringe sind aus Aluminiumbeton. Hier geht es um Kunst. Die ist avantgardistisch. Die ist radikal. Mein Edelbeton bringt die Anmut und den Gigantismus dieser fliegenden Zigarre zum Ausdruck. Das Kunstwerk soll zum Nachdenken anregen. Welch Ding der Unvorstellbarkeit, dass dieser archaische Wal, dieser sanfte Riese, sich überhaupt nur im Ansatz in die Lüfte erheben konnte.«

Gerade warf der Kranarm unter elektrisch surrenden Geräuschen seinen Schatten über ihre Köpfe. Der Bildhauer blickte nach oben. Aaliyah und Marc taten es ihm gleich.

»Aluminiumbeton eröffnet ganz neue Gestaltungsdimensionen. Wesentlich schlankere Strukturen als beim herkömmlichen Beton. Und er hat einen um Längen besseren ökologischen Fußabdruck als reines Aluminium. Was der Wutdrachen auf seinem Motoresel rausbläst, spare ich wieder ein. Kunst ist Gaia, die Mutter Erde. Sie hält die Welt im Gleichgewicht.«

Marc hatte bei diesem hochgestochenen Geschwafel des Bildhauers seine Ohren auf Durchzug geschaltet. Sein Blick war am Himmel hängen geblieben. Und seine Augen fühlten sich an, als wüchsen sie auf die übernatürliche Größe von Billardkugeln an. Sein Sehnerv kam nicht mit dem zurecht, was ihn dort gerade so massiv reizte.

Die Hebeschlinge! Es war die graue Hebeschlinge, die sich wie zähes Kaugummi in die Länge zog. Mit dem schweren Trumm von Betonring daran. Direkt über dem Kopf des im Überschwang referierenden Bildhauers. Der Brocken mochte gut und gerne eine Vierteltonne auf die Waage bringen. Mindestens.

Oder spielten Marcs Augen ihm da gerade einen Streich? Vielleicht ein Spätzünder unter den bunten Nebeneffekten seiner Schlumpfkapseln? Nein. Das schockgetriebene Raunen, das durch die Menge der geladenen Gäste ging. Der Endweltblick des Kranführers. Das Kaugummi, das lang und länger wurde. Das jetzt zum todmüden Fransenfaden wurde.

Marc weckte den inneren Footballer in sich und riss den Bildhauer mit einem beherzten Bodycheck noch eben so mit sich auf das Kopfsteinpflaster. Auf den allerletzten Pfiff. Über ihnen rauschte der Betonring an den letzten standhaften Nylonfäden der zerrütteten Hebeschlinge so bedrohlich nahe vorbei, dass der Windsog dem Bildhauer den Hut vom Kopf wirbelte. Mit einem Höllenlärm krachte der wuchtige Ring dann kurz hinter ihnen von der leblosen Schlinge zu Boden. Von dort eierte das fünfte Herzstück der Zeppelin-Statue nach einer donnernden Begegnung mit einem der Hafenpoller unter tosendem Geschepper und eindrucksvollem Taumeltanz harsch dem Bodensee entgegen, ehe es platschend darin zum Erliegen kam.

Motorengeknatter schloss sich nahtlos an das stöhnende Geklonke der Hafendalbe an. Marc sah gerade noch den heißen Ofen von Claudius Bouffier über den Buchhornplatz in die Einkaufspassage davonsausen.

»Ja, da laust mich doch der Affe, Marc! Das war haarscharf. Mir ist gerade echt die Muffe gegangen! Alles gut bei dir?«

Wackelte Aaliyah jetzt wirklich mit ihrem Gesäß, als sie sich zu ihm hinabbeugte? Womöglich war ihm aber auch einfach nur drimselig nach diesem Schreckmoment.

Nicht nur seine Kollegin erkundigte sich nach Marcs Wohlbefinden. Wie die Fliegen zog die Besorgnis nun die geladenen Gäste heran. Alle dankten sie ihm für seine Heldentat. Außer der Bildhauer. Der maulte wie ein Kesselflicker, weil Marc noch immer schockgebeutelt auf ihm lag und ihn platt wie eine Flunder drückte.

Marcs Hosenbein vibrierte. Telefon. Umständlich rutschte er auf der Hüfte des Bildhauers hin und her, um an sein Smartphone zu gelangen. Geschafft, nach einigem Gefrickel. Thomas Fischer. Natürlich. Der nerdige Telefonkoordinator der Kripo Friedrichshafen hatte die sonderliche Gabe, immer im falschen Moment durchzuläuten.

»›Fischy‹, was gibt's? Ich bin gerade auf Herrn von Dargatz-Gierer, den ehrenwerten Künstler, gebettet. Und ich bin gerade fast von einem übermächtigen Ring seiner neuen Hafenstatue erschlagen worden. Aber sonst ist alles gut. Was liegt an? Schieß los!«

Was er jetzt zu hören bekam, war kein Schuss. Das war ein gewaltiger Kanonenschlag: »Marc, er ist weg!«

»Wie weg? Wer?«

Fischers Stimme am anderen Ende der Leitung überschlug sich nun fast. »›El Niño‹. Die Statue. Also … der Knabe hat über Nacht Füße bekommen. Nicht dass ihm die vorher gefehlt hätten. Aber … wie soll ich sagen? … Die hat er in die Hand genommen. Wohl schon Dienstagnacht. Das Fehlen der Statue ist am Mittwoch in den frühen Morgenstunden einem Zugpendler aufgefallen. Die Kollegen vom Polizeirevier Radolfzell haben ein Weilchen gebraucht, bis sie die Kripo wegen unserer aktuellen Ermittlungen über das Verschwinden informiert haben.«

»Wie …? Was …? Das kann nicht sein! Aber …« Marc fiel aus allen Wolken. »Ich … Fischer, das muss ich vor Ort sehen. Sag Dettmeier, dass er mit der Spurensicherung zum Zeppelin-Museum kommen soll … Wie, der ist schon andernorts beschäftigt?« Marc war völlig perplex. Er hatte in den vergangenen Tagen keine Zeitung mehr gelesen. Sollte dort über das Verschwinden von »El Niño« berichtet worden sein, hatte er es gar nicht mitbekommen können.

»Der ist in den Kreuzlinger Wald zu den Lengwiler Weihern gefahren. Dort gibt es südlich der drei Weiher so einen Forstbetrieb für Holzfällerarbeiten. Und am Zuweg sollten an einem Rastplatz die maroden Holzsitzbänke abgebaut werden. Dabei sind die Waldarbeiter an so einer bussardartigen Schnitzfigur, die dort steht, auf ganz viele Blutspritzer gestoßen«, teilte Fischer mit.

»Und die möchte Dettmeier sich höchstpersönlich ansehen?«, zeigte Marc sich recht verwundert. »Das könnten doch genauso gut seine Mitarbeiter übernehmen.«

»Tun sie ja. Tina Nowak und Diana Mendig sind auch schon auf dem Weg nach Kreuzlingen«, erklärte Fischer.

»Was? Die Mendig auch?« Dass mit Tina Nowak die ausgewiesene Blutspurenmusteranalystin anrückte, das erschloss sich Marc ja noch. Aber weshalb brauchte es die Waffenexpertin der kriminaltechnischen Forensik?

Fischer wusste auch auf diese im Stillen gedachte Frage postwendend eine passende, wenngleich auch verstörende Antwort. »Aufgrund der Vielzahl an Blutspritzern gehen wir nicht von einem Wildunfall aus. Auch nicht von einer Schnittwunde bei einem Picknick oder dergleichen. Die Spurensicherung hat wohl auch ein graues Barthaar an der Schnitzfigur sichergestellt. Und dann ist da noch etwas. Um diese hölzerne Bussardfigur herum soll es Fußabdrücke geben, Marc. Fußabdrücke, nicht von Schuhen. Und laut Dettmeier nicht gerade menschlicher Natur. Sondern vielmehr von … na ja … starren Statuenfüßen. Ich habe es dir doch gesagt … ›El Niño‹ hat Füße bekommen.«

»Fischer, ich bitte dich! Du glaubst doch wohl hoffentlich selber nicht, was du da gerade von dir gibst.«

»Na ja, Marc. Wie dem auch sei. Jedenfalls haben die Konstanzer Kollegen in Radolfzell im Kies auch Fußabdrücke vorgefunden. Bis rüber zur Bahnhofsunterführung. Da enden sie. Pleschke hat die schon vermessen lassen und gerade durchgegeben. Ungefähr Schuhgröße fünfzig. Das könnte Pi mal Daumen hinkommen!«

»Fischer, nur die Ruhe. Sollte ›El Niño‹ in den Seehas-Zug gestiegen sein, wäre es spätestens mit dem Schaffner schwierig geworden.«

Aus dem Augenwinkel nahm Marc auf der Seeterrasse des Restaurants oberhalb des Zeppelin-Museums plötzlich eine Gestalt war. Dort oben hinter der Brüstung stand jemand und belauerte das Geschehen. Mit einem nachtfarbenen Wolfskopf. Der Nachtfraul! Rauchfäden stiegen aus den Fellzotteln auf. Ein wenig abseits der Restaurantbesucher, denen auf der Terrasse in Anbetracht des dramatischen Beinahe-Unfalls mit dem Betonring eben vor lauter Schreck die Zeppi-Currywurst und die Pommes frites in den Mündern stecken geblieben waren. In den Augen des Wolfskopfs schlummerte aber nicht die Lilaglut des Nachtfrauls, sondern goldgelbe Zitronengrelle. Ketten hingen von den Bockhörnern und den spitzen Ohren bis an die Fangzähne und in das Halsfell. Dort neben dem Wolfsmenschen linste nun ein Metallkopf über die Brüstung, der dem der kindsköpfigen Statue verdächtig ähnlich sah.

Der Nachtfraul und die Bronzeskulptur, die den Radolfzellern so hauruckartig über Nacht flöten gegangen war. Marcs Augen mussten ihm da im Moment einen gehörigen Streich spielen. Er schloss sie und schüttelte sich einmal kräftig durch. Dann öffnete er sie wieder. Der Wolfskopf war zwischen den gaffenden Terrassengästen entschwunden. Ebenso der bronzene Kindskopf. Dass die aus Radolfzell verschwundene »El Niño«-Statue durch die Gassen stolzierte, das war doch Kappes. Beim Nachtfraul war Marc sich allerdings nicht so sicher. Jetzt hoffte er sogar inständig, dass es bloß Nachwehen seiner Pillenschluckerei waren.

»Halloho? Marc, hörst du mich noch?«, erkundigte sich Thomas Fischer am Telefon.

Marc schwieg.

Der Bildhauer klopfte ihm mit den Knöcheln dreist gegen die Stirn. »Guggus! Geisterstunde? Spukt es darin schon wieder? Was hat man Ihnen denn gerade geflüstert, hm? Sind die Nerven Matsch? Honig im Kopf?«

Marc hatte vor lauter Aufruhr ganz vergessen, dass Hanjo von Dargatz-Gierer unter ihm vergraben lag. Er würgte den noch immer in der Leitung vor sich hin brabbelnden Telefonkoordinator ab und legte einfach auf. Dann kniff er dem unter ihm grantelnden Bildhauer mit der einen Hand in die Wange. Die andere rupfte in mechanischer Trance an seinem versnobten Bart.

»Autsch!«, krakeelte der Bildhauer lautstark und schimpfte wie ein Rohrspatz. »Mich hätte zwar um Haaresbreite fast meine eigene Neuschaffung erschlagen. Ich hatte aber kein *Schlägle*! Sie müssen also beim besten Willen nicht die Funktionstüchtigkeit meines Mundwinkels testen. Bei der Treue zu meiner starrsinnig starren Frau, Pfoten weg!«

Marc durfte sich nichts anmerken lassen. Er musste dem Bildhauer etwas auftischen. »Honig!«

»Honig … Ja, in Ihrem Kopf. Gehen Sie endlich runter von mir!«

»Honig. Wieso haben Ihre ›starrsinnige‹ Gattin und Sie den überall auf der Mainau verteilt?«, blieb Marc hartnäckig.

Ein müdes Lächeln schlich sich auf die Lippen des Mannes unter ihm. »Ich sagte es bereits. Kunst ist Gaia. Und wir haben Mutter Erde Honig um den Mund geschmiert. Eine Huldigung des künstlerischen Schaffens. Das ist alles.«

Künstlergeseiere. Hier kamen sie nicht weiter. Marc rappelte sich auf und entließ den Bildhauer aus seiner Hüftumklammerung. »Seien Sie auf der Hut. Man trachtet nach Ihrem Leben …«

»Papperlapapp. Das hier kann genauso gut ein simpler Materialfehler gewesen sein. Nichts ist unfehlbar. Nur die Kunst! Auch Sie nicht, mein Guter. Die Polizeigewalt werde ich jetzt wirklich mal dem werten Herrn Polizeipräsidenten melden.«

»Die Rettungsaktion ist übrigens gern geschehen. Nichts zu danken. Unausstehlichen Ekelpaketen das Leben retten, das kann ich seit vergangenem Sommer ganz gut. Wir verabschieden uns jetzt. Die Pflicht ruft«, bot ihm Marc die Stirn.

Seine verrückte wie besorgniserregende Beobachtung dort oben an der Terrassenbrüstung des Zeppelin-Restaurants verheimlichte er Aaliyah. Oder doch sein Hirngespinst, da war er sich nicht so sicher. Er trichterte einem der bereits angerückten Streifenpolizisten ein, den Kran abzusperren und bis zum Eintreffen der Spurensicherung niemanden auch nur in die Nähe der gerissenen Hebeschlinge kommen zu lassen. Dann bedeutete er Aaliyah, die Seile zu kappen. Zeit, aufzubrechen.

Aaliyah staunte nicht schlecht. »Deine tötungslustige Ex-Kollegin als ›Ekelpaket‹ zu betiteln, das ist ein Quantensprung in deiner Traumabewältigung. Respekt. Aber willst du den Bildhauer einfach so gehen lassen? Es ist doch offensichtlich, dass dort etwas im Busch ist. Dieser Bouffier hat es irgendwie auf ihn abgesehen. Und wir wollten mit Kanyuk noch ins Gericht gehen, weshalb er diesen Rufus dazu angestiftet hat, die Pudelmasken aus dem Allensbacher Zunftheim zu entwenden. Ich meine, als Zunftmeister hätte er sich die doch kinderleicht selber krallen können, oder etwa nicht?«

Die beiden liefen um die Ecke zurück zum Büfett. Dort war Kanyuk nirgends mehr zu sehen.

»Der hat sich wohl längst vom Acker gemacht. Komm mit«, forderte Marc Aaliyah auf. »Wir haben andere Sorgen. ›El Niño‹ ist über Nacht aus dem Bodensee verschwunden! Unser Labor wird schon herausfinden, ob der Hitzkopf von Springreiter mit seinem heißen Ofen nicht nur das Kopfsteinpflaster erhitzt hat, sondern auch die Hebeschlinge. Und eure Leute sollen in Radolfzell das Verschwinden der Kindskopfskulptur untersuchen.«

Aaliyah wollte erst einmal wissen, was für eine Laus Marc gerade schon wieder über die Leber gelaufen war. »Was sollte der Backenkniff? Du warst doch bis vor Kurzem noch vom Dienst beurlaubt, Marc. Wenn der Bildhauer eine Dienstaufsichtsbeschwerde gegen dich einreicht, ja dann gute Nacht um sechs!«

Marc blieb unversehens stehen und griff seine Kollegin am Handgelenk. »Aaliyah, hör zu ...«

»Marc, deine Augen. Du machst mir Angst. Was ist denn in dich gefahren? Doch nicht wieder ein Tablettenspuk? Wie die ganze Sache mit dem Bussard-Verfolgungswahn?«

»In Kreuzlingen haben Waldarbeiter Blutspritzer an einer ... an einer ... geschnitzten Bussardfigur entdeckt.«

»Ach, Marc, du vergackeierst mich doch!«

»Nein! Das hat mir unser Telefonkoordinator am Handy gesteckt. Und es kommt noch dicker! Dort im Lengwiler Forst hat die Spurensicherung auch rings um diese Figur herum lauter Fußtapper sichergestellt. Keine Schuh-, sondern Fußabdrücke!«

Aaliyah wollte sich von Marcs Hysterie nicht so recht befeuern lassen. »Na und. Dann war wohl eine Barfußgruppe im Kreuzlinger Wald unterwegs.«

»Aaliyah, keine menschlichen Stapfer. Sondern von einer Skul… von einem Ding eben!«

Auch jetzt lupfte sich bei seiner Zwangskollegin nur die Augenbraue in tiefer Ungläubigkeit.

»Es kommt noch knüppeldicker«, fuhr Marc fort. »Man hat Kanyuk gestern spätabends an der Burgruine Schopflen gesehen. Das hat der Fischer gerade noch ewig lang in den Hörer schwadroniert. An dieser abgeschotteten Ruine vor der Reichenau, die neuerdings als zwielichtiger Umschlagplatz für Raubkunst die Runde macht. Es muss noch jemand bei ihm gewesen sein. Zwei weitere Personen. Vage Beschreibung. Ein hochgewachsener Hüne und ein hageres Persönchen. Vermutlich zwei seiner Handlanger. Er soll ein tablettgroßes Paket in braunem Packpapier unterm Arm gehabt haben. Einen Tag nach dem Einbruch im Kunstmuseum in Wien. Gut möglich, dass es sich um die ›Avarice‹ von Dürer handelt.«

»Ich werde gleich noch bei meiner Chefin anklopfen. Sie muss unbedingt den Direktionsleiter und den Staatsanwalt einlullen, damit die uns einen Durchsuchungsbeschluss für Kanyuks Bordell und seine Wohnung ausstellen. Der Club ›Paradise Consilia‹ ist ja gleich bei uns um die Ecke. Der muss komplett auf den Kopf gestellt werden«, schlug Aaliyah nun vor. »Wenn deine Kollegen das Loft in Meersburg übernehmen würden. Möglicherweise finden wir das gestohlene Gemälde ja dort oder im Bordell.«

Marc offenbarte Aaliyah seine linke Hand, die er seit dem peinlichen Auftritt über dem am Boden liegenden Bildhauer in seinem Hosensack verborgen gehalten hatte.

»Barthaare? Wozu das denn? Dir ist doch bestens bewusst, dass eine erzwungene DNA für uns nutzlos ist?« Aaliyah blieb hartnäckig.

»Dettmeiers Team hat im Kreuzlinger Wald an der Schnitzfigur ein graues Baarthaar gesichert. Ich habe die Gunst der Stunde genutzt. Oder glaubst du, der eitle Sturkopf von Bildhauer hätte uns freiwillig eine Bartprobe überlassen? Besondere Zeiten erfordern besondere Maßnahmen. Bei dem Schriftstück aus dem Atelier warst du auch nicht zimperlich.«

Zum Glück hatte Marc neben Einweghandschuhen immer einen Notvorrat an Asservatentütchen im Handschuhfach seines Audis. Ansonsten wäre seine Aktion jetzt ein gehöriger Rohrkrepierer geworden. »Tja, nicht nur du kannst den Bildhauer bestehlen, kleines Äffchen Abu.« Jetzt rutschte Marc schon wieder ein Seitenhieb rund um Aaliyahs orientalische Herkunft heraus, wohl weil sie vorhin gemeint hatte, sie lause der Affe.

»Du tischst das Tausendundeine-Nacht-Soufflé auf, obwohl du weißt, dass mich so ein beknackter Spruch tierisch auf die Palme bringt?«

»Ist ebendie neben der Dachbehausung nicht Abus zweite Heimat in ›Aladdin‹? Also, die Palme?«

»Steingruber! Es reicht.«

»Schon gut, Aaliyah. Das war einer zu viel«, beschwichtigte Marc sie. Wollten sie diese Mordfälle lösen, dann mussten sie allmählich das Kriegsbeil begraben und an einem Strang ziehen.

»Dann lass uns auch mal in den Kreuzlinger Wald fahren. In Radolfzell an der Mole gibt es wohl wenig zu sehen, wenn ›El Niño‹ wirklich stiften gegangen ist. Ich nehme dich in meinem Audi mit, wenn's recht ist.« Ihm war es das auf alle Fälle. Mit Aaliyahs grüner Mamba hatten er und sein Magen sich noch nicht angefreundet.

***

Gute zwei Stunden später liefen Aaliyah und Marc auf der Waldlichtung Bärenhölzli zwischen den beiden lang gestreckten Holzbauten des Forsthofs hindurch. Marc surrten noch die Ohren. Er hatte gerade ein Telefonat mit einem unleidigen Köstinger über die Bühne gebracht. Sein Vorgesetzter hatte sich wortgewaltig über das Verschwinden von »El Niño« echauffiert. Die Kindskopfstatue war eben so etwas wie ein Seemaskottchen. Dieser faule Zauber war für Köstinger als Wahl-Radolfzeller wie ein Mord und die Seestatue eine heilige Kuh. Selbst Köstinger hatte als Ortsansässiger erst jetzt von dem Verschwinden Wind bekommen. Bei diesem Workaholic kein Wunder. Was diesen aber nur noch mehr in Tobsucht versetzte. Das hatte er Marcs Gehörgang gerade in gewohnt explosiver Manier eingetrichtert. Er konnte es ja nachvollziehen. Die Radolfzeller liebten eben ihre auffällige Hafenskulptur vor der Mole.

Marc und Aaliyah erreichten die Wegzweigung, an deren Rand sich die geschnitzte Bussardfigur befand. Dort knieten an der Böschung in einem weiträumig mit Polizeisperrband abgegrenzten Bereich auch bereits der Forensikleiter Jürgen Dettmeier sowie die Blutspurensachverständige Tina Nowak und die Waffenexpertin Diana Mendig. Die drei schienen überhaupt keine Scheu zu haben. Selbst Aaliyah schlenzte hier ohne erkennbares Unbehagen durch den Wald.

Marc dagegen war ganz und gar nicht wohl in seiner Haut. Ihm gingen die Worte aus dem Autoradio nach, hier im Kreuzlinger Wald treibe ein Wolfshund sein Unwesen. Und dann diese Bussardschnitzerei, auf die sie geradewegs zusteuerten. Bussard und Wolf. Wenn er eine Phobie gegen Tiere entwickelte, dann gegen diese beiden Viecher. Sie klebten wie eine schwelende Seuche an ihm.

»Da seid ihr ja. Kommt doch bitte gleich mal hier herüber!«, rief ihnen Dettmeier zu.

Die neben ihm ebenfalls in weißem Overall auf dem Waldboden kniende Tina Nowak drehte sich nach den Kommissaren um. Sie hatte offensichtlich gerade die Fotodokumentation für die Blutspurenmusteranalyse an der Holzschnitzerei abgeschlossen. Ihre jadefarben untermalten Augen, der pumuckelige Rotschopf, das Piercing durch ihre Nasenscheidewand und die teerschwarz bepinselten Lippen sprangen kontrastreich zwischen der Overallkapuze hervor. Ansonsten war ihr Gesicht ebenso totenblass wie ihr Einwegschutzanzug.

»Wissen wir, was hier vorgefallen ist?«, eröffnete Aaliyah die Fragerunde.

»Grob, ja«, erwiderte Tina Nowak. Sie deutete auf die morsche Holzbank rechts neben der Schnitzfigur. »Die Blutspuren sind glücklicherweise vor dem Abtransport der Rastbänke entdeckt worden. Was Sie hier seitlich an der Sitzfläche und ein Stückchen weiter oben an der Rückenlehne sehen, das sind die Vorwärtsspritzer. Zwei Blutfleckenmuster, die von Blutstropfen herrühren, die sich aus einer Hiebwunde in Richtung der einwirkenden Aufprallkraft bewegt haben müssen.«

Tina Nowak robbte auf dem Waldboden zur Hälfte um die eigene Achse. Dann bedeutete sie Marc und Aaliyah, den Sockel der geschnitzten Bussardfigur in Augenschein zu nehmen. »Entsprechend befinden sich die Rückwärtsspritzer hier unten auf dem herausgeschnitzten Ansitz und ein Stückchen weiter oben an den Fängen der Figur.«

»Und was bedeutet das?«, setzte Marc die Fragerunde fort.

»Nun, das bedeutet zunächst einmal, dass es sich aufgrund der Spurenlage um durch Schlagwirkung hervorgerufene Blutspritzer handeln muss. Es müssen zumindest drei Hiebeinwirkungen erfolgt sein. Mindestens ein Schlag zur Herbeiführung einer Blutwunde. Ich gehe von einer Platzwunde im Schädelbereich aus. Dann zwei weitere Hiebe, die diese Spritzspuren ergeben haben müssen.« Tina Nowak erhob sich. »Es lässt sich zudem aus dem Spritzwinkel schlussfolgern, dass das Opfer zwischen der Bussardfigur und der Rastbank am Boden gelegen haben muss.«

Aaliyah und Marc nickten anerkennend und lauschten den weiteren Ausführungen der Blutspurenspezialistin.

»Außerdem muss der Täter auf seinem Opfer gesessen und die Hiebe von oben herab ausgeführt haben. Dafür sprechen die flaschenförmigen Schleuderspuren, die ihr da am Bauchgefieder der Bussardfigur sehen könnt. Schaut mal her. Die müssen entstanden sein, als der Täter die Tatwaffe zum erneuten Ausholen nach hinten geschleudert hat. Der dicke Teil der Spritzer weist zur Blutquelle hin. Das heißt, dass die Schlagwaffe mit links geführt worden sein muss.«

»Und …« Marc und Aaliyah ertappten sich dabei, zeitgleich die nächste Frage in die Runde werfen zu wollen. »Und die

Tat…« Schon wieder. Fragetechnisch zogen sie immerhin an einem Strang. Das fühlte sich ja mal so richtig ungewohnt an.

»Die Tatwaffe?«, schaltete sich Diana Mendig in die kurze Verlegenheitspause. Die junge Waffenexpertin mit dem blond gefärbten Raspelhaar hatte anscheinend nur darauf gewartet, dass die Frage gestellt wurde. »Der Blutabgleich steht natürlich noch aus, aber vieles spricht dafür, dass die Silberkugel aus dem Salemer Schlosssee in Frage kommt. Größe und Gewicht der Kugel lassen deren Gebrauch als Handschlagwaffe möglich erscheinen.«

»Apropos Silberkugel«, klinkte sich Dettmeier ein. »Marc, die Vergleichs-DNA von deinem Haar-Mitbringsel aus dem Bildhaueratelier hat einen Treffer mit der Blutanhaftung im Lunker der Silberkugel ergeben!«

Ganz offensichtlich hatte der Forensikleiter die stillschweigende Abmachung mit Marc vergessen. Immerhin war Aaliyah in guter Hörweite, obwohl sie sich gerade zu den vielen mit Nummernkärtchen markierten Fußabdrücken begeben hatte. Natürlich hatte sie diese peinliche Offenbarung nicht überhört.

Sie drehte sich herum. Martialische Streitlust blitzte aus ihrem vernarbten Gesicht hervor. Marc meinte beinahe, ihre rötlich gefärbte Haarhälfte strahle noch mehr Feuerkraft aus als ohnehin schon. »Ach, so ist das! Mister Lupenrein hat also aus dem Atelier auch ein aufschlussreiches Beweisstück ohne Durchsuchungsbefehl mitgehen lassen. Aber mir einen Vortrag halten! Und dann noch dem Bildhauer Barthaare pflücken. Wenn dir deine Haarobsession nicht mal wirklich ein Disziplinarverfahren einbrockt!«

Im Grunde hatte Aaliyah ja recht. Sein cholerischer Vorgesetzter hatte ihm zwar schon bei den Ermittlungen zu den Irisblütenmorden eingebläut, tunlichst das Haar in der Suppe zu finden. Er hatte das aber ganz bestimmt nicht wortwörtlich gemeint. Und vor Gericht war keines dieser unzulässig erworbenen Beweisstücke auch nur ansatzweise verwertbar.

»Ich wollte euch noch etwas anderes zeigen«, meldete sich Dettmeier zu Wort. »Aaliyah hat es schon entdeckt.«

Na klasse! Jetzt lobte sie der Forensikleiter auch noch als Klassenprimus. Als habe Marc die Fußabdrücke auf dem laubbenetzten Waldboden nicht schon längst wahrgenommen. Die gelben Nummernkärtchen waren im Wald nämlich ebenso fremd wie dieser Wolfshund, der hier seltsamerweise seit Jahren unbehelligt herumstreunen konnte und erst jetzt zum Abschuss freigegeben war.

»Schaut euch mal die Fußstapfen hier an. Die führen vom Waldpfad zu dem geschnitzten Bussard, um ihn herum und wieder zurück auf den Weg. Thomas Fischer wird euch unsere Vermutung schon am Telefon kundgetan haben. Wir gehen nicht von menschengemachten Fußabdrücken aus.« Dettmeier tauschte mit den beiden Ermittlern besorgte Blicke.

Das durfte doch alles nicht wahr sein! Nach Stallinger und Fischer nun auch noch Dettmeier, der sonst so um Vernunft und Bedacht bemühte Chef der Kriminaltechnik?

»Achtet mal auf die Tiefe und die scharfen Konturen dieser Abdrücke. Normalerweise sind bei menschlichen Fußabdrücken in matschigem Untergrund die Zehenabdrücke immer verwaschen. Hier nicht. Fällt euch etwas auf?«

Marcs kriminalistischer Spürsinn schlug sofort an. »An beiden Füßen haben nur drei der fünf Zehen deutliche Abdrücke im Waldboden hinterlassen, oder?«

Dettmeier nickte. »Mhm, genau. Und zwar bei jedem der Fußabdrücke. Ganz gleich, ob rechter oder linker Fuß. Beim rechten Fuß fehlen der zweite und der dritte Zeh. Beim linken Fuß sind es der dritte und der fünfte Zeh. Recht unwahrscheinlich, dass das nur eine Zwangsstellung ist. Sollte ein Mensch diese Abdrücke hinterlassen haben, müsste er schon exakt an diesen beiden Zehen beider Füße eine Fehlbildung haben, oder er hat einen Krampf bekommen.«

Jetzt konnte Marc sich nicht mehr im Zaum halten. »Und was genau soll uns das jetzt sagen? Dass den bronzenen Rumhocker die Reiselust gepackt hat? Bodensee, ich bin dann mal weg, oder wie?«

Der leitende Kriminaltechniker legte seine Stirn in Falten.

So tiefkritischen Blickes hatte Marc diesen durchweg ausgeglichenen Mann selten erlebt.

»Nun ja, der ›El Niño‹ hat eine identische Bruderskulptur in der Lahn in Biedenkopf. Zu unserem großen Glück ist die erst neulich am Fundament umgekippt und muss nun geborgen werden«, dachte Dettmeier laut nach. »So kamen unsere hessischen Kollegen von der Kripo Marburg natürlich gut an die Füße heran. Etwa einunddreißig Zentimeter. So ist die Skulptur bestückt, also unten herum. Ganz unten … Diese Fußlänge entspricht Schuhgröße neunundvierzig bis fünfzig.«

»Und hier im Kreuzlinger Wald lassen die Fußabdrücke auf diese Schuhgröße schließen?«, folgerte Aaliyah.

»Ja. Und jetzt passt mal auf: Die beiden Skulpturen aus Radolfzell und Biedenkopf haben tatsächlich diese etwas höherstehenden Zehen. Rechts der Zeigezeh und Mittelzeh. Links der Mittelzeh und der kleine Zeh. Auf der Mainau bei Blumi im Beet hatten wir ja auch solche Fußabdrücke. Und jetzt am Kiesstrand an der Radolfzeller Hafenmole. Auch wenn die beiden Spuren wesentlich verwaschener waren.«

Da wurde doch echt der Hund in der Pfanne verrückt. Nun war wirklich also auch noch Dettmeier von dieser Schimäre um die herumstreifende Kindsskulptur aus dem Bodensee angefixt.

»Das ›böse Kind‹ aus dem Bodensee.« Dettmeier klopfte Marc auf die Schulter. »Kläre die Sache besser mal schnell auf, bevor Köstinger zum Orkan wird.«

Du hast leicht reden, dachte Marc, aber er wusste tatsächlich, wie unausstehlich miesepetrig sein Vorgesetzter werden konnte. Und das nicht erst seit den Irisblütenmorden. Dass Marc und Horst Haberle damals nicht den Mord an Rudi Duttke aufklären konnten, ließ den Chef des Friedrichshafener Kommissariats heute noch in Schnappatmung verfallen. Jetzt, da in Verbindung mit diesem mindestens ein weiterer Mord geschehen war, umso heftiger. Und wenn Marcs Theorie um die Meißner Porzellanwölfe stimmte, waren es sogar zwei weitere Morde. Der DNA-Abgleich legte das nahe. Das Haar aus dem Kunstatelier hatte an dem Perlenschmuck von der verschwundenen Rosalinde von Dargatz-Gierer gehangen. Und die DNA stimmte, wie Marc vorhin erfahren hatte, mit dem Blut an der Silberkugel überein.

Marc wandte sich an Diana Mendig. »Frau Mendig, ich weiß, Sie waren damals noch nicht bei uns. Aber bitte seien Sie so gut und schauen Sie mit Ihrer Waffenexpertise nochmals die Befunde zu den Tötungsmerkmalen an Rudi Duttkes Leiche durch.«

»Wird gemacht«, erklärte sie. »Ach ja, übrigens: In Sachen Tatwaffe beim toten Steinmetz sind wir ebenfalls weitergekommen. Auch wenn das eigentlich gar nicht mein Metier ist. Christina Ferber hat im Gesichtsgewebe von Balthasar Kincsvadászat winzige Holzsplitter aufgespürt. Die stammen von dem abgebrochenen Holzstückchen mit der eingebrannten Irisblüte. Wir vermuten also, dass ihm mit großer Wahrscheinlichkeit dieses Holzgebilde auf den Schädel gekracht ist.«

»Wissen wir, ob meine Vermutung mit dem Weintragerl stimmt?«, erkundigte sich Marc.

»Das tut sie. Sonja Versen hat sich in den hiesigen Weingütern einmal umgehört. Tatsächlich gehört das Holzstückchen, wie Sie sagten, zum Glashalter eines Weinträgers«, bestätigte ihm Diana Mendig.

Marc überlegte. Wenn das der Fall war, was hatten der Steinmetz und mit ihm der Weinträger denn zu dieser Jahreszeit auf der Mainau zu suchen gehabt? Der Dezember war nicht gerade der erlesene Weinmonat. Von Glühwein einmal abgesehen.

Die Waffenexpertin blinzelte ihn ganz aufgeregt an. »Bei der Holzart handelt es sich um Walnussholz. Und es ist Treibholz aus dem Bodensee. Sie glauben ja gar nicht, wer diese Weinträger –«

»Einen Augenblick.« Marcs Diensthandy vibrierte. Er zog es aus seiner Jackentasche. Dominik Hauk rief an.

Marc nahm den Anruf entgegen und bedeutete Diana Mendig mit dem Zeigefinger, sich einen Moment zu gedulden. »Ja, bitte? Dominik, was gibt es?«

»Marc, Rolf und ich sind zur Einweihungsveranstaltung beim Zeppelin-Museum ausgerückt, um die Zeugenbefragungen zu der mutmaßlichen Sabotage bei der Aufstellung der neuen Hafenstatue durchzuführen. Dabei sind wir auf Fußspuren am ›Beach Club‹ aufmerksam gemacht worden.«

»Schuhgröße neunundvierzig bis fünfzig?« In Marc brodelte es gewaltig.

»Ähm, ja, Marc. Eigenartige Fußabdrücke. Mit jeweils nur drei sich deutlich abzeichnenden Zehen. Sandige Fußabdrücke vom ›Beach Club‹ die Stufen von der Terrasse herunter zum Ufer und wieder hinauf. Und dann noch ein linker und ein rechter Fußabdruck im feuchten Ufergrund dort auf dem Wiesenfleck direkt vor dem Klangschiff. Oder wie manch einer es auch nennt: die MS Schrott.«

Marc kannte die eigenwillige Installation nur zu gut. Die knapp vierzig Meter lange Skulptur mit ihren der griechischen Mythologie entsprungenen Figuren war nach dem Balkankrieg als Mahnmal für den Frieden errichtet worden. Da gab es den Europa-Stier, dessen Eisenkopf am Rand der Rundbühne emporstieg. Dann den modern anmutenden Turm der Euterpe, der Muse der Musik und Poesie. Ihr gegenüber lag Urania, die Muse der Astronomie, auf einem Rammbockbalken. Dem Sündenbock. Sie blickte verträumt durch ein Gebilde, das einer Stimmgabel nicht unähnlich war. Aus ihren Augen hatte einst bei Aufführungen das Augen-Blick-Seil zum Euterpe-Turm herübergeführt. Auf diesem Drahtseil war dann ein Hochseilakrobat mit seiner Balancierstange herumstolziert.

Früher war das Klangschiff am Seehasenfest oder zu Konzerten musikalisch bespielt gewesen. Und beim Kulturufer hatten auf der Bühne immer allerlei Künstler ihre artistischen Einlagen dargeboten. Später hatten die Steinwürfe unbeaufsichtigter Kinder dem Kunstwerk Klänge entlockt, während deren Eltern im »Beach Club« einen Cocktail geschlürft hatten.

»Jeder Fußabdruck hat nur drei deutlich sichtbare Zehen?«, hakte er nach.

»Ähm, ja, Marc. Drei Zehen. Und jetzt pass mal auf. Das Klangschiff hat doch diese Stimmgabel. Die unter dem Kunstwerk in so etwas wie einer Schaumkelle endet. Moderner Kunst-

Krimskrams, muss man mögen. Jedenfalls stehen auf den Spitzen der Stimmgabel zwei Wölfe ... Weiß und schwarz. Meißner Porzellan. Da, wo sonst manchmal die Möwen sitzen.«

Hatte Marc sich gerade verhört? Nein, das hatte er nicht.

Hauk wiederholte und bestätigte. »Die waren neulich, als wir die Seekunstwerke abgeklappert haben, noch nicht dort oben gewesen. Und diese Stimmgabel ist ja vom Uferboden aus gesehen geschätzt über fünf Meter hoch. Selbst von der Plattform aus noch einige Meter. Wir fragen uns, wie die Porzellanwölfe da hoch auf die Auflageflächen gekommen sind.«

Marc sorgte sich hingegen überhaupt über das Auftauchen der Porzellanwölfe. Nach den Wolfsfigurenpaaren an der »Ready Maid« in Bregenz, dem »Foucault«-Segel in Langenargen und der rubensdicken »Yolanda« in Bodman-Ludwigshafen, der man glatt ein Sektglas auf den Hinterbau stellen konnte, war die Klangschiff-Skulptur »Im Augenblick« in Friedrichshafen nun bereits der vierte Fundort. Dabei hatten sie ja erst zwei Leichen.

»Sichert alle Spuren. Und findet heraus, wie die Porzellanfigürchen da hochgekommen sein könnten«, wies Marc den Kommissar in der Leitung an, bevor er auflegte.

Die eingebrannte Irisblüte auf dem Weinträger-Holzstückchen, das »Meißner« im Porzellan, der Wolf, der Bussard und ganz besonders diese herumvagabundierende Hockestatue. Das waren definitiv zu viele Schreckensgestalten auf einmal. Marc bedeutete Aaliyah aufzubrechen. Er wollte schleunigst heraus aus dem Kreuzlinger Wald. Ihm war klar, dass er sein Missbehagen nicht hier zurücklassen würde. Seit den Irisblütenmorden waren Angst und Enge seine ständigen Begleiter.

An Dettmeier gewandt sagte Marc im Gehen: »Wenn ihr hier fertig seid, könnt ihr gleich noch nach Friedrichshafen zum Klangschiff ausrücken ...« Er holte das Tütchen mit den Barthaaren von Hanjo von Dargatz-Gierer aus seiner Jackentasche und reichte es dem Forensikleiter. Nach Dettmeiers Fauxpas war die Katze nun ja ohnehin aus dem Sack. »Bitte schön. Zum Abgleich mit dem Barthaar, das ihr hier gefunden habt.«

13

Kanyuk stand im Wohnzimmer seines sage und schreibe zweihundertundfünfzig Quadratmeter messenden Palastes von Penthaus, das hoch über dem Bodensee zwischen den Meersburger Rebflächen Rieschen und Halbengarten thronte. Platz konnte er nicht genug haben. Umbragraue Wölfe würden schon bald in seinem Wohnzimmer ein lauschiges Plätzchen finden. Sie waren nach einer Kunstinstallation am Veitsburghang in Ravensburg ausrangiert worden. Und Kanyuk hatte jetzt kurzerhand geschlagene dreißig Stück dieser Kunststoffskulpturen erworben. Er war ja schon lange Straßen-Pate. Jetzt war er eben auch auf den Wolf gekommen. Andere horteten Gartenzwerge. Kanyuk bewunderte das Alphatier. Der Wolf war gierig. Wie er. Auf der Straße konnte man ein Wolf oder ein Hund sein. Und die Hunde, die wurden gerissen.

Noch waren die Kunststoffwölfe ja nicht geliefert, weshalb die Polente dieses spezielle Wolfsrudel auch nicht bei ihm aufstöbern konnte. Überhaupt hatten die einfältigen Polypen bei ihm rein gar nichts gefunden. Für wie dumm hielten sie ihn eigentlich? Er war Geschäftsmann. Mehr Gaunerwolf im Business-Schafspelz konnte man gar nicht sein.

Er lehnte sich in seiner whiskybraunen Chesterfield-Couch zurück, und seine Augen labten sich durch die Panoramascheibe hindurch am Seeblick bis fernhin zum Horizont. Hier oben über der Stadt auf Höhe der Burg und des Schlosses lag ihm der Bodensee zusammen mit der Imposanz der mächtigen Berggiganten Österreichs und der Schweiz in seiner ganzen Fülle zu Füßen. Weiter rechts öffnete sich der westliche Zipfel des Bodensees. Der Überlinger See mit der Blumeninsel Mainau und ihrem Barockschloss. Ein Blick für die Götter. Auf der Straße war er der Haudrauf-Pate. Hier oben zwischen den Weinreben war er Gott.

Das Abendkleid legte sich über den sanft wippenden See. In

seinen Falten glitzerten die Sonnenstrahlen wie edles Funkelgeschmeide. Im gekräuselten Wasser zersprangen sie zu einem Scherbenmeer. Abermillionen flirrig flackernde Messer, die in den See stachen. Seemord. So herrlich anzusehen. Im Grunde so tödlich. Im Wasser lauerte die Ohnmacht. Denn es besaß die Kraft, einem Menschen im Handumdrehen den Garaus zu machen. Dann las man wieder in der Zeitung, dass das Stand-up-Paddling-Board von Frau XY ohne seine Besitzerin an Land getrieben worden sei. Oder dass auf dem Segelboot Schlagmichtot Herr Soundso über Bord gegangen sei. Wenn der See mordete, dann war das ganz große Kunst.

Und dennoch zog es die Leute an den Bodensee. Vor allem aber in ihn hinein. Unterhalb von ihm badeten just in diesem Moment eine Reihe pudelnackte Exemplare. Der gegitterte Steg lockte sie allesamt im Adamskostüm in das kühlende Nass. Im seichten, bald angelegten Dämmerungskleid wusste der Bodensee in den Abendstunden um seine Verführungskünste. Die Herkuleshitze in den drei hölzernen Schwitzbuden des im Pfahlbautenstil gehaltenen Meersburger Saunadorfs half nach.

Jetzt verspürte Kanyuk selbst den Rappel, sich einem Schwitzgang zu unterziehen. Oder zwei. Oder gar drei. Mit einem Saunaclub konnte sein »Paradise Consilia« in Konstanz ja nicht aufwarten. Was das an Geld fressen würde. Dafür war er selbst zu gierig nach der Pinkepinke. Allein die feuchtfröhliche Spielwiese im Voyeur-Separee seines Freudenhauses verschlang Unmengen seiner Moneten. Dort hatte er einen Indoorteich in Bodenseeform in den Marmorboden fräsen lassen. Selbstredend gefüllt mit echtem Seewasser.

Kanyuk knöpfte sich sein asphaltgraues Designerhemd auf, zog es herunter und schmiss es über die Lehne seiner Chesterfield-Couch. So ließ er die übergroße Totenkopfmotte, die auf seinem rechten Oberarm eintätowiert war, ans Tageslicht schwirren. Seit dem »Schweigen der Lämmer« hatte er für die ein Faible. Ein Todesbote und Seelenräuber. So einer ging am Bodensee gerade auch um. Einer, der Lämmer im Wolfspelz zum Schweigen brachte.

Von der Wandablage griff er sich die Boxhandschuhe. Er würde sich jetzt noch eine Runde am Kloppesack verausgaben und es sich dann beim Saunieren gut gehen lassen. Jammerschade, dass der Duttke abgeamselt war. Der war ein tougher Schwitzkumpan gewesen.

***

Der Fenris dünstete im Hitzeschwall seiner Heimsauna aus. Hinter ihm erstrahlte die illuminierte Wand mit den gekachelten Himalajasalz-Ziegeln in güldenem Funkellicht. Das ließ auch sein Antlitz in einem goldfarbenen Dimmerschein erscheinen. Ein Katzenjammer war das, wirklich, dass der Duttke so eine gespaltene Persönlichkeit gehabt hatte. Vor und nach seinem Ableben. Er war tatsächlich ein brauchbarer Saunageselle gewesen. Auch wenn seine Verlässlichkeit ansonsten mehr als nur zwiespältig gewesen war.

Die goldglänzenden Funkelstrahlen der hinter der Salzwand installierten LED-Lichtstelen kitzelten durch die teils beschlagene und wasserperlenbenetzte Tür hindurch das Meistergemälde an der gegenüberliegenden Wand an. Die »Avarice« war die neueste Errungenschaft in seiner Kunstwelt. Er sammelte sie nicht, er lebte mit ihr. Die Kunst. Mit jeder Faser seines Körpers. Ja, er hatte auch schon einmal pudelnackt und ausgebreitet wie der Universalmensch auf einem waschechten Da-Vinci-Gemälde gelegen. Auf dem »Salvator Mundi«, dem »Erlöser der Welt«. Da hatte er wie ein Aal im Öl das meisterliche Pinselbekenntnis der Vollkommenheit liebkost. Das hatte etwas Sakrales gehabt. Er, der Fenris, war der Erlöser der Kunst.

Dieser eingebildete Kommissar war durchschaubar. Wie ein lieblos auf die Leinwand gepinseltes Strichdesaster. Er hatte die »Avarice« sicherlich im Bordell vermutet und einen Durchsuchungstrupp den Freudentempel gründlich durchfilzen lassen.

Kunst konnte er dort schon antreffen. Mal ganz abgesehen von den vielen stillosen Aktgemälden und den billigen Nacktaquarellen der Möchtegern-Picassos. Die »Gafferin« hatte dort neuerdings Einzug gehalten, die jüngste Skulptur aus dem Kunstatelier HanjoBalt ohne »Balt«. Tote Kunst. Das war diese Statue. Aber wahre Kunst.

Wäre der Kommissar raffiniert genug, auf eigene Faust in seinem Privatgemach nachzusehen? Würde er persönlich an seinem Penthaus klingeln, anstatt eine Razziaeinheit durch die Weinreben zu ihm hinaufzuscheuchen? Sollte er ruhig machen.

Der Ermittler war der Achte im Bunde. Und er wusste es nicht einmal. In der Gemeinschaft der Abkömmlinge Midas'. Im ständigen Kampf mit dem gelben Teufel. Auf der Jagd nach seinem eigenen Seelengold. Und tagtäglich musste er in dunkle Seelen blicken. Nicht nur in seine eigene.

Immerhin stand die Habgier, was Mordmotive anbelangte, an zweiter Stelle. Fünfe im Bund waren dazu verdammt, diesem Virus der unstillbaren Geldgier anheimzufallen. Sechse mit dem Duttke, diesem Verräterhund. Gold über Kunst.

Zwei hungrige Wölfe strebten nach der Entführung der Kunst in eine andere Hemisphäre. Danach, sie hinauszuzerren aus ihrem verstaubten Elfenbeinturm und hinein in den lechzenden Schoß des Konsums. Kunst war für sie wie eine Droge. Sie verdiente es, mit allen Sinnen inhaliert zu werden.

Einer, der Kriminalhauptkommissar, war eine Schachfigur in diesem perfiden Gestrick. Das Bauernopfer bei den Seekunstmorden.

Was ihn, den Fenris, anbelangte, so war seine Triebfeder ebenjene, die sich noch immer als das Leittier unter den Mordmotiven behauptete. Die Kränkung des Ehrgefühls. Der Verrat auf den Seychellen, das hatte damals erheblich an seinem Stolz gekratzt. So sehr, dass er nun mordete und töten ließ.

Der Fenris war der eine unter den beiden Leitwölfen, bereit dazu, sich vollends zu erheben und sie in Gänze zu schlucken. Die Kunst, aber auch die verräterischen Klushunde.

Die Bemühungen des Kommissars und seiner Kollegin waren aussichtslos. Letztere gab immerhin noch ein Ganzkörper-Opus ab. Aber ihre Ermittlungen waren so brotlos wie die eingesperrten Kunstwerke. Wie eine Mona Lisa, die Tag für Tag hinter Glas als verwackelte Selfie-Tapete herhalten musste.

Der Fenris harrte nun schon seit fünf Minuten unter der Maske in seiner Heimsauna aus. Er musste sich vorbereiten. Die schwelende Hitze blockierte seine Atemwege. Das Maskenfell aus schwarzem Ziegenpelz gleich zweimal. Jetzt wusste er, wie sich Rosalinde bei dem bewusst aus dem Ruder gelaufenen Würgespielchen gefühlt haben musste.

Er musterte durch die Augenschlitze seiner Wolfskopfmaske das in Öl gehaltene runzelige Zahnlückenweib. Nur zwei Raffzähne sichtbar. Die wüst unterlaufenen, glasigen Augen und das glatte ausgegraute Haar, das von verblühter Schönheit sprach. Schütter und fettig. Die barbusige Hängezitze und den faltigen Oberarm zierten Risse in der Farbe. Auf dem Arm bis hoch zum unansehnlichen Achselhaar. Die Griffel umklammerten gierig ein Sackerl voll Münzen.

Das war leibhaftige Kunst. Die Habsucht in sattem Pastell gebannt auf Lindenholz. Die Kunst hatte über die unstillbare Gier gesiegt. *U sil'nogo vsegda bessil'nyy vinovat.* Die Starken geben immer den Ohnmächtigen die Schuld. Die Raffgier war hier in allmächtiger Ohnmacht in ihrer lächerlichen Vergänglichkeit auf schwarzen Hintergrund verbannt.

Kunst war eine Lüge, um die Wirklichkeit zu entlarven. Picasso. Gleichzeitig war sie Magie, erlöst von der Bürde, Wahrheit zu sein. Adorno. In gewissem Maße war Kunst auch Krieg. In der Kunst musste man Schlachten führen und seine Haut lassen. Van Gogh. Die Kunst war Ekstase. Rausch. Der Wein im Leben. Jean Paul. Die Kunst war Weisheit. Die Vermittlerin des Unaussprechlichen. Goethe. Und die Kunst war mit dem Tod behaftet. Sie entsprang immerzu der Angst davor. Hesse. Kunst war Krieg, Magie, Tod, Weisheit und Ekstase. Wie Odin. Kunst war Allmacht. Kunst war Odin. Und der Fenris hatte sich von seinen Fesseln befreit. Er erhob sich, um die Klushunde mit klaffendem Rachen zu verschlingen. So wie es der Bodensee mit der Seekunst tat. Man dachte nur einmal an »El Niño«.

Er stand auf und atmete noch ein letztes Mal unter seiner stickigen Maske tief den dampfenden Sud mit seiner Melange aus spritzig umschmeichelnder Bergamotte und saftig sizilianischer Zitrone ein. Der brachte die Augenhöhlen seiner türkisblau unterlegten Tätowierung auf dem Rücken zum Erglühen. Großflächig über beide Schulterblätter bis zum Steiß lauerte dort ein aus den Ketten gesprengtes Wolfsungetüm. Mit schwarzem Fell und grellgelben Augen.

Die verdammte Kabinentür ließ sich nicht öffnen. »*Bozhe! Pizdets!* Herrgott! Verdammt!« Der Fenris rüttelte und schüttelte an der Glastür. Er spannte seine Schulterplatten an. Das ließ den Tattoowolf auf seiner Kehrseite erst so richtig seine Ketten sprengen. Jetzt missbrauchte er seine linke Schulter als Rammbock. Etwas knackte und splitterte am Türgriff. Die Saunatür schwang nach außen und mit ihr der Fenris. Am Boden lag ein kaputter Skulpturmeißel. Der musste als Blockade in den Türgriff geklemmt gewesen sein. Die Wucht des Schulterstoßes hatte den Holzgriff vom Meißel abbrechen lassen.

Keuchend streifte sich der Fenris die hornbestückte Wolfskopfmaske von seinem völlig überhitzten und klebrig nassen Kopf. Begehrlich griffen seine Hände nach dem vorgekühlten Mikrofaserhandtuch auf den metallstarren Armen. Auf seinem neuen Kleiderständer legte er nun behutsam seine schweißgebadete Krampusmaske ab. Das gut einhundertfünzig Kilo schwere »böse Kind« hatte schon im Bodensee einen schweren Dienst vollbracht. Es hatte im wahrsten Sinne des Wortes seine Schlachten geführt und dabei seine Haut gelassen.

Der Zweck aber heiligte die Mittel. Die entblößte Hockefigur war neben seiner Heimsauna als Handtuchhalter über einem schwarzen Marmorblock auf einen Treibholzsockel aufgebockt.

Der Fenris hatte »El Niño« eigenhändig mit dem Baukran aus dem Bodensee entführt und in seinen renngrünen Pick-up verladen, nachdem der Bildhauer den Guten erst mit dem Presslufthammer aus seiner Einzementierung gemeißelt, dann die Schrauben an der freigelegten Unterkonstruktion unter den Fußsohlen gelöst und ihm anschließend die Schlinge um den Bronzehals gelegt hatte. Dann hatten sich die beiden kunsthungrigen Wölfe mit der Straßenstreunerin und »El Niño« unter einer Abdeckplane auf der Ladefläche hockend entlang der Seepromenade – wie könnte es passender sein? – über die Karl-Wolf-Straße aus dem sprichwörtlichen Staub gemacht. Spät im Dunkeln hatten sie die Seefigur in sein Penthaus nach Meersburg verfrachtet.

Der Fenris hatte lange zuvor schon bei einem seiner Abstecher zur Radolfzeller Mole Silikonabdrücke der eigenartigen Zehanordnungen dieser einmaligen Hockestatue genommen, ummantelt mit Gipsschalen, als die Statue vollständig auf dem Trockenen gesessen war. Der Bildhauer hatte diese dann im Hinterraum seines Salemer Ateliers mit einem Allerweltsprofil von Fußsohlen in der Schuhgröße neunundvierzig bis fünfzig verkomplettiert und mit Bronze ausgegossen. An diese Metallfüße hatte er Eisenstangen festgeschweißt.

Auf der Mainau hatte er die Fußstapfen am Tag der Generalinspektion des Fettabscheiders frühmorgens im Blumenbeet beim Inselmaskottchen das erste Mal in die Erde gedrückt. In dem krümeligen Boden war das ja ein Leichtes gewesen. Und da die Generalinspektion eben bevorstand, hatte es auf der Hand gelegen, dass man die Leiche des Steinmetzen und eben auch die Fußabdrücke entdecken würde. Beim Klau der Bronzefigur in Radolfzell hatte er dann neulich ein zweites Mal die Fußattrappen mit den teilweise hochstehenden Zehen für das Umherwandeln des »bösen Kindes« bemüht. Dort am Steinstrand hätte er aber genauso gut seine eigenen Füße benutzen können. Die Fußabdrücke waren im Schotter ohnehin unklar gewesen. Hauptsache, die Fußlänge hatte einwandfrei gepasst.

An der Bussardschnitzerei im Kreuzlinger Wald und am Klangschiff in Friedrichshafen hatte der Fenris nun erneut mit den akribisch nachgebauten Fußmodellen authentischen Eindruck hinterlassen können. Bald mussten die Bullen ja echt meinen, dass das »böse Kind« seine Bronzestarre abgelegt hatte und quietschfidel durch die Bodenseegegend trippelte.

Zum zweiten Mal heute trat der Fenris an die Panoramavollverglasung seines Penthauses. Sein Blick glitt über das in Abendsonne getauchte Glitzerflackerwasser des Bodensees hinüber zum Pferdekopf. Das große Geheimnis der Kunst war es, sie nicht zu suchen, sondern sie schlicht und ergreifend zu finden. Picasso. Und die beiden Wölfe hatten sie finden wollen, damals auf den Seychellen. Das goldene Kreuz von Goa, so sehnlichst. Jetzt gaukelten sie eben den Klushunden den Kunstschatz dort drüben im Pferdeschlund unter der Linde vor. Und wenn im Sommer der Tag gekommen war, dann würde er im großen Showdown den Fenriswolf in sich so richtig entfesseln und die Kunst bei lebendigem Leib mit Haut und Haaren fressen. Bald schon. Die Kunst würde ihre Ragnarök, die große Schöpfungsdämmerung, erleben. Seekunstmord.

Der Fenris wirbelte herum und versetzte dem Boxsack einen gehörigen Tritt. So als sei der ein Kaugummiautomat, der nach dem Münzeinwurf den unerreichbaren Prinzessinnenring in der Kunststoffkapsel partout nicht ausspucken wollte.

Aber der Boxsack stöhnte und spuckte den Ring aus. Den Goldring mit dem Piranha aus Saphir. Ein hagerer Arm streckte ihn aus dem langen Schlagbeutel, der an der Eisenkette von der Decke baumelte.

Der Fenris nahm den Ring in seinen behandschuhten Händen an sich. Jetzt hieß es Steine tauschen. Für ihn als gelernten Goldschmied ein Leichtes. Die Straßengaunerin würde er noch eine Weile im Schlagbeutel schmoren lassen.

14

Heiße Schwaden umhüllten Marcs Körper. Der Wasserdampf putzte seine Atemwege durch und entschlackte seine verspannte Haut.

Er war Pleschkes deppertem Rat gefolgt und untergetaucht. Im ureigentlichen Sinne. Er hatte sich einen Ruck gegeben und im Sportbad Friedrichshafen einen Tauchkurs begonnen. Es war Donnerstagmorgen in aller Frühe, und er hatte mit den anderen Kursteilnehmern geübt, im Becken das Mundstück rauszunehmen und wiedereinzusetzen, ohne dabei Wasser zu schlucken. Auch durch einige Ringe waren sie hindurchgetaucht. Das waren im Schwimmerbecken zwar weniger als zwei Meter Tiefe, aber das Abtauchen hatte gutgetan. Besonders nach dem fürchterlichen Fiasko im Gerichtssaal und dem Spuk mit den Fußabdrücken in Schuhgröße neunundvierzig bis fünfzig. Dazu noch diese Porzellanwölfe an und auf den Seekunstwerken. Die Sache geriet allmählich außer Rand und Band.

Seinen Sohn und Alicia hatte er über dem spektakulären Spurenfund im Kreuzlinger Forst und das neuerliche Auftauchen von Porzellanwölfen und Fußabdrücken, dieses Mal beim Häfler Klangschiff, glatt vergessen. Als er Aaliyah – sie war noch im Bowlingcenter in Friedrichshafen verabredet gewesen – abgesetzt hatte und elendsspät in seiner Wohnung in Friedrichshafen eingetrudelt war, hatte Paul schon längst im Bett gelegen. Und Alicia war zusammengekugelt auf der Couch eingeschlummert. Die beiden Hände unter ihre sommersprossige Wange gebettet. Auf dem Tisch hatten zwei Gläser Wein gestanden. Eines noch voll. Und ein reichlich gefüllter Teller. Für ihn. Buchweizencrêpes mit Camembertfüllung, Steinpilzen und Pesto aus Kräutern der Provence. Verfeinert mit angerösteten Pinienkernen. Bereits kalt. Auch das gemeinsame Dinner hatte er verschwitzt.

Dieser hingebungsvolle Wirbelwind war einfach zu gut für ihn. Er durfte es nicht verbocken. Nicht schon wieder. Aber dieser vertrackte Fall forderte sein Herz und seine Seele. Seine ganze Aufmerksamkeit. Der immer wieder auftauchende Wolfskopf nagte an seinem Nervenkostüm. Als hätte Clara es nicht schon ausreichend durchlöchert. Und obendrein noch der herumstrolchende »El Niño«.

Gegen Ende der Tauchstunde war es sogar kurz noch in den drei Meter achtzig tiefen Bereich des Vereinsbeckens gegangen. Jetzt entgiftete er seinen Körper im fünfundvierzig Grad heißen Nebel des Dampfbades. Zuvor hatte das Aromabad im Obergeschoss ihn schon auf die »Häfler Duftreise« geschickt. Er war als einziger Kursteilnehmer noch geblieben, um seinen Körper im Dampf zu entschlacken. Von seinen Dämonen konnte ihn die drückende Luftfeuchte aber nicht detoxen. Die Gedanken an den Mordfall, in dem die Kunst spätestens seit der Sache mit der Zeppelin-Statue am Häfler Hafen eine mörderisch-tödliche Bedrohung darstellte, ließen ihm keine Ruhe. Wie sollte das auch in so einer kunstvoll gestalteten Schwitzstube möglich sein? Wärmebänke mit handgefertigter, elegant schwarzer Architekturkeramik ummantelt. Der Fußboden und die Trittstufen aus Feinsteinzeug. Und die Bankunterleuchtung sowie die in die Decke eingelassenen Lichtleisten als Kontrast zur schwarzen Verkachelung schufen eine Atmosphäre, die zum Erholen einlud.

Und dann war die Durchfilzung im Bordell von Kanyuk auch noch eine gehörige Bruchlandung gewesen. Den Dürer hatten sie in diesem Etablissement nirgends gefunden. Dabei hatten die Kollegen laut Aaliyahs Beteuerungen wirklich keinen anrüchigen Stein auf dem anderen gelassen. An Bildern von wenig bis gar nicht bekleideten Frauenkörpern hatte es nicht gemangelt. Bloß waren nur lauter appetitlich anzusehende Damen abgebildet gewesen. Eine alte Schabracke wie auf dem Dürer hängte man wohl nicht in einem Puff auf. Das war womöglich auch geschäftsschädigend. Da hätte Marc auch selbst drauf kommen können.

Versen, Hauk und Stallinger hatten dem Kanyuk auch einen kleinen Anstandsbesuch in den Meersburger Weinbergen abgestattet. Aber wie die Konstanzer Könnernichtse im Bordell hatten auch sie keine brauchbaren Spuren, Beweismittel oder gepinseltes Diebesgut in Form der »Avarice« finden können.

Marc saß ganz allein auf der architektonisch ansprechenden Bank aus schwarzer Architekturkeramik vor dem ebenfalls schwarz gekachelten Korpus der Dampfquelle. Dort lauschte er dem Plätschern der Kondensatperlen, die sich an der glatt beschichteten Aluminiumdecke sammelten. Einige traten nicht direkt die Reise zum Boden an, sondern rannen erst zur Wand und von dort entlang der Wandverkleidung aus unterschiedlich intensiv grau glasierten Glasmosaikplättchen hinab, denen das einfallende Deckenlicht einen leicht türkisen Schimmer entlockte. Marc spürte das wohltuend heiße Rinnsal auf seinem Rücken.

Gerade blies der elektrische Dampferzeuger aus dem Schlitz hinter der Prallplatte eine solch diesige Dampfwolke hinaus, dass Marc seine eigene Hand nicht mehr vor Augen sehen konnte. Er fühlte sich wie dieser Wanderer in dem damals in Hamburg gestohlenen Gemälde von Caspar David Friedrich. Über dem Nebelmeer. Den Abgrund vor Augen. Aber vor lauter Diesigkeit sah er die lauernde Gefahr nicht.

Die Tröpfchen plätscherten einträchtig. Aber was war das? Platschten da Schritte über den feuchten Boden? Von dort hinten aus der Ecke der erhöhten Sitzreihe? Marc stand auf und blickte sich um. Aber trotz der Lichtstreifen an der Decke war der Dunst noch immer schleierdicht.

Da, dort vor ihm! Kettenrasseln. Da war doch eine Hand! Allerdings nicht seine eigene. Dort eine zweite! Es musste sich in diesem Dampfwust jemand um das Becken herum angeschlichen haben. Dieser Jemand schlang gerade seine Pranken um Marcs Brustkorb, als er sich zur Glastür flüchten wollte. Und sie schnappten zu.

»Gelbe Sehnsucht in den Adern, ein unheilbares Leid. Gift in der Armut Schoß, Geißel der Menschheit. Die Seuche lauernd und lechzend im Blut. Brandgefährlich, die ewig lodernde Glut. Dereinst ein König die Krankheit wie Pest an der Hand. Malte den gelben Teufel an jede Wand.«

Die Stimme des Unruhestifters klang verzerrt. Die Kehle

seines Angreifers musste den Dampf in hehren Zügen inhaliert haben. Die Pranken schnürten sich weiter um Marcs Brustkorb.

»Gelbsucht, nicht ganz, im pittoresken Sinn. Gleichsam befallend und ähnlich schlimm. Das sonnensumpfige Fieber, eine verderbliche Eigenschaft. Eine hässliche Leidenschaft, die viel Leiden schafft. Damals der Regent, der im Überdruss alles hat. Und dennoch, dem Hungertod nahe, niemals satt.«

Marc versuchte, den Kerl hinter ihm mit seinen Ellenbogen zu treffen. Aber seine Schwinger gingen ins Leere. Er fühlte den dampfigen Atem an seinem Ohrläppchen. Die Arme des Angreifers schlangen sich so eng um ihn, dass er dessen klebrige Haut am Rücken spürte. Es schnürte ihm den Brustkorb zu.

»Es wehe dem, der vom Rausch einmal befallen. Der findet an der unstillbaren Gier allmählich Gefallen. Das unersättliche Verlangen nach mehr und mehr. Die Fratze des gelben Teufels. Kalt, wesenlos, weltenleer. Die tückischen Reize des Sonnenblutes sind mannigfaltig. Zwietracht und Fehde schürt es mordsgewaltig.«

Jetzt pressten sich die Fäuste so skrupellos an ihn, dass Marc fürchtete, sie könnten jeden Moment sein Brustbein knacken lassen. Er fühlte das aufgeheizte Fell an seinem Hals. Und die hölzerne Wolfsschnauze mit ihren gefletschten Fangzähnen. Die rasselnden Ketten streiften sein Ohrläppchen. Deren Geräuschkulisse mischte sich unter das Plätschern fallender Kondensattröpfchen. Die Luft ging Marc flöten.

»Darüber zu obsiegen, vermag nur eines zu rechter Stund. Die Seekunst als Horsd'œuvre im Fenrisschlund. Der Showdown dann auf dem Pferdekopf. … Und Bulle … *Ty s uma soshel?* Bist du von allen guten Geistern verlassen? Wenn du das ›Paradise Consilia‹ auf den Kopf stellen lässt, stelle ich dein Leben auf den Kopf!«

Der durch die Holzschnauze hindurch belegte Atem an Marcs Ohr verwandelte sich in ein Rauschen. In der Hitze war ihm sein Blut in den Venen versackt. Das roch nun aber so gar nicht mehr nach einer Duftmelange aus Eukalyptus und Zitrusblüte. Widerlich erdige Bitternis stieg stattdessen aus dem Dampfschlitz empor und mit berauschendem Biss in Marcs Atemwege. Der entströmende Rauch roch plötzlich auch nach verbranntem Plastik, Mottenkugeln und neuen Schuhen.

Soll's doch der Teufel holen! Plötzlich schlängelte sich dort eine giftgrüne Schlange auf dem ebenfalls mit Architekturkeramik schwarz gekachelten Prismabecken, das den Dampfgenerator verkleidete. Eine Grüne Mamba. Eine echte. Nicht wie Aaliyahs Kraftprotz-Bolide. Sie schaute ihn unverwandt an und ließ ab und an arglistig zischend ihre gespaltene Zunge hervorschnellen. Was war das bloß für ein fauler Zauber?

Die furchtgebietende Schlange war wandelbar. Und wie. Urplötzlich blähte und bauschte sie sich zu dem gigantischen Strom des Amazonas auf, der nun durch die grüne Hölle des Dampfbads mäanderte. Das mussten Halluzinationen sein, kein Zweifel. Jetzt formte sich das Flussungetüm wieder zu einer grünen Mamba, allerdings zu einer motorisierten. Aaliyahs Schlitten. Der knatterte bedrohlich und spuckte ein dichtes Meer an Dampfwolken aus. Aus diesem Nebelsumpf erhob sich der Wolf in den Ketten des Schreckens. Er verbiss sich im Hals eines wild aufwiehernden Pferdekopfs. Der tiefschwarze Wolf rang den weißen Wallach mit der dunklen Mähne nieder und riss ihn mit sich in das Dampfbecken hinein.

Wolfskopf. Pferdekopf. Jetzt eine kleine Insel, die sich aus der wässrig gewordenen Oberfläche des Dampfbeckens erhob. Ein kleiner Atollstreifen in Landwerdung. Eine Schädelplatte mit Riss in der Kruste. Ein erstarrter Kahlkopf, der sich bis unter die Augenlider aus dem Finsterwasser des mit Schwarzkeramik bekachelten Dampfbeckens erhob. Diese Augen. Diese toxisch verkniffenen Gruselaugen. In ihnen lauerte der Blick des Todes. Das Gräuel, das abgrundtief Böse. In ihnen lauerte der Wolf. Das Seeböskind.

Marc war ganz drimselig und schwarzflackrig vor Augen. Die erspähten den haarlosen Statuen-Kindskopf, der nun plötzlich im sich langsam verflüchtigenden Nebeldickicht hinter dem Dampfofen in ungehemmter Gier und tödlicher Teufelsirre garstig hervorstarrte. Heiße Tropfen fielen Marc von der Decke auf die Stirn. Sie erinnerten ihn an die Regentropfen aus den Wolfsfellzotteln im Nebelmeer aus seinem Traum. Ohne Vorwarnung gaben Marcs Beine nach. Seine Hände glitten an den Armen des Angreifers nieder. Hinab auf den feuchten Boden. Hinein in die Fülle der Ohnmacht. Das Letzte, was seine benebelten Augen sahen, war der sich aus seinen Ketten sprengende Fenriswolf und die zerfleddert löchrige Motte, die auf der verschwitzten Haut schwarz eingestochen war und gierig zum Deckenlicht zu fliegen schien.

***

Marc pumpte. Die Luft fühlte sich ganz leimig an, und sein Zwerchfell stach. Nicht nur, weil er im Dampfbad so gar nicht mit Samthandschuhen angefasst worden war. Nachdem er wieder bei Sinnen gewesen war, hatte Marc sich vom Boden aufgekratzt und in der Umkleidekabine seine Laufsachen übergeworfen. Das hatte er jetzt gebraucht. Obwohl man ihm gerade erst die letzten Flüssigkeitsreservoirs aus den Poren gequetscht hatte. Ihm war es egal. So ein schnittiger Zehner durch den Seewald und über Mariabrunn zur Gärtnerei im Schwedi war nach dem beklemmenden Dampfbadspuk genau das Richtige gewesen. Seinen Kopf hatte er dabei aber nicht entrümpeln können. Im Gegenteil, das Gedankenkarussell hatte weiter Fahrt aufgenommen.

Er stand am Alpakagehege vor dem großen Maisfeld am Schwediwald in Langenargen und sperberte durch die Zaunmaschen hindurch. Möglicherweise konnten ihm ja die drei Wollköpfe dabei helfen, seine Gedanken zu sortieren. Auf einen Versuch kam es an.

Er öffnete das Gatter am Bauzaun und schob sich hinein zu Blacky, Browney und Whitey. Er kannte sogar schon ihre Spitznamen. Oje. Würde er mit diesen drei wandelnden Flokatis etwa auch bald noch auf Wanderschaft gehen?

Blacky, der gerade unmotiviert auf einem Blaufichtenzweig herumgenagt hatte, graste nun eifrig vor sich hin. Als Marc sich näherte, hob er den Hals und schob seinen kauenden Unterkiefer argwöhnisch zur Seite. Er war definitiv der Rabauke in diesem

Trio. Das hatte Marc schon durchschaut. Whitey war mit seinen Knopfaugen und dem Wuschelkopf der Verschmuste. Er machte auf dem kahlen, schattigen Flecken unter der Scheinzypresse seinen Hals lang und döste vor sich hin. Und Browney wälzte sich gerade auf dem Rasen von der Seite auf den Rücken und strampelte dabei vergnügt mit den Hufen. Er war der Genießer.

Marc gesellte sich zu ihm. Vermutlich, weil die zersauselte Mähne und die langen kastanienbraunen Augenbrauen diesem Alpaka das Gesicht eines Hochgelehrten bescherten. Er setzte sich auf die Wiese und tätschelte den Flausch des Wollträgers.

»Das war mal eine Dampfbudensitzung, sage ich dir. So hatte ich mir den ›Schwitzkasten‹ fei nicht vorgestellt. Weißt du was, Braunerle. Ich könnte darauf schwören, dass Kanyuk hinter alldem steckt. Ein ganz ein übler Zeitgenosse«, dachte Marc laut nach.

Browney kratzte sich im Gras weiterhin fröhlich den Pelz und blinzelte sich eine Fliege von der Augenbraue.

»Der russische Akzent. Ich meine auch, der Mistkerl hat unsere Bordellrazzia erwähnt. Kurz bevor mir die Sinne hopsgegangen sind. Und dann hat da ja noch dieses gute Stück hier auf dem Boden vor mir gelegen …«

Marc beugte sich nach vorn und öffnete den Reißverschluss an der Gesäßtasche seiner Laufhose. Aus dem Schlitz zog er den Goldring mit dem Lapislazuli hervor und hielt ihn dem neugierig dreinschauenden Alpaka vor die schwarzen Kulleraugen.

»Den muss ich Kanyuk im Eifer des Gefechts vom Finger gezogen haben. Siehst du den an der Schnauze ausgebröckelten Wolfskopf? Wer weiß, vielleicht hat unser Handgemenge den Zierstein ja beschädigt.«

Die feuchtwarme Schnauze des Alpakas beschnupperte den Ring.

»Braunerle, der ist nicht genießbar und ebenso schwer verdaubar. Außerdem muss er dringend in die Spurensicherung.« Marc zupfte stattdessen ein Grasbüschel aus der Erde und hielt es Browney hin. Gierig schmatzte die Schnauze ihm die Grashalme aus der Hand.

»Im ›Paradise Consilia‹ haben wir keine Raubkunst gefunden. Ach … nur so eine wüste Ganzkörperstatue haben Aaliyahs Kollegen im Bordell aufgestöbert. Eine Gipsskulptur. Verblüffend lebensecht. Die ›Gafferin‹. Sieht wohl so aus wie eine dieser Pompeji-Leichen. Eine hockende Dame in einem Trenchcoat mit Hut in Glockenform und einem Fernglas vor den Stieraugen. So wirklichkeitsgetreu, dass die Skulptur glatt aus dem Meißel unseres durchgeknallten Bildhauers stammen könnte.«

Das Wolltier summte verzückt drauflos.

»Gell, der Meinung bist du auch, mein Braver.« Marc kraulte ihm zur Belohnung den wuscheligen Haarschopf. »Nichts für dich. Aaliyahs Kollegen meinen, dass der Statue so ein Hundegeschirr aus dem SM-Bereich über den Kopf gezogen ist. Und zwei Sonnenfänger mit großen roten Tellerscheiben hinter die Geschirrriemen geklemmt. Solche, die eigentlich als Deko im Garten stehen.«

Der flauschige Wiesendelphin auf vier Hufen wackelte mit den Ohren und brummelte vor sich hin. Browney genoss das Kraulen sichtlich. Marc blickte ihm in sein nobelpreiswürdiges Wollzuselgesicht.

»Oh, und ein Häs von den Meersburger Bodenseewölfen soll in dem Bordell auch offen herumstehen. Schwarzfellig. Hätte ich das gewusst, dann hätte ich es Aaliyahs Kollegen am liebsten gleich mal konfiszieren lassen. Aber ohne triftigen Grund … Sehr gut möglich, dass die Wolfskopfmaske, die vielerorts herumgeistert, genau von diesem Fasnetskostüm stammt. Ich bin mal gespannt, was für eine Erklärung Kanyuk sich dafür aus dem Ärmel zaubern kann.«

Blacky und Whitey kamen angestiefelt. Der Zwetschgenbaum zwischen den Blaufichten war völlig uninteressant für sie. Nicht einmal im Spätsommer flogen sie laut dem Tierwohlfuzzi auf dessen Fallobst, das wohl gänzlich unbekömmlich für ihre wählerischen Mägen war.

In Anwesenheit der knuffeligen Huftiere sollte Marc wohl besser nicht so offenherzig über Wölfe referieren. Man spürte ihnen ihr Unbehagen förmlich an. Sie streckten alle viere von sich und ihre wolligen Häupter erwartungsvoll dem Kriminalhauptkommissar entgegen.

Marc musste sich eingestehen, dass es ihm nichts ausmachte, wie die drei liebenswerten Flauschkugeln sich um ihn scharten. Ganz im Gegenteil. Er fühlte sich in allerbester Gesellschaft. Das konnte er gerade richtig gut gebrauchen. Besonders heute. Er hatte das fast verdrängt. Aber das Urteil in Claras Prozess sollte heute fallen.

Marc tätschelte die warmen, anschmiegsamen Wänste der beiden Nachzügler. »Wir haben einen Steinmetz, dem ein Himmel aus Blei in einem Weinträger auf den Kopf gekracht zu sein scheint. Einen überkandidelten Bildhauer, dessen Frau spurlos verschwunden ist. Womöglich tot. Einen Springreiter, mit dem die Pferde durchgegangen sind. Der schreckt wohl auch vor Skulpturanschlägen nicht zurück. Ach ja, nicht zu vergessen der Bussard. Der Jäger der Lüfte, der in allen nur erdenklichen Erscheinungsformen Jagd auf mich macht. Der scheue Wolfshund, der sich kaum zeigt, aber den Kreuzlinger Wald angeblich unsicher macht.«

Die drei Alpakas drehten ihre langen Hälse nach Marc um und starrten ihn erschreckt an. Ein jedes mit einem leichten Silberblick unter der punkigen Fellmähne.

»Diese Porzellanwölfe an den Seekunstwerken. Was hat es mit denen bloß auf sich? Wieso immer zwei? Und weshalb schwarz und weiß? Dann ist da eben noch dieser gehörnte Wolfskopf, der sich schrecklich gerne zeigt. Meint ihr, das ist etwa tatsächlich der Nachtfraul, hm? Immer in Begleitung von diesem Kindskopf. Glaubt man den Spuren auf den ersten Blick, dann war dieser ›El Niño‹ bislang an allen offensichtlichen und möglichen Tatorten zugange. Denkt ihr, der bronzene Seehocker ist Radolfzell abtrünnig geworden, um mit dem Nachtfraul zu paktieren?«

Alle drei grasenden Alpakas brachten ihre Unterkiefer im Akkord in Schieflage.

»Ihr haltet davon also auch wenig?« Marc war sich nicht sicher, ob die Grimassen der Alpakas seiner Frage oder seinem beständigen Herumreiten auf dem Wolf galten. Er ließ seinen

Blick nachdenklich über die puscheligen Alpakaköpfe gleiten. »Kanyuk hat doch etwas von wegen Gelbsucht in pittoreskem Sinn dahergeplappert. Das habe ich doch gehört. Gelbsumpfiges Fieber. Gelber Teufel. Was meint ihr? Was ist damit gemeint?«

»Goldig!«

Marc erschrak zutiefst. Das war nicht von Browney und aus keinem der anderen Alpakamünder gekommen. Er drehte sich um. Hinter ihm stand Aaliyah am Zaun und begutachtete amüsiert, wie er dort zwischen den Alpakas auf der Wiese verweilte. »Was willst *du* denn hier? Und was bitte schön meinst du mit ›goldig‹?«

»Zum einen natürlich deinen plötzlichen Sinneswandel. Die drei Lauser fressen dir wohl doch nicht die Haare vom Kopf. Eher deinen Kummer aus der Seele.«

Die selbstgefällige Platte, die Aaliyah da gerade auflegte, gefiel Marc gar nicht.

»Zum anderen deine Frage. Der ›gelbe Teufel‹. Wer auch immer scheint damit Gold zu meinen. Das Gold kitzelt die Gier.«

Aaliyah hatte ihn also in seinem Plausch mit den Alpakas belauscht. Das ärgerte ihn. Das und dass sie womöglich recht hatte. Die Sache mit der Goldgier klang plausibel. Das passte wie die Faust auf die Augen der Opfer Kanyuks. Schräg war es aber schon, dass Kanyuk dieses Lamento auf den Befall mit dem gelben Teufel im Dampfbad vom Stapel gelassen hatte. Immerhin legte er selbst ja auch eine übertriebene Goldgier an den Tag.

»Und du bist jetzt extra nach Langenargen gefahren, um mir das zu beantworten?« Marc wusste selbst, dass das lächerlich war.

Aaliyah blickte verlegen auf ihre nietenbesetzten Stiefeletten und dann auf Marc. »Nicht wirklich. Clara … Heute ist das … Also …«

Sie brauchte gar nicht weiterzusprechen. Das Urteil war also gefallen. »Wie viele Jahre?«

»Lebenslänglich. Mit anschließender Sicherheitsverwahrung. Für drei Morde wurden gleich drei Mordmerkmale festgestellt. Grausamkeit, Mordlust und Heimtücke. Bei einem weiteren Mord ebenfalls die Heimtücke. Dazu kommt versuchter Mord.

Im Fall des rabiaten Jägers wurde auf fahrlässige Tötung entschieden. Das Gericht sah es als hinreichend erwiesen an, dass Clara ihn verbal-manipulativ in den Suizid gedrängt hat. In Summe wurde bei diesem … Monster … die besondere Schwere der Schuld festgestellt.«

»Clara ist kein …« Marc stockte. Wen oder was verteidigte er eigentlich? Hatte er mit einem anderen Urteil als dem gesprochenen gerechnet? Hatte er nicht. Im Leben nicht.

Aaliyah krallte ihre Finger in die Maschen des Gehegezauns. »Nenn sie, wie du willst. Ich wollte jedenfalls, dass du es hier an Ort und Stelle erfährst. Bei deinen Seelentrösterlis. Bevor du wieder Pillen einwirfst.«

Das würde er nicht mehr tun. Marc hatte es im Dampfbad ordentlich gewickelt. Bestimmt waren diese Halluzinationen üble Nachwehen seines ungehemmten Pillenkonsums gewesen. Er hatte sein Antidepressivum und die Glückspillen mit Ginkgoextrakt noch im Sportbad in die Tonne gekloppt. »Wie hast du mich überhaupt gefunden?«

»Ich bitte dich, Marc. Du beginnst heute einen Tauchkurs. Ausgerechnet heute, wo das Urteil ansteht. Du wolltest abtauchen. Und als ich im Sportbad erfahren habe, dass der Kurs schon vorbei ist und du dich vogelwild bei der Badeaufsicht über fehlende Überwachungskameras aufgeregt hast, da wusste ich, du würdest deine Alpakas aufsuchen. Weibliche Intuition.«

»Quatsch! Das sind doch nicht meine Seelenverwandten.«

»Dafür kraulst du ihnen aber ganz schön beherzt den Wollfrack. Was ist denn eigentlich im Sportbad vorgefallen?«

»Kanyuk ist unsere Bordellrazzia wohl gewaltig gegen den Strich gegangen. Und er mir dafür mit Gewalt an die Gurgel.«

»Ich sage es doch die ganze Zeit. Der Russe muss Dreck am Stecken haben. Warum sonst sucht er dich im Sportbad auf? Nur betroffene Hunde bellen. Und an diesem Straßenköter bleiben wir besser dran. Komm doch morgen um acht zu uns nach Konstanz. Dann können wir die Laborbefunde und die Einschätzung von Geri Kaspar, dem Geschichtsprofessor, zu diesem hundsalten Briefschriftstück und der Silberkugel durchsprechen.«

»Ja, ist in Ordnung«, murrte Marc aus dem Gehege hervor. »Was ist das übrigens für ein Päckchen in deiner Hand?«

»Ach ja, genau! Das hat Kanyuk offensichtlich im Sportbad für dich zurückgelassen. Laut der Empfangsdame hat ein bulliger Typ mit Boxerzinken es an der Rezeption hinterlegt.« Mit diesen Worten reichte sie Marc die Box über den Gehegezaun.

Es handelte sich um einen geriffelten Pappkarton in dunkelviolettem Anstrich. Marc nahm die lila Schleife mit dem Schildchen mit seinem Namen ab und öffnete die Box. »Ach herrje. Eine Flasche See-Gin. Iris Edition. Ein mediterranes Tonicwasser. Und eine ganze Zitrone.«

Der Kriminalhauptkommissar hatte von dieser Sonderedition der Kressbronner Familienbrennerei bereits gehört. Der Spirituosenhersteller wollte nach den Irisblütenmorden dieser sagenhaft schönen Blume als botanischem Wahrzeichen des Eriskircher Rieds wieder eine positive Seele einhauchen. Das war ihm mit den feinen Nuancen von Orange und den unbeschreiblich floralen Noten der Irisblüte im harmonischen Einklang mit einem Hauch Wacholder wohl auch gelungen.

Nachdenklich beäugte Marc die Apothekerflasche. »Warum um alles in der Welt sollte Kanyuk mir mit so einem edlen Tropfen etwas Gutes tun wollen, nachdem er mich im Dampfbad in die Mangel genommen hat?«

Aaliyah musste schmunzeln. »BKA-Studium, Modul vier. Wissenschaftliche Grundlagen in der Psychologie. Psychopathen und Mörder trinken gerne Gin Tonic.«

Das bekam Marc in den völlig falschen Hals. »Ich bin kein Mordsscherge, und Clara mag auch keinen Gin!«

»Meine Güte, Marc. Nicht alles ist immer gleich gegen dich gerichtet. Oder gegen die Irisblüten-Assassine, die eigentlich ein Mauerblümchen ist und als Unschuld im Lande steht. Zumindest, wenn es nach dir geht! Ich warte im Wagen. Falls du deine Dünnhaut in den nächsten zehn Minuten ablegst, kann ich dich nach Friedrichshafen mitnehmen.« Mit diesen Worten ließ Aaliyah ihn allein mit den Alpakas zurück.

Dem Kriminalhauptkommissar steckte etwas Unerklärliches in den Knochen. Seit seinem unfreiwilligen Bad im Salemer Schlosssee. Das selbst war es aber nicht. Er stieß sich an etwas aus dem Gespräch mit Professor Geri Kaspar. Woran, das wusste er nicht. Gerade hatte er aber auch ganz andere Sorgen.

Er schaute zu Browney, der sich vor seinen ausgestreckten Beinen zusammengekugelt hatte. »Braunerle, was hältst du denn von dem Urteilsspruch gegen Clara Meißner?«

Das milchkaffeebraune Alpaka blinzelte ihn an. Dann richtete es sich auf alle viere auf und zog die Hinterbeine auseinander. Schon plätscherte es los. Mit dem mitleidigsten Blick, den so ein spitzohriges Fellgesicht nur auflegen konnte.

***

Marc hatte sich zu Aaliyah in ihren flotten Flitzer gesellt. Mit der Ginflasche in der Hand hätte es sich ja auch mehr schlecht als recht nach Friedrichshafen zurückjoggen lassen. Ebenso wenig mit dem Tonicwasser und der Zitrone. Er war schließlich nicht wie dieser jonglierende Läufer, der schon einige Male am Drei-Länder-Marathon in Lindau teilgenommen hatte. Gerade fuhren sie auf Höhe des Eriskircher Einkaufzentrums auf die Bundesstraße auf, der Motor gab ein eindringliches Gefauche von sich, da surrte Marcs Diensthandy. Diana Mendig. Richtig, er hatte sie auf den Jahre zurückliegenden Mord an Rudi Duttke angesetzt. Marc hatte sich den gerichtsmedizinischen Befund auch erst neulich nochmals angesehen. Er hatte eine Zweitmeinung aus Sicht der Waffenexpertin zu diesem Mordfall gewollt.

»Hallo, Frau Mendig, ich stelle Sie auf laut. Dann kann Aaliyah mithören«, begrüßte Marc die Waffenexpertin durch sein Telefon.

»Alles klärchen, Kommissärchen. Ich habe mir die Akte zu Rudi Duttke nochmals angeschaut, wie Sie es wollten. Ich habe mich auch mit Tina Nowak zu den Blutspuren und mit Christina Ferber zu den Leichenspuren ausgetauscht.«

»Dann schießen Sie doch mal scharf los, Frau Mendig«, meldete sich Aaliyah hinter dem Lenkrad zu Wort.

»Also, das Blutspritzmuster auf dem Raumteiler hat damals ja Bände gesprochen. Ein scharfer Gegenstand, der wuchtvoll gegen Duttkes Kopf geführt wurde. Vermutlich eine Axt, das wissen Sie ja bereits. Gut möglich, dass die dann post mortem auch zum Abtrennen der Rippen von der Wirbelsäule verwendet wurde.«

Aaliyah schüttelte es bei diesen entsetzlichen Schilderungen. »Das ist ja pure Entmenschlichung. Welches Interesse sollte der Mörder gehabt haben, sein Opfer nach der Ermordung noch so barbarisch zu verstümmeln?«

Marc dagegen war seit den Irisblütenmorden resilient. »Bestimmt möchte der Killer uns mit dem Extrahieren des Rückgrats etwas Spezielles mitteilen? Chiropraktiker lässt grüßen. Rückgrat zeigen?«, begegnete er Aaliyahs Frage.

»Oder eben das Gegenteil«, warf Aaliyah ein. »Das Rückgrat verlieren. Einknicken. Verrat.«

»Ein äußerst guter Denkanstoß!«, mischte sich Diana Mendig über die Telefonschalte ein. »Dazu passt auch das rituelle Vorgehen. Die Schädelmanipulation muss mit einer Art Zeremonialmesser durchgeführt worden sein. Das ist ja auch bekannt. Ebenfalls post mortem. Und die beiden entstandenen Löcher wurden mit Gold ausgegossen.«

Marc dachte nach. Verrat und Gold im Kopf. Mit einer verursachten Kränkung und der Gier zwei starke Mordmotive.

»Maik Stork ist mit mir zusammen übrigens den toxikologischen Bericht von damals durchgegangen. In Duttkes Mageninhalt hatte man den Wirkstoff Dimethyltryptamin, kurz DMT, nachgewiesen. Zudem unterschiedliche Beta-Karbolin-Alkaloide, die in der Rinde der Caapi-Liane enthalten sind.«

Marc war gottfroh, dass es die Mendig war, die gerade mit dem Fachbegriffbrei um sich warf, und nicht der verschrobene Chemiker. »Stimmt, das habe ich auch erst vor Kurzem im gerichtsmedizinischen Befund gelesen. Welche Wirkung rufen diese Dinge nach Einnahme denn noch einmal genau hervor?«, erkundigte er sich. Hätte er dem redseligen Maik Stork diese Frage gestellt, hätte er sich nun um das Wohlergehen seiner Ohren Sorgen gemacht.

»Die Mischung macht's in diesem Fall. Im Zusammenspiel dürften sie im Körper einen Drogencocktail ergeben haben, der Duttke vor seinem Ableben in einen halluzinogenen Rauschzustand versetzt haben muss. So gesehen eine Betäubungswaffe, falls Duttke das nicht freiwillig eingenommen hat.«

Marc dachte an seine eigenen Halluzinationen, die ihn vor weniger als zwei Stunden im Gerangel mit Kanyuk ereilt und schachmatt gesetzt hatten. Er hatte eine giftgrüne Schlange züngelnd auf der Verkleidung des Dampfgenerators sitzen sehen. Er sträubte sich innerlich, aber er musste sich später von Stork noch eine Blutprobe entnehmen lassen. Auch wenn der redselige Chemiker seine Nerven so schon genug piesackte.

»Die peitschenhiebförmigen Rötungen am ganzen Körper stammen ja nicht von einer Waffe, sondern von einer allergischen Reaktion auf Shiitake-Pilze. Die Magenuntersuchung hatte damals deren Verzehr etwa zwölf Stunden vor dem Mord nachgewiesen. Ach, genau, dann hatten wir noch das feuerrote Hämatom linksseitig an Duttkes Kehlkopf«, fuhr die Waffenexpertin fort. »Ein Würgemal mit Lasuritrückständen. Höchstwahrscheinlich hervorgerufen durch einen Schmuckstein. Das legt der Lapislazulisplitter im Hämatom nahe. Am Hals haben wir nur einen Teilabdruck, aber dem Spurenbild nach zu urteilen, hat sich da keine Waffe, sondern ein Fingerring mit wolfskopfförmigem Aufsatz in Duttkes Gurgel verewigt.«

Marc fühlte auf dem Beifahrersitz den Druckpunkt, den der Ring in seiner Gesäßtasche verursachte. »Den Ring habe ich vielleicht sogar für ausgiebige Untersuchungen zur Hand. Ein Überbleibsel von dem Dampfbadtango mit dem Fausttanz-Russen. Frau Mendig, ich bringe den Ring nachher in der KTU vorbei«, teilte er der Waffenexpertin mit und legte dann auf.

Aaliyah schenkte dem ihr unfreiwillig aufs Auge gedrückten Kollegen daraufhin einen Blick, der keinerlei Verwunderung in sich barg. »Tatrelevantes Material. Erst das Haar von der Perlenkette der Bildhauergattin. Dann die Barthaare vom Bildhauer selbst. Jetzt Kanyuks Protzring. Du gehst ja unter die Souvenirsammler. Muss ich mir Sorgen machen?«, fragte sie. »Hatte sich

Clara Meißner nicht bei den Irisblütenmorden mit Tatortkontaminationen beholfen? Hat sie, was unsaubere Ermittlungen anbelangt, etwa auf dich abgefärbt? Dir ist doch bewusst, dass wir zur Aufklärung der Fälle schon auch gerichtlich verwertbares Beweismaterial brauchen, oder?«

»Oh, ich wusste gar nicht, dass Langfingerei an einer Alabasterskulptur in einem Kunstatelier neuerdings zu den probaten Ermittlungsmethoden gehört, Frau Kriminalkommissarin *auf Probe*. Außerdem, was hätte ich tun sollen? Warten, bis die Spurensicherung antanzt? Der Dampf hätte dem Ring spurentechnisch bestimmt nicht gutgetan!«, konterte Marc.

»Ja, Marc … Das hättest du tun sollen. Wir stecken *zusammen* zu tief in diesen Ermittlungen, als dass wir uns noch Alleingänge leisten dürften! Außerdem ist dein Schweiß für den Ring als Beweismittel auch nicht gerade ideal!«

Zum Glück hatte Aaliyahs flotter Flitzer bereits den Flughafen hinter sich gelassen und in der Ehlersstraße die Friedrichshafener Kriminalpolizeidirektion angesteuert. Ohne ein weiteres Wort oder auch nur den leisesten Dank für die Mitfahrgelegenheit schälte Marc sich aus dem Wagen und knallte die Beifahrertür ins Schloss. Aaliyahs missbilligendes Lamento über diesen Akt blinden Rowdytums ignorierte er dabei geflissentlich.

Eigentlich hatte er sich fest vorgenommen, sich mit Aaliyah zusammenzuraufen. Na, das klappte ja wie am Schnürchen …

***

Pling! Marc griff nach seinem Smartphone, das rücklings zwischen dem Bananenkorb und dem zweigefächerten Nuss-Nervennahrung-Schälchen auf der Durchreiche ruhte. Nach dem Feierabend hatte er seine Sachen aus dem Sportbad und seinen dort geparkten Wagen geholt. Er war mittlerweile in seiner Wohnung in der Wilhelmstraße und hatte nach diesem aufreibenden Tag bis gerade eben die Füße hochgelegt. Sein Sohn Paul war mit Alicia in Konstanz am südlichen Ende der Hafenstraße auf »Klein Venedig« beim Grillen. Marc konnte ihr nicht genug danken.

Seine Ex-Frau Andrea hatte den zehnjährigen Spross außerplanmäßig bei ihm abliefern wollen. Obwohl sie wusste, dass Marc heute seinen Tauchkurs begonnen hatte. Die Osterferien waren zwar schon vorbei, aber Pauls Schule war wegen einer Vielzahl an Infektionen geschlossen. Da war Alicia kurzerhand an ihrem dienstfreien Tag nach Konstanz gefahren und hatte Paul bei Andrea und Torben abgeholt.

Er selbst hatte sich die Theorie zu der vor Radolfzell aus dem Bodensee entstiegenen und durch die Gegend streifenden Hockestatue »El Niño« nochmals durch den Kopf gehen lassen. Das war doch Kappes. Die Fußabdrücke in der Blumenerde auf der Mainau waren vor dem Verschwinden der Bronzestatue da gewesen. Die hätte dann ja ihr lauschiges Plätzchen zuvor schon einmal verlassen haben, dann wieder zurückkehren und jetzt wieder ausbüxen müssen. Natürlich war das ausgemachter Quark.

Marc checkte sein Handy. Eine Bildnachricht. Auf einen Schlag war er Alicia gar nicht mehr dankbar. Sie lächelte ihm auf dem Bild frisch erblüht wie der erste Frühlingstag entgegen. Neben ihr Paul an der Grillstelle. Den freigelegten Grinsezähnen nach zu urteilen, hatte er den Spaß seines Lebens. So wie er ihn Marcs Empfinden nach nicht einmal vor irgendwelchen Spielkonsolen hatte. Eigentlich eine dufte Sache.

Aber jemand störte die Ästhetik des Schnappschusses gewaltig. Ein fremder Mann. Eng umschlungen mit Alicia. Zu eng für Marcs Geschmack. Ein Luftikus mit Föhnwelle, garantiert unverschämt rosenblütenweicher Haut und unverkennbaren Aufreißerqualitäten. Den bestimmt ebenso samtweichen Pullover leger über die Schultern gelegt.

Der Kriminalhauptkommissar überflog in heller Erregung den unter die Bildnachricht getippten Text. Ein gewisser Jean-Pierre. Alicias ehemaliger Klavierlehrer. Gleich würden sie noch gemeinsam die Abenddämmerung am Seeufer auf der Hafenstraße genießen. Genießen. Na bravo.

Dieser Jean-Pierre war also ein Genussmensch. Vielleicht stand die Klimperkiste in dessen Casanovasuite ja unweit der Pimperkiste, dachte sich Marc. Gehässige Gedanken, klar.

Jetzt war es aber erst einmal Alicia selbst, die in die Tasten griff. Das verriet ihm die Kurzinfo »Alicia schreibt« mit den drei Pünktchen im Chatfenster. Er fühlte eine gewisse Hektik in ihrem Getippe. Wollte sie etwa per Textnachricht mit ihm Schluss machen und mit Drahtkommoden-Belami Jean-Pierre durchbrennen? Absurd. Eine gefühlte Brisanz durchzog ihr Schreibintermezzo. Die Nachricht ließ nämlich ewig auf sich warten. Konnte sie etwa sein eifersuchtsgetränktes Misstrauen über den Bodensee hinweg spüren?

Pling! Endlich. Oder auch nicht. Das hing vom Inhalt ab.

Okay, kein weiteres Bild verunstaltet durch den Tastenkasten-Charmeur Jean-Pierre. Stattdessen eine traumhafte, magische Aufnahme einer kolibriroten Skulptur. Sie ragte vor indigoblauer Himmelskulisse aus dem nachtumschwärmten Bodensee auf, der im Hintergrund von der hell erleuchteten Seestraße in der Konstanzer Bucht gesäumt wurde.

Die Kunstfigur sah fast aus wie ein riesenhafter, aus dem See gestreckter Großbuchstabe »H«. Dessen Mittelsteg war aber nach oben und nach unten hin mindestens so verzerrt und verspannt wie Marcs nervliche Konstitution.

Er musste auch gar nicht erst den nachfolgenden ellenlangen Text ohne Punkt und Pause lesen, um den Grund für Alicias spürbare Hasenherzigkeit zu erahnen. Denn die Verzerrung war nicht das Einzige, was bei dem Kunstwerk aus dem Rahmen fiel. Marcs Augen erfassten den weißen Punkt links auf dem unteren Teil des Mittelstegs und den schwarzen Punkt rechts auf dem oberen Abschnitt. Zwei Porzellanwölfe. Schon wieder. Dieses Mal an der Skulpturensammlung unmittelbar an der Landesgrenze zwischen Konstanz und Kreuzlingen, der »Kunstgrenze«.

Das war der fünfte Fund, nach Marcs Theorie gleichbedeutend mit einer fünften Leiche. Sie hatten aber mit dem Bregenzer Kunstkurator und dem Steinmetz immer noch nur zwei davon. Seine Sorgen um ein Vielleicht-Techtelmechtel Alicias mit Jean-Pierre waren Schnee von gestern.

15

Marc konnte sich das Schmunzeln nicht verkneifen, als er seinen mattschwarzen Audi A6 in der von Gestrüpp umrahmten Parkzone abgestellt hatte. Der Bau, der sich vor ihm so präsidial wie prestigeträchtig auf dem Benediktinerplatz erhob, dieser fünfstöckige Herrschaftsklotz, war einmal als Kasernengebäude auf dem ehemaligen Klosterareal Petershausen errichtet worden. An Prunk hatte das Gebäude nichts eingebüßt. Seit dem Sommer des Vorjahrs befand es sich im laufenden Betrieb in Sanierung.

Zum Lachen war Marc aber eigentlich überhaupt nicht zumute. Der Klavier-Kavalier hing ihm gedanklich nach. Vielmehr aber noch Alicias besorgniserregende Sichtung zweier weiterer Porzellanwölfe an der »Kunstgrenze« in Konstanz. Das war nach dem Fund an der voluminösen »Yolanda« in Bodman-Ludwigshafen bereits Alicias zweite Entdeckung.

Marc schritt bei dieser trockenen Luft im Spätapril, die mit gleicher Erbarmungslosigkeit auf einen durchregneten Monatsanfang gefolgt war, über den von einer halbkreisförmigen Hecke eingesäumten Vorplatz auf den senfgelben Flügelkomplex zu. Vorbei an der massiven Kugel aus gebranntem Schmiedestahl, die eine überdimensional große Kanone in den Vorplatz geschmettert zu haben schien. Der ewig große, eiserne Golfball war Teil eines sechsteiligen Kunstwerks eines Bildhauers, das sich auf dem Benediktinerplatz vom Landratsamt über das Archäologische Landesmuseum bis hin zum Polizeipräsidium erstreckte. Hanjo von Dargatz-Gierer wäre das aus einer Kugel, einem Ring, einem Block, einem Stab, einer Ronde und einer vierteiligen Platte gebildete Kunstwerk mit an Sicherheit grenzender Wahrscheinlichkeit zu stumpfsinnig gewesen.

Ihm war schon klar, weshalb Aaliyah ihn nach Konstanz gelotst hatte. Vor dieser herrschaftlichen Anlage mit den Fahnenmasten, dem parkähnlichen Vorplatz mit seinen laubreichen Ahornbäumen und den akkurat gestutzten Hecken kam man sich vor, als stünde man vor dem Schloss Bellevue. Dagegen konnte ihr Kommissariat in der Ehlersstraße doch nur abstinken. Dem Gebäudekomplex der Kriminalpolizeidirektion Friedrichshafen hing unweigerlich der triste Mief von Verwaltungsbau an.

An den Scheiben der automatisch öffnenden Türflügel des Konstanzer Polizeipräsidiums begrüßten Marc zwei comichafte Präventionsplakate, die vor falschen Polizisten und dem Enkeltrick warnten. Er betrat den Mittelbau, entschied sich für das Treppenhaus und ließ den Aufzug rechts liegen.

Im ersten Stock angekommen nahm ihn auch schon Aaliyah in Empfang. »Hallo, Marc, gut hergefunden? Blöde Frage, du bist ja Ex-Konstanzer. Ehemals von der guten Seite der Macht«, begrüßte sie ihn.

Dem zweiten Teil von Aaliyahs Begrüßung schenkte Marc keine Beachtung. Die immerwährende Rivalität zwischen Baden und Württemberg. Aaliyah als einer aus Berlin zugezogenen Kommissarin auf Probe stand es gar nicht zu, sie mit hingeheucheltem seealemannischem Patriotismus aufzukochen.

»Wir gehen am besten nicht in mein Büro. Das ist zurzeit von der Sanierung vereinnahmt. Weißt du, wir rüsten nämlich auf. Das volle Programm. Drei Bildschirme, modernste Medientechnologie, höhenverstellbare Schreibtische und superergonomische Vierundzwanzig-Stunden-Stühle. Lass uns rüber in den Flügelbau gehen. Da ist unser Lageraum. Und da ist auch der Automatenkaffee besser.«

Marc war gedanklich bei Aaliyahs Büro hängen geblieben. Wohlgemerkt ihr *eigenes* Büro. Er hatte in Friedrichshafen gerade mal ein Zweierbüro. Das hatte er zuletzt mit seiner Killerkollegin geteilt. Jetzt hatte man »Fischy«, den pausenlos brabbelnden Telefonkoordinator, zu ihm verfrachtet. Vermutlich versprach sich Köstinger davon so etwas wie eine absurde Quasselstrippen-Therapie. Immerhin war der Zweierdienstraum im helltürkisfarbenen Eckstrukturbau vom umgebenden Großraumbüro abgekapselt. Und er hatte nur einen Bildschirm. Und der machte ab und an Flackermätzchen.

Marc folgte Aaliyah in den rechten Gebäudeflügel. »Lageraum. Das klingt ja wie der *Situation Room* im Weißen Haus.« Am Kaffeeautomaten gönnte er sich für siebzig Cent einen »Policious Coppuccino«. Hoffentlich hielt der, was sein phantasiereicher Name versprach. Zumindest interpretierte er das polizeiliche Kreativkonstrukt als leckeren Cappuccino.

»Hat Pleschke denn mittlerweile eigentlich mehr zu den Masken der Allensbacher Schlösslespudel herausgefunden?«, interessierte Marc.

»Nicht wesentlich mehr, als wir ohnehin schon gewusst haben. Die Faschingsgruppe repräsentiert einen borstig schwarzen Pudel mit glühend roten Augen. Der soll am Buckel des Schlössleturms einen Schatz bewacht haben. So manch einer sieht in dem Schatz auch das goldene Kegelspiel, das einer Allensbacher Sage nach aber eher in einer Höhle mit Bächlein auf dem Rauhesetzebühl, einem Hügel, verborgen sein soll. Im Prinzip wäre der Pudel als Kegelspielbewacher beinahe ein astreiner Abklatsch von diesem Bregenzer Klushund, der ja auch durch die Briefdepesche geistert, die ich mir im Atelier gekrallt hatte. Mit dem kleinen Unterschied, dass der Klushund nach seinem goldenen Kegelspiel erst noch suchen muss, der Schlösslespudel das seinige bewacht. Dazu gleich mehr nach dem Gespräch mit Professor Kaspar«, vertröstete Aaliyah ihn. »So, hereinspaziert.« Sie wies Marc in einen hell ausgeleuchteten, großzügig ausstaffierten Raum neben dem Kaffeeautomaten. Der Boden war mit königsblauem Teppich ausgelegt.

»Schteini! Mitrem Muultäschle! Löblich, löblich!« Pleschke. Seine Plagegeiststimme tönte lauthals aus dem Rauminneren. Er trug ein quietschgelbes Jackett mit aufgedruckten Stieleis-Klassikern. Mister Long, Flutschfinger, Dolomiti, Twinni, Tschisi und Brauner Bär. Sie alle waren von den Ärmeln bis zum Saum mit von der Partie. Das skurrile Modestück verwandelte Pleschke in eine Presswurst mit Eis-Heißhunger. Passend bei der trockenen Hitze.

Marc erinnerte das eisbestückte Jackett an einen tollen Familienausflug als kleiner Steppke zum Dornbirner Hausberg.

Oben auf dem Karren hatte er damals so ein grün-orangenes Eis mit zwei Stielen und einem Schokoladenüberzug bekommen. Das Twinni. Am Ende war das schmelzende Wassereis auf den Boden geplumpst und sein Mund ganz schokoverschmiert gewesen.

Lob aus Pleschkes Mund. Das durfte er nicht auf sich sitzen lassen. Auch nicht das »Schteini«. Bei dieser Verballhornung seines Nachnamens bekam er die Krätze. Schlimmer war nur das »Steinbeißer«, mit dem man ihn in der Grundschule immer gehänselt hatte.

»Pleschke. Stil hat hier ja nur das Eis am Stiel auf deinem *Karnevalskostüm*.« Marc legte seine Einwegmaske ab. Da kam er sich ja lächerlich vor, wenn er der Einzige mit Mundschutz im Raum war.

»Was bisch denn für ein grätiger Bollen? Jetz bisch doch im Hallenbad nabitaucht. Und die Alpakatherapie soll jo au anschlagen. Wie mit den Delphinen. Aber ohne dei Goschengatter schausch drei wie ein jomriges Schteibeißerle.«

Pleschke hatte es getan. Unverblümt hatte er das Reizwort ausgepackt. Christina Ferber, die Gerichtsmedizinerin und Schwatzbase, musste mit Aaliyah geschnackt haben, nur sie kannte dieses pikante Detail aus Marcs Krustelkiste verdrängter Kindheitshänseleien. Frauentratsch, hundertpro. Na klar. Und Aaliyah musste das dann natürlich gleich brühwarm Pleschke gesteckt haben. Ihr Gegenstich für das »Äffchen Abu«.

Pleschke hatte eine potthafte Henkeltasse frisch gebrühten Filterkaffee vor sich auf dem Tisch stehen. Von wegen in diesem Flügel war der Automatenkaffee besser. Aaliyah und Pleschke wollten vor ihm nur mit diesem der Kommandobrücke der »Enterprise« gleichenden Lageraum prahlhanseln.

»So, Jungs, jetzt beruhigen wir erst einmal die Gemüter und setzen uns. Wir haben gleich Professor Geri Kaspar zugeschaltet. Er wird uns seine Erkenntnisse zu dem altertümlichen Briefschriftstück aus der Bussardstatue und zu der Silberkugel aus dem Salemer Schlosssee mitteilen.«

Marc setzte sich. In dem weitläufigen Raum schlug ihm an

der ihm gegenüberliegenden Wand eine Stafette von drei gigantomanischen interaktiven Smartboards entgegen. Die Displaytapete voller modernstem Medienschnickschnack erschlug ihn regelrecht. In Friedrichshafen hatten sie gerade einmal Beamer, Leinwand und Zeigestock.

»Vom Feinschte nur des Feinschte. Des Konschtanzer FLZ isch fetzamäßig in der Digitalisierung angekommen!«

»Steht wohl für Freizeit- und Luxus-Zentrum. Und wieso ist das Kommissariat in eurem ›FLZ‹ nicht im Dachgeschoss? Ihr wollt nicht so hoch hinaus?« Marc ging Pleschkes Geprahle fetzenmäßig auf den Senkel.

»Haha, Hafenkäs! Führungs- und Lagezentrum! Wir sind keine Bürohengschte. Vom erschten Schtock isch mer schneller im Einsatz. Und unterm Dach do isch die Kommandozentrale. Konschtanz, Sigmaringen, Ravenschburg und der Boddeseekreis. Immer wenn ebber eis, eis, null wähle tuet, landet seller bei uns!«

Marc musste es ja insgeheim zugeben. Die Leitstellenstühle in dieser Prahlhalle boten einen solchen Sitzkomfort, dass sich seine vier Buchstaben wie auf Götterwolken gebettet fühlten.

Ein Räuspern aus den Lautsprechern des linken Smartboards ließ die beiden Streithähne jäh verstummen. Auf dem noch schwarzen Display drehte ein weißer Kringel seine einsamen Runden, ehe das Konterfei von Geri Kaspar erschien. Oberhalb des rechten Boards rührten sich zwei surrende Schwenkkameras, bis sie schließlich den Raum inklusive der drei Ermittler auf den Monitor brachten. Zunächst bewegten sich die Lippen des Professors nur tonlos.

»Der klassische Anfängerfehler. Sie müsset sich *anmjuten*, Herr Professor …« Pleschke. Auf dem Terrain der Gesprächsführung so feinmotorisch wie ein Mähdrescher auf Spargelernte.

»Le voleur solitaire aime manger seul. Le voleur solitaire dévore les beaux trésors. Bonjour, mademoiselle.« Der Professor zwinkerte Aaliyah zu, was diese zu einem verschmitzten Lächeln veranlasste. »Guten Tag, die Herren.«

Schäkerte der Geschichtsprofessor etwa gerade in der Sprache der Liebe mit Aaliyah? Offensichtlich ja. Der einsame Räuber aß also allein und verschlang dabei einzig die schönen Kostbarkeiten.

Recht eigenwillige Schönheiten befanden sich auch hinter dem Professor neben einer beeindruckend ausladenden, mit dicken Schinken gespickten Bücherwand. Zwei mannshohe Strohkegel mit Baströckchen. Zumindest sahen sie so aus. Skurrile Körperanzüge aus getrockneten Pflanzenfasern. Darauf schwarze, weiß punktierte Trichtermasken, die entfernt an die rüsseligen Köpfe von Wildschweinen erinnerten.

»Zeremonielle Pekari-Masken des Warime-Rituals mit Fransen aus Mauritius-Palmenblättern. Die habe ich vom Stamm der Piaroa-Indianer in Venezuela erhalten, als ich eine Flussexpedition entlang des Orinoco gemacht hatte. Die Gewänder und Röcke bestehen aus den Blättern der Cucorito-Palme, die an einem Ende als Fransen mit Maagua-Rinde zusammengebunden werden«, erläuterte Geri Kaspar, der Marcs wissbegierigen Blick bemerkt haben musste. Der hatte sich eher den beleibten Pleschke in der albernen Fransenkostümierung vorgestellt.

Zwischen den beiden Strohkegeln hing eine Heerschar bunt bepinselter Holzmasken in Form verschiedenster Krafttiere. Bulle, Jaguar, Affe, Adler, Kojote, Wolf und ähnliche Tierarten hatte Marc nach einiger Rätselraterei ausgemacht. So eine gestochen scharfe Bildschirmkamera stieß eben selbst auf einem so farbenfrohen Großdisplay irgendwann einmal an ihre Grenzen.

»Das sind Maya-Totem-Masken. Aber heute sind wir ja nicht virtuell verschaltet, um über meine Amazonasabenteuer zu plauschen. Ihnen brennt unter den Nägeln, was ich zu Ihrem Schriftstück und der Silberkugel herausgefunden habe. Frau Battmann, wenn Sie so nett wären, die hübschen Häppchen bitte einmal nacheinander auf dem Screen zu servieren.«

Deshalb also hatte Aaliyah ihr Tablet der Marke angebissener Apfel in Mädchenrosa dabei. Sie wedelte mit dem Zeigefinger wiederholt über das Retinadisplay, und ein Ausschnitt des digitalisierten Schriftstücks schwebte wie ein fliegender Teppich auf den mittleren Großbildschirm an der Wand.

Das erste Bild zeigte jenen Ausschnitt der Briefdepesche, auf dem sich der Abdruck des Siegelwachses auf dem vergilbten Papierstück befand.

»Eine ganz billige Fälschung. Und es wurde offenkundig nicht einmal gesteigerter Wert darauf gelegt, aus diesem stümperhaften Betrug einen großen Hehl zu machen«, fiel der zugeschaltete Geschichtsprofessor gleich mit der Tür ins Haus.

»Und des lesen Se aus dem Siegelwachs wie ausem Kaffeesatz, oder wie?«

Der pummelige Pleschke in dem quietschgelben Stieleis-Jackett und dem Ohrring mit Kreuzanhänger war für Geri Kaspar sichtlich kein Gesamtkunstwerk, sondern einfach nur nervtötend. Wie für jeden anderen auch.

»Das lese ich aus dem Abdruck des Siegelwachses. Und das, mit Verlaub, bedingt durch meine geschichtlichen Kenntnisse über die Bodenseeregion ohne größere Anstrengungen. Es ist das Wappen selbst, das aus der Zeit fällt. Wäre das Dokument echt, wäre es seiner Zeit vorausgeeilt.«

Marc nippte nachdenklich an seinem »Policious Coppuccino«. Die Pulverkrümel darin waren gar nicht *delicious.* »Sie meinen, das Wappen kann zum angeblichen Entstehungszeitpunkt des Briefdokumentes noch gar nicht existiert haben?«

»Genau das will ich meinen oder andernfalls meine Geschichtsprofessur an Ort und Stelle niederlegen. Wrangels Grafschaftswappen zeichnet sich auf diesem Dokument, das aus dem Jahr 1647 stammen will, nämlich in seiner verbesserten Form ab. Mit mehr Feldern im Stammwappen auf dem Herzschild und mit mehr Helmen über dem Herzschild. Dieses Upgrade hat Wrangels Grafschaftswappen allerdings erst 1653, also sechs Jahre später, zum Zeichen kriegerischer Erfolge erhalten. Ebenso die zwei Greife als Schildhalter.«

Was Geri Kaspar da gerade schilderte, klang völlig einleuchtend. Dennoch warf es viele Fragen auf.

»Verschieben Sie den Zoom auf das Dokument doch bitte mal ein wenig, sodass man den Bereich rechts neben dem Siegelabdruck sehen kann«, bat der Geschichtsprofessor.

Aaliyah zog ihren Zeigefinger ein weiteres Mal über ihr Tablet. Nun erschien Carl Gustav Wrangels Unterschrift auf dem Monitor.

»Dieser Servus entspricht nicht Wrangels Signum. Auch wenn sich jemand mit der Aneinanderreihung wilder Schnörkel und weiter Schwünge sehr viel Mühe gegeben hat. Hier braucht es schon ein gewieftes Auge, um den springenden Unterschied zu bemerken. Warten Sie einen Moment, ich teile mit Ihnen meinen Bildschirm. Ich habe Wrangels historisch belegte Unterschrift aus einem anderen Briefdokument parat.«

Gesagt, getan. Aaliyahs Wischfinger in Aktion. Der Bildausschnitt und Geri Kaspars freigegebener Bildschirm teilten sich nun das Großdisplay.

Die drei Ermittler ließen ihre Blicke auf der fieberhaften Suche nach dem Fehlerteufel hin- und herschweifen. Pleschke scharrte schon mit den Hufen. Sein naturgegebenes Mitteilungsbedürfnis war eben ein echter Selbstläufer.

»Ha, ›G‹ wie Gustav!«, meldete sich Aaliyah als Erste zu Wort. »Das ›G‹ von Wrangels Zweitnamen tanzt in der Unterschrift auf unserem Briefdokument aus der Reihe.«

»Die Anatomie der Buchstaben. Sehr gut erkannt, die Dame!«, lobte Geri Kaspar. »Und vor allem sehr richtig. Die Herren, schauen Sie sich einmal das Geschnörkel beim Unterbau von Ihrem ›G‹ an. Die Unterschlinge zeigt eine Doppelschleife. Sehr filigran und ungewöhnlich. Dieser Buchstabe stammt definitiv nicht aus Wrangels Feder.«

»Wohoo, ich habe es gerockt! Nicht schlecht für eine Kriminalkommissarin *auf Probe*, was?«, fauchte Aaliyah mit spitzer Zunge zu Marc hinüber.

Das schürte in Windeseile Marcs Griesgram. Natürlich musste Aaliyah ihm das jetzt unter die Nase reiben. Und natürlich musste der Professor sie in seiner Schäkerei so übertrieben loben.

»Dann isch des Fetzli do wirklich ein Schmu?« Pleschke stieß in heller Aufregung beinahe seinen noch gut gefüllten Riesenpott mit Kaffee um.

Schade um das potthässliche Jackett wäre es nicht gewesen, dachte Marc in seinem Groll.

Geri Kaspar nickte beipflichtend durch die Kamera und schüttelte dabei seinen Langbart, den er heute gedrillert zum Schwänzchen trug. »So ein Doppelgeschnörkel sagt übrigens viel über den Halter der Federspitze aus. Es zeugt von einer ausgeprägten Eitelkeit.«

Allmählich empfand Marc ihn mit seiner Deuterei als billigen Abklatsch von Geschichtsprofessor Cornelius Wagner, den er im vergangenen Jahr zum Symbolcharakter der Irisblütenmorde konsultiert hatte. Bloß eben in schlecht. Seine Abneigung konnte Marc nicht ganz erklären, aber Cornelius Wagner hatte sich auf die Psychologie als zweites Steckenpferd verstanden, ihn schätzte Marc. Irgendwie gesellten sich bei Geri Kaspar Selbstgefälligkeit und die Flirterei hinzu. Zudem schien Professor Kaspar sich für so abgehoben wichtig zu halten, dass er heute nicht persönlich zur Besprechung aufgeschlagen war, sondern sich lieber von der überhaupt nicht weit entfernten Uni Konstanz aus virtuell zuschalten ließ.

»Nicht nur das Schriftstück dürfte eine saubere Fälschung sein. Frau Battmann, ich übernehme die Steuerung, wenn Sie erlauben. Ich habe für Sie ja auch die Silberkugel in Augenschein genommen.«

Marc war sich ziemlich sicher, dass der Geschichtsprofessor tatsächlich Aaliyah persönlich meinte, für die er liebend gern die Silberkugel inspiziert hatte. Und wenigstens in diesem Punkt schien er sich mit Pleschke einig zu sein. Der war schon ganz fahrig, fast seekrank, weil er nicht im Mittelpunkt stand.

»Was isch denn mit dem Silberbolle?«, sprudelte es aus ihm wie aus einem aufgescheuchten Huhn.

Geri Kaspar brachte eine Detailaufnahme der Silberkugel auf den Bildschirm. Die zeigte die drei eingeritzten Kerbchen links unterhalb des Lunkers. »Nun, wie Sie ja in Salem bereits erfahren durften, wurden der Silberkugel die drei Hermelinschwänzchen eingekerbt. Sie erinnern sich, das Bregenzer Stadtwappen. Das ist gewissermaßen gleichzeitig auch ihr Verhängnis.«

»Inwiefern?« Jetzt hatten alle drei Ermittler nahezu zeitgleich eingehakt.

»Na ja, zunächst einmal ist dieses Bregenzer Wappen, wie wir heute wissen, nur vermeintlich das Stadtwappen. Die Grafen Montfort haben es aus Prestigegründen frei ersonnen. Das hatte ich Ihnen ja schon gesagt. Nach der Überlieferung soll zudem das Kegelspiel bereits zur Zeit des Appenzeller Krieges existiert haben. Der endete 1408. Das ominöse Wappen wurde Bregenz aber erst 1529 zugesprochen.«

»Also auch nur eine Attrappe«, resümierte Marc.

»Und eine lieblose noch dazu. Die Silberkugel ist zweifelsfrei gegossen. Nach der Überlieferung müsste die Kugel des Kegelspiels aber aus getriebenem Silber hergestellt sein. Also durch plastische Verformung mit einem Treibhammer. Zudem würde ich behaupten, dass jemand die Kugel unter Verwendung einer Schwefelleber künstlich altern ließ. Das dürfte Ihnen Ihre Chemieabteilung bestätigen.«

Marc graute es bereits jetzt davor, Maik Stork nach den Analyse-Ergebnissen zu fragen. »Und was meinen Sie? Was hätte jemand von solch dilettantischen Kunstfälschungen?«

»Das herauszufinden, ist Ihr Job. Wenn Sie mich nun entschuldigen, die Pflicht ruft. Besser gesagt, meine Studenten. Vorlesung. Das lästige Beiwerk der Forschung. Gnädige Dame, es war mir eine Freude, wenn ich Ihnen weiterhelfen konnte. Für die Ermittlungen –«

»… ist die Kriminalpolizei zuständig. Ich weiß.« Marc hatte das schon einmal gehört. In seinem letzten Fall. Vor der Basilika in Weingarten. Von Cornelius Wagner.

Unter einem ploppenden Geräusch sprang der Geschichtsprofessor aus dem Videoanruf und verschwand in der Schwärze des Screens, ohne sich von Pleschke und Marc verabschiedet zu haben.

Große Fragezeichen lagen in den Gesichtern der Ermittler. Aaliyah fand trotz kreisender Gedanken am ehesten ihre Worte wieder. »Also, Hanjo von Dargatz-Gierer war im Besitz dieses gar nicht so echten und altertümlichen Schriftstücks. Ein falsches Briefdokument unter dem Alabaster-Bussard. Und unweit seines Ateliers lag im Salemer Schlosssee die gefälschte Silberkugel versenkt. Wie wir bereits wissen, klebte an der das Blut seiner verschollenen Gattin. Immer vorausgesetzt, dass das Haar, das Marc hat mitgehen lassen, ebenfalls ihr gehörte.«

Marc war verstimmt. Und das nicht nur wegen der zuckerigen Automatenpulverplörre, die in seinem geriffelten Kunststoffbecher schwamm. Aaliyah musste natürlich darauf herumreiten. Nicht genug, dass Dettmeier Marc im Lengwiler Forst vor Aaliyah so bloßgestellt hatte. Sie tat jetzt das Gleiche vor Pleschke.

»Natürlich. Schon. Das kann kein Zufall sein«, murrte er. »Und Kanyuk und Duttke hatten sich jahrelang in der fünften Jahreszeit diese Holzspieluhr mit dem sich drehenden Miniaturkegelspiel streitig gemacht. Am Ende war Duttke tot. Der Russe und der Bildhauer haben Dreck am Stecken. Wir müssen die beiden dazu parallel verhören und ihnen mal ohne Schongang auf den Pelz rücken.«

Aaliyah und Pleschke gaben ihm unisono recht. »Aaliyah, verzähl doch emol unsere Neuigkeiten!« Pleschke saß also noch immer auf heißen Herdplatten.

»Also gut. Bei uns sind gestern Abend noch zwei Meldungen eingegangen. Fast zeitgleich. Eine aus Hagnau, die andere aus Altnau auf der gegenüberliegenden Schweizer Seeseite. Zwei weitere Wolfsskulpturen wurden gefunden. Marc, halt dich gut fest. Dieses Mal beide dunkelgrau, fast schwarz, und nicht aus Meißner Porzellan.«

Marc musste sich an dem überbequemen Leitstellenstuhl wirklich festhalten, ansonsten hätte es ihn aus diesem gelupft. »Sondern?«

»Aus Kunststoff und wesentlich größer. Beinahe neunzig Zentimeter hoch. In Hagnau stand die Figur am Schiffsanleger im Bauch der Schiffskulptur. Diese rostige Nussschale, die da so scheps im Seeboden steckt. Eine ältere Frau hat sie bemerkt, als sie beim Schwanennest nach dem Nachwuchs schauen wollte. Neun süße Babyschwäne. Bei Altnau trieb die andere Figur im

Gegenstück dieser Skulptur in deren wassergefülltem Rumpf. Ein Radfahrerpärchen hat sie auf seiner Bodenseeumrundung zufällig entdeckt.«

Marc schlürfte an der klebrigen Pulverpampe in seinem Kunststoffbecher. Nicht dass er sich weiteres Porzellan herbeigesehnt hätte. Meißner konnte ihm ruhig in weiter Ferne bleiben. In jeglicher Form und Gestalt. Aber zwei Kunststoffwölfe gaben dem Fall schon wieder einen ganz neuen Impuls. Noch dazu zwei dunkle Wölfe. Er hatte ad hoc keine Erklärung dafür. Womöglich Trittbrettfahrer?

»Was haben die Konstanzer denn in unseren Ermittlungen sonst noch Neues in Erfahrung gebracht?«, fragte er Pleschke.

»I hen Wetterforscher g'schpielt. Der zwanzigschte Dezember isch auf der Mainau öbbis ganz Bsundrigs g'wese. Ein ordentlicher Südföhn het teils höchscht frühlingshafte Temperaturen mit sich brocht. Bei euch in Friedrichshafen bis zu siebzehn Grad. Auf der Mainau immerhin zehn Grad. Und der sonsch g'frorene Boden het sechs bis acht Grad g'het. Die ideale Verzehrtemperatur für Bibiliskäs, *bei se wai.*«

So solide Berichterstattung ohne heiße Luft und Trara hätte Marc dem Nervtöter gar nicht zugetraut. Auch wenn er noch nicht wusste, wie dieser meteorologische Befund ihnen bei den Ermittlungen auch nur im Geringsten weiterhelfen sollte.

»Harry hat heute Morgen, bevor du eingetrudelt bist, übrigens im Vorgespräch mit Professor Geri Kaspar schon die Bedeutung der Klushund-Sage erörtert«, ließ Aaliyah Marc wissen.

»Es gab ein Vorgespräch? Und wer ist Harry?«

»Ha! In Konschtanz fängt der frühe Vogel den Wurm. Und i bin der Harry, du Trieler!«

Marc hatte die badische Plaudertasche mit einer solchen Selbstverständlichkeit unter Pleschke abgespeichert, dass ihm dessen Vorname schlichtweg entfallen war. »Und kam Gehaltvolleres dabei rum als bei der Recherche zu den Pudelmasken?«

»Kann ich dann fortfahren?«, setzte Aaliyah sichtlich gereizt von Neuem an. »Der Klushund ist eine Sagengestalt aus Vorarlberg. Der Legende nach ein Mensch, der in die dämonische Tiergestalt verwandelt wurde. Ihn ereilte dieser Fluch, weil er Bregenz im Dreißigjährigen Krieg an das Schwedenheer unter General Wrangel verraten und so die Bregenzer um ihre heiß geliebten Kunstschätze und Kostbarkeiten gebracht haben soll.«

»Ach, da schau an! Da kommt also das gefälschte Briefdokument von besagtem General Wrangel ins Spiel«, schlussfolgerte Marc.

»Ja, richtig. Und auch das goldene Kegelspiel der Bregenzer Grafen. Das war dem Verräter der Sage nach nämlich versprochen gewesen. Gekriegt hat er aber nur den unsäglichen Fluch, ewiglich nach diesem goldenen Kegelspiel zu suchen«, ergänzte Aaliyah.

Marc wollte mit seinen Neuigkeiten, die die Konstanzer hinter dem Ofen hervorlocken würden, auch nicht länger hinter dem Berg halten. »Der heiße Ofen von Claudius Bouffier. Der Springreiter muss tatsächlich mit dem Motorradauspuff an der Hebeschlinge herumgedoktert haben.« Marc hatte am Morgen noch mit Maik Stork gesprochen. Jetzt ärgerte er sich innerlich, dass er diesen bei der Gelegenheit nicht gleich auf die Analyse der Silberkugel angesprochen hatte. Und noch mehr darüber, dass Stork nicht von sich aus darauf zu sprechen gekommen war. »Unsere Kriminaltechnik hat sie analysiert. Im versengten Stoff wurden Rußpartikel und verbrannte Asche von Zweitaktöl nachgewiesen.«

»Raguschter, elender! Den Strizi müssen mer an der Krawadd kriegen!«, wetterte Pleschke.

Marc hatte da auch schon eine Idee, wo sie den Springreiter am Schlawickel packen konnten. »In Marbach haben sie dieses Jahr das Vielseitigkeitsturnier abgeblasen. Claudius Bouffier veranstaltet dort kommende Woche am Wochenende aber selbst organisiert ein Turnier auf kleiner Flamme. Neuerdings ist der große Zampano wohl auch unter die Vielseitigkeitsreiter gegangen. Ich schlage vor, wir spielen da am Samstag mal die ungebetenen Zaungäste. Gestern Abend soll dieser Springreiter nämlich für einen Kurzurlaub zu seiner Verwandtschaft in die

Normandie aufgebrochen sein. Bis dahin arbeiten wir die Befunde auf und versuchen die Zusammenhänge zu verstehen.«

Ehe Marc seinen Vorschlag recht überdenken und auf Aaliyah und sich selbst eingrenzen konnte, hörte er Pleschke bereits übereifrig freudige Zustimmung hüsteln.

»Ich habe weitere Neuigkeiten«, ließ Marc verlauten. »Meine Freundin, also Alicia, hat schon wieder zwei Wolffigürchen gefunden. Nicht aus Kunststoff, sondern tatsächlich Meißner Porzellan. Wieder schwarz und weiß. An der ›Kunstgrenze‹ in Konstanz. Ich habe auf meinem Rechner Bildaufnahmen aller bisheriger Fundorte solcher Porzellanfiguren. Habt ihr eine Leinwand und einen Beamer, über den ich sie euch zeigen kann?«

»Aber wo denkst du hin, Marc! Lebst du hinterm Mond?« Aaliyah reichte ihm ein Gebilde, das einer PC-Maus nicht unähnlich war. »Den Klicker stöpselst du an deinen Laptop. Dann ein Tastendruck, und schon bist du auf unseren Großdisplays.«

Technikgeprahle vom Feinsten. Marc tat aber wie ihm geheißen und blendete auf den Riesenbildschirmen die ersten drei Aufnahmen ein.

Das erste Bild zeigte den glänzend polierten Bronzeabguss eines sich gabelnden Baumstamms am Symphonikerplatz in Bregenz. Im Sommer saßen die Besucher zuhauf auf Stühlen eisknuspernd um den Brunnen herum. Und die Abendsonne befeuerte das gesammelte Wasser in dessen Senke gerne glutrot. Auf der Aufnahme aber ruhten lediglich der weiße und der schwarze Porzellanwolf possierlich zu Füßen der sich in der Morgendämmerung im Wasser oszillierend spiegelnden und umgekehrt wandelnden Baumstammfigur »Ready Maid«.

Auf der zweiten Fotografie waren die beiden Porzellanwölfe in Langenargen am Uhlandplatz auf der Kunstskulptur »Foucault« platziert. Sie standen direkt auf dem Gerippe des Segels hinter dem Pendel. Die Polizeiaufnahme war am Morgen nach dem Fund entstanden. Die aufgehende Sonne strich über die Bronzeoberfläche des sich vor dem Alpenpanorama aufblähenden Segels.

Das dritte Foto hatte Alicia Marc geschickt. Es zeigte das überproportionierte Gesäß der nudeldicken Rubensstatue »Yolanda« in Bodman-Ludwigshafen. Die voluminösen Pobacken hatten die Größe von bis zum Bersten aufgeblasenen Airbags. Vor allem aber ruhten auf ihnen ebenfalls der weiße und der schwarze Porzellanwolf.

Marc wählte die nächsten beiden Bilder aus und brachte sie auf das linke und das mittlere Display. Links waren nun die beiden Porzellanwölfe zu sehen, die in luftiger Höhe auf den Zinken des stimmgabelförmigen Gebildes der Klangschiff-Skulptur »Im Augenblick« in Friedrichshafen abgestellt waren. Auf denen machten es sich ansonsten gelegentlich die Möwen gemütlich.

Auf dem mittleren Bildschirm war der jüngste Fund eingeblendet. Die beiden Porzellanwölfe, wie sie auf den leiterprossenartigen Stegen der unruhigen kolibriroten Edelstahlskulptur der »Kunstgrenze« zwischen Konstanz und Kreuzlingen verweilten.

»Das, was so aussieht wie ein verzerrtes ›H‹, ist die Tarotfigur des Magiers. Aber das muss ich euch als Konstanzer ja nicht erst erklären«, teilte sich Marc gegenüber Aaliyah und Pleschke mit.

»I hen dir unseren Zusammenschnitt von den zwei Aufnahmen von den Böötle mit den Plaschtikwölfen g'schickt. Wenn du alle sechs Bildle markiersch und auf die Teilen-Schaltfläche drucksch, dann zeiget die Bildschirme immer zwei im Schplit-Screen«, ließ Pleschke verlautbaren.

Marc folgte seinem Rat. »Also, ich habe eine Theorie zur Ablage dieser Porzellanwölfe. Rudi Duttke war der Bregenzer Kunstkurator. Balthasar Kincsvadászat, der Steinmetz, hat in Langenargen in ›Klein Manhattan‹ gewohnt. In einem dieser Hochhauskomplexe in der Mühlstraße am Kanalbach. Von Rosalinde von Dargatz-Gierer haben wir noch keinen Leichnam. Aber ich gehe davon aus, dass sie nicht mehr unter den Lebenden weilt. Sie hat unseren Ermittlungen zufolge im Zollhaus in Ludwigshafen und in diesem Veranstaltungshaus ›Seeum‹ in

Bodman die Galerieausstellungen der HanjoBalt GmbH verwaltet und federführend organisiert.«

Aaliyah ahnte, worauf Marc hinauswollte. »Du meinst demnach, jeder dieser Porzellanwolf-Funde steht für einen Mord? Für wen aber sind dann die Porzellanwölfe am Klangschiff ›Im Augenblick‹ in Friedrichshafen und an der ›Kunstgrenze‹ in Konstanz gedacht? Und weshalb jetzt plötzlich die größeren Kunststoffwölfe bei den Schiffskulpturen in Altnau und Hagnau? Bloße Nachahmungstaten? Und beide sind grauschwarz.«

Marcs Fallanalyse geriet ins Wanken und sein Mitteilungsdrang kurzzeitig ins Stocken. Darauf konnte er sich auch noch keinen Reim machen. »Fakt ist aber, dass es sich bei den Ablageorten durch die Bank um Seekunstwerke handelt. Alle im oder unmittelbar am Bodensee.«

Und mehr oder weniger umstritten waren diese Kunstwerke auch alle. Der »Ready Maid«, dem spindeldürren Baumstammwesen, das so grazil und wie eine nackte Frau anmutete, unterstellte so manch einer eine gravierende Essstörung. Ebenso der nudeldicken und nur mit Pumps bekleideten »Yolanda« in Bodman-Ludwigshafen. Vierhundertfünfzig Kilo nacktes Epoxidharz im weiblichen XXL-Format. In der »Foucault«-Statue in Langenargen sahen viele ein Gebilde, das sich nicht so recht für eine klare Form entscheiden konnte. Pendel, rippiger Bootsrumpf oder doch ein in den Wind gestelltes Segel?

Beim Klangschiff »Im Augenblick« in Friedrichshafen hatte sich der eine oder andere Einheimische sogar schon gefragt, ob das tatsächlich Kunst war oder eher ein Störenfried vor dem Alpenpanorama. Quasi reif für die Altmetallsammlung. So sah es manch einer, der in der Beachbar seinen Feierabendcocktail mit unverbautem Seeblick genießen wollte. Andere blickten über den Glasrand und sahen das hochgewachsene Stahlkunstwerk mit seinem futuristisch zusammengestückelten Euterpe-Turm als Eiffelturm von Friedrichshafen an. Jedenfalls durfte der Umwelt wegen kein neuer Korrosionsschutz aufgetragen werden, sodass die Konstruktion laut Gutachten in weniger als zwanzig Jahren das Zeitliche segnen dürfte.

An der »Kunstgrenze« zwischen Konstanz und Kreuzlingen schieden sich die Geister. Unumstritten war, dass eine durch zweiundzwanzig Skulpturen markierte Landesgrenze anstatt eines handfesten Zauns in Europa einmalig war. Dennoch bereiteten die hieroglyphenartigen Tarotfiguren so manch einem Kopfzerbrechen. Bedeutete Tarot für viele doch ausgemachten Esoterik-Quatsch. Und die Rümpfe der Rostlaubenboote, die bei der Altnauer Badi und neben dem Hagnauer Schiffsanleger im Bodensee steckten, waren aus der Ferne doch tatsächlich schon einmal mit übergroßen Haifischflossen verwechselt worden. Nicht jedem war die Erinnerungssymbolik an die Seegfrörne von 1963 geläufig. Damals bildete das Eis eine Brücke zwischen Altnau und Hagnau, wo sogar zwei geschreinerte Figurenaufsteller aus Holz in türkisem Anstrich auf die mutigen Hagnauer Seeläufer hinwiesen.

»Hm, Duttkes demontiertes Rückgrat versinnbildlicht geradezu Verrat. Da passen die Masken der Allensbacher Schlösslespudel bestens ins Bild. Schwarzes, borstiges Fell und glühend rote Augen. Die heben ja geradezu auf den verräterischen Klushund ab, wie du vorhin gesagt hast, Aaliyah.« Nachdenklich blickte Marc abwechselnd zu ihr und Pleschke.

»Der Kuss der Muse erweist sich in unserem Fall echt als todbringend. Das Sterben scheint bei diesen Morden Kunst zu sein. Und allmählich beschleicht mich tatsächlich der Verdacht, dass genau der Verrat an dieser unser tödlicher Übeltäter ist.«

16

»Valkov bayatsa – v lyes ni hadit'!« Die Füße des Fenris steckten in den Gravity Boots, und er hing kopfüber von der Decke. »Wenn du Angst vor Wölfen hast, dann geh nicht in den Wald!«

Gerade führte er seinen Oberkörper im Sit-up zum dreißigsten Mal gegen seine Oberschenkel. Ihm ging diese Muskeltortur leicht von der Hand. Nicht wie diesem Pfarrer, der im vergangenen Jahr jämmerlich kopfüber in der Schussen ertrunken war. Der Fenris bewunderte die Anmut der Irisblütenmorde. Was die Hände der »Bestie vom Bodensee« geschaffen hatten, das war vollkommene Kunst.

Seine Hände griffen nach der kunstvoll gewundenen Klimmzugstange aus Bodensee-Schwemmholz, die er sich im Heimstudio seines Penthauses unter die Decke gezimmert hatte. Die hatte ihm die Straßenstreunerin wie auch den Weinträger und den Wurzelsockel, ebenfalls aus Schwemmholz, von ihrem Knastbesuch aus Schwäbisch Gmünd mitgebracht. Die Hängeschuhe aufgeschnallt, und schon sackte er barfuß und schwergewichtig auf die von goldenen Zieradern durchwaberten schwarzen Feinsteinzeugfliesen.

Alle seine acht Zimmer waren mit Gold ausgekleidet. Die Böden durch die Zieradern. Die Wände sowieso. Sein »Aureus-Schlössli« spülte die Anfragen betuchter Kaufinteressenten von der anderen Seeseite gleich dutzendweise herein. Aber sein Penthauskomplex inmitten der Weinberge zwischen dem denkmalgeschützten Glaserhäusle und der Business-Coach-Villa stand nicht zum Verkauf.

Eine starke Rechte in den Boxsack.

»Bruuuh!«, gab der an der Stahlkette schwingende wurstförmige Schlagsack schmerzvoll zur Antwort.

Der linke Haken des Fenris donnerte in die goldene Sacksäule ein.

»Uuuaaah!«, drang ein weiterer Schmerzensschrei heraus.

Rudi Duttke war kein echter Wolf gewesen. Allenfalls ein zwiegespaltener Wolfshund. Ein hinterlistiger Schakal. Und der Steinmetz hatte mit den Wölfen nur essen wollen. Als es an das gemeinsame Heulen gegangen war, hatten den einen vermeintlich die Moralapostel befallen. Den anderen hatte ebenso fadenscheinig das große Muffensausen gepackt. Es gab störrische Lämmer, die mürrisch still in die Falle tappten. Die in der vorgegaukelten Frömmigkeit ertranken. Wie der Duttke. Es gab hasenfüßige wie den Steinmetz. Und solche, die eine ganze Weide allein abgrasen wollten. Wie Rosalinde. Sie alle waren letzten Endes verräterisch gewesen und dem verächtlichen Mammon hinterhergejagt. Das traf ihren wahren Kern.

Die Rechte des Fenris drosch in den Schlagbeutel.

»Waaah!«

Oder wie diese Raffke. Die und Rosalinde hatten doch beide schwarze Löcher in ihren Gierrachen gehabt. Die hatten ihre Hälse einfach nicht vollbekommen.

Und dann gab es wiederum Lämmer, die nur ab und an einzelne Grasbüschel stibitzten. Oder Goldringe mit Saphirsteinen. Wie die Straßenstreunerin.

Dreifachkombination. Links, rechts, links. Die Fäuste schlugen unter puffenden Geräuschen in den Boxsack ein.

»Uuuh! Aaah! Wuuuaaah!«

Die Schatzsuche damals auf den Seychellen war die reinste Knochenarbeit gewesen. Nichts für Wölfe, die beim leisesten Rückschlag rückgratlos die Segel strichen und mit eingezogenem Schwanz in den Wald liefen. Die Abtrünnigen waren noch schlimmer gewesen. Lämmer im Wolfspelz. Verräterische Klushunde alle miteinander. Jetzt waren sie alle tot. Alle bis auf den Springreiter und die Straßenstreunerin.

Bei der Hütte in Kreuzlingen hatten der Bildhauer und er gleich zwei Fliegen mit einer Klappe geschlagen. Die Wölfe hatten sich in die lechzenden Gierhälse der raffsüchtigen Weibsbilder verbissen. Und sie hatten schnell getötet. Er war besonders gerissen, seine Waffe war das giftige Wort. Bis auf die beiden

Male, als es die Axt und die Silberkugel gewesen waren. Gut, und das halbe Mal, als der Gips es final richten musste.

Tornadogleich wirbelte der Fenris in die Höhe und ließ seinen Schlagfuß in den jammernden Trainingssack schnellen. Ein Kick vom Allerfeinsten.

»Arrrgh!«

Der Springreiter war auch so ein störrisches Lamm. Eine treulose Tomate. Schlimmer als ein Wolf im Schafspelz war nur ein Lamm im Wolfspelz. Ein Wolf aus Porzellan. Bröckelige Fassade. Mit dem Vertrauen war das auch so. Das war brüchig wie Porzellan. Der Giftstachel des Verrats. Deshalb musste auch der Springreiter gebrochen und anschließend wie ein Häufchen Scherben aus dem Weg geräumt werden.

Ein Uppercut donnerte mit Wumms und Karacho in den Boxsack. Der schwang in einer solch fliegenden Eile hin und her, dass einem allein vom Zugucken schwindelig werden musste.

»Urrrgh!«

Seine Straßenfegerin hatte er schon. Gerade wimmerte sie im Boxsack. Schon wieder. Die Streunerin kannte die Regeln der Gosse. Und die Raffke hatte diese Herumtreiberin ja beinahe schon im Alleingang umgenietet. So gut wie. Die Wölfe hatten ihre eigenen Finger noch rühren müssen.

Die beiden Raffzähne, die Rosalinde wie die Raffke, hatten sie in das Kunstatelier verfrachtet. Die eine mausetot, die andere noch röchelnd. Sie waren die goldlüsternsten Windhunde unter der verräterischen Klushund-Bande. Deshalb hatten die Wölfe die zwei Frauen vom Scheitel bis zu den Sohlen mit weißem Gold ummantelt. Sie hatten den beiden Gierlappen den Lebenshahn abgedreht, sie eingegipst und so zu Kunst werden lassen. Kunst über Gold.

Der Fenris würde nichts mehr dem Zufall überlassen.

Er nahm sich das Handtuch von den starren Armen des »bösen Kindes«, das sich an der Radolfzeller Mole so spektakulär aus dem Staub gemacht hatte. Der Springreiter musste in den Staub beißen. Dafür würde er Sorge tragen. Und die Straßengaunerin hatte dafür gefälligst ihre Finger zu rühren.

Ein saftiger Punch landete mitsamt seiner Schmetterfaust knautschend und puffend im Boxsack.

Der Fenris griff sich die halbe Zitrone, die er sich zurechtgeschnitten hatte, und schob sich durch die halb geöffnete Terrassentür. Der Boxsack schwang hinter der Glasfront seiner seeseitigen Penthausterrasse noch immer munter durch den Raum. Aus ihm drang taumelndes Gewimmer.

Die Straßenstreunerin hatte damals auf den Seychellen nicht mit dem Rest des Verräterpacks die Biege gemacht. Sie hatte aber auch nicht den Mund aufgemacht, um die Schatzdeserteure zum Bleiben zu bewegen. Obwohl sie da unten auf Rost gestoßen war. Sie war auch ein verräterischer Klushund.

Der Blick des Fenris schweifte über den herrschaftlichen See bis hin zur Insel, auf der sich das Mainauschloss auftat. Er würde schon bald im großen Showdown auf dem Pferdekopf alles zu Ende bringen und sich die Kunst einverleiben. Mit einem Wolfshunger biss er in das Zitrusfleisch.

17

Da saßen sie nun. Mitten im Nirgendwo. Eingepfercht in Pleschkes Mercedes »Strich-Acht«. Dem Fünfsitzer Baujahr 1968 mangelte es an Pleschke-freier Luft. Das badische Plappermaul gab am Steuer nämlich seit gut eineinhalb Stunden den Alleinunterhalter.

Marc war mit seinen Nerven auf halb acht. Und das nicht nur nach Strich, sondern auch nach Faden. Pleschke hatte darauf bestanden, dass Marc seinen Audi stehen ließ. Aaliyahs grüne Mamba bot nur Platz für zwei. Und ehe sie sich's versahen, waren sie in der museumsreifen Tuckerkiste gelandet. Zum Glück hatte Marc Aaliyah den Beifahrersitz nicht streitig gemacht. So war sie es, die sich jetzt schutzlos dem redeschwallartigen Sermon ihres eigentlichen Ermittlungspartners ausgesetzt sah.

Das Nirgendwo war kein Niemandsland, sondern das felsengesäumte Aachtal zwischen Zwiefalten und Hayingen. Dort schlängelte sich Pleschkes buttergelber Oldtimer gerade behäbig über die kurvenreiche Landstraße.

Marc war froh, dass sie Zwiefalten bereits hinter sich gelassen hatten. Dort waren sie im Schleichgang an der groß angelegten sattgrünen Klosterparkanlage vorbeigetuckert. Die ehemalige Benediktinerabtei rief in ihm schmerzliche Erinnerungen hervor. An jenem schicksalhaften Tag im vergangenen Spätsommer im Schweizer Kloster Sanct Emerita auf der Felszunge in Tübach hatte er erfahren müssen, dass seine ehemalige Ermittlungspartnerin Clara eine abgebrühte Killerin war. Welche Ironie des Schicksals, dass in der Abtei in Zwiefalten mittlerweile ein Zentrum für Forensische Psychiatrie untergebracht war. Womöglich hätte man Claras gespaltene Persönlichkeit seinerzeit genau dort therapieren und sie von ihrem alles vernichtenden Plan abbringen können. Das war jetzt zu spät. Jetzt würde ihr Fall allenfalls im Psychiatriemuseum landen.

Marc dachte an die Pillen, die er im Häfler Sportbad in den

Mülleimer gepfeffert hatte. Er musste wieder gesunden. Die Seelenkluft, die Clara ihm gerissen hatte, versiegeln. Angeblich bestand die Kunst der Menschwerdung darin, die Wunden des Lebens in Perlen zu verwandeln. Sofern man Hildegard von Bingen Glauben schenkte.

Seine Gedanken schwangen zu dem See-Gin mit dem Iriswurzelextrakt, den Kanyuk ihm wohl als bitterironischen Denkzettel hatte zukommen lassen. Die Apothekerflasche mit dem »*Taste of Crime*« und der Irisblüte auf dem Etikett stand in seinem Büro in der Rollcontainerschublade. Die durfte bloß der Köstinger nicht finden. Alkohol im Dienst, da verstand der Berufscholeriker noch weniger Spaß als bei ungelösten Fällen. Marc hatte sich eine Notration davon, gemischt mit dem mediterranen Tonicwasser, in seinen Flachmann gefüllt.

Der Geschmack des Verbrechens. Vielleicht kam Marc ja auf genau diesen. Wenn das Leben einem Zitronen schenkte, dann konnte ein gut angerührter Gin Tonic bekanntlich Leben retten. Vielleicht war der Gin mit der Irisnote genau sein Ding, um nach den Irisblütenmorden mit seinen eigenen Geistern in den Ring zu steigen.

»Die Wimsener Höhle isch die tiefschte erforschte in Deutschland. Und die einzige, wo mit em Böötli befahrbar isch. Ihr Alter wird auf über eine Millionen Johr g'schätzt.«

Pleschkes Fremdenführergeschwurbel holte Marc gedanklich auf die kurvige Landstraße zurück. Auf die war die Plaudertasche am Steuer direkt hinter dem Klosterpark abgebogen. Nun gab er in seinem taxiartigen Oldtimer mit dem eigenartigen Rotstreifen rings um die Karosserie herum auch noch sein Touristenwissen zur Wasserhöhle zum Besten.

»Mensch, Pleschke, zünd jetzt mal bei deinem Daimler-Oldie den Turbo«, stänkerte Marc von der Rückbank. Irgendwie musste er die Quasselbude ja zum Schweigen ermuntern.

»Mei Göppel isch kei Daimler. Isch dir nit der rote Schtreifen aufg'fallen? Solang die Leut mei gelb-rot-gelbe Karre auf der Stroß sehn, solang wird das Badner Land nit untergehn. Des isch ein Benz von echtem Schrot und Korn!«

»Ach du meine Güte! Seht ihr den Wagen da vorne? So wie der herumschlingert, macht der gleich den Abflug.« Marc unternahm keinen weiteren Versuch, Pleschkes unentwegtem Redeschwall Einhalt zu gebieten. Dort vor ihnen war tatsächlich ein hellblaues Cabriolet in der Rechtskurve gehörig ins Schlenkern geraten.

Er steckte seinen Kopf zwischen den Vordersitzen hindurch. »Ei der Daus! Der Fahrer kämpft ja ganz schön mit dem Lenkrad. Pleschke, dann zeig mal, wie viel badischer Dampf dein Power-Benz unter der Haube hat!«

Das ließ sich Harry Pleschke nicht zweimal sagen. Er zog bei seinem Gaspedal alle Register. Doch es verstrich eine gefühlte Ewigkeit, bis die Tachonadel endlich über die Hunderter-Marke gekrochen kam. Eine weitere, bis Pleschke den Tacho bis zum Anschlag geschunden hatte. Aber es gelang ihm tatsächlich, mit seinem gemächlichen Gaul auf der Gegenfahrbahn gleichauf zu galoppieren, weil ihnen dieser durchweg steigungslose Abschnitt in die Karten spielte.

Neben ihnen schlingerte ein metallblauer Oldtimer mit luxuriösem Kastenheck, dem man seinen typischen Einsatz als Hochzeitsauto oder als Chauffeurwagen unterschiedlichster Königshäuser unverhohlen ansah. Hinter dem Steuer saß Hanjo von Dargatz-Gierer und fuhr sich einen Wolf.

Für einen kurzen Moment kreuzten sich die Blicke von Marc und dem Bildhauer. Der wirkte unter seinem Panamahut nicht so salonfähig, wie ihn der Kriminalhauptkommissar kennengelernt hatte. Fahrig und verbissen. An seinem Wagen schien tatsächlich etwas gewaltig im Argen zu liegen.

»Ach, liebe Leut! Des, was jetzt kommt, des lässt mir scho mei alemannisches Herz blueten. Aber das Schwobeland braucht au emol einen Held.« Pleschke zog in einer überlangen Überholaktion an dem außer Kontrolle geratenen Wackelwagen vorbei und anschließend das Steuer scharf nach rechts. Dann drosselte er die Geschwindigkeit.

Marcs Kopf schnellte herum. Er sah das Cabriolet sekundenschnell mit einem blechernen Rumser in das Heck des Strich-

Achters prallen. Aber das war doch nicht die Möglichkeit! Für nicht mehr als einen Augenblick bildete er sich fest ein, den gegossenen Bronzekopf des aus Radolfzell ausgebüxten »El Niño« mit dem eisernen Todesblick eines abgrundtief bösen Kindes auf dem Beifahrersitz des royal anmutenden Oldtimers auftauchen zu sehen.

Marc blinzelte. Er zweifelte langsam, aber sicher wirklich daran, ob er noch alle Tassen im Schrank hatte. Der Wolfskopf, der Bussard und dieser Statuenkahlkopf. Diese Skurrilitäten spielten seinen Augen doch alle hoffentlich bloß Streiche.

Pleschke bremste den außer Rand und Band geratenen Oldtimer weiter ab und fädelte sich mit ihm im Schlepptau in der nächsten Kurve in die Ausbuchtung der Fahrbahn. Das Kiesbett, auf dem ansonsten nur aufeinandergestapelte Holzstämme ruhten, kam wie gerufen. Dort kam ihre Karambolage-Kolonne zum Stehen.

Glück im Unglück. Das hätte wirklich ganz böse enden können. Marc hätte vor Pleschkes Heldenmut ja sogar den Hut gezogen, hätte sein Haupt in diesem Moment auch eine so stilsichere Kopfbedeckung wie die des Bildhauers geziert. Er selbst, das musste er sich ehrlich eingestehen, hätte schon einen sehr mammuthaften Ruck gebraucht, um seinen Audi A6 so tollkühn zum Prellbock umzufunktionieren. Allein der Gedanke an die grässlichen Kratzer in seinem schwarzmatten Lack schmerzte ihn.

Der Rolls-Royce war gerade neben dem Baumstammstapel zum Erliegen gekommen, da sprang der Bildhauer auch schon so dermaßen fuchsig heraus, dass es ihm seinen Panamahut auf den staubigen Boden wirbelte. Das schien ihn nicht im Geringsten zu scheren, so geharnischt stapfte er auf das Kommissaren-Trio zu.

»Kunstbanausen! Seid ihr jetzt von allen guten Geistern verlassen? So ein alter Haudegen wie mein ›Silbernes Gespenst‹ ist doch kein Prügelknabe. Schaut her, was ihr angerichtet habt!« Hanjo von Dargatz-Gierer kniete als blütenweißer Dandy im staubigen Kies. Schockerstarrt, als sei er selbst eine Hockestatue.

Er musste wirklich sehr durch den Wind sein. Er sorgte sich mehr um den Zustand seines Gefährts als um die Unversehrtheit seiner eigenen Haut. »Der Kühlergrill ist komplett eingedellt. Die Schweinwerfer hinüber. Und die Kotflügel … völlig zerschunden!«

Marcs Gedanken kreisten eher um das Gespenst im Gespenst. Die Hockestatue, die den Radolfzellern so urplötzlich flöten gegangen war. Er musste sich vergewissern, dass »El Niño« sich in dem verunfallten Oldtimer befand.

Während Aaliyah für die Empörung des Bildhauers Verständnis heuchelte, inspizierte er den Wagen. Die mit ihren ausgestreckten Armen doch recht sperrige Statue war aber nicht im Wageninneren zu sehen. Lediglich vor dem Beifahrersitz ein Wust aus Decken. Darauf eine metallene Teleskopstange, die für einen Haushaltswischer eigentlich viel zu stabil war.

»Ruhig Blut, gegen Blechschaden ist die Kriminalpolizei vorzüglich versichert«, versuchte Marc, den aufgebrachten Bildhauer zu beschwichtigen.

»Der Mann hat vielleicht Nerven. Das ist purer Vandalismus an einem kunstvollen Gefährt!«, schimpfte Hanjo von Dargatz-Gierer zu Pleschke hinüber. Der hielt sich zur Abwechslung mit einer Antwort dezent zurück und wendete sich stattdessen seinem Strich-Achter zu.

»Unter diesem Gesichtspunkt dürften Sie Ihren Oldie gar nicht mehr aus der Garage holen. Schon gar nicht in solche Gefilde. Was machen Sie denn bei einem Steinschlag? Außerdem war das eine Rettungsaktion. Schon die zweite, wohlgemerkt! Was war denn überhaupt los?«

»Die Bremse war von einer Sekunde auf die nächste ein äußerst launisches Wesen.«

So hatte sich Marc das gedacht. Das Bremssystem hatte also die größere Diva abgegeben. Wenn da nicht mal Fremdeinwirkung an den Bremsschläuchen mit im Spiel gewesen war. Womöglich ein weiterer vereitelter Anschlagsversuch des Springreiters. Das musste die KTU klären.

Hinter Aaliyah und Marc war Pleschkes wehleidiges Klagen zu vernehmen. Sein heiliges buttergelbes Blech hatte auch ordentlich etwas abbekommen. Man konnte meinen, der Benz würde tatsächlich aus Butter bestehen, so zerknautscht wie das Heck aussah. Handeln war angesagt, bevor der badische Quälgeist so richtig Ach und Weh schrie.

»Pleschke, ich schlage vor, du bleibst hier bei Herrn von Dargatz-Gierer, bis die Kollegen von der Streife eintreffen. Aaliyah und ich schnappen uns deine angeknackste Gurke und tuckern weiter zum Vielseitigkeitsturnier nach Marbach. Dann musst du deinen Benz schon nicht leiden sehen.«

Widerwillig händigte Pleschke Aaliyah die Schlüssel aus.

An den Bildhauer gerichtet sagte Marc: »Sie verstehen sicherlich, dass wir Sie auf das Kommissariat laden. Nach den jüngsten Geschehnissen haben wir einige Fragen an Sie. Auch nochmals zu Ihrer verschwundenen Gattin … Sagen wir Montag um neun Uhr in Friedrichshafen?«

***

Eine halbe Stunde später trudelten Aaliyah und Marc beim Landgestüt Marbach am Dolderbach ein. Pleschkes angeschlagener Wagen hatte sie trotz bedenklicher Rattergeräusche tatsächlich noch ans Ziel gebracht.

Sie waren spät dran. Davon kündeten die Lautsprecher am Außenreitplatz aus der Ferne. Das Vielseitigkeitsturnier musste bereits in vollem Gange sein.

»Jetzt aber hurtig, Aaliyah, sonst geht uns Claudius Bouffier noch durch die Lappen!« Marc legte einen strammen Schritt vor, während er seine Kollegin die Straße vorbei am Wirtschaftshof mit seiner langen Scheuer, den Werkstätten und den Gastställen scheuchte.

»Jetzt mal langsam mit den scheuen Gäulen. Was die Beine anbelangt, bin ich ein Zwergpony. Ich kann doch gar nicht mit dir Schritt halten, du Jogging-Ass«, hörte er Aaliyah, bereits weit abgeschlagen, protestieren.

Er war ein Läufer, kein Jogger. In solche Nuancen wollte

Marc sich jetzt aber nicht verheddern. Es galt, den Fall zu lösen. Möglichst vor dem nächsten Mord. Neben dem schreiend verdächtig wirkenden Bildhauer hatten sie sich nun auf Kanyuk und Claudius Bouffier eingeschossen. Wenn Kanyuk damals die Masken der Allensbacher Schlösslespudel wirklich auf eigenes Geheiß aus dem eigenen Zunftheim hatte entwenden lassen, dann war er mit allen Wassern gewaschen. Auch ausgefuchst genug, sich eine neue Schachfigur im inneren Kreis des spinnerten Schatzsuchertrupps zu suchen. Mit Balthasar hatte er seinen Zugriff auf die verschworene Gemeinschaft verloren. Gut möglich, dass Bouffier also sein neuer Mittelsmann im gaunerhaften Schach war, um doch noch der Riesengoldmünze habhaft zu werden. Ein Springer war der Reiter ja ohnehin.

»Schau mal, Marc, dahinten bei den Gastställen. Ist das nicht das aufmüpfige Früchtchen, das die Steine gegen das Kunstatelier gepfeffert hatte? Schleppt die da gerade etwa eine Wärmedecke und gibt hier das brave Stallmädchen?«

»Aaliyah, wir haben keine Zeit zu verlieren. Ich vermute, Claudius Bouffier hat auf dem Weg hierher einen Schlenker nach Salem gemacht und die Bremsschläuche am Cabriolet vom Bildhauer manipuliert. Wenn das stimmt, müssen wir ihm hier und heute das Handwerk legen. Wer weiß, was er sonst noch so getrieben hat.«

Marc schaltete noch einen Gang höher, als er die Straße überquerte und auf den Gestütshof zusteuerte. Ohne schlechtes Gewissen. Puste zum Sprechen schien Aaliyah ja noch zu haben.

»Wir machen nun zwanzig Minuten Pause, und dann sehen wir zunächst Verfolger Enrico Alberti im Sattel seines spanischen Hengsts Bonanza. Anschließend startet Claudius Bouffier auf dem Rücken von Sir Francis Drake mit einem Vorsprung von zwo Komma drei Punkten auf der Poleposition seinen Ritt«, hallte es aus den Lautsprechern. Sie hatten Claudius Bouffier also noch nicht verpasst.

»Die Agenten Scully und Mulder auf grüner Heid! *Spokoyno!* Nur ruhig Blut! Der ganz große Auftritt von diesem aufgeblasenen Fatzke kommt noch!«

Beide drehten sie sich nach der wohlbekannten Wodkastimme herum. Der Russe. Kanyuks Goldzähne funkelten ihnen entgegen, als er genüsslich schmatzend in ein fast laibgroßes Stück Zopfbrot biss. Das blickte sie mit feurig roten kandierten Kirschaugen und Mandelsplitterzähnen im aufgerissenen Maul an.

Marc fiel sofort auf, dass dem Russen an seinem klobigen Daumen der Goldring mit dem blauen Stein fehlte. »Herr Kanyuk, ich habe das Gefühl, allmählich wird es zur Gewohnheit, dass wir Sie, den gestandenen Gangster, bei Veranstaltungen zopfbrotmampfend antreffen. Ist das nicht eher ein Altherrengebäck? Soll ich Ihnen einen Kaffee zum Tunken bringen? Ich weiß ja jetzt annähernd, wie so eine Zopfbrotscheibe sich in so einer Tunke fühlen muss. Die Damfbadsession war für mich ähnlich schlimm!«, verschaffte er seinem Unmut über Kanyuks hinterhältigen Angriff Luft.

»Hm, wer backt denn schon einen Achtstrangzopf in Hundeform? Aber er schmeckt hundsmäßig gut!« Kanyuk biss dem Hefeteigstück das rechte Auge weg. »Mmhhh, nur nicht den Kopf verlieren, Steingruber. Ich bevorzuge im Übrigen noch immer ›Geschäftsmann‹. Wie bereits erwähnt. Der ›Gangster‹ klingt so abgedroschen. Und ich habe das Gefühl, der Schwitzkasten im Sportbad ist Ihnen nicht gut bekommen«, stachelte Kanyuk zurück.

»Ihr Ring mit dem blauen Stein, haben Sie den verloren?«, fasste Marc nach.

»Sie haben unbestechliche Argusaugen, Steingruber. Aber nein. Ich bin doch kein Verlierer. Ich habe ihn verkauft.«

»Verhökert? So ein ansehnliches Schmuckstück?« Die Ansehnlichkeit setzte Marc jetzt einfach mal voraus. Einen ruhigen, scharfen Blick auf den Ring an Kanyuks rechtem Daumen hatte er ja eigentlich nie erhaschen können.

»In meiner Welt regiert die Straße. Und auf dem Pflaster zählt nur der Zaster.«

»Hatte der Lapislazulistein zufällig die Form eines Wolfkopfs?«

»Nein, ein Piranha. Und es war auch kein Lapislazuli, sondern ein Saphir. Wissen Sie, auch wenn ich der geborene Alphawolf bin, im Herzen bin ich eher der Fischtyp. Immobilienhai oder eben Asphaltpiranha. Mit uns geht man besser nicht baden. Der Raubfisch grollt, wenn der Rubel nicht rollt.«

»Schon klar. Nur Bares ist Wahres. Und was hält Sie heute von Ihrer Geschäftstüchtigkeit ab?«, hakte Aaliyah nun nach.

»Mein Gewinnsinn und meine Sportwettensucht. Ich bin hier allerdings durchaus geschäftstüchtig. Die Quote liegt eins zu tausend, dass der Großspurschnösel sich am ›Eulenloch-Graben‹ gleich alle Knochen bricht. Ich habe einen Hunni gesetzt.«

Aaliyah schielte besorgt zu Marc. »Was hat das schon wieder zu bedeuten? Die Actionladung vorhin hat mir eigentlich gereicht«, flüsterte sie ihm zu.

»Dieser hochtrabende Pferde-Ikarus ist so sehr überzeugt, dass er bei diesem Angeberturnier den Gesamtsieg einfährt. Dabei mischt er nicht einmal ein Jahr in der Vielseitigkeit mit«, machte Kanyuk aus seiner Missbilligung keinen Hehl. »So ein Geländeritt hat es in sich. Das hat mit ein bisschen Mikado-Gehabe bei den Sprüngen über die Zahnstocher-Hindernisse im feinen Arenasand nichts zu tun. Am ›Eulenloch-Graben‹ wird es so richtig brenzlig. Mir soll's recht sein. Hoppe, hoppe, Reiter. Wenn er fällt, dann schreit er und macht den Ivan reicher. Fällt er in den Graben, dann fressen ihn die Raben. *Dawai!*«

Marc hatte erst gestern über den »Eulenloch-Graben« in der Zeitung gelesen. Die Marbacher Spezialität, in diesem Jahr für Bouffiers Spezialturnier vom »Eichelesgärtle« in den Zielbereich verlegt. Eine Mischung aus »Eulenloch« und »Trakehnergraben«. Eine Kombination, die man in dieser Mächtigkeit nicht oft auf einem Vielseitigkeitsturnier antraf.

Bei dem röhrenden Lachen, mit dem dieser Bulldozerkerl seine Boshaftigkeit untermalte, wurde dem Kriminalhauptkommissar ganz anders zumute.

»Na, dann suche ich mir mit meiner Kollegin mal die besten Plätze am ›Eulenloch-Graben‹, wenn es dort so spektakulär zur Sache gehen soll. Setzen wir unsere anregende Unterhaltung doch bei uns in Friedrichshafen auf dem Kommissariat fort.

Montag um neun Uhr?«, schlug er gezielt ein freiwilliges Erscheinen vor. »Wir sollten uns noch mal eingehend über Ihren verkauften Ring und die Sache im Sportbad unterhalten.«

»Ach das«, winkte Kanyuk ab, als habe es sich im Dampfbad lediglich um eine Rangelei unter alten Freunden gedreht. »Wenn Ihnen so viel daran liegt, sehen wir uns übermorgen um neun Uhr bei Ihnen. Dann dürfen Sie mir wirklich einen Kaffee anbieten. Das Zopfbrot bringe ich mit. Falls Sie sich Bouffiers großtuerischen Schaulauf wirklich am ›Eulenloch-Graben‹ anschauen möchten, dann laufen Sie jetzt einen Kilometer parallel zum Dolderbach hier herauf. Dann links ab zur sogenannten ›Wanderhütte‹. Das ist ein Laufstall und gleichzeitig der Startpunkt des Geländeritts. Bei dem halten Sie sich rechts und ein Stückchen die Felder entlang. Dann haben Sie auch die Königsplätze. Zwanzig Minuten Fußmarsch. Oder aber Sie fahren bis zur ›Wanderhütte‹ hoch und stellen das Auto am Straßenrand ab.«

Aaliyah brauchte gar nicht zu insistieren, sie kannte Marcs Antwort ungeachtet ihrer Zwergponybeine, noch ehe sie ausgesprochen war.

»Wir laufen.«

Kanyuk deutete ihnen die grobe Marschroute mit den Resten seines Hefezopfstückes.

»Ach, schau. Dahinten kommt wieder unsere Rasta-Randalnudel. Und sie hat das Pferd von Claudius Bouffier an der Leine. Also entweder ist das so eine Pferdetherapie für Schwererziehbare, vielleicht auch weitere Sozialstunden, oder sie gibt hier jetzt wirklich das geläuterte Stallmädchen«, stellte Aaliyah fest.

Marc folgte ihrem Blick. Da marschierte wirklich die stachelige Halbstarke mit übergezogener Hoodiekapuze von den Gästeställen auf den Gestütshof zu. Ihre Jogginghose, die an ihr wie ein Strampler wirkte, sah aus, als sei sie in der Stallung knietief im Matsch versunken. Tatsächlich handelte es sich aber um einen Aufdruck einer geschmierten Stulle mit Schokocreme, einem Milchglas daneben und Haselnüssen im Schritt.

Kanyuk schien ihr Anblick auch nicht zu schmecken. Wenngleich das nicht an der Schlabberhose liegen mochte. Er wirkte erbost. Ihm stieß dem Anschein nach ihr bloßes Erscheinen sauer auf.

Claudius Bouffier gesellte sich zu der Straßenstreunerin. Neben ihr wirkte er in seinen langen Reitstiefeln, der klinisch weißen Reithose, dem ebenso blütenweißen Polohemd und der samtroten Steppweste wie ein Etepetete-Lord. Er nahm sein hoch aufgeschossenes Ross in königsblauen Handschuhen an den Zügeln entgegen.

Ein freundschaftlicher Halstätschler, dann schwang sich der Reiter beflügelt in den Sattel. Ein kurzer Blick über die Schulter. Er streifte Marc und Aaliyah. Seine stählernen Augen strotzten nur so vor Verwegenheit und Heißsporn. Ein Ruck an den Zügeln, und sein Pferd trabte los in Richtung Startbereich.

Abgehetzt fanden sich Aaliyah und Marc nach einem viertelstündigen Fußmarsch im Schweinsgalopp auf dem Wiesenareal im Zielbereich ein.

»Und da kommt auch schon Enrico Alberti auf die letzte Dreier-Hindernis-Kombination zugaloppiert. Die ersten dreiundzwanzig Hindernisse hat er auf seinem Bonanza bravourös gemeistert. Und jetzt geht es auf der Zielgeraden am Einsprung über den ersten Baumstamm. Mit Schmackes Richtung ›Eulenloch-Graben‹. Und hopp! Ohhh, liebe Zuschauer, Sie haben es gerade live gesehen, da hat kein einziges Blatt mehr dazwischengepasst! Jetzt noch über den Aussprung. Hopp, über Baumstamm und Hecke. Und Enrico Alberti ist im Ziel! Was für ein Ritt! Fehlerfrei und nur zwei Sekunden über der Zeit.«

Marc und Aaliyah hatte es gleichermaßen den Atem verweht, als Enrico Alberti auf Bonanza vorbeigebraust war. Das hatte Aaliyahs zähes Gezeter über diesen aus ihrer Sicht vollkommen unnötig überhasteten Fußmarsch jäh verhallen lassen.

Gebannt starrten die Ermittler auf den »Eulenloch-Graben«. Der sah in seiner Form entfernt aus wie eines dieser Schwarzwälder Nurdachhäuschen aus dem Feriendorf in Tennenbronn, in dem Marc mit seinen Eltern und seiner Schwester als Kind oft die Sommerferien verbracht hatte. Im Boden war der Graben mit dem weidezaunartigen Trakehner-Hindernis als Überbau zu sehen. Darüber das vom Boden hochgezogene Dach. Das war außen mit Rundhölzern gedeckt und innen über und über mit Tannenzweigen ausgestopft. Das »Eulenloch« darin war gerade einmal so groß, dass man sich kaum ausmalen konnte, ein Pferdekörper im galanten Sprung könne da auch nur ansatzweise hindurchpassen.

Dieser Enrico Alberti hatte Marc wenige Augenblicke zuvor eines Besseren belehrt. Ross und Reiter hatten sich in graziler Symbiose durch das ewig enge »Eulenloch« hindurchgeaalt.

»Verehrtes Publikum, nun darf ich um Ihre Aufmerksamkeit und einen ganz großen Applaus für Claudius Bouffier bitten. Er wird auf dem Rücken seines kühnen Wallachs Sir Francis Drake alles dafür geben, seine Führung zu behaupten und zum ersten Mal auf unserem Geländeparcours den Gesamtsieg in der Vier-Sterne-Prüfung mit nach Hause zu nehmen. Und jetzt, meine Damen und Herren, seien Sie gespannt und fiebern Sie mit uns!«

Die von leichten Luftwirbeln aufgestachelten Tannenzweige rund um das »Eulenloch« federten alarmierend, als die Lautsprecheranlage und ein lautstarker Beifall Claudius Bouffier auf seinem hochgewachsenen Wallach im Angalopp auf das Gelände trugen. So als stimmten die Zweige ein bedrohliches Wehklagen an.

Die Stimme aus dem Lautsprechermast hielt sie in nervenaufreibendem Gehaspel auf dem Laufenden. Claudius Bouffier hatte nach einwandfreien Sprüngen über eine Reihe von mit blühender Phantasie benannten Hindernissen wie dem »Naturtisch«, »Schweinerücken«, »Schafgatter« und den »Baumbürsten« auf halber Strecke gerade einmal eine Sekunde gegenüber der Idealzeit liegen lassen.

Wenig später war der Reiter auch schon durch die Baumgruppe hindurch aus der Ferne zu erspähen.

»Und allez hopp! Geschmeidig nimmt Claudius Bouffier

die ›Trippelhecke‹. Jetzt noch geschwind über das ›Haus‹ der Baumschule, und dann geht es ans Eingemachte! Im Schlussspurt durch den ›Eulenloch-Graben‹ wird es noch mal richtig spannend! An diesem Hindernis trennt sich auf den letzten Metern die Spreu vom Weizen!«

Jetzt ritt Claudius Bouffier aus der Kurve auf die Zielgerade zu. Frenetischer Beifall brach unter den Zuschauern aus. Trotz ausgedünnter Reihen war er von dichtem Volumen. Vor den letzten drei Hindernissen reckte der Springreiter, der noch nicht allzu viel Vielseitigkeitsluft geschnuppert hatte, eine siegessichere Faust in die Höhe. Ein Blick in die Menge. In ihm lag Heißhunger. Der absolute Siegeswille. Er gab seinem schneeweißen Wallach mit der schwarzen Mähne und den dunklen Röhren nun so richtig die Sporen.

»Meine Damen und Herren, Sir Francis Drake hat einen Württemberger Brand, stammt aus der Leonberger Zucht und ist ein direkter Nachkomme von Blackbeard. Sein Galopp und die Raffinesse seines Reiters am ›Eulenloch-Graben‹ werden gleich über den Sieg entscheiden. Und da huscht er bereits mit Sir Francis Drake über den Baumstamm am Einsprung.«

Ein Tritt mit der Ferse in die Flanke des Pferdes. Sir Francis Drake wirbelte auf den »Eulenloch-Graben« zu, und die Menge hielt den Atem an. Der Warmblüter fegte mit einem solchen Affenzahn auf das Hindernis zu, dass Marc fürchtete, er würde einfach durch das mit Tannenzweigen besetzte Nurdachhäuschen hindurchpreschen. Doch kurz vor knapp brachte der Wallach seine Vorderbeine hoch und streckte die Hinterläufe durch.

Anmutig schob sich Claudius Bouffier aus seinem Sattel heraus den gestreckten Hals seines Pferdes entlang. In der Hocke verschmolz er so eng mit dem Pferdehals, dass er in dem dichten Mähnendickicht fast versank. Der stolze Wallach richtete entschlossen seine Ohren nach vorn. Doch genau in dem Moment, als Sir Francis Drake eigentlich abheben sollte, knickten ihm die Hinterbeine schlaff ein. Ein bestürztes Raunen machte unter den Zuschauern die Runde.

Gebangt verfolgten Aaliyah und Marc das Geschehen. Alles verlief wie in Zeitlupe. Bouffiers Turnierpferd hechtete nicht schneidig und unerschrocken wie zuvor Bonanza durch das »Eulenloch« mit dem »Trakehnergraben«. Das Ross sackte in voller Sause nach unten und mit ihm Claudius Bouffier. Dem war die kühne Siegesgewissheit aus dem Gesicht gewichen. Stattdessen stand dort nun die nackte Panik geschrieben.

Der wuchtige Pferdekörper überschlug sich mit dem sich krampfhaft festklammernden Claudius Bouffier zweifach, ehe er samt Reiter in das Hindernis einschlug wie die Kugel auf der Kegelbahn in die Pinne. Alle Neune abgeräumt. Das Nurdachhäuschen klappte unter Knacken und Poltern wie ein kollabierendes Kartenhaus zusammen. Und die beiden massiven Holzstangen, die als Zaun über dem schmalen Graben angebracht waren, wurden mit unbändiger Wucht glatt durchbrochen. Die Spreu trennte sich vom Weizen. So auch der Reiter vom Ross.

Ein unbeholfen traniges Wiehern. Sir Francis Drake versuchte sich unter den Dachtrümmern auf seinen Vorderhufen aufzurichten. Vergebens. Marc gingen in diesen dramatischen Augenblicken die spottgetränkten Worte des Russen nach. Hoppe, hoppe, Reiter. Wenn er fällt, dann schreit er.

Ein letztes, hölzernes Wiehern. Schwerfällig wie ein Tanker kippte der regungslose Körper von Sir Francis Drake in einer rasanten Bewegung zur Seite. Der Halbtonner stürzte zu Boden und begrub den zuvor abgeworfenen Reiter unter sich. Ein dumpfer Aufprall, der eine imposante Staubwolke aufwirbelte. Dicht gefolgt von einem kurzen, aber infernalischen Brüllen. Jetzt hatte er geschrien, der Reiter.

In einer fiebrigen Schreckenswallung schwenkte der Wallach seinen Kopf zur Seite. Seine Augen waren seltsam verdreht und angstverzerrt. Wie gelähmt. Aus ihnen strahlte hysterische Raserei. Die aufgerichteten Ohren erschlafften. Sekunden später kamen Sanitäter über das Wiesenareal herbeigeeilt, bestückt mit einem Notfallrucksack und einer Trage.

Aaliyah und Marc überlegten nicht lange und taten es ihnen

gleich. Schnell waren mit vereinten Kräften die Trümmer des eingerissenen Hindernisses beiseitegeräumt.

Als die Staubwolke sich legte, bot sich ein fürchterliches Bild der Vernichtung. Sir Francis Drake lag wie ein toter Klumpen da und hatte den Springreiter unter sich begraben. Die gequälte Kreatur verharrte in ihrer misslichen Lage. Unfähig, den gekrümmten Beinen mehr als ein armseliges Scharren zu entlocken.

Claudius Bouffier regte sich gar nicht mehr. Nur sein Kopf im Reithelm und sein rechter Arm lugten unter dem wuchtigen Körper seines Reitpferdes hervor.

Der Wallach wurde von einem furchtbaren Schrecken befallen. Seine Atmung wurde immer verkrampfter und heftiger. Auf dreimaliges schwerfälliges Lufthaschen folgte ein überhastetes Ausatmen. Dampf entströmte seinen Nüstern.

Aaliyah beugte sich zum Pferdekopf hinab und streichelte betulich die verzerrte Kinngrube. »Das arme Geschöpf, es leidet.« Ihre dicken Tränen tropften wie von Leid gescheuchte Schneeflocken auf das blütenweiße Fell. Ihre Finger glitten durch die pechrabenschwarze Mähne.

Glucksend wiehernder Schluckauf entwich dem fratzenhaft verzogenen Maul, gefolgt von fädenziehendem Schaum. Dann verdunkelten sich die verdrehten Augen, und das heftige Bemühen des Brustkorbs verebbte.

»He, Aaliyah! Anstatt im Leid des Gauls zu baden, sollten wir den Sanitätern sofort zur Hand gehen. Wir müssen den Brummer anheben. Darunter ist nämlich ein Menschenleben begraben. Und das können wir vielleicht noch retten. Also …« Einfühlsamkeit war in Marcs Repertoire noch nie ganz oben gestanden.

Die neben ihnen in Hektik wuselnden Sanitäter hatte Aaliyah hinter ihren kullernden Tränen erst gar nicht wahrgenommen. Nun musterte die dickliche Sanitäterin mit dem dunkelvioletten, topfartigen Kurzhaarschnitt die beiden Kommissare herausfordernd. Aaliyah starrte mit tränenunterlaufenen Augen entgeistert zurück.

»Was schauen Sie so entrüstet? Wir sind die Sanis, nicht die Täter! Und jetzt ran an die Buletten. Mit meinem Kollegen ›Lauch‹ hier kriege ich die tote Mähre nicht hochgestemmt!«

Marc und Aaliyah gingen den Rettungskräften zur Hand. Alle zusammen bekamen sie den regungslosen Pferdekörper so weit angehoben, dass der »Lauch« geschimpfte Sanitäter den Springreiter bergen konnte.

»Herr Bouffier? Herr Bouffier? Hören Sie mich?« Der im Körperbau einer Gottesanbeterin ähnelnde Rettungsassistent klopfte die Wangen des Springreiters. Dann legte er ihm Zeige- und Mittelfinger seitlich unterhalb des Unterkiefers auf den Hals. »Der Puls ist da. Ich möchte den Verunfallten jetzt aber nirgends allzu lange falsch anpacken. Am Ende hat er noch multiple Knochenbrüche. Conny, komm, wir legen ihn ganz behutsam auf die Bahre und transportieren ihn schnellstmöglich zur Landstraße ab. Ein Krankenwagen ist schon unterwegs.«

Multiple Knochenbrüche. Marc musste an die Wette denken, die der Russe vorhin erwähnt hatte. Hatte der »Knochenbrecher« nicht exakt darauf gehofft?

Etwas sah der Kriminalhauptkommissar aus dem Augenwinkel. Nach dem fatalen Sturz hatte dort die Hand des Springreiters gelegen, als er noch unter Sir Francis Drake eingeklemmt gewesen war. Neben dem leblosen Pferdekopf, dessen Augen jetzt ganz verdunkelt waren.

Zwei Wörter waren dort in den morastigen Untergrund gekritzelt. Eigentlich Unwörter. Die ersten Buchstaben mussten verwischt worden sein, als der Sanitäterschlacks den Springreiter unter dem Pferdekörper so eilends hervorgezogen hatte.

Neben dem teilweise verschmierten Gekritzel steckte ein Kärtchen im Schlamm. »Bussardhütte, Gudrun Raffke, Bunkerstraße zehn, Kreuzlingen«, las Marc darauf. »Aaliyah, komm mal her. Die Visitenkarte muss Claudius Bouffier bei seinem Sturz hier hingelegt haben, bevor er weggetreten ist. Vielleicht ein letzter Akt der Verzweiflung? Bouffier hatte doch bei der Einweihung der Hafenstatue in Friedrichshafen schon so verbissen auf seine Sichtung eines Wolfkopfes an einer Hüttentür und auf das urplötzliche Erscheinen von ›El Niño‹ im Gestrüpp neben dieser Hütte beharrt. Gut möglich, dass die Hütte in Kreuzlingen gemeint war. Eine versteckte Botschaft? Zusammen mit dem Gekrakel in der Matsche?«

»…sard …denhose«, entzifferte Aaliyah das Gekrakel auf dem Boden. »Eine Idee, was das heißen könnte?«

»Beim ersten Begriff muss ich nicht lange rätseln. Mittlerweile eines meiner Hasswörter. Auf Rang drei hinter Meißner und Wolf. Bussard. Der zweite? Hm … Leopardenhose?« Marc musste unwillkürlich an den leopardenen Hoodie und die Zebraleggings denken, die Aaliyah beim Skilanglauf in Balderschwang getragen hatte.

»Lodenhose? Schokoladenhose? Seidenhose? Wadenhose?«, ging Aaliyah in ihrem Stadt-Land-Hose-Gedankenspiel alphabetisch die ihr in den Sinn kommenden Hosenvariationen durch.

So wirklich sinnstiftend war für Marc keine der genannten Möglichkeiten. »Am besten fragen wir gleich mal den Russen. Vielleicht kann er uns des Rätsels Lösung ausspucken. Der Haudrauf ist uns mit seiner halsbrecherischen Pferdewette nach diesem Vorfall ohnehin eine ganz dicke Erklärung schuldig.«

»Kruzitürken!« Aaliyahs Fluch verhieß nichts Gutes. Nicht nur, dass dieser Zornesausruf aus dem Mund einer türkischstämmigen Deutschkurdin geradezu grotesk klang. Ein Blick über das Wiesenareal zementierte ihr Fluchen. Kanyuk war gerade im Begriff, ein Stück weiter unten das Weite zu suchen. Damit machte er sich höchst verdächtig.

Er war nicht der Einzige, der Fersengeld gab. »Marc, da drüben. Schlabberbuxe möchte offensichtlich auch die Fliege machen!«, rief Aaliyah.

Augenblicke zuvor war diese Trahira noch dem wie auch immer gearteten Zorn von Kanyuk ausgesetzt gewesen. Der hatte sie vor seiner Flucht dermaßen an ihrem Schlabberhoodie gepackt, dass es ihr die Kapuze vom Kopf gerüttelt hatte. Tatsächlich war die halbstarke Streunerin nun drauf und dran, sich ebenfalls in Richtung des Laufstalls zu verdünnisieren, nachdem sie die Anwesenheit der Ermittler registriert hatte.

Marc machte einen flotten Schuh und setzte den beiden hinterher. Und schon wieder kam Aaliyah kaum nach.

»Och menno, Marc! Nicht schon wieder die Hufe schwingen. Schon gar nicht nach dem Trauerspiel hier!«

Marc hatte ganz andere Sorgen. Er hatte schon den Turbo gezündet, konnte aber mit den Fliehenden kaum Schritt halten. Beide steuerten sie den Hang hinab auf das Hauptgestüt zu.

Die draufgängerische Straßenstreunerin war ungeachtet ihrer umständlichen Beinbekleidung wieselflink. Unmittelbar an den Stallungen am Marbacher Hauptgestüt hatte Marc sie aus den Augen verloren.

»Puh! Hätten wir uns die Krawallbiene mal lieber gleich gepackt, dann hätten wir jetzt nicht so ein Hackengas geben müssen! Und jetzt ist sie uns auch noch durch die Lappen gegangen.« Aaliyah musste erst einmal eine gehörige Portion Atem schöpfen. »Wer weiß, vielleicht war die Botschaft im Sand ja auf sie bezogen. Schokoladenhose. Könnte ein Hinweis auf den Modeschreck an ihren Beinen sein.«

Marc hatte keine Zeit zu verlieren. Er ließ Aaliyah stehen und nahm die Verfolgung von Kanyuk auf. Der war mit seiner bulligen Statur sowie seinem Alter jenseits der fünfzig und trotz der steifen Armani-Hose bei Weitem nicht so beinfaul wie vermutet. Der konnte wohl Tigerkräfte wecken.

Marc hetzte Kanyuk hinterher. Zu fassen bekam er ihn trotz aller Anstrengung nicht. Auch wenn er entlang der Hofschenke bis zum Parkplatz die letzten Körner gab. Der Ganove mit dem Boxerzinken schwang sich behände in seinen renngrünen Pick-up und ließ Marc unter durchdrehenden Reifen Staub schmecken.

***

Trahira verharrte zusammengekauert im Stroh in der Ecke. Neben einer Lache frischen Pferdeurins, der beißend nach verdorbenen Garnelen stank. Es machte ihr nichts. Sie war das Gossenleben gewohnt. Freiwillig. Nicht, weil sie es musste.

Ihre Familie war vor sechs Jahren aus Ägypten nach Berlin gekommen. Nicht als Exodusflüchtlinge wie so mancher junge Akademiker, den proppevolle Hörsäle und drohende Arbeitslosigkeit aus dem Land der Pharaonen vertrieben. Ihr Vater war Radiologe, hatte an der Universität in Kairo gelehrt. Das Radiologiezentrum der Berliner Charité hatte mit ihrer in ganz Europa herausstechenden Reputation gelockt. Ihre Mutter war Ghanaerin. Dolmetscherin beim Rundfunk. Trahira selbst sprach mittlerweile gutes Deutsch. Darin war sie auch in Ägypten schon unterrichtet worden. Nur ein kaum merkbarer Akzent. Darauf hatte ihre Mutter gepocht. Und sie kannte bereits abstruse Wörter wie »Galama« oder eben so hochgestochene wie »Reputation«. Auch wenn Letzteres bloß ins Deutsche adoptiert war. Sie mochte hochtrabendes Geschwätz in keiner Sprache.

Vor etwa vier Jahren waren sie aus der Hauptstadt an den Bodensee gezogen. Wegen ihr. Dem Problemkind. Kurz nach dem Goldmünzenraub. Quasi über Nacht. Aus einer bombastischen Erdgeschosswohnung direkt an der Spree in Friedrichshain. In Berlin war Trahira unter dem Einfluss ihrer ganovenhaften Cousins väterlicherseits auf die schiefe Bahn geraten.

Doch für sie hatte sich mehr geändert als nur der Hain zum Hafen. Im suburbanen Berlin war der Traum vom Rapstar allgegenwärtig gewesen. In Friedrichshafen nicht. Auch wenn ein griechischstämmiger Rapper es geschafft hatte, sich aus der »Franzosensiedlung« zum selbst ernannten »König im Süden« aufzuschwingen und sich jenseits der Provinzgrenzen einen Namen zu machen. Und ein Deutschphilippino aus Ravensburg hatte zeitweise bei Bushido unter Vertrag gestanden und sich zu einem der bekanntesten Rapper Deutschlands gemausert.

Der Sechzehnjährigen war noch nichts dergleichen vergönnt. Ihre Texte schlummerten noch in den Notizen ihrer Memo-App und auf den Seiten ihres ausgefransten Schreibblocks in der Nachttischkommode.

Trahiras Nerven waren gespannt wie Drahtseile. Die beiden Kommissare waren durch den Stall an den Pferdeboxen vorbeistrawanzt. Hätte sie nicht mucksmäuschenstill gegen die Paddocktür gekauert ausgeharrt, dann hätten die Bullen sie garantiert erwischt.

Aber sie war damit keineswegs aus dem Schneider. Dass der kaffeebohnenbraune Araberhengst sie jetzt bloß nicht durch ein Wiehern, Schnauben oder gar ein Hufwetzen verriet. Die Ermittler konnten weiterhin da draußen herumschwirren. Und dann gab es ja auch noch den Russen. Sie hatte ihn vorhin kurz an der Pferdeführanlage gesehen, als sie vor den Kommissaren getürmt war.

Wo war sie da nur hineingeraten? Diese Schatzsuche mit tödlichen Ausmaßen. Weitaus Schlimmeres als verdorbene Garnelen pflasterten ihren Weg. Leichen. Bereits vier. Seit heute womöglich fünf. Ganz sicher fünf. Das Pferd hatte ja schon den Geist aufgegeben. Erst der Duttke. Dann der Steinmetz bei der nächtlichen Buddelei auf der Mainau. Und dann dieses verteufelte Mordgeflecht bei der Kreuzlinger Waldhütte. Die Frau des Bildhauers. Und die Hüttenvermieterin. Bei ihr hatte sie sogar selbst Hand angelegt.

Trahiras Finger zitterten. Sie suchten im strohigen Boden Halt, wo keiner war. Damals hatte sie nicht nur einen Stein gegen eine Fassade geschmissen. Sie krallte ihre Finger in das mit Pferdepisse benetzte Stroh. Es war ihr egal. Sie fühlte noch immer den moosbedeckten Sandstein in ihrer Hand.

Sie hatte die Hüttenvermieterin auf dem Gewissen. Auch wenn sie noch geröchelt hatte. Zu Ende gebracht hatte sie es nicht. Das hatten der Russe und der Bildhauer übernommen.

Der Russe hatte ihr das überhaupt erst eingebrockt. Er hatte ihr doch eingetrichtert, dass die neugierige Funzel alles auffliegen lassen würde. Und die alte Schreckschraube hatte dort am Hüttenfenster ja auch tatsächlich herumspioniert und mit so einem Asbach-Uralt-Analogapparat Schnappschüsse gemacht.

Jetzt hatte der Springreiter seine Lackaffen-Nase in den Matsch drücken müssen. Trahira griff eine Ladung Stroh und zerknüllte sie wütend in ihrer Faust. Der Russe hatte ihr auch hier im Ohr gelegen. Der reitende Wichtigtuer würde überschnappen, dem Bildhauer nach dem Leben trachten. Er würde das ganze Unterfangen um das Kegelspiel gefährden. Würden sie scheitern und es nicht mehr ausbuddeln können, nicht auszudenken.

Trahira war auf ihren Anteil angewiesen. Ihr Traum. Der nächste große Superstar am deutschen Hip-Hop-Himmel. Trahira. Die Göre mit Pantherkrallen im männerdominierten Löwenkäfig. Von diesem Weg würde sie sich um nichts in der Welt abbringen lassen. Auch nicht von einem abgehobenen Reiter, mit dem die Pferde durchgingen.

Nun war er eben abgehoben. Und hart gelandet. Sie hatte Claudius Bouffier zu Fall gebracht. Und würde er jetzt tatsächlich vollends ins Gras beißen, wäre sie auch für seinen Tod verantwortlich. Sie ging über Leichen.

Dabei hatte sie den Worten des Russen blind vertraut. Er hatte ihr die Gamaschen und das Fläschchen zugeschustert. Sie hatte ihm geglaubt. Geglaubt, der Dorn solle das Pferd nur zu Höchstleistungen aufstacheln. Geglaubt, das Fläschchen beinhalte nur Aufputschmittel. Sie solle ein gutes Stallmädchen sein. Und ein Glanzsieg bei einem Vielseitigkeitsturnier mit dem in die Jahre gekommenen Sir Francis Drake solle den Springreiter wieder in die Spur bringen. Damit er nicht länger eine Gefährdung für die Mission Schatzhebung war. Die Argumente des Russen waren überzeugend gewesen. Schlagkräftig. Er hatte sie ordentlich vermöbelt. Sie spürte noch immer die blauen Flecken.

An ihren Händen klebte Blut. Würden sie diesen Schatz heben und zu Geld machen, bedeutete das Mordkunst. Und Mordkunst konnte man nur zu Blutgeld machen.

Aber sie brauchte ihren Anteil. Wenn sie diesen unsagbaren Schatz tatsächlich aus seiner irrwitzigen Versenkung heben würden, wäre das nicht nur das schnelle Geld. Ein Vermögen. Das Rap-Business war nicht wesentlich anders gestrickt als die Wall Street. Rap war ihre Welt. Und Geld regierte die Welt. Mit ihrem Anteil des Schatzes wäre sie mit einem Schlag aber ganz dick im Geschäft.

Nicht wie mit dieser vermaledeiten Goldmünze. Die hatte ihr trotz ihrer Handlangerdienste beim Raub rein gar nichts in die ratzekahle Kasse gespült. Sie wusste ja noch nicht einmal, ob die sich überhaupt noch im Kunstatelier befand oder die saftigen Keulen nicht schon längst verteilt worden waren. Sie war dabei jedenfalls leer ausgegangen.

Schritte vor der Paddocktür. Schlurfen im Stroh. Jemand war im Stall. Trahira sank das Herz so tief nach unten, dass selbst ihre Schlabberhose es nicht mehr hätte beherbergen können. Vorsichtig legte sie den Kopf in den Nacken und schaute über sich.

Ein Mordsschreck durchfuhr Trahira. Keine Bullerei. Kein Boxerzinken mit Goldzähnen. Durch die Gitterstäbe im oberen Bereich der Boxtür glupschte die scheußliche Krampusmaske. Verkehrt herum. Der schwarze Wolfskopf mit den zitrusgrellen Glühaugen und den Rasselketten um die Fangzähne. Dem stiegen Qualmfäden von den in die Fellzotteln eingeflochtenen Räucherstäbchen auf.

Diesen Schlamassel hatte sie sich ganz allein zuzuschreiben. Schließlich war sie es gewesen, die dem Russen den Floh ins Ohr gesetzt hatte. Oder vielmehr die Wolfsmaske über den Kopf. Sie hatte ihn kurz vor der Meuterei seiner Entourage auf den Seychellen mehr zufällig im Frühjahr 2016 kennengelernt. Am Umschlagplatz der Antiquitätenmafia in der Burgruine Schopflen an der Pappelallee zur Insel Reichenau. Trahira hatte dort spätnachts zehn ziselierte Silberbecher an den Mann bringen wollen. Die Bechersammlung hatte sie aus einem Auktionshaus in Lindau auf der Insel unweit des Stadttheaters mitgehen lassen, in das sie nachts eingebrochen war.

Sie hatte aus dem Antiquariat wesentlich mehr mitgenommen, als ihre gierigen Pfoten zu schleppen vermochten. Das war ihr Verhängnis gewesen. Sie hatte in ihre geräumige Sporttasche nämlich auch die Auktionsgegenstände mit den Losnummern 13, 23 und 666 eingepackt. Sechzehn Wolfsfigürchen aus

Meißner Porzellan. Die eine Hälfte schwarz, die andere weiß. Die wolfsköpfige Krampusmaske mit den grellgelben Augen. Und einen lebensgroßen mexikanischen Aztekenkopf aus Basaltstein. Für sie war das Kruscht und Krempel. Abgesehen von den Silberbechern. Aber für den Russen waren die Krampusmaske und der steinerne Aztekenkopf Raritäten gewesen. Die Wolfsfigürchen waren für ihn Gold wert.

Das und natürlich die Steinschlosspistole, die sie später für ihn aus der alten Burg in Meersburg stibitzt hatte. Die hatte dort einfach zum Greifen nahe herumgehangen. Der zur Diebstahlsicherung angedachte Eisenring hatte ihrer Flex nicht lange widerstehen können.

Und der Russe hatte Trahira für den ganzen Plunder sofort unfassbar viel Bares in die Krallen gedrückt. Das war rasend schnell wieder verpulvert gewesen. Seitdem stand sie Oliver-Twist-mäßig unter seinen Fittichen. Dabei hätte sie ahnen müssen, dass der Teufel in Person in ihr Leben getreten war. Immerhin waren die Losnummern ganz, ganz schlechte Vorboten gewesen. Die Zahlen des Bösen schlechthin.

Trahira befiel eine ungeheure Furcht. Neben dem aus Zirbe geschnitzten Wolfsscheusal tauchte ein weiterer unheimlicher Geselle an den Gitterstäben der Paddocktür auf. Ihr wurde angst und bange. Das eherne, kahle Starrhaupt mit den garstig verkniffenen Augen und den tiefen Stirnfalten. Das »böse Kind«. Sein kahles Haupt stand für Trahira auch kopf. Da wirkte er gleich doppelt grimmig und teuflisch. Blickte man ihm in das steinerne Zorngesicht, fand man dort nur den Tod.

***

Marc und Aaliyah hatten den gesamten Gestütshof umgekrempelt. Von der windigen Rastagöre keine Spur. Und Kanyuk hatte sich sauber aus dem Staub gemacht.

Aaliyah hatte gerade mit Pleschke telefoniert, um ihn nach den dramatischen Ereignissen in Marbach auf den Stand der Dinge zu bringen.

»War die Plaudertasche wenigstens ein wenig erfolgreicher als wir?«, raunzte Marc ihr entgegen. »Hat er aus dem Bildhauer etwas herausbekommen? Oder hat er ihn zu einer Privatführung durch die Wimsener Höhle inklusive Stalagmiten-Staunen eingeladen?« Er konnte aus seiner Frustration keinen Hehl machen.

»Beides nicht. Bouffier, der mutmaßlich zwei Anschläge auf den Bildhauer verübt hat, schwebt in Lebensgefahr. Womöglich ist er jetzt selbst einem zum Opfer gefallen. Es ist nicht die Zeit, um den Mimosen-Marc zu spielen«, ermahnte Aaliyah ihn. »Lass uns Harry einsammeln und in Konstanz abliefern. Da können wir auf mein Biest umsatteln und einmal zu dieser Bussardhütte in Kreuzlingen flitzen. Das ist das Konkreteste, was wir haben. Den Bildhauer sprechen wir übermorgen auf dem Kommissariat. Und wer weiß, womöglich ist Kanyuk ja Manns genug und kreuzt trotz seiner heutigen Fluchtaktion auch auf.«

»Ich möchte jetzt erst einmal Dettmeier anrufen und ihm klarmachen, dass die Spurensicherung hier auch das ganze Reitequipment sicherstellen soll. Und dann muss ich Christina Ferber schonend beibringen, dass sie ein totes Ross auf den Seziertisch bekommen wird. Und überhaupt …« Marc lag Protest auf der Zunge. Aber Aaliyahs Vorschlag war einwandfrei. Fast zumindest. Worauf er überhaupt keinen Wert legte: sich nochmals in ihre grüne Höllenmamba zu setzen. Was er ihr natürlich nicht offenbaren konnte.

»Okay«, sagte er, »dann aber hurtig. Heute ist Samstag. Und ich werde Paul dieses Mal die ganze Woche bei mir haben. Um neunzehn Uhr muss ich in Friedrichshafen bei meiner Wohnung sein. Da liefert Andrea ihn bei mir ab.«

»Mach dir da mal keine Sorgen. Das schaffen wir locker! Die Telefonate kannst du führen, während ich uns in Harrys schrottreifer Kübelmühle zurückfahre. Ab Konstanz geht es in meinem Flitzer dann ruckzuck.«

Marc war hin- und hergerissen, ob ihn das freuen oder angesichts Aaliyahs großzügigen Gasfußes nicht noch mehr beängstigen sollte.

»Und was machen wir mit denen hier?«, wollte Aaliyah wissen.

Die Spuren im Sand, ja richtig. Die hatten sie vor der Padocktür in der Stallung neben einer kleinen Trittleiter entdeckt. Fußabdrücke mit nur jeweils drei deutlich sichtbaren Zehen. Ausgerechnet vor der Pferdebox des kaffeebohnenbraunen Araberhengstes, neben dem Sir Francis Drake für die Turniervorbereitung kurzzeitig untergestellt gewesen war. Diese Bronzefüße fürchtete Marc noch mehr als Aaliyahs Bleifuß. »El Niño«. Er hatte den Kahlkopf der Statue doch vorhin während der halsbrecherischen Schlitterpartie auf dem Beifahrersitz des Bildhauers gesehen. Das durfte alles nicht wahr sein. »Da muss auch die Spurensicherung ran«, murmelte er im Gehen.

Sie liefen gerade von den Stallungen hinüber zum Parkplatz, da sah Marc in der Ferne den lotusgrünen Pick-up auf die Brücke über die Große Lauter abbiegen und in den Gomadinger Wald einfahren. Zum zweiten Mal heute. »Hey, das ist doch Kanyuks Geländewagen! Den habe ich bei meiner Verfolgungseinlage schon wegfahren sehen. Seltsam. Erst türmt er, und dann kommt er zurück?«

Weder er noch Aaliyah konnten sich auf dieses Verhalten einen wirklich plausiblen Reim machen.

18

Rückblick: 3. Januar 2020, Kreuzlinger Wald

Prasselnd ergoss sich der Regen gegen die Fensterscheibe der Bussardhütte. Januarregen. Mit Saharastaub durchzogener Blutregen. Ein schlechtes Omen. Er spülte hinfort, was lebte. Aber nicht den Tod. Nicht das Blut, das an ihren Händen klebte. Der Regen wusch den Schmerz von gestern nicht weg.

Ihr Gestern war der Schrecken vergangener Tage. Nicht die Gewissensbisse, die gab es nicht mehr. Die Gier nach Geld hatte sie aufgefressen. Wenn es um Knete ging, aß sie nicht nur einen Adamshappen, nicht nur die eine verbotene Frucht. Das war schon immer so. Sie pflückte den Baum ratzekahl leer und aß den ganzen Apfelkuchen allein auf. Stellte sich ihr dabei jemand in den Weg … gab's Mord und Totschlag.

Sie hatte es getan. Sie hatte es wirklich getan. Weshalb eigentlich? Der rücksichtslose Isegrim mit seiner lügnerischen Zunge. Der gerissene Wolf. Russengeflüster. *Na sdorówje.* Von oben kam eben nicht nur Gutes. Wohl bekomm's!

Es war so einfach gewesen. So leicht von der Hand gegangen. Den Hebel umlegen, und der unsagbar schwere Schatz an dem Lastenseil sauste herunter. Gute zwei Zentner. Wie durch Butter war das Trumm durch sein Gesicht gepflügt. Und sie hatten ihn wie Abfall in die Grotte geschmissen. Ihr Gatte und der Russe.

Jetzt war sie es, die in den Seilen hing. Ihre Handgelenke festgezurrt. Und im Moment lastete das Gewicht von Claudius zentnerschwer auf ihrer Hüfte. Sie keuchte. Lediglich ihr schwarzes Bustier bedeckte noch widerwillig ihren Körper. Ihre entblößte, schweißperlenbenetzte Haut bebte. Claudius hatte ihr gerade den Verstand geraubt. Er hatte sie genommen, mit Haut und Haar, rittlings. Wie noch nie jemand zuvor. Auch nicht ihr Bildhauer, wenn er sie wollüstig nagelte, hämmerte und meißelte. Ihre Hüften waren ganz heiß gelaufen. Muskelkater. Und das nicht zu knapp.

Ihre Tat. Ihre Bluttat. Hatte *die* sie so werden lassen? Von der Kunstmäzenin zur ruchlosen Meisterreiter-Mätresse? Claudius verstand sein Handwerk. Auch abseits des sandigen Parcours eines Turnierfelds. Sie pfiff aus allen Löchern. Und aus dem alten Röhrenradio auf dem Fenstersims über ihrem Kopf rauschte der atemberaubende »Top Gun«-Song.

»Darling, take my breath away«, stimmte Rosalinde frech mit ein. Ihr Körper bebte vor Erregung. Vor allem vor der leisen Furcht, die ihr den Rücken entlangkroch. Aber die dicke Lippe hatte sie einfach noch riskieren müssen. Sie spielte mit dem Feuer. Und liebte es, sich dabei gehörig die Pfoten zu verbrennen.

Ein Knistern lag in der Luft. Das rührte von ihrem Strapsstrumpf. Das seichte Wischen des knittrigen Stoffs. Kalt und schmiegsam legte sich das Nylon wie eine zweite Haut um ihren Hals. *Ratsch!* Mit einem Ruck schnürte es ihr unversehens die Kehle zu. Sie krallte sich in die Seile. Der Atem ging ihr flöten. Zehn Sekunden. Ihr blieb die Luft weg. Quälende Sekunden. Nylon auf nackter Haut. Um sie herum weltfremde Leere. Die Zeit stand still. Vollkommene Stille. Nur das erotische Rascheln des Nylons und dröppelndes Regenrasseln am Fenster. Zwanzig Sekunden. Ihre eigenen Strapse kappten ihr die Synapsen. Benebelte Sinne. Betäubte Zwischenwelt. Panik in sinnbefreitem Gemüt. Vierzig Sekunden. Die Woge der Panik katapultierte sie auf Wolke sieben. Der Gordische Knoten. Enthemmt geplatzt. Dann löste sich auch der einschnürende Zug des Nylonstrumpfes um ihre Kehle. Gierig haschte sie nach Luft und sog den Sauerstoff ein. Rosalinde war im Rausch. Rausch der Ohnmacht. Rausch der Euphorie.

Klopfen. Jemandes Knöchel schnackelten vehement gegen die Tür der Blockhütte. Claudius stieg von ihr herunter. War das schon alles? Er durfte nicht gehen. Noch nicht. Sie war noch nicht gekommen.

»Komm zurück!« Rosalinde war verflixt noch mal angefixt.

Sie rekelte sich auf dem Bettlaken und spreizte ihre Finger in den Seilen. Bis zur äußersten Spitze enthemmt, sie wollte mehr. Ihr war aber auch ganz schön dämmrig zumute. Dieser giftgrüne Smoothie, den ihr wilder Rittmeister ihr vor dem Spiel hergerichtet hatte … Zumindest ging sie davon aus. Als sie vorhin die Hütte gemeinsam betreten hatten, hatte der Trunk allerdings schon in der Küche gestanden. Der war aber auch dermaßen bitter gewesen. Hatte er etwa K.-o.-Tropfen beigemischt?

Noch immer dröppelte der Regen gegen die Fensterscheibe. Was war das? Da ging doch etwas vor sich. Dort vor dem Fenster! Ein dumpfer Schlag. Ein Schrei. Der einer Frau. Etwas ging zu Boden. Oder *jemand*. Rosalinde konnte nichts sehen. Die Augenbinde machte es zu einem Ding der Unmöglichkeit.

Jetzt ein hitziges Stimmgemenge an der Eingangstür. Und schon wieder ein Schrei! Diesmal der eines Mannes. Dann eine Schimpftirade auf irgendein böses Kind im Gebüsch. Etwas war im Busch. *Was war denn da bloß los?*

Schritte knarzten in der Stube über die Holzdielen. Er kam zurück. Ein Scharren am offenen Kamin. Das musste der Schürhaken sein. Sollte ihr recht sein. Sie mochte es mollig warm. Auch wenn sie sich so schon feuriger als eine Chilischote fühlte. Die Matratze senkte sich ab. Er kletterte wieder über sie. Das wurde aber auch Zeit!

»Sag mal, was war das denn gerade bitte für ein Tohuwabohu? Da bekommt man es ja mit der Angst zu tun.«

Keine Antwort. Auch egal. Der Lustkick war zu groß. Gänsehaut. Knisternde Holzscheite im Kamin. Feuer der Leidenschaft. Sie war die Stute ihres Rittmeisters. Der Duft nach Karamelligem lag in ihren Nüstern. Das Nylon kratzte und schabte an ihrer Kehle. Gott sei Dank. Ihr Verlangen war so unersättlich.

Ein eiskalter Schauer packte ihren Nacken. Und es war nicht nur der Frost, der ihre Nippel hart werden ließ. Die Kugel aus Silber lag in der handgedrechselten Schale aus Walnuss auf der Anrichte in der Küche. Das war ihr sonnenklar. Die neun goldenen Pinne waren blutbefleckt unter der Erde zurückgeblieben. Wenn es nach ihr ging, sollte das meisterhaft gearbeitete Kegelspiel, sobald komplett, gut gereinigt unter den Hammer der Antiquitätenmafia bei der Burgruine Schopflen vor der Reichenau. Unheimlich viel Moos winkte dafür. Die Mäuse fiepsten schon, und das machte sie rallig.

Die Melodie zu »Hoppe, hoppe, Reiter« summte künstlich blechern aus der Küche herüber. Dieser Lustmolch musste die Spieluhr auf die Anrichte gestellt haben. Kitschig. Und komisch. Ein Kindskopf war doch eher ihr Gatte. Nicht Claudius. Aber irgendwie machte sie das erst recht scharf. Schreien sollte ihr Ritthengst, ja, vor Lust. Aber fallen wollte schon sie. In die Wogen der Ekstase.

»Uff!« Er war wieder über sie geklettert. Ungestümer als vorhin. »Mein wilder Reiter. Wir bergen den restlichen Schatz. Wir allein heben den Schatz. Dann kommen wir doch noch zu unserem Gold. Und teilen durch zwei!« Sie wusste, dass das gelogen war. Ihre Habgier kannte keine Grenzen. Vor allem keine Freunde. Geschweige denn den Freimut, zu teilen. Jedes Wort war faustdick erstunken und erlogen.

Ihre Monopoly-Gegner konnten ein episches Lied davon singen. Wenn es an das Eingemachte, das große Geld, ging, rissen die Seile der Freundschaft schneller, als einem das eigene Leben lieb sein konnte. Balthasar war ein toter Zeuge dessen. Schotter, Kies und Steine. Am besten sammelte es sich alleine. Bloß das Stillen ihres sexuellen Verlangens, das ging nur schwerlich in Einsamkeit. Krümel zu teilen kam ihr ansonsten aber nicht in die Tüte. Sie fraß viel lieber den ganzen Kuchen. »Wir machen Hälfte-Hälfte. Ohne den Versagertross. Wir –«

Ratsch! Ihr wurde abermals ganz unvermittelt der Sauerstoffhahn abgedreht. Die Strangulation kam schroffer als zuvor. Ungleich resoluter. Ihr strammer Reiter machte nun keine Gefangenen. Auch wenn sie im Moment ganz die seinige war.

Ihr elektrisierter Körper sprühte Funken. Zwanzig Sekunden. Schallleerer Raum. Sinnentfremdetes Krächzen der Krähen draußen vor der Hütte. Bedeutungslos. Prasselnder Regen. Trommelwirbel gegen die Scheibe im Takt ihrer Lust. Er war ihr Sinnesdieb. Vierzig Sekunden. Er raubte ihre Räson. Tiefenrausch. Mindfuck. Sie verlor sich in einem abyssischen Gespinst. Eine Minute. Höhenflug befeuert durch den ultimativen Adrenalinkick. Wohlig warmer Wonneschauer. Rosalinde verließ ihre körperliche Hülle. Panische Schwebe. Eine Minute. Das war ihre Schwelle. Der schmale heilige Grat eines Drahtseilaktes ohne Balancierstange über den Grand Canyon. Dahinter *finito*. Schluchtensturz. Hinab in den grandiosen Wahnsinn des nüchternen Nichts. Und doch war es alles. Er stahl ihr den Lebenshauch. Atemdieb. Toxisch tödlich. Eine Minute zwanzig. *Overtime!* Sie fiel wie ein plumper Sack in ihren Körper zurück. Darin tobte die nackte Hysterie. Achtung, Lebensgefahr!

Das Kaminholz knackte im Kampf gegen die alles verzehrende Gier der Flammen. Dutzende Male hatte Rosalinde das Spiel mit dem Feuer schon gewagt. Das Feuer, das ihr den überlebenswichtigen Sauerstoff nahm. Das ihr die nimmersatten Pfoten verbrannte. Und Dutzende Male hatte ihr atemberaubender Reiter den straff um ihren Hals geschlungenen Nylonstrumpf punktgenau nach sechzig Sekunden wieder gelockert. Nicht dieses Mal.

Ein Daumen. Die raue Kuppe tapste mit ihren raspligen Rillen über ihre Kehle wie der Jaguar durch das dichte Buschwerk. Der Jaguar, er pirschte. Er lauerte. Er sprang über die steile Böschung und stürzte sich mit einem Satz auf den Kaiman. Verbissener Panthersprung aus dem Hinterhalt. Dieser hinterlistige Schakal verbiss sich in ihre Gurgel. Arglistig vergrub sich die ruppige Daumenkuppe in ihre Halsschlagader. Zwei Sekunden Himmel. Nervenkitzelnde Hysterie einer eiskalten Boa, die sich leeseitig vom Rücken bis zum Steiß hinunterzog. Im Würgegriff der todesdurstigen Boa constrictor, die ihr noch immer seelenruhig auf den Hüften lag. Abgöttischer Abyss. Wogen der Ohnmacht. Drei Sekunden Hölle im todbringenden Kampf gegen lebennehmende Hände. Rosalinde mühte unter dem Körpergewicht ihres unheimlichen Würgers ihre tauben Beine ab. Vergebens versuchte sie, Claudius die Knie in den Rücken zu rammen. Zu schwach. Eine Minute vierzig. Die Zeit raste. Ohrensausen. Unablässiger Druck auf ihre Halsschlagader. Ihre Organe ratterten auf Hochtouren. Druck in ihrem Schädel. Druck auf ihren Augäpfeln. Der ließ in ihrem rechten Auge Äderchen platzen. Zwei Minuten. Flimmerflackernde Lichtblitze. Sternchen vor Augen. Dreieck. Kreis. Rechteck. Scharlachrote Astronomie und geometrische Formen pochten und zuckten durch das schwarze Nichtsein. *Delirium furiosum.*

Der Daumen zog seine kratzige Kuppe für einen Moment von ihrem geschundenen Hals zurück. Wie die angriffsbereite Schlange ihren Kopf kurz vor ihrem Todesbiss. Das war doch nicht der filigran gepflegte Finger eines kultivierten Springreiters, der die Zügel hielt. Eher der raufingrige Patscher eines Steinemeißlers, geschürft an Schaffensstaub und Skulpturenschutt.

Keine Frage. Dieser Daumen würde jeden Moment der Gabelung an ihrer Halsschlagader den Garaus machen. Die wilde Raserei packte Rosalinde, und das nackte Adrenalin schoss ihr ins Blut ein. In Panik riss sie ihre Handgelenke aus den Fesseln. Die einschnürende Enge in ihrer Kehle ließ von jetzt auf gleich nach. Mit so viel Überlebenswillen hatte Claudius wohl nicht gerechnet. Von wegen Meisterreiter. Stutenschinder. Der Mistkerl hatte versucht, sie umzubringen!

Rosalinde fand die Kraft in ihren dumpfen Beinen wieder. Sie wand sich zur Seite und rammte ihre Ferse mit voller Wucht in das Nächstbeste, was sie erwischte. Rippen. Ein lautes Poltern. Da hatte sie ihren mordlüsternen Ritthengst wohl aus dem Sattel geworfen. Oder doch ihren Göttergatten Hanjo? Diese Ratte! Wie baff musste er gerade aus der Wäsche schauen. Die Griffel gehörten sicherlich nicht dem Springreiter. Seine Berührungen hatten sich doch viel schmiegsamer angefühlt. Sie konnte keinen klaren Gedanken fassen. Letztlich war es auch egal. Sie musste einfach schleunigst hier weg.

Ein beißender Stich durchfuhr ihre linke Hand wie der Kuss eines Seeigels. Dann ein plumper Schlag gegen ihre rechte Schläfe. Die Haut platzte auf. Ein warmer Fluss. Blut. Der Schlag löste eine Schmerzexplosion und in ihrem Kopf ein nachbebendes Wummern aus. Das mochte der Schürhaken gewesen sein.

Doch Rosalinde tauchte an die lebensspendende Oberfläche. Sauerstoff. Ihre Lungenflügel lebten auf. Sie riss sich die Augenbinde herab und huschte, ohne sich umzusehen, über das Bett. Vorbei am flackernden Kaminfeuer. Ein Glutfunke sengte ihr den Knöchel. Der Schmerz war ihr einerlei. Sie drehte sich nicht um, als sie die knarzende Hintertür der Blockhütte aufriss und in die unbarmherzige Neujahrskälte hinausrannte. Hätte sie es getan, dann hätte sie womöglich den stillen Beobachter ihres Überlebenskampfes obenherum wie einen ausgestopften Wolf neben der Anrichte stehen sehen.

Querfeldein. Schnurstracks in das Dickicht des Kreuzlinger Waldes. Rosalinde blinzelte sich durch den anhaltenden Januarregen. Slalom durch das Stammwirrwarr der Fichten, Buchen, Eschen und Tannen. Ihr saß die Angst im Nacken. Und ihr Verfolger. Rosalinde spürte es. Sie sog die kaltnasse Waldluft in ihre gequälte Lunge. Es fror sie schrecklich, so nackt, wie sie durch den Wald irrte.

Sie erreichte eine kleine Bachschlucht. Wo war sie? Tief im Waldesinneren. Klirrende Eiseskälte schlug ihr entgegen. Frost in der Lunge. Frost auf der Haut. Ihre Lippen mussten blau unterlaufen sein. Da konnte auch ihr goldener Lippenstift nicht drüber hinwegtäuschen. Die Regentropfen verfingen sich in den losen Strähnen ihrer Hochsteckfrisur. Sie war auch noch so gottserbärmlich einfältig gewesen, ihr blauschwarzes Haar extra hochzubinden, um ihrem Peiniger ihren Hals geradewegs auf dem Goldtablett darzubieten.

Das regennasse Reisig auf dem feuchten Waldboden pikste ihre Fußsohlen. Rosalinde war eine Getriebene. Gehetzt wie das Wild bei einer Treibjagd. Zaghaft drehte sie sich herum. Kein schussbereiter Jäger in Sichtweite. Sie tastete sich mit ihren nackten Füßen beklommen auf den moosbehangenen Felssteinen über die Bachschlucht hinüber.

Dann kam die Straße in Sicht. Die Bodanstraße. Rosalinde überschritt sie angsterfüllt. Vorbei an dem »Abfall tötet Tiere«-

Schild mit der aufgemalten Kuh und der scharfkantig aufgerissenen Red-Bull-Dose. Sie wollte nicht wie Abfall enden. Nicht wie Balthasar im Fettabscheider oder wie Duttke im Bodensee.

Sie musste eilends wieder in den Wald eintauchen. Den kiesigen Pfad entlang. Die spitzen Steinchen traktierten ihre Fußsohlen. Rosalinde rannte mechanisch, ohne zu denken. Ihre Beine trieben sie. Vom Hals aufwärts herrschte dank des Luftmangels noch immer Leuchtfeuer in ihren Gedankengängen. Die vierte Abzweigung links. In der nächsten Kurve ein Rastplatz. Sie musste hasten.

Neben der Sitzbank der Picknickstelle erfassten ihre gehetzten Augen eine Holzschnitzerei größeren Ausmaßes. Eine Bussardfigur. Ein Schauder fuhr ihr mit einem Ruck durch die Glieder. Mit der Jagd nach dem vermaledeiten Piratenschatz von diesem »Bussard« auf den Seychellen hatten sie den Morast der Zwietracht doch erst beschritten. Für Rosalinde war der eine riesengroße Räuberpistole gewesen.

»Huch! Uff! Arrrghhh!« Rosalinde verspürte einen donnernden Schmerz auf ihrem linken Schulterblatt. Etwas musste zunächst mit Karacho auf ihren Rücken gekracht und dann dumpf auf den feuchtlaubigen Waldboden geplumpst sein. Im Leidenstaumel tat sie einen allzu hektischen Fehltritt auf einen vom Tau glitschigen Ast. Sie verlor das Gleichgewicht und landete unsanft auf dem kalten Erdreich.

Sie drehte sich rücklings um hundertachtzig Grad, um nach ihrem Verfolger Ausschau zu halten, plinkerte mit den Augen und linste in die Baumkronen hoch über ihr. Auch die drehten sich. Die Schläfen pochten ihr wie verrückt. Ein brennendes Stechen hatte ihren Rücken befallen. Es kroch ihr bis in den Nacken. Und auch ihr Hinterkopf schmerzte zum Bersten. Er musste bei ihrem Sturz auf einen der Steine auf dem Waldweg aufgeschlagen sein.

Ein Rascheln aus dem Wald hinter der Picknickstelle. Rosalinde blinzelte die Regentropfen aus ihren Augenlidern und überstreckte ihren Kopf in den Nacken. Die Bussardfigur stand auf dem Kopf. Ihrer hämmerte wie verrückt. Hinter der Holzskulptur streifte wie aus dem Nichts ein Wolfshund zwischen den Bäumen. Ein schwarzer mit weißem Brustfleck. »*Fenry the Eighth*«. Sie reckte ihr schmerzendes und ins Genick gelegtes Haupt, und ihre Augen folgten seinem Streifgang. Da blieb er plötzlich stehen und blickte sie an. Er stand für sie kopf. Regentropfen kletterten aus dem tauverhangenen Bartfell in lähmender Langsamkeit nach oben. Tränen der verratenen Kunst, die ihre Heimreise antraten. Der Lebenssaft schwand. Die Kunst, sie hatte in ihr keine frommen Triebe geschlagen. Dafür hatte der Raffzahn die faulige Wurzel allen Übels, die Gier, in ihr aufkeimen lassen. Sie hatte Balthasar auf dem Gewissen!

Ein Rausch durchspülte ihre Sinne. Flimmernd schwirrten grell leuchtende Tetris-Elemente vor ihren Augen umher. Sie hob die Hände gegen diese halluzinativen Garstlinge in die Höhe. Erst jetzt bemerkte sie die Verletzung an ihrer linken Hand. Das war kein Seeigelstich gewesen. Dort steckte aus dem Werkzeugrepertoire ihres halunkischen Gatten der Stichel, der nun vor ihrem überreizten Sehsinn in der heftig blutenden Handfläche wie ein wild gewordener Windpfeil ausschlug. Also doch ihr Gatte! Der Drogencocktail hatte offenbar auch ihre Hemmschwelle vor schrecklichen Anblicken ausgeknipst. Sie fühlte sich mit ihrer stacheldurchbohrten Hand wie ein fleischgewordenes bizarres Kunstwerk.

Unverwandt, geradezu gehässig starrten sie die gelben, aber rot entzündeten Augen aus dem Wolfskopf heraus verkehrt herum an. Nur für einen unerträglich kurzen Augenblick. Dann kehrte er ihr den Rücken zu.

An seiner statt tauchten zwei Beine über ihr auf. Ihr Verfolger. Das war nicht ihr Ritthengst Claudius. Auch nicht ihr Gatte Hanjo. »*Du* bist das, Russe!«

Er trat dicht neben sie. Erst jetzt bemerkte sie die Silberkugel, die dort im glitschigen Laub des Waldbodens ruhte. Die musste es gewesen sein! Die musste ihr der Dreckskerl vorhin wie ein Kugelstoßer in den Rücken gezwiebelt haben.

Seine Stimme huschte gedrungen unter der Wolfsmaske hervor. »Ja, ich! Claude Monet wollte das Unerreichbare. Und was willst du, Monetenmuse? Klunker um den Nacken. Zaster in den Rachen. Kunst strebt nach Vollkommenheit. Nach Göttlichem. Die Geldgier offenbart deine kleingeistigen, niederen Triebe! Geld frisst Kunst. Aber wir nimmersatten Wölfe wachen wacker über die Weltenschätze. Wir verschlingen erst die Geldgierigen und hüten dann die Kunst!«

Er stieg über sie und beugte sich herab, um die Kugel aufzulesen. In deren Spiegelung sah Rosalinde den Wolfshund zwischen den Bäumen in das Walddunkel entschwinden. Vor ihren Augen hatte sie nun einen anderen Wolfskopf. Ihr Verfolger. Der Fenris. Sie erkannte ihn an seiner Beinbekleidung. Der Wolf im geschorenen Schafspelz. Allerfeinster Merino. Mit der Silberkugel in der linken Hand wartete der Maskierte auf wie ein Karnevalsprinz mit Reichsapfel. Fehlte nur noch das Zepter.

Der Wolfskopf richtete sich auf. Rosalindes Rübe wummerte nach wie vor so, als seien Presslufthammer unter ihrer Schädeldecke am Werk. Die schlitzengen gelbgoldenen Feueraugen starrten sie aus der Holzmaske heraus gefräßig an. In dem sie umrahmenden schwarzen Fellwust schwelten Räucherstäbchen, als sei der Maskenträger der Pirat Blackbeard. Die Ketten, die von den Spitzohren bis zu den Fangzähnen hingen, rasselten beharrlich.

Der Fenris reckte die silberne Kugel mit seiner linken Hand in die Höhe. »Siehst du es, das Objekt deiner Begierde? Aber sieh genau hin …«

Rosalinde presste die Lippen fest aufeinander und kniff ihre Augen zusammen. Das Letzte, was sie sahen, war die hinabsausende Silberkugel des sagenumwobenen goldenen Kegelspiels, das sie sich so gern unter den Nagel gerissen hätte. Das sie nach dessen Hebung aus dem Pferdekopf für gutes Bares an die Antiquitätenmafia hatte verscherbeln wollen. Dazu würde es nicht mehr kommen. Der Fenris würde sie reißen.

Die Kugel rauschte einer Abrissbirne gleichend auf Rosalindes Gesicht zu und hinterließ an der Schläfe, die zuvor schon den Schürhaken zu spüren bekommen hatte, eine unschöne

Platzwunde. Dann ein zweiter Schwinger. Das runde Geschoss brauste abermals gegen Rosalindes Haupt. Ihr Schädelknochen knackte, als die Silberkugel wie ein Rammbock durch die Stirnfassade schmetterte. Ein dritter Hieb schmetterte auf ihren Kopf ein.

»Uaaahhh! Urks!«

Blutspritzer schleuderten der hölzernen Bussardfigur in einer einzigartigen rubinroten Farbexplosion entgegen. Unstillbare Goldgier im todgeweihten Lebenssaft. Jetzt war des Holzschnitzers Schaffenswerk vollendet! Gier fraß Kunst. Aber der Fenris erhob sich aus den Ketten und verschlang beide. Kunst über Begierde.

Rosalinde war gefallen. Der Habsucht zum Opfer. Rosalinde war ihr in unersättlicher Verblendung verfallen. Gewesen. Rosalinde war tot.

19

Sie waren in Pleschkes Röchelkiste tatsächlich heil nach Konstanz gegondelt. Auch wenn die in Mitleidenschaft gezogene Stoßstange auf halber Fahrt eine so besorgniserregende Biege gemacht hatte, dass sie von da an über den Asphalt geschachert war.

Ab Meßkirch hatte sich Marc mit Pleschke darüber in die Haare bekommen, was noch unangenehmer als eine Schleichfahrt in dieser Schrottlaube sein könnte. Marc hatte stark für ein vor Überfüllung aus allen Nähten platzendes Seehas-Zugabteil von Radolfzell nach Konstanz plädiert. Der wegen Sanierungsarbeiten an den Fahrzeugen wieder einmal nur einfach bestückt durch das Badener Land schlich und in dem man sich wie die Ölsardine in der Konservenbüchse fühlte.

Pleschke hatte dagegen auf die von Ziegenmuff durchhangene schwäbische Eisenbahn längst vergangener Tage gepocht. Eine labbrig scheppernde Stoßstange sei ja wohl bei Weitem weniger tragisch, als einen abgerissenen Ziegenbockkopf am Seil hinter dem Waggon herzuschleifen.

Und ewig schwelte im Ländle unter der Kruste der Glückseligkeit die so tief wie traditionsreich verwurzelte Feindseligkeit zwischen »Sauschwob« und »Badenser«. Dieses Mal rührte ihr albernes Gezanke aber eher von der Fassungslosigkeit her. Sie waren alle drei noch zutiefst geschockt über den fatalen Sturz von Ross und Reiter, der sich da in Marbach zugetragen hatte.

Sie hatten Pleschke gemeinsam mit seiner Klapperkiste am Präsidium in Konstanz abgesetzt und waren auf Aaliyahs giftgrünen Mercedes AMG GT R umgestiegen. Irgendetwas hatte der Konstanzer noch am Kofferraum seines verschrottungswürdigen Strich-Achters herumgefriemelt und dieses Etwas letzten Endes in Aaliyahs Kofferraum verfrachtet. Marc tippte auf das närrische Blätzlebubenkostüm, das Pleschke ja so heilig war.

Jetzt hatten Aaliyah und Marc das Konstanzer Münster hinter sich gelassen. Gleich darauf das »Paradise Consilia«. Kanyuks Freudentempel über dem Döbele-Parkplatz. Sie hatten die Grenze passiert.

Aaliyahs Gaspedal erfreulicherweise nicht, als ihr grünes Höllengefährt den Kreuzlinger Stadtdschungel durchschlängelte. Die scharf gesalzenen Schweizer Knöllchen flößten offensichtlich auch ihrem Bleifuß eine gehörige Portion Mores ein.

Über die Bergstraße fuhren sie nun jenseits des städtischen Treibens die Jakobshöhe hinauf. Schließlich begrüßte sie der Wald mit den Lengwiler Weihern. Das war ein kleines Paradies für sich. An den Kornfeldern bogen sie vor dem Reifengeschäft rechts auf die Bunkerstraße ein. Zwei Kurven später lag die Bussardhütte bereits vor ihnen. Die geräumige Blockhütte auf dem Kiesbett am Waldsaum versprühte kanadisches Flair. Der Duft von Holz. Der Ruf der Wildnis.

Aaliyah parkte ihre grüne Mamba unterhalb der Bussardhütte. Als sie zur Hütte schritten, fiel ihnen ein hagerer, schnauzbärtiger Herr mit kurz geschorenem Haar in grünem Blaumann und Gummistiefeln auf. Selbstversunken verharrte er auf seiner Kehrmaschine und hatte den Blick auf die Hütte gerichtet. Dem Anschein nach musste das der Kümmerer der Anlage sein.

»Entschuldigen Sie, der Herr. Sind Sie der Hausmeister der Bussardhütte?«, wollte sich Marc vergewissern.

Der Mann in der Latzhose hob seinen Kopf von den Armen, deren Ellenbogen er auf dem Lenkrad der Kehrmaschine abgestützt hatte, und drehte sich zu der Stimme seitlich von ihm. Er mochte Ende fünfzig sein. Aus seinen glasigen Augen sprach Weltvergessenheit.

»Ja, der bin ich. Hausmeister der Außenanlage und Gärtner. Rolf Kunze. Ich raff's einfach nicht. Die Raffke«, schmatzte es unter seinem wie die zwei Hörner eines Ochsen geformten Moustache hervor. »Wie vom Erdboden verschluckt. Ausgerechnet sie, dieses distanzlose und naseweise Wesen!«

»Raffke. Gudrun Raffke? Die Vermieterin der Bussardhütte?«, fasste Marc nach.

»Die und keine andere. Die ist Gassenengel und Hausteufel zugleich. Zuvorderst eine wunderfitzige Topfguckerin. Hat ihre Nase alleweil in fremden Kesseln. Zuletzt in der Brühe von der Schatzwusler-Bagasch. Die von dem Künstler und dem Russen.«

Aaliyah zog ihre Brauen hoch. »Wissen Sie denn Genaueres über diesen Schatzsuchertross?«

»Ha, aber nein. Was man halt so aufschnappt, gell? Eine schlimme Sache, das mit dem Steinmetz. Grind kaputt. Aber he, der Mörder ist nicht immer der Gärtner! Das wahre Leben ist fei nicht dupfengleich wie die Sonntagskrimis, gell? Immer wenn ich die Raffke gefragt habe, was die mit diesen Schatzwuslern zu schaffen hat, hat sie bloß gemeint: ›A Nixle em a Bixle und a goldigs Nosaweisle.‹ Ha, die ist schon so eine Schrulle. Sie ist zuletzt richtig investigativ gewesen. Hat die Schatzjäger in der Hütte geblitzdingst. Mit so einem marderalten Fotoapparat. Analog. Mit einem Mikrofilm. Fünfunddreißig Millimeter. Hat sie sich mit wichtiggemacht. Dieser Schatzjägertrupp hat die Hütte praktisch dauergemietet.«

»Wann haben Sie Frau Raffke denn das letzte Mal gesehen?«, erkundigte sich Aaliyah.

»Am zweiten Januar, nachmittags. Ich war hier beim Schneeschippen.«

Marc und Aaliyah tauschten Blicke. Dann war die Hüttenvermieterin also in etwa so lange verschwunden wie die Gattin des Bildhauers.

»Haben Sie denn seitdem schon einmal in der Hütte nach dem Rechten gesehen?«, bat Aaliyah um weitere Auskunft.

»Ha, wo denken Sie denn hin? Ich bin Gärtner. Ich habe meine Nase in den Blumenbeeten und nicht in fremden Angelegenheiten!«

»Und wieso haben Sie Frau Raffke nicht als vermisst gemeldet?«, setzte Aaliyah nach.

»Ha, es wäre nicht das erste Mal, dass sie Hals über Kopf

ihre Koffer packt. Sie war öfters mit diesen Spinnern auf den Seychellen unterwegs. Und das nicht selten, ohne mir vorher Bescheid zu geben.«

Aaliyah zog ihre rechte Braue so ausgedehnt nach oben, dass die Vernarbungen in ihrem Gesicht Yoga vollführten. »Komm, Marc. Dann stecken wir unsere Spürnasen jetzt mal in fremde Töpfe. Spätestens seit man uns den toten Steinmetz in dem Fettnäpfchen zugeschustert hat, sind das auch unsere Angelegenheiten.«

Die Ermittler streiften sich Einweghandschuhe über die Hände, während sie auf die Eingangstür zuliefen.

»Halloho? Ist da wer?« Die massive Verandatür aus rustikaler Eiche ließ sich für Marcs Begriffe viel zu einfach aufstoßen. Einladend. Unverschlossen. So als habe das zusammengewürfelte Grüppchen von Gelegenheitsbewohnern keinen großen Hehl daraus machen wollen, was sich hinter der Eingangstür abspielte.

»Die Schatzgeier scheinen aus dem Bussardhorst ausgeflogen zu sein. Dann schauen wir uns doch mal ein wenig um. Ich knöpfe mir die Küche vor. Nimm du bitte derweil die Stube unter die Lupe, Aaliyah.«

»Ja, Herr General. Alles hört auf dein Kommando.« Ihren flapsigen Spruch unterlegte Aaliyah mit einem ausgedehnten Augenrollen.

»Wäre es dir lieber, wenn ich dich in die Küche schicken würde?«

Ihre wüst geschnittene Grimasse und die rausgestreckte Zunge waren das Letzte, was Marc von Aaliyah zu sehen bekam, ehe sie sich in die Stube begab.

Er selbst bog nach links in das Unspektakuläre ab. Eine Kombination aus Rustik- und Shabby-Chic. Urige Küchenschränke aus rohem Fichtenholz. Darüber eine Lichterkette, die nachts den im Landhausstil gehaltenen Raum trotz anhaltender Dunkelheit in schillernden Regenbogenfarben erstrahlen lassen mochte. Gepaart mit von der Decke hängenden

Treibholzleuchten, in denen klobige rauchgraue Glühbirnen mit spiralförmigen Glühfäden steckten. Und mit Metallhockern, die einem Flohmarkt entsprungen zu sein schienen. Davor eine Anrichte mit einem aus Schieferplättchen gemauerten, ausgehöhlten Sockel. Dieser war dicht gepackt mit Buchenholzscheiten. Dazwischen lugte eine dünne, angewinkelte Metallstange hervor.

Marc ging auf den Holzdielen in die Hocke, um sie näher begutachten zu können. Ein verrosteter Schürhaken. Ein Klecks an dessen Spitze unterschied sich allerdings deutlich von den flockigen Rostflecken, mit denen die Stange gesprenkelt war. Wenn ihn nicht alles täuschte, war das angetrocknetes Blut. Rotbraune Asche hatte er zumindest noch nie gesehen. Der Schürhaken war jedenfalls ein Fall für die Forensik.

Marc richtete sich wieder auf. Sein umherschweifender Blick verfing sich in der Kochnische. Abgesehen von einer dünnen Staubschicht wirkte sie durchwegs aufgeräumt. Bloß ein einzelnes Glas stach in der Spüle heraus. Halb gefüllt mit einer grünen Pampe. Marc schritt hinüber und nahm eine tiefe Brise von dem wenig appetitlich anmutenden Mus. Ein bitterer, seicheliger Mief, durchzogen von einer vergorenen Zitrusnote. Kiwi mit etwas weitaus weniger Genießbarem. Zumindest ließen die vielen schwarzen Pünktchen auf Kiwisamen schließen. Der Stinkeplörre würde Maik Stork auf jeden Fall im Labor auf den Pelz rücken müssen. Zu etwas musste der promovierte Chemiker im Forensikerteam ja gut sein.

Neben der Kochnische erregte nun etwas anderes Marcs Aufmerksamkeit. Eine Tür, so unscheinbar als Spirituosenregal getarnt, dass man mit ihr keineswegs gleich ins Haus fallen konnte. Oder vielmehr hinaus.

Marc schob diejenige Schampusflasche, die seiner Meinung nach den in das Regal eingelassenen Türgriff geschickt kaschierte, beiseite. Er bekam so fiebrige Hände, dass ihm der Sekt beinahe entglitt, um gleich darauf scherbenreich auf dem Fußboden zu landen. Nervös machte ihn nicht etwa die Cuvée aus Weißburgunder, Kerner und Spätburgunder. Angetan hatte es ihm das Etikett. »Bussard Royal. Extra trocken«. Natürlich … Langsam wurde es echt unheimlich.

Marc stellte die Sektflasche beiseite, betätigte den Griff und trat durch die Tür ins Freie. Er fand sich auf der Rückseite der Hütte vor einem Stapel gehackter Holzscheite am Waldrand wieder. Nun erschloss sich ihm auch der Zweck der Geheimtür. Durch sie konnte das Kaminholz unter die Anrichte in der Küche befördert werden, ohne dass man durch die halbe Hütte stiefeln musste.

Marc zog den Flachmann aus der Brusttasche seiner navyblauen Daunenjacke. Dahinein hatte er den See-Gin mit Iriswurzelextrakt abgefüllt. Dazu einen ordentlichen Schwung Tonicwater und einen Schuss Zitrone. So ein Beruhigerle musste er sich nach dieser neuerlichen unheimlichen Begegnung mit dem Bussard gönnen. Dieser gefiederte Krummschnabel saß ihm geradezu im Nacken.

Das Goldlicht der Sonne blinzelte breit gefächert durch das Laubdach des Waldes. Die warmen Strahlen kitzelten seine gebeutelte Seele. Er sog die Mailuft in vollen Zügen ein. In ihr wimmelte es von brummenden Käfern und kleineren Fliegen. Sie war von Tannenduft und dem lauen Geruch nach kräuterigen Gräsern verhangen. Ihn streifte der liebliche Lindenhauch. Ein früher Sommerbote.

»Marc, schwing mal deinen Allerwertesten herüber. Ich habe hier etwas, das du dir ansehen musst!« Aaliyahs hell aufgeregtes Rufen durchschnitt die Waldesstille.

Marc steckte den Flachmann wieder in seine Jackentasche, ging zurück in die Küche und legte hinter sich das Spirituosenregal wieder ins Schloss. Dann schlenderte er hinüber in die Stube. »Ich habe in der Küche drüben eine wie die Pest stinkende Grünpampe im Glas, einen Schürhaken mit Blutanhaftungen und eine Geheimtür gefunden. Was liegt bei dir an?«

Aaliyah zeigte auf das massive Holzbett mit seinen vier gedrechselten Eckpfosten, das zur Stirnseite der Hütte hin unweit der Couch unter einem Fenster stand. Wohl ein Gästebett. »Ich kann dir sagen, was dem Bett anliegt. Juteseile an den Bettpfosten. Bondagefesseln.«

»Was macht dich da so sicher? Kennst du dich mit Fesselungen so gut aus?«

»Ich habe in Berlin nach der Abnabelung von meiner streng religiösen Familie einen Shibari-Kurs belegt. Japanische Fesselkunst. Die Seile stammen von der Firma ›ropExxxcite‹. Darin bin ich schon öfters von der Decke gehangen. Du glaubst ja gar nicht, wie sehr der Überhang die Düsternis aus den Gedanken spült.«

Marc glaubte es nicht nur, er wusste es. Zumindest kannte er das Gefühl. Er hatte es bei seinem Bungeesprung verspürt. Eiserne Ketten hatte ihm die schreckliche Mordserie seiner Ex-Ermittlungspartnerin zur Genüge angelegt. Da brauchte es keine anrüchigen Fesseleien.

»Schau mal da, Aaliyah. Unter dem Kissenzipfel. Ein Nylonstrumpf. Meinst du, hier wurden irgendwelche durchtriebenen Spielchen gespielt?«

»Na, nach einem zugeknöpften Abend mit Rommé, Bridge und Canasta sieht mir dieses Bettgelage jedenfalls nicht aus. Und ich glaube kaum, dass der Nylonstrumpf als Schal für kalte Hüttennächte gedacht war.«

Marc konnte Aaliyahs Gedankenspiel nicht folgen. »Wie meinst du das?«

»Ich bitte dich, Marc. Weshalb liegt der Strumpf wohl auf Kopfhöhe … Verruchtes Nylon. Da bleibt manch einem nicht nur die Spucke, sondern auch gleich die Luft weg. Erotische Asphyxiation. Strangulation beim Sexspiel.«

Marc schaute ungläubig zu Aaliyah rüber. »Ich frage mal besser nicht genauer nach …«

»Schau nicht mich so an«, reagierte Aaliyah abwehrend. »Meine Sippschaft hat mir lange genug die Luft zum Atmen gestohlen. Da finde ich das beim Schnackseln alles andere als antörnend. Aber he, schau mal da, die Blutflecken auf Kopfkissen und Laken.«

Aaliyah legte ihre nietenbesetzte Lederjacke über einer Stuhllehne ab und kletterte ohne große Anstalten auf das Pfostenbett aus Wildeiche, das zu Fesselspielchen geradezu einlud.

»Sag mal, spinnst du jetzt komplett? Das verzerrt doch völlig die Spurenlage!« Marc war schockiert.

»Hab dich nicht so. Die Spurensicherung wird sich in dieser Spielwiese noch genügend austoben können. Kletter mal auf mich, ich will etwas überprüfen.«

Jetzt war sie völlig übergeschnappt. Seit den Irisblütenmorden war Marc in Sachen kontaminierte Tatorte ein mehr als gebranntes Kind. Und hatte nicht Aaliyah ihn erst kürzlich hinsichtlich unkonventioneller Ermittlungsmethoden in den Senkel gestellt? All seinen Prinzipien zum Trotz begab er sich aber zum Bettkasten und stieg auf die Matratze. Er wollte Aaliyah so schnell wie möglich dort herunterbekommen, egal wie.

Sie streckte ihre Hände und Füße den Bettpfosten entgegen und griff nach den Fesselseilen. »Jetzt greif mir mal an die Kehle.«

Marcs Hände legten sich um Aaliyahs Hals. Ihm war dieses skurrile Was-auch-immer unendlich peinlich. Ja, er hatte der Konstanzer Kriminalkommissarin auf Probe gleich mehrfach an die Gurgel gehen wollen, seit sie auf der Mainau das erste Mal aufeinandergetroffen waren. Aber doch bitte nicht so.

Aaliyahs Blick durchdrang ihn unangenehm bohrend. »Spürst du die absolute Kontrolle?«

Alles, was Marc spürte, war Scham. Ein Hauch von pfirsichweicher zimtfarbener Haut lugte oberhalb der hautengen Ripped Jeans unter dem leopardgemusterten Rollkragenshirt hervor. Aaliyahs gepiercter Bauchnabel. Marc meinte, in ihrem Waschbrettbauch zwischen seinen Beinen eine gesteigerte Atemfrequenz wahrzunehmen. Inständig hoffte er, dass die nicht von in die Höhe schnellendem Lustempfinden herrührte. Klar, er wollte die absolute Kontrolle zurück. Aber nur die über sein eigenes Leben.

Ihm wurde auf einmal ganz anders zumute. Ob das an dem Schluck See-Gin lag, den er sich gegönnt hatte? Beflügelte das

Iriswurzelextrakt seine Phantasie? Jedenfalls waren Aaliyahs Pupillen nicht mehr haselnussbraun. Und es war auch gar nicht mehr die Deutschkurdin, die unter ihm lag. Ihr gebrandmarktes, doch selbstbewusst kesses Gesicht war gewichen. Stattdessen stach aus den Augen die Lilaglut hervor. Umgeben von einem dämonisch dreinschauenden Antlitz. Eine Mördervisage. Clara Meißner.

Ohne viel Federlesen drückten Marcs Hände zu.

»Urgh!« Aaliyah schüttelte ihren Hals von Marcs Griff frei. »Bist du irre? So wirklichkeitsgetreu wollte ich den Tathergang nicht nachstellen!«

Marc blinzelte. Es war das teils von Säure zernagte kecke Gesicht mit der Stupsnase und dem ringförmigen Piercing im linken Nasenflügel, das mit gepresster Stimme zu ihm hochzeterte. Unverzüglich ließen seine Hände vollends von Aaliyahs Kehle ab.

Sie röchelte, und die Kopfschussnarbe pochte wie wild. Aaliyahs Hände hatten die Bondageseile losgelassen. Ihre Linke lag nun genau an jener Stelle, an der sich auf dem Bettlaken der Blutfleck abzeichnete.

Ihre Blicke lagen beide auf Aaliyahs linker Hand. Dann trafen sie sich. Ein Moment der Stille. Anschwellende Peinlichkeit.

»Wir haben große Mengen Blut von Rosalinde von Dargatz-Gierer hier draußen im Kreuzlinger Wald an der Bussardfigur sichergestellt. Wir gehen davon aus, dass die Gattin vom Bildhauer hier ans Bett gefesselt war, richtig?«, durchschnitten Aaliyahs Gedanken die Stille.

»Richtig. Aaliyah, ich weiß nicht, was da gerade in mich gefahren ist. Es tut mir –«

»Nicht jetzt, Marc. Rosalinde wurde stranguliert. Sie muss in Panik geraten sein und sich losgerissen haben. Wie ich gerade auch. Siehst du das Loch im Laken, wo der Blutfleck ist. Etwas muss ihr in die Hand gestochen worden sein.«

»Der Stichel!«, rief sich Marc sofort in Erinnerung. »Dieses Gravierwerkzeug aus dem Kunstatelier mit dem Holzknauf.«

Er erinnerte sich nur zu gut daran, wie die überdimensionale Nadel ihn an der Buchsbaumfigur des Bildhauers nur um Haaresbreite verfehlt hatte.

Aaliyah tätschelte mit der Zungenspitze ihr Nasenpiercing. Ihre Art nachzudenken. »Hm, dann dürfte der Blutfleck hier auf dem Kopfkissen möglicherweise von dem Schürhaken stammen, den du entdeckt hast.«

»Demnach hätte hier bereits ein Tötungsversuch stattgefunden. Gestorben ist Rosalinde von Dargatz-Gierer aber vermutlich draußen im Kreuzlinger Wald«, fasste Marc zusammen.

»Setz dich mal in Bewegung, Marc. Sie müsste es ja noch irgendwie aus der Hütte nach draußen geschafft haben. Dann wären, dem Spurenbild auf dem Bett nach zu urteilen, am Boden Blutstropfen zu finden.«

Marc kletterte rückwärts von der Matratze. Aaliyah ihm hinterher. Beide gingen sie auf dem knarzenden Holzboden in der Hocke auf Spurensuche.

»Tatsächlich, auf der Diele hier sind braune Pünktchen. Das könnte angetrocknetes Blut sein. Und dort vor dem Kamin auch«, teilte Aaliyah Marc mit.

Er kam zu ihr herüber. »Oh, und was ist das da im Kamin?« Seine Hände fischten bereits zwischen der Asche die drei angekokelten Papierseiten heraus. Darunter fand Marc zudem etwas, das wie ein vom Feuer in Mitleidenschaft gezogener Filmstreifenschnipsel aussah.

Marc faltete zunächst mit äußerster Behutsamkeit die angesengten Papierbögen auseinander. Die völlig vergilbten Seiten waren von antiker Aufmachung. Schon wieder so ein hundsaltes Schreiben. Brandlöcher hatten einen Teil des Handgeschriebenen herausgetilgt. Hier hatte offensichtlich jemand händisch und halbherzig an den Papierseiten herumgezündelt. Wären die wirklich dem Kaminfeuer überlassen worden, sähe der Flammenfraß ganz anders aus.

Er versuchte sich an den lesbaren Fetzen. »Aha, ein Schreiben an einen gewissen Bruder Amandus Wendelin zu Mehrerau. Etwas von unstillbarer Gier. Bla, bla. Ein Fund auf einem Pferdekopf in der Triskele, an der der Boden liegt. Verstehst du das? Ich nur Bahnhof.«

Aaliyah dachte nach. »Puh, Pferdekopf. Außer dass der Springreiter heute unter einem begraben wurde, habe ich keine Idee, nein.«

Marc überflog weiter die Textfetzen. »Bla, bla. Ein unheilvoller Schatz. Aha, interessant. Die neun Kegel aus Gold und die Kugel aus Silber. Die kommen uns doch bekannt vor. Das goldene Kegelspiel. Das schlummert angeblich unter den Wurzeln der Kunst. Wie bitte?«

Aaliyah zuckte unter ihrer wieder übergestreiften nietenbesetzten Lederjacke die Achseln. »Kommen da auch noch sinnvolle Hinweise?«

»Nicht wirklich. Nur, dass eine geformte Frau an der Stelle, wo das flüssige Gold tropft, den Weg weist. Und dass das Kegelspiel wohl dort vergraben liegt, wo ein Wuchs über Kunstverrat Ding hält und bewegliche Stecknadeln im richtigen Moment die Stelle offenbaren.«

»Hm. Lauter böhmische Dörfer. Vielleicht kann uns Professor Kaspar bei dem Rätselwirrwarr weiterhelfen«, überlegte Aaliyah.

Marc manövrierte die Papierbögen vorsichtig in ein Asservatentütchen. »Ja, mal sehen. Ich werde auf jeden Fall auch eine Kopie an Professor Cornelius Wagner schicken. Möglicherweise kann er uns auch helfen.« Ein inneres Gefühl verriet Marc, dass er lieber mit dem Geschichtspsychologen aus Weingarten über diesen Fund sprechen wollte.

»Zeig doch mal den Filmstreifen her«, verlangte Aaliyah.

Marc hob ihn in die Höhe. Der Schnipsel war ganz gewölbt, verzogen und verdreht. An vielen Stellen zeigten sich kleine Luftbläschen. »Das Feuer hat den Kunststoff angeschmolzen.« Marc roch an dem Filmstreifen. »Da muss auch eine Substanz drauf sein. Hm, das riecht nach Zitronensaft und Spülmittel. Salzkörner scheinen auch drauf zu sein.«

»Guck mal da, es sieht ganz so aus, als wären genau zwei der Negativbildchen von der Hitze verschont geblieben.« Aaliyahs

Zeigefinger deutete auf die Stelle, an welcher der verschrumpelte Filmschnipsel keine Blasenbildung zeigte.

»Ja, stimmt.« Marc lief zum Fenster und hielt den Schnipsel gegen das Tageslicht. Er war von einem lilafarbenen Schleier überzogen, so als sei er in einer Chemiesuppe gebadet worden.

Aaliyah trat hinter Marc. Gespannt hefteten beide ihren Blick auf den braunfarbigen Filmstreifen. Mit zusammengekniffenen Augen versuchten sie, etwas auf den nicht mehr als daumenkuppengroßen Bildchen zu erkennen.

»Das sind Aufnahmen, die von draußen durch dieses Fenster hier entstanden sein müssen. Regentropfen auf der Fensterscheibe. Da ist doch beide Male das Bett zu sehen, oder nicht?«, mutmaßte Aaliyah.

Marc gab ihr recht. »Und das dürfte demnach Rosalinde von Dargatz-Gierer sein, die gefesselt auf dem Bett liegt.«

»Dann scheint sie auf Treue nicht auch nur einen Pfifferling zu geben. So wie ich das auf den Minifitzelchen hier sehe, sitzen nämlich zwei unterschiedliche Männer auf ihr. Den auf dem ersten Bild erkenne ich nicht. Aber schau mal das zweite genauer an. Fällt dir etwas auf?«

Marc nahm das Bildchen sorgfältig in Augenschein. »Aber natürlich. Der Panamahut. Das ist der Bildhauer! Das ist ja ein Ding.«

»Ja. Und wenn unsere Theorie stimmt, dass seine Gattin hier vom Bett aus den Fesseln entflohen ist, dann ist sie vor ihrem Gatten weggerannt, denn die zweite Aufnahme ist logischerweise später entstanden als die erste«, schlussfolgerte Aaliyah.

Marc schnaufte durch. »Und sie muss auf dem Bett schon verletzt gewesen sein. Mit den Erkenntnissen konfrontieren wir Hanjo von Dargatz-Gierer gleich übermorgen in der Vernehmung. Ich bin gespannt, wie er darauf reagiert.«

»Genau. Den Filmstreifen würde ich gerne an mich nehmen und einem Fotoforensiker am Starnberger See zuschicken. Mit ihm arbeiten wir schon lange zusammen. Der entlockt Bildern Geheimnisse und Details, das glaubst du gar nicht«, erklärte Aaliyah.

Marc schob den Schnipsel in ein Asservatentütchen und übergab es Aaliyah. »Na, da bin ich aber gespannt. Du entschuldigst mich, ich brauche noch mal Frischluft.«

***

In Wahrheit hatte Marc nicht die Frischluft gebraucht, sondern noch einen frischen Schluck Gin Tonic aus seinem Flachmann. Er stand wieder vor dem gut verborgenen Hintereingang der Blockhütte. Und ihm hing die Duftmischung aus Tanne und kräuterigem Gras unterlegt von Lindenhauch erneut in der Nase.

Aber da war noch etwas anderes. Ein Rascheln. Und dann sah Marc ihn. Die schwarze Fellschnauze. Die spitzen Dreiecksohren. Und die in ihren Winkeln kirschrot unterlegten zitrusgelben Schlitzaugen. Zumindest eines spähte im Waldmantel länger verstohlen durch das ineinandergreifende Blätterwerk eines Ligusters und eines Weißdornstrauchs hindurch. Das war er also. Der Wolfshund, über den im Radio immer wieder berichtet wurde.

Marc legte den Kopf schief. »Na, du Rabauke. Was bist du eigentlich? Wolf oder Hund?«

Ein kurzes, japsendes Jaulen. So als sei sich der schwarze Wolfshund mit dem weißen Brustfleck da selbst noch unschlüssig. Nur wenige Sekunden lang starrte sein entzündetes Auge mit dem kirschgroßen roten Knubbel im Winkel Marc beständig an, dann hatte der dichte Wald das scheue Tier auch schon wieder verschlungen.

Marc verspürte selbst den Sog, abzutauchen. In wenigen Tagen würde er das auch. Im Bodensee. Zumindest für einige Zeit. In Meersburg im Krebsgarten stand sein erster Tauchgang im offenen Wasser an.

Und eine andere Sache stand auch an. Er hatte es lange vor sich hergeschoben. Zu lange. Er musste sich seinen Dämonen stellen. Von Angesicht zu Angesicht. Er musste unbedingt Clara Meißner im Gefängnis aufsuchen und mit ihr über den Fall sprechen. Diese Seekunstmorde waren das Werk eines oder mehrerer Täter mit psychopathischen Zügen. Um auf den Grund zu stoßen, musste er sich in die Höhle der »Bestie vom Bodensee« begeben. Sosehr er diese Betitelung Claras auch verabscheute. Ob er gefressen werden würde, das wusste er nicht.

»Marc, kommst du? Zeit, aufzubrechen. Die Spurensicherung muss hier übernehmen. Dann schaff ich es auch noch, dich rechtzeitig abzusetzen, bevor dein Sohn bei dir aufschlägt«, hörte er Aaliyah vor der Blockhütte rufen.

Marc genehmigte sich noch einen Schluck aus seinem Flachmann. Dann ließ er ihn zurück in seine Jackentasche huschen und ging zweimal um die Ecke zur Vorderseite der Hütte.

Aaliyah wartete bereits an ihrem giftgrünen Sportwagen auf ihn. »Erinnere mich bitte daran, nachher kurz mit auszusteigen, wenn ich dich absetze. Ich habe da noch was im Kofferraum. Eine Playstation und so ein Piratenspiel. Das leiht Harry dir, damit du bei deinem Sohn punkten kannst. Eine Spielkonsole hast du als Vollblutbulle ja wohl nicht bei dir daheim rumstehen.«

Hatte Marc natürlich nicht. Und zugetraut hatte er Pleschke so eine soziale Ader auch nicht. Das war es also, was er vorhin noch aus dem Kofferraum seines Strich-Achters geholt hatte. Nicht sein ach so heiliges Blätzlebubenkostüm.

20

Rückblick: 20. Dezember 2019

Es war für den Dezember eine ganz und gar ungewöhnliche Nacht. Viel zu warm für den Winter. Dafür hatte ein Föhndurchbruch bis in das Alpenrheintal gesorgt. Er hatte tagsüber einen milden Südwind über den östlichen Bodensee gesandt.

Die Schatzsucher-Entourage hatte sich am Naturcampingplatz am Bodenseeufer bei Litzelstetten eingefunden. Alle waren sie gekommen. Der Bildhauer mit seiner Gattin und seinem Steinmetz. Der Springreiter. Die Hüttenvermieterin. Und die Straßenstreunerin. Alle bis auf den so schrecklich abgemurksten Bregenzer Kunstkurator.

Sie waren in einer Nacht-und-Nebel-Aktion in der Tenderschaluppe des Russen zur Mainauinsel übergesiedelt. Es war die Idee der Straßenstreunerin gewesen, das schwarze Sportboot mit dem tauartigen Rumpffender auf den mysterienträchtigen Namen »Fenrir« zu taufen.

Ihre Stunde schlug. Heute Nacht oder nie. Alles spielte in ihre Karten. Das Wetter. Der Bildhauer und der Russe hatten endlich die richtige Stelle gefunden. Ihnen hing der Honig längst zum Hals raus. Wenn sie die goldene Paste nur sahen, kriegten sie Pusteln. Nur echtes Gold konnte sie für die mehr als dreijährigen Mühen entlohnen. Es war angerichtet. Die Mainau hatte geschlossen. Größere Umbauarbeiten.

Und das Glück war ihnen besonders gewogen. An der Viktoria-Linde hatte sogar ein Minibagger verwaist herumgestanden. Der betagte Baum sollte eine Wurzelbehandlung erhalten, war in der Zeitung zu lesen gewesen.

Der Minibagger hatte nur eine begrenzte Reichweite. Den ersten Meter hatte noch die Baggerschaufel ausgehoben. Den zweiten der Steinmetz. Unter Fluchen und Verwünschungen. Er war der Stämmigste von ihnen und konnte das Erdreich am schnellsten wegbuddeln. Doch auch wenn der Boden nicht gefroren war, hatte ihn der Meter zweieinhalb Stunden gekostet. Zudem Blut, Schweiß und Tränen. Die Brühe lief ihm aus jeder Ritze. An der Handinnenfläche hatte er sich beim Schaufeln eine dicke Blutblase zugezogen. Dabei war der Boden schon angelockert gewesen. Der musste vor Kurzem schon einmal ausgehoben worden sein. Bestimmt für die Wurzelbehandlung.

Die Freudentränen waren rasch gekullert, als das Schaufelblatt dumpf tönend auf die im Erdreich steckende, eisenbeschlagene Holzlade gestoßen war.

Jetzt stand Balthasar Kincsvadászat im geschaufelten Graben unter der majestätischen Linde. Er war nicht mehr Herr seiner Sinne. Ganz und gar betört und bezirzt von der Grandiosität der Prunkstücke dort in der Holztruhe.

Allen voran die neun Kegel aus purem Gold. Es war wahr. Es war wirklich wahr. Welch Wahnwitz, dass dieser phantastische Schatz so unzählig viele Jahrzehnte, Jahrhunderte unter der Erde geschlummert hatte. Goldinstinkt. Midas-Touch.

Balthasar hatte gerade das Schleppseil, das an einem Zacken der Baggerschaufel befestigt war, mit dem daran festgebundenen Weintragerl in der Grube in Empfang genommen. Rosalinde von Dargatz-Gierer hatte es durch sanftes Absenken der Baggerschaufel zu ihm herabgelassen. Nun war es an ihm, die neun goldenen Pinne in dem handgemachten Weinträgerkasten aus Walnusstreibholz zu verstauen.

Gesagt, getan. Die Silberkugel blieb verwaist zurück. Balthasar beäugte sie. Kritisch. Die war nicht aus getriebenem Silber. Die war gegossen. Er als Steinmetz klopfte zwar nur Steine, aber so viel Metallverstand brachte er mit. Ein kalter Ruck durchfuhr ihn. Eigentlich wollte er hier nun nicht die von Skepsis geplagte Unke geben. Schließlich war Silber Silber. Ganz gleich, ob gegossen oder getrieben. Aber wenn die Kugel schon eine billige Fälschung war, dann waren die Kegel … Dann war die Riesengoldmünze doch nicht aus dem Atelier, dem Zwischenversteck, entwendet worden. Wie vom Bildhauer behauptet. Dann war das eine riesengroße Flunkerei gewesen. Er roch den Braten.

Dennoch machte er sich lang und reichte die Silberkugel der ausgestreckten Hand des Bildhauers entgegen.

»Unsere Goldmünze. Wo ist die eigentlich abgeblieben?« Balthasar hatte da einen üblen Verdacht. Das war doch heller Wahnsinn. Er hatte sich von Kanyuks Schergen so viele Male für das Verschwinden der Goldmünze verdreschen lassen müssen. Was sollte also diese schlecht gespielte Schmierenkomödie? Am Ende würden dem Kanyuk noch die Sicherungen rausfliegen.

Die Zweifel, die Balthasar dort herunten im Graben ausbrütete und säte, drangen laut und deutlich nach oben. Ängstlich wie ein Jungschaf klang er. Ein schwächliches Lamm, das den Anschluss an die Herde verlor. Und dennoch gierig wie ein Hofhund, der auf der Fensterbank die frisch ausgebackene Schinkenpastete entdeckt hatte.

»Für dieses Herumstochern im Pferdeschlund möchte ich gebührlich entlohnt werden. Das Buddeln ist ja schließlich auch an mir hängen geblieben. Ein satter Gefahrenzuschlag. Drei der Goldkegel gehören mir!« Jetzt war Balthasar alles egal. Er hatte genug unter Kanyuks Drangsal gelitten. Das Angstschaf hatte sich zu einem fiesen Bock umgekrempelt.

Rosalinde ließ den Baggerarm mit dem reichlich befüllten Weinträger die Reise nach oben antreten. Ihr lagen die Worte des Russen im Ohr. »*U sil'nogo vsegda bessil'nyy vinovat.* Die Starken geben immer den Machtlosen die Schuld.« Das entstammte der Fabel um den Wolf und das Lamm. Der Steinmetz war in der Grube machtlos. Und er war schuldig. Mit seinen erpresserischen Drohgebärden hatte er sich dort unten sein eigenes Grab geschaufelt.

Der Russe hatte ihr eingeschärft, das kränkliche Lamm zurückzulassen und sich nicht darum zu sorgen, ob es vom Wolf gefressen wird. Ob hasenherzig oder auf das Gold versessen wie die Gans auf den Apfelbutzen. In beiden Fällen wurde die Herde belämmert.

Rosalinde drückte im Führerhäuschen des Minibaggers den Hebelknauf ein Stückchen nach unten und befahl der Schaufel so, abrupt innezuhalten. Das Weintragerl an dem Schleppseil kam über dem Kopf des Steinmetzen zum Stocken.

Ein Ruck ging durch das Seil. Gefolgt von einem Knacken im Henkel des Weinträgers. Das verhieß überhaupt nichts Gutes. Zwei weitere Knackgeräusche im Walnussholz. Augenblicke später krachte der Griff ab.

Vorhin hatten sich Balthasars gefräßige Augen begehrlich an dem über ihm baumelnden Schatz satt gegessen. Er hatte sich ja bald den Hals ausgerenkt. Jetzt staunten seine Sehluken, deren Lider durch die kürzliche Tracht Prügel noch von ganz blauroten Blutergüssen geküsst waren, Bauklötze. So als wären allein sie imstande, die jenseitsmäßig schwere Masse, die auf ihn zurauschte, aufzuhalten.

»Was zur Höl…? Ahhh!«

Der kurze Schrei klang verzerrt nach oben, als der vom Henkel abgerissene Weinträger dem Steinmetz mitsamt den neun Goldkegeln durch den Schädel krachte. Und es knackte wieder. Aber nicht hölzern. Das war zerberstender Schädelknochen.

Rosalinde stieg aus der Baggerkabine und trat an den Rand des Grabens. Begutachtete ihr Werk. Was für ein grässlicher Anblick. Unschön. Neben dem Toten mit dem Matscheschädel lag abgebrochen eines der beiden Glashalterbrettchen des Weinträgers. Mit der eingebrannten Irisblüte. Das Brettchen war blutgeflutet.

Die Hüttenvermieterin, der Springreiter, die Straßenstreunerin. Sie alle waren sprachlos. Nicht imstande, das eben Geschehene auch nur im Leisesten zu bedauern oder ihrem Schock freien Lauf zu lassen. Rosalinde konnte es ja selbst nicht!

Der Russe und der Bildhauer bläuten ihnen ein, sich zu den Landestegen zu schleichen und am Boot auf sie zu warten. Sie wollten sich um alles kümmern. Aufräumen. Die Sauerei beseitigen. Die drei setzten sich in Gang, ohne auch nur ein Sterbenswörtchen zu wechseln. Wieder einmal waren sie nur mit sich selbst beschäftigt. Pure Narzissten und Egomanen. Sie hatten ja noch nicht einmal bemerkt, dass die Schatztruhe ganz und gar nicht von historischem Schlag war.

21

»Das kann doch alles nicht wahr sein. Ich habe ihn hier sitzen sehen. Genau hier!«, wetterte Marc, während er in der Fahrzeughalle der Friedrichshafener Kriminalpolizei wild fuchtelnd auf den Beifahrersitz des Rolls-Royce deutete. Nachdem schon einmal ein Vehikel in der Halle lichterloh ausgebrannt war, bahnte sich an gleicher Stelle das nächste Fiasko an.

»Marc, die KTU hat den Unfallwagen von Hanjo von Dargatz-Gierer komplett durchfilzt«, versuchte Aaliyah ihn zu beruhigen. »Die Kriminaltechniker haben keine kahlköpfige Bronzestatue gefunden. Dafür vier angeritzte und mit Panzertape bewusst lose umwickelte Bremsschläuche. Die Bremsflüssigkeit musste früher oder später austreten.«

»Ich bin doch nicht verrückt!« Marc ließ nicht locker. »Ich konnte dem Kopf der Statue ja quasi direkt in die Augen schauen, als wir den Oldtimer in Pleschkes Strich-Achter überholt hatten.«

»Ich bitte dich! Selbst ich als Bodensurri würde mich auf dieser Vordersitzbank wie die Sardine in der Büchse fühlen. Nie und nimmer hat sich hier diese sperrig ausgewachsene Bronzeskulptur breitgemacht. Mal ganz abgesehen davon, dass sie uns dann beim Aufprallunfall wohl mit den besten Grüßen durch die Windschutzscheibe entgegengeflogen gekommen wäre.«

Marc gab sich geschlagen. Überhaupt gefiel es ihm gar nicht, dass er nach Stallinger, Fischer und Dettmeier nun auch noch so einem Humbug um eine zum Leben erwachte Metallstatue aufzusitzen drohte. »Dann werde ich wohl langsam, aber sicher verrückt. Komm, wir müssen zu den Vernehmungen. Übernimmst du den Bildhauer? Und ich schau mal, ob Kanyuk tatsächlich aufkreuzt. Für den Fall der Fälle habe ich heute Morgen extra noch beim Bäcker ein Zopfbrot geholt.«

Aaliyah und er verließen die Fahrzeughalle und durchquerten den Innenhof zum Kommissariat. Im Erdgeschoss lief ihnen Maik Stork vor die Füße.

»Ich verzichte mal auf Händeschütteln. Ich komme nämlich gerade von der Toilette«, teilte der sich wie so oft herrlich unpassend mit.

Marc hatte eigentlich gehofft, der chemische Forensiker wäre aus dem Labor gekommen. Am liebsten mit brandaktuellen Analyse-Ergebnissen.

In der Angelegenheit enttäuschte Stork nicht. Er rückte sich die Laborschutzbrille unterhalb seines Seitenscheitels zurecht. »Der Lapislazulisplitter aus dem Hämatom an Duttkes Kehlkopf passt eins a zu dem gebrochenen Lasurstein aus dem Goldring. Der Splitter muss ein Teil der ausgebröckelten Wolfsschnauze sein.«

»Woher wissen wir das so genau?« Aaliyah kannte den promovierten Chemiker mit dem Erscheinungsbild eines überbraven Langzeitstudenten zu wenig, um zu wissen, dass man seine Ausführungen besser nicht kritisch hinterfragte, sondern als gegeben hinnahm.

Zu spät. Stork fand bereits seinen Spaß daran, seine Analyse ausführlich zu erklären. Es war allein Marcs unverhohlener Ungeduld geschuldet, dass er dabei nicht in komplizierte Fachsimpelei verfiel. »Die Pyritverunreinigungen im Splitter und in dem Ringstein haben den gleichen Gehalt. Außerdem lässt die Isotopenanalyse auf dieselbe Herkunft schließen. Beide Stücke wurden aus ein und demselben Lapislazulierz gewonnen.«

»Was sagt Diana Mendig dazu?«, unterbrach Marc den Erklärungsdrang des Chemikers.

»Diana Mendig hat an einer frischen Schweinekeule Eindruckversuche mit dem Lapislazuliring vorgenommen«, hatte Stork auch hierauf eine Antwort parat. »Die Ergebnisse sprechen für sich. Die Eindrücke in der Schweinehaut stimmen in der Form mit Duttkes Kehlkopfhämatom überein.«

Forensische Versuchsreihen mit Schweinen konnten Marc nach den Irisblütenmorden eigentlich gestohlen bleiben.

»Ein Lob für Brinksmann wäre im Übrigen auch angebracht. Der bringt's, Mann!«, ließ Stork strahlend seinen schlechten Wortwitz los. »Er hat mit seinen Kollegen gestern echt durchgeschuftet. Der Lapislazuliring, der Schürhaken und die Blutflecken auf dem Hüttenbett. Alle DNA-Spuren sind im Schnellverfahren schon ausgewertet worden. Wobei schnell wohlgemerkt zwei Acht-Stunden-Schichten in Folge bedeutet haben!«

»Wir danken, wenn die Mordserie aufgeklärt ist. Bis dahin verzichten wir auf überschwängliche Lobeshymnen und Selbstbeweihräucherung«, ermahnte Aaliyah ihn eiskalt. Das war ganz nach Marcs Geschmack. Und es fruchtete.

Weitaus weniger überschwänglich gab Stork jetzt die Ergebnisse der DNA-Abgleiche preis. »Drei Treffer. Der Ring weist, wie von Marc vermutet, Kanyuks DNA auf. Ebenso wie die einer gewissen Trahira Altalab-Azizi. Beide DNA-Profile hatten wir von früheren Delikten gespeichert. Das Blut am Schürhaken wie auch die Blutflecken auf dem Bett stimmen mit der DNA der Blutspritzer von der Bussardfigur aus dem Kreuzlinger Wald und dem Blut an der Silberkugel überein. Und somit auch mit der von dem Haar an der Perlenkette im Atelier.«

»Stammt das Haar von der Perlenkette aus dem Bildhaueratelier also wirklich von Rosalinde von Dargatz-Gierer, dann war definitiv sie es, die in der Hütte auf dem Bett gefesselt war und von ihrem Ehegatten gewürgt wurde. Und sie hat im Kreuzlinger Wald eine größere Menge Blut infolge massiver Gewalteinwirkung verloren«, zog Marc seine Schlüsse. »Aaliyah, das musst du in der Vernehmung gleich ausreizen.«

»Noch etwas ... Ich weiß, ich soll nicht prahlen, aber ich war fleißig. Ich habe auch schon das Glas mit den grünen Anhaftungen aus der Hütte untersucht. Die Pansche enthielt Buxin. Null Komma zwo fünf Gramm pro Milliliter. Außerdem Chitin. Gut möglich, dass also ein Ekelcocktail mit Raupen des Buchsbaumzünslers angerührt wurde.«

»Wie toxisch ist denn so eine Plörre?«, hakte Aaliyah nach.

Stork kratzte sich an seinem akkurat gezogenen Scheitel. »Nun, für einen Hund kann die Buxinkonzentration bei einem ganzen Glas bereits tödlich sein. Bei einem Menschen dürfte so ein Gesöff vernebelte Sinne bis hin zu Verwirrung ausgelöst haben.«

»Apropos vernebelte Sinne. Was ist eigentlich mit der Blutprobe, die du mir nach dem Dampfbadangriff abgezapft hast? Da habe ich mich doch so wackelig auf den Beinen gefühlt.« Marc schaute den Chemiker erwartungsvoll an.

»Dimethyltryptamin, kurz DMT. Derselbe Wirkstoff, den Duttke damals im Blut hatte. Außerdem verschiedene Beta-Carbolin-Alkaloide. Ein psychedelischer Drogensud, der aus der sogenannten Geisterliane gewonnen wird.«

Angesichts der Tatsache, dass Stork ihm gerade verklickerte, er sei durch eine Lianendroge aus den Angeln gehoben worden, fand Marc seine Antwort ziemlich trocken.

»Wenn wir schon bei südamerikanischen Mittelchen sind ... Unsere Kriminaltechniker haben in der Gamasche für das linke Hinterbein von Claudius Bouffiers Pferd eine kleine Nadelspitze gefunden. Und jetzt haltet euch fest: C-Toxiferin, C-Dihydrotoxiferin, C-Curarin und C-Calebassin. Und zig weitere Alkaloide. Dieser Miniaturpikser im Stoffgewebe war mit Calebassencurare getränkt. Wir haben das Reitequipment eingängig auf Manipulation untersucht, weil Frau Ferber bei der toxikologischen Untersuchung im Pferdekörper selbst auch schon Calebassen-Curare-Alkaloide nachweisen konnte«, erklärte Maik Stork und legte eine Kunstpause ein.

Diesmal war es die Pause in seinem Vortrag, die Marc ungeduldig werden ließ, und er warf dem Chemiker einen unmissverständlichen Blick zu.

»Die Pferdegamaschen reichten bis zum Schienbeinbereich. Die Nadel hat sich in der manipulierten Gamasche ganz oben befunden. Die wiederum war am linken Hinterbein angebracht. Die Nadel muss in die Schienbeinarterie gestochen haben, als das Pferd an einem der Hindernisse vor dem ›Eulenloch-Graben‹ die Hinterbeine stark belastet hat. So ist das Curare in die Blutbahn des Pferds gelangt.«

»Curare, ist das nicht dieses absolut tödliche Pfeilgift?«, fragte Marc.

Es legten sich sorgenvolle Falten unter Storks akribisch gekämmten Seitenscheitel. »Genau das. Kein Wunder, dass Bouffiers Pferd so fatal gestürzt ist. Zum Schluss noch eine schlechte Nachricht: Brinksmann hat auch das gerupfte Barthaarbüschel, das du geliefert hast, Marc, mit dem Barthaar von der geschnitzten Bussardfigur verglichen. Keine Übereinstimmung.«

Diesen Dämpfer hätte es nun wirklich nicht gebraucht. Trotzdem drängte es Marc hinauf zu den Vernehmungsräumen. Er wollte die neuen Erkenntnisse schnellstmöglich von vorne bis hinten durchleuchten. »Auf Aaliyah, wir nehmen uns jetzt den Bildhauer und Kanyuk zur Brust.«

***

»Schon klar, Ihre Gattin ist wahrscheinlich mit dem neuen Lover zum gemeinsamen Pastazuzeln in die Toskana oder zum Knoblauchbaguetterupfen in die Bretagne abgezischt!«, herrschte Aaliyah den bis zum Tezett gefassten Hanjo von Dargatz-Gierer an.

»Mit dem Macker vom Acker. Die Wege der Frau sind unergründlich. Das sollten Sie doch am besten wissen, meine Liebe. Gestern noch in Berlin hinter dem Großstadtkaliber her und heute als Landpomeranze für Provinzmorde zuständig.«

Am liebsten hätte Aaliyah dem Bildhauer den Panamahut von seinem Schopf mit dem grauen, gegelten Kringellockenhaar gefegt. »Ach so, und das viele Blut hat ihre Gattin wahrscheinlich als persönliches Andenken für Sie im Kreuzlinger Wald hinterlassen?«

Gleichgültig rümpfte Hanjo von Dargatz-Gierer die Nase, dass ihm die Rundbrille auf dem adeligen Höcker hüpfte. »Vielleicht ein Aderlass? So etwas entgiftet Körper, Geist und Seele vor so einem Lebewohl doch unheimlich.«

Der Typ war echt kaltschnäuzig. Aaliyah reichte es. Eine Viertelstunde plagte sie sich jetzt schon mit diesen Ausflüchten ab. Sie wollte sich nicht länger an der Nase herumführen lassen. Instinktiv griff sie an ihren Nasenring. Wie ein gehörnter Bulle fühlte sich die Ermittlerin angesichts der fadenscheinigen Antworten jedenfalls schon.

»Wissen Sie, wir haben Aufnahmen gefunden, die nahelegen,

dass Sie Ihre Gattin in der Hütte am Kreuzlinger Wald gewürgt haben. In Verbindung mit dem vielen Blut bei der Bussardfigur manövriert Sie das in eine sehr prekäre Lage!«, platzte es aus Aaliyah heraus. »Noch dazu Blutflecken an einem Schürhaken und auf dem Bett. Alles Blutspuren von Ihrer Gattin, wie es scheint. Wenn Ihre Frau bereit war, so sehr für Sie zu bluten, weshalb sollte sie Sie dann verlassen? Seltsam, nicht?«

»Na ja, wissen Sie, wir Kunsttreibenden bluten für unsere Sache.«

»Blut schwitzt man jedenfalls nur unter Todesangst«, stachelte Aaliyah zurück.

Der Bildhauer legte seinen rechten Arm gelassen über die Stuhllehne nach hinten und zog sich den Panamahut in die Stirn. »Junge Dame ... Soviel ich weiß, fußen Ihre Blutanalysen auf einem Haar, das Ihr Kollege unrechtmäßig von der Perlenkette an der Statue in meinem Atelier abgestaubt hat. Sie kennen meine Attitüde. Was im Atelier ist, bleibt im Atelier. Und glauben Sie nicht, ich hätte nicht bemerkt, wie er mir die Barthaare ausgerupft hat. Sollten die unerlaubterweise für irgendwelche Analysen hergehalten haben, dann gnade Ihnen beiden Gott.«

Das brachte Aaliyah nun vollends aus dem Konzept. Als Marc das Haar im Salemer Atelier von der Perlenkette gemopst hatte, hatte der Bildhauer das mit keinem Sterbenswörtchen erwähnt. Und auch gegen Marc keine Beschwerde eingereicht. Was für ein Spielchen spielte er hier eigentlich? Wenn der Bildhauer hier solche Drohgebärden auffuhr, dann verschwieg sie ihm besser gleich, dass Marc und sie die beiden historischen Dokumente hatten.

»Ach ja, meine Gattin und ich haben es in der Hütte öfters bunt getrieben. Sie mag es, wenn ich ihr den Atem raube. Aber Bettgeschichten abseits von Blümchensex sind ja nicht strafbar, oder?«

Tätschelte der Bildhauer jetzt wirklich ihre Hand? »Ähm, nein. Sind sie nicht.« Aaliyah hatte es wirklich die Sprache verschlagen.

»Sehen Sie. Und sollte das Blut am Schürhaken wirklich von

meiner Gattin stammen, wäre das nicht weiter verwunderlich. Sie ist der ungeschickteste Mensch, den ich kenne. In meinem Atelier werden Sie auch einen Stichel finden, mit dem sie sich versehentlich in die Hand gepikst hat.«

»Unseren Erkenntnissen nach haben nicht nur Sie es mit Ihrer Gattin in der Waldhütte bunt getrieben …«, rutschte es Aaliyah heraus.

»Rosalinde war … ist … der Promiskuität nicht abgeneigt. Ich habe es Ihnen doch gesagt. Sie ist durchgebrannt.«

Aaliyah fasste sich ein Herz. Der Ekeltrank, dessen Reste sie in der Hütte in der Spüle vorgefunden hatten, musste den Bildhauer doch aus der Fassung bringen. »Ist Ihre Gattin denn auch so tollpatschig, dass sie von einem giftigen Smoothie mit der Würze des Buchsbaumzünslers kosten würde?«

Ein verschmitztes Lächeln legte sich auf die Lippen von Hanjo von Dargatz-Gierer. »Ach, das Gläschen mit dem grünen Mischmasch. Das war eine Zubereitung aus Kiwi, Buchsbaumblättern und zermanschten Zünslerraupen. Eigens von mir zubereitet.«

»Um Ihre Frau zu vergiften? Fremdgehen liefert ein starkes Mordmotiv.«

»Papperlapapp! Reine Schutzmagie. Der Buchsbaum vertreibt die Mächte der Finsternis. Die zerstampften Zünslerraupen halten den Teufel fern. Und die Kiwi, die steigert Potenz und Libido. Ich habe nichts gegen Rosalindes Freizügigkeit.«

»Bullshit! Das kaufe ich Ihnen einfach nicht ab!«, zeterte Aaliyah gegen das einlullende Gerede an.

Der Bildhauer beugte sich über den Verhörtisch und griff schon wieder nach ihren Händen. »Liebchen, Ihr Kollege will die Nackedei-Skulptur, die von der Radolfzeller Hafenmole verschwunden ist, in meinem verunfallten Wagen gesehen haben. Das wollten Sie mir doch vorhin verklickern. Haben Sie in meinem Rolls-Royce eine Statue gefunden? Ich bin sauber. So wie meine Weste.« Hanjo von Dargatz-Gierer deutete auf seine blütenweiße, ärmellose Dandy-Jacke. Dann musterte er durchdringend Aaliyahs vernarbte Gesichtshälfte.

»Sie sehen Geister, meine Gute. Liegt das daran, was Ihnen widerfahren ist? Das Gesicht ist doch die Pforte zur Seele. Versuchter Ehrenmord. Sie waren damals in der Presse sehr präsent. Mord im Namen der Ehre. Das ist brotlos. Mord im Namen der Kunst. Das ist selbstlos. Kunst für die Kunst. Auf die Vollendung kommt es an. Es ist mehr als ein Schuss oder ein Stich oder ein Schlag. Michelangelo hat die Schönheit aus seiner tiefsten Seele seinen Fresken eingehaucht. Shakespeare, Schiller und Goethe der Poesie. Mozart der Musik. Und Mörder eben dem Tod.«

Ehrenmord. Das war Aaliyahs rotes Tuch. Sie stand auf und verließ wutgeladen den Vernehmungsraum. Andernfalls wäre sie zum Stier in der Arena geworden und dem Bildhauer an den Kragen seines Dandy-Anzugs gesprungen.

Marc biss sich derweil in Vernehmungsraum Nummer zwei an Kanyuk die Zähne aus. Der hatte sich das Zopfbrot ohne ein Wort des Dankes gekrallt. Ebenso den Kaffee. Redseliger machte ihn beides nicht. Und natürlich hatte er nicht, wie großspurig angekündigt, ein eigenes Hefezopfbrot mitgebracht. Im Gegenteil, er hatte sich sogar noch beschwert, dass man ihm nicht den tollen Achtstrangzopf in Hundeform besorgt hatte. Gerade tunkte er ein größeres Rupfstück in die Kaffeetasse und verschlang es daraufhin mit einem Happs.

»Mh, Sie spinnen doch. Ja, ich habe Ihnen den See-Gin im Sportbad an der Rezeption hinterlegt, weil ich zufällig Ihren schwarzmatten Audi dort rumstehen sehen habe. So ein Gin weckt ja bekanntlich Geister. Ich habe mir erhofft, dass der Irisextrakt Ihnen die Dämonen der Irisblütenmorde durch die Rübe spült. Damit Sie gefälligst Ihre Nase aus meinen Angelegenheiten heraushalten!«

»Ach, prima! Und dann haben Sie sich gedacht, wenn Sie schon einmal da sind, lauern Sie mir auch gleich noch im Dampfbad auf!« Marc kochte vor Wut. »Kanyuk, Teufel noch eins! Eine blutige Nase ist eine Sache. Einen Kriminalhauptkommissar in den Schwitzkasten zu nehmen, eine ganz andere. Das wird ein Nachspiel für Sie haben. Das garantiere ich Ihnen! Genauso, mich mit der Geisterliane unter Droge setzen zu wollen. Das verstößt gegen das Betäubungsmittelgesetz!«

»*Chert voz'mi!* Verdammt noch mal! Gehen Sie mir nicht auf den Wecker! Mit ›Schwitzkasten‹ habe ich am Samstag nur das Dampfbad gemeint. Nichts anderes!«, polterte Kanyuk zurück. »Ich habe es jetzt tausendfach gesagt! Zum Mitschreiben: Ich habe Ihnen weder im Dampfbad aufgelauert, noch habe ich Ihnen dort irgendwelche Urwald-Drogen eingeflößt!« Der Haudrauf-Russe hatte sich in seinem grafitgrauen Armani-Nadelstreifenanzug und dem lila glänzenden Satinhemd ganz nah zum Aufnahmegerät vorgebeugt und spuckte seine Wutsätze regelrecht hinein.

»Ihre abstruse Wette auf den Hals- und Beinbruch von Claudius Bouffier war wohl auch nur so ein Schmankerl, das man sich auf der Zunge zergehen lassen muss, oder?« Marcs Augen blitzten Kanyuk herausfordernd an.

Kanyuk tunkte sein angenagtes Zopfbrot in die Kaffeetasse vor sich. Seine Antwort wollte er sich demnach wohl zurechtlegen. »Ich bin Geschäftsmann. Und ich liebe das Risiko. So wie Claudius Bouffier auch. Und Wetten haben Gewinner und Verlierer. Ich habe gewonnen. Das ist nicht strafbar!«

»Claudius Bouffier hat verloren? Ist es das, was Sie damit sagen wollen? Hoppe, hoppe, Reiter, wenn er fällt, dann schreit er! Der Springreiter ist gefallen. Groß zum Schreien kam er nicht mehr. Er liegt dank Ihnen im Koma! Womöglich verliert er sein Leben!«

»Tz, wegen mir im Koma. Du brauchst keine Geisterliane, Bulle. Du siehst auch so einwandfrei Geister! Jetzt, wo der Steinmetz die Radieschen nur noch von unten bestaunen kann, weshalb sollte ich da mein bestes Pferd im Stall schlachten?«

»*Ihr* bestes Pferd? Sie meinen Sir Francis Drake?«

»Auch, ja. Der Gewinnergaul hat mir gehört. Und der hat ordentlich Zaster abgeworfen. Ein Jammer, dass er krepiert ist! Die Wette habe ich gewonnen, dafür habe ich meinen Prachthengst verloren!« Kanyuk quetschte den Hefezopfstreifen im

Verdruss über diesen herben Verlust so fest in seiner Faust, dass er den ganzen getunkten Kaffee auf den Tisch wrang.

Marc erinnerte dieser Anblick schon wieder bitterlich an den Übergriff im Dampfbad. »Vielleicht war Ihr geliebtes Ross ein Kollateralschaden. Das Kalkül eines Geschäftsmannes. Ein Opfer, um Claudius Bouffier aus dem Weg zu räumen. Hat er seine arrogante Nase möglicherweise auch in Ihre Angelegenheiten gesteckt? Und schon fällt der Reiter in den Graben.«

»Haha, ein Auftragskiller wäre mich deutlich günstiger gekommen, als so einen Prachthengst zu opfern. Den überlasse ich nicht den Raben. Den lasse ich nun zu Pferdesalami metzgern. Sündhaft teure Pferdesalami!« Wieder bekam der Hefezopffetzen in Kanyuks Hand dessen geballte Wut zu spüren.

»Außerdem, wie gesagt … Da der Steinmetz die Löffel abgegeben hat, darf der Bildhauer nun persönlich die Suppe auslöffeln. Denn meine Goldmünze ist immer noch futsch. Der Springreiter ist dabei meine Schachfigur. Immerhin hat er sich mit dem Bildhauer ja wohl total zerstritten. Man munkelt, die Dame wurde in atemberaubender Manier geopfert. Das soll mir ganz recht sein. Der Springer soll mir den König mit einem erstickten Matt in Schach halten. Claudius Bouffier ist der einzige halbwegs Vernünftige in diesem Trupp. Und nur fürs Protokoll. Ich spreche über irgendeine Goldmünze. Nicht, dass du mir wegen dem Münzenraub aus dem Bode-Museum einen Strick drehen willst.«

»Aha. Für den Sprengsatz an Duttkes Mazda waren Sie ja damals für kurze Zeit ins Gefängnis gewandert. Haben Sie also etwa auch den Springreiter mit seinen Sabotageakten auf den Bildhauer angesetzt?«, mutmaßte Marc.

»Bulle, das hast du jetzt gesagt. Jedenfalls schlägt sich die Schlange ja nicht den eigenen Kopf ab. Wenn allen Singvögeln der Hals umgedreht ist, kann ja keine diebische Elster mehr über meine Goldmünze zwitschern, Bulle!«

»Anscheinend hat die Schlange dem Teufel aber ein Schnippchen geschlagen. Also, wenn Sie die Schlange sind und man Rufus Vetten Glauben schenkt. Dann haben Sie nämlich damals ihn beauftragt, die Fasnachtsmasken der Allensbacher Schlösslespudel aus Ihrem eigenen Zunftheim zu klauen.«

»Pah, Rufus Vetten! Das Lateinerbübchen, das bei uns in der Zunft die Sau rauslassen wollte und an jedem gottverdammten gumpigen Donnerstag zugekifft war. Er ist unehrenhaft aus der Zunft geflogen. Klar, dass er über mich solchen Kappes verbreitet!«

»Na ja, die gestohlenen Pudelmasken waren für Sie ein gefundenes Fressen. Der Freifahrtschein, um Duttkes Mazda in die Luft zu jagen.«

»Bulle, du reimst dir da gewaltig was zusammen!«

»Das glaube ich nicht, Kanyuk. Sie haben doch in Ihrem Bordell einen Themenraum, den Sie ›Brunftzimmer‹ nennen. Mit lauter Jagdtrophäen. Dort soll auch ein vollständiges Faschingshäs der Meersburger Bodenseewölfe mit Wolfskopfmaske stehen.«

»Gäste lieben es, sich in diesem Zimmer die Flinte polieren zu lassen und es mit meinen Laufdamen wie die Karnickel zu treiben. Das Häs gehört tatsächlich mir. Ich war früher ein Meersburger Bodenseewolf, bevor ich zu den Allensbacher Schlösslespudel übergetreten bin. Der Wolf verkörpert die Dunkelheit und das Böse. Du ahnst ja gar nicht, wie sehr das ausgediente Kostüm den dunklen Gelüsten meiner zahlenden Kundschaft auf die lasterhaften Sprünge hilft.«

So leicht wollte sich Marc keinen Bären auf die Nase binden lassen. Er hatte sich schon widerwillig die drei wolligen Alpakas aufhalsen lassen. »Wissen Sie, Kanyuk, ich glaube eher, Sie stecken mit dem Bildhauer unter einer Decke. Sie in Ihrem Wolfskostüm mit den zitrusgelben Augen, und Hanjo von Dargatz-Gierer führt die kahlköpfige Skulptur aus Radolfzell spazieren.«

»Haha, Bulle, du schießt echt den Vogel ab. Ich passe mit meiner Wohlstandswampe längst nicht mehr in das alte Häs. Und wie soll der Bildhauer bei der Einweihung seiner Zeppelin-Skulptur in Friedrichshafen die Kindskopfstatue durch die Gegend gegondelt haben, hä? Der wäre doch selbst beinahe von seinem Beton-Zeppelin zerdeppert worden!«

Insgeheim wäre es Marc ganz recht gewesen, den einen oder anderen Vogel abzuschießen. Am liebsten einen Bussard. »Sie beide stecken unter einer Decke. Vielleicht haben an jenem Tag ja Sie eine Nachbildung des guten ›El Niño‹ durch die Gegend geschleift. Zumindest scheinen Sie zu wissen, dass diese verschollene Hockestatue bei der Hafenskulptureinweihung in Friedrichshafen zu sehen war! Im Übrigen müsste Ihnen ja nur die Wolfskopfmaske und nicht das ganze Häs passen.«

»Ha, du Genie, weil ich den Kahlkopf oben an der Brüstung vom Zeppelin-Restaurant gesehen habe! Den Wolfskopf übrigens auch! Und, Bulle, wenn du keine Tomaten auf den Augen hast, dann hast du auch gesehen, dass die Maske Bockhörner hat. Die Meersburger Bodenseewölfe haben keine Hörner und smaragdgrüne Augen!«

Das hatten Aaliyahs Kollegen aus Konstanz ihm nicht gesagt, dass die Faschingsmaske im Bordell keine Hörner und auch keine zitrusgelben Augen hatte.

»Das sagenumwobene goldene Kegelspiel zieht sich durch unsere Ermittlungen, taucht plötzlich in alten Schriftstücken auf. Sie und Duttke hatten sich Jahr für Jahr in Ihrer verschrobenen Faschingstradition um ein solches gestritten. Das ist doch kein Zufall, Kanyuk!«, setzte Marc den nächsten Stich.

»Bulle, in meinem Interessenbereich überlasse ich nichts dem Zufall. Für Zufälle oder Nichtzufälle bist du mit deinen Ermittlungen zuständig. Kein weiterer Kommentar dazu!«

»Auch gut ... Sie halten nach eigenen Angaben doch Pfeilgiftfrösche in einem Terrarium. Bouffiers Pferd ist unseren Ermittlungen zufolge mit Curare zu Fall gebracht worden. Meines Wissens ist das auch ein Pfeilgift. Zufall oder Nicht-Zufall?«

»Zufall. Ich habe früher die Moorfrösche mit dem Strohhalm gequält und aufgeblasen. Meinen Pfeilgiftfröschen krümme ich dagegen kein Haar. Außerdem sind Giftanschläge unehrenhaft. Nur Feiglinge agieren hinterrücks.«

Genauso feige wie Autobomben oder so hinterrücks wie Überfälle im Dampfbad, dachte Marc. Die Vernehmung drohte ihm zu entgleiten. Er fühlte sich wie ein Stier, den man an den

Hörnern durch die Arena führt. Er musste den Befund um den Ring aus der Schwitzbude auftischen. »Wollen Sie mir noch immer nicht im Sportbad aufgelauert haben? Wie erklären Sie sich dann, dass der Lapislazuliring nach dem Angriff dort neben mir auf dem Boden lag?«

»Keine Ahnung, Mensch! Ich besitze keinen Ring mit Lapislazulistein.«

Marc zog die Stirn hoch, und das kidneybohnenhafte Muttermal über seiner rechten Braue kletterte mit in die hohen Sphären der Zweifel. »Schön und gut, aber wie erklären Sie sich, dass sich Ihre DNA auf dem Ring befindet? Genau dieser Lapislazuliring hat sich im Juli 2016 in den Kehlkopf von Rudi Duttke, dem Bregenzer Kunstkurator, gegraben. Der Abdruck im Bluterguss ist mit dem gesplitterten Lapislazulistein im Ring in perfekter Deckung! Und *zufälligerweise* wollen Sie Ihren Goldring mit dem blauen Stein verscherbelt haben.«

Er schob dem verdutzt dreinblickenden Kanyuk zwei Fotografien über den Tisch, die das Hämatom und den abgebröckelten Ringstein im Detail zeigten.

Kanyuk würdigte die Bilder bloß eines kurzen Blickes und winkte sofort abfällig ab. »Das ist nicht mein Ring! Bulle, denkst du ernsthaft, ich würde so einen kaputten Schrottschmuck tragen? Dann hast du echt nicht mehr alle Tassen im Schrank. Meiner hatte einen Saphir. Wie ich schon sagte, auch keinen Wolfskopf, sondern einen Piranha. Und den Ring habe ich dieser Straßenstreunerin Trahira überlassen.«

Marc glaubte ihm Letzteres sogar halbwegs. Kanyuk war eigentlich auch nicht die Sorte Mensch, die ramponierte Schmuckstücke als kunstvoll erachtete. Und dennoch ließ die DNA-Analyse keine Zweifel zu. Kanyuk hatte den Ring aus dem Dampfbad in seinen Fingern gehabt. Das mit dem Ringstein war eine dummdreiste Lüge. Immerhin erklärte seine Äußerung aber, weshalb sich Trahiras DNA ebenfalls an dem Ring befand. Dann musste Marc halt fürs Erste auf den Zug aufspringen. »Und wieso haben Sie Ihren Saphirring ausgerechnet an diese Straßenstreunerin gegeben?«

»Sagen wir mal, aus Geschäftsinteresse. Weiter möchte ich darauf nicht eingehen. Betriebsgeheimnis, du verstehst?«, blockte Kanyuk grinsend ab.

Marc verstand nicht. Auch nicht, wie der Russe in Anbetracht der Anschuldigung mit seinen Goldzähnen so selbstgefällig um die Wette strahlen konnte. »Ihre DNA ist an dem Ring. Das ist unbestritten!«

»Bestreite ich auch nicht. Aber in meinem Metier gehen so viele Gegenstände durch meine Würgerfingerchen. Da kann das gut sein. Zugedrückt habe ich mit denen an Duttkes Kehlkopf aber nicht. Für alles andere lieferst du mir bitte erst einmal einen Beweis, Bulle.«

»Warum haben Sie denn Ihren Ring überhaupt weggegeben? Ein Mann Ihres Formats nimmt doch nicht einfach ohne Not so einen Verlust hin?«

Kanyuk stemmte sich gegen die Tischkante. Er schien sich vor einer Antwort zu sträuben. »Weil ... weil diese Trahira mir den Ring abgeluchst hat, okay? Bei einem ... Sagen wir, bei einer Geschäftsabwicklung. Das muss reichen, basta!«

Jetzt erschloss sich Marc auch, warum Kanyuk Trahira in Marbach an den Kragen hatte gehen wollen. Weshalb aber hatte er dann die Flucht ergriffen? »Und beim Vielseitigkeitsturnier? Weshalb ging Ihnen da die Muffe?«

»Bulle, ich bitte dich. Ich prahle mit so einer total hirnrissigen Wette, und dann stürzt der Claudius Bouffier tatsächlich. Da stand ich doch so verdächtig da wie der Wolf unter den Schafen. Ihr Bullen dreht skrupellosen Geschäftsmännern wie mir leichter einen Strick, als ich bis drei zählen kann! Sind wir jetzt fertig?« Genussvoll schlürfte Kanyuk seinen Kaffee leer und schob den Rest der Zopfbrotscheibe hinterher.

»Sagt Ihnen ›Bussard Seidenhose‹ etwas?«, versuchte es Marc auf gut Glück. Immerhin trug Kanyuk ausschließlich Seidenhosen. Vornehmlich von Armani. Wenn man einmal von der Krachernen in Balderschwang absah.

»Hach, ›Asphaltbussard‹ war in den Anfängen mein Spitzname auf den Straßen. Weil ich schon damals schnell und vor allem erbarmungslos zugeschlagen habe«, freute sich Kanyuk geradezu diebisch, in dieser Erinnerung schwelgen zu können. »Das ist aber schon Ewigkeiten her. Heutzutage trage ich eben Seidenhosen von Armani. Das ist kein Verbrechen und als Geschäftsmann unerlässlich. Wo hast du das denn nun wieder ausgegraben? – So, jetzt muss ich aber los. Zeit ist Geld. Und du ermittelst besser mal brav weiter, Bulle.«

Eine solche Dreistigkeit hatte Marc in seinen bisherigen Berufsjahren noch nie erlebt. Dabei hatte Kanyuk doch gerade von sich aus zugegeben, dass sich die Botschaft von Claudius Bouffier im Matschboden des Turnierparcours auf ihn bezog.

»Diese Geschäftsabwicklung. Haben Sie da an der Burgruine Schopflen die ›Avarice‹ zu Geld gemacht?«, setzte Marc einen weiteren Stich.

»Kein Kommentar«, schwieg sich Kanyuk aus.

»Aus Ihrer Pferdesalami wird nichts. Der tote Wallach ist Gegenstand der laufenden Ermittlungen und mit seiner Curarevergiftung auch wenig schmackhaft.« Jetzt klang Marc schon richtig trotzig.

»Ihr habt mein Bordell durchwühlt. Nichts gefunden. Ihr habt mein Penthaus durchwühlt. Nichts gefunden. Jetzt gibst du hier die eifrige Wühlmaus. Wieder nichts gefunden. Es langweilt mich.« Kanyuk stand tatsächlich vom Tisch auf und entließ sich einfach selbst aus der Vernehmung.

Im Rahmen der Tür drehte er sich nochmals nach Marc um und zwinkerte ihm zu. »Ach ja, sollte dir im Laufe der Ermittlungen endlich eine herrenlose Riesengoldmünze über den Weg rollen ... Sei doch so gut und melde dich bei mir. Ansonsten weiß ich ja, wo ich dich finde. Und falls du meinen Piranharing aufspürst, den würde ich auch wieder nehmen. Ich habe mit dieser Trahira in Marbach ein ordentliches Hühnchen gerupft. Aber offenbar hatte sie meinen Ring schon längst weiterverscherbelt.«

Der Kriminalhauptkommissar war gedanklich so sehr mit Kanyuks Unverfrorenheit bei gleichzeitig eiskaltem Verdacht beschäftigt, dass er ihn sehenden Auges ziehen ließ.

22

Marc saß zu Hause in seinem Arbeitszimmer am Schreibtisch. Durch den halb geöffneten Türspalt hatte er seinen Sohn Paul drüben im Wohnzimmer gut im Blick. In diesem Moment war er dem sonst so verpönten Pleschke unendlich dankbar. Die Playstation ließ den Zehnjährigen ganz still und gebannt auf der Couch vor dem Fernseher sitzen. Ruhig war es trotzdem nicht. Paul daddelte das Piratenspiel, das Pleschke ihm zusammen mit der Konsole ausgeliehen hatte. Auf der Spieleverpackung hatte groß das blaue Label für die Altersfreigabe ab sechzehn Jahren geklebt.

Eigentlich war es Marc überhaupt nicht recht, wenn sein Sohn vor der Glotze klebte. Schon zweimal nicht vor der Daddelkiste. Seine Ex würde ihm die Augen auskratzen, wenn sie auch nur den leisesten Dunst bekommen würde, dass er ihren Sohn Ballerspiele zocken ließ.

Gerade leuchtete es Marc auch sonnenklar ein, weshalb das Piratenspiel erst ab sechzehn war. Durch den Türspalt sah er, wie Paul auf dem Fernseher ein Freibeuterschiff unter schwarzer Piratenflagge mit einem teufelsgehörnten Schädel über den Indischen Ozean schipperte. Mit zerstörungswütigem Tastendrücken donnerte er eine Kanonenkugel mit einer solchen Feuergewalt in eine portugiesische Galeone, dass es die Holzplankenbruchstücke in alle erdenklichen Himmelsrichtungen nur so wegspickte.

Marc hatte gerade Professor Cornelius Wagner am Hörer. Er telefonierte mit ihm zu dem angekokelten Schriftstück, das Aaliyah und er in der Hütte am Kreuzlinger Wald gefunden hatten. Den Weingartener Geschichtspsychologen hörte er aber nur mit einem Ohr. Auf dem anderen vernahm er in immer kürzeren Abständen die ohrenbetäubenden Donnerschläge des Kanonenkugelhagels aus dem Videospiel.

»Herr Professor Wagner, Sie meinen also, dieser besagte

Wuchs, der Ding halten soll über den frevelhaften Kunstverrat, ist ein Baum? Verstehe ich Sie da richtig?« Schon wieder dröhnte ein kolossaler Kanonenschlag aus dem Fernsehlautsprecher in Marcs Arbeitszimmer herüber.

»Also, seit den Germanen bis ins 19. Jahrhundert hinein wurde die Gerichtsbarkeit unter Gerichtslinden abgehalten. Und diese Versammlungen wurden ›Thing‹ genannt. Linden deshalb, weil der Aberglaube ihnen besondere magische Kräfte zuschrieb. Und ganz praktisch deswegen, weil man unter Linden am besten gegen den Zorn der Blitze geschützt war.« Kurze Funkstille im Hörer. »Sagen Sie, Herr Steingruber, findet in Ihrer Wohnung gerade die Schlacht von Waterloo statt?«, verlieh Cornelius Wagner seiner Verwunderung über die Lärmkulisse Ausdruck.

»Nein, mein Sohn übt sich im Videospiel als Nachwuchsfreibeuter und macht den portugiesischen Händlern das Leben schwer.«

»Ist der nicht gerade erst zehn geworden? Ob das der richtige Umgang ist? Na ja, sei's drum.«

Eine Moralkanonade des Geschichtspsychologen war das Letzte, was Marc jetzt in den Kram passte. »Haben Sie denn eine Ahnung, was es mit dem ominösen ›Pferdekopf‹ aus dem Schriftstück auf sich haben könnte? Oh, warten Sie mal. Ich muss Sie zurückrufen. Das Kanonengelärme nimmt hier nun doch überhand. Ich muss mal klar Schiff machen.« Er verabschiedete sich mit knappen Worten. Der Geschichtspsychologe hatte im Moment ohnehin keine aussichtsreiche Antwort parat. Bestimmt hatte Pleschke extra dieses Piratenballerspiel ausgesucht, um ihm eins auszuwischen.

Marc gesellte sich zu seinem Sohn ins Wohnzimmer. So konzentriert wie vor der Flimmerkiste hatte er ihn bei den Hausaufgaben noch nie erlebt. Trotzdem wollte er jetzt nicht einfach den überstrengen Verbotsmeier geben.

Er pflanzte sich neben Paul auf die Couch. »Pauli, Schiffe versenken scheint dir ja einen Mordsspaß zu machen. In meiner Jugend war das noch anders … Weniger bildgewaltig. Mit Karopapier und Bleistift. Zehn mal zehn Kästchen.« Jetzt strubbelte er seinem Sprössling durch das cool gestylte Haar. »Und vor allem war das nicht so laut.«

Paul duckte sich weg. »Paps, lass das! Und nenn mich nicht Pauli, Doofi! Pleschke ist der Oberpapst. Richtiger Ehrenmann. Das Piraten-Game ist eigentlich noch gar nicht auf dem Markt und wird seit Jahren verschoben. Obernervig! Torben ist auch ein Oberdude. Er hat mir eine Playsi gekauft, Paps! Aber so ein Betaspiel hat er mir noch nie klargemacht.«

Zwei Lobestiraden, auf Pleschke und den Stecher seiner Ex-Frau, waren Marc eindeutig *too much*. Und diese unsägliche Jugendsprache ließ seinen Sohn wie einen Oberdödel klingen. Das behielt er aber für sich. »Was ist denn das Ziel des Spiels?«, erkundigte er sich stattdessen.

»Warte, ich zeig dir den Gametrailer. Der ist einfach endepisch!« Pauls Daumen hackte auf den Tasten herum, dann traktierte er den rechten Miniaturjoystick. Dann wieder das wilde Tastengestupfe. Und schon war der Trailer auf dem Bildschirm.

Marc bot sich ein kinoreifer Einspieler mit allem, was das Seeräuberherz höherschlagen ließ. Ein brennendes Schiff, gischtspuckende raue See und vor Dramatik bebende Musik. »In einer Welt, in der Hunde einander auffressen, sind wir Wölfe. Und Wölfe jagen im Rudel«, dröhnte es unheilschwanger aus dem Fernsehlautsprecher.

Unwillkürlich musste Marc an den Klushund und die Porzellanwölfe denken. »Wölfe? Hunde? Was hat es damit auf sich?«, fragte er mehr sich selbst als seinen zehnjährigen Sohn.

Der antwortete ihm prompt und enthusiastisch. »Es geht eigentlich darum, dass die Piratenkapitäne sich verbünden, um ›La Buse‹ zur Strecke zu bringen. Das ist so ein oller Pirat namens Olivier Levasseur, der ›der Bussard‹ genannt wurde. Also den gab's wirklich, Paps.«

Marc traute seinen Ohren nicht. Ohne seinen Sohn für dieses unverhoffte Geschichtswissen zu loben, eilte er zurück in sein Arbeitszimmer und jagte den Piratennamen durch die Suchmaschine. Wenige Klicks später war er bei den geschichtlichen Fakten gelandet. Dieser »La Buse« hatte 1720 die »Nossa Senhora do Cabo e São Pedro« gekapert, ein von Sturmschäden gebeuteltes Schlachtschiff der portugiesischen Marine, vor Saint-Denis, der Hauptstadt der französischen Insel La Réunion im Indischen Ozean. Offenbar hatte der Pirat dabei den heiligen Gral aller Schatzsucher erbeutet. Eine aus heutiger Sicht fünf Milliarden Euro schwere Beute aus Diamanten, Gold, Silberbarren und dem flammend goldenen Kreuz von Goa. Einhundert Kilo reines Gold, besetzt mit lauter Edelsteinen.

Marc blickte auf. Ihn durchfuhren Denkschübe. Vor ihm stand gerahmt das Selfie-Foto, das mitten über dem Bodensee auf dem Zeppelin-Ausflug mit Alicia und seinem Sohn Paul entstanden war. Die Blumeninsel Mainau aus der Luft im Hintergrund. Alicia hatte das Bild im Drogeriemarkt drucken lassen und ihm geschenkt.

Ja, aber natürlich! Marc fiel es wie Schuppen von den Augen. Der westliche Inselbereich mit der Sequoia-Allee, der Seeterrasse, dem Inselmaskottchen Blumi, dem Kinderland und dem Souvenirshop war das Pferdemaul. Dort hatten sie Balthasar Kincsvadászat tot im Fettabscheider aufgefunden. Oberhalb des Schmetterlingshauses bildete der Baumsaum am Inselufer die Mähne. Die Brücke zum Festland mit dem »Schwedenkreuz« war der Zügel am Pferdemaul. Das war es! Die Insel Mainau war der »Pferdekopf«.

Jetzt war der Kriminalhauptkommissar in allerhellster Aufregung. Er klickte sich durch die Internetseiten und las über das sagenumwobene Kryptogramm von »La Buse«. Auf einer Forenseite stieß er auf eine vielversprechende Entschlüsselung und Übersetzung des Geheimtextes, der wohl der Schlüssel zum Schatz sein sollte. Marc traute seinen Augen kaum. Er las in dieser Übersetzung auch von einem Pferdekopf, auf dem der Schatz vergraben sein sollte. Und er las von Honig, mit dem das eingeschnitzte Fundament bestrichen werden sollte. Die Schriftstücke, die Briefdepesche aus der Bussard-Alabaster-Statue aus dem Kunstatelier und das angesengte Dokument aus dem Kamin der Blockhütte, waren wirklich faustdicke Fälschungen. Und in beiden wurde augenscheinlich aus diesem Freibeuterkryptogramm abgekupfert.

»Du, Paps, Nico und Alissio haben mir gesimst. Die chillen noch ein bisschen in der ›Molke‹. Ich schnapp mir mein Skateboard und fahr mir bei Mäckes 'n Burger reinschieben. Danach vielleicht 'nen Nachschlag to go vom Burgerkönig. Dann würd ich mich auch noch in die ›Molke‹ beamen. Easy?«

Marc war so in den Fall vertieft, dass es ein Wunder war, dass er Paul in seinem viel zu großen Lakers-Shirt überhaupt vor seinem Arbeitszimmer bemerkte. »Alles cheesy easy, Paul«, hörte er sich selbst sagen. Was auch immer das bedeuten sollte.

Er wunderte sich zwar, seit wann der Fast-Food-Laden so etwas Gesundes wie einen Molkedrink anbot, und er hatte auch nur die Hälfte von Pauls Jugendsprachengebrabbel verstanden. Aber wenn sich sein Sohn von der Spielkonsole loseisen und sich mit seinen Kumpels auf ein Molkegetränk treffen wollte, konnte ihm das eigentlich nur recht sein. Vor allem, weil er jetzt vollkommene Ruhe ohne Kanonendonnerschläge brauchte, um sich dem Fall widmen zu können.

Alles, was er noch hörte, war die Eingangstür, die ins Schloss fiel. Dann tauchte er ganz in die Schatzkrämerei und die Mordserie ein. Endlich konnte er in aller Herzensruhe mit Professor Cornelius Wagner über seine neuesten Erkenntnisse telefonieren.

***

»Ah, die Kleine aus der Gosse ist kein Hund, no! Trahira, hungrig wie ein streunender Wolf. Ich bin Trumpf, yo! Die Kleine aus der Gosse hält nicht den Mund, no! Mai 2016, hob den Fenris aus'm Sumpf, yo!«, giftete Trahira mit geschürzten Lippen Reim für Reim in das Hängemikrofon.

Trahira hatte Wut im Bauch. Enorme Wut. Ihre Glieder schmerzten noch immer von den Tritten und Kicken, mit denen der Russe sie traktiert hatte.

»Doggen wedeln mit dem Schwanz. Trahira, außen Chocolate, innen Arroganz. Verrat und Gier sind tödlich, wenn nötig! Wölfe brech'n Hunden das Rückgrat, wenn möglich. Wenn sie Köter beim Gaffen dahinraffen oder beim Reiten. Nenn mich Stradivari, denn ich wechsel die Seiten. Klushunde werden begraben. Dann fressen sie die Raben. No, Spaß, dann frisst sie der Wolf im Bodensee. Krieg die Krätze, wenn ich die Hose aus Loden seh. Wenn ich die Bull'n wiederseh, werd ich zur Petze. Game over, ich kämpf jetzt alleine. Krall mir das ganze Gold und verwandle es in lila Scheine!«

Trahira deutete auf ihre extravagant im Spielstraßenteppich-Design gemusterte Latzhose. »Ich bin tausend Prozent Straße. Oh, was jetzt kommt, ist keine leere Phrase. Fenris, ich hab dich groß gemacht. Hochmut, denn ich koch vor Wut. Unterschätz nie das Mädchen aus dem Stall. Ich bring dich auch zu Fall. Schieß scharf jetzt, du Schmock, gib fein acht. Hörst du den Knall?«

Trahira fühlte hemmungslosen Frust in sich hochkochen. Mit Krach und Schall.

Peng! Peng! Ihre letzten Reimfetzen wurden von zwei schallend lauten Knallen begleitet. Ohne es überhaupt nur im Ansatz durchdacht zu haben, hatte Trahira aus der eingesetzten Beuteltasche ihrer Latzhose eine schwarze Desert Eagle Kaliber vierundvierzig gezückt, auf das Guckfenster gerichtet und zweimal abgedrückt.

Sie wusste natürlich, dass das kugelfest war. Der Russe hatte die schusssichere Glasscheibe gesponsert. Als Dank dafür, dass sie ihn auf den Wolf gebracht hatte. Nicht dass das am Bodensee nötig gewesen wäre. Hier nahmen sich verfeindete Jugendbanden eher gegenseitig die Lollis weg, bevor sie einen Straßenkrieg anzettelten. Aber irgendwie gehörte für Trahira kugelsicheres Glas zu einer toughen Rapperin.

Mit dieser brachialen Einschlagswucht und der Rückschlagkraft, die beide Male durch ihren zierlichen Arm hindurchgepoltert war, hatte Trahira aber beileibe nicht gerechnet. Beim ersten Schuss war die Kugel noch an dem schusssicheren Glas abgeprallt. Sie hatte lediglich ein spinnennetzartiges Bruchmuster hinterlassen. Die zweite Patronenkugel hatte sich dann in diesem Spinnennetz verfangen. Sie war in dem Guckfenster stecken geblieben, hatte es aber zur Hälfte durchdrungen.

Trahiras zittrige Hand hielt die Pistole noch immer aufrecht gegen die Glasscheibe gerichtet. Der Lauf zielte direkt auf einen kreidebleichen Hosenscheißer in seinem viel zu großen Lakers-Trikot, der sich zwischen seinen beiden Kumpels verschanzt hatte. Ihr wurde ganz anders zumute. Ihre aufgesetzte Hartschalenfassade zerfiel in Bruchstücke. Sie hatte den Tod von Gudrun Raffke nicht gewollt. Sie hatte nicht gewollt, dass der Springreiter ins Koma fällt. Und wenn die zweite Kugel nun die Scheibe durchschlagen hätte … Nicht im Entferntesten auszudenken. Sie hätte einen kleinen Jungen auf dem Gewissen.

Die Straßengaunerin ließ die Magnum fallen. Wegen der Schallabsorber ging das nahezu geräuschlos vonstatten, aber in Trahira schrie alles. Sie kauerte sich in der hinterletzten Ecke der Tonkabine zusammen und fühlte sich wie ein Häufchen Elend.

***

Aaliyah war, so schnell es ging, vom Flughafen zum Jugendtreff »Molke« gerast. Sie hatte sich nach der verpatzten Vernehmung des Bildhauers und einem zähen Arbeitstag im Friedrichshafener Kriminalkommissariat im Restaurant »Credo« Penne alla Wodka mit Kirschtomaten und einen Fruchtcocktail genehmigt. Wobei Letzterer mehr ein Frustcocktail gewesen war.

Thomas Fischer, der Telefonkoordinator der Häfler Kripo, hatte sie wie eine hysterische Fuchtel angerufen, nachdem er im Polizeifunk von der Ballerei in dem Friedrichshafener Jugendzentrum gehört hatte. Marc hatte er wohl nicht erreicht. Womöglich leckte der nach dem desaströsen Verhör des Russen auch noch seine Wunden.

Mit Schüssen unter Halbstarken war nicht im Geringsten zu spaßen. Das wusste sie nicht erst seit dem feigen Anschlag ihres eigenen Bruders. Am Jugendzentrum hatte sie eine fuchsteufelswilde Andrea Freudiger angetroffen. Die Ex-Frau von Marc. Die war noch mehr der Panik verfallen als Thomas Fischer. Aber wer wollte es ihr verdenken? Ihr Sohn war in dem Jugendtreff.

Erst hatte Marcs Ex das halbe Jugendcafé im Erdgeschoss schalu gemacht. Dann war sie die Wendeltreppe zur Galerie hinaufgestürmt und hatte die Jugendlichen am Billardtisch und am Tischkicker aufgemischt.

Jetzt folgte sie Aaliyah aufgebracht ins Untergeschoss und ließ ihrem Ärger darüber, dass ihr Ex ihren Sohn so mir nichts, dir nichts in eine aus ihrer Sicht vollgesudelte Spelunke losziehen ließ, freien Lauf. Dabei fand Aaliyah die Graffitis der blauhäutigen Lady mit dem wallend grünen Haar oder des blauen Drachens vor dem Sonnenhorizont an der Längsfassade am Innenhof eigentlich ganz ansehnlich. Aber wahrscheinlich stimmte eher das gesprühte weiße Karnickel aus »Alice im Wunderland« Marcs Ex-Frau verdrießlich. Das war in einem assihaften Rapper-Sportanzug mit ganz verkifften Augen neben Drogenpilzen dargestellt. Und das auch noch ausgerechnet an der schmalseitigen Wand der benachbarten Lagerhalle neben dem Spielehaus. Davor standen bunt bemalte Spielwagen, die vom Traktor »Fritz« als mobiles Spielhaus für Veranstaltungen von Ort zu Ort gezogen wurden. Gegen das Kifferhäschen war der ebenfalls auf die Rückwand der »Molke« aufgesprühte Snoopy förmlich ein Engelsknabe.

Aaliyah hatte ganz andere Sorgen. Sie hatte ihre Pistole nämlich entsichert und hielt sie nun im Anschlag. Der Tumult hatte nicht in den Werkstätten, der Disco oder dem Fitnessraum stattgefunden. Die schrillen Jungenstimmen drangen aus dem Tonstudioraum.

Ohne ihre Dienstwaffe auch nur einen Millimeter abzusenken, stieß Aaliyah in ihren nietenbesetzten Stiefeln die Tür zum Aufnahmestudio auf, der Lauf ihrer Dienstwaffe streifte umher. Drei aufgewühlte Jungs ließen unvermittelt die Hände in die Höhe schnellen und brabbelten so kreuz und quer durcheinander, dass Aaliyah kein Wort verstand.

Neben dem roten Ledersofa kniete ein wesentlich älterer

junger Mann. Der legte eine solch grimmige Schmollschnute an den Tag, dass er glatt als Mops durchgehen konnte. Und er schimpfte wie ein Weltmeister vor sich hin, während er einen zerdetschten halben Burger samt Ketchup, Mayo und geriffelten Essiggurken-Scheibchen vom Sofa wienerte. Wie sich herausstellte, der DJ des Tonstudios. Nach einer Schießerei oder gar einem Bandenkrieg sah diese zornuntermalte Reinigungsaktion jedenfalls nicht aus. Der Meckerfritze, der dort vor Aaliyah am Boden kniete, schrubbte nicht nur ungestüm übers Leder, sondern zog auch wutentbrannt von selbigem, dass er nicht einmal ihre gezückte Dienstwaffe bemerkte.

Hinter Aaliyah braute sich ebenfalls eine Gewitterlage zusammen. Die Ex von Marc gab jetzt auch die Meckertante und ließ sie lautstark wissen, dass es ja wohl unter aller Kanone sei, wie sie ihre Dienstwaffe auf ihren Sohn gerichtet hatte. Wohlgemerkt nur für Sekundenbruchteile.

Dafür hatte Aaliyah nun wirklich keinen Nerv. Ihre Augen fixierten das Rissbild im Guckfenster der Gesangskabine. Zwei ineinanderlaufende Spinnennetze. Das eine hatte in der Mitte dicke Beute. Eine Patronenkugel, die auf halber Strecke stecken geblieben war. Zwei Schüsse waren gemeldet worden. Das waren die beiden Einschuss-Stellen.

Sie eilte zu der Kabine hinüber und riss die Tür auf. So gedankenverloren, dass sie nicht einmal mehr ihre Dienstwaffe einsatzbereit hielt. Das war aber auch gar nicht nötig. Sie sah gleich die Schusswumme auf dem Boden der Gesangskabine liegen. Mit ihrem nietenbesetzten Stiefel trat Aaliyah sie beherzt beiseite. Außer Reichweite der in der Ecke in sich zusammengesunken dahockenden Trahira.

Für einen kurzen Moment hob die Straßenstreunerin ihren zwischen den Knien versenkten Kopf an. Unter den purpurgefärbten Lidern hatte sie nicht mehr diesen boshaft angriffslustigen Stachelblick, den Aaliyah bei der Steineschmeißaktion in ihren Augen hatte aufblitzen sehen. In ihren Mandelaugen lagen Hiflosigkeit und stumm kreischende Angst. Das rostfarbene Make-up konnte nicht darüber hinwegtäuschen.

Sie hatte offensichtlich in dieser Kabine um sich geballert. Marc und Aaliyah würden die Straßengaunerin dafür ins Kreuzfeuer der unangenehmen Fragen nehmen. Sofern Marc dazu mental überhaupt in der Lage sein würde. Immerhin hatte die Straßengaunerin im Beisein seines Sohnes die scharfen Schüsse abgegeben.

Aaliyah vermutete zumindest scharfe Munition und keine Platzpatronen. Sie drehte sich herum und nahm die Guckscheibe genauer in Augenschein. Kaliber vierundvierzig. Das erkannte sie sofort, da brauchte sie nicht einmal die Expertenmeinung von Diana Mendig.

Und noch etwas erkannte Aaliyah auf einen Blick. Unter ihrem Schuh hatte es geklackert. Die beiden Patronenhülsen. Diese drei langen Kratzer auf deren Mäntel. Als habe eine Klaue ihre Krallen in voller Länge über beide Hülsen schwingen lassen. Wie auf derjenigen des Projektils, das auf dem Bordstein in Brühl hinter Aaliyahs rechtem Ohr in der Kopfhaut gesteckt hatte. Sie stammten von einem Grat am Hülsenauswurf der schwarzen Desert Eagle, die ihr feiger Hassbruder verwendet hatte.

Die Hülse hatte sie damals aufbewahrt. In ihr steckte auf der Badablage in ihrer Wohnung ihre Wimpernbürste. Als Zeichen dafür, dass ihr neues westliches Leben mit Gesichtsbemalung gegen den krankhaften Fanatismus gesiegt hatte.

Aaliyah schwankte und taumelte. Alles verschwamm vor ihren Augen zu einem bedeutungslosen, immer schneller umherwirbelnden Lichterband. Sie kauerte sich neben Trahira in die Ecke. Diese beiden Patronen, sie waren aus derselben Pistole abgefeuert worden.

23

Kanyuk lehnte an seinem whiskybraunen Chesterfieldsofa und paffte genüsslich eine Davidoff-Zigarre. Gran Churchill, Jahrgang 2018. Aus dem Jahr des Hundes. Heute schlug nicht mehr die Stunde der Köter. Der Klushunde. Im Gegenteil. Die wurden der Reihe nach abgemurkst.

Gelegentlich nippte Kanyuk zwischen den Paffzügen an seinem Norsingglas mit dem Single Malt Scotch Whisky. Ein Gaumenentflammer gebrannt in den schottischen Highlands aus dem Wasser des Wolfsbrand-Bächleins. Jahrgang 2016. Das Jahr, das in der Bodenseeregion einen Wolfsbrand heraufbeschworen hatte. Duttkes Ermordung hatte ihn angefacht. Den Wolf aus den Angeln des Bodensees gehoben.

Das Treiben unterhalb der Uferpromenade zwischen der Meersburger Therme und dem städtischen Seglerhafen hatte Kanyuks Aufmerksamkeit vorhin auf sich gezogen. Dort am Krebsgarten war der Störenfried mit der Kidneybohne über der rechten Augenbraue mit Flossen, Sauerstoff-Flasche, Atemregler, Maske und Pipapo in Vollmontur mit anderen Tauchschülern die Steintreppe hinab ins schwappende Bodenseewasser gewatschelt.

Jetzt krebste der Kriminalhauptkommissar in seiner lächerlichen Aufmachung in der Schlammhalde am Ufer entlang und tunkte seinen Kopf immer wieder schnorchelnd unter Wasser. Der Tölpel schien etwas verloren zu haben. Der Verstand konnte es nicht sein. Der war diesem wie Schmeißfliegen lästigen Bullen bereits nach den Irisblütenmorden flöten gegangen.

Wild gestikulierend machte der Bulle die anderen Tauchanfänger dort unten auf seinen Bleigürtel aufmerksam. Ach, so war das. Der hatte wohl eines seiner Bleigewichte auf dem Tauchgang verloren.

Hohlwangig nuckelte Kanyuk an seiner Zigarre und ließ den

Scotch voll diebischer Häme über die verzweifelte Suchaktion in seinem Glas kreisen.

***

Schnorchelnd hatte Marc die Schlammhalde jetzt zweimal rauf und runter abgesucht. Wahrscheinlich hatte er sein Bleigewicht doch im tieferen Bereich des Unterwasserparcours verloren. Vielleicht an dem Hula-Hoop-Reifen. Oder an dem Seemann auf der Gartenbank, dem die Hand mit der Pfeife fehlte. Oder aber beim »Franzl«, der Kochfigur, deren Menütafel ankündigte, dass heute Fisch auf dem Speiseplan stand. Oder hatte er das Bleigewicht etwa verloren, als er sich ruckartig umgedreht hatte, um dem Fingerzeig des Tauchlehrers zu folgen. Als sie den aus Nordamerika eingeschleppten Kamberkrebs auf dem muschelverkrusteten Stein hatten hocken sehen.

Marc zog sich entnervt die Taucherbrille vom Gesicht und legte resigniert den Kopf in den Nacken. Dieser Schlamassel passte zu gestern Abend wie die Faust aufs Auge. Er hatte seinen Sohn Paul in der eigenen Wohnung verloren, weshalb also nicht auch dieses läppische Bleigewicht hier im Krebsgarten? Sollten sich doch die Krabbentiere ihre Scheren daran wund knapsen. Dann wäre er wenigstens nicht mehr der Einzige mit einem wunden Körperteil. Sein Steiß schmerzte nämlich noch immer von dem desaströsen Skilanglauf.

Andrea hatte ihm gestern noch bis spät in die Nacht ein Ohr abgekaut. Wie unfassbar verantwortungslos er gehandelt habe. Eine Schande von Vater. Und immer noch so egoman wie damals, als er seine Fallakten am Wochenende fleißig mit in das gemeinsame Haus in Konstanz geschleppt und am Frühstückstisch verschlungen hatte, anstatt sich mit seinem Sohn auseinanderzusetzen.

Marc hatte ihr gar nicht viel entgegenzusetzen gehabt, um ihr rumpelndes Gepolter zu entkräften. Im Grunde hatte sie völlig recht. Er hatte Paul ziehen lassen, weil er sich in die Mordserie mit den Meißner Porzellanwölfen, dem Seemannsgarn um den Bussardpiraten und die Pferdekopfform der Insel Mainau reingehirnt hatte.

Andrea hatte ihren Sohn über die Ortungs-App, die ihr Neuer, Torben, klammheimlich Pauls Handy untergejubelt hatte, in der »Molke« aufgestöbert. Der Gartenheini hatte ihm ja mal gar nicht ins Moralhorn zu tröten.

Andreas Übersäuerung verstand Marc nur zu gut. Er war ja selbst stinkewütend. Auf seine Fahrlässigkeit. Auf die Straßengaunerin. Sein Sohn Paul hatte in der Schusslinie gesessen, als sie die beiden Schüsse auf das Fenster der Gesangskabine abgegeben hatte. Nicht auszudenken, was passiert wäre, wenn das Glas nicht standgehalten hätte. Marc pfefferte seine Taucherbrille so impulsiv von sich, dass sie wie einer dieser Flachsteinchen über die Wasseroberfläche des Bodensees davonfegte.

Paul hatte wohl auch noch fröhlich ausgeplappert, dass Marc ihn und Alicia damals nach dem gemeinsamen Zeppelin-Rundflug und dem Mainau-Ausflug allein zurückgelassen hatte. Und dass Marc an dem Donnerstag, als Alicia ihn in Konstanz eingesammelt hatte, auf »Klein Venedig« gar nicht hinzugestoßen war. Sondern dass ein ihm wildfremder Mann, Jean-Pierre, der Klimperkasten-Casanova, mit von der Partie gewesen war. Kein Glanzstück von Paul. Natürlich hatte Andreas Wutbad da völlig überschäumen müssen.

Dafür würde Marc Trahira morgen in der Vernehmung so richtig zerpflücken. Vermutlich aber würde er dabei auf sich allein gestellt sein. Aaliyah hatte sich aufgeführt, als habe sie persönlich in der Schusslinie der Ballerei gestanden. Ohne weiteres großes Muh und Mäh hatte sie die Biege gemacht, als er am Jugendzentrum eingetrudelt war. Sie war noch mehr durch den Wind gewesen als sein verstörter Sohn Paul. Wie durch den Fleischwolf gedreht und am Rande eines Nervenzusammenbruchs ausgespuckt. Seltsam, ihre Art.

Schön und gut, dass seine Ex-Frau ihn mit Vorwürfen überhäufte. Aber dass Aaliyah ihm jetzt auch noch wie so ein aufgescheuchtes Hysterie-Huhn in den Rücken picken musste, das war der absolute Oberhammer. Marc fischte nach seiner

Taucherbrille und schmetterte sie erneut quer über den Bodensee.

***

Der Fenris saß in Salem im Kunstatelier des Bildhauers im Hinterzimmer an der Werkbank und bugsierte mit äußerster Sorgsamkeit den Löffel über den Bunsenbrenner. So als beherberge dieser ein rohes Ei. Tat er aber nicht. Es war nur ein aufgeschmolzener Klumpen Blei. Mit stoisch ruhiger Hand goss er das flüssige Metall in die drei Aussparungen der Rundkugelkokille. Knacksend floss es in die Formen. Dann drückte er die Bleikugelzange zu.

Die Schmelze beugte sich zielgerichtet dem Pfad ihres tödlichen Zwecks. Nicht wie der Bodensee. Hatte nicht eine der Walser-Töchter gesagt, der Bodensee wirke wie versehentlich hingegossen? So als habe Gott ihn eines schönen Silvesterabends beim Bleigießen hervorgebracht. Nein, der Bodensee war auch keine Laune der Natur. Eine springende Wolfsfigur. Ein Wolf, der unruhigen Gemüts war und lebte. Das war 1963 ganz besonders zu spüren gewesen. Da hatte der Bodensee geknackt wie die Bleischmelze. Mehr noch.

Ihre Mütter, seine und die des Bildhauers, hatten Jahre später unabhängig voneinander von unentwegtem Knallen, Dröhnen und Krachen in der Eisdecke berichtet. Die beiden hatten sich zufällig bei der Eisprozession kennengelernt, als seine Mutter und sein Vater, zu jener Zeit ein einflussreicher Erdölhändler, Moskau mit einer Sondergenehmigung kurzzeitig für einen Skiurlaub in den Schweizer Alpen hatten verlassen dürfen. Ohrenbetäubend, Peitschenhieben gleich, sei die Geräuschkulisse gewesen. Das Wesen unter ihnen zweihundert Meter tief. Eisiger Abgrund. Keine Hilfe zur Stelle. Wären sie eingebrochen, wären sie jämmerlich in den eiskalten Fluten verreckt. Der Bodensee forderte seine Opfer. Er gab seine Leichen nicht preis, er verschlang sie. Der Bodensee verzieh nicht.

Er, der Fenris, tat das auch nicht. Kurz nach dem Eklat auf den Seychellen hatte er Trahira damals im Mai zu sich in sein

Penthaus über den Meersburger Weinbergen eingeladen. Mit ihr hatte er ein Bleigießen veranstaltet. Er war ernüchtert und resigniert gewesen. Hatte keine Zukunft mehr gesehen. Das Bleigießen hatte ihm diese orakeln sollen. Aber mit den Bleioxiden waren die bösen Geister in ihn gekrochen.

Er hatte angefangen. Eine Blumenblüte hatte sich im Wasser geformt. Sie hatte wie eine Irisblüte ausgesehen. Die Form hatte es in der Deutungsliste gar nicht gegeben. Erst Jahre später, nach den Irisblütenmorden, hatte sich ihm die Bedeutung erschlossen. Die Mordkunst hatte ihn gerufen. Mit den Seekunstmorden hatte er seine Berufung gefunden.

Trahira hatte dann ein Gebilde gegossen, das wie eine Axt ausgesehen hatte. Die Axt stand für Unheil. Er wiederum ein Klümpchen, das die Form eines Kindes gehabt hatte, als er das Bleibröckchen mit dem Löffel aus dem Wasserbecken gefischt hatte. Das Kind folgte auf das Unheil. Das böse Kind, das sich aus dem Wasser emporhob. Seeböskind.

Gefolgt waren dann die Sense als Vorbote des Todes, das Messer für den Mord und das Kreuz für den Tod. Dann ein Gebilde, das sich nicht zwischen Hund und Hexe hatte entscheiden wollen. Der Hund ironischerweise das Symbol für Freundschaft. Die Hexe das Symbol für Verrat. Ein verräterischer Hund – der Klushund also.

Schließlich war es Trahira gewesen, die mit ihrem letzten Bleiguss eine Kreatur im Wasser geformt hatte, die wie ein großer Wolf angemutet hatte. Einer mit Buckel und Ketten. Sie hatten ewig und drei Tage diskutiert. Nach seinem Dafürhalten hätte es genauso gut den Bodensee mit seinen Zuflüssen darstellen können. Trahira hatte auf einem springenden Wolf mit Ketten beharrt. So war aus dem Bleiklumpen der Fenriswolf geworden. Ebenso aus dem Bodensee. Und aus ihm selbst auch. Blutvergießen, das hatte ihm das Bleigießen orakelt.

Der Fenris kippte die neu geformten Bleikugeln in den Abschrecktopf. Es zischte und dampfte, und Brodelbläschen zuckelten an die Wasseroberfläche, ehe sie dort zerplatzten.

Zufrieden fischte er die drei rundlichen Bleistücke aus dem

Wasser. Prächtige Geschosskugeln. Fünfzehneinhalb Millimeter. Was für eine glückliche Fügung des Schicksals, dass der Bulle eines seiner Bleigewichte im Krebsgarten verschustert hatte. Und welch göttliche Fügung, dass der Fenris ihn bei diesem Missgeschick in Meersburg zufällig beobachtet hatte.

Das Bleigewicht hatte im Bodensee geschlummert. Tief und fest. Wobei – eigentlich überhaupt nicht tief. Es hatte in der Schlammhalde gesteckt. Verdeckt von Seepflanzen und gut bewacht von einem Krebs, der daran vergeblich mit seinen Scheren herumgeknapst hatte. Krebsscheren und sonstige Krebstierüberreste, Zeichen eines Möwenmahls, hatte der Fenris schon auf der Badeplattform bei Altnau gesehen, als er dort den schwarzen Kunststoffwolf in der Schiffsskulptur platziert hatte.

Der Fenris hatte das Bleigewicht überhaupt erst geortet, weil es die Sonne im seichten Wasser reflektiert hatte und zwischen den Seepflanzen kurzzeitig ein Lichtschein aufgeflackert war. Jetzt musste er bloß noch die altertümliche Wumme auf Vordermann bringen.

Er begutachtete die längliche Steinschlosspistole, die vor ihm auf der Werkbank lag. Er liebkoste streichelnd die Schlossplatte. »Hiermay Liege« stand dort eingraviert. Vermutlich hatte sich ein Büchsenmacher aus Lüttich verewigt. Also eine belgische Musketenpistole, hohe Waffenkunst und ewig alt. Was eigentlich schnurzpiepegal war. Hauptsache, die Knarre gab verlässlich Schüsse ab.

Dann mal frisch ans Werk und den alten »Hiermay« aus Lüttich stolz machen. Der Fenris würde die Steinschlosspistole wieder in Schuss bringen. Die rostigen Metallteile im Elektrolytbad reinigen. Den versifften Holzschaft mit Backofenspray säubern, anschließend mit Sandpapier abschleifen und mit Schaftöl behandeln. Die Laufbohrung mit einem langen Stahlbürstchen entrosten und mit einem feinen, öligen Schmirgeltuch aufpolieren. Für ihn als gelernten Schlosser kein großes Hexenwerk.

24

Rückblick: Ostern 2016, Strand von Bel Ombre, Seychellen

Er kniete in der Bucht von Beau Vallon an der Nordwestküste der Insel Mahé auf nacktem Felsen. Große Wellen brandeten aus dem Indischen Ozean in die Bucht und zerschellten spritzend an den Küstenfelsen. Es ging dazu ein strammer Ostwind.

Er saugte ihn ein. Den Wind des Erfolgs. Den Wind der Gewinner. Sie hatten gegraben. Viele Jahre lang hatten sie gegraben. Beinahe zehn Jahre lang. Seit dem Sommer 2006, fernab vom Sommermärchen in Deutschland.

Sie hatten kein Märchen durchlebt. Die sprichwörtliche Nadel im Heuhaufen hatten sie gesucht. Nicht weniger als einhundertundfünfzehn Inseln. Nur ein paar kamen als ideales Versteck für einen solchen Mammutschatz in Frage. Zu viele aber, um nicht von einer Herkulesaufgabe zu sprechen. Eine nach der anderen hatten sie die aussichtsreichen Inseln akribisch auf Anhaltspunkte durchkämmt. Ohne Kompassnadel. Mit nichts als Felsen vor der Nase. Karges Gestein und Geröll. Keinen Stein hatten sie auf dem anderen gelassen. Und doch waren sie nie fündig geworden. Sie waren mit Abenteuerlust und unsagbarer Hoffnung gekommen. Und sie waren mit nichts gegangen. Weitergezogen. Inselhopping. Ostern für Ostern. Pfingsten für Pfingsten. Sommer für Sommer. Herbst für Herbst. Winter für Winter.

Jetzt waren sie seit drei Jahren wieder auf der Insel Mahé gestrandet. Dort, wo vor fast zehn Jahren alles begonnen hatte. Sie hatten die Nordwestküste durchtunnelt wie eine Bienenwabe. Zunächst mit Schaufeln. Bald waren sie auf Granit gestoßen. Und die Schaufeln waren Meißeln gewichen. Dann Bohrern. Bald Baggern und Sprengkörpern. Dickeres Gestein hatte komplexeres Technologie-Equipment und größere Maschinenungetüme bedeutet. Die hatten nicht nur den Granit, sondern auch Unsummen verschlungen.

Wo der Fels metertief gewichen war, hatte sich bald schon mottender Frust breitgemacht und die ausgehöhlten Tunnel wie ein parasitäres Pilzgeflecht durchwandert. Aber nun waren sie auf etwas gestoßen. Ach, Pustekuchen! »Etwas« trug nicht im Ansatz die Bedeutungsträchtigkeit des Funds in sich. Der war in seinem Stellenwert ein gewaltiger Grizzlybär. Sie hatten das entdeckt, was zwischen Triumph und Disaster entscheiden sollte.

Am allerersten Tag, als er vor nun bald zehn Jahren seinen Fuß an der Nordwestküste auf die Insel gesetzt hatte, war er sofort auf das Sternbild der »Fliege«, der »Musca«, und auf das »Schlüsselloch«, den Carinanebel im Sternbild »Kiel des Schiffs«, gestoßen. Jemand musste die Symbole in den abblätternden Granit am Rande des Wassers hineingemeißelt haben. Von da an hatte er gewusst, dass sie auf Mahé auf der richtigen Spur waren.

Etwas südlich im Landesinneren hatten sie auf dem Mount Simpson detailliert eingravierte Kompasspeilungen entdeckt. Sie hatten diesen Stein als Angelpunkt der Kartierungen von »La Buse« ausfindig gemacht. Es war eine Suche voller Miseren und Niederschläge gefolgt. Der altfranzösische Fuß bemaß nicht 30,48 Zentimeter, sondern eben 32,4 Zentimeter. Einen Sommer und einen Herbst lang hatten sie mit falschen Maßen gesucht. Alles für die Katz.

Er hatte neue Berechnungen angestellt. Die hatten ihren Suchtrupp an den Strand geführt, nur wenige Fuß vom Höchststand des Wassers entfernt.

Sie hatten genau an dieser Stelle gebuddelt, was das Zeug hielt. In zehn Fuß Tiefe war ihnen Granit begegnet. Eine Andromedastatue! Sie hatten weitergebuddelt, Schicht um Schicht. Kalkzement. Und sie hatten weitere eingeritzte Symbole ausfindig gemacht. Ein Krummsäbel neben einem Widderhorn. Und ein Schiff. Und am gegenüberliegenden Hügel hatten sie eine steinerne Darstellung des geflügelten Pegasus-Pferds ausfindig gemacht. Darunter eine aus Quarzsplittern und Lehm geformte Höhle. Aber kein Schatz weit und breit.

Die Gefolgschaft zweifelte mehr und mehr. Er blieb wacker. Die leere Höhle hatte nur bedeuten können, dass »La Buse« den unermesslichen Schatz exakt dort vergraben wollte, die Stelle aber letztlich als nicht sicher genug erachtet hatte. Also musste der Schatz an einer anderen Stelle ganz in der Nähe liegen.

Er hatte die Gefolgschaft angepeitscht. Zwei Jahre lang. Sie hatten gesucht, gewittert. Und die Fährte aufgenommen. Hufabdrücke in einem anderen Felsen nicht weit entfernt. Der gerissene Pirat musste sich der Mythologie bedient haben. Die Erbeutung der goldbekrönten Hirschkuh war eine der Aufgaben des Herkules gewesen. Und tatsächlich hatten sie wie die Trüffelschweine auf weiteren Felsen Darstellungen der anderen Herkulesaufgaben aufgestöbert. Eingeritzte und freigelegte Verbildlichungen der Fußspuren eines Wildschweins und von Rinderknochen.

Und dann, dann hatten sie erste Gegenstände gefunden. Einen Ölkrug, eine Steinschlosspistole, eine Sammlung weißer Murmeln und Porzellanstatuetten. Die Figur eines Widders und eine kopflose Hirtin. Und weitere in Stein geschnitzte Herkulesaufgaben. Ein Stier mit Hörnern, die goldenen Äpfel der Hesperiden und ein Hund. Wohl der Zerberus aus der Unterwelt.

Sie waren den Herkulesaufgaben gefolgt. Und das hatte sie im Kreis herumgeführt. Vom Strand von Bel Ombre über den angrenzenden Hügel hinweg ringsherum und dann wieder zurück zum Rand des Ozeans. Kein Schatz in Sicht. Bloß eine läppische Kupfermünze. Die Ernüchterung hatte sich wie ein Flächenbrand ausgebreitet und jeden Deut Abenteuerdrang verbrannt und zerascht.

Dabei war des Rätsels Lösung vor ihrer aller Nasen gelegen. Natürlich! Der Zerberus. Der Höllenhund der Unterwelt. Die Unterwelt! Sie mussten unter die Welt. Und zwar genau dort. An Ort und Stelle. Am Rand des Ozeans. An der Küste. Dort lag eine naturgeschaffene unterirdische Höhle. Deren Eingang war von drei riesigen Felsbrocken versperrt und wurde obendrein noch vom Ozean bewacht. Zugang vom Wasser aus unmöglich.

Sie hatten oberhalb der Höhle begonnen, sich nach unten zu graben. Schnell aber waren sie auf eine gigantomanische Felsplatte gestoßen. Für ihre Ausrüstung undurchdringbar. Was sie brauchten, war schweres und vor allem kostspieliges Bohrgerät, dass sich den Weg nach unten freifressen konnte.

Der Wind des Erfolgs blies ihm um die Ohren.

Ihre Angel, das war ein langes Tauseil. Ihr Angelhakenwurm, das war »el niño«. So hatte ihr spanischstämmiger Pensionswirt den siebzehnjährigen Teenager genannt, den er, der Russe, erst kürzlich an der Burgruine Schopflen vor der Reichenau aufgegabelt hatte. Aus nicht mehr als Mitleid und einer spontanen Laune heraus hatte er das Früchtchen dieses Ostern zum ersten Mal mit auf die Seychellen geschleift. Nicht als Schoßhündchen, sondern als Scherpa.

Der Einfall des Pensionswirts war einfach genial gewesen. Und das Tauseil rasch um die hagere Hüfte geschlungen. Mit der spindeldürren Schlendrianstatur hatte der Teenager sich mit ein wenig Luftanhalten und einer Taille dünn wie ein Vesperbrett durch den engen Felsspalt hindurchaalen können.

Mit diesem speziellen Angelwurm an der Schnur hatten sie die drei Skelette gehoben. Das war wirklich wie am Schnürchen gelaufen. Neben einem der Skelette hatte der Teenager sogar einen goldenen Ohrring gefunden. Hier waren also wirklich Piraten in der Felsspalte verendet.

»Hier ischt Schluss mit luschtig, Russ'! Allowil füohrscht uns im Kreis umenand! Wir wollen Gold aluoga!«, polterte Duttke hinter ihm.

Der Russe drehte sich herum und streckte dem erzürnten Gemüt den Ohrring hin, den die gertenschlanken Fingerchen ihm gerade durch den Felsspalt gereicht hatten. »Hier, hier habt ihr Gold! Piratengold!«

Duttke wischte ihm in ungehaltenem Gefuchtel den Ohrring aus der ausgestreckten Handfläche, dass er klirrend über die Felsen davonhüpfte. »Kein Voglschiiß-Goldstückle! Ein richtiger Goldschatz wie 's goldene Kegelspiil!«

»Shtopat'!« Ja, verflixt und zugenäht. Der Duttke mit sei-

nem hanebüchenen Spleen um das goldene Kegelspiel, das er in Bregenz sowieso nie finden würde. So ein Hirngespinst. Hier gab es einen echten Schatz zu heben! »Wir sind nicht grundlos im Kreis gegangen. Die endlose Linie des Kreises ist schließlich das alchemistische Symbol für Gold!«

»Schön, wir möchten aber nicht bis zum Sankt-Nimmerleins-Tag symbolhaft in den Felstrott hineinlatschen, sondern das Gold zwischen unseren Fingern spüren!«, stieg Claudius Bouffier in das Gemosere mit ein. Typisch narzisstischer Springreiter. Auf den Unmut musste er natürlich als Erster aufsatteln.

Und die Raffke gleich mit. »Ja, genau! Und in unseren Taschen wissen wollen wir das Gold auch. Die würden sich freuen, wenn sie sich mal wieder füllen würden. Deine Sucherei für nichts und wieder nichts hat unsere Geldreserven mächtig ausgehungert!«

Ja, war denn das die Möglichkeit! Spielten jetzt alle verrückt? Selbst die zweiköpfige Entourage des Bildhauers, seine bessere Hälfte Rosalinde und sein Steinmetz Balthasar, resignierten. Beide schnitten sie griesgrämige Grimassen in den wolkenfreien Reiseprospekt-Himmel.

»Mir gond hoamwärts flüügo! Es ischt alls ommi und vorbei!« Duttke hatte es getan. Er hatte es laut ausgesprochen. Dieser Höllenhund. Er war kein Zerberus. Er war ein Verräterhund.

»Das hochpräzise Protonenmagnetometer hat doch in einer Tiefe von etwa achtzehn Fuß angeschlagen! Da unten liegen etliche Kilo Metall! Wir brauchen nur schwereres Bohrgerät, das wir einfliegen können«, versuchte der Russe gegen die Meuterei anzukämpfen.

»Vor allem *teurere* Gerätschaften, Russe. Es reicht! Ein für alle Mal! Unsere Geldreserven sind erschöpft! *Wir* sind erschöpft! Es ist aus! Vorbei!«, fiel ihm Rosalinde in den Rücken.

»Und du, hast du dieses goldene Kreuz von Goa einmal leibhaftig gesehen?« Rosalinde gingen alle Nerven durch. Von folgenschwerer Wut besessen schwang sie den massiven taschenlampenförmigen Golddetektor wie von Sinnen gegen den Kopf ihres Gattens.

Hätte der sich nicht just in diesem Moment auf den Erdboden der Ausgrabungsstätte gebückt, um seinen unerschütterten Glauben an den Erfolg der Schatzsuche plakativ zu bekunden, dann hätte dieser Knüppel ihm tatsächlich den Schädel eingeschlagen. Stattdessen fegte der wie ein Baseballschläger durch die Luft sausende Golddetektor ihm lediglich den Panamahut vom Haupt.

Es herrschte schockstarre Stille über diese beinahe tödliche Kurzschlussreaktion. Nur der anhaltende Ostwind säuselte.

Rosalinde las eine Handvoll Erde vom Boden auf und schleuderte sie dem Russen urplötzlich ins Gesicht. »Hier, du Maulwurf! Eine Schippe Erde für den Blindfisch! Größter Schatz der Welt … dass ich nicht lache!« Eine zweite Ladung hinterher. Und der Russe hielt auch noch geduldig seine zweite Wange hin.

Dann brachte Rosalinde auch noch die Dreistigkeit auf, sich von jetzt auf gleich wie ein wandelbares Chamäleon gütlich an ihren Bildhauergatten zu wenden. »Hanjo, wir haben Tickets für den Rückflug gebucht. Auch für dich. Es würde mich freuen, dich morgen mit gepackten Koffern am Terminal zu sehen, Darling.«

»Heda, was ist da oben los? Zieh mich rauf. Hier ist es kalt und nass und rostig!«, kroch die kindliche Stimme mit Ungeduld durch den Felsspalt nach oben.

Der Russe schüttelte sich die Erdkrümel aus den Augen und begann an dem Tauseil zu ziehen. Moment mal, die Straßenstreunerin hatte doch gerade »rostig« gesagt. In Windeseile zog er weiter am Strick. An dessen Ende kam es faustdick. Das Gesicht des Teenagers war mürrisch, vor allem aber rostbedeckt. Das böse Kind hatte sich aus dem Wasser erhoben. Er griff nach der zierlichen Hand. Der Schatz war zum Greifen nah. Dort unten musste Metall schlummern. Viel Metall. Das musste den Trupp doch zum Bleiben bewegen.

Er drehte sich um, wollte sie alle bekehren. Doch sie waren weg. Alle. Nur der Bildhauer stand noch hinter ihm. Der cremeweiße Dandy, an Ärmeln und Knie schmutzbefleckt. Der bückte sich und hob seinen eingedetschten Panamahut auf. Sie waren Brüder im Geiste. Leitwölfe. Seitdem sie im Mutterleib den zugefrorenen Bodensee überquert hatten. Der Bildhauer tätschelte ihm trostspendend die Schulter.

Doch da war kein Trost. Bloß Hass und Jähzorn. Ihm klebten rostrote Erdbröckelchen in den Wimpern seines rechten Auges. Rot wie die Augen verräterischer Klushunde. Und gelbe Sandkrümelchen am Lid seines linken Auges. Gelb wie die Augen des Fenriswolfs. Er wischte sich nur das rechte Auge ab.

Drei Skelette hatten sie geborgen. Drei starke Männer hatte es der Überlieferung zufolge gebraucht, um das flammend goldene Kreuz von Goa von der gekaperten »Nossa Senhora do Cabo e São Pedro« in das wo auch immer gelegene Piratenversteck zu verfrachten. Und das Versteck war genau hier. Achtzehn Fuß unter ihm. Unter massivstem Granitfels. Mehrere Meter dick. Das goldene Kreuz von Goa schlummerte dort unten und wartete auf seine Entdeckung. Das wusste er einfach. Er hatte es im Urin. Einhundert Kilo Gold.

Hätte diese goldgeile Hyäne den Bildhauer gerade wirklich erschlagen, dann hätten die Zeit und das krabbelnde und kriechende Inselgewürm das tote Fleisch von den Knochen genagt und dafür gesorgt, dass hier ein viertes Skelett seine letzte Ruhestätte gefunden hätte. Und über dem unsagbaren Goldschatz wäre ein ausgemergelt hungriger Aasgeier weniger gekreist.

Ohnehin hatte er nie vorgehabt, das goldene Kreuz von Goa auch nur mit irgendjemandem zu teilen. Dieser Weltschatz gehörte in Gänze und ungeteilt in sein Wohnzimmer. Mord und Totschlag waren für dieses Unterfangen probate Mittel.

Und dennoch. Dieser Tross, sie waren doch allesamt Hunde. Hunde hatten treu zu sein. Diese Köter aber waren verräterisch. Wolf und Wolf durften einander zerfleischen. Ohnehin waren in einem jeden der gute weiße Wolf und der böse schwarze Wolf in stetem Kampf. Dass diese Hunde aber die Wölfe angriffen, damit hatte er sehr wohl ein Problem. Der Zerberus war sein Zeuge. Hier und heute waren Höllenhunde geboren worden.

Er war ein Psychopath. Das wusste er. Und eine Kränkung

wie diese mit Demütigung geflutete Meuterei brachten einen Psychopathen auf den Mördertrip.

Er blickte dem bösen Kind vor sich ins Gesicht. Der Rost schlug ihm entgegen. Er sah den Verfall in dem düsteren Antlitz. Das böse Kind war der Schlüssel, um die Luke seiner Mordgedanken sperrangelweit aufzustoßen. Ihm war plötzlich alles sonnenklar. Vertrauen war brüchig wie Porzellan. Porzellanfiguren. Das böse Kind, das wie die Motte ins Licht emporstieg. Aus einem See voller Verrat. Das Seeböskind.

25

Er saß Trahira gegenüber. Sie war der Schlüssel zur Lösung des Falls. Er wusste es. Trahira hatte Gesichtspuder aufgetragen. Naturkosmetik. Rostfarben. Dazu trug die Zwanzigjährige diese irrwitzige Latzhose im Spielstraßenteppich-Look. Das erinnerte Marc an den in seiner Kindheit heiß und innig ersehnten Spielteppich. Vor dessen Fast-Kauf seine Eltern im Weihnachtsstress mit ihm und seiner Schwester auf der Rückbank des dunkelblauen Renault Clio damals auf dem Weg zum »Toys'R'us« in Ravensburg sogar einen Abbiegeunfall gebaut hatten. Der Spielteppich hatte dann nicht unter dem Weihnachtsbaum gelegen.

Als dunkelhäutige Rapperin musste sie Akzente setzen. In einer Musikbranche, in der man nicht mit außergewöhnlichem Gesangstalent punkten konnte, war gewagte Extravaganz die halbe Miete. Das große Geld die andere. Das hatte Trahira Marc in Vernehmungsraum Nummer zwei gerade eben in voller Breite und Länge zu erklären versucht.

Es interessierte den Kriminalhauptkommissar einen feuchten Kehricht. Er hatte ihr im Gegenzug erklärt, was passieren würde, wenn sie sich jetzt nicht endlich kompromissfreudig und gesprächsbereit zeigte. Nachdem sie in der »Molke« eine scharfe Schusswaffe auf seinen Sohn gerichtet hatte.

»Wenn du jetzt nicht schleunigst mit uns kooperierst und alles preisgibst, was du weißt, dann sorge ich als Bulle höchstpersönlich dafür, dass du die nächsten zehn Jahre keine muffige Gesangskabine mehr siehst! Und anschließend mache *ich* dir die Hölle heiß! Dann erfährst du mal, wie bereit ein Löwenvater zu allem ist, wenn sein Junges so hohlbirnig in Lebensgefahr versetzt wird!«

Die zehn Jahre waren natürlich volle Übertreibung. Die Standpauke, die Marc in seinem Wutausbruch vom Leder ließ, musste aber in Köstingers lauschenden Segelohren reinster

Wohlklang sein. Der Leiter des Kriminalkommissariats wohnte hinter der neu eingebauten Spiegelscheibe der Vernehmung bei.

»Selbst deine Schickse war vor dir vor Ort, Löwenpapa. Aber Moment … Bei den Löwen erledigen ja die Weibchen die Arbeit«, legte Trahira blanken Hohn an den Tag. »Und überhaupt ist doch eher die Ära der Wölfe angebrochen. Ein Löwe geht nicht mit Hunden. Und wenn der Löwe weit weg ist, dann schwingt sich der Wolf gerne mal zum Löwen auf und murkst die Hunde ab. Einen nach dem anderen. Der Bulle mit dem Löwenherz konnte jedenfalls noch keinen einzigen Klushund vor dem Mord bewahren! War das bei den Irisblütenmorden nicht auch so, hm?«

Auch Alicia war tatsächlich vor ihm bei dem Jugendzentrum gewesen. Es wurmte Marc tierisch, dass Paul ihr den Vorzug gegeben und nicht direkt ihn angerufen hatte. Er war immerhin sein Vater. Auch wenn er Alicia nicht genug dafür danken konnte, dass sie gleich alles hatte stehen und liegen lassen. Sie war einfach eine Frau der Extraklasse. Und womöglich hätte er Pauls Anruf gar nicht wahrgenommen, so vertieft, wie er in der Recherche gewesen war. Aaliyahs Anruf hatte er ja auch nicht gehört.

Was Marc aber so richtig die Hutschnur reißen ließ, war Trahiras ignoranter Sarkasmus mit Biss, der sich angesichts der Mordserie schlichtweg verbot. Ebenso der Seitenhieb auf die Irisblütenmorde. Das war dünnes Eis. Ganz dünnes Eis.

Er friemelte aus einem Kuvert die aufwendigst in 8K-Auflösung nachdigitalisierten Aufnahmen des Filmstreifens, den Aaliyah und er in Kreuzlingen im Kamin gefunden hatten. Die Untersuchungsergebnisse hatten heute Morgen auf Marcs Schreibtisch gelegen. Auf Aaliyahs Geheiß hin. Sie selbst hatte sich nicht blicken lassen. Wie konnte sie bloß so eingeschnappt sein? Wie nachlässig er bei der Erziehung seines Sohnes vorging, konnte ihr doch herzlich egal sein.

Der Bildforensiker vom Starnberger See hatte seine magische Fotoflüsterei walten lassen und auf seiner Rechnerfarm einen mächtigen Wiederherstellungsalgorithmus von der Leine gelassen. Mittels einer rechenintensiven, raumvariablen Dekonvolution war er den Unschärfen auf den Aufnahmen Herr geworden. Das Verfahren klang so uncharmant kompliziert, es konnte glatt aus dem dunstigen Chemielabor von Maik Stork stammen.

Selbst die Regentropfen an der Fensterscheibe und dieser chemische Lilaschleier waren weggefiltert. Es war nun auf der ersten Aufnahme deutlich der Springreiter beim Würgespiel auf Rosalinde von Dargatz-Gierer zu erkennen. Auf der zweiten wie vermutet ihr Gatte Hanjo beim gleichen Ohnmachtsspielchen auf ihr sitzend.

Marc pfefferte die beiden digital auffrisierten Bildaufnahmen vor Trahira auf den Vernehmungstisch. »Hier, schau sie dir in aller Ruhe an. Mich würde ja brennend interessieren, weshalb erst Claudius Bouffier Rosalinde mit dem Strumpfband drosselt und anschließend dann Hanjo von Dargatz-Gierer seine Gattin mit dem Strumpf stranguliert.«

Trahiras Mundwinkel verfielen in leichte Zuckungen. Die anfliegende Nervosität trieb ihre Knospen.

»Was mich noch viel brennender interessieren würde, wäre allerdings, weshalb *du* auf dem zweiten Bild in altbekannter Pose zu sehen bist. Wobei nicht ganz … Siehst du dich in der Fensterspiegelung? Bestens abgelichtet. Den Mauerstein scheinst du aber nicht gegen das Fenster zu schmeißen. Jedenfalls waren an der Waldhütte alle Scheiben noch heil.«

Jetzt fielen auch die Lider um Trahiras mandelförmige Augen in die Zuckungen ein. Sie schabte sich mit ihren aufgeklebten zitronengrellen Fingernägeln über die Nase. Sie musste wirklich vor Nervosität kurz vor dem Platzen stehen.

Marc ließ nicht locker. »Die zweite Dame in der Fensterspiegelung, hinter der du mit weit ausholendem Arm und Mauerstein in der Hand stehst, das dürfte Gudrun Raffke sein. Die Hüttenvermieterin und ganz offensichtlich die Urheberin der beiden Aufnahmen. Immerhin spiegelt sie sich, die Analogkamera im Anschlag, in der Fensterscheibe. Sie scheint wie vom Erdboden verschluckt. Der Gärtner der Hüttenanlage hat sie seit dem Jahreswechsel nicht mehr gesehen. Wenn eine erwachsene Person von heute auf morgen spurlos verschwindet und über Monate nicht mehr auftaucht und dann eine Bildaufnahme einen mutmaßlichen Schlag auf den Hinterkopf anzeigt, liegt ein Gewaltverbrechen nahe. Sollte Gudrun Raffke tot sein, dann hast du ein massives Problem. Dann landest du hier!« Marc tippte auf die Gefängniszelle der Polizeistation, die auf dem Spielstraßenmuster auf Trahiras Latzhose abgebildet war.

Nun lagen deren Nerven völlig blank. Den Knast fand eine Möchtegernrapperin, deren aufgesetzte Fassade beim kleinsten Problem in sich zusammenbrach, wohl doch nicht so dufte, wie das Image es vermuten ließ.

Trahira riss sich ihr flatterndes Nervenkostüm förmlich vom Leib. »Die Raffke ist tot. Aber *ich* habe sie nicht ermordet. Der Russe war's! Der Russe war alles!«

Marc musterte die Straßenstreunerin. Nur zu gern hätte er ihr nun herausfordernd in die Augen geschaut. Aber sie hatte ihre Beine nach oben gezogen und saß beinahe wie die aus Radolfzell verschwundene Hockestatue auf ihrem Stuhl. Bloß dass sie im Gegensatz zur Bronzeskulptur ihre Arme nicht ausgestreckt und ihr Haupt nicht so kühn und ehern erhoben hatte. Ihres lag geknickt auf den Knien, die von ihren Armen krampfhaft umschlungen waren.

Der Kriminalhauptkommissar hatte Trahira jetzt genau dort, wo er sie haben wollte. Wie ärgerlich, dass Aaliyah ihm nicht beiseitestand. Das sah ihr ähnlich. Wenn es ernst wurde, schmiss die Konstanzer Pflaume das Handtuch. Fallobst. Aber er, er war Obst mit Biss. Er hatte den nötigen Schneid, und es war die Zeit gekommen, Trahiras aufmüpfiges Schweigen zu brechen.

»Du sagst also, dass Gudrun Raffke noch geröchelt hat, nachdem du mit dem Mauerstein zugeschlagen hast? Und dass der Russe sie gemeinsam mit dem Bildhauer zur Statue eingegipst hat und sie jetzt als die ›Gafferin‹ im Bordell ›Paradise Imperia Consilia‹ in Konstanz steht?«, fasste Marc zusammen, was Trahira ihm gerade erzählt hatte. In der vergangenen halben Stunde waren die Worte aus ihr herausgesprudelt wie ein übereifriger Geysir.

»Ja, der Russe hatte mir verklickert, dass die Schrulle nur Ärger macht. Dass sie in ihrer Prunkvilla neben dem Seeburgpark in Kreuzlingen beim Sonntagskaffeeklatsch früher oder später alles austratschen würde. Auch, dass der Springreiter die Frau vom Bildhauer regelmäßig knallt. Dass wir am Ende alle noch leer ausgehen, wenn Rosalinde und Gudrun unser Unterfangen in den Sand setzen. Nur deshalb hab ich überhaupt erst zugeschlagen. Ich brauch das Geld für … für meine Rapkarriere.«

Bei ihren letzten Worten war Trahira ganz kleinlaut geworden. So als schämte sie sich für ihre Gedanken.

»Und ey, dass der Springreiter plumpst, das wollte ich nicht. Der Russe hatte mir diese Beindinger mit dem Stachelteil gegeben. Das sei gut für den Gaul, wenn er getriezt wird, hat er mir gesagt. Ich schwöre!«

Marc überlegte. Der Seeburgpark befand sich in Kreuzlingen in unmittelbarer Nähe zur »Kunstgrenze«. Die beiden Porzellanwölfe, die auf dem kolibriroten »Magier«-Symbol im Bodensee abgestellt worden waren, galten seiner Theorie zufolge also Gudrun Raffke. Mit den »Beindingern« meinte die Straßengaunerin sicherlich die Pferdegamaschen. In einer hatte die mit Curare überzogene Nadel gesteckt.

»Wenn wir gerade beim Springreiter sind … Du sagst, Bouffier war mit der Gattin des Bildhauers in Sexspielchen verstrickt. Er hat sie stranguliert und dann den Würgestaffelstab an den Bildhauer übergeben, oder wie muss ich mir das vorstellen?«, wollte Marc wissen.

»*Wallah*, ja! Der Bildhauer und der Russe stecken unter einer Decke. Wenn ich's doch sage! Ich schw–«

»Ja, ja, ich weiß, du schwörst. Und Rosalinde ist auch längst tot, nehme ich an? Bei der Blutmenge, die wir an der Bussardschnitzfigur vorgefunden haben.«

»Der Russe ist ihr in den Wald nachgelaufen. Ich … also ich … Mehr habe ich nicht gesehen!«, gab Trahira nicht gerade Grund zum Optimismus. Sie hatte diesen Mord demnach nicht beobachtet.

Marc konnte ihrem kleinlauten Herumdrucksen aber entnehmen, dass sie wie er von einer ermordeten Rosalinde ausging. Echte Morde gehörten ganz offensichtlich auch nicht zum täglichen Brot einer angehenden Rapperin.

»Was ist mit Duttke, dem Bregenzer Kunstkurator? Geht der auch auf das Konto vom Russen?«, löcherte Marc die Straßenstreunerin weiter.

Trahira hob ihren abgeknickten Kopf kurz von ihren Knien hoch und blickte Marc an. Tränen der Verzweiflung, vielleicht sogar der Reue, kullerten ihr die Wangen entlang. Sie zogen Schlieren durch ihren rostfarbenen Gesichtspuder. »Ja, der auch …«, presste sie die knappe Antwort zwischen den Tränen hindurch.

»Balthasar Kincsvadászat?«

»Auch der Russe. Also, im Prinzip … Rosalinde hat den Brocken runterkrachen lassen, aber der Russe hat sie mit seinen Worten dazu getrieben. *Wallah*, das war astreine Anstiftung oder wie ihr Bullen das auch immer nennt! Wie bei mir!«

»Und was war der Auslöser für die Morde?«, versuchte Marc sein Glück.

»Irgend so ein eskalierter Streit auf den Seychellen. Der Russe hat dort jahrelang mit der ganzen Schar nach so einem goldenen Kreuz gebuddelt. Als er felsenfest davon überzeugt war, endlich die richtige Stelle gefunden zu haben, sind ihm alle außer dem Bildhauer in den Rücken gefallen. Die wollten alle das schnelle Geld. Ein Verrat aus Geldgier. Hunde sind ja eigentlich absolut loyal. Aber die, die waren wie die hinterletzten Köter. Wie der Klushund aus der Bregenzer Sage.«

Marc traute seinen Ohren kaum. Als so ehrenkäsig hätte er Kanyuk gar nicht eingestuft. Der wirkte doch selbst eher so, als sei das schnelle Geld ihm das Hochheiligste.

»Das heißt, die Faschingsmasken der Allensbacher Schlösslespudel, die wir bei den Leichen von Rudi Duttke und Balthasar Kincsvadászat vorgefunden haben, sollen wirklich den Klushund andeuten? Und der Schatzsuchertrupp hatte auf den Seychellen das goldene Kreuz von Goa gesucht?«

»Ja, soviel ich weiß, schon«, bestätigte ihm Trahira seine Vermutung.

Das war ja ein Ding. Marc grübelte weiter. Dieses bizarre Hundegeschirr und die beiden roten, tellerförmigen Sonnenfänger. Mit diesen Utensilien war doch nach Aussage von Aaliyahs Konstanzer Kollegen der Kopf der »Gafferin«-Statue in Kanyuks Bordell verziert. Sprich: der Kopf der eingegipsten und mausetoten Gudrun Raffke. Der Klushund hatte der Sage nach auch tiefrote und tellergroße Augen. Das hatte Professor Geri Kaspar ihnen doch erzählt.

»Ey, der Russe ist ein Psychopath, ich schwöre! Der ist von diesem goldenen Kreuz besessen. So sehr, dass er sich sein eigenes gegossen hat. Wenn er den einbalsamierten Jesus findet, hängt er sich den im Wohnzimmer an das nachgemachte Goldkreuz. *Safe!*«

Das hätte er Kanyuk im Leben nicht zugetraut. So viel Vernarrtheit in Kunstschätze. Er hatte das Gleiche schon einmal gehört. Vom Mainaugärtner. Vor allem aber hätte Marc nie damit gerechnet, dass Kanyuk bei dem Mord an Duttke und höchstwahrscheinlich auch bei der Ermordung von Rosalinde höchstpersönlich zur Tat geschritten war. Im Grunde auch gemeinsam mit dem Bildhauer final bei der Raffke. Wenn es um das schmutzige Geschäft ging, war der Armani-Anzugträger, so wie Marc ihn kennengelernt hatte, eigentlich nicht der Mann der Tat. Dafür hatte er seine Handlanger.

»Woher stammt das Gold für das nachgemachte Kreuz? Von der Riesengoldmünze aus dem Museumsraub in Berlin?«

Trahira schüttelte den Kopf, dass ihre Rastas nur so schwangen. »Neee, der Russe hat dafür auf dem Kunstschwarzmarkt an der Burgruine Schopflen so ein Scheißhaus gekauft. *Crazy*, oder? Die Toilettenschüssel ist komplett aus Gold. Wurde von so einer Kunstaustellung in Woodstock gestohlen. Ich … also, ich habe beim Verladen auf den Pick-up geholfen. Mit einem Griff ins Klo aus Scheiße Gold machen. Das würde ich auch gerne können!«

»Und dieser Brocken, der auf Balthasar heruntergekracht sein soll, ist der Schatz in eurem Unterfangen, nehme ich an?«, schlussfolgerte Marc. »Musste die Riesengoldmünze aus Berlin also dafür herhalten?«

»Ich glaube schon. Und das Silber von so antiken Bechern, die ich dem Russen aus so einem Antik-Krust-Laden gest… *organisiert* habe«, raunzte Trahira ihm zu.

Marc verstand. Dieses Silber musste zu der Silberkugel aus dem Salemer Schlosssee verarbeitet worden sein. »Der Russe hat also das Gold und Silber eingeschmolzen und einen Schatz geschaffen. Ich nehme an, gemeinsam mit dem Bildhauer in dessen Atelier? Und den stümperhaft gefälschten Briefdokumenten nach zu urteilen, dürfte dieser Schatz das goldene Kegelspiel von Bregenz darstellen. Ist das der Brocken, der Balthasar durch die Fassade gekracht ist?«

Trahira nickte bloß betreten.

»Dann befindet sich dieser fingierte Schatz noch immer im Pferdekopf? Also auf der Insel Mainau? Wo ist er versteckt?«

»Das kann ich nicht sagen, ey! Das kannste nicht verlangen. Ich sage alles, aber das nicht!«, blockte Trahira ab. »Ich brauche meinen Anteil … für meine Karriere! Ich muss raus aus der Provinz. Zurück nach Berlin. Da spielt im Rap die Musik! Und ich brauche ein eigenes Tonstudio, *wallah*!«

Wie naiv musste die Straßenstreunerin sein, wenn sie wirklich glaubte, nach ihrer umfangreichen Aussage ihren Anteil noch abstauben zu können. Sie steckte so tief im Schlamassel, das war ihrem Kleingeist noch gar nicht bewusst.

»So läuft das Spiel nicht, Trahira. Eine Mordserie ist ein Rennen gegen die Zeit. Wir haben den Russen noch nicht überführt. Und du sitzt bei diesem Rennen auch nicht auf dem Fahrersitz! Das Diebesgut wird natürlich beschlagnahmt, weil es zur Beweislast beiträgt, womöglich eine Tatwaffe ist und weil es eben *gestohlen* ist. Entweder du kooperierst voll, oder ich kann auch in Sachen mildernde Umstände nichts mehr für dich tun«, versuchte Marc, ihr kompromisslos ihre Lage klarzumachen.

»Der Kanyuk hat vor, sich das Gold in einer Woche bei der Skulpturenschau auf der Mainau zu krallen«, platzte es aus Trahira hervor. »Ich sag dir heute bestimmt nicht, wo es liegt. Und wenn Kanyuk es sich schnappt, habt ihr gar nichts gewonnen! Selbst wenn ihr ihn verhaftet. Dann holen es seine Handlanger irgendwann für ihn. Ich führe euch nächste Woche live zum Versteck und liefere Kanyuk auf frischer Tat ans Messer, Deal?«

Trahira funkelte Marc entschlossen an. Zum Äußersten bereit. Er beschloss, ihre Naivität für sich zu nutzen. »Einverstanden. Wir werden dich verkabeln und bis zum Geht-nicht-mehr im Auge haben. Komm also bloß nicht auf blöde Gedanken. Und versuche ja nicht, dich vom Acker zu machen!«

»Alles klar, Herr Kommissar. *Sheesh*, ich werde schon keinen Schuh machen, ich schwöre!«

Schon klar, sie schwor. »Apropos einen Schuh machen. Was ist eigentlich mit dem ›El Niño‹ aus Radolfzell passiert? Weißt du darüber etwas?«

»Keinen Blassen! Vielleicht ist die Glatzkopf-Unke ja von ihrem Krötenstein gehopst?«, beliebte Trahira ganz offensichtlich noch zu scherzen. Auf einen Schlag wurde ihre Mimik aber knochenernst.

»Aber der Frosch muss echt lebendig geworden sein. Und er muss springen können! Ich hab mich vor euch Bullen doch in Marbach versteckt. Bin in einen der Ställe in so eine Pferdebox getürmt. Und auf einmal hat der Glatzkopf der Statue an der Box oben durch die Gitterstäbe durchgestarrt. Ich schwöre! Hat mich und den Araberhengst voll kirre gemacht. Der hat vor Angst voll gestrullert. Dabei hatte es schon so nach Pisse gestunken!«

Marc hatte sich eigentlich vielversprechendere Informationen zum Verschwinden der Statue erhofft. Es beruhigte ihn aber zumindest ein wenig, dass er sich seine Sichtungen des Bronzekahlkopfes doch nicht eingebildet hatte.

Er verließ den Vernehmungsraum und bog um die Ecke. Er

musste sich unbedingt Köstingers Einverständnis holen. Auch wenn es dafür eigentlich zu spät war. Jetzt hatte er in Trahiras Vorschlag ja schon eigenmächtig eingewilligt. Immerhin bestand dadurch auch die Chance, die Radolfzeller Hockestatue, die Köstinger so heilig war, wieder aufzuspüren.

»Steingruber, ja bist du denn von allen guten Geistern verlassen? Diese Trahira steckt in den Morden so tief drin, dass es kracht. Und hier kracht es auch gleich gewaltig! Du willst sie laufen lassen?«, polterte es ihm eine Tür weiter entgegen, ehe er auch nur einen Fuß in den Raum gesetzt hatte.

»Chef, ruhig Blut. Wenn wir Kanyuk für alle Morde zur Verantwortung ziehen wollen, dann müssen wir ihn überführen. Wir haben nur das Wort der Straßenstreunerin. Er hat seine Machenschaften und sein kriminelles Netzwerk. Ich lege die Hand dafür ins Feuer, dass er sich sonst aus den Anschuldigungen herausboxt. Dafür hat er seine Bauernopfer. Trotzdem ist Trahira nicht zu trauen. Den Mord an Rudi Duttke kann Kanyuk nicht selbst begangen haben, das ist gelogen. Wie wir wissen, war er zu diesem Zeitpunkt auf der Route 66 unterwegs. Alle seine Bikerkumpels bestätigen das einhellig. Ein astreines Alibi.«

Marc gab seinem Vorgesetzten Bedenkzeit. Dann legte er nach. »Trahira bekommt eine Fußfessel, mit der wir sie zu jeder Zeit orten können. Wir kriegen Kanyuk anders nicht zu fassen. Und ich bin mir ziemlich sicher, dass uns diese Aktion auch zum verschwundenen ›El Niño‹ führen wird. Auf der Mainau schnappen wir uns Kanyuk und den Bildhauer auf frischer Tat.«

»Dann machen wir es so. Auf deine Verantwortung, Steingruber!«

Kaum zu glauben, dass der Berufscholeriker ohne allzu großes Murren und Knurren auf Marcs Vorschlag einging.

»Sobald ihr den Russen überführt und eingekastelt habt, will ich von dieser Straßenstreunerin noch eine hieb- und stichfeste Aussage. Sie hat heute nur ein einziges Mal Kanyuks Namen in den Mund genommen, im Zusammenhang mit dem geplanten Goldraub!«

»Kriegst du, Köstinger! Und ›El Niño‹ bringe ich dir auch zurück«, betonte er noch einmal.

Innerlich fühlte Marc sich überhaupt nicht so sicher. Über den Verbleib der Radolfzeller Hockestatue, das sagte ihm sein Bauchgefühl, wusste Trahira bestens Bescheid. Aber jetzt, da sein Chef es erwähnt hatte, kam ihm ihr hartnäckiges Umschiffen von Kanyuks Namen mindestens so spanisch wie der Name der Radolfzeller Hockestatue vor.

26

Marcs schwarzmatter Audi A6 fuhr von der Rems ab und rollte in Schwäbisch Gmünd auf dem Schießtalplatz vor. Der Kies knirschte unter seinen Reifen. Ja, dieser Weg war steinig. Der Festplatz, auf dem es sonst zu dieser Zeit nur so von Festbuden und Fahrgeschäftsattraktionen wimmelte, war aktuell wie leer gefegt.

Der Kriminalhauptkommissar atmete tief durch, dann wagte er einen Blick durch das Seitenfenster der Beifahrertür. Vor ihm taten sich die denkmalgeschützten Bauten des ehemaligen Klosters Gotteszell auf. Heute war dort die Justizvollzugsanstalt Schwäbisch Gmünd untergebracht. Der Frauenknast, in den auch Clara Meißner eingewandert war. Welch aberwitzige Schicksalsfügung, dass Clara ausgerechnet in einem stillgelegten Kloster einsaß. War das wirklich Gottes Zelle, dann hoffte Marc inständig, dass der Allmächtige diese Pforten auf ewig verschlossen hielt.

Bleiern atmend kramte Marc den Flachmann aus seiner Jackentasche hervor. Er hatte sich erneut eine kleine Menge Iris-Gin mit Tonicwasser abgefüllt. Für diesen Trab in die Hölle brauchte er jetzt definitiv Hochprozentiges. Schweren Schrittes steuerte er auf das südlich gelegene Hauptgebäude zu.

Nach Klingeln, einem abgehackten Gespräch über die Sprechanlage und anschließendem Einlass fand sich Marc in der Besucherschleuse wieder. Hinter deren Glasscheibe saßen drei Justizvollzugsbeamte. Der vorderste der so wachsam wie unwirsch dreinschauenden Männer kassierte Marcs Personalausweis und seine Polizeimarke ein. Dem in der Mitte sitzenden ließ Marc seinen Holster mit der Dienstwaffe durch ein Schiebefach rüberwachsen. Und der Letzte im Bunde nahm seine persönlichen Mitbringsel an sich.

»Oh, Moment!« Marcs Handy hatte gesurrt. Eine Bildnachricht. Er öffnete sie. Von Pleschke. Die »Magische Säule«

sprang Marc in der Bilddatei sofort ins Auge. Das provokante Kunstgestell aus Metall begrüßte am Passagierschiffhafen von Meersburg die Besucher mit den überspitzt satirischen Betongussfiguren von Persönlichkeiten der Stadtgeschichte. Neben Wissenschaftlern eine Weingutbesitzerin, ein Fürstbischof, ein Heiler, ein Exorzist und die bekannte Dichterin Annette von Droste-Hülshoff. Alle waren sie mit für sie charakteristischen Handlungen oder Insignien dargestellt.

Marc zoomte das Bild mit seinen Fingern auf. Der schwarze und der weiße Porzellanwolf waren in luftiger Höhe auf den Enden des hufeisenförmigen Stahlmagneten in den Händen des Heilers und Hypnotiseurs Franz Anton Mesmer abgesetzt worden. Es schien, als blickten die beiden Wölfe hinauf zur Spitze der Statue. Dort krönte Annette von Droste-Hülshoff in Gestalt einer sphinxartigen Möwe die Skulptur. Pleschkes beigefügtem Text entnahm Marc, dass Gäste der weißen Flotte die Figürchen aus Meißner Porzellan gesichtet hatten.

Marc wollte eigentlich gar nicht weiter darüber nachdenken. Der Springreiter hatte seinen Wohnsitz doch dort in Meersburg im Droste-Hülshoff-Weg. Und sein Pferdestall lag gleich nördlich von Meersburg am Ortstrand von Daisendorf inmitten von Weiden und Streuobstwiesen. Er simste Pleschke, dass der sich dringend nach dem Gesundheitszustand von Claudius Bouffier in der Oberschwabenklinik in Bad Waldsee erkundigen sollte. Bei der Gelegenheit fragte er Pleschke gleich noch, ob der vielleicht inzwischen etwas von Aaliyah gehört hatte. Dann schob er dem Beamten hinter der Trennscheibe sein Handy zu.

Die nächste Station war die Pforte zum Innenhof. Eine junge Justizvollzugsbeamtin öffnete ihm die Tür und begleitete ihn nach draußen. Die untersetzte Frau mit dem Kurzhaarbob und den Pfirsichbäckchen schielte hinter ihren Brillengläsern ganz mitleidig zu ihm herüber, als sie ihn über den Hof führte. Sie schien zu ahnen, welchen Höllengang er vor sich hatte.

Es ging vorbei an der überdachten, sich an das Leben schmiegenden »Nana«-Skulptur, die einen quietschbunten Badeanzug trug und auf dem Schoß einer mit goldenen Mosaiksteinchen besetzten Skulptur saß. Die sah aus wie eine ägyptische Gottheit.

Sie näherten sich dem Gefängnistrakt. Strenge Sicherheitsvorkehrungen. Tür auf, Tür zu. Langer Gang. Tür auf, Tür zu. Durch das lang gezogene Gebäude ging es am Ende durch die Hintertür wieder ins Freie auf den zweiten Innenhof. Hier saß Clara im sich vor Marcs Augen auftürmenden lachsfarbenen Haftgebäude im zweiten Stock im hinterletzten Eck ein. Als einzige Insassin fristete sie ihr Knastdasein im Sicherheitstrakt unter höchsten Sicherheitsvorkehrungen. Hand- und Fußfesseln inklusive.

Ihr Leben war seit vergangenem September eingefroren auf neun Quadratmeter in Stahl und Beton. Hermetisch abgeriegelt. Besonders nach den Raufereien mit den anderen Gefängnisinsassen. In der Isolationszelle war alles niet- und nagelfest. Eine winzige Sanitärzelle mit Klosett und Waschbecken. Eine Klapp-Pritsche an der einen Wand. An der gegenüberliegenden ein Holzbrett als Tischersatz. Zwei weitere festgeschraubte Bretter als Sitzgelegenheit. Das war es. Clara war lebendig begraben.

All das hatte ihm die korpulente Gefängniswärterin auf dem Weg hinüber zum Haftgebäude ausführlich berichtet. Gerade eben schritten sie den gebogenen Weg in der Außenanlage des Erweiterungsbaus entlang. Dort empfing sie am Wegesrand das plätschernde Wasser eines schmucken Brunnens, der die Form einer geschlossenen Lotusblumenknospe hatte. Die verkörperte die unbeschmutzte Reinheit, die sich aus dem Sumpf emporreckte. Auch das hatte die Beamtin gerade ausführlich breitgetreten. Und dass Clara den Brunnen von ihrer Zelle aus durch die Gitterstäbe hindurch erspähen konnte. Welch bitterer Spott, dass sie jetzt tagein, tagaus die angestrebte Reinheit unerreichbar vor der Nase hatte.

Jetzt ging es in das Haftgebäude. Dort zunächst einmal durch einen Metalldetektor hindurch. Oh, verdammich! Marc musste feststellen, dass er ja noch den Flachmann in der Jackentasche hatte. Aber Gott sei Dank hatte seine Alicia so ein überstiegenes Umweltbewusstsein. Sie hatte ihm den Alpen-Flachmann in

Mangrovengrün geschenkt. Der bestand komplett aus recyceltem Meeresplastik, hatte aber die ansprechende Seidenoptik von Metall.

Da stand sie nun vor ihm. So surreal. Alles war so schnell gegangen. Gerade eben war er noch erleichtert gewesen, dass er beim Passieren des Metalldetektors nicht gepiepst hatte. Dann hatte er sich in den knallorangenen Besucherraum gepflanzt und gedacht, er könne nochmals all seine Sinne sammeln. Sich vorbereiten auf das, was da kommen mochte. Aber es war auf ihn zugerollt. Hatte ihn überrollt. Im Geleit zweier stabil gewachsener Gefängniswärter war sie hereingeführt worden. An Händen und Füßen die klimpernden Fesseln.

Die Farbe Orange strahlte eigentlich Wärme aus. Sie brachte die Leichtigkeit des Seins und Lebensfreude zum Ausdruck. Sollte der Anstrich im Besucherraum genau diese wecken, dann begrub die Trauergestalt in der marineblauen Jogginghose und dem grauen Schlabbershirt sie gleich wieder. Schmiegte sich die »Nana«-Figur auf dem Innenhof an das helle Leben, so betrat mit Clara der lebendige Tod den Raum. Und jetzt, da die beiden stattlichen Sicherheitsbeamten sie ihm gegenüber stillschweigend auf den Stuhl verfrachtet hatten, so als sei es die kleinste Kleinigkeit auf Erden, ließen sie ihn auch noch unvermittelt mit ihr allein.

Da saß sie einfach. Und doch lastete in dem engen Besucherraum die Schwere der Schuld. Erdrückend wie ein Ozean. Oder das ganze Wasser des Bodensees.

Marc hatte diesen Moment tausendfach durchdacht. Sich durch seine Gedanken gequält. Nachts. Schlaflos. Vor oder nach seinem Alptraum. Er hatte sich ausgemalt, wie er sich seine Schuldgefühle von der Seele reden, sich die Gewissenswürmer aus der Erde seiner Seele schreien würde. Und die Reuegefühle bei ihr abladen. Er hatte sich Tausende Wörter zurechtgelegt, die er Clara entgegenschleudern wollte. Jetzt brannte ihm nur eines auf der Zunge.

Durch ihren Albinismus war Clara seit jeher ein Schneeweißchen. Im Gericht war sie noch käsiger als sonst gewesen. Die Isolationshaft aber hatte ihr die Leichenblässe ins Gesicht gepustet. Sie war mehr tot als lebendig.

»Ich … Marc …«, setzte sie an. Hier drinnen hatte man ihr die Kreolen und ihr rotes Haarband mit den weißen Punkten abgenommen. Im Prozess hatte sie beides ein letztes Mal tragen dürfen. Womöglich fürchteten die Gefängniswärter, sie könne versuchen, sich damit selbst zu erdrosseln. »Marc, du …« Wieder versagte ihr die Stimme.

Vermutlich wollte sie sich auf die eine oder andere Weise für ihre Taten rechtfertigen. Und ihm dann einreden, dass er ihre Schreckenstaten unter keinen Umständen hätte erahnen oder gar verhindern können. Marc war es gleichgültig. Er hatte sich so viele Tage lang eine Erklärung gewünscht. Gehofft, dass Clara ihm bestätigen würde, dass ihn selbst keinerlei Schuld traf. Nichts von alldem wollte er noch hören. Aus ihrem Mund wollte er zu den Irisblütenmorden gar nichts mehr hören.

Clara kratzte sich, soweit es die Handschellen zuließen, die Nagelbetten ihrer Finger blutig. »Du … hättest mich ertrinken lassen sollen. Der Bodensee hätte mich reingewaschen. Ich –«

Da saß ein Häufchen Elend, das auf unmenschliche und perfide Weise getötet hatte. Dennoch saß dort ein Mensch, kein Ungeheuer, hinter dem Clara sich verstecken konnte.

»Du bist eine Mörderin! Eine eiskalte Mörderin!«, platzte Marcs gordischer Knoten. »Ich bin nicht hier, weil ich von dir auch nur die leiseste Erklärung zu den Irisblütenmorden hören möchte! Du hast dich bewusst für deine Taten entschieden, und dafür sitzt du für den Rest deines Lebens ein! Deinen Vierzigsten wirst du am dreizehnten August hinter Gitter verbringen! Dann deinen Fünfzigsten! Und Sechzigsten! Und du wirst nicht am Grab deiner Mutter stehen und weinen können, wenn es einmal so weit ist! Die Gefängnismauern werden euch immer trennen.«

Er hatte es ausgesprochen. Er hatte Clara eine Mörderin genannt. Das hatte er schon vor Gericht tun wollen. Das hatte er schon die ganze Zeit tun wollen.

»Was – weißt – du – schon – von – meiner – Mutter?« Claras Fäuste trommelten mit einer so rabiaten Tollheit auf die Tischplatte ein, dass beide Gefängniswärter ihre Köpfe vor die Glastür schoben, um nach dem Rechten zu sehen. Marc gab ihnen mit einer beschwichtigenden Handbewegung zu verstehen, alles unter Kontrolle zu haben.

»Mehr, als dir vermutlich lieb ist, Clara. Ich war nach den Irisblütenmorden noch einmal im Kloster Sanct Emerita. Ich weiß auch nicht … Wahrscheinlich habe ich krampfhaft nach einem konkreten Auslöser für deine Taten gesucht. Ich habe dort nochmals diese Luzerner Chronik durchgeblättert. Aber die Seiten mit den beiden Tizian-Gemälden. Die Kreuzigung Jesu und der Märtyrertod des heiligen Laurentius, die sind erst weit nach der Publikation der Luzerner Chronik entstanden. Am Tag deiner Festnahme war es mir in der Hektik nicht aufgefallen. Aber diese eingefügten Seiten sind augenscheinlich viel neuer und aus anderem Papier als die restlichen Seiten der Chronik.«

»Was willst du damit andeuten?« In Claras Augen loderte nicht mehr die schimmernde Lilaglut. Dafür fehlte im Gefängnis das nötige Sonnenlicht. Und dennoch lauerte in den zusammengekniffenen Schlitzen der Nachtfraul. Dessen Gedankentriebe musste Marc unbedingt anzapfen.

»Schwester Hildegard hat mir erläutert, dass deine Mutter in der Klosterbibliothek als Buchbinderin beschäftigt war. Eine stille Tätigkeit im Verborgenen, die ihrer dissoziativen Amnesie zugutekam. Ich frage mich, weshalb sie die Seiten mit den Tizian-Gemälden der Luzerner Chronik untergemogelt hat. Vielleicht müssen wir den Fall noch einmal aufrollen und untersuchen, inwieweit sie dich zu den Irisblütenmorden angestiftet hat.«

»Marc, nein!« Claras Finger hatten schlagartig von dem Gescharre an den eigenen Nagelbetten abgelassen. Nun griffen sie beharrlich nach seinen Fingern. Clara beugte sich über den Tisch und berührte mit ihrer spitzen Nase beinahe die von Marc. »Das darfst du nicht!« Ihre kalten Finger drückten jetzt so verbissen zu, dass sich in seinen das Blut staute.

»Dann hilf mir«, erwiderte Marc trocken.

Claras Katzenaugen wurden noch schmaler. Sie versuchten ihn zu lesen. »Wie?«

Marc entwand sich ihrem unnachgiebig starren Griff und deutete mit seinem Zeigefinger auf ihre Stirn. »Da will ich hinein. Du gewährst mir Einblick in die Denkweisen einer Mörderin und hilfst mir bei meinen aktuellen Mordfällen, oder ich liefere deine Mutter ans Messer.«

Noch ehe Clara auf das Heftigste widersprechen konnte, fuhr Marc ihr über den Mund. »Es wäre doch schade, wenn deine Mutter nach dem Sehsinn auch ihre Bewegungsfreiheit verlieren würde. Schrecklich.«

Claras Gesicht klarte ein wenig auf. Es war aber nicht das Leben, das wieder Einzug hielt. Der Wahnsinn überkam ihre Mimik. Ihr breiter Mund verzog sich zu einem Marc bereits bekannten clownsirren Lächeln. »Also gut, Marc. Was genau führt dich in mein bescheidenes Reich?«

»Soso, hm, die Seekunstmorde also? Porzellanwölfe. Meißner Porzellan. Die Meißner ist also weiter in das Mordgeschehen am Bodensee involviert, was? Ich dachte, du hast mir das Handwerk gelegt«, merkte Clara sarkastisch an, nachdem sie Marcs Ausführungen eine ganze Weile gelauscht hatte.

Ihrer Schadenfreude konnte Marc nichts abgewinnen. »Kannst du dir auf die Porzellanwölfe einen Reim machen?«, fragte er stattdessen ganz nüchtern.

»Aber natürlich. An den Seekunstwerken, abgesehen von den beiden Schiffskulpturen, wurden jeweils ein weißer und ein schwarzer Porzellanwolf platziert.« Vor Clara lagen die Aufnahmen der Ablageorte verteilt. Die beiden Gefängniswärter hatten vorhin die Fallakte, die ihre Kollegen in der Besucherschleuse sorgfältig auf unerlaubte Mitbringsel geprüft hatten, hereingebracht. »Das erinnert mich an die Parabel von den zwei Wölfen. Eine alte Legende der Cherokee. Mit der habe ich mich in meiner Jugend auch eingehend auseinandergesetzt.«

»Aha. Und was besagt diese Parabel?«, wollte Marc wissen.

»Wir alle tragen zwei Wölfe in unserem Inneren. Einen weißen Wolf, der von Gerechtigkeit, Friede, Hoffnung und Liebe lebt. All das Lichte in uns. Und einen schwarzen Wolf. Der zehrt von Wut, Angst, Schuld, falschem Stolz und Hass. Von all dem Bösen in uns. Beide Wölfe führen einen unentwegten Kampf. Sie gehen sich gegenseitig an die Kehle. Ringen auf Leben und Tod. Bis schließlich einer den anderen totbeißt. Welcher sich bei mir durchgesetzt hat, liegt ja auf der Hand. Nachtfraul. Nachtschwarzer Wolfskopf, sage ich da nur.«

Marc ging Claras Gefühlstaubheit, wenn sie über ihre Taten oder ihr Werden zur Mörderin sprach, gewaltig gegen den Strich. Er musste sich an allen Zügeln halten, um nicht aus der Haut zu fahren. »Schau dir bitte die Aufnahmen noch einmal an. Wenn du mit deinem Kalkül einer Mörderin darauf blickst, fällt dir etwas auf? Ich meine ... Angenommen, der Täter in den Seekunstmorden tickt so wie du, ist auch so ...«

»Was, Marc? So ein Psychopath wie ich? So eine mörderische Bestie? Nun, dann nehme ich an, dass seine Taten und seine Visitenkarte Bände sprechen. Soziopathische Killer tun sich nämlich schwer, ihren Gedanken selbst Ausdruck zu verleihen. Daher tun es bei uns die Morde und die Hinterlassenschaften an den Tatorten oder ähnlichen Bezugsorten.«

»Und was sagen dir die Porzellanwölfe und deren Ablage an den Seekunstwerken, Clara?« Marc deutete auf die Fotos aus dem Kuvert, das er aus der Fallakte hervorgeholt hatte.

Clara schaute sich die Bildaufnahmen eine nach der anderen mit der Akribik einer versierten Serienkillerin an. »Ich stimme deiner Theorie zu. Im Gesamtbild will uns das etwas erzählen.«

»Und? Kannst du aus deiner Denke heraus eine Geschichte erkennen, die der Mörder damit erzählen möchte?«

Claras Katzenaugen stachen Marc mit einer Feuersinbrunst entgegen. Ihre Fingerspitzen tippelten auf der Tischplatte, dass die Handschellen nur so schepperten. Sie war in ihrem Element. »Die Porzellanwölfe verkörpern den Kampf zwischen Gut und Böse. Das habe ich dir ja schon erklärt.« Sie schürzte ihre Lippen.

»Die Ablageorte huldigen der Seekunst. Der goldene, wandelnde Baumstamm in Bregenz. Der goldene Glanz, der das schnöde Bronzedasein dieser Skulptur übertüncht. Im entrückten Sinn: Gold gegen die Kunst. Bereit sein in diesem Kampf. Die Astgabel ein Scheideweg. Das rippige Segel mit dem Pendel in Langenargen. Wankelmut. Aufbruch. Der Mensch muss sich entscheiden. Kunst oder Raffsucht. Wie er sich entscheidet, offenbart sich im nächsten Kunstwerk. Die dicke Dame in Bodman-Ludwigshafen. Dekadenz. Habgier. Dafür haben sich die Mordopfer aus Tätersicht entschieden. Die Frage, ob es sich um Kunst handelt, besteht ja bei all diesen Skulpturen. Und du meinst, dass dann als Nächstes die Wölfe in den Schiffswrack-Skulpturen in Hagnau und am gegenüberliegenden Seeufer in Altnau abgelegt worden sein könnten?«

Marc nickte. »Dafür sprechen Urlaubsfotos eines Campinggasts, die an der Altnauer Badi entstanden sind.« Das erste war an dem Tag entstanden, an dem die Porzellanwölfe an der ›Yolanda‹ in Bodman-Ludwigshafen gefunden wurden. Das zweite zwei Tage später. »Beide Bilder haben im Hintergrund die Schiffskulptur. Auf dem zweiten ist diese Wolfsfigur zu sehen. Auf dem ersten nicht. Und das waren keine Porzellanfigürchen, sondern größere Kunststoff-Figuren. Beide Wölfe sind dunkel. Kannst du dir das erklären?«

»Nun ja, du sagst ein Russe namens Kanyuk und der Bildhauer Hanjo von Dargatz-Gierer stehen unter Tatverdacht? Zwei böse Wölfe. Die Plastikwölfe, die deiner Schilderung nach stolz aufrecht sitzend geformt sind, stehen für die Mörder. Die entsteigen erhobenen Hauptes dem gewrackten Schiff, das durch die Gier fehlgeleitet wurde und strandete. Die Kunst hat Schiffsbruch erlitten, die beiden schwarzen Leitwölfe müssen es richten. Die Porzellanwölfe hingegen stehen für die Opfer. Schwarz und weiß. Yin und Yang. Und schau dir doch selbst noch mal die Bilder an. Die schwarze Porzellanfigur sitzt erhaben. Die weiße liegt ergeben neben ihr. Bei den Opfern hat aus Tätersicht das Verwerfliche gesiegt.«

»Müssten dann die beiden Wolfsfiguren, die für die Mörder

stehen, nicht weiß sein? In ihren Augen handeln sie rechtmäßig«, hakte Marc irritiert nach.

»Marc, Mordgedanken sind wie ein Parasit. Sie befallen dich und fressen dich von innen heraus auf. Der weiße Wolf steht für Frieden. Den suchst du als Mörder auch. Aber es muss erst Zerstörung geschehen, bevor Frieden auf dem Kahlschlag nisten kann. Der weiße Wolf kann nur überleben, wenn er den schwarzen nicht verhungern lässt. Der schwarze Wolf braucht den weißen als Antrieb. Er sehnt sich ja nach Frieden. Er ringt mit ihm. Erst ganz am Ende kann er ihn totbeißen und selbst zum weißen Wolf werden. Der Mörder ist also ein schwarzer Wolf. Erst nach seinen Taten kann er sich reinwaschen. Was du bei mir ja verhindert hast.«

»Okay …« Marc rieb sich seine Stirn. Claras abstruse Gedanken setzten ihm zu. »Und die weiteren Ablageorte?«

»Das Klangschiff ›Im Augenblick‹ in Friedrichshafen. Das steht ja gerade für diese Sehnsucht nach Frieden. Der Blick durch die Stimmgabel. Die Kunst hat Schiffbruch erlitten. Die Schiffswrack-Skulpturen in Hagnau und Altnau. Durch das Aufschwingen der beiden schwarzen Wölfe ist der Blick nun wieder auf die Kunst gerichtet. Auf den ›Magier‹ an der ›Kunstgrenze‹ zwischen Konstanz und Kreuzlingen. Marc, du sagst, dieses Tarotsymbol steigt dort aus dem Bodensee. Wie eine Leiter. Ein Auf und ein Ab. Im Tarot deutet der ›Magier‹ die Zielstrebigkeit einer überheblichen Person an.«

»Und für was, glaubst du, steht dieser ›Magier‹?«, trieb Marc Clara weiter voran.

»Im nordischen Götterglauben ist Odin der Gott der Magie. Über die Wikinger habe ich damals in der Klosterbibliothek auch haarklein gelesen.«

»Weshalb sollte dieser Ablageort jetzt ausgerechnet für einen nordischen Gott stehen?«, äußerte Marc seinen Zweifel.

»Für *den* nordischen Gott schlechthin. Nicht für irgendeinen. Für den Göttervater. Den Gott der Magie, des Kriegs, der Weisheit, des Tods und der Ekstase. Damit auch der Kunst. Er vereint die Kunst auf sich.« Clara ließ ihre Hände in den Handschellen unter die Tischplatte wandern. Vermutlich waren ihr die blutigen Nagelbetten doch peinlich.

»Weshalb spricht der Tod für Kunst?«, wunderte sich Marc.

Clara rückte jetzt ganz nah zu Marc hinüber und wechselte zu einem verräterischen Flüsterton. »Ein Kunstwerk ist ein erträumter Mord, der durch die Tat in die Wirklichkeit katapultiert wird. Ich habe die Vögel zwitschern hören, dass sich der Fenris aus dem Bodensee emporgehoben haben soll.«

Das stimmte allerdings. Die gehörnte Wolfskopfmaske mit den Rasselketten. Marc hatte Clara extra noch nicht davon erzählt. Es konnte ja tatsächlich immer noch sein, dass Trittbrettfahrer am Werk waren, die sich an dem Nachtfraul bedienten. Und Marc kam dieses Sartre-Zitat über das Kunstwerk als Wirklichkeitsmacher für einen geträumten Mord mittlerweile schon zu den Ohren heraus.

»Der Mörder trägt eine Maske, stimmt's? Eine Wolfskopfmaske? Jetzt zerbrichst du dir wahrscheinlich den Kopf darüber, ob jemand dem Nachtfraul huldigt? Habe ich recht, Marc?«

Claras listiges Flüstern ließ einem das Blut in den Adern gefrieren. Welches durchtriebene Spiel zog sie da ab? War ihr Körper so von Tötungslust durchwandert, dass sie sich wirklich symbiotisch in andere mordende Psychopathen einfühlen konnte? Oder hatte sie einen Informanten gehabt?

»Ruhig Blut, Marc. Da ahmt niemand den Nachtfraul nach. Der Fenris ist wirklich aus dem Bodensee geklettert. Schau mal genau hin, dann verstehst du es.«

Jetzt war Marcs Blut erst recht nicht mehr ruhig. Es war in aufrührerischen Wallungen. Clara hielt ihm gerade seinen eigenen Flachmann, den er sicher in seiner Jackentasche verwahrt hatte, vor die Nase. Wie war sie da rangekommen? Sie musste unter dem Tisch an seiner Jacke herumgefroscht haben. Glücklicherweise linsten die beiden Gefängniswärter gerade nicht durch die Glastür. Sonst wäre das Gespräch jetzt vorbei gewesen.

Marc schaute auf die Aufkleber, die er von der Apothekerflasche des Iris-Gins gelöst und auf seinen Flachmann geklebt hatte. »Und jetzt, was soll ich da erkennen?«

Clara seufzte. Sie drehte den Flachmann auf den Kopf. »Schau auf den oberen Aufkleber. Also, jetzt natürlich von dir aus auf den unteren.«

Marc tat, wie ihm befohlen. Das ovale Etikett zeigte den Umriss des Bodensees in einem mystischen Irisblüten-Lila. Der stand nun auch auf dem Kopf. Marc stierte auf den Aufkleber. Und plötzlich erkannte er, was Clara ihm auf so unverschämt unkonventionelle Weise vor Augen zu führen versuchte. Auf diese Erkenntnis hin stand er nun kopf. »Der Wolf! Ein springender Wolf!« Als kleiner Stöpsel hatte Marc den Bodenseeaufkleber auf so manchem Autoheck für einen komisch geformten Taucher gehalten. Aber das ... Das war eindeutig ein springender Wolf.

Das Maul bei Lindau. Die Schnauze in Österreich zwischen Lochau und Bregenz. Die spitz aufgerichteten Ohren ebenfalls in Österreich bei Hard und bei Fußach. Die Vorderpfoten bei Friedrichshafen eng an den Körper gelegt. Bei Rorschach in der Schweiz der Wolfsbuckel im Sprung. Die Hinterpfoten ausgestreckt bei Bodman-Ludwigshafen. In Radolfzell, da wurde dieses Wolfswesen beschworen. Da setzte es zum Wolfssprung an. Dort reckte es im Sprungeifer auch die struppige Rute. Und ein ausgefranstes Schwanzfellbüschel lief in der Schweiz bei Stein am Rhein wieder aus. Das war ähnlich verblüffend wie bei der Insel Mainau, deren Umriss mit ein wenig Phantasie wie ein Pferdekopf aussah.

»Ja, Marc, siehst du ihn? Der Wolf setzt von Radolfzell aus zum Sprung an. Und dort habt ihr doch 2016 das erste Mordopfer dieser Seekunstmorde aufgefunden, oder?«

»Schon, ja. Und aus Radolfzell ist der ›El Niño‹ verschwunden. Der Kahlkopf der Statue ist an unterschiedlichen Örtlichkeiten gesichtet worden. Außerdem auch seine Fußabdrücke. Wenn du dir als Mörderin die Statue zunutze machen wolltest, wie hättest du sie zum Leben erweckt, Clara?«

»Taschenspielertricks!«, kam es wie aus der Pistole geschossen. »Du hast doch gemeint, dass immer nur der Kahlkopf der Statue gesichtet wurde. Ganz einfach, ich hätte mir einen ähnlich aussehenden Kopf auf einen Stecken gesteckt. Es gibt doch diese Osterinsel-Köpfe für den Garten. Die ›Moai‹. Wobei, die sind zu eierförmig. Vielleicht eher so einen Aztekenkopf. Die kämen doch ganz gut hin. Und die Fußabdrücke? Ganz einfach. Abdrücke nehmen, wie beim Orthopäden, und dann ausgießen. Das gäbe doch prima Gusslatschen. Daran einen Stab befestigen und schon hat man prima Attrappen, mit denen man bequem die Barfußstapfer nachahmen kann.«

Claras Schilderungen klangen schnörkellos. Das musste wohl so sein. Mörder setzten ihre Akzente eher in ihren Morden. Irgendwie klang es einleuchtend.

»Aber ich verstehe immer noch nicht, was das mit Odin und dem Fenriswolf soll«, gestand Marc.

»Ach, komm schon! Bring mal deinen kriminalistischen Spürsinn auf Hochtouren!«, feixte Clara. »Odin ist die Kunst. Der nordischen Mythologie zufolge hat er zwei Wölfe. Geri und Freki. Der Heißhungrige und der Gefräßige. Zwei Leitwölfe. Du sprichst doch die ganze Zeit von diesem Russen und dem Bildhauer. Und am Ende aller Tage wird Odin vom Fenriswolf verschlungen. Der Fenris verschlingt also die Kunst.«

Marc rieb sich das kindneybohnenförmige Muttermal über seiner rechten Braue. »Der Russe und der Bildhauer sind also die beiden Leitwölfe. Und wer ist deiner Meinung nach der Fenris?« Die alles entscheidende Frage. Ihn juckte wirklich gehörig die Kidneybohne.

»Einer von beiden. Wer, das musst du herausfinden. Der Fenris ist wohl das, was bei mir der Nachtfraul war. Die Antriebsfeder für die Morde«, ließ Clara ihn mit einem martialischen Unterton wissen. »Ich glaube, einer von beiden wird sich an der Ragnarök, dem großen Untergang, zum Fenris aufschwingen und den anderen mitsamt der Kunst verschlingen.«

»Und diese Ragnarök …« Marc musste Clara gar nicht die Frage stellen. Das konnte er sich selbst beantworten. »Das ist die Skulpturenschau auf der Mainau am Samstag nächste Woche.«

»Bravo, Marc. Du hast das Ermitteln nicht verlernt. Ich

würde klatschen … Also, wenn die Handschellen das zulassen würden.«

»Clara, ich muss los.«

Von einer Sekunde auf die nächste wechselte Claras flammendes, wenn auch aschfahles Gesicht zu dem eines ängstlichen Mädchens. Aus ihren Gesichtszügen sprangen ihn Verlustängste an. »Marc, wirst du wiederkommen? Du … du bist erst die zweite Person, die mich hier herinnen besucht. In der Isolationshaft habe ich niemandem, mit dem ich sprechen kann. Tagein, tagaus. Den einzigen Tapetenwechsel bekomme ich, wenn ich in der Gefängnisschreinerei mit Bodenseetreibholz werkeln darf.«

»Ich weiß es noch nicht. Das kann ich dir nicht sagen«, blieb Marc steinern. Er wollte sich nicht von Claras Mitleidsgehasche einkochen oder sich gar von ihr abhängig machen lassen.

»Lass mir bitte wenigstens den Flachmann da. Ein wenig flüssiger Sorgenbrecher für schlechte Zeiten. Dann habe ich noch eine weitere Erinnerung an die Irisblüte. Ich stecke ihn mir in das Bustier. Da traut sich keiner der Wärter zu kontrollieren.«

»Das kommt gar nicht in die Tüte, Clara! Ich denke ja nicht im Traum daran! Das hier ist kein Spiel!«, protestierte Marc.

»Dein Flachmann gegen eine weitere wichtige Info«, konterte Clara und schaute ihn herausfordernd an.

Marc atmete tief durch. »Also gut, einverstanden. Ich höre?«

»Dieser offene Rücken an der Leiche vom Bregenzer Kunstkurator, den du mir geschildert hast. Wo die Rippen vom Rückgrat abgetrennt gewesen waren. Das ist mir geläufig. Der ›Blutadler‹. Ich habe in der Klosterbibliothek darüber gelesen. Als … als ich mich mit den altertümlichen Mordmethoden auseinandergesetzt habe.«

»Der ›Blutadler‹?«

Darauf hätte die Waffenexpertin der Kripo Friedrichshafen bei Durchsicht der Fallakten aber auch mal kommen können, dachte Marc.

»Eine Hinrichtungsform der Wikinger für schwerwiegenden Verrat. Der Mörder hat beim ersten Mord besonders viel in die

Waagschale geworfen. Wie ich damals. Bei mir war es der pure Hass.«

Marc wurde es bei Claras kühlen Worten ganz anders zumute. »Und hier? Was vermutest du hier?«

»Kunst. Du hast mir erzählt, dass laut der Autopsie die Rippen erst nach dem Todeseintritt vom Rückgrat abgetrennt wurden. Am lebendigen Leib wären das unerträgliche Höllenqualen gewesen. Also war das zumindest primär keine Bestrafung wie mein Mord. Ein Stück weit mag es auch posthume Vergeltung oder Brandmarkung für einen Verrat sein. Ich glaube, der Mörder sendet damit eine Botschaft, die er durch die Porzellanwölfe unterstreicht. Mit dem Aufschneiden des Rückens zieht er das Lamm aus dem Wolfspelz. Und mit dem Freilegen des Rückgrats demonstriert er, dass es fragil wie Porzellan ist. Das Rückgrat der Kunst ist ein Wolf aus Porzellan, Marc.«

Jetzt musste Marc sich loseisen. Er schnappte sich seine Parka-Feldjacke, steckte Clara unauffällig seinen Flachmann zu und stand auf.

Claras Katzenaugen durchdrangen ihn. »Marc, löse den Fall. Und finde vor allem heraus, welcher Wolf in dir Oberwasser hat. Der schwarze oder der weiße.«

27

Samstag, 13. Juni 2020

»›Das Rückgrat der Kunst ist ein Wolf aus Porzellan‹«, las Aaliyah von der Plakette im Goldrahmen des Gemäldes ab. Das zeigte eine entblößte Frau, gefesselt am Marterpfahl. Das Rückgrat offen und blutig. Neben der gemarterten Nackten saß ein weißer Wolf aus rissigem Porzellan. Der jaulte sie an. Und die Frau selbst betrachtete ein Gemälde im Gemälde, dessen Rahmen aus lummeligen, gekräuselten Spaghetti zu bestehen schien und teilweise blutbeschmiert war. Es zeigte einen Glatzkopf mit schwarzer Zorro-Maske.

Unwillkürlich musste Aaliyah an die verschwundene Kahlkopfstatue aus Radolfzell denken. Das »böse Kind«. Jedenfalls ließ die Augenmaske den Glatzkopf im Gemälde böse wirken. Und sie musste an Duttke denken. Wenn sie sich recht an die durchforsteten Fallakten erinnerte, dann hatte dessen verunstalteter Leichnam doch auch eine schwarze Zorro-Maske aufgehabt, als man ihn aus dem Bodensee geborgen hatte.

Das Bild hing zwischen zwei anderen Gemälden. Aaliyah erkannte sie sofort. Links der »Wanderer über dem Nebelmeer«. Dessen Diebstahl aus der Hamburger Kunsthalle hatte der Philosophiegelehrte Tagayuki Shusaki, das erste Opfer der Irisblütenmorde, aus Tokio heraus beauftragt. Rechts die »Avarice« mit ihren wüsten Zähnen, der Hängezitze und dem welken Haar. Das Gemälde, das aus dem Kunsthistorischen Museum in Wien gestohlen worden war. Hier waren die beiden also abgeblieben.

Aaliyah war in Meersburg. Sie hatte sich nach dem großen Schock mit den Patronenhülsen im Friedrichshafener Jugendzentrum wieder aufgerappelt. Pleschke hatte ihr gesteckt, dass Geri Kaspar, der Konstanzer Historiker, am Tag des Vielseitigkeitsturniers zufällig beim sabotierten Wagen von Hanjo von

Dargatz-Gierer vorbeigefahren war und angeboten hatte, die Sachen daraus mitzunehmen. Ein Unding, dass Pleschke das zugelassen hatte, ohne zu inspizieren, ob es sich bei den Gegenständen im Oldtimer des Bildhauers um fallrelevante Utensilien gehandelt haben könnte. Dafür hatte sie ihm schon eine Standpauke sondergleichen gehalten. Auch dafür, dass er erst so spät damit um die Ecke gekommen war.

An der Universität in Konstanz hatte sie den Geschichtsprofessor nicht erreicht. Wie denn auch, es war ja Samstag. Immerhin hatte sie herausgefunden, dass er auch in Meersburg wohnte. So konnte sie wenigstens das eine mit dem anderen verbinden. Gegen Kanyuk hatte Pleschke in ihrer Abwesenheit bei der Staatsanwaltschaft nämlich einen erneuten Durchsuchungsbeschluss für dessen Wohnung erwirkt.

Jetzt stand Aaliyah in der Penthauswohnung in Meersburg über den Weinbergen mit schönster Aussicht auf den Bodensee. Sie war gerade den Flur entlanggestreift und hatte die Gemälde gegenüber der Heimsauna begutachtet. Nebendran stand ein schwarzer Marmorblock, ganz verwaist. Darauf ein Treibholzsockel mit zwei Löchern. Dem Wurzelholz war dieselbe schwarze Schwertlilie wie dem Holzstückchen vom Weinträger aus dem Fettabscheider eingebrannt. Augenscheinlich musste hier vor Kurzem noch eine Statue oder Ähnliches angebracht gewesen sein. Weshalb aber zwei Handtücher achtlos auf dem Marmorblock lagen, das konnte die Kriminalkommissarin auf Probe sich nicht erklären.

Aaliyah bückte sich neben dem Klotz. Dort hatte eine Kleidertruhe ihre Aufmerksamkeit erregt. Sie öffnete die Kiste. Die darin befindliche Decke erkannte sie sofort wieder. Die hatten Marc und sie in dem Rolls-Royce Silver Wraith Cabriolet von Hanjo von Dargatz-Gierer gesehen, als der seinen Beinahe-Unfall gehabt hatte. Neugierig wickelte sie die Decke auf. Und ein kurzes Aufschrecken durchfuhr ihren Körper. Ihr starrte ein lebensgroßer, kahler Azteken-Kopf auf einem Holzstock entgegen. Aus Basaltstein. An der Stirn rissig. Der sah dem aus Radolfzell verschwundenen »El Niño« ja aber mal zum

Verwechseln ähnlich. Natürlich. Der musste es gewesen sein, den Marc im Wagen vom Bildhauer gesehen hatte. Und er erklärte auch Bouffiers Sichtung im Gestrüpp an der Waldhütte in Kreuzlingen. Dazu eine Teleskoprohrstange und ein Fußständer. So konnte der Kopf wohl verlängert und aufgestellt werden.

In der Decke befand sich auch ein Paar sonderbar kauziger Bronzefußsohlen an langen Metallstangen, die an Ausgefallenheit kaum zu überbieten waren. Aaliyah griff nach ihnen und drehte sie um. An beiden Sohlen waren zwei der gegossenen Bronzezehen leicht nach oben abstehend. An der rechten Sohle der zweite und der dritte Zeh. Bei der linken Sohle der dritte und der vierte. Das war also des Rätsels Lösung. Mit diesen Bastelfüßen mussten die ominösen Fußabdrücke, die eine umherwandernde Radolfzeller Hockestatue vorgaukeln sollten, erzeugt worden sein. Sie muteten wie übergroße, absurde Brandeisen mit Metallmauken als Brandzeichen an. Und irgendwie hatten sie den Ermittlungen ja auch den Mythos-Stempel aufgedrückt.

Da lag noch etwas in der Truhe. Eine nostalgische Spieluhr aus Holz mit lackvergoldeten Kegelchen darauf. Blutspritzer auf den Kegelchen. In der Mitte befand sich eine Königsmurmel mit geschwungenem Farbeinschluss. Aaliyah legte die Barfußstäbe wieder beiseite. Zum Glück trug sie Latexhandschuhe. Sie zog die Spieluhr am Schlüssel auf. Die Kegelchen begannen um die Murmel zu tanzen, und die Melodie von »Hoppe, hoppe, Reiter« ertönte.

Aaliyah trieb es in das von Sonnenlicht durchflutete Wohnzimmer. In dessen Mitte hing ein überdimensional großer goldener Boxsack von der Decke. Der war am Reißverschluss geöffnet, und das Futter lugte heraus. Unwillkürlich drängte sich ihr der Gedanke auf, dass dort erst kürzlich eine Person dringesteckt haben könnte.

Der goldene Schlagsack war nicht das Einzige, was in diesem Wohnzimmer wie eine Skurrilität anmutete. Goldene Zieradern durchwaberten die schwarzen Feinsteinzeugfliesen, die Wände waren golden gestrichen. In der Ecke schlummerte seelenruhig ein Papillon-Hund in seinem Körbchen. Auf einem Whiskytisch in Gestalt eines Wikingerlangschiffs aus rauchigem Nussbaumholz stand ein ebenso goldener Hundenapf. »Wassili« stand darauf in Schnörkelschrift geschrieben. Und darunter klemmte ein Papier.

Aaliyah ging zum Tisch, nahm das Blatt und überflog es. So war das also. Eine Bestellung über zwei geflochtene Zopfteig-Hunde aus Hefefeinteig. Für die Skulpturenschau auf der Mainau. Hier lag also der Hund begraben. Diese Hefezopf-Hunde hatte es auch bei der Einweihung der Zeppelin-Skulptur in Friedrichshafen und beim Vielseitigkeitsturnier in Marbach gegeben. Auch wenn der Bildhauer in Friedrichshafen um Haaresbreite dem Tod entronnen war, so waren beides Tatorte. Verbunden waren sie durch das Hefezopfgebäck, das diesem Zettel nach nun auch für die heutige Skulpturenschau geliefert werden sollte.

In Aaliyah kam große Beklommenheit auf. Wenn sie eins und eins zusammenzählte, dann waren diese Hefeteig-Hunde keine Leckerbissen. Sondern Höllenhunde. Sie würden auch die heutige Schau auf der Insel Mainau zum Tatort machen. Sie langte sich in die Hosentasche und zog mit bebendem Herzklopfen ihr Handy heraus.

***

Marc steckte angesäuert sein Diensthandy zurück in die Jackentasche. Ausgerechnet jetzt hatte er keinen Empfang. Dabei hätte er Aaliyah nur zu gern seine besorgniserregende Entdeckung durchgefunkt. Er hatte sie seit der nervenaufreibenden Aktion am Jugendhaus in Friedrichshafen nicht mehr zu Gesicht bekommen.

Er stand auf dem Mainausteg zur Insel vor dem »Schwedenkreuz«. Das war ja mal ein Mistwetter. Von der einen auf die andere Sekunde hatte es einen Umschwung gegeben. Plötzlich prasselten kleine Hagelkörnchen. Und der Bodensee spuckte eine so aufgestachelte Gischt gegen den Steg, dass sie Marc die

Hosenbeine wässerte. Der See verhielt sich wie ein Wolf auf dem Sprung zur großen Attacke.

Er ließ die nächste Gischtwoge bedrohlich gegen den Steg klatschen. Die reichte ihm schon bis zu den Taschen seiner Parka-Feldjacke. So langsam bekam er das Gefühl, der Bodensee wollte ihn von der Insel vertreiben. Die herunterrasselnden Hagelkörner zupften beim Eintauchen so dermaßen an der Wasseroberfläche, als juckte dem Bodenseewolf vor Angriffslust der Pelz.

Dieses Mal war es nicht die Kreuzigungsgruppe selbst, die bei Marc Schweißausbrüche hervorrief. Vielmehr das, was er neben den Figuren der gekreuzigten Verbrecher zur Rechten und zur Linken von Jesus erblicken musste. Links war neben dem bösen Verbrecher ein weißer Porzellanwolf abgestellt. Rechts neben dem guten Verbrecher ein schwarzer. Das Gute sollte hier und heute also verdorben werden, das Böse reingewaschen.

Die beiden Porzellanwölfe konnten nur einem weiteren vorgesehenen Opfer der Seekunstmorde gelten. Und Marc ahnte schon, wem. Hatte Trahira nicht zwangsweise im Café »Vergissmeinnicht« bedient, weil ein Gericht sie zu Sozialstunden verdonnert hatte?

Bloß keine Zeit verlieren. Marc spurtete über den Mainausteg. Vorbei an der Seeterrasse. Vorbei am Kinderland, dem Kräutergarten und der Pfauenfigur, die liebevoll mit Gänseblümchen sowie mit bunten Stiefmütterchen und Begonien bepflanzt war. Marc rannte, was das Zeug hielt. Keine Gefangenen. Er war voll im Läufermodus.

Hinter dem kleinen blauen Holzgartenhäuschen, das inmitten von Bäumen, grünen Sträuchern und beschaulichen Schaugärten eingebettet war, erblickte er links schon das »Vergissmeinnicht«. Ihm kam eine spontane Idee. Er betrat geschwind das Café und kaufte zwei Flaschen »Seezüngle« in der Geschmacksrichtung Rhabarber. Farbtechnisch kam das Getränk dem, was er in Storks Chemielabor einmal gesehen hatte, am nächsten.

Zum allerhöchsten Erstaunen der Thekenbedienung Klaus,

ein älterer Herr mit schräg abgelaufenen Smokingschuhen zu lottriger Jeans und gut gemeintem Seitenscheitel, ließ er sich dazu noch auf eindringliche Bitte diejenige Vase aushändigen, die einem Erlenmeyerkolben optisch am ähnlichsten sah. Ohne größere Erklärungen klipste Marc die beiden Limonadeflaschen auf und kippte ihren Inhalt in die Vase. Dann verabschiedete er sich kurz und bündig.

Mit der Rhabarberlimonade in der Vase wetzte Marc entlang des Weinlehrpfads zum Schwedenturm hinauf. Immer darauf bedacht, bloß nichts zu verschütten. Zeit, die Gewürztraminer-Reben zu bestaunen, hatte er dabei nicht. Es ging schon wieder rechts ab. Die Frühlingsallee wurde von einem bunt blühenden Feuerwerk aus Hunderten Narzissen, Hyazinthen und Tulpen beherrscht. Marc hastete weiter hinauf. Vorbei am Schwanenbrunnen, vor dem sein Sohn Paul ihn und Alicia verliebt knutschend fotografiert hatte. Doch großartig in Erinnerungen zu schwelgen, auch dafür blieb im Moment keine Zeit.

Endlich bog er an der Viktoria-Linde links in den Schlossgarten ab. Er manövrierte sich schnurstracks durch den italienischen Rosengarten hindurch. Auch für den hatte er kein achtsames Auge. Dabei war der mit den Rosenbeeten, den Pergolen, den vier Marmorskulpturen, die die Jahreszeiten darstellten, und dem Marmorpokal mit seinen typisch klassizistischen Motiven in Anlehnung an die römische und griechische Antike das reinste Wonneparadies. Er steuerte zielstrebig auf das Schloss hinter dem Palmenhaus zu. Aus dem Augenwinkel sah er links am Wegrand Captain Morgan Otongo, den Landschaftsgärtner der Insel. Der gab gerade in einem langen Regencape dem Hagel trotzend den Friseur und trimmte dem alten japanischen Pagodenbaum den bis zum Boden reichenden Schnurwuchs mit einer Gartenschere.

Marc wusste nicht, wieso, aber so viel Zeit musste sein. »Hallo, Herr Otongo, bekommt die Lady schon ihren Sommerschnitt verpasst?«, begrüßte er den Inselfloristen.

»Ah, Herr Schdoigruber!« Der Gärtner gönnte seiner Gartenschere eine kurze Pause. »I schduds dem Mädle d'Hoar, damid die Bienle se vernasche könned. Also, hald den Neggdar. Mer nennd se drum au Honigbaum, gell?«

Honig. Marc hatte doch in der Übersetzung des dechiffrierten Piratenkryptogramms etwas mit Honig gelesen. Die Aufforderung, ein Fundament damit zu bestreichen. Dass dann eine geformte Frau sichtbar werde. Und der Landschaftsgärtner hatte ihm vor einer Weile von den Honigschmierereien des Bildhauers, seiner Gattin und deren Komparsen hier auf der Mainau erzählt. Das konnte doch kein Zufall sein.

»Bevor i 's vergess. Der Kanjugg isch vorhin dohinda under der Vikdoria-Linde rumgschwändsled. Scheind was gsuchd zu honn.«

Der alte Pagodenbaum sah mit seinen Schnüren wirklich wie eine geformte Frau mit ewig langen Haaren aus. Und es schien, als weise sein Ast wie ein Zeigearm in Richtung der Viktoria-Linde. Langsam dämmerte es Marc.

Er fasste den Vorschlaghammer mit dem orangenen Stiel, der neben dem Landschaftsgärtner am Boden lag, ins Auge. Den konnte er neben der Limonade in der Vase nachher auch gut gebrauchen. »Brauchen Sie den hier, oder kann ich mir den leihen?«

»I wolld eigendlich glei mid dem Hämmerle unsrem jüngschda Zidronenbäumle ein anschdändiges Baumpflöggle neihaue. Dem sei Schdämmle isch so ein dürrer Bohnenschdegga, der däd nedd amol alloi zwoi Zidrona verlubfa. Musser grad au nichd. Die oindsig Zidron, die wo scho dogwä isch, hodd ebber weggrubfd! Aber nemmed Se den nur mid, solang Se mer mid dem Hammer und der Blörre do die Vikdoria-Linde nichd hee mached.«

Marc versprach hoch und heilig, der Linde kein Blatt zu krümmen, und griff sich den Vorschlaghammer. Dann ließ er den Grinsemann in der Latzhose bei seiner Frisieraktion stehen und eilte den gebogenen Kiesweg in Richtung Bodensee vor zur Viktoria-Linde.

Die Linde. Professor Cornelius Wagner hatte ihm am Telefon doch sinngemäß erklärt, dass mit dem Wuchs, der über den frevelhaften Kunstverrat »Ding halten« sollte, eine Linde gemeint sei. Darüber hatte etwas in dem gefälschten Briefdokument gestanden, das Aaliyah und er in der Kreuzlinger Waldhütte aus der Kaminasche gefischt hatten.

Und war in dem Schriftstück nicht auch etwas über bewegliche Stecknadeln, die zur rechten Stunde die richtige Stelle offenbaren sollten, zu lesen? Marc ließ sich auf der Bank zwischen den dort bereits sitzenden Bronzeguss-Skulpturen nieder. Die Vase mit der Rhabarberlimonade stellte er behutsam neben sich ab. Den Vorschlaghammer lehnte er der nackten Sitzenden zu seiner Linken im angewinkelten Arm an die Brust. Als sei die Bronzefigur für ihn extra als Hammerhalterin geformt worden.

Marc grübelte. Die dürre männliche Figur zu seiner Rechten zeigte mit dem Zeigefinger in die Höhe. Marcs Blick folgte ihm nach oben. Er schweifte hinüber in die Baumkrone der Viktoria-Linde. Dort zeigten sich an allen Ecken und Enden bereits fleißig die ersten gelben Dolden der Blüte. Es ging ein harscher Wind durch die Blätterwipfel. Der blies von einem der höheren Kronenäste eine ganz braun verdorrte Fruchtnuss aus der Vorsaison hinunter, die sich dort oben verheddert haben musste. An ihrem länglichen Flugsegelblatt trillerte die Lindenfrucht freudig durch die Luft. Marc verfolgte ihre Reise zum Boden. Die fünfkantige und kugelige Nuss sah mit ihrem langen, dürren Stiel wie eine tänzelnde Stecknadel aus, als sie an dem schmalen Hochblatt durch die Luft segelte.

Eine Stecknadel, eine bewegliche Stecknadel! Darüber stand wirklich etwas in dem Briefdokument geschrieben. Der Kriminalhauptkommissar riss seine Augen weit auf. Jetzt wusste er, wo der fingierte Schatz auf der Mainau verbuddelt war. Den würde die Spurensicherung später zum Fuße der Viktoria-Linde aus der Erde ausgraben müssen.

Wie bei einem Blizzard brausten die Hagelkörnchen durch die Blätterkrone der Linde. Und verronnen wie die Zeit, die gegen Marc lief.

***

Aaliyahs sonst so schmale braune Augen waren weit aufgesperrt wie die einer Eule. Die Erkenntnis traf sie eiskalt. Sie hatte Marc nicht erreicht. Bloß das Freizeichen und die blecherne Bandansage, dass der Gesprächspartner derzeit nicht erreichbar sei.

Auf dem Weg nach Meersburg hatte sie Pleschke angerufen. Der war zunächst in Salem gewesen und hatte die Gunst der Stunde genutzt, besser gesagt die Abwesenheit des Bildhauers, der bei der Skulpturenschau auf der Mainau ja sein Statuen-Arrangement der Sünden und der Tugenden zum Besten gab. Pleschke hatte den anderen Durchsuchungsbeschluss, den in Salem, vollstreckt. Er hatte das Kunstatelier durchkämmt und im Hinterraum, der Marc und ihr damals versperrt geblieben war, Metallgussformen entdeckt. Für ein riesiges Kreuz, für Kegel und eine Kugel. Und auch eine Gießkokille für kleine Geschosskugeln. Was besonders besorgniserregend war. Ebenso wie die Tatsache, dass Dettmeiers daraufhin angerücktes Spusi-Team unter Einsatz von Luminol und UV-Licht in diesem Raum Unmengen von Blut am Boden ausfindig gemacht hatte. Gut möglich, dass dem Duttke damals in diesem Raum die Rippen von der Wirbelsäule abgetrennt worden waren.

Auch die Silikonabdrücke, mit denen die Füße der Radolfzeller Hockestatue nachgebildet worden sein mussten, hatte Pleschke dort vorgefunden. Vor allem aber hatte er in diesem Raum an dem Werkeltisch eine amtliche Mitteilung entdeckt, die beurkundete, dass Hanjo von Dargatz-Gierer sich im Sommer 2016 einen zweiten Vornamen zugelegt hatte. Friko. Wie eigentümlich und gar nicht zu Hanjo passend.

Zu allem Übel hatte Pleschke ihr eine Schreckensnachricht verkündet. Er hatte sie wissen lassen, dass Claudius Bouffier auf der Intensivstation in Bad Waldsee im Koma verstorben war. Wie es aussah, keines natürlichen Todes. Sogar ziemlich sicher. Jemand musste sich Zugang zu seinem Krankenzimmer verschafft und den Beatmungsschlauch zerschnitten haben. Das allein wäre schon tödlich gewesen. Warum auch immer war dem Sterbenden aber zusätzlich Wasser durch den zerschnittenen Schlauch eingeflößt worden.

Und Aaliyah selbst hatte in der Penthauswohnung in Meersburg unter dem Hundenapf ebenfalls eine Mitteilung über eine bewilligte Namensänderung entdeckt. Sie kniete noch immer vor dem Whiskytisch und warf einen weiteren ungläubigen Blick auf das amtlich ausgestellte Dokument. Ebenfalls auf den Juni 2016 datiert. Und ebenfalls eine Namensänderung. Kein Zweitname. Dieser Halunke hatte sich komplett umbenennen lassen.

Mit triftigen Gründen war das möglich. Aaliyah wusste das. Sie selbst hatte im Zeugenschutzprogramm ja auch von ihrem Recht Gebrauch gemacht, um sich gegen ihre rachsüchtige Familie bestmöglich zu schützen.

Hier sollte die Angst vor möglichen verspäteten KGB-Repressalien aus der Geheimdienstvergangenheit der Grund sein. So war es jedenfalls dem Dokument zu entnehmen. Sie blätterte zum zweiten Blatt, das an die Mitteilung angetackert war. Die Kopie eines Personalausweises. Vorder- und Rückseite. Dem war eine große Ecke abgeschnitten. Ein Zeichen, dass er ungültig geworden war.

»Ivan« stand beim Vornamen eingetragen. Und auch im Feld für den Künstlernamen gab es eine Eintragung. »Der Russe«, las sich Aaliyah laut vor. Ihre Augen schossen noch weiter auf. So sperrangelweit, dass Bauklötze so groß wie Backsteine herausfallen konnten.

***

Gute einhundert Augenpaare mochten es sein, die nicht schlecht staunten, als Marc durch den zweistöckigen ehemaligen Audienzsaal des barocken Mainauschlosses schlurfte. Wer mochte es ihnen auch verdenken? Sicher war es nicht alltäglich, dass ein bis zum Äußersten bereiter und von Hagel und Regen gebeutelter Kriminalhauptkommissar mit einem, zumindest dem Augenschein nach, chemisch bis toxisch befüllten Erlenmeyerkolben in der einen Hand und einem Vorschlaghammer in der anderen den Weißen Saal betrat. Schon gar nicht bei einem hochfeierlichen Akt wie der Enthüllung des künstlerischen Hauptarrangements bei der Skulpturenschau.

Und sie waren alle da. Gräfin und Gatte in royalblauem Rüschenballkleid und Frack. Geladene Gäste in Hülle, Fülle und festlichster Abendrobe. Auch die Skulpturen waren jetzt vollständig. Sieben gegipste Tugenden standen ebenso vielen Todsünden gegenüber. Aber sie waren etwas anders angeordnet als noch im Kunstatelier. Der Fleiß gegenüber der Faulheit. Wohlwollen gegen den Neid. Die Mäßigung Auge in Auge mit der Völlerei. Die Geduld bot dem Zorn die Stirn. Die Keuschheit der Wollust. So weit wie gehabt. Die Barmherzigkeit war nun aber dem Hochmut gegenübergestellt. Die letzten beiden Skulpturen waren mit Tüchern verhüllt. Die in der Reihe der Todsünden unter einem schwarzen Tuch, die in der Reihe der Tugenden unter einem weißen. Und dann gab es da noch eine größere Skulptur unter einem goldenen Tuch.

Hanjo von Dargatz-Gierer stand inmitten seiner Skulpturen. Wie immer unverkennbar in seinem hochmodischen und blütenreinen Dandy-Anzug mit dem cremeweißen und schwarz gebänderten Panamahut. Mit seinem schwarzen Ausgehstock mit dem glanzverchromten Pantherknauf lupfte er das schwarze Tuch an. Er war ganz in seinem Element. So sehr, dass er Marc ganz im Gegensatz zu den Gästen noch gar nicht bemerkt hatte.

Er zog das Tuch herunter und lüftete die darunter befindliche Sünde. Die Habgier. Fast so absurd, wie Marc sie bei ihrer Anfertigung im Kunstatelier in Salem gesehen hatte. In dieser gierigen Lauerhocke. Die rechte Gipsbrust entblößt. Die linke Hand nach innen gedreht. Auf ihr liegend die rechte Handfläche, die mit Perlenketten behangen war. Jetzt aber war die Gipsfigur noch bizarrer hergerichtet. Ein ledernes Hundegeschirr war über den Kopf gestülpt. In den Riemenbändchen an den Wangen steckten zwei tellerrunde, leuchtend rote Sonnenfänger. Wie bei der Skulptur der »Gafferin« im Bordell. Der Klushund.

Die Flauheit durchkroch Marcs Magen. Er wusste, was das zu bedeuten hatte. Rosalinde war tatsächlich tot. Und sie war eingegipst wie die Raffke. Er hatte den Weg nach vorn zur Hälfte zurückgelegt. Alles wirkte verzogen und verzerrt wie in Zeitlupe. Er sah nur die Augen der Zuschauer links und rechts von ihm. Die waren schockstarr. Die Damen griffen nach den Beschützerarmen ihrer Begleitungen. Marc jagte ihnen offensichtlich Angst ein.

Der Gehstock des Bildhauers machte sich am weißen Tuch zu schaffen. Wie ein Magier lichtete er geheimniskrämerisch die Verhüllung. Zum Vorschein kam kein weißer Tiger und keine Entfesselungskünstlerin im Käfig oder gar im Tauchbecken. Es verschlug dem Kriminalhauptkommissar aber gleichsam den Atem. Die Gipsfigur der Demut. Auch sie nahm eine hockende Stellung ein. Wie die Habgier. Und auch sie, das hatte Marc im Gefühl, war nicht der bloßen Schaffenskraft des Bildhauers erwachsen. Sie war umkrustet und ummantelt. Wie die Habgier.

Beide Gipsfiguren waren auf die dritte verhüllte Statue ausgerichtet. Die Demut reckte ihr ergeben und erwartungsvoll die ausgestreckten Hände entgegen. Das war der eingegipste »El Niño«. Da war sich Marc absolut sicher.

Marc hatte den vorderen Bereich des in Weiß und Gold gehaltenen Prunksaals fast erreicht. Er war der Einzige, der an diesem Abend nicht herausgeputzt war. Dafür würde er den Gipsstatuen gleich eine mit dem Vorschlaghammer verputzen. Zumindest androhen würde er es.

Hanjo von Dargatz-Gierer lupfte mit seinem Gehstock gerade mit viel Aufsehen das goldene Verhüllungstuch über der letzten Statue an. Dann zog er es mit einem theatralischen Wirbelschwung herunter und gab einen auffällig unauffälligen Anblick preis. Ein großes Kreuz in die schale Nüchternheit der Gipsverpackung geschlossen.

»Ist das Ihr künstlerischer Anspruch? Ihre tote Frau hier eingegipst zur Schau zu stellen?«, hörte Marc sich seine eigene Frage mehr brüllen als aussprechen. Sie ließ den mehr als überrascht aus der Dandy-Wäsche schauenden Bildhauer herumwirbeln.

Der versuchte noch, seine Entgeisterung zu übertünchen und wegzulächeln. »Steingruber, Sie … Willkommen zu meiner

Skulpturenkomposition. ›Die unstillbare Gier‹. Haben Sie die Ihrige schon wieder mit Pillen gestillt, oder warum fahren Sie so aus der Haut?« Der Bildhauer musste also mitbekommen haben, wie Marc damals nach dem Besuch im Atelier in Aaliyahs Wagen seine medikamentösen Beruhigerchen eingeschmissen hatte. Er schaute Marc abschätzend auf die Hände. Auf das Gefäß und auf den Hammer. Und er schien zu merken, dass mit dem Kriminalhauptkommissar nicht zu spaßen war. Offensichtlich schluckte er die Kröte, dass sich in der Vase, die glatt als Chemiekolben durchgehen konnte, goldfressendes Königswasser befand.

»Das zieht bei mir nicht mehr! Aber ich ziehe Ihrer Kreuzstatue hier gleich eins über die Gipsrübe!« Marc erhob drohend seinen rechten Arm mit dem Vorschlaghammer. »Und dann gibt es für die Skulptur eine kleine Dusche mit dem Königswasser. Das Ergebnis können Sie sich sicher ausmalen! Mal sehen, wie viel dann noch von dem Gold unter der Gipskruste übrig bleibt!«

Marc hob die Vase mit der Rhabarberlimonade und schüttelte sie vor dem Zinken des Bildhauers. Seine Rechte holte mit dem Vorschlaghammer aus und sauste, allerdings mit bewusst überschaubarem Schwung, auf das in Gips gehaltene Kreuz zu.

»Stopp!«

Nur wenige Zentimeter vor dem Gipskreuz kam der Hammer in Marcs erhobenem Arm zum Stillstand.

»Was wollen Sie hören?«

Marc hatte nicht wirklich vorgehabt, auf die Skulptur einzutrümmern. Er hätte aber doch mit etwas mehr Hartnäckigkeit gerechnet. Mit einer Bastion des Schweigens, die er erst mit wilden und verrückten Drohgebärden hätte brechen müssen. »Dass Sie Ihre Ehefrau eingegipst haben, als sie noch am Leben war!«

»Ja! Ja, habe ich! Sie ist sich selbst zum Opfer gefallen. Der Habgier. Zufrieden?«

Der Bildhauer zeigte sich geständig. Nicht die Spur leisesten Widerstands. Mehr noch, er schien mit sich im Reinen zu sein. Etwas stimmte hier nicht. »Und das Kreuz ist eigentlich aus Gold und auch nur eingegipst. Richtig?«, setzte Marc nach.

»Ja, auch richtig. Ein Griff ins Klo sozusagen. Hundert Kilogramm Gold eingeschmolzen und zum Kreuz gegossen.« Ein müdes Lächeln formte sich auf den Lippen des Bildhauers. War das Mitleid, das sich unter sein Lächeln schummelte?

»Und der Russe hat Ihnen geholfen. Sagen Sie es! Kanyuk hat Ihnen geholfen. Nein, Kanyuk ist der Haupttäter!« Marc wartete nicht auf eine Antwort. Er drehte sich herum. Schaute ins Publikum und durchwühlte es mit seinen Augen. Da! Etwa in der Mitte auf der linken Seite saß Kanyuk mit seinem Boxerzinken, der über dem gespannt auf dem Gesicht sitzenden Mundschutz hervorschaute.

»Kanyuk?«, hörte Marc den Bildhauer hinter sich mehr als nur perplex fragen. Warf es ihn etwa so aus der Bahn, dass Marc ihnen auf die Schliche gekommen war?

Marc dachte gar nicht daran, sich noch einmal nach dem Bildhauer umzudrehen. Sein Blick fixierte Kanyuk. Der trug heute mal kein Armani-Langarmhemd, sondern ein in Elfenbein und Nadelgrün gestreiftes Poloshirt, das ihn mit seiner bulligen Statur wie eine Presswurst aussehen ließ. Er kramte in seiner rechten Hosentasche herum. Einige Momente zu lang, als dass Marc es als lapidare Nervosität hätte abtun können. Etwas sagte ihm, dass gleich etwas Schreckliches passieren würde oder sogar schon im Gange war.

Intuitiv stellte Marc den Vorschlaghammer auf dem Parkett ab und ließ seine rechte Hand unter seiner Parka-Feldjacke zu seiner Dienstwaffe greifen.

***

Aaliyah war noch immer in der Penthauswohnung. Nicht in Kanyuks Luxusloft oberhalb der Weinberge, sondern ein Stückchen weiter. Am Anfang des Glaserhäuslewegs. Dort, wo auch das namensgebende Glaserhäusle stand. Dieses denkmalgeschützte Künstlerhäuschen, das schier vom Hang zu gleiten drohte und das einst schon Annette von Droste-Hülshoff mit ihren Besuchen beehrt hatte. Da passte die eigenwillig im Westend-Stil der dreißiger Jahre erbaute Villa mit ihrem Runderker und dem Penthausgiebel perfekt dazu.

Die Ermittlerin las auf der Ausweiskopie den Eintrag im Feld für den Nachnamen. Wieder und wieder. So als wollte sie sich das Gelesene in den Verstand meißeln. »Kasparov«. Das stand dort geschrieben. Ivan Kasparov. So hatte er ursprünglich mal geheißen. Genannt »der Russe«. Ein Künstlername. »Russe« war also ein Spitzname. Sein Spitzname. Und nicht Kanyuks.

Aaliyah überlegte. Sie war es gewesen, die Kanyuk in Balderschwang das erste Mal so bezeichnet hatte, weil sie ihn für nicht ganz koscher hielt. Damit hatte sie hauptursächlich diese fatale Verwechslungslawine losgetreten. Und Marc in allerhöchste Gefahr gebracht. Er musste gerade auf der Mainau sein und noch immer Kanyuk neben dem Bildhauer für den Haupttäter halten. Das war ihre Schuld.

Und der vermaledeite Pleschke war erst heute Morgen damit um die Ecke gekommen, dass der Konstanzer Geschichtsprofessor ebenfalls einen renngrünen Pick-up fuhr. Dafür verteufelte sie ihn.

Aaliyah hatte sich dann spontan dazu entschieden, zunächst die Privatadresse von Professor Geri Kaspar aufzusuchen, anstatt gleich die Durchsuchung in Kanyuks Wohnung durchzuführen. Die Adresse hatte ihr Kaspars Assistentin, die wohl auch Wochenendarbeit an der Uni nicht scheute, gegeben. Und glaubte man das? Die Eingangstür der Villa sowie der Zugang zu dieser prunkvollen Gala-Mansarde, unter der noch zwei weitere protzgroße Villa-Etagen proppenvoll mit Kunstwerken aus aller Herren Länder ihre Aufwartung machten, hatten einfach offen gestanden. So als wollte dieser übergeschnappte Halunke, dass man ihm auf die Schliche kam. Wie auch in der Blockhütte im Kreuzlinger Wald, in der keinerlei Spuren konsequent beseitigt worden waren.

Sie schaute hinüber zu dem weißen Wandsims. Auf dem lehnte dieses Zierstück gegen die Wand. Es sah aus wie die Mischung aus dem Pendel einer kleinen Wanduhr und der

Schneide eines Steinzeitmessers. Obenherum geschmückt mit der Abbildung des Inka-Gotts »Naylamp«. So harmlos wie ein Uhrenpendel war dieser seltsame Gegenstand aber nicht. Es musste sich um ein zeremonielles Ritualmesser handeln. Das legte die feuersteinartige Klinge nahe. Eines, das die Inka benutzt hatten, um Schädeldecken zu öffnen. Ein Tumi. Aaliyah hatte es gerade gegoogelt. Und der breiten Schneide dort an der Wand haftete eindeutig Blut an. Es musste benutzt worden sein, um Duttkes Schädel wie einen Schweizer Käse zu durchlöchern.

Die Kriminalkommissarin auf Probe fischte ihr Portemonnaie aus der nietenbesetzten Bikerlederjacke und zog daraus die Visitenkarte hervor, die der Konstanzer Geschichtsprofessor ihr gegeben hatte. Auf diesem goldgebürsteten Protzkärtchen war auch sein Name in gescannter schwarzer Handschrift eingeprägt. Das »G« in »Geri« hatte in der Unterschlinge dieselbe Doppelschleife wie das »G« in der angeblichen Unterschrift von Feldmarschall Wrangel in dem gefälschten Briefdokument. Es gab also keinen Zweifel. Geri Kaspar war der Verrückte, der am Bodensee die Seekunstmorde beging. Aller Wahrscheinlichkeit nach in gemeinsamer Sache mit dem Bildhauer.

Unterhalb des weißen Wandsimses stand in der Zimmerecke ein schwarzer Lederhocker. Auf diesem lag so eine Quadrokoptor-Drohne. Zukunftsschnickschnack. Wie ein Elefantenrüssel ragte an dem propellerbestückten Flugobjekt ein Greifarm mit einer Zwacke wie bei einer Müllzange hervor. Die Drohne musste dieser Irre genutzt haben, um die Porzellanwölfe auf die Zinken der Stimmgabel der Klangschiff-Skulptur »Im Augenblick« in Friedrichshafen und auf die Magnetenden auf der »Magischen Säule« in Meersburg zu befördern. Vermutlich auch, um die Figürchen auf die »Magier«-Skulptur im Bodensee an der »Kunstgrenze« zwischen Konstanz und Kreuzlingen zu bringen.

Verdammt, weshalb konnte sie Marc bloß nicht erreichen? Er war jetzt auf der Insel Mainau diesem Psychopathen ausgesetzt. Einem selbst ernannten Wolf, dessen schlimmste Waffe sein

Schafspelz war. Aaliyah nagte an ihren langen grün lackierten Fingernägeln. Sie zog ihr Smartphone aus der Jeanshosentasche, scrollte sich durch ihre Telefonliste kürzlicher Anrufe und wählte Pleschkes Nummer. Ein Tuten. Dann Pleschkes Stimme. »Pleschke, wo bist du gerade? Noch in Salem?«

»I wo! I bin in Konschtanz am Benediktinerplatz. Scho wieder im Präsidium. Aaliyah, der Kanjugg isch unser Mörder! Der hot dreißig umbragraue Plaschtikwölfe in der Schtube! Die Versen, Marcs Kollegin, hot einen Lieferschein ausfindig g'macht!«, kreischte Pleschke ins Telefon.

»Nein, ist er nicht! Er ist nicht unser Täter!« Aaliyah verspürte starke Kopfschmerzen.

»Marc hot sich bei mir nach dir erkundigt. Wer isch denn unser Täter?«

»Setz dich ganz flott auf die Insel Mainau in Bewegung, Pleschke! Es ist Kaspar. Geri Kaspar. Bestell Marc schöne Grüße und rette ihm, wenn nötig, das Leben!«

»Der Doppel-Doktor! Sapperlot! Schiiß mer in die Kapp!«

Aaliyah legte auf. Hoffentlich schaffte es Pleschke rechtzeitig auf die Mainau, um Schlimmeres zu verhindern.

***

Ein geviertelter Zitronenschnitz. Eine läppische Zitronenspalte, eingewickelt in Frischhaltefolie. Das war es gewesen, was Kanyuk aus seiner Hosentasche hervorgekrustelt hatte. Er musste also der Halunke gewesen sein, der dem jungen Bäumchen die einzige Zitrone abgegrast hatte. Mehr aber auch nicht. Er hatte seine Maske vom Gesicht genommen und damit ein müdes Lächeln freigelegt.

Er war es nicht. Er war es einfach nicht. Kein großes Finale. Kanyuk, der gerade den Zitrusfruchtschnitz aus der Folie wickelte, davon seelenruhig abbiss und dann das übersäuerte Gesicht zur Zitronengrimasse verzog, war nicht der Fenris. Er machte überhaupt keine Anstalten, hier irgendeine Ragnarök einzuleiten. Er war harmlos und handzahm.

Marcs zuckender Finger am Abzug seiner unter der Parka-Feldjacke steckenden Dienstwaffe schwitzte. Er blickte durch die Gästereihen und suchte den Wolf im Schafspelz der Abendrobe.

Er sah die in Schale geworfenen Damen, die sich ängstlich an die starken Schultern ihrer gestandenen Männer schmiegten. Geschäftsleute von Rang und Namen. Kunstmäzene und ihre Künstlerprotegés. Und natürlich auch die Schickimickis, die sich herausgeputzt hatten, als beschritten sie gerade den roten Teppich beim Wiener Opernball. Sehen und gesehen werden. Trotzdem war es ein Maskenball.

Könnte Marc nur den Wolf sehen! Da, links, dritte Reihe. Da saß doch Trahira. Trotz der Stoffmaske mit dem aufgedruckten Pennywise-Grinsen des Horrorclowns aus dem »Es«-Film erkannte er sie an ihren Rastas sofort. Daran und an ihrer abscheulichen Nutella-Jogginghose, die sie heute doch tatsächlich zu einem bauchfreien, ärmellosen giftgrünen Pullover mit tränenförmigen Pailletten trug. Die Geschmacksverirrung des Jahrtausends.

Dann stockte Marc der Atem. Ein anderes Kleidungsstück ließ ihn wie von Blitz und Donner getroffen dastehen. Einen Stuhl weiter. Eine Wollstoffhose. Gezwirnt. Anthrazitgrau. Seitlich zwei breite waldgrüne Streifen. Eine Lodenhose. Lodenhose! Es hatte »Bussard Lodenhose« geheißen. In Marbach. Das Gekrakel, das Claudius Bouffier mit letzter Kraft im Matsch hinterlassen hatte. Weshalb hatte er eigentlich keine klarere Botschaft hinterlassen? War er in seiner Todespanik zu keiner Logik mehr imstande gewesen? Oder zeugte die Rätselbotschaft davon, dass er durch die ewige Schatzsucherei ebenso spinnert geworden war wie die anderen?

Die Lodenhose. Geri Kaspar steckte in ihr. Auch ihn erkannte Marc trotz der jagdgrünen Gesichtsmaske. Wer sonst hatte darunter einen solchen üppigen Wikinger-Rauschevollbart und das silbergraue Haupthaar zum Männerzöpfchen gebunden?

Die bislang angewinkelten Grünsteifen auf den Hosenbeinen streckten sich in die Vertikale. Trahira hatte sich noch am Arm des Konstanzer Geschichtsprofessors festgehakt. Nicht, so deutete Marc das, um sich wie die anderen Damen einen starken Beschützerarm zu angeln. Sondern um ihn zurückzuhalten. Aufzuhalten. Zu stoppen.

Doch Geri Kaspar war von jetzt auf gleich aufgesprungen. Und von jetzt auf gleich hatte er unter der Gamsfrackjacke aus Schafswolle und der Weste mit Stresemann-Streifen eine Musketenpistole hervorgezaubert. Er war der Fenriswolf im Schafspelz.

Er riss sich von der unbeholfenen Trahira los und stopfte flinker Hand eine aus einem Papierknäuel gewickelte Bleikugel in den Lauf der altertümlichen Pistole. Aus einem kleinen Schraubtübchen ließ er das Zündpulver in das Zündloch des Steinschlosses rieseln.

Sinnestunnel. Mit zweihundertfünfzig Sachen durchrauschte Marc ihn. Ihm sausten die Gedankenpfeile kreuz und quer durch sein Hirnstübchen. Die Motte, diese Tätowierung. Er entdeckte den aufgepinselten Totenkopffalter gerade auf Kanyuks wulstigem rechten Oberarm, als der ein weiteres Mal von dem Zitronenschnitz abbiss und das Fruchtfleisch aussaugte. Er hatte das Tattoo nach dem körperlichen Angriff im Dampfbad in Friedrichshafen gesehen. Da hatte ihm der Angreifer aber längst den Rücken zugekehrt, nachdem Marc zu Boden gegangen war. Das Tattoo konnte also nicht seitlich auf dem Oberarm sitzen, sondern auf dem von Wolfsfell umgebenen Nacken. Klar, es hatte ihn damals ja auch der aus den Ketten gesprengte Fenriswolf auf dem Hünenrücken begrüßt. Dieser Lapislazuliring. Aber natürlich. Geri Kaspar musste mit dem Ring an seinem linken Daumen gegen den Metallmast auf dem Piratenausguck am Salemer Schlosssee gescheppert haben. Das Geräusch fallender Münzen. Und es musste der Blauschimmer des Lapislazulisteins gewesen sein, der sich auf der Rückseite seiner goldgebürsteten Visitenkarten reflektiert hatte.

Das Unerklärliche, an dem sich Marc nach dem Gespräch mit Geri Kaspar am Salemer Schlosssee gestoßen hatte. Das ihn im

Alpakagehege so nachdenklich zurückgelassen hatte. Plötzlich war es nicht mehr so unerklärlich. Es war der Freud'sche Versprecher gewesen. Geri Kaspar hatte ihn ja selbst noch darauf hingelupft, aber bei Marc hatte es damals einfach nicht geschnackelt.

Als Psychopathologe hatte sich der Konstanzer Geschichtsprofessor versehentlich vorgestellt. Psychopathologen, das waren die Seelenklempner, die sich mit der Unwucht der Seele auseinandersetzten. Und ein Freud'scher Versprecher beförderte ja bekanntlich einen wahren Gedanken, den man eigentlich für sich behalten wollte, unwillkürlich ans Tageslicht. Der Konstanzer Geschichtsprofessor war ein mit sich selbst beschäftigter Psychopath. Der psychopathische Wolf im Schafspelz.

Geri Kaspar legte sein Gamsfrackl ab. Seinen Schafspelz. Es kam noch dicker. Er spannte in aller Herzensruhe den Hahn mit dem eingefassten Feuerstein, so als sei es das Normalste der Welt.

Marc stach wieder das desaströse Papageno-Pailletten-Debakel auf Trahiras giftgrünem Pullunder ins Auge. Deren Oberkörper hatte sich schlangenartig verkrümmt, als sie gerade eben mit Geri Kaspar gerangelt hatte. Die scheußliche Paillettenschlange verwandelte sich vor Marcs Augen in den Amazonas, der sich wie ein lang gezogenes Kriechtier durch das dichte Dschungelgrün schlängelte. Marc stand schon wieder an einem Abgrund. Er hatte vergangenen Herbst in die Lilaglut hinabgeschaut. Jetzt starrte er in die grüne Hölle. Und die grüne Hölle starrte zurück. Wie ein Blizzard prasselte sie ihm mit Gedankenblitzen entgegen.

Der Amazonas. Hatten nicht in Geri Kaspars Professorenbüro an der Konstanzer Universität im Hintergrund Maya-Totemmasken an der Wand gehangen? Eine ganze Heerschar davon. Die Maskenwand drängte sich Marc wie ein Wellenbrecher in die Gedankenflut. War da nicht auch eine Krampusmaske zwischen den unzähligen Totemmasken gewesen? Er hatte das durch das leicht verkräuselte Kamerabild während des Online-Meetings trotz des übergroßen Protzbildschirms im

Konstanzer Kommissariat gar nicht richtig erkennen können. Ja, aber natürlich. Eine Krampusmaske mit Hörnern. Und mit grellgelben Augen. Die Wolfsmaske!

Und ganz dunkel war ihm so, als habe dort auch ein Steinkopf zwischen dem Wust an Mayamasken hervorgelugt. Aztekischen Aussehens. Ein geschorener Kopf. Ein Kahlkopf! Das musste es sein! Geri Kaspar musste den benutzt haben, um ihm und anderen das Umherstiefeln des gestohlenen »El Niño« vorzugaukeln. Das alles hatte ihm die ganze Zeit über direkt vor der Nase gelegen. Die Bitternis dieser Erkenntnis zwang Marc in die Knie.

Ein Zündfunke. Qualmiger Rauch. Ein Krachen, ohrenbetäubender als der naheste Donnerschlag. All das riss Marc aus seinem Gedankendschungel. Kurz darauf folgte ein Gekreische, das wie ein Schwapp des Entsetzens durch die Zuschauerreihen floss.

Aus der Mündung der Musketenpistole entströmte noch immer Schmauch. Der pfeffrige, schwefelige Geruch von Schießpulver hing im Weißen Saal. Marc hatte die Geschosskugel gar nicht an sich vorbeisausen sehen. Es war alles so unfassbar schnell gegangen. Wohl aber hatte er den Windzug gespürt. Die Kugel war nur um Millimeter an seinem Hals vorbeigezogen, wie er da so auf den Parkettdielen kniete.

Die Halsschlagader des Kriminalhauptkommissars schlotterte. Er hielt noch immer seinen schwitzigen Finger am Abzug seiner Dienstwaffe. Und die steckte noch immer im Holster unter seiner Parka-Feldjacke. Wieso hatte er sie nicht schon längst gezogen? Weshalb hatte er sich nicht schon längst gerührt? Versteinert hockte er da, wie der »El Niño«. Die lähmenden Erkenntnisse waren über ihn hereingeschwappt und verunmöglichten ihm das Handeln.

Die vor Bestürzung weit geöffneten Münder der Gäste, wenngleich auch zumeist hinter nun lang gespannten Stoffmasken versteckt, bedeuteten Marc aber, sich schnellstens einmal umzusehen. Er drehte vorsichtig seinen Kopf über die Schulter nach hinten. Der Bildhauer. Er hatte ihn gar nicht mehr beachtet. Der stand dort nicht mehr. Aber die eingegipsten Statuen hatten ein neues Färbungsmuster erhalten. Die Gipsmäntel von Kreuz, »El Niño« und der ermordeten Gattin des Bildhauers waren mit einem Mal von roten Sprenkeln übersät. Und der Bildhauer lag wie eine Opfergabe ausgestreckt über den Armen der eingegipsten Radolfzeller Hockestatue. Der Panamahut war ihm über das Gesicht gerutscht. Und sein vormals so blütenweißer Dandy-Anzug hatte am Revers einen esstellergroßen roten Fleck, der Anstalten machte, sich auf die Größe eines Pizzatellers auszudehnen.

Fassungslosigkeit gesellte sich zu Marcs Schock. Der Bildhauer weilte nicht länger unter den Lebenden. Der Fenriswolf hatte ihn kaltblütig erschossen.

Marcs Augen suchten fieberhaft nach Geri Kaspar. Er stand noch immer dort links. Die Zuschauerreihen hatten sich ratzekahl gelichtet. Sicherlich war auch Trahira fort. Das sah ihr gleich. Aber die Kollegen konnten sie über ihre Fußfessel orten.

Geri Kaspar war in tötungswilliger Stellung und verzog keine Miene. Soweit Marc das beurteilen konnte. Immerhin war das halbe Gesicht von der jagdgrünen Maske verdeckt. Aber die Augen zeigten keine Regung. Und er hatte schon wieder nachgeladen. Die zweite papierummantelte Geschosskugel in den Lauf gestopft und das Zündpulver im Zündloch nachgefüllt. Der Fenriswolf hob seinen linken Arm, in der Hand, entschlossen umklammert, die Musketenpistole. Der Fenris visierte an. Er war Linkshänder!

Marc blickte direkt in den Lauf der altertümlichen Pistole. Deren Hahn war erneut nach hinten gezogen. Geri Kaspar hatte nun ihn ins Visier genommen. Marc sah ihm in die Augen. Derselbe teufelsirre Blick, den Clara damals gehabt hatte, kurz bevor er ihre Täterschaft entlarvt hatte. Hier brauchte er das nicht mehr. Der Fenriswolf hatte den Schafspelz bereits abgelegt. Und dafür den Todesblick aufgesetzt.

An Marc raste nicht sein ganzes Leben hollywoodreif wie ein auf dem Highway außer Kontrolle geratener Schwertransporter vorbei. Er sah sich stattdessen wieder im Bungeeseil. Von der

Großdorfer Brücke gestürzt. Tiefenrausch. Schluchtensturz. Der Lilaglut entgegen. Dieses Mal rauschte er aber glatt durch sie hindurch. Dem Baumkronenmeer der grünen Amazonashölle entgegen.

Ein Schuss mit einem Kawumm wie ein Kanonendonnerschlag. Ein Schrei wie am Spieß. Das Zerscheppern einer Statue. Marc wurde von einer ungeahnten Wucht niedergestreckt. Schwefelschmauch lag in der Luft. Er am Boden. Und Blut rieselte ihm auf die Finger. Irisierend schillernde Pailletten kitzelten ihn unter der Nase. Als würde sein Riechkolben in giftgrünen Fischschuppen baden. Papageno ließ grüßen. Nicht die grüne Amazonashölle.

Es war nicht sein markerschütternder Schrei gewesen. Der war Trahiras Kehle entwichen. Deren Dekolleté war mit Marcs Gesicht auf Vollkontakt gegangen. Noch immer war es in ihrer grün paillettierten Hügellandschaft vergraben. Und seine rechte Hand griff ihren Oberschenkel. Dann war es Trahiras Blut, das ihm auf die Finger rann? Es war warm und fühlte sich so an, als gieße man ihm gerade eine Suppe über die Hand.

Marc eiste sein Gesicht von dem Paillettenpullunder los, schob es unter Trahira hervor und wagte einen Blick auf ihr Bein. Die Nutella-Hose sah aus, als habe man zusätzlich zu der Nuss-Nougat-Creme noch Erdbeermarmelade auf das aufgedruckte Brot geschmiert und das dann in der Mitte durchschnitten. Die Pistolenkugel musste sie im Streifschuss am Bein erwischt und eine fiese Fleischwunde gezogen haben. Nachdem die Kugel Trahiras Bein touchiert hatte, musste sie der Ikarus-Statue, dem symbolisierten Hochmut, den linken Flügel gehörig gestutzt haben.

Marc konnte immer noch nicht seine Dienstwaffe hervorziehen. Trahira lag nach ihrem beherzten Bodycheck, der ihm vermutlich das Leben gerettet hatte, auf ihm. Außerdem musste er jetzt an ihrem Bein die grabenförmige Klaffwunde abdrücken, um ein Verbluten zu verhindern.

Der Fenriswolf hatte unterdessen ein zweites Mal nachgeladen. Geladen zum finalen Todesschuss. So träge verwurstelt wie Marc mit Trahira zum Menschenknäuel dalag, waren sie für die dritte Geschosskugel, vor allem aber für Geri Kaspars übertriebenen Kunstfanatismus, leichtes Kanonenfutter.

Der Psychopath legte erneut die noch nachrauchende Musketenpistole an. Verflixt und zugenäht! Aaliyah hatte mit ihrem mehr als fatalen Trugschluss versehentlich einen falschen Strohmann gebaut. Kanyuk war nicht »der Russe«. Letzten Endes war auch er nur ein ängstliches Lamm, das wie die anderen Gäste im Angesicht der Gefahr Reißaus genommen hatte. Ein kleinkriminelles Lamm, gebettet auf dem lauschig warmen Stroh der viel zu provinzganovenfreundlichen Gesellschaft. Und er, Marc, hatte mit seinen Fehldeutungen diesen Strohmann auch noch befeuert. Jetzt fackelte der wahre Strohmann sich selbst ab.

Burning Man. Geri Kaspar hatte sich seine grausige Krampus-Wolfsfratze mit den zitrusgrellen Augen, den vampirlangen Fangzähnen im gefletschten Rachen und den Ziegenbockhörnern übergezogen. Und somit sein wahres Gesicht vollends offenbart. Räucherstäbchen in den Fellzotteln. Rasselketten von den Spitzohren in das Fell und um den Unterkiefer. Die Krampusmaske musste er in seiner mit Echtschieferlamellen überzogenen Männerhandtasche mitgeführt haben.

Geri Kaspars Zeigefinger lauerte am Abzug der Musketenpistole raubgierig auf den großen Wolfssprung. Er besaß den geballten Wahnsinn, um mit einem Schuss Trahira und ihn zu töten. Marc wusste das. Er ging seine Optionen durch. Auch diejenige, Trahira als menschlichen Schutzschild vor sich zu rollen. Er wäre kein Mensch mit all seiner Fehlbarkeit, den Irrungen und Wirrungen, wenn er nicht zumindest den Hauch einer Sekunde über diese Option nachgedacht hätte.

Er entschied sich dafür, mit der einen Hand weiterhin Trahiras Fleischwunde abzudrücken. Mit der anderen tätschelte er ihren Kopf. Und er schloss seine Augen. Bereit für den Todesschuss. So bereit, wie man eben sein konnte.

»Schteini, Schteini!«

Ein Knall. Schall. Aber kein Zündfunke. Kein Rauch. Dumpfer Schall, Knall auf Holz. Marc riss seine Augen wieder auf. Pleschkes fleischige Pratze, zur Faust geballt, hatte Geri Kaspar durch die Krampusmaske gehörigst eins auf die Glocke versetzt.

Seine nervige Stimme war es auch gewesen, die gerade »Schteini« gerufen hatte. Pleschke, dieser abgezockte Sauhund, hatte mit dem Ablenkungsmanöver für einen winzigen Augenblick Geri Kaspars Aufmerksamkeit auf sich gezogen. Und er hatte Kanyuk im Schlepptau gehabt. Der hatte sich gerade wie ein bulliger Kampfstier auf den tötungswilligen Professor geworfen und hielt ihn niedergerungen am Boden. Kanyuk war aber auch ein Fleischberg von Mann. Unter ihm konnte sich auch ein Fenriswolf nicht mehr aus den Ketten sprengen.

***

»Mensch, Schteinbeißerle, fürs Glück gibt's kei Weckerle. Bloß ein Pleschke mit em Plappermund. Aber i bin immer do zur rechten Stund. Fei auf die allerletschte Sekund, gell! I hon es doch g'sagt. Das Schwobeland braucht au emol einen Held! Selbscht mit einer Leihkarre! Viele Grüße von der Aaliyah. Ihr verdanksch, dass i da bin!«

Noch nie hatte sich Marc so sehr über die vertraut nervtötende Stimme dieses Großmauls gefreut. Überhaupt hatte er sich noch gar nie darüber gefreut. Jetzt schon. Er verdankte ihm Leib und Leben. Da verzieh er ihm auch den »Steinbeißer« und erst recht den lebensrettenden »Steini«. Wenn auch mit zusammengebissenen Zähnen. Und wenn er Pleschke richtig verstand, dann hatte er auch Aaliyah sein Leben zu verdanken.

»Jo, jo. Das Glück isch mit den Tüchtigen. Mit dem Bouffier leider nit. Wasser in die Gosch g'füllt und tot isch er g'wese! I übrnimm hier emol, bis die Sanitäter arücket. Dann kasch du mit dem Russ babbeln. Aber lass dir bloß keinen Schtuss oder ein Bärle aufbinden. Ein Bärle vom Wolf, verschtohsch?«

Marc rappelte sich auf und überließ es Pleschke, Trahira die Schusswunde abzudrücken. Er war baff und sprachlos. Dann galten die beiden Porzellanwölfe, die Gäste der weißen Flotte auf der grotesk anzusehenden »Magischen Säule« von Peter Lenk am Meersburger Passagierhafen entdeckt hatten, also tatsächlich dem Springreiter.

Mit nicht wenig Wut in der Brust stapfte Marc trotz seiner blutverschmierten Hand hinüber zu Geri Kaspar, der regungslos unter dem Fleischberg mit Boxerzinken begraben dalag.

»Ha, ha, ty psikh! Du spinnst, Bulle! Siehst du jetzt ein, dass du galaktisch falschgelegen bist? Ein Holzkopf auf dem Holzweg. Ich habe dir doch gesagt: Ich verehre den Wolf, bin aber in meinem Naturell als Geschäftsmann ein Fisch.«

Auf Kanyuks selbstgefälliges Geschwätz konnte Marc im Moment gut verzichten. »Schon klar, Herr Geschäftsmann. Haifisch und Asphaltpiranha. Wenn das hier alles vorbei ist, lade ich Sie noch mal in unser Kommissariatsbecken vor. Dann können Sie mir in aller Seelenruhe einmal erklären, weshalb bei Ihnen im Bordell die Gudrun Raffke tot eingegipst herumsteht.«

Das fruchtete und ließ Kanyuk verstummen. Ihm war wohl nicht klar gewesen, dass er sich mit der »Gafferin« eine Leiche ins Freudenhaus geholt hatte. Geri Kaspar versetzte es unter ihm hingegen in ein absurd manisches Lachen.

Marc griff die Krampusmakse bei den Hörnern und zog sie herunter. Den Psychopathen demaskierte er dadurch nicht. Es kam Geri Kaspars Kopf zum Vorschein. Das zum Schwänzchen gebundene Haar klebte ihm auf dem Haupt. Offenbar hatte er in dem Kunstfell geschwitzt, und seine Nase war ganz blutig. Pleschkes Fausthieb hatte gesessen. Trotz der Lädiertheit stand diesem Gesicht etwas von Grund auf Diabolisches hinter die Fassade gemeißelt. Und es starrte durch alle Fenster und sprang einen förmlich an.

»Nun zu Ihnen, Herr Kaspar. Oder sollte ich Sie ›den Russen‹ nennen? Oder den Fenris? Was ist Ihnen lieber?«

»Na, wenn Sie so fragen … ›Russe‹ werde ich in unseren Kunstkreisen genannt. Das ist mein Spitzname. Heute wurde er unsterblich. Ich habe Außergewöhnliches geschaffen, will ich meinen. Ich habe die Kunst verschlungen!«, gluckste Geri Kaspar verzückt.

»Kunst über Gold ... Sie sind durchschaubar, Herr Kaspar«, erwiderte Marc. »Ich weiß über Ihre Kränkung auf den Seychellen Bescheid. Kränkung und ein mit Füßen getretenes Selbstwertgefühl sind der Mordgrund Nummer eins. So außergewöhnlich sind Sie wohl doch nicht. Ein Psychopath mit extremem Narzissmus.«

»Nun, mein Lieber, wenn Sie so ein Cleverle sind, weshalb waren Sie dann über meine geplanten Kunstwerke nicht im Bilde? Immer den entscheidenden Schritt zu spät. Wie schon bei den Irisblütenmorden. Ach ja, Clara Meißner ... Meine Mördermuse, auch wenn ich ihr mit meinem ersten Mord an Duttke um Lichtjahre voraus war. Nicht nur zeitlich. Der offene Rücken. Der Glasstachel im Auge. Wie ein Ebenbild von einem der vier letzten Selbstporträts von Picasso. Eine gequälte Picasso-Fratze, der das Leiden auch nach dem Tod aus der Visage springt. Das stellt doch selbst eine Kreuzigung in den Schatten, oder? Meinen Sie nicht?«

»Sie scheinen so kunstfanatisch, dass Sie sich selbst einen einbalsamierten Gekreuzigten als heimelige Deko ins Wohnzimmer stellen würden. Ich habe aber schon verstanden. Ihre Morde sind Kunstwerke. Seekunstmorde. Kunstwerke sind die Träume von Mord, die durch die Tatbegehung verwirklicht werden. Sartre. Das hatten mir der Bildhauer und der Kanyuk auch schon verzapft«, entgegnete Marc verärgert. In Gedanken ergänzte er Clara Meißner. Auch sie hatte im Gefängnis diesen Stuss von sich gegeben.

»Wohl gesprochen, Herr Kommissar. Und das Rückgrat der Kunst ist ein Wolf aus Porzellan. Sie muss geschluckt werden, um sie zu bewahren! Gerissene Verräter müssen gerissen werden! Die Kunst und der Klushund, zwei Wölfe aus Porzellan und doch so unterschiedlich. Aber wenn Sie alles so durchschaut haben, lassen Sie doch mal hören. Welcher tiefere Sinn liegt in meinen Seekunstmorden?«

Marc drehte sich herum. Ein schauderhafter Anblick. Der erschossene Bildhauer lag dort schlaff über den ausgestreckten Armen vom in Gips gelegten »El Niño«. Wie eine Opfergabe, die zu Kreuze getragen wurde. Der Blutfleck auf dem Revers hatte sich vom Pizzateller zum Autoreifen ausgedehnt. Weit größer als die blutroten Sonnenfänger, die seiner eingegipsten Gattin in das Hundegeschirr gesteckt waren. Entsetzlich makaber mit den abervielen Blutspritzern, die bis auf das in Gipsschale geworfene Goldkreuz reichten. Aber irgendwie auch unwiderstehlich. Marc konnte seinen Blick partout nicht losreißen.

»Kunst über Gold. Kunst über Gier. Die Tugenden bieten den Todsünden die Stirn. Gut gegen Böse. Wie die beiden Wölfe. Der schwarze und der weiße. Ein Kampf auf Leben und Tod. Paradox, weil keiner ohne den anderen kann.«

Marc schluckte und fuhr fort: »Wie die Kunst nicht ohne den Mord. Die Gipsskulpturen an sich sind Kleinkunst. Die Blutspritzer heben sie in nicht mit Gold aufwiegbare Kunsthemisphären. Der Bildhauer und seine Gattin sind Opfergaben an die unstillbare Gier, damit die Kunst die Halle des Olymps betreten kann. Sie haben sich Ihr eigenes goldenes Kreuz gegossen, weil Sie darauf so besessen waren. Mord ist für Sie Kunst. Und Kunst die Traumerfüllung von Mord. Die schlecht gemachten Fälschungen der historischen Dokumente und des goldenen Kegelspiels waren bewusst so dilettantisch. Ein einziges großes Kunstprojekt mörderischen Ausmaßes.«

»Alle Achtung, Herr Kommissar! Sie werden feststellen, dass der gute Balthasar mit seinem eingedetschten Schädel und der arme Springreiter mit seinem ganz blau angelaufenen Gesicht auch Picasso-Fratzen nachempfunden sind. Balthasar dem drittletzten Selbstbildnis von Picasso, Claudius Bouffier den letzten beiden. Ich habe nichts dem Zufall überlassen.« Geri Kaspars Augen wurden schmal wie Wolfsaugen. »Aber zeigen Sie ruhig, was Sie sonst noch auf dem Kasten haben«, forderte er Marc heraus.

»Das Wasser.«

»Wasser? Aha, Herr Kommissar. Was ist damit?«

»Ihnen war es wichtig, Ihre Opfer für die Seekunstmorde mit dem Bodenseewasser in Berührung zu bringen. Duttke hatten Sie direkt im See platziert. Balthasar lag in dem Fettabscheider auf der Mainau unterhalb des Seespiegels. So gesehen auch im Bodensee. Dann die Raffke. Die Kollegen meiner Ermittlungspartnerin haben von einem Teich in dem Voyeurzimmer in Kanyuks Puff berichtet. Ich tippe mal auf Bodenseewasser. Und das Ersticken von Claudius Bouffier? Das hätten Sie mit einem Kissen auch einfacher haben können. Auch hier tippe ich auf Bodenseewasser.«

»Schön und gut, aber was ist mit ihr? Die Rosalinde in Gips. Hanjo. Kein Bodenseewasser oder täusche ich mich?« Geri Kaspar klang fast schon amüsiert und gespannt, ob Marc auch diese Unstimmigkeit auflösen konnte.

»Die Geschosskugeln waren zu rund für Stein. Also haben Sie Bleikugeln verwendet. Ich habe erst ein Bleigewicht im Krebsgarten in Meersburg verloren. Sollten Sie das aus dem Bodensee gefischt haben, dürfte das Blei aus Ihrer Denke heraus dem Bodenseewasser gleichkommen. Sie haben damit den Bildhauer erschossen. Rosalinde ist mit seinem Blut bespritzt.«

»Herr Steingruber, Sie hauen mich von den Socken. Also, Ihr grober Kollege hat das vorhin physisch getan. Aber Sie verschlagen mir den Atem. Haben Sie noch etwas?«

»Sie haben pedantisch darauf geachtet, dass Ihre Mordopfer durch die Morde in die Schablone der Demut passen. Und Ihre Schablone war der ›El Niño‹ in seiner Hockstellung. Duttke hat im Bodensee gehockt. Balthasar im Fettabscheider auf der Mainau. Gudrun Raffke im Bordell in der Gafferhocke mit dem Fernglas. Dann Rosalinde hier in ihrer Gollum-Pose. Der Bildhauer indirekt, indem er dem hockenden ›El Niño‹ in die Arme gefallen ist.«

»Interessante Beobachtung.« Geri Kaspars Tonfall klang nun so, als sei man ihm auf die Schliche gekommen. »Was ist mit dem Springreiter? Der war im Koma ans Krankenhausbett gefesselt, als ich ihn über den Jordan befördert habe. Schon vergessen?«

»Sein Tod war schon auf dem Rücken seines Turnierhengstes besiegelt. Und er ist in der Reiterhocke durch das ›Eulenloch‹

gesprungen«, konterte Marc und drehte den Fragespieß um. »Nun aber zu Ihnen. Was hatte es denn mit den Ringen auf sich?«

»Der Ring mit dem Wolfskopf aus Lapislazuli hat die Verbrüderung von Hanjo und mir bekräftigt. Der Bildhauer und ich, wir waren schon im Mutterleib Seite an Seite. Als unsere Mütter bei der großen Seegfrörne den Bodensee überquert haben. Den zugefrorenen Wolf.«

Marc verstand nicht ganz. »Wie kam dann Kanyuks DNA an den Lapislazuliring?«

»Der Goldring mit dem abgebröckelten Lapislazuli gehört mir nicht! Ich trage keinen Schrottschmuck! Ich sagte schon, dass Trahira mir meinen Ring mit dem Saphirpiranha abgeluchst hat. Als ich diesem Kunstfanatiker hier an der Burgruine Schopflen die in Wien geklaute ›Avarice‹ vom Dürer übergeben habe«, knurrte Kanyuk.

»Richtig«, pflichtete ihm Geri Kaspar bei. »Und ich musste dann nur noch Piranha gegen Wolf tauschen.«

Erst jetzt sah Marc, dass Geri Kaspar an seinem linken Daumen einen Ring mit einem blauen Saphirstein in Piranhaform trug. Kein wolfskopfförmiger Lapislazuli. Jetzt war er im Bilde. »Sie haben einfach die Ziersteine beider Ringe getauscht und so mit dem Angriff im Dampfbad den Verdacht auf Kanyuk gelenkt.«

»Ebenfalls richtig, Herr Kommissar. Kanyuk war in meinem Schach das perfekte Bauernopfer. Von Russe zu Russe. Wir haben beide in Meersburg ein Penthaus. Fahren beide einen grünen Pick-up. Und für das Verwirrspiel mit dem umherstreifenden ›El Niño‹ hat es nur dessen Fußstapfer als Barfußstampfer gebraucht. Detailgetreu nachgegossen.«

Dann hatte also Clara sowohl mit dem Aztekenkopf als auch mit den Barfußattrappen recht gehabt. Erschreckend, mit welcher Leichtigkeit sie sich in die Denke eines anderen Psychomörders versetzen konnte. »Auf der Mainau müssen die Barfußabdrücke beim Inselmaskottchen Blumi kurz vor der Generalinspektion in die Erde gelangt sein. Vielleicht am Vorabend? Wie haben Sie das getimt?«, fragte Marc.

»Nichts leichter als das. Ich musste lediglich aus diesem Rufus Vetten herausquetschen, wann sein alter Herr und er zur Generalinspektion anrücken würden. Die Fußstapfer habe ich in aller Herrgottsfrüh davor im Erdreich des Blumenbeets angebracht. Es lag ja wohl auf der Hand, dass dann die Leiche von Balthasar gefunden werden würde. So viel Raffinesse, nicht? Dabei ist das Quetschen doch eigentlich die Spezialität von diesem Grobian hier auf mir.«

Kanyuk war über diese Worte sichtlich wütend. Er drückte nun so fest zu, dass Geri Kaspar seinen Kopf nach vorn beugte. Marc sah auf dessen Nacken eine ähnliche Totenkopfmotte, wie sie Kanyuk am Oberarm tätowiert hatte.

»Uff! Die Truhe mit dem fingierten Kegelspiel haben Hanjo und ich am Tag vor Balthasars Tod in einer Nacht-und-Nebel-Aktion am Fuß der Viktoria-Linde verbuddelt. Die Wurzelpfleger hatten ja dankenswerterweise frische Vorarbeit geleistet«, presste Geri Kaspar aus der hitzigen Umklammerung hervor.

»Und weshalb nach Duttkes Ermordung die lange, mehrjährige Pause in Ihrer Mordserie?«, wunderte sich Marc.

»Mordkunst dieses epischen Ausmaßes will vorbereitet sein. Gut Kunst will Weile haben. Außerdem mussten wir den hungrigen Klushunden ja eine aufwendige Schatzsuche vorgaukeln. Auf den Seychellen hatten wir uns fast zehn Jahre lang die Finger blutig geschürft, vergessen Sie das nicht!«

»Als Sie mich im Dampfbad angegangen sind, haben Sie von den acht Abkömmlingen Midas' gesprochen. Duttke war ja schon Jahre tot und damit raus. Der Bildhauer, seine Gattin, der Steinmetz, der Springreiter, die Hüttenvermieterin, Trahira und Sie. Das macht sieben. Wer hat Duttke ersetzt? Kanyuk?«

»Ich bei den Irren? Niemals!«, schoss Kanyuk Marcs Gedanken sofort in den Wind.

»Nein, Sie.«

Geri Kaspars Antwort verblüffte Marc. »Ich?

»Ja, Sie. Sie sind doch auch auf der Suche nach Seelengold. Seit den Irisblütenmorden hängt Ihr Seelenhaushalt schief.«

»Die Porzellanwölfe am Klangschiff in Friedrichshafen. Die galten mir?«

»Aber sicher. Das Friedensschiff. Sie suchen nach Ihrem inneren Seelenfrieden, oder etwa nicht?«

Marc wollte sich darauf nicht einlassen.

»Mit Hanjo ist heute ein Wolf gefallen«, sprach Geri Kaspar weiter. »Und ich sage Ihnen etwas. Ich hatte vor, nach Hanjo die Straßenstreunerin zu erschießen. Ich wusste, dass sie sich in die Schussbahn schmeißen würde. Sie hat nicht den kaltschnäuzigen Durchbiss. Als Achter im Bunde hätten Sie draufgehen sollen. Es wäre an Ort und Stelle ein einsamer Wolf von Ermittler mit vielen dunklen, abgrundtiefen Seelenklüften begraben worden. Oder eben ein Hund, eine Spürnase. Wie ist das eigentlich mit Ihnen? Sind Sie Wolf oder Hund?«

Auch darauf stieg Marc nicht ein. Mit Geri Kaspars krankem Geist wollte er sich nicht weiter auseinandersetzen. Er hatte tief genug in den Abgrund geblickt. Das Gespräch mit Clara im Gefängnis hatte sich schon angefühlt, als säße er dem psychopathischen Seekunstmord-Täter gegenüber. »Ich gehe nun davon aus, dass auch Sie und nicht der Springreiter hinter den beiden Anschlägen auf den Bildhauer steckten?«

»Wir haben uns gegenseitig Fallen gestellt. Damit sich im Kampf der beiden Leitwölfe der starke Fenriswolf erheben konnte. Der gute Bouffier hatte bei der Einweihungsfeier am Zeppelin-Museum den Schlüssel an seinem Motorrad stecken lassen. Meine Gelegenheit. Dann die angeritzten Bremsschläuche an Hanjos Oldtimer. Er hat mich im Gegenzug in meiner Heimsauna eingesperrt. Es stand zwei zu eins für mich.«

»Gehe ich richtig in der Annahme, dass das hundsgemeine Hefezopfgebäck mit den Augen aus kandierten Kirschen und Zähnen aus Mandelsplittern auch auf Ihr Konto geht?«

»Bingo! Der Klushund in Hefe. Die acht Zopfstränge so verworren wie die Schicksale der acht Abkömmlinge Midas'! Sie haben sich den Leckerbissen heute beim Stehempfang im Palmenhaus entgehen lassen. Das hätte für die Straßenstreunerin und Sie das letzte Nachmittagsmahl sein sollen.«

Marc ignorierte Kaspars Boshaftigkeit. »Wenn das Rückgrat eines, aus Ihrer Sicht, Verräters so unbedingt gerissen werden muss, weshalb haben Sie das dann nur bei Rudi Duttke so in die Tat umgesetzt? Ein Serienkiller hinterlässt doch eigentlich eine Wiedererkennungsnote. Warum hat sich der ›Blutadler‹ nicht zu Ihrer mörderischen Duftmarke entwickelt?«

»Sehen Sie, Herr Kommissar, jeder Mord ist ein Unikat. Ein Kunstwerk, das aus Knochen, Fleisch und Blut geschaffen wird. Die Krux ist ja, dass ein Verräter schon rückgratlos daherkommt. Sie alle wurden kunstvoll gerichtet und durch den Kontakt mit dem Bodenseewasser zu Seekunstwerken.«

Voller Selbstzufriedenheit sog der am Boden Liegende die Luft durch die noch immer blutende Nase ein. »Die Kunst ist der weiße Porzellanwolf. Er liegt unterlegen da. Über ihm der schwarze Porzellanwolf, aufrecht sitzend. Überlegen. Der verräterische Klushund. Aber die Kunst ist nur vermeintlich unterlegen. Ich habe sie bewahrt! Und das erforderte Opfergaben. Damit der Bodenseewolf sich erhebt.«

Marc interessierte nur noch eine Sache. »War das heute das drei zu eins? Hanjo von Dargatz-Gierer – hat er sich heute geopfert, oder haben Sie ihn hinterrücks erschossen?«

Geri Kaspar formte seine schmal gezogenen Augen wieder zu diesem herausfordernden Wolfsblick. »Das müssen Sie selbst herausfinden. Man nannte den Bildhauer wegen seiner ausgeflippten Art auch ›den Kindskopf‹.«

Marc war mit diesem Sonderling fürs Erste durch. Fast. »Wissen Sie, Herr Kaspar, das Horten von Kunstschätzen in Ihren Privatgemächern macht Sie letzten Endes auch nur zu einem Raffzahn. Und damit nicht besser als die Opfer Ihres Mordkomplotts.«

Epilog

Einen Monat später

Es war Mittwochabend. Marc saß an der rustikal gezimmerten Bartheke aus Nussbaumholz, die er aus dem Verkaufsladen der Justizvollzugsanstalt Schwäbisch Gmünd ergattert hatte. Marke Knastbau. In der dortigen Schreinerei aus Bodenseeschwemmholz gefertigt. Er hatte bei diesem Kauf nicht das Gefühl gehabt, Clara etwas zu schulden. Oder sich gewissermaßen ein Stückchen Clara Meißner in die eigenen vier Wände zu holen. Nein, er hatte die Bartheke an seine Durchreiche angedockt und so seine Wohnung in der Wilhelmstraße, die ihm in der Zeit nach den Irisblütenmorden so sehr zum Schneckenhaus geworden war, wieder etwas offener gestaltet. Das neue Möbelstück mit der schwarz eingebrannten Schwertlilie lud nämlich zum gemütlichen Zusammensitzen unter Freunden und mit der Familie ein.

Die Tageszeitung lag auch offen vor ihm. Den »El Niño« hatten sie wieder an der Hafenmole ins Wasser gepflanzt und den Radolfzellern damit den Ortsfrieden zurückbeschert. Aus dem mintgrünen Retro-Tischradio erklangen gerade die Sechzehn-Uhr-Nachrichten.

Es klingelte. Marc rappelte sich vom Hocker hoch, ging raus in den Flur und öffnete die Tür. Aaliyah in Bikerjacke, Ripped Jeans und nietenbesetzten Boots.

»Aaliyah, du hier?« Marcs Überraschung klang so spröde, wie sie klingen sollte.

»Ja, ich ... Du, sorry, dass ich auf der Mainau nicht zur Stelle war.«

»Ach, halb so wild. Ich bin ja dank Ple... dank Trahira nur halb erschossen worden.« Marcs Wut über Aaliyahs Drückebergerei kochte dennoch frisch auf. Sie war nicht zur Stelle gewesen. Nicht bei Trahiras Vernehmung, nicht auf der Mainau. Insgeheim ärgerte er sich zudem tierisch, dass er sein Leben nicht nur Trahira, sondern noch mehr Pleschke und vor allem Aaliyah selbst zu verdanken hatte.

»Ich muss dir etwas zeigen.« Aaliyah stiefelte einfach mit ihren Schuhen in seine Wohnung. Sie bat nicht mal um Einlass. An Schuheausziehen gar nicht zu denken. Geschweige denn an Türenschließen.

Die Kriminalkommissarin auf Probe hatte sich bereits aus ihrer Bikerjacke aus verruchtem Leder geschält und sie einfach lapidar über die handgedrechselte Schlüsselschale aus Schwarznussholz geworfen. Marc ließ sonst nicht einmal ein einziges Staubkörnchen in die Dekoschale, deren Astloch mit dem schwarz verwitterten Saum darüber einem Beatlekopf ähnelte und die am Rand von dem geschnitzten Äffchen gehalten wurde.

Aaliyah war noch nicht am Ende. Ihr weißes Jersey-Top war schon von ihrem Körper gehuscht und flog quer durch den Flur. Es landete auf dem Nippel des gläsernen Raumthermometers mit den bunt befüllten Messkugeln. An dem schlingerte es langsam herunter.

»Aaliyah, was soll denn dieser Affenzirkus?«

»Halt den Mund und schau einfach her!« Sie stand dort in ihrer zerschlissenen Jeans, die einen Blick auf ihre Knie gewährte. Ihr hauchdünner BH gewährte einen noch tieferen auf ihr Dekolleté. Der feuerrote Büstenhalter mit den Spitzen, Rüschchen und Fransen ließ sie wie eine Bauchtänzerin dastehen.

Marc spürte Erregung, wo keine sein sollte.

»Lies!« Aaliyah kam angetänzelt und rieb ihm ihr rechtes Schlüsselbein förmlich unter die Nase. Ein geschwungener Schriftzug war darunter eintätowiert.

»Magna Superstes«, las Marc von Aaliyahs Schlüsselbein ab. »Große Überlebende.«

»Ich habe überlebt.« Aaliyah griff haltsuchend nach Marcs Handgelenken. »Also den … den feigen Hassmordanschlag meiner Hyänenfamilie. Die Patronenhülsen in der ›Molke‹ … hatten dieselben Rattermarken. Die Magnum, das war die Knarre, mit der mein Bruder mein Leben hatte auslöschen wollen.«

Marc fiel aus allen Wolken. Er wollte etwas sagen. Einfach

irgendetwas. Er schob seinen dunkelbraunen Kaschmirpullover den Rücken hinauf und streckte Aaliyah sein elefantenohrgroßes Nävus-Muttermal auf der linken Beckenhälfte hin. »Wir sind beide gezeichnet, Aaliyah.« Etwas Besseres fiel ihm nicht ein. Und er verteufelte sich im nächsten Augenblick dafür. Er spürte nämlich Aaliyahs kalte Fingerkuppe schon das flächige Muttermal nachzeichnen. Er schloss seine Augen. Er konnte nicht anders.

»Das sind Äußerlichkeiten, Marc. Unsere wahren Narben liegen innen. Und du bist auch ein Überlebender.«

Marc konnte nicht anders, als Aaliyah an sich zu ziehen und sie innig zu umarmen. Das brauchten sie jetzt. Beide. Aaliyah musste alles noch einmal durchlebt haben, als sie die Patronenhülsen gesehen hatte. Nicht auszudenken. Und er, er war tatsächlich auch ein Überlebender. In mehrfacher Hinsicht. Ja, er wollte wieder an die Oberfläche tauchen und weiterleben. Unbedingt. Und das konnte er schaffen. Auch dank Aaliyah. Ihr hatte er im wörtlichen Sinn sein Leben zu verdanken. »Danke, Aaliyah. Danke, dass du Pleschke so besonnen auf die Mainau geschickt hast.«

Gläserklirren. Marcs Augenlider schnellten auf, und er löste sich aus der innigen Umarmung mit seiner neuen Kollegin. Alicia stand an der Eingangstür. Eine Flasche Hagnauer Secco Blanc in der Hand. In der anderen zwei Sektgläser. Jetzt nur noch eines. »Wow!« Das war das Einzige, was sich ungläubig über ihre Lippen wand, bevor sie kehrtmachte und wutentbrannt davonstürmte.

Aaliyah hatte derweil ihr mehrfach aufsurrendes Handy aus der Gesäßtasche ihrer Jeans gezogen. Sie fischte ihr Top vom Raumthermometer und die Jacke aus der Schlüsselschale und stahl sich an Marc vorbei durch den Flur. »Ich muss los. Wir haben in Konstanz einen Übergriff in einem Thai-Puff. Der Fall scheint mit dem ›Kingfisher Killer‹ in Verbindung zu stehen. Ein Serienmörder, der in den Neunzigern in Konstanz sein Unwesen getrieben hat.« Schon fiel hinter ihr die Wohnungstür ins Schloss.

In seiner Überforderung trottete Marc zurück ins Wohnzimmer und setzte sich wieder an seinen Bartisch.

»... hat der Suchtrupp aus Jägern der Umgebung, werte Zuhörer, den Wolfshund, der lange Zeit sein Unwesen im Kreuzlinger Wald getrieben hat, noch nicht aufgespürt«, drangen weiter die Nachrichten aus dem mintgrünen Radio. »Für alle diejenigen, die gerade erst zugeschaltet haben: Von mehreren Autofahrern war der herumstreunende Wolfshund gestern kurz vor Mitternacht beim Überqueren des Seerheins über die Schänzlebrücke nach Konstanz beobachtet worden. Stunden später, gegen sechs Uhr heute Morgen, wurde er dann von einem Grabpfleger auf dem Waldfriedhof bei Radolfzell gesichtet.«

Marc schaltete das Radio aus. Nun wusste er, wo er seine Antwort zum Tod des Bildhauers, der nach Geri Kaspars Bekunden auch »der Kindskopf« genannt wurde, bekommen würde. In Radolfzell. Er eilte in den Flur und schnappte sich seine Parka-Feldjacke vom Kleiderhaken. Die hatte er seit dem actiongeladenen Showdown auf der Mainau tunlichst gemieden. Er hatte sich geschworen, sie erst wieder zu tragen, wenn er sich sicher war, diesen Fall vollends auflösen zu können.

***

Blaue Stunde. Der orangegelbe Horizontstreifen hatte sich in das kaltblaue Sandwichbrötchen zwischen nachtbereitem Abendhimmel und dessen Spiegelung im Bodenseewasser gelegt. Marc stand nach diesem gebrauchten Tag an der Radolfzeller Hafenmole im Bodensee. Er hatte sich im »Cobblers« einen Cappuccino genehmigt. Dazu ein Scone mit Clotted Cream zum Tunken. Britisches Tea-Time-Gebäck mit Streichrahm. Der Wirt war eigentlich schon im Begriff gewesen, das Café zu schließen. Dankenswerterweise hatte er sich seiner erbarmt. Abschließend hatte Marc sogar geschlagene eineinhalb Stunden nach eigentlichem Ladenschluss einen handaufgebrühten Kaffee aus Ruanda bekommen. Samtig und harmonisch. Und Harmonie, die hatte Marc nach der Farce mit seiner Kollegin Aaliyah und seiner Freundin Alicia gebraucht. Was für eine Chose.

Die schwarze Silhouette von »El Niño« spiegelte sich im blau eingefärbten Bodenseewasser vor den Schattenrissen des Bohlinger Galgenbergs und der Pappelallee entlang der Autostraße durch das Radolfzeller Aachried. Er wachte wieder über den Bodensee. Noch waren seine Handflächen unter Wasser getaucht. Gerade schwamm ein Blässhuhn über ihnen hinweg.

Marc watete auf die Bronzestatue zu. Nur in Jacke, Shirt und Unterhose. Jeans, Socken und Schuhe hatte er am Ufer abgelegt. Immerhin ging ihm das Wasser hier bis fast zu den Knien. Er war im Begriff, das letzte Rätsel im Fall der Seekunstmorde zu lösen. Glaubte er jedenfalls. Das, ob der Bildhauer sich geopfert hatte oder hinterrücks ermordet worden war.

Geri Kaspar, der ursprünglich Ivan Kasparov geheißen hatte, hatte Hanjo von Dargatz-Gierer, dessen Zweitnamen Friko war, einen »Kindskopf« genannt. Und Marc steuerte gerade auf einen zu. Auf den der Bodenseeskulptur. Das Blässhuhn stelzte auf einem Bein über der rechten ausgestreckten Hand der Kunstfigur herum. Es ragte aber viel zu hoch aus dem See heraus. Es stand nicht auf dem Handrücken. Bingo.

Mit einer wedelnden Handbewegung verscheuchte Marc das Blässhuhn. »Kusch, kusch, kusch!« Dann griff er unter Wasser. Der Ärmel seiner Parka-Feldjacke sog sich mit Wasser voll. Es kroch ihm den Arm entlang. Er fühlte sie schon, die Porzellanfigur. Marc zog sie aus dem Wasser. Ein schwarzer Wolf. Der Bildhauer hatte sich nicht geopfert. Er war ein Opfer der Seekunstmorde.

Marc griff ein zweites Mal unter Wasser. Er ertastete aber keine zweite Wolfsfigur auf der linken Hand von »El Niño«. Er tapste mit seinen Fußsohlen durch das Wasser. Um die Statue herum. Da lag auch keine Porzellanfigur auf dem Grund. War sie womöglich fortgespült worden?

Das war ja allerhand. Marc brauchte einen Schluck vom Iris-Gin, gemischt mit Tonic. Ach, verflixt, seinen Flachmann hatte er ja wider jegliche Vernunft Clara im Knast überlassen. Mit der guten Mixtur aus dem blumig-mediterranen Tonicwasser und dem mystisch-aromatischen Gin. Aber Moment mal! Da war doch trotzdem etwas in seiner Jackentasche. Seine Hand überzeugte sich selbst davon. Sie ertastete einen kalten Gegenstand.

Die Form. Marc wusste es sofort. Noch ehe er den weißen Porzellanwolf aus seiner Jackentasche gezogen hatte. Und er verstand sofort. »Geri Kaspar musste es gewesen sein. Der zweite Besucher, den Clara im Gefängnis zu Gesicht bekommen hatte«, sprach er laut vor sich hin.

Jetzt ergab alles einen Sinn. Dieser Thekentisch aus Schwemmholz, den er im Gefängnisladen gekauft hatte, wies an der Unterseite die gleiche eingebrannte Irisblüte auf wie das Holzstückchen vom Weintragerl, das sie bei Balthasar im Fettabscheider auf der Mainau gefunden hatten. Clara fertigte diese Holzgegenstände in der Knastwerkstatt an. Das hatte ihm Diana Mendig im Kreuzlinger Wald sagen wollen, als er sie so abgewürgt hatte. Geri Kaspar musste den Weinträger also auch in dem Gefängnisladen gekauft haben. Und bei seinem Besuch hatte er Clara bestimmt den Porzellanwolf zugeschanzt. Und sie ihn wiederum Marc, als sie sich bei seinem Besuch so verdächtig zu ihm über den Tisch gebeugt und den Flachmann an sich genommen hatte.

Aber wieso? Der weiße Wolf. Er kam aus Marc. Aus seiner Jackentasche. Das war es. Sein Seelengold. Geri Kaspar hatte es gesagt. Marc sei danach auf der Suche. Und Aaliyah hatte es gesagt. Er sei innerlich gezeichnet. Auf der Seele gebrandmarkt. Selbst Clara hatte es gesagt. Er hatte in sich schauen müssen. Schwarz oder weiß. Es war der weiße Wolf. Diese Porzellanfigur war sein Seelenfrieden.

Er rief sich das Klangschiff in Friedrichshafen ins Gedächtnis. Mit diesem Kopf an der Plattform, der Richtung Ufer schaute. Dem sich eine Schlange um das Haupt schlängelte und das rechte Auge bedeckte. Das linke weinte Tränen in einen Kelch. Die Schlange, das biblisch Böse, verdeckte den einen Augapfel. Machte das eine Auge blind. Das andere vergoss Tränen und ließ die Milde und das Gute zutage treten. Der ewige Kampf zwischen Gut und Böse. Marc war bereit, die Vergangenheit hinter sich zu lassen und bedingungslos für das Gute zu kämpfen. Das Gute in ihm war wieder beseelt.

Er schaute hinüber zur Halbinsel Höri und den Hegauhügeln. Er nahm die beiden Wolfsfigürchen und stellte sie »El Niño« unter Wasser auf die ausgestreckten Handoberflächen. Geri und Friko, wohl abgeleitet von Freki. Der Heißhungrige und der Gefräßige. Manche Dinge blieben besser im Bodensee. Der wiegte sich gerade ganz still und ruhig.

Eigentlich hatte er das letzte Rätsel bereits vor seinem Abstecher in das Café lösen wollen. Aber da wäre er bei »El Niño« nicht ungestört gewesen. Eine Frau, ebenso barfuß wie die Skulptur im Bodensee, hatte hinter »El Niño« gestanden und ihm wie eine Physiotherapeutin den steifen Bronzerücken wie auch die Schultern durchgeknetet. Eine Mittvierzigerin. Weiße Hose, weißes Shirt. Die Haare zum Dutt gebunden. Eine Skulpturenmassage. Ihr Kunstprojekt setzte sie an den unterschiedlichsten Skulpturen in den verschiedensten Ländern um, hatte sie ihm lebhaft berichtet. Dinge gab es. Aber immerhin war die Seekunst hierdurch wieder mit einem positiven Pathos durchseelt.

Die Seekunstmorde waren aufgeklärt. Geri Kaspar hinter Gittern. Trahira konnte vermutlich mit einer Strafminderung rechnen. Sie hatte Gudrun Raffke nur niedergeschlagen, wenngleich auch mit Tötungsabsicht. Aber, das war der springende Punkt, sie hatte die Hüttenvermieterin nicht umgebracht. Und ihm hatte die Straßengaunerin das Leben gerettet. Dennoch würde sie sich auch wegen mehrfachen Einbruchs und Diebstahls sowie für unerlaubten Waffenbesitz und vor allem für den Schusswaffengebrauch vor Gericht verantworten müssen. Noch war sie aber, man glaubte es kaum, bis zum Prozessauftakt auf freiem Fuß, da von ihr aktuell keine akute Fluchtgefahr ausging und ihr Vater eine Kaution gestellt hatte. Zudem war sie bei den Seekunstmorden vor ihrem einundzwanzigsten Geburtstag straffällig geworden, theoretisch konnte sie noch nach dem

Jugendstrafrecht verurteilt werden. Fußfessel samt GPS-Ortung musste sie dennoch tragen.

»Trahira ist im Innersten kein schlechter Mensch. Sie ist keine Mörderin. Und sie wird auch ihren Seelenfrieden finden«, sprach Marc laut vor sich hin.

Er dachte an Trahira, wurde ihm bewusst. Nicht an Clara. Und er hatte mit den Irisblütenmorden abgeschlossen. Der weiße Porzellanwolf war tatsächlich sein Seelenfrieden. Die Zeit heilte wohl doch die Wunden. Hoffentlich vermochte sie auch, die Dinge zwischen ihm und Alicia wieder ins Reine zu bringen.

In der Ferne war ein Schuss zu vernehmen. Die Jäger hatten wohl den Wolfshund im Radolfzeller Stadtwald erlegt. Dann war der nun wohl hinüber und begraben. Wie der Bodenseewolf.

Wie ein ewig ruhender Teppich streckte sich der Bodensee in die Ferne. Still und friedlich.

***

Trahira riss die Augen auf. Der Schuss hatte sie aufgeschreckt. Rostbrauner Lidschatten. Sie zitterte. Sie hatte sich hinter der vordersten, dickbauchigen Platane versteckt und den Bullen belauscht.

Der irrte sich. Der irrte sich gewaltig. Sie war nicht die Unschuld vom Lande. Sie war ein böses Kind. Das böse Kind. Das böse Kind, das mit »dem Russen« Blei gegossen hatte. Zweimal.

Beim ersten Mal hatte sie ihm die ins Wasserglas gegossenen Bleigestalten gedeutet. Stück für Stück hatte sie ihn zu den Seekunstmorden angestiftet. Auch die Krampusmaske – alles auf ihrem Mist gewachsen. Sie hatte sich so sehr den großen Durchbruch gewünscht. Die ganz große Rapkarriere. Eigenes Tonstudio. Vom Erlös aus ihrem Happen vom goldenen Kreuz von Goa. Es hatte sich ausgeträumt gehabt. Und sie hatte innerlich mit Zyklopen gekämpft. Sie hatte angefangen, von Mord zu träumen. Die zu verwirklichen, das war Kunst. Jetzt war sie eine Künstlerin. Geplatzte Rapkarriere hin oder her. Ja, das war egomanisch. Manisch egomanisch.

Beim zweiten Bleigießen war sie im Geiste anwesend gewesen. Als »der Russe« die Bleikugeln gegossen hatte, hatte sie vor den Bullen schön gegen ihn gesungen, um die Bullerei bei Stange zu halten. Und es war alles wie am Schnürchen gelaufen. Sie und »der Russe«, sie verband eine bizarre Hass-Nutz-Symbiose. Er hatte sie im Boxsack verdroschen, sie hatte ihn an die Bullen verpfiffen. Alles für einen höheren Plan. Die Seekunstmorde.

Es hatte nie im Drehbuch gestanden, dass sie oder der feine Herr Kommissario hätten draufgehen sollen. Nur der Bildhauer. Damit war das Kunstwerk vollendet. Kunst über Gold. Kunst über Gier.

Trahira war es gewesen, die Clara Meißner im Knast besucht hatte. Sie hatte Geri Kaspar die Treibholzgegenstände mitgebracht. Clara Meißner hatte sie den weißen Porzellanwolf zugeschanzt. Und sie hatte den schwarzen Porzellanwolf unter Wasser auf dem Handrücken von »El Niño« abgestellt, gleich nachdem der wieder seinen Platz eingenommen hatte.

Der seichte Abendwind zog am Hosenbein ihrer neu gekauften Nutella-Hose entlang. Der genähte Streifschuss zwackte gehörig. Besonders in der kühlen Abendluft. Oder hatte »der Russe« sie etwa doch ausknipsen wollen? So sicher war sie sich da gar nicht. Jedenfalls war sie sein Traumfänger gewesen. Sie hatte seine Träume von Mord und Totschlag zu Taten werden und so die mörderische Seekunst erwachen lassen. Sie war das Seeböskind.

Danksagung

Mein ganz herzlicher Dank gilt dem Hause Emons und dem gesamten Team, insbesondere dem Lektorat um Christel Steinmetz und Stefanie Rahnfeld. Auch mein zweiter Bodensee-Krimi hat dort wieder offene Türen und Begeisterung vorgefunden. Ein ganz spezieller Dank gebührt meiner Lektorin Hilla Czinczoll für eine erneute großartige Zusammenarbeit, die wieder rundum ein Mordsspaß war und den Bodensee-Krimi zu dem gemacht hat, was er nun ist. Ein besonderes Dankeschön richte ich auch an Markus Keller, dessen Fotografie-Künste zum zweiten Mal das Cover zieren, sowie an Nina Schäfer, die dem Coverbild ein unbestechliches Design und eine herausragende Atmosphäre verliehen hat. Vielen Dank richte ich zudem an Hannah Naumann, die mir auch dieses Mal bei der Titelfindung mit Rat und Tat zur Seite stand.

Meiner Familie, allen voran meinen Eltern Thomas und Andrea Martina sowie meiner Schwester Diana und meinem Schwager Alexander, danke ich für die Unterstützung während der Buchentstehung und das offene Gehör für meine Ideen. Meiner besseren Hälfte Sandra bin ich unendlich dankbar dafür, dass sie so liebevoll für mich da ist und mir den Raum für meine große Leidenschaft, das Schreiben, gibt.

Ich bedanke mich außerdem bei den Bodensee-Künstlern für ihre umfangreichen Erläuterungen zu den Bedeutungen und Interpretationen ihrer Kunstwerke, vor allen Dingen Ubbo Enninga für den regen Austausch zu seinem »El Niño«, dem heimlichen Hauptdarsteller meines zweiten Bodensee-Krimis.

Julian Biberger
IRISBLÜTENMORD
Broschur, 400 Seiten
ISBN 978-3-7408-1240-9

An einem Naturstrand in Langenargen wird ein Toter gekreuzigt aufgefunden. Bald folgen im Nachbardorf Eriskirch weitere altertümlich anmutende Morde, an den Tatorten findet sich jeweils eine getrocknete Irisblüte. Wie hängt die Blume mit den Todesfällen zusammen? Die Spur führt die Friedrichshafener Kommissare Marc Steingruber und Clara Meißner zu einem Jahrhunderte zurückliegenden Verbrechen im Tettnanger Wald, das dem Fall eine neue Dimension gibt.